À PROPOS DE L'AUTRICE

Bronwyn Scott est professeur de communication aux États-Unis, et l'heureuse maman de trois enfants – un garçon et deux filles. Quand elle n'enseigne pas ou n'écrit pas, elle aime jouer du piano, voyager (en Italie, à Florence notamment) et étudier l'histoire et les langues étrangères. Elle tient également un blog qui lui permet d'échanger avec ses lectrices !

Le secret de lord Lynford

*

La promise de lord Trevethow

Collection : SAGAS

Titre original :
THE SECRETS OF LORD LYNFORD

Ce roman a déjà été publié en 2021

HARPERCOLLINS FRANCE
83-85, boulevard Vincent-Auriol, 75646 PARIS CEDEX 13
Service Clients — www.harlequin.fr
ISBN 978-2-2805-1704-1 — ISSN 2426-993X

Édité par HarperCollins France.
Composition et mise en pages Nord Compo.
Imprimé en février 2025 par CPI Black Print (Barcelone)
en utilisant 100% d'électricité renouvelable.
Dépôt légal : mars 2025.

FSC
www.fsc.org
MIXTE
Papier issu de sources responsables
FSC® C159065

Pour limiter l'empreinte environnementale de ses livres, HarperCollins France s'engage à n'utiliser que du papier fabriqué à partir de bois provenant de forêts gérées durablement et de manière responsable.

BRONWYN SCOTT

Le secret de lord Lynford

SEIGNEURS DE CORNOUAILLES
VOLUME 1

Traduction française de
ANNIE LEGENDRE

SAGAS

HARLEQUIN

À Jeff, qui, sans le savoir, incarna si bien le personnage de Richard Penlerick tel qu'il est dépeint dans les quatre volumes de la série des Ducs de Cornouailles. Comme Richard, Jeff s'est consacré sa vie durant au bonheur de ses semblables. Il a quitté ce monde alors que je venais d'écrire les dernières lignes de cette histoire, et je ne fais que lui rendre justice en affirmant que, dans la mesure de ses moyens, il a laissé notre monde et les gens qui ont eu la chance de le rencontrer plus heureux qu'il ne les avait trouvés.

Prologue

Londres
18 juin 1823

Le meurtre crapuleux avait officiellement fait son entrée dans le très chic et très respectable quartier de Mayfair. On venait de célébrer les funérailles de Richard Penlerick, duc de Newlyn, et de la duchesse, et tout ce qui compte dans Londres y avait assisté, espérant qu'on mettait ainsi le point d'orgue à la sinistre tragédie qui, une semaine plus tôt, avait bouleversé ce petit monde privilégié. Un pair du royaume, un duc, avait été poignardé, ainsi que son épouse, dans une ruelle du quartier des théâtres en sortant du spectacle.

Eaton Falmage, marquis de Lynford, referma sur les derniers invités la porte de la maison de ville des Newlyn, sise à Portland Square, en regrettant de ne pouvoir faire la même chose sur l'horrible semaine qui venait de s'écouler. Mais pour ceux qui restaient, maintenant que les formalités usuelles entourant les obsèques étaient achevées, la longue épreuve du deuil, alourdie encore par ses inévitables tracasseries, ne faisait malheureusement que commencer.

Du moins étaient-ils maintenant entre eux et pouvaient-ils donner libre cours à leur chagrin.

Eaton retrouva dans la bibliothèque le cercle des familiers. Tous étaient des amis depuis l'enfance qui, ces derniers jours, avaient consacré sans compter leur temps et leur énergie au soutien de leur camarade Vennor Penlerick, le fils et héritier des deux victimes de ce drame inconcevable.

Vennor, dont la longue chevelure blonde se distinguait au milieu d'une assemblée de têtes brunes, était occupé à servir des cognacs, secondé du maître d'hôtel. Il jeta un regard interrogatif à Eaton.

— Oui, ils sont tous partis, assura celui-ci d'une voix contenue. J'ai demandé aux valets de mettre les traînards dehors. Nous sommes enfin entre nous.

La semaine avait été éprouvante pour tous, mais c'était Vennor qui avait souffert le plus, et cela se voyait. En dépit de son impeccable costume de cérémonie, il portait sur son visage et dans son regard les indéniables stigmates de la douleur et de l'effort qu'il devait faire pour la contenir. Perdre si brutalement ses deux parents, même à vingt-huit ans, était une tragédie dévastatrice. Il avait fait preuve de beaucoup de courage et d'une remarquable maîtrise de soi pendant toute la cérémonie, accueillant en parfait gentleman les condoléances et les démonstrations de sympathie, toutes les mêmes, que tenaient à lui adresser les invités. Mais on sentait que la carapace était sur le point de craquer.

Eaton lui prit des mains le verre et la carafe.

— Assieds-toi, Vennor... Tu peux souffler, maintenant. Nous sommes entre nous.

Le petit groupe s'était rassemblé autour de la cheminée dans laquelle se mourait un feu que personne ne songeait à raviver. Quelqu'un, Inigo peut-être, avait disposé des chaises en arc de cercle à l'intention du petit groupe connu dans la bonne société sous l'appellation des « ducs de Cornouailles », dignes héritiers de quatre vieilles familles ducales dont les lignées de rejetons avaient grandi ensemble dans les landes de Cornouailles. Les liens d'affection qui unissaient ces familles étaient aussi légendaires que leur loyauté les unes envers les autres.

Toute la semaine, cette solidarité avait été exposée aux yeux de toute la bonne société londonienne afin que nul ne l'ignore : ils étaient bel et bien unis jusqu'à la mort. Et maintenant que les obsèques étaient dûment célébrées, avec la pompe qui convenait, les quatre familles avaient discrètement pris congé une demi-heure plus tôt afin de laisser à leurs rejetons un peu de temps pour pleurer ensemble les chers disparus, comme ils n'allaient pas manquer de le faire eux-mêmes dans un autre endroit tout aussi privé. Ils venaient de perdre l'un des membres de leur quatuor, tout comme Eaton et les autres venaient de perdre un homme qu'ils considéraient autant comme un oncle que comme un mentor vénéré.

Mais c'était pour Vennor que le coup était le plus cruel. Un coup terrible du destin venait de lui arracher en même temps un père et une mère qu'il aimait profondément, et il aurait du mal à s'en relever.

— Merci, Eaton. Je suis content que nos invités soient enfin partis.

Vennor prit le verre que son ami lui tendait, et se laissa tomber dans un fauteuil à côté d'Inigo.

— Je n'imaginais pas que les amis de mon père avaient autant de filles à marier, reprit-il d'un ton amer. Ne pouvaient-ils attendre la fin de la période de deuil avant de se bousculer pour me les présenter ?

Il but une gorgée de son cognac, et ajouta en secouant la tête avec un rire bref :

— Si d'aventure une nouvelle demoiselle pomponnée comme un cheval de parade s'encadre dans la porte pour venir m'assommer avec ses minauderies faussement navrées, je me sens capable de la prendre par les épaules et de la renvoyer dans son écurie. Quant à leurs génitrices, on aurait dit qu'elles s'étaient passé le mot : « Mon pauvre jeune ami, dans ces tristes circonstances, le duc votre père, dans son immense bonté, aurait voulu que son fils pense au plus vite à son avenir... Il faut combler votre solitude sans tarder, avant, sans doute, de prendre une décision irrévocable... » Laquelle, grand Dieu ? Craignent-elles que j'entre en religion ? interrogea-t-il avec un pauvre rire grinçant. Et dire que certaines de ces matrones ont été jusqu'à me rappeler sans aucun tact que j'étais fils unique et que la nurserie de Penlerick House était depuis de longues années un désert qu'il fallait songer au plus vite à repeupler !

Eaton, oppressé, ne pouvait s'empêcher de remercier Dieu que ses propres parents ne se fussent pas trouvés ce soir-là dans cette ruelle sordide, à la merci d'un coupe-jarret. Puis un remords soudain lui étreignit la gorge. Quelle horrible pensée, et tellement vaine ! Certes, il ne s'agissait pas de ses parents. Pour le moment ! Mais lui aussi les perdrait un jour, par accident, de maladie ou de vieillesse. Dieu veuille que ce ne soit pas de mort violente ! Mais le terrible moment arriverait inéluctablement. Pas seulement pour ses parents, mais pour lui et pour tous ses amis.

Il passa en revue le petit cercle de jeunes gens réuni autour de lui. Son regard se posa d'abord, plein de compassion, sur la belle tête blonde de Vennor, pâle et accablée. Puis sur la tête brune de Cassian, héritier du duc de Hayle, qui se distinguait par sa mâchoire forte, ses larges épaules, par sa fougue et son affection maladroite mais sincère. Enfin sur Inigo, l'énigmatique héritier des Boscastle, dont on retrouvait sur les portraits de tous ses ancêtres masculins les yeux pâles et froids, du même bleu que celui des myosotis. Inigo, dont le feu sincère de l'amitié brillait sous la glace.

Pensaient-ils la même chose que lui en ce moment ? Redoutaient-ils, chacun par-devers lui, la perspective de cette même scène se répétant trois fois encore, sous le regard navré de leurs amis ? Ils deviendraient tous ducs un jour, ils le savaient, mais à quel prix ! C'était une perspective bien triste que de devoir assumer un jour le rôle auquel notre naissance nous destinait.

Cette perspective bouleversait Eaton aussi violemment que le caractère barbare du meurtre, dont toute la bonne société s'était émue autant que scandalisée. Si un duc pouvait être assassiné de sang-froid à la sortie d'un théâtre, plus aucun habitant de Londres, quel que soit son statut, ne pouvait se sentir en sécurité. Mais surtout, les gens n'aimaient pas qu'on leur rappelle leur condition de mortel. Et en particulier ceux qui bénéficiaient à la fois de la richesse et du pouvoir. Quand elle les frappait, la mort avait pour conséquence immédiate un arrêt brutal de la jouissance de leurs privilèges, que même le plus gros tas d'or ne pouvait empêcher. Ce sinistre fait divers venait de leur rappeler que ce n'était plus une question de « si » (« S'il m'arrivait quelque chose »), mais de « quand ». Il ne leur restait plus qu'à espérer que ce fût le plus tard possible tout en faisant en sorte que le tourbillon des plaisirs se charge de reléguer cette inquiétude au fin fond de leur cervelle avide de divertissements.

Eaton secoua la tête. Il n'était pas futile. Moins que la plupart de ses compagnons du même âge, en tout cas. Mais non, décidément, il ne se sentait pas prêt à affronter la mort de ses parents.

La fin soudaine des Penlerick leur rappelait à tous sans crier gare qu'un jour il ne resterait plus qu'un héritage matériel ou moral pour rappeler qu'un être avait passé quelque temps sur cette terre. Eaton songea qu'il était peut-être plus sensible à cette cruelle vérité que d'autres. Ses amis, selon toute probabilité, laisseraient derrière eux des souvenirs bien vivants, des enfants à qui transmettre leurs biens.

Ce qui ne serait pas son cas. Jamais. Ce qu'il léguerait au monde, pour ce qui le concernait, ne serait que de nature matérielle. Des écoles, des hôpitaux, des institutions qui, bien longtemps après qu'il eut quitté cette terre, continueraient à dispenser sans compter des bienfaits infiniment plus précieux que les simples richesses matérielles. Mais il n'y aurait personne de sa chair et de son sang pour s'en occuper. Ni fils ni filles. Et cette cruelle réalité n'était pas facile à envisager. Curieusement, la mort de Richard Penlerick lui faisait prendre brutalement conscience que le temps ne jouait pas en sa faveur, même dans ce domaine.

Vennor leva son verre pour porter un toast.

— À vous tous, mes amis, dont l'amitié sans faille m'a si bien soutenu toute cette semaine. Sans vous, je ne sais pas si je serais resté debout… À notre amitié, ajouta-t-il après les avoir regardés dans les yeux les uns après les autres, pour le meilleur comme pour le pire.

Ils burent, et Eaton alla chercher la carafe pour remplir les verres. Se rendre utile l'aidait à chasser ses idées noires. C'était toujours ce qu'il avait su faire le mieux. S'occuper des autres, veiller à leur bien-être. Curieuse ironie du sort qu'il ne puisse jamais consacrer cette aptitude, si propice au bonheur d'une famille, à ses propres enfants.

— Ven', mon vieux, dit-il en remplissant de nouveau le verre de son ami, tu t'en es remarquablement bien tiré cette semaine. Tu peux rouler sans vergogne sous la table si le cœur t'en dit. Personne d'entre nous n'y trouvera à redire.

C'était sans doute le meilleur remède. Quelques verres de trop permettraient à Vennor de lâcher prise, de donner libre cours à ses émotions.

Mais son ami secoua la tête.

— Pas question. Il y a trop de choses à faire. Père travaillait en ce moment sur des dossiers importants à la Chambre des lords. Je me dois à sa mémoire de les défendre. Je prendrai sa succession sitôt que les convenances le permettront. En attendant, je suivrai ses dossiers d'ici pour ne rien laisser au hasard. Ce sera ma manière à moi de lui rendre hommage.

Eaton échangea un regard inquiet avec Cassian. Reprendre le cours des choses comme si de rien n'était et s'abrutir de travail ne ferait qu'étouffer le chagrin au lieu de l'affronter.

Cassian se pencha en avant.

— Pourquoi ne viendrais-tu pas te mettre un peu au vert chez moi, à Truro ? Tout le monde à Londres s'attend à ce que tu fasses retraite. Sans compter, ajouta-t-il mi-figue, mi-raisin, que tu feras d'une pierre deux coups. Tu mettras une distance prudente entre toi et les filles à marier. Personne ne trouvera à redire à ce que tu attendes le nouvel an pour reprendre le siège de ton père.

— Moi, j'y trouverais à redire, trancha Vennor d'une voix brève. Et puis, il ne s'agit pas seulement de siéger à la Chambre. Je dois m'assurer que justice soit faite.

— Justice ou vengeance ? intervint Eaton qui estimait que, pour surmonter sa peine, Vennor devait s'éloigner du théâtre du drame. Tu n'as pas besoin de t'en mêler, Ven'. Les hommes du Watch sont là pour ça !

— Et moi, je serai là pour y veiller, rétorqua Vennor d'une voix ferme. Je trouverai les assassins de mes parents et je m'assurerai qu'ils soient punis comme ils le méritent.

De nouveau, Eaton parcourut du regard le cercle de ses amis, guettant leur réaction. Apparemment, il n'était pas le seul à douter du réalisme des projets de Vennor. Les crapules qui avaient sauvagement agressé le duc et son épouse n'avaient laissé aucun indice sur le lieu du crime. On ne les retrouverait sans doute jamais. Il ne voulait pas que son ami mette toute son énergie dans une chasse à l'homme aussi inutile que douloureuse.

Il répugnait à laisser Vennor se débattre seul dans le labyrinthe de la justice criminelle. Pourtant, il ne pouvait s'absenter trop longtemps de la Cornouailles. Lui aussi avait des projets en cours, son école de musique, qui devait ouvrir ses portes à l'automne. Cette année, quand il était venu à Londres pour la Saison, c'était surtout pour revoir quelques amis et soutenir Marianne Treleven pour ses « débuts », en tant qu'ami de la famille. Mais il lui fallait retourner au plus vite à Porth Karrek.

Et pourtant, un nouveau coup d'œil au visage égaré de Vennor suffit à le faire changer d'avis.

— Si c'est vraiment là ton intention, nous resterons avec toi pour te soutenir.

Eaton vit avec satisfaction le reste du petit groupe opiner du chef.

— Non, se défendit Vennor, ce n'est pas nécessaire. Ton conservatoire a besoin de toi, Eaton. Je sais à quel point ce serait pour toi un sacrifice de demeurer plus longtemps. Mon père n'aurait pas voulu cela. Il appréciait beaucoup ton projet. Cela fait près d'un an que tu es dessus. Tu as même sacrifié ton voyage en Italie à cette fin, et je sais à quel point tu y tenais.

Il ajouta en secouant la tête :

— Non, mes amis, je ne veux pas que vous négligiez vos affaires pour me servir de nourrice.

Son regard s'arrêta sur Cassian, et il dit encore :

— Toi non plus, Cassian, tu ne peux pas rester ici. Impossible de créer ton parc botanique cornique depuis le pavé londonien.

Et puis, je ne serai pas tout seul, puisque vos pères à tous les trois restent ici pour siéger à la Chambre.

Ce qui n'était pas la même chose, songea Eaton. Quand le chagrin serait trop lourd à porter, ce serait d'amis de son âge qu'il aurait besoin, pas de vieux barbons affectueux mais eux-mêmes chargés de leur propre peine et de leurs soucis. C'était bien de Vennor que de mettre les intérêts de ses amis avant les siens ! Dans leur « bande des quatre », chacun avait ses qualités, et telle était celle de Vennor. Il avait le don de comprendre les gens comme Inigo comprenait l'argent. De manière quasi intuitive. Mais cette fois, on n'allait pas le laisser faire.

Eaton repartait à la charge quand Inigo régla le problème en quelques mots.

— Nous serons ici, père et moi. Nous avons des questions à régler et, de toute façon, nous avions l'intention de rester à Londres pour voir comment le Parlement délibérera à propos de la nouvelle législation sur les investissements.

— Bon, concéda Vennor avec un sourire reconnaissant, je veux bien qu'Inigo reste. Satisfait, Eaton ?

Eaton opina du chef. Inigo veillerait sur leur ami avec le même soin et le même dévouement qu'il consacrait à toute chose.

Cela décidé, un silence tomba sur le petit groupe. Les verres étaient vides, et les dispositions pour soutenir Vennor étaient prises. Eaton prit soudain conscience du tic-tac net et insistant de la pendule sur la cheminée de marbre, leur rappelant qu'il était temps que la vie reprenne son cours. Cassian et lui prendraient le chemin de la Cornouailles tandis qu'Inigo se réinstallerait dans sa routine londonienne, si tant est qu'on puisse parler de routine au milieu du tourbillon financier qui avait saisi la vieille *city* de Londres avec le bouillonnement économique et industriel qui s'était emparé de l'Angleterre ces deux dernières décennies.

Quant à Vennor, sa vie allait changer du tout au tout. Pour lui, avec la mort de ses parents, plus rien ne serait comme avant. Plus de repères, plus de foyer chaleureux, plus rien qui rappelât son enfance heureuse, sinon pour mieux le faire souffrir.

La prochaine fois qu'ils se rencontreraient, il aurait été investi de son titre de duc et aurait à assumer toutes les responsabilités qui allaient avec. Nul doute qu'il ne tarderait pas à prendre femme, ce qui changerait radicalement la donne. C'était bien sinon la fin de leur amitié, du moins celle de ses plus heureux chapitres.

Et c'étaient autant le deuil de cette folle jeunesse que celui de leur ami défunt qui assombrissaient le petit fumoir tandis que les quatre amis buvaient leur cognac à petites gorgées pensives.

Soudain, Eaton sentit monter en lui un mouvement de rébellion. N'avait-il pas déjà assez perdu comme ça avec la disparition de son ami et mentor ? Fallait-il qu'il perde aussi cette chaleureuse complicité qui les liait tous les quatre ? Mais c'était là le sort inévitable des jeunes gens une fois atteint l'âge adulte. Et plus encore quand ils avaient la lourde charge d'hériter de leur titre. Un jour, ses amis se marieraient, les uns après les autres. Seraient-ils aussi proches quand leur affection devrait se partager avec une épouse étrangère à leur cercle ? Quand des enfants réclameraient leur tendresse et leur attention ? Leurs pères y étaient parvenus. Mais peut-être cela s'expliquait-il parce que leurs familles étaient très liées ? Les projets maritaux de ses amis l'excluraient-ils d'office ? Il savait qu'aucun d'eux ne l'écarterait intentionnellement. Mais la vie était cruelle, parfois, et s'acharnait à dénouer, fil après fil, les liens les plus solides.

Cassian s'agita sur sa chaise et jeta un regard interrogatif à Eaton. Bon, semblait-il demander, maintenant, que fait-on ? Tous les regards convergèrent sur lui, les uns après les autres. C'était à lui, Eaton, de donner le signal du départ. Dans la petite bande, il avait toujours été considéré comme le leader, le maître du jeu. Une vive bouffée de souvenirs l'assaillit. Des images de plage blonde et de ciel bleu, de quatre garçons au corps à moitié nu et bronzé qui écumaient les plages de Cornouailles, jouant au pirate ou au contrebandier et dénichant cruellement les mouettes sur les falaises.

Il se souvint de l'été où il avait trouvé la carte, ce dernier été lumineux avant que le destin ne fasse subtilement prendre à sa vie un autre tournant. Bien sûr, aucun des quatre ne s'était douté qu'il s'agissait de leur dernier été, pas plus que Richard Penlerick n'avait pressenti en s'asseyant à la table du petit déjeuner une semaine plus tôt qu'il ne retrouverait pas le confort de son hôtel particulier le soir. Cela avait été un beau et bon été, plein d'aventures et de découvertes, même s'ils n'étaient jamais parvenus à trouver le trésor en question. Il leur avait fait explorer toutes les grottes à fleur d'eau de la côte de Porth Karrek, ils avaient construit de bons feux de joie et avaient même dormi à la belle étoile, les yeux rivés sur le ciel clouté de joyaux clignotants tandis qu'ils se confiaient les aspirations de leur adolescence encore neuve. Déjà, à l'époque, ils se tournaient vers lui pour prendre des décisions, comme ils le regardaient maintenant pour franchir le pas et se dire au revoir.

Eaton leva son verre, la gorge serrée par l'émotion. Ils avaient tous besoin de paroles d'espoir, de se persuader que, même si beaucoup de choses allaient changer, l'essentiel resterait immuable. Leur amitié devait être le roc sur lequel ils pourraient tous revenir se réfugier, quelles que soient les incertitudes et les épreuves que leur réservait l'avenir. Soudain, il eut hâte de se retrouver chez lui, à Falmage Hill, dans son manoir de Porth Karrek. De retrouver la vieille maison chaleureuse contre laquelle les tempêtes se battaient en vain depuis des siècles, l'orangerie pleine d'odeurs suaves et de chants d'oiseaux, les sentiers familiers de Trevaylor Woods, ses instruments scientifiques, son chien de chasse, ce cher vieux Baldor. Oui, décidément, il avait été absent trop longtemps.

— Il est l'heure de nous quitter, *gentlemen*. Un dernier verre pour la route… S'il y a une leçon que le destin nous a donnée durant cette triste semaine, c'est que la vie est courte, et qu'elle nous réserve toujours des surprises. Nous ne pouvons jamais être sûrs de rien. Puisque nous avons bu en hommage au passé, buvons maintenant à l'avenir. Que Dieu fasse qu'il soit à l'image de nos espoirs et qu'il récompense nos efforts. Et surtout, mes chers amis, que chaque minute compte comme si elle était la dernière.

Surtout, conclut-il *in petto*, quand on sait, comme lui-même, que le temps est la seule richesse digne de ce nom.

1

Porth Karrek, Cornouailles
Septembre 1823

Et en effet, maintenant que l'ouverture de l'école était imminente, chaque minute comptait.

Eaton se retroussa les manches et, agrippant fermement la table de chêne, donna le signal d'un bref signe de tête. À l'autre extrémité, le futur directeur de l'établissement, le très réputé compositeur Cador Kitto, acquiesça, et ils soulevèrent la lourde table dans un même ahanement. Autour d'eux, dans la vaste salle qui servirait de bibliothèque, des ouvriers s'affairaient à repeindre les murs avec une urgence fiévreuse. L'école ouvrait officiellement dans trois jours, et certains pensionnaires avaient annoncé leur arrivée pour le lendemain.

Eaton avait très nettement l'impression que, ces derniers temps, tout le monde était sur le pied de guerre jour et nuit, lui y compris. Ce qui lui convenait tout à fait. Il n'avait jamais pensé qu'un chef dût rester à l'écart de la bataille. Pas question de se contenter de crier des ordres, les mains dans le dos, pendant que les autres faisaient le travail. Sans compter que s'activer lui permettait d'éviter de s'enliser dans des pensées désagréables. Comme la mort de Richard Penlerick, par exemple, à laquelle il ne s'était toujours pas fait.

Ils manœuvrèrent la lourde table jusqu'au centre de la pièce et la reposèrent avec un soupir de soulagement. Bon sang ! Ce vieux chêne pouvait se vanter de peser son poids.

Eaton se passa la main sur le front, et Cador rit.

— Qu'y a-t-il ? Je me suis barbouillé de poussière ?

— Oui, mais aucune importance. Nous n'attendons pas de dames pour le moment, plaisanta son ami et associé avec un clin d'œil.

Eaton gloussa.

— Pour la peine, je te charge de déballer ces caisses de bouquins.

Cador s'essuya les mains sur son pantalon.

— Désolé, mon vieux, mais je dois vérifier la livraison des instruments… Tiens, regarde qui vient là, ajouta-t-il en désignant du menton le secrétaire d'Eaton qui faisait son entrée. On dirait qu'on a encore besoin de toi.

Eaton retint un soupir. S'occuper de paperasses l'avait toujours prodigieusement ennuyé. Il préférait de loin le travail physique. Surtout en ce moment. Cela lui changeait les idées.

Il s'arracha pourtant un sourire. Après tout, le brave garçon qui faisait office de secrétaire n'y était pour rien.

— De quoi s'agit-il, John ?

— Quelqu'un demande à vous voir, milord.

Le dénommé John était un tout jeune homme nouvellement recruté pour tenir les différents registres et s'occuper de la correspondance. Et aujourd'hui, tandis qu'il se dandinait d'un pied sur l'autre, les joues colorées par un incarnat qui ne devait rien à l'effort d'avoir grimpé un étage, il ne faisait vraiment pas plus que ses vingt et un printemps. La personne qui avait réclamé de le voir avait dû se montrer particulièrement insistante… ou lui avait fait une forte impression.

Parmi les nombreux progrès qu'il avait encore à faire, leur jeune cerbère devrait apprendre à mieux garder les portes.

— Ce monsieur ou cette dame a-t-il un rendez-vous ? s'enquit-il en cherchant du coin de l'œil un chiffon pour s'essuyer les mains.

La rougeur de John s'accrut.

— Je crains que non, milord.

— Un de nos élèves serait-il à ce point en avance ?

Eaton avait abandonné l'espoir de dénicher un chiffon. Déjà, son cerveau étudiait diverses solutions. Si besoin, il y avait des chambres prêtes au troisième étage, et le cuisinier pourrait fort bien préparer quelques repas supplémentaires, bien que la livraison de l'ensemble des provisions ne soit prévue que pour le lendemain...

John, de plus en plus troublé, éprouva le besoin de s'éclaircir la gorge.

— Je... euh... Il s'agit de l'un de nos généreux mécènes, milord. Une des dames veuves, pour être plus précis.

Au fur et à mesure qu'il s'expliquait, son ton se faisait plus pressant, comme influencé par l'insistance du visiteur importun.

Quoique étonné par cette intrusion au pire moment des préparatifs présidant à l'ouverture, Eaton se détendit. Deux des sponsors de l'école étaient en effet de respectables veuves aussi riches que mélomanes, et aucune d'entre elles ne semblait susceptible de pouvoir susciter un tel trouble.

— S'agit-il de Mrs Penhaligon ? Est-elle venue s'assurer que son piano est installé au bon endroit ?

Au grand ravissement de Cador, la veuve d'Austol Penhaligon avait en effet fait don à l'école de son magnifique Sébastien Érard à double pédale. Quant à leur autre bienfaitrice, une certaine Mrs Blaxland qu'Eaton n'avait encore jamais vue, il s'agissait d'une dame résidant à Truro et férue de questions d'ordre pédagogique, à qui son mari avait légué une immense fortune sur laquelle elle avait prélevé une somme conséquente afin de contribuer à la mise en route de l'école. C'était sans doute son grand âge, puisque son mari, Huntingdon Blaxland, n'avait pas loin de soixante-dix ans quand il était mort cinq ans plus tôt, qui avait empêché jusqu'à présent cette honorable personne de faire le voyage. Quoi qu'il en soit, grâce à ses très généreuses subventions, leurs élèves bénéficieraient de l'enseignement des meilleurs professeurs de musique que Cador Kitto avait pu recruter sur le continent pendant son voyage de noces.

Un doux bruissement d'étoffe les avertit que la visiteuse avait pris sur elle de monter jusqu'à l'étage, puisque le jeune gardien du temple tardait à faire son office.

— Non, non, pas Mrs Penhaligon, je le crains, dit une voix mélodieuse.

Une petite main ferme repoussa le maigre obstacle du long corps dégingandé de John, et une élégante toilette vert pomme surmontée d'une jolie tête couronnée d'épaisses nattes de cheveux auburn fit irruption dans la pièce.

— Mon nom est Eliza Blaxland, annonça la ravissante apparition en allant tout droit vers la table de chêne sur laquelle elle fit courir celle de ses deux mains encore gantée. Et je crains, Lord Lynford, que vous n'ayez des comptes à me rendre.

Eaton ne se gêna pas pour gratifier l'impudente d'un regard peu amène. Ainsi cette prétentieuse virago était Eliza Blaxland ? Quel mauvais génie avait pu pousser le vieux magnat, propriétaire des mines de cuivre les plus rentables de la région, à épouser une femme comme elle ? Cette mégère n'avait rien de la charmante vieille dame aux cheveux gris dont il s'était fait l'idée, exerçant ses talents de philanthrope du fond de son fauteuil. Sous le regard sidéré des trois hommes évoluait une élégante jeune femme à peine âgée d'une trentaine d'années, pleine de feu et fort imbue de son rang et de ses pouvoirs.

Mais si c'était vraiment le cas, ajouta aussitôt Eaton pour lui-même, elle allait devoir réviser sa copie. Il voulait bien de son argent, mais pas de son ingérence. Le marquis de Lynford n'avait à rendre de comptes à personne. Il ne se laissait ni acheter ni intimider.

— Rendre des comptes, Mrs Blaxland ? Qu'entendez-vous par là ? Je ne me souviens pas que nous ayons convenu d'un rendez-vous ? Et surtout pas pour que vous vous croyiez autorisée à me demander de me justifier !

D'ordinaire, c'était lui qui, si besoin était, se chargeait d'intimider les gens. Que cette péronnelle s'imagine pouvoir renverser les rôles ne manquait pas de piquant. Il était grand temps de lui apprendre que ses généreux subsides ne l'autorisaient pas à jouer les tyrans. Et encore moins à faire irruption dans l'école à chaque fois que la fantaisie lui en prendrait.

Apparemment peu impressionnée par ce discours dissuasif, la visiteuse soutint froidement son regard. Il crut même voir luire dans ses yeux une lueur moqueuse tandis qu'elle détaillait sa tenue négligée, s'étonnant sans doute de voir le maître des lieux en chemise, le col largement ouvert et le front barré d'une large traînée de poussière. Tout le contraire de l'impression de perfection qui se dégageait de sa tenue d'extérieur estivale en mousseline indienne vert pomme assortie à son chapeau à la lyonnaise et à ses bottines de fin cuir vert.

— Permettez-moi de ne pas être d'accord. Vous êtes à deux jours de l'ouverture, et cet endroit tient plus d'une maison d'aliénés que d'un établissement destiné à héberger de jeunes enfants.

Elle conclut en levant son gant maculé de poussière :

— Mon argent n'est pas destiné à entretenir le chaos.

Eaton choisit dans son répertoire l'un de ses sourires les plus séducteurs. Ce n'était pas la première fois qu'il avait à dompter une de ces dames un peu trop conservatrices effrayées par son esprit bohème.

— Chère madame, je peux vous assurer que tout sera en place pour le grand jour.

Mais Mrs Blaxland, une moue dubitative mettant en valeur ses jolies lèvres charnues, se contenta de parcourir sans répondre la pièce jonchée de meubles qui n'avaient pas encore trouvé leur place, de pots de peinture et d'escabeaux, rencontrant partout la confirmation de ce qu'elle redoutait. Eaton ne put retenir une petite grimace. Il fallait faire sortir au plus vite leur visiteuse de cette salle. Il y avait bien d'autres endroits dans l'école présentant l'ordre, la propreté et l'harmonie qui convenaient à un établissement d'enseignement sur le point d'ouvrir ses portes.

— Puis-je vous proposer une visite des lieux ? lui suggéra-t-il en lui présentant son bras.

Cette petite peste était bien capable de fourrer son charmant petit nez partout. Autant l'accompagner pour garder un œil sur elle et limiter les dégâts. Sans compter qu'il valait mieux perdre une heure de son précieux temps que de se mettre à dos une donatrice particulièrement généreuse.

Il ajouta, non sans perfidie :

— Ce qui vous permettra de m'expliquer l'objet de votre visite...

Sans donner à la jeune femme le temps de refuser, il se tourna vers Cade avec un geste emphatique :

— Tout d'abord, permettez-moi de vous présenter notre directeur pédagogique, Mr Cador Kitto, qui vient de passer ces dernières années au sein de l'Orchestre national de Vienne. Il a composé avec succès à la cour des Habsbourg-Lorraine.

Cade se pencha sur la fine main gantée qu'on lui tendait avec l'aisance et le panache inimitable de ces artistes de cour qu'on ne trouve que dans les plus riches capitales d'Europe centrale. Et, une fraction de seconde, Eaton ne put s'empêcher de lui envier sa blondeur et l'élégante minceur de sa silhouette.

— Enchanté de faire enfin votre connaissance, Mrs Blaxland. Vos bontés pour les élèves de cette école seront pour eux du plus grand profit. Ils vous voueront plus tard une reconnaissance éternelle.

Bien joué, Cade !

Eaton sourit pour lui-même. Une bonne dose de flatterie ne serait pas de trop pour lisser les plumes de cette péronnelle. Quoiqu'on n'ait pas la moindre idée de ce qui avait pu la faire se dresser ainsi sur ses ergots, à part quelques meubles en désordre.

— Ce que vous considérez comme un chaos, chère madame, est pour moi bien au contraire le spectacle même des choses qui avancent. Si vous permettez...

Lui prenant le bras d'autorité, il entraîna Mrs Blaxland loin du remue-ménage de la grande salle pour visiter les chambres du troisième étage dont les lits faits, aux draps et couvertures impeccablement tirés, les étagères sans un grain de poussière et les rideaux d'un blanc immaculé ne pouvaient que ravir son goût évident de l'ordre et de la propreté. Humant l'air discrètement, Eaton s'assura qu'il émanait des lieux une agréable odeur d'encaustique et de local régulièrement aéré.

— C'est l'épouse de Mr Kitto qui a conçu la décoration des

chambres, expliqua-t-il, très fier. Elle est convaincue qu'un environnement harmonieux prédispose à l'élévation de l'âme et à la création.

— ... et incite donc à prolonger son séjour dans notre établissement le plus longtemps possible, conclut prosaïquement la visiteuse. À ce propos, où en sommes-nous des inscriptions ? Avons-nous assez d'élèves pour remplir ces jolies chambres ?

Refermant la dernière porte derrière eux, Eaton conduisit Mrs Blaxland vers la cage d'escalier.

— Nos effectifs atteignent les deux tiers de nos capacités, expliqua-t-il en s'effaçant pour la laisser passer. Ce qui me semble une très bonne nouvelle pour un début.

Vingt et un garçons, âgés de sept à quatorze ans, allaient arriver dès le lendemain de la journée portes ouvertes.

Il assura encore à son interlocutrice, dont le regard aigu restait pourtant lourd de suspicion :

— Le bouche-à-oreille sur la qualité de l'enseignement musical qui se dispense à la Cornwish Academy ne tardera pas à faire son effet, j'en suis convaincu.

— Vos élèves ont-ils été sélectionnés sur des critères suffisamment exigeants ? Il me semble que le réel handicap de cette école, comme je l'ai souligné dans l'une de mes correspondances, n'est pas son concept mais sa localisation. Pourquoi un jeune musicien doté d'un véritable talent viendrait-il se perdre au fin fond de la Cornouailles pour faire des études musicales quand il pourrait tout aussi bien le faire à Londres ? Ou sur le continent ? Ou encore en Amérique ? Je crains que les meilleurs d'entre eux n'aient aucune raison de choisir Porth Karrek.

La visiteuse avait son franc-parler, c'était indéniable. À la limite de l'incorrection, même. Sans doute était-ce la manière de faire dans les milieux industriels où la préoccupation principale n'était pas de se faire des ronds de jambe mais de gagner de l'argent. Eaton préféra s'incliner complaisamment devant l'évidence de son raisonnement.

— Sans doute, du moins au début. Mais les talents auxquels vous aspirez viendront d'eux-mêmes quand nous aurons fait nos preuves. Il ne suffit pas de mettre de l'argent dans un projet pour assurer son succès...

La brutalité de ses propos le choqua lui-même, mais il ne s'excusa pas. Après tout, cette petite peste l'avait bien mérité. Si Eliza Blaxland s'en trouvait offensée, c'était son affaire. Du reste, étant lui-même l'héritier d'une riche et puissante famille, il aurait pu subventionner entièrement l'école sur ses propres fonds. Mais il avait tenu à bénéficier de la caution morale de familles bien impliquées dans la vie locale et de bonne réputation.

Eaton s'éclaircit la gorge et répéta le point de vue si souvent énoncé de Richard Penlerick.

— La qualité de nos élèves sera déterminée par celle de nos sponsors autant que par notre réussite aux examens. C'est pourquoi je vous ai tout particulièrement sollicitée. Outre une réputation qui n'est plus à faire, vous êtes particulièrement connue dans la bonne société de la région pour votre intérêt pour les questions éducatives.

Quand ils eurent regagné le rez-de-chaussée, il dirigea la jeune femme vers le grand salon où le Sébastien Érard trônait en bonne place.

— C'est ici que se tiendront nos récitals. Naturellement, Mr Kitto nous fera le plaisir d'un petit concert lors de notre journée portes ouvertes.

Il sourit de plaisir en se disant qu'il avait contribué à l'effort commun en s'assurant le concours d'un musicien et pédagogue de grande réputation comme directeur de l'école. C'était un atout incontestable pour recruter des élèves de talent.

Il laissa le temps à la dame patronnesse d'admirer le magnifique piano de ses grands yeux verts avant d'en venir au vif du sujet.

— Vous auriez certainement pu voir tout cela, et dans de bien meilleures conditions, demain, à l'occasion de la journée portes ouvertes. Quelle est la véritable raison de votre visite, Mrs Blaxland ?

Avait-elle un élève à caser ? Un professeur qu'elle aimerait recommander ? Quelles que soient les qualités de l'un ou de l'autre, il lui faudrait faire ses preuves, comme tout un chacun dans ces murs. Kitto ne voulait que le meilleur.

Elle lui adressa un sourire aimable qu'il prit pour ce qu'il était. Une manière de baisser les armes, certes, mais un peu, oh ! si peu, narquoise.

— Si j'ai appris une chose en dirigeant l'entreprise minière de mon défunt mari, c'est que les visites impromptues paient davantage que les inspections dûment programmées. En arrivant à l'improviste, on voit les choses telles qu'elles sont.

Eaton se surprit à plaindre ses employés.

— En quelque sorte, Mrs Blaxland, vous avez voulu nous tendre une petite embuscade ?

Jouter avec cette femme, même verbalement, était décidément plutôt excitant. La part de lui-même qui s'était endormie à Londres se réveillait doucement.

— Lorsqu'on se sent pris dans une embuscade, rétorqua-t-elle d'un ton suave, c'est qu'on craint d'être pris en faute. Quelqu'un de compétent n'est jamais pris en faute.

Eliza Blaxland avait-elle jamais été prise en défaut ? À en juger par son allure rigide, sa tenue irréprochable, cela n'avait pas dû lui arriver souvent. Il était difficile d'imaginer ce genre de personne commettant la moindre erreur. Du coup, Eaton se lança le défi d'y parvenir. Il avait envie de la piéger à son tour pour le seul plaisir de lui montrer que c'était possible. Comment diable une telle femme réagirait-elle quand elle s'apercevrait qu'elle perdait le contrôle de la situation ?

Le regard d'Eaton s'attarda sur le teint sans défaut de son interlocutrice, sur ce joli visage au contour parfait et à l'élégant petit nez. Il plongea dans les grands yeux verts qui le dévisageaient sans ciller, s'arrêta sur cette appétissante bouche rose qui appelait le baiser.

Et une idée saugrenue le traversa soudain. Qu'est-ce qui pourrait troubler cette belle harmonie ? Huntingdon Blaxland était-il jamais parvenu à désarçonner son épouse, excepté, bien sûr, le jour de sa mort ? Un baiser, peut-être ? Mais, Dieu sait pourquoi, Eaton doutait qu'un simple baiser suffise à bouleverser le petit univers bien réglé d'Eliza Blaxland.

Mais pourquoi cela ne lui manquerait-il pas, comme à toute autre femme ? Et contre toute attente, malgré la tragédie que ses amis et lui venaient de vivre, Eaton sentit jaillir en lui une étincelle de désir. Réaction bien surprenante à l'égard d'une respectable dame patronnesse, mais bien naturelle quand la dame était jeune et séduisante.

Ils regagnèrent ensemble le grand hall, et Eaton s'arrêta devant l'entrée principale, suggérant ainsi, sans faire le moindre effort pour se montrer plus courtois, qu'il était certainement temps pour la visiteuse de prendre congé.

— Si vous n'avez pas d'autres questions, je vais vous laisser ici. Il ne vous a pas échappé que nous avons encore beaucoup à faire.

— Oui, bien sûr... Ah si ! encore une chose...

Elle le dévisagea de nouveau un instant de son regard intelligent.

— Vous avez réussi à m'étonner, Lord Lynford... Vraiment, je pensais que l'héritier de Bude était plus... âgé.

Ce qui pouvait tout aussi bien sous-entendre qu'un si jeune directeur administratif ne saurait être à la hauteur de sa fonction. Un homme de son âge et de son rang aurait bien mieux sa place dans le tourbillon des festivités londoniennes.

— Vingt-huit ans, est-ce trop jeune pour vous ? s'enquit-il, arquant un sourcil machiavélique.

Eaton était parfaitement conscient de l'ambiguïté de la question et s'en réjouissait presque ostensiblement. D'autant plus que, pour ce qui la concernait, Eliza Blaxland n'avait probablement pas dépassé de beaucoup la trentaine.

— Eh bien, chère Mrs Blaxland, conclut-il sans attendre sa réponse, avec votre permission, je vais devoir vous laisser. Ce sera un plaisir de vous revoir dans deux jours pour la réception qui doit clôturer notre journée portes ouvertes... Et ne vous inquiétez pas pour mon âge, je vous en prie. Je suis comme les bons melons, juste à point. Ni trop mûr ni trop vert !

Il adressa un bref salut à la jeune femme, et tourna les talons en riant sous cape. Son intuition lui disait qu'il ne devait pas arriver souvent à la veuve Blaxland de se faire remettre à sa place. Et pourtant, elle devait en avoir bien besoin. On ne s'enfermait pas sans raisons derrière les remparts d'une solide forteresse. Et, Dieu sait pourquoi, ces raisons, il se surprit à désirer les connaître.

— Je n'en doute pas une seconde, marquis, rétorqua Eliza Blaxland dans son dos.

Son ton courroucé et piquant fit se retourner Eaton. Une lueur d'intérêt traversa fugitivement le regard vert de la jeune femme avant qu'une longue pratique ne la refoule.

Trop tard. Il avait eu le temps de la capter. Il ne put s'empêcher de se réjouir de cette petite victoire. Eliza Blaxland n'était pas aussi froide ni aussi indifférente qu'elle voulait bien le paraître.

2

Elle se laissa aller contre le dossier de la banquette de cuir de son cabriolet avec un soupir. Il y avait longtemps qu'elle n'avait été impressionnée par quelqu'un. Au moins depuis aussi longtemps que le début de son veuvage. Cinq ans, huit mois et trois semaines, pour être exacte. Depuis lors, c'était plutôt à elle que revenait de faire forte impression sur les gens. Cela s'était vite révélé indispensable pour tenir sous son joug les actionnaires du conseil d'administration de la mine.

Mais cet après-midi, il lui fallait bien se l'avouer, Eaton Falmage, marquis de Lynford, futur héritier du titre de duc de Bude, lui avait plutôt tenu la dragée haute. Quand Eliza avait envisagé cette visite surprise, elle ne s'attendait pas à tomber sur un tel personnage. Elle fouilla nerveusement dans son réticule en quête de son éventail. D'un seul regard de ses yeux sombres, ce fichu marquis avait bien failli faire fondre sa réserve.

Des années de pratique avaient pourtant fini par la persuader que ses défenses étaient invulnérables. Qu'elle était à l'abri de toutes les tentatives de séduction masculines. Aujourd'hui, Lynford l'avait provoquée, pas seulement en tant que dame patronnesse un peu trop curieuse et exigeante mais en tant que femme. En ce qui concernait la première, cela ne la souciait guère. Le mécénat n'était qu'une des nombreuses missions qu'elle s'était données. Pour ce qui était de la seconde, c'était plus… ennuyeux. Elle ne s'était plus sentie femme, avec une sensibilité, des émotions et des attentes, depuis la mort de son époux.

Mais dans l'intérêt de sa fille, dans son propre intérêt aussi, elle ne pouvait se permettre ce genre de fantaisie. La femme que les hommes avaient devant eux n'était qu'une poupée de cire peinte, coiffée et vêtue avec soin. Une poupée capable de soutenir une conversation cultivée avec l'aisance d'une personne du meilleur monde, de danser avec une grâce que certains avaient bien voulu qualifier de divine. Une femme que beaucoup avaient désiré posséder. Mais l'illusion se dissipait sitôt qu'Eliza prenait place dans le fauteuil de la présidence lors des conseils de la mine et qu'elle assénait ses verdicts d'une voix froide et assurée. Elle savait parfaitement que, derrière son dos, certains de ces hommes la qualifiaient de sirène prête à tout pour les entraîner dans le piège de sa volonté. Ou de vipère n'attendant que l'occasion de frapper. Mais aujourd'hui, Lynford, tel un formidable Ulysse, s'était déjoué de tous ses pièges et... il fallait bien se l'avouer, avait fini par l'emporter.

Jusqu'au prochain match.

Les battements de l'éventail de soie rose d'Eliza s'accélérèrent comme les ailes d'un papillon pris au piège. Non seulement il était plus jeune que ce qu'elle s'était imaginé, mais il avait cinq ans de moins qu'elle. Il était plus grand, avait des jambes plus longues et des yeux plus noirs et plus insolents qu'il n'était permis.

Elle avait toujours aimé les hommes grands avec des jambes puissantes et bien musclées, ce qu'il était facile de vérifier étant donné que Lynford les exhibait sans complexe, ayant jeté sa jaquette Dieu sait où pour s'adonner à des tâches domestiques. À dire vrai, sa culotte moulante et le col de sa chemise ne cachaient pas grand-chose. Et bien sûr, l'impudent personnage ne s'était pas donné la peine de s'excuser. Pas plus qu'il n'avait fait mine de remettre un peu d'ordre dans l'indécence de sa tenue.

Sous l'effet de cette débauche de masculinité, la femelle primitive qui était cachée au fond d'elle, comme au fond de toute femme, avait joué de ses griffes contre les barreaux de sa cage. Preuve s'il en fallait qu'elle n'était pas morte.

Encore une révélation bien dérangeante.

Eliza ferma les yeux. Cela faisait si longtemps qu'elle n'avait pas éprouvé le moindre attrait pour un spécimen de la gent masculine. Et encore moins du désir ! Quel choc après cinq longues années de chasteté absolue, au cours desquelles elle n'osait plus se conduire ni comme une femme ni comme un homme, de peur de susciter convoitise et jugement.

Mais cette découverte se manifestait à un moment bien inopportun. Eliza aurait de loin préféré que Lynford lui apparût sous la forme d'un quinquagénaire bedonnant aux tempes argentées revenu de toute chose. Ces hommes-là, elle savait comment les manier.

Son mari, qui avait trente-sept ans de plus qu'elle au moment de leur mariage, avait appartenu à cette catégorie. Il en existait des répliques par dizaines parmi les actionnaires et le conseil d'administration de Blaxland Mining Corporation. Tout le contraire de Lynford qui incarnait la fougue de la jeunesse, l'esprit d'entreprise et l'audace. Il se croyait infaillible et peut-être avait-il raison. C'était un pair du royaume, habitué à ce que tous plient sous ses volontés. Ce n'était pas un homme d'affaires, comme son mari, dont l'univers se limitait à la ligne de profit affichée sur les murs de son bureau. Et contrairement à lui encore, comme Eaton l'avait dit lui-même, il n'était « ni trop mûr ni trop vert, comme un melon ».

Elle n'avait aucune expérience de ce genre d'homme audacieux et direct, qui la regardait droit dans les yeux et répondait tranquillement à ses provocations. Bref, qui la considérait comme son égale.

Et c'était tant mieux, car Eliza n'avait pas de place dans sa vie pour goûter à la nouveauté d'une telle expérience.

Il fallait prendre son émoi du jour pour ce qu'il était. Une expérience gratifiante qui lui démontrait que toutes ces années de labeur n'avaient pas fait d'elle une mécanique froide et sans vie, habile seulement à faire de l'argent. Elle était encore capable de s'émouvoir. Tant mieux.

Mais elle était mère de famille et avait une entreprise à faire fructifier. Pas question que sa fille connaisse jamais la gêne et le besoin dont elle-même avait souffert simplement parce qu'elle était née femme. De telles obligations coupaient court à toute forme de passion. Un seul faux pas et tout ce pour quoi elle se battait depuis des années lui échapperait comme un mirage dans le désert.

Non seulement une aventure avec le trop séduisant marquis nuirait considérablement à sa position de bienfaitrice de l'école, mais tous ses projets pouvaient s'en trouver compromis. Outre celui maintenant réalisé de Lynford et de son brillant directeur pédagogique, Eliza espérait bien que Lord Lynford l'aiderait à créer des écoles primaires partout où il y avait une mine Blaxland. Mélanger les affaires et le plaisir ne ferait que compromettre de manière rédhibitoire l'un de ses vœux les plus chers.

Telle était la raison de sa visite aujourd'hui : s'assurer que Lynford méritait sa confiance. Serait-il à la hauteur de sa tâche ou n'était-il, comme la plupart de ces jeunes et séduisants aristocrates, qu'un aimable dilettante ? Eliza tenait à vérifier par elle-même que tout était prêt pour l'inauguration. Pour ce qui la concernait, il pouvait compter sur elle pour jouer son rôle dans le succès du conservatoire. Ses propres objectifs en dépendaient. Le trust constitué par ses actionnaires allait jouer un rôle essentiel maintenant que les mines de Porth Karrek envisageaient une expansion. En reprenant les rênes après le décès de son mari, elle n'avait pas tardé à comprendre qu'on n'avait jamais assez d'alliés. Une malencontreuse liaison pouvait lui coûter sa réussite dans tous les domaines, comme cela s'était passé pour sa mère, veuve fortunée avec une fille à élever et aucun talent pour gérer ses affaires.

Le résultat ne s'était pas fait attendre. La fortune familiale avait vite disparu entre les mains d'un amant incompétent et sans scrupules. À l'époque, Eliza avait quatorze ans et s'était juré qu'elle ne placerait jamais ses affaires de cœur avant ses intérêts. Dès le lendemain de leur déconfiture, elle avait pris d'assaut le bureau du comptable de leur petite entreprise minière et avait commencé à apprendre à gérer les livres de comptes. Savoir, c'était pouvoir. Elle s'était convaincue un peu plus chaque jour que l'école était le meilleur moyen de rendre le peuple indépendant. Surtout en ce qui concernait les filles, qui, une fois instruites, n'auraient pas à attendre le bon vouloir d'un mari pour subsister. Trop de femmes, comme sa propre mère, s'étaient mariées parce qu'elles ignoraient comment conquérir et garder leur liberté. Eliza était bien décidée à ne pas tomber dans le même piège.

Deux jours plus tard – Journée portes ouvertes de l'Académie

Cette fois, ce serait différent. Eliza pénétra dans la salle de réception de l'école en se répétant obstinément ce mantra. Elle s'était préparée à la rencontre avec le trop séduisant Eaton Falmage. Sa prestance et sa morgue ne la prendraient pas par surprise. Et ils ne seraient pas seuls, ce dont elle eut confirmation dès son arrivée. La vaste salle était pleine à craquer d'une foule rivalisant d'élégance avec ses hommes en habit noir et ses dames en froufrous de soie et dentelles. La réception avait une dimension plus importante qu'Eliza ne l'avait imaginé. Quand le fils d'un duc lançait une invitation, tout le monde se faisait un devoir d'y assister. Dépliant son éventail, elle commença à parcourir l'enfilade de salons d'un pas ferme, affichant ostensiblement sa solitude assumée. Depuis cinq ans, elle en avait fait tout un art, s'imposant d'assister, malgré son veuvage, à tous les événements sociaux auxquels sa position lui permettait difficilement d'échapper sans s'attirer critique ou blâme. Et le monde s'y était habitué par la même occasion. Pas question de rester seule cloîtrée chez elle ou d'aller faire tapisserie dans un coin avec les vieilles douairières cancanières.

Elle arrivait seule et repartait seule, et avait même fini par apprécier sa propre compagnie. Pas de conversation à soutenir, à part quelques banales considérations, pas de sourires ni de compliments forcés, aucun ego à flatter. Elle pouvait profiter du spectacle à loisir, envisager dans le calme qui aborder ou fuir, et pouvait ainsi choisir comment et avec qui passer son temps.

Et précisément, en ce moment, c'était sur Lynford qu'Eliza avait jeté son dévolu. Les félicitations étaient de mise, admit-elle en parcourant du regard avec un sourire satisfait le décor de la vaste salle de fête dans laquelle elle arrivait enfin, dont les portes-fenêtres à la française s'ouvraient sur les jardins où clignotaient des lampions. Ses consoles cirées de frais sur lesquelles étaient disposées des fleurs à profusion, ses parquets luisants et ses immenses lustres de cristal dans lesquels se reflétaient les mille lumières des bougies révélaient les efforts des organisateurs pour que tout soit parfait. Personne n'aurait pu deviner que, deux jours plus tôt, l'endroit offrait le spectacle du plus grand chaos.

Eliza nota du coin de l'œil que l'une des portes-fenêtres était entrouverte sur le jardin. Ce serait un bon moyen de s'échapper si le besoin s'en faisait sentir.

Puis son regard se remit à fouiller la foule jusqu'à ce qu'elle le déniche enfin, debout devant la cheminée, à quelques pas du fameux piano. Le moment était venu de tester ses hypothèses.

Son regard se fit plus aigu, son éventail s'immobilisa de lui-même.

Il était là, debout de profil, conversant avec un groupe d'hommes tous vêtus comme lui du même habit noir. Et pourtant, le jeune marquis se distinguait d'eux autant qu'un oiseau du paradis au milieu d'une assemblée de pies. Et Eliza comprit aussitôt que son *mantra* ne servirait à rien. Cette fois se passerait comme la précédente, si ce n'était que, ce soir, le marquis de Lynford était habillé de pied en cap.

Ce qui ne retirait rien à son charme, bien au contraire.

Eliza ferma son éventail d'un geste sec et, le glissant nerveusement dans son réticule, poursuivit son examen.

Ce soir, l'épaisse chevelure noire du jeune homme était soigneusement domptée, sans doute avec la complicité de quelque cosmétique étant donné leur désordre lors de leur première rencontre. Son menton et ses joues, rasés de près, mettaient en valeur les traits puissamment dessinés de son visage, ses narines largement ouvertes, presque animales, ses pommettes hautes sous les yeux noirs, héritage de ses ancêtres, fiers gardiens de ces lointaines terres de Cornouailles.

Il se tenait fermement campé sur ses deux longues jambes, tel un étalon puissant au sein de sa harde. Un spécimen fait pour commander, quels que soient son âge et son expérience.

Puis le maître des lieux entreprit de se déplacer au milieu de ses invités, les saluant avec une aisance et une courtoisie héritées de plusieurs siècles de pratique, même si son regard vif, ses narines palpitantes trahissaient sa préférence pour les longues errances dans les landes et les falaises balayées par les vents de Porth Karrek.

Non que cela la concerna, se ravisa Eliza en détournant vivement le regard. Sa présence à cette soirée d'inauguration était toute professionnelle. Elle n'était pas là pour le plaisir. Sa mésaventure avec Miles Detford ne lui avait-elle pas servi de leçon ? Pas question de se laisser distraire par de vaines spéculations au sujet du marquis de Lynford. Et encore moins de se laisser surprendre à le dévisager la bouche ouverte ! Dieu sait comment il pourrait l'interpréter.

Trop tard.

Lynford venait de rencontrer son regard et il lui décocha un large sourire, celui qu'on destine en règle générale à des gens qu'on est heureux de revoir. Et pourtant, après le ton de leur dernière visite, pourquoi se réjouirait-il de sa présence au milieu de son salon ? Elle le vit, fascinée, s'excuser auprès des gens avec qui il devisait et se diriger vers elle d'un pas vif. Plus moyen de lui échapper. Elle sentit son visage s'empourprer. Que pouvait-il lui vouloir ?

Saisissant deux coupes de champagne au passage, il lui en tendit une.

— Ravi de vous revoir, Mrs Blaxland. J'espère que, cette fois, vous êtes contente de ce que vous voyez ? Nul grain de poussière sur les tables, plus aucun atome dans les airs de cette horrible odeur de peinture... Seuls l'arôme des bons vins et le parfum des femmes...

Il se moquait d'elle, c'était clair, et semblait trouver ses sous-entendus éminemment spirituels.

— Rassurez-vous, je n'ai guère eu le temps de procéder à une quelconque inspection. Je viens juste d'arriver.

Eliza but une gorgée de champagne en le défiant du regard. Même dans une pièce remplie d'hommes, tous habillés de la même façon, il se distinguait par sa prestance naturelle et captait son attention à l'exclusion de tout le reste. C'était une situation fort dangereuse, qui la rendait particulièrement vulnérable.

Il était temps de passer à offensive.

— Quoi que vous attendiez de moi, vous devez vraiment y tenir, Lord Lynford, étant donné vos efforts pour y parvenir. Du champagne, d'aimables sourires ?... Allons, venons-en au fait ! De quoi s'agit-il ?

Elle souligna ses propos de son regard le plus incisif, ce qui ne parut pas le démonter.

— Ah ! je vois que vous appréciez le champagne. J'en prends bonne note, rétorqua-t-il avec malice. Mais qu'est-ce qui vous fait croire que j'attends de vous autre chose que votre approbation, Mrs Blaxland ?

Lord Lynford aimait donc jouer avec les marges. Eliza ne s'attendait pas à cela. Elle avait compté désarçonner son interlocuteur et, tout au contraire, son beau regard sombre pétillait de malice.

Elle sourit.

— Mon approbation ou mon indulgence ? Si c'est ce que vous espérez, je vous détrompe tout de suite. Si je m'inquiétais que vous et vos associés ne soyez pas prêts à temps, je n'espérais pas que ce soit le cas ! rétorqua-t-elle en lui tapotant l'avant-bras de son éventail. Je souhaite ardemment que cette école soit une réussite. Je n'investis jamais dans des entreprises hasardeuses...

Eliza l'étudia un instant d'un regard spéculatif, puis décida de lui confier ses projets.

— Cette école pourra nous servir de témoin, reprit-elle. Elle montrera à tous que cette expérience peut s'étendre à d'autres types de lieux éducatifs. J'envisage d'ouvrir des écoles primaires pour les enfants de nos mineurs, afin que, contrairement à leurs parents, ils puissent choisir leur avenir.

Les yeux de Lynford n'étaient plus que deux puits obscurs. Un instant, elle crut l'avoir choqué. Que pouvait penser un duc de l'idée d'offrir aux pauvres la clé de leur liberté ? Peut-être s'était-elle montrée un peu trop optimiste en pensant qu'il pouvait comprendre ? Mais il hocha la tête et lui sourit, son regard traversé d'une lueur d'approbation.

— Je serais ravi d'avoir l'occasion de développer ce sujet plus longuement avec vous, Mrs Blaxland, approuva-t-il en heurtant sa coupe de cristal contre la sienne... Trinquons à la réussite de nos projets, quels qu'ils soient ! Et à ce propos, chère madame, peut-être pourrez-vous être encore utile à notre cause ce soir.

Voilà donc l'explication d'une si soudaine amabilité ! Eliza se raidit. Son instinct ne l'avait pas trompée. Il voulait d'elle autre chose que son argent. Elle attendit qu'il s'explique, non sans une certaine anxiété.

— Oui ?...

De nouveau ce sourire désarmant.

— En tant que notre plus généreuse donatrice, j'aimerais que vous nous honoriez d'un discours.

Un discours ? Eliza aspira nerveusement une autre gorgée de champagne, la bouche soudain sèche malgré la fraîcheur glacée du liquide.

— Vous êtes prête à ce genre de formalités, n'est-ce pas ? Vous vous doutiez bien que nous attendions de vous quelques mots pour conférer toute sa solennité à un événement d'une telle importance. N'ai-je pas entendu dire de source autorisée que quelqu'un de compétent n'est jamais pris en défaut ?

Eliza pinça les lèvres. La source autorisée en question, c'était elle. Lord Lynford reprenait ses propos mot pour mot. Et, en agissant ainsi, il ne faisait que lui rendre la monnaie de sa pièce.

Lui aussi, il savait tendre des embuscades !

3

Elle le dévisagea, les yeux soudain rétrécis.

— Bien joué, Lord Lynford.

Son interlocuteur sourit de toutes ses dents, une lueur malicieuse dans le regard.

— Je ne vois pas à quoi vous faites allusion, Mrs Blaxland. Les affaires sont les affaires, voilà tout. Ce n'est pas à vous que je vais apprendre cela, n'est-ce pas ?

La débarrassant de sa coupe vide, il la déposa avec la sienne sur le plateau le plus proche avant de lui offrir son bras.

— Si vous le voulez bien, je souhaiterais vous présenter à quelques-uns des membres de notre conseil d'administration, ainsi qu'aux parents dont les enfants vont interpréter quelques morceaux pour nous ce soir et aux autres bienfaiteurs de notre institution.

— En bref, vous avez besoin d'une hôtesse, conclut Eliza d'une voix brève.

C'était fort peu de chose comparé à l'horrible perspective de devoir prononcer un discours.

— La charmante épouse de Mr Kitto, notre chère Rosenwyn, devait jouer ce rôle. Malheureusement, elle est souffrante, expliqua Lynford avec un sourire de plus en plus angélique. Dans ce genre de réception, où peu de gens se connaissent, finalement, nous avons absolument besoin de la douceur féminine pour arrondir les angles.

Eliza s'assombrit. Elle n'avait absolument pas prévu d'attirer l'attention sur elle ce soir. Jouer le rôle d'hôtesse ferait converger sur elle tous les regards. Cela dit, cela pouvait tourner aussi à son avantage. Elle pourrait faire la connaissance de gens intéressés par son projet de scolarisation des enfants de mineurs. Du coin de l'œil, elle vit Cador Kitto traverser la salle, suivi d'une file d'élèves munis chacun de son instrument, et son cœur se mit à battre comme un tambour. Le programme de la soirée allait commencer. Le moment était venu pour elle de faire son discours.

Mais Lynford continuait à diriger les événements.

— Nous y allons ?

Elle sentit une main ferme se poser au creux de ses reins et la pousser doucement vers l'angle de la salle où se trouvait le piano. Déjà, Mr Kitto y disposait ses élèves.

Eliza s'éclaircit la gorge.

— Humm… Êtes-vous sûr qu'il n'y aurait pas quelqu'un de plus apte que moi pour s'adresser à tout ce monde ?… Mr Burke, peut-être.

Ce charmant quinquagénaire s'était montré de commerce fort agréable lors de l'unique réunion des donateurs.

Lynford secoua la tête avec véhémence, et la gratifia d'un autre de ses sourires charmeurs. Il en avait été fort prodigue, depuis le début de la soirée, et beaucoup de femmes, mères de famille ou demoiselles à marier, le suivaient d'un regard à la fois songeur et inconsciemment concupiscent.

— Non, non. C'est vous que je veux…

Le double sens de ces mots ne la trompait pas. *Œil pour œil, dent pour dent*. Telle était la loi du talion, dans l'Ancien Testament, et il avait bien l'intention de l'appliquer au pied de la lettre. Il couvrit de sa longue main brunie par l'air marin la main gantée qu'elle avait posée sur son avant-bras vêtu de drap sombre, et la gratifia d'un clin d'œil conspirateur.

— Je vous fais confiance. Vous vous en sortirez merveilleusement bien.

Il lui adressa un petit salut et, contre toute attente, malgré son costume de soirée, une bonne odeur de feu de bois émana de sa personne. Une odeur qui rappelait à Eliza le feu de bois que son père allumait sous les étoiles, quand il les emmenait camper dans les bois, l'été, dans son enfance, à l'époque où elle ne portait pas le monde sur ses épaules et où l'automne était encore la saison des jeux et des rêves.

— J'ai toute confiance en vous, lui murmura-t-il à l'oreille d'un ton intime, qu'elle s'efforça de juger tout à fait déplacé. Vous êtes de ces femmes faites pour la victoire, Mrs Blaxland. À votre contact, je le sens bien, le vil métal se transforme en or.

Puis il la quitta, et ses longues et souples enjambées le menèrent jusque devant la foule des invités, qui, impressionnés par sa haute stature et son air d'autorité naturelle, tombèrent aussitôt dans le plus profond silence.

Eliza lui enviait cette aisance naturelle qui contrastait si fort avec l'assurance froide qu'elle affichait si souvent, si chèrement gagnée. Une fois cette assurance devenue quasiment une seconde nature, elle n'avait plus osé s'en départir de peur de devoir reprendre ses efforts à zéro. Bien sûr, ce n'était pas la vie que son défunt mari avait envisagé pour elle, mais puisque le sort en avait ainsi décidé, elle avait su faire front.

À l'âge de vingt-huit ans, elle avait troqué l'administration de son foyer contre celle d'une compagnie minière, et l'organisation de réceptions mondaines contre celle de fêtes d'école et de patronage paroissial. Et finalement, elle ne s'en portait pas plus mal. Au moins, elle se sentait utile. Et s'il y avait une chose dont elle avait pris conscience, ces cinq dernières années, c'était que consacrer son temps aux femmes et aux enfants, leur donner les moyens de s'émanciper et donner du travail à leur mari justifiait amplement d'être au monde.

Si Eliza l'avait pu, elle y aurait consacré tout son temps. Mais il fallait faire tourner l'entreprise familiale. Le sort de dizaines de familles en dépendait. Alors, puisqu'elle savait lire et écrire, qu'elle était plutôt douée pour les chiffres et avait eu l'occasion dans son adolescence d'apprendre à tenir un livre de comptes, elle avait décidé de prendre le relais de son défunt époux. Il y avait beau temps qu'elle s'était préparée à l'éventualité de son veuvage. Une jeune fille de dix-huit ans qui épouse un homme de trente-sept ans son aîné sait bien qu'elle lui survivra de longues années.

Aussi, à sa disparition n'avait-elle pas été prise au dépourvu. Passé le choc de la surprise et du chagrin, elle s'était mise aussitôt à l'ouvrage. Si cette vie n'était pas celle qu'elle avait imaginée pour elle, encore moins celle dont elle avait rêvé, elle était bien meilleure que ce à quoi elle aurait dû s'attendre. Sans son esprit d'initiative et son don pour les chiffres, elle se serait vue mise d'office sous la tutelle de la famille de son époux et l'héritage de son mari aurait été confié à un parent mâle. C'était ce qui s'était passé pour beaucoup de femmes autour d'elle, comme sa propre mère, par exemple, qui avait tout perdu quand le père d'Eliza avait quitté prématurément ce monde.

Lynford s'arrêta de parler et lui fit signe qu'il était temps pour elle de jouer son rôle.

Se levant sans précipitation, Eliza prit le temps de remettre de l'ordre dans les plis de sa robe, et s'avança vers lui, la tête haute. Pas question de laisser deviner son émotion. Lynford avait raison. Elle ne savait pas perdre. Elle savait seulement comment se battre. Ils avaient au moins cela en commun. Il ne souhaitait pas plus qu'elle échoue dans son discours qu'elle-même n'espérait qu'il rate l'ouverture de son école. Et elle prit soudain conscience, debout bien droite devant les rangées de parents et de notables, que Lord Falmage et elle étaient des partenaires, qu'ils le veuillent ou non. La philanthropie, comme la politique, organisait d'étranges compagnonnages.

Eliza Blaxland était tout simplement magnifique. Eaton écoutait avec une admiration grandissante la jeune femme s'adresser aux invités de sa voix cultivée et chaleureuse. Il guettait la moindre faiblesse, la moindre hésitation, prêt à intervenir. En vain. Une femme comme elle ne se trompait probablement jamais. Ce n'était pas dans sa nature. La présidente-directrice générale des mines Blaxland offrait le spectacle d'une parfaite compétence dans sa robe de soie bleu nuit éclairée d'un simple collier de perles et de pendants d'oreilles assortis, mis en valeur par ses cheveux relevés en chignon. S'il n'avait pas lui-même perçu la lueur d'affolement qui avait traversé le regard de la jeune femme quand il lui avait demandé un discours, Eaton aurait été prêt à jurer que c'était son passe-temps favori.

Qu'ignorait-il d'autre encore à son propos qui pourrait le surprendre ? Depuis qu'il était en âge de plaire aux femmes, il avait connu un certain nombre de jolies veuves, toutes plus séduisantes les unes que les autres. Mais aucune ne lui avait plu aussi soudainement et aussi radicalement que celle-là.

Qui était réellement Eliza Blaxland ? Se résumait-elle à ce regard froid et scrutateur et à ces sourires mesurés ? Se pouvait-il qu'une lave brûlante bouillonne sous cette carapace lisse et froide ?

Elle en était à présenter Cade, reportant habilement toute l'attention de son auditoire sur le jeune directeur pédagogique de l'école et ses apprentis musiciens. Et quand ce fut fini, et que les applaudissements retentirent, elle se dirigea discrètement vers la porte-fenêtre la plus proche et se glissa dans le jardin. Si Eaton ne l'avait pas guettée du coin de l'œil, il ne s'en serait pas aperçu. Il éprouva aussitôt l'envie de la rejoindre. Mais s'absenter avant le petit concert prévu par Cade eût été discourtois. Avait-elle escompté cela ? Espérait-elle lui échapper ou, au contraire, était-ce une invitation à la rejoindre ?

Saisissant la première occasion, Eaton se faufila à son tour par la porte-fenêtre et, craignant qu'il ne soit trop tard, s'enfonça hâtivement sous les frondaisons. Un premier coup d'œil autour de lui lui fit craindre d'avoir raison. Puis il la vit enfin, assise sur un banc, le regard levé vers le ciel nocturne.

— Est-ce moi que vous attendez ? s'enquit-il d'une voix basse, en arrivant derrière elle. J'ai craint un instant que, telle Cendrillon, vous vous soyez enfuie avant que je n'aie pu vous rejoindre. Que faites-vous ainsi dans le froid de la nuit ?

C'était une question hardie qui attendait le même genre de réponse. Mais pourquoi ne pas faire preuve de hardiesse, en effet ? Elle n'avait pas peur de lui, c'était évident. Même maintenant, seule avec lui dans ce jardin, son statut de veuve protégeait sa réputation et lui donnait la liberté de répondre à sa guise.

Aux yeux de la société, Eliza Blaxland avait le droit de prendre un amant. L'avait-elle déjà fait ? Le ferait-elle ? Avait-elle un amant en ce moment même ? Eaton se surprit à éprouver un désagréable sentiment de contrariété. Il n'avait pas envie que Mrs Blaxland appartienne à un autre homme. De nouveau, il éprouva ce sentiment de possession qu'il avait ressenti dans la grande salle quand il l'avait vue s'échapper. Ce besoin impérieux de mieux la connaître, qui, au départ une simple curiosité, s'était mué en quelque chose d'exigeant, et même, comme un parfum, de terriblement entêtant.

Une évidence frappa Eaton en plein visage. Il désirait Eliza Blaxland. Ce serait un excellent dérivatif à l'atmosphère funèbre qui l'accompagnait partout depuis les funérailles de Penlerick. Peut-être une femme comme elle aurait-elle le pouvoir de le ramener à la vie ? Ou du moins d'apaiser son chagrin ?

Ce ne serait pas la première fois qu'il utiliserait le plaisir comme un dérivatif. Ses maîtresses étaient d'ordinaire des femmes du monde qui appréciaient le temps qu'ils passaient ensemble jusqu'au moment où il leur convenait à tous les deux de passer à autre chose. De faire de nouvelles expériences. De courir d'autres aventures.

C'était la première fois, par contre, qu'il voulait vivre une expérience avec une telle ardeur. L'intensité de son désir avait dû transparaître dans ses yeux. Soudain, Eliza se leva de son banc. Bredouillant quelques excuses, elle fit mine de s'en aller.

— Il se fait tard. Il faut que je rentre.

Attendait-elle qu'il lui demande de rester ? Était-ce une stratégie de séductrice aguerrie pour mieux ferrer sa proie ? Non, elle paraissait bien décidée à déserter le champ de bataille. Peut-être pour fuir l'attraction qui vibrait entre eux comme une corde de violon à chaque fois qu'ils se côtoyaient. Avait-elle peur de ce qui pouvait se passer ? On pouvait s'étonner que l'impudente Mrs Blaxland, qui n'avait pas hésité à se présenter chez lui à l'improviste pour le prendre en défaut, puisse perdre ainsi toute sa superbe à la moindre amorce de flirt. Mais à ce moment-là, elle menait le jeu. Pas comme maintenant, où elle avait tout d'une mouche prisonnière d'un pot de miel.

— Que vous rentriez, à cette heure ? Où cela ? Pas chez vous, à Truro, j'espère ?

De nouveau, le sentiment de protection qu'Eaton éprouvait à l'égard de la jeune femme refit surface. Il n'appréciait pas du tout de la savoir seule sur les routes de Cornouailles au plein cœur de la nuit. Déjà, en plein jour, il fallait bien trois heures pour accomplir le trajet de Truro à Porth Karrek. Alors, la nuit ! Bien qu'on ne compte plus guère de contrebandiers sur la côte, les routes désertes du bord de mer et de la lande étaient pleines de surprises. Un essieu pouvait se rompre, un cheval s'emballer ou se mettre à boiter. Eliza risquait de se retrouver seule et sans secours avant des heures.

Mais Mrs Blaxland le rassura d'un sourire.

— J'ai réservé une chambre à l'auberge près du port. Il se trouve que je dois visiter l'une de mes mines demain matin dès la première heure. Je rentrerai à Truro après le déjeuner. Cela fait déjà trois jours que je suis partie, et j'ai hâte de me retrouver chez moi.

Une telle impatience fit renaître la même question obsédante dans la cervelle fertile d'Eaton. Quelqu'un l'attendait-il chez elle, pressé de la revoir ? Était-elle déjà engagée auprès d'un autre homme ?

— Il n'est pas dans mon pouvoir de vous retenir, dit-il d'un air faussement indifférent. Sans doute aurons-nous l'occasion de nous rencontrer à Truro. Les affaires m'appellent souvent là-bas.

Le cerveau d'Eaton se mit à fonctionner à toute vitesse. Ce ne seraient pas les prétextes qui lui manqueraient pour s'y rendre, en tout cas. Cassian habitait à Truro, lui aussi, et c'était là qu'il avait l'intention de construire son parc d'attraction. Une visite à son ami serait tout à fait la bienvenue pour lui témoigner son intérêt une fois que sa présence auprès de Cade ne serait plus indispensable.

— À moins que vous n'ayez d'ores et déjà programmé d'autres inspections surprises ? ne put-il s'empêcher de plaisanter.

Son impertinence fut sanctionnée par un nouveau petit coup d'éventail sur sa manche.

— Si une visite est déjà programmée, ce n'est plus une surprise, milord.

— Je vous en prie, appelez-moi Eaton. Nul n'est besoin de toutes ces cérémonies entre nous, suggéra-t-il tout à trac, de nouveau en proie à l'urgence qui s'était imposée à lui un moment plus tôt.

Pas question de salamalecs entre eux. Pour elle, il ne voulait pas être milord, pas plus que Lord Lynford. Il leur fallait pour se désigner l'un à l'autre quelque chose de plus intime, de plus personnel, qui le distinguerait, lui, de tous les autres hommes à qui elle devait s'adresser.

S'emparant de la main de sa compagne, protégée par le satin de son gant, il s'inclina avec élégance.

— Vous vous êtes merveilleusement tirée de votre pensum, ma chère. Vous avez été tout simplement parfaite. Cela mérite bien quelque privilège.

Il pouvait compter sur les doigts des deux mains ceux de ses proches qui, hormis ses parents, avaient le droit de l'appeler par son prénom. Cassian, Inigo, Vennor, et leurs pères, naturellement. Dont un manquait à l'appel, désormais. Il refoula la douleur qui menaçait de l'envahir, surgissant aux moments les plus inattendus, et reporta son attention sur son interlocutrice.

Précisément, elle lui décochait un sourire irrésistible.

— Je suis ravie d'avoir pu vous être utile. J'espère n'avoir pas dit de sottises. Vous féliciterez encore Mr Kitto pour ce concert et vous voudrez bien lui dire que j'attendrai avec impatience le compte rendu des progrès de ses élèves. Si le temps le permet, je tâcherai de venir pour le concert de Noël.

Il eut un claquement de langue sceptique.

— Ne mentez pas, Mrs Blaxland. Vous n'aviez pas la moindre envie de faire ce discours ce soir, et le temps est beaucoup trop mauvais en décembre pour faire tout ce chemin jusqu'à nous.

Elle retira sa main d'un geste vif.

— Je voulais me montrer polie...

— Je vous préfère honnête.

À la perspective de voir disparaître de son champ de manœuvre la délicieuse Mrs Blaxland, Eaton se sentait inexplicablement déçu. Comment pourrait-il la percer à jour si elle résidait à des heures de route ? Il cherchait déjà de bonnes raisons pour la faire revenir. Il aurait certainement besoin de ses conseils pour gérer l'école, par exemple, puisqu'elle était un si bon chef d'entreprise. Mieux valait débattre de ces questions-là de vive voix. Il suffisait de la faire entrer dans le conseil d'administration. Et, une fois les débats clos, pourquoi ne pas l'emmener chasser la truffe dans les bois de Trevaylor ? C'était un endroit merveilleux pour s'isoler. Sans compter qu'à cette saison, avec tous ces ors et ces rouges, les sous-bois étaient d'une grande beauté.

Se penchant sur elle, sa bouche tout près de l'oreille de la jeune femme comme pour lui confier un secret, il huma avec ivresse le délicieux parfum de pêche et de vanille qui émanait de sa peau tiède.

— Et puisque nous en sommes à nous parler franchement, Eliza, laissez-moi vous dire que je vous ai trouvée ce soir absolument remarquable. Une vraie révélation !

— Oh ! je vous remercie, mais je suis quelqu'un de tout à fait ordinaire, je vous assure.

Mais le compliment lui avait fait plaisir. Il le vit à la délicate couleur rosée qui était montée aux joues de la jeune femme. Et elle ne l'avait pas repris quand il avait utilisé son prénom. Pour elle aussi, cette rencontre n'avait rien de banal.

— Dans ce cas, permettez-moi de ne pas être d'accord.

Il emprisonna de son regard celui de son interlocutrice, montrant clairement l'intérêt qu'il éprouvait pour elle. Après tout, ils étaient deux adultes expérimentés. Ils n'avaient pas besoin de jouer au chat et à la souris. Prenant son courage à deux mains, il ajouta, avec un petit gloussement amusé :

— Nous pensions l'un de l'autre que notre interlocuteur était beaucoup plus âgé. Nous avons au moins cette erreur-là en commun.

Elle battit des paupières, visiblement agacée.

— Mon mari était en effet beaucoup plus âgé que moi. Mais quel rapport avec les subventions que j'attribue à votre établissement ? Mon âge serait-il un inconvénient ?

À sa mort, Huntingdon Blaxland était âgé de soixante-cinq ans. Eaton se rappelait son père commentant la nouvelle en lisant le journal du matin à l'heure du petit déjeuner. Le duc avait ajouté que la disparition de Blaxland allait laisser un grand vide à la tête de sa compagnie minière. Si la veuve était une femme d'expérience, étant donné son âge probable, peut-être pourrait-elle relever le flambeau. Mais c'était rarement le cas, et il faudrait sans doute trouver un successeur.

Jamais il n'aurait imaginé que le vieux potentat, connu et estimé pour sa bienveillance, avait épousé un tendron.

— Mon mari est mort à soixante-cinq ans, opina Eliza Blaxland en soutenant son regard. Et il en avait cinquante-cinq quand il m'a épousée. Il s'agissait d'un second mariage, bien sûr, sa première femme étant décédée quelques années plus tôt.

À l'époque, Eaton n'avait pas réfléchi à cet aspect des choses. Ce n'est pas ce genre de question qui passionne un tout jeune homme. Mais aujourd'hui, c'était comme découvrir une perle dans une huître. Et c'était la première information personnelle que la jolie veuve voulait bien lui livrer. Eliza Blaxland n'avait donc finalement pas une grande expérience du mariage, pas plus que de la vie en général, et elle avait dû apprécier que son vieux mari la traite en enfant gâtée. Mais son bonheur conjugal ne l'avait ni ramollie ni handicapée. Elle disposait tout au contraire d'une solide confiance en elle, se montrait volontaire et obstinée, et ne mâchait pas ses mots.

Et elle aimait avoir le contrôle de la situation, ce dont elle se hâta de faire de nouveau la preuve, sentant la conversation lui échapper.

— Bah ! Peu importe, n'est-ce pas ? L'essentiel est de bien faire ce pour quoi on est fait.

Mais il importait beaucoup à Eaton, au contraire. Malgré son ton péremptoire, Eliza Blaxland n'était pas aussi sûre d'elle qu'elle aurait voulu le faire croire. N'avait-il pas vu battre plus fort la veine à la base de son cou délicat ? Et ses paupières palpiter comme les ailes d'un oiseau affolé quand il plongeait hardiment son regard dans le sien ?

Elle désirait tout autant que lui savoir ce qu'il adviendrait s'ils laissaient s'enflammer la petite étincelle qui avait jailli entre eux dès leur première rencontre. Une étincelle qui menaçait de s'embraser à chaque fois qu'ils entamaient une joute verbale, ou même quand ils se trouvaient dans la même pièce. Quand elle était arrivée tout à l'heure, d'aussi loin qu'il fût, entouré d'un groupe compact d'invités, il avait su immédiatement qu'elle le cherchait du regard.

Quel mal pouvait-il y avoir à ce qu'ils donnent libre cours à leur curiosité mutuelle ? Eliza Blaxland habitait à des miles de Port Karrek et elle-même n'aurait guère l'occasion d'y revenir.

— Mais si, cela a de l'importance, déclara-t-il soudain en glissant sa main derrière la nuque de la jeune femme. Parce que, moi, je n'ai guère l'habitude d'embrasser de vieilles dames.

— Et moi, protesta-t-elle en le repoussant des deux mains sur sa poitrine, je n'ai pas l'habitude de...

Eaton ne la laissa pas achever. Lui prenant les lèvres, il la gratifia d'un baiser avide.

Ils auraient bien le temps de discuter plus tard de leurs habitudes, bonnes ou mauvaises.

4

Apparemment, en face d'Eaton Falmage, il était difficile de terminer ses phrases. Du reste, concentrée sur le fait qu'il était en train de l'embrasser, Eliza en aurait été bien incapable. Son baiser lui faisait l'effet d'un fer chauffé à blanc. Il n'y avait pas un atome de son corps qui ne soit conscient de sa présence. Elle avait dans ses narines l'odeur de l'automne, à la fois acide et douce, qui se dégageait des vêtements d'Eaton, elle sentait sa paume chaude sur sa nuque et le frémissement de ses lèvres fermes contre les siennes. Et tout cela la ramenait merveilleusement à la vie, lui donnait même la sensation intense d'être plus vivante qu'elle ne l'avait jamais été.

La langue de son partenaire entamait avec la sienne une danse langoureuse. La main d'Eaton lui inclina la tête encore davantage afin de pouvoir mieux explorer sa bouche, lui arrachant un gémissement rauque.

Eliza sentait ses jambes défaillir. Jamais personne ne l'avait embrassée ainsi. C'était comme si le baiser était devenu un but en soi, comme si la bouche d'Eaton lui communiquait un message unique et essentiel. Sa résistance l'abandonnait, elle n'avait plus la moindre envie de lutter pour se ressaisir. Elle voulait faire l'expérience de ce baiser jusqu'au bout, voulait s'y perdre corps et âme, et voir jusqu'où cela la mènerait. Peut-être à d'autres plaisirs, et à d'autres désirs plus coupables encore. Mais seulement si elle se laissait faire. Et elle saurait s'arrêter à temps. Elle s'en fit la promesse.

Et le moment était venu, précisément, après la surprise et le plaisir suscités en elle par l'audace de son compagnon. Elle n'aurait pas dû se laisser embrasser par un quasi-étranger. Un homme qu'elle n'avait rencontré qu'une fois. Un homme, surtout, avec qui elle était en affaires. Sa réputation de sérieux en dépendait. Elle était aussi mère de famille. Elle n'avait pas le droit de salir le nom de sa fille.

Les jeux de l'amour étaient réservés aux femmes qui pouvaient se le permettre.

Soudain galvanisée par cette prise de conscience, Eliza repoussa son partenaire. La prenait-il pour une de ces petites servantes disposées à se laisser lutiner entre deux portes ? S'imaginait-il qu'elle était sortie dans le jardin pour qu'il vienne la séduire ?

La vague chaude du plaisir se mua en une brûlante mortification. Un soupir lui échappa.

— Grand Dieu !

Elle aurait dû se montrer plus réfléchie. Beaucoup de jeunes veuves étaient connues pour leur libertinage, et on le leur accordait volontiers pourvu qu'elles sachent se montrer discrètes. Le marquis de Lynford ne devait pas manquer de pratique dans ce domaine. Mais il n'était pas question qu'elle rejoigne leurs rangs. Elle n'avait pas veillé sur sa réputation avec tant de rigueur depuis cinq ans pour tomber dans les filets de ce jeune don Juan.

— Grand Dieu ! répéta-t-elle Je crains de vous avoir donné une piètre impression de moi-même. J'en suis désolée... Je dois m'en aller.

Eliza essaya de contourner Eaton pour rebrousser chemin vers la maison, mais il lui barrait le passage de toute la largeur de ses épaules. On n'échappait pas facilement à un tel homme. À son aura. Elle aurait dû partir quand elle pouvait encore le faire. Et en premier lieu, elle n'aurait jamais dû s'égarer seule dans ce jardin désert. Le mythe du péché originel ne surgissait pas de nulle part. Elle avait essayé d'échapper à l'attraction de ces beaux yeux noirs, de ce regard énigmatique. Mais, comme le jardin d'Éden, celui de l'école de musique n'avait pas été assez vaste, ni ses allées assez profondes.

Il suffit à Eaton de bouger imperceptiblement pour l'arrêter dans son élan.

— Quand vous reverrai-je ? s'enquit-il d'une voix basse et mélodieuse, une main légère posée sur son bras.

Avec lui, aucune incertitude. Il demandait « quand », pas « si ». Le marquis de Lynford ne sollicitait pas l'attention d'une femme. Il la tenait pour acquise. N'existait-il pas une formule qui résumait cela, sur une tapisserie médiévale du Royaume de France : « À mon seul désir.[1] » C'était exactement ça. Cet homme ne sollicitait pas les attentions d'une femme. Il allait de l'avant, habitué à ce que tout se plie à ses désirs. Désirs... À ce mot, Eliza sentit un frisson brûlant lui remonter le long de la colonne vertébrale. Le regard d'Eaton la fixait intensément, guettant sa réponse. Malgré sa confiance en lui, il était assez galant homme pour considérer que la décision lui appartenait, à elle. Parce qu'elle était une femme.

— Ce ne serait pas raisonnable. Le plaisir et les affaires vont rarement ensemble.

Eliza ne devait pas céder. Sinon, elle en était convaincue, elle allait le regretter. Une aventure amoureuse pourrait la détruire, elle et tout ce qu'elle avait construit. Les membres du conseil d'administration n'attendaient qu'un prétexte pour la prendre en faute et la destituer.

— Raisonnable pour qui, Mrs Blaxland ? s'enquit Eaton en caressant sa joue du dos de la main. Nous ne travaillons pas ensemble. Vous avez le droit de fréquenter qui vous chante, il me semble ?

Eliza prit une profonde inspiration. Elle ne devait pas continuer à discuter avec lui, sinon elle était perdue. Le meilleur moyen de l'emporter, dans une discussion, le plus souvent, n'était-il pas de quitter le champ de bataille ?

1. La devise « À mon seul désir » figure sur la sixième tapisserie de la composition appelée *La Dame à la licorne* datant du début de la Renaissance française et conservée au musée de Cluny, à Paris. Selon la lecture allégorique qui en est faite, après la représentation des cinq sens (toucher, goût, odorat, ouïe, vue), la sixième tapisserie serait l'allégorie du « sixième sens », siège des passions et du désir.

Et c'était ce qu'elle allait faire.

— Pas raisonnable pour l'un comme pour l'autre, Lord Lynford, décréta-t-elle de la même voix forte avec laquelle elle annonçait ses décisions pendant les réunions du conseil des mines Blaxland. Je vous souhaite une bonne nuit.

Maintenant qu'elle avait dissipé toute ambiguïté, Eliza le croyait assez gentilhomme pour savoir reconnaître sa défaite et la laisser partir.

Et en effet, elle parvint à regagner son cabriolet sans encombre. Elle claqua la porte derrière elle, s'attendant à ce qu'un sentiment de soulagement l'envahisse. Lynford n'avait manifesté aucune velléité de la suivre et c'était tant mieux. Il était probablement encore dans le jardin, réalisant son erreur maintenant que l'excitation du moment était passée. Ce baiser avait été un moment agréable, qui avait mis un peu de piment dans cette soirée terriblement formelle, mais cela ne devait en aucun cas se répéter. Lui-même s'apercevrait vite à quel point ils avaient fait erreur. Après tout, il ne la connaissait pas. Il ne mesurait pas l'importance de ses responsabilités. Il ne savait pas non plus qu'elle avait une petite fille, Sophie. Le seul et véritable amour de toute sa vie.

S'il l'avait su, il se serait probablement enfui en courant. La société attendait d'un homme comme Lynford, jeune, riche et titré, qu'il épouse une jeune femme de son milieu et capable d'assurer sa descendance. Eliza voyait tout à fait à quoi la future candidate pouvait ressembler. Ce serait une douce jeune fille, d'une éducation parfaite, et qui n'aurait d'autre souci que de remplir la nurserie du château de charmants bambins à son image. Lynford était comme les autres. Il voudrait assurer sa descendance. Le marquis ne pourrait prendre au sérieux une relation avec une veuve, même jeune, qui plus est chargée d'enfant. Pour lui, ce ne pourrait être qu'une agréable aventure sensuelle.

Et de son côté, Eliza savait qu'elle ne se remarierait jamais. Pas question d'abandonner le contrôle de sa vie et celui de sa fille à qui que ce soit. Le risque était trop grand, même si, parfois, elle trouvait son indépendance bien cher payée. Sophie passait avant toute chose, et même avant son propre désir, à elle, d'avoir d'autres enfants. Elle l'avait compris dès le début de son veuvage et en avait éprouvé à la fois de la déception et un grand soulagement. Voilà un souci en moins. Elle n'aurait pas besoin de se trouver un second mari.

Des enfants... C'était la seule chose que son riche mari n'avait pu lui donner, une fois obtenu le miracle de la naissance de leur fille. Il lui avait assuré le confort et la sécurité, mais, malgré dix ans de mariage, ils n'avaient pu concevoir que leur très chère Sophie. Un autre époux, plus jeune, plus viril, aurait certainement pu lui donner les frères et sœurs tant désirés par la petite fille. Mais pas question pour Eliza d'abandonner son indépendance, une vie riche en responsabilités et en initiatives, même à ce prix.

La demande en mariage bien intentionnée et fort courtoise de son directeur administratif des mines, Miles Detford, quelques années plus tôt, lui avait montré à quel point sa situation était fragile. Eût-elle accepté que, au lendemain même de son mariage, elle aurait été immédiatement dépossédée de ses prérogatives.

D'un autre côté, Eliza en était bien consciente, elle avait commis une grande imprudence en se laissant embrasser par le jeune marquis dans les jardins de son académie. Elle était fille d'un exploitant minier, veuve d'un exploitant minier également. Sa famille appartenait au milieu industriel. Tous les habitants de la ville la connaissaient et connaissaient ses antécédents. Un tel milieu n'avait rien de compatible avec celui d'un marquis. Eliza connaissait les règles. Elle ne serait pour lui rien d'autre qu'une liaison passagère, jusqu'à ce qu'il ait fait le tour de l'attrait qu'il avait éprouvé pour elle. Les hommes pouvaient agir à leur guise. Mais ni elle ni Sophie ne pourraient se relever de pareille erreur.

Telle était la conclusion à laquelle Eliza était parvenue quand son cocher la déposa devant l'auberge.

Ce qui ne l'empêcha pas de rêver cette nuit-là à un homme aux yeux noirs réveillant son corps de ses baisers brûlants, la faisant se sentir plus vivante qu'elle ne l'avait jamais été. Elle n'en avait jamais eu le temps. Elle ne l'avait toujours pas. Quoi que ce soit que ce baiser ait éveillé en elle, elle devait le faire s'éteindre au plus vite. Ces baisers pouvaient demeurer cachés au fin fond de ses rêves, mais c'était tout. À son réveil, demain matin, elle irait rendre visite aux bureaux de la mine, comme à son habitude, puis elle rentrerait chez elle et sa vie reprendrait son cours habituel. Aussi intimement bouleversante qu'ait été l'expérience de ce soir, elle ne se répéterait pas.

Il n'était pas question qu'il en soit autrement.

Eliza, perplexe, passa en revue pour la dixième fois la colonne de chiffres. C'était impossible. La commande destinée au boisage des galeries était anormalement importante. Celle des accessoires divers aussi. Quittant des yeux le grand registre, elle s'abandonna un instant contre le dossier de sa chaise. Un coup d'œil à la pendule suspendue au mur devant elle lui apprit qu'il était déjà 11 heures. La matinée avait filé à toute vitesse pendant qu'elle essayait de comprendre la raison de toutes ces commandes superflues. Elle aurait déjà dû être dans sa voiture, pour obéir à l'horaire qu'elle s'était elle-même imposé. Si elle tardait encore, elle manquerait son thé avec Sophie. Elle avait promis d'être rentrée à Truro à temps et elle respectait toujours ses promesses. Mais il lui fallait y voir clair. En fin de course, c'était elle qui devrait rendre des comptes devant ses actionnaires dans quelques semaines, lors de l'assemblée générale annuelle. Et c'était à elle que ces braves gens s'en prendraient s'il était fait état de dépenses injustifiées.

Allant à la fenêtre, Eliza regarda un instant l'agitation qui régnait dans la cour. Des ouvriers poussant les brouettes pleines de minerai jusqu'aux hommes chargés de le trier. Les trieurs s'affairant à leur ouvrage, chacun devant sa charge. Son contremaître en chef, Gillie Cardy, criant ses ordres.

La vue de tout ce petit monde au travail provoquait toujours en elle une certaine excitation. C'était la preuve qu'elle avait accompli quelque chose. Croisant le regard de Gillie, elle lui fit signe de monter la rejoindre. Lui saurait pourquoi on avait commandé une telle quantité de bois pour le boisage.

Gillie frappa à la porte et entra aussitôt dans le bureau, son bonnet de laine à la main.

— À votre service, Mrs Blaxland.

Eliza appréciait beaucoup Gillie. Quand son mari était mort, cela faisait déjà pas mal d'années qu'il était responsable du bon fonctionnement du site de Porth Karrek C'était un homme compétent et honnête qui connaissait parfaitement les rouages de la mine. Quand elle avait repris les rênes de l'exploitation, c'était le premier sourire sincère et amical qu'elle avait rencontré. Peut-être même le seul, dans l'équipe de direction. Car les mineurs l'avaient pour la plupart bien acceptée.

Elle fit un geste vers le livre de comptes, encore grand ouvert sur la table.

— Je me pose des questions à propos de la commande de bois pour le boisage des galeries.

Gillie eut un petit rire embarrassé.

— Alors là, ma'am, ce n'est pas à moi qu'il faut demander ça. Moi, j'fais juste c'qu'on m'dit d'faire. Si vous voulez quelqu'un qui sente un bon filon d'cuivre, ajouta-t-il en se tapotant l'aile du nez, j'suis l'homme qu'il vous faut. Mais pour tout ce qui est les écritures et tout ça, c'est pas mon affaire. Mon travail, c'est la mine, point final.

Eliza opina du chef. Gillie avait raison, bien sûr. C'était bien pour cela que son projet d'écoles était d'une importance vitale. Aussi humble que soit leur métier, les gens avaient besoin de savoir lire, écrire et compter. L'instruction, c'était le pouvoir et la liberté. Sans elle, le peuple ne pouvait que se faire exploiter.

— Une simple réponse de bon sens me suffira, Gillie. J'ai vérifié les commandes. Avec tout le bois qui vient d'être commandé pour la nouvelle galerie, on pourrait en construire une du double de la longueur initialement prévue. Nous n'avons pas besoin d'une telle quantité !

Gillie se mit à tortiller son bonnet entre ses gros doigts, l'air soudain préoccupé.

— À dire vrai, ma'am, c'est bien là la quantité qu'on a besoin d'y mettre, puisque la nouvelle galerie va s'enfoncer sous la mer.

Eliza le dévisagea, stupéfaite.

— Mais il n'en est pas question ! Ce n'est pas ce que nous avons décidé.

Un vertige s'empara d'elle. Lors du dernier conseil, ils avaient pourtant conclu qu'ils n'iraient pas si loin. C'était trop dangereux.

— Sauf vot'respect, ma'am, Mr Detford nous a dit que c'était décidé. Qu'on allait creuser sous l'océan.

Miles Detford ? Le directeur administratif de la mine de Wheal Karrek ? Depuis qu'elle travaillait à ses côtés, Eliza lui faisait une totale confiance, allant même jusqu'à le considérer comme un ami. Jamais Miles n'oserait aller contre ses décisions. Et encore moins contre celles du conseil d'administration. Il connaissait l'appréhension qu'éprouvait Eliza depuis toujours pour toute forme de forage sous la mer. Il devait y avoir un malentendu quelque part. Ce n'était pas possible autrement. Ou alors Miles Detford avait subi des pressions. Et là, c'était très grave. Parce que cela signifiait que le conseil avait décidé de ne plus tenir compte de ses décisions.

D'une manière ou d'une autre, c'était une gifle en pleine figure. Soit ils pensaient qu'elle n'était pas assez intelligente pour s'en apercevoir, soit la personne qui avait commandé ce surplus de bois se souciait assez peu de son avis et n'hésitait pas à le lui faire savoir. Tout le monde dans le conseil n'approuvait pas ce projet de galerie sous la mer. La question avait été longuement et chaudement débattue. Pour Eliza, il valait bien mieux investir cet argent dans la construction d'écoles et d'un dispensaire pour les familles des mineurs. Mais elle avait été loin de recueillir la majorité. Une école, un établissement de santé, cela ne rapporte pas d'argent, n'est-ce pas ?

Eliza porta la main à son front. Voilà que les mêmes vieilles querelles déchaînaient les mêmes vieilles migraines. N'avait-il pas fallu qu'elle se batte pendant des mois pour obtenir qu'on remplace par des engins à vapeur les pauvres chevaux fourbus, qu'elle avait pris soin de confier à de braves fermiers pour leur retraite ? Pour obtenir de renforcer les protocoles de sécurité, réduits jusqu'alors à leur plus simple expression ? Pour qu'on fasse respecter les nouvelles lois réglementant la durée de la journée de travail, en particulier pour les enfants ? Et dire qu'elle avait pensé que les choses s'amélioraient ! Eh bien ! Elle découvrait aujourd'hui que ce n'était pas le cas. Bien au contraire. Du vivant de Huntingdon, jamais on n'aurait osé prendre des décisions derrière son dos.

Déjà, son cerveau cherchait fiévreusement le coupable. Lesquels parmi les actionnaires s'étaient ligués pour conspirer contre elle ? Qui étaient les meneurs, dans cette affaire ? S'agissait-il d'Isley Thorp ou de Sir Gismond Brenley, habitués à mener tambour battant l'assemblée des actionnaires ? Jamais Miles Detford n'aurait agi de son plein gré. Au contraire, il aurait soutenu sa position.

Eliza retourna s'asseoir derrière le bureau, et rédigea rapidement une note contenant ses observations et ses instructions. Pas question de retourner à Truro tant qu'elle n'aurait pas réglé cette affaire. Pliant le feuillet, elle le tendit à Gillie.

— Je vous serais reconnaissante de faire envoyer ce message à mon domicile au plus vite.

Sophie et sa gouvernante pouvaient être là dès demain. Cela lui laisserait le temps de trouver un logement. L'auberge n'était pas un endroit convenable pour une petite fille. Mais en si peu de temps ? Connaissait-elle quelqu'un à Porth Karrek susceptible de l'aider ? Oserait-elle demander à Eaton Falmage ? Il était la seule personne ayant assez de relations dans le pays pour lui dénicher un gîte dans l'heure, aussi modeste fût-il. À la perspective de l'exubérante Sophie mettant à sac le digne établissement de Mrs Ferry, le sang d'Eliza ne fit qu'un tour. Malgré ses réticences, il semblait bien qu'elle n'ait pas d'autre solution que de demander son aide au beau marquis. Wheal Karrek avait besoin d'elle, et elle avait besoin de Sophie.

Sa décision étant prise, Eliza s'empara d'une seconde feuille de papier et rédigea un second message.

— Vous ferez porter également ce billet à l'école de musique.

Elle relut les quelques lignes qu'elle venait d'écrire à la hâte, s'assurant qu'elle avait employé le ton juste, net et précis, à peu près comme dans un message professionnel. Que Lynford n'aille pas s'imaginer que c'était une invitation à continuer ce qu'ils avaient si bien commencé dans le jardin de l'école ! Enfin satisfaite, elle renvoya Gillie à ses obligations. Il ne lui restait plus qu'à envoyer un billet à Detford. À l'idée de la trahison qu'elle venait de subir, son estomac se serra. Ce ne pouvait être qu'un malentendu. Cela faisait si longtemps qu'elle était sur ses gardes, prête à parer au moindre coup bas… Elle devait voir le mal partout.

Mais Miles allait venir. Il lui expliquerait ce qu'il en était et tout serait réglé. Il lui faudrait ensuite patienter pour s'assurer que ses ordres étaient bien respectés.

Et elle pourrait rentrer chez elle, à Truro. Ce n'était que l'affaire de quelques jours.

5

Eliza venait tout juste d'achever la rédaction de son message quand le bruit d'une cavalcade retentit dans la cour. Un nouveau chargement de minerai, sans doute ? Mais quand elle arriva à la fenêtre, il n'y avait plus aucun chariot sur le pavé. Seule s'y dressait en son milieu la silhouette familière d'un cavalier sur un cheval alezan. Un homme brun à la large carrure, aux cheveux ébouriffés par le vent de la course. Il sauta souplement à terre, et Eliza sentit sa respiration se bloquer dans ses poumons. C'était le marquis de Lynford. Et il avait répondu à son appel sur-le-champ.

Il leva les yeux vers la fenêtre, la main en auvent et, instinctivement, elle recula d'un pas. Elle était à la fois gênée et flattée de sa diligence. Devait-elle le faire monter ou était-il plus convenable de descendre le rejoindre dehors ? Qui sait ce qui pouvait arriver si elle se retrouvait seule en tête à tête avec ce diable d'homme ? Eliza prit ses gants et son chapeau, et vérifia rapidement son apparence dans le miroir fixé derrière la porte.

— Respire, ma fille, s'intima-t-elle. Ce n'est qu'un homme, après tout.

Mais un homme qui l'avait embrassée. Et qui l'avait embrassée merveilleusement. Un homme qui ne s'était pas laissé intimider lorsqu'elle avait fait une « descente » – il n'y avait pas d'autre mot – dans son école deux jours avant l'ouverture officielle. Et c'était ce même homme qui avait répondu immédiatement à son appel, en se déplaçant en personne, bien qu'elle ne le lui ait pas demandé. Elle s'arrêta au bas de l'escalier pour se ressaisir. Il n'y avait aucune raison de se mettre dans un état pareil ! C'était une réaction de jeune oie blanche. Et elle avait passé l'âge.

Elle sortit dans la cour et se dirigea vers son visiteur la main tendue, d'un air décidé, presque viril.

— Milord, comme c'est aimable à vous de vous être dérangé en personne ! Je n'attendais de vous qu'une liste d'hébergements possibles. J'espère ne pas avoir dérangé vos projets ?

Il lui serra la main avec un de ses sourires éclatants qui devaient mettre toutes les femmes à ses pieds. Et, s'il était désarçonné par cette manière de l'accueillir, il n'en montra rien.

— Non, absolument pas. Je n'ai plus grand-chose à faire à l'école maintenant que la rentrée est faite. Nos élèves ne sauraient se trouver mieux que sous la houlette de Cador Kitto et de son équipe de professeurs.

Eliza s'aperçut qu'elle regardait son visiteur sans l'écouter. Grand Dieu, il était aussi spectaculairement séduisant à la lumière naturelle que lorsqu'elle l'avait rencontré dans ses murs. Peut-être même encore davantage. Sans l'élégance de ses habits de soirée, il était facile d'oublier son rang... Ce matin, avec ses culottes de cheval, ses bottes et une redingote de tweed épais parfaitement adaptée à l'air vif de ce début d'automne, il ressemblait à n'importe quel propriétaire terrien de la région.

Loin de libérer la main qu'elle lui avait tendue, Eaton la recouvrit de la sienne.

— De quel genre d'habitation avez-vous besoin, exactement ? Un corps de ferme, un simple cottage ? Ou un manoir, peut-être ? J'ai bien quelque chose à vous proposer, mais il faut que cela vous plaise. Dans le parc de Falmage Hill, pas très loin de l'entrée principale mais en retrait, nous avons une maison douairière qui n'est plus habitée. Ce n'est pas très éloigné de la mine, sur la route de Penzance. Personnellement, j'occupe le manoir, mais si vous préférez être tranquille, je peux vous laisser tout le domaine...

Eliza rit.

— Je n'ai pas besoin de tout un domaine pour moi toute seule ! La maison douairière serait parfaite.

Son émoi se voyait-il ? L'offre lui allait droit au cœur. Il y avait bien longtemps que personne n'avait fait le moindre geste pour la soulager du fardeau qu'elle portait sur les épaules. Son univers était rempli de loups et de vautours, et voilà qu'un quasi-étranger – une simple connaissance, à dire vrai – s'était dérangé de ses occupations pour lui venir en aide. Et sa proposition tombait à pic, il fallait bien le reconnaître.

Oui, mais... il y avait certainement une contrepartie. Pourquoi un jeune homme séduisant et célibataire se montrerait-il si généreux sans attendre quelque chose en retour ? Il était si riche et devait être tellement sollicité ! Un homme qu'elle connaissait à peine et dont elle avait repoussé les avances avait certainement une idée derrière la tête.

— Êtes-vous sûre, Mrs Blaxland ? s'inquiéta Eaton, le regard soudain rétréci, comme s'il se méfiait à son tour. Dans ce cas, pourquoi me regardez-vous avec cet air méfiant ?

— C'est peut-être que je me méfie, en effet... En tant que femme, nous apprenons très tôt à nous méfier. Quand quelque chose paraît trop beau pour être vrai, la plupart du temps, c'est que ça l'est. Franchement, Lord Lynford, il me paraît légitime de me demander pourquoi un homme que je viens de rencontrer me propose un arrangement si confortable. Que peut bien attendre de moi ce gentleman en échange ? Croyez que j'ai l'intention de vous payer en monnaie sonnante et trébuchante, et rien de plus.

Étant donné ce qui s'était passé la veille dans le jardin de l'école, elle éprouvait le besoin d'être claire sur la question. S'imaginait-il être récompensé par d'autres baisers ? Ou par davantage encore ?

— Je n'ai pas besoin de votre argent, Mrs Blaxland. Et je n'exigerai rien d'autre de vous, ajouta Lynford d'un ton vif et non dépourvu de hauteur qui trahissait l'irritation de l'aristocrate offensé. Quant à la raison pour laquelle je vous ai fait cette proposition, elle est fort simple. Je dispose d'une maison vide, et vous avez besoin de vous loger.

Serait-elle assez audacieuse pour le croire ? Mais elle n'avait pas le choix. Sophie et sa gouvernante arrivaient le lendemain. Lui tournant brusquement le dos, Eaton remonta en selle et elle crut un instant qu'il avait changé d'avis, blessé par sa méfiance. Mais, contre toute attente, il se pencha sur elle, la main tendue.

— Montez. Je vais vous faire visiter la propriété. Autant juger sur pièce.

— Mais… j'ai mon cabriolet… Et mon cocher m'attend, protesta-t-elle, le cou tordu pour rencontrer le regard de son interlocuteur qui, ainsi juché, paraissait deux fois plus grand et plus imposant.

Lynford balaya l'objection d'un revers de main.

— Envoyez-le vous attendre là-bas… Allons, cessez de tergiverser, Eliza. Il me semble que nous avons déjà clairement établi que je ne vous veux pas de mal. Cette journée d'automne est parfaite pour une promenade à cheval, et je vous promets que, malgré son nom, Lucifer sait se tenir.

Mais il n'avait rien promis à ce sujet en ce qui le concernait, nota Eliza, hésitant encore. Et il l'avait appelée par son prénom.

Elle aurait dû protester, objecter que cela ne se faisait pas. Qu'allaient penser les gens, s'ils en croisaient sur leur chemin ? Mais cet argument ne tenait pas. Qui diable pourraient-ils rencontrer ? Et qui cela intéresserait-il, de toute façon ? Des femmes de mineurs, des paysans vaquant à leurs affaires ? Qui la reconnaîtrait ? Elle menait une vie sans histoires, et Truro était plus loin que la plupart de ces pauvres gens n'iraient jamais dans toute leur vie.

Oui mais, elle, elle saurait.

Pourtant, quand Eaton Falmage la fixait avec ce sourire gentiment provocateur, quelque chose s'émouvait doucement tout au fond d'elle. Quelque chose qui lui donnait l'impression d'être enfin vraiment vivante, de ne pas être seulement une mère de famille, ou une comptable noyée dans ses écritures.

S'emparant de la main qu'il lui tendait, elle se laissa hisser jusqu'à lui.

Eaton Falmage l'installa devant lui sur la selle, et pressa les flancs de l'énorme bête qui se mit en branle avec une docilité rassurante. Il ne paraissait pas particulièrement ému par le corps féminin pressé contre son torse. Et Eliza lui enviait un tel sang-froid. Bientôt, tandis qu'ils traversaient les landes pour longer les falaises bordant la mer de Cornouailles au trot vif du cheval, son sang se mit à battre un tempo excitant dans ses veines. Comment un simple trajet à cheval pouvait-il déclencher en elle un tel bouleversement sensuel ?

Huntingdon, son défunt mari, n'était pas un cavalier, et ils se déplaçaient toujours en cabriolet. Rien ne l'avait préparée à l'intimité de ces cuisses puissantes qui l'enserraient de part et d'autre, à ce torse ferme contre lequel elle ne pouvait s'empêcher de s'abandonner, à ce bras qui l'enserrait fermement avec une vigilance sans faille, l'autre main d'Eaton appuyée légèrement sur sa hanche pour guider sa monture. Elle sentait le vent de la liberté battre son visage et le sang courir plus vite dans ses veines. Quelle fantaisie s'était emparée de son cerveau pour voir tant de choses dans une simple chevauchée ? Lynford en rirait bien s'il le savait.

Ce fut pourtant avec regret qu'elle aperçut les toits de Falmage Hill, coiffés de leurs hautes cheminées, se dessiner soudain entre les arbres. Eaton mit son cheval au pas pour tourner dans l'allée, et le vent de la course ne fut bientôt plus qu'une légère brise. Lucifer, dont les naseaux exhalaient de petits nuages de vapeur blanche, emprunta l'allée à allure modérée pour qu'elle puisse apprécier la majesté des chênes centenaires et l'étendue des pelouses jonchées de feuilles multicolores.

— Le manoir est juste devant nous, mais la maison douairière se trouve un peu plus loin, dans l'angle ouest du parc, avec une jolie vue sur la mer et de superbes massifs d'hortensias bleus.

Eliza, fascinée par la pelouse, ne l'écoutait plus. Sophie pourrait s'en donner à cœur joie, elle qui aimait tant courir. Il y avait si peu de place en ville pour les enfants. En pensant à sa fille, elle eut un pincement au cœur. Elle devrait prévenir son hôte de l'existence de Sophie et de son arrivée prochaine. Mais son instinct protecteur avait pris le dessus. Elle était extrêmement vigilante en ce qui la concernait. En tant que riche héritière, l'enfant pouvait attirer toutes les convoitises.

On entrait dans le jardin qui entourait la maison douairière, bordé par un muret bas, par une grille flanquée de deux piliers de pierre. La demeure elle-même était bâtie en grosses pierres grises, du schiste gris et blanc ramassé dans la lande et taillé par les gens du pays. Un vieux lierre rougi par l'automne grimpait sur sa façade percée à chaque étage de cinq grandes fenêtres aux volets blancs. L'entrée, perchée sur un large perron, était protégée du vent et de la pluie par une marquise de verre et de fer forgé.

Tout de suite, Eliza l'aima. Elle avait l'impression de retrouver une vieille connaissance. C'était une de ces maisons où l'on sait d'instinct qu'on peut y être heureux, qu'une famille peut y vivre et s'y épanouir. Que même les volailles peuvent courir à l'aise dans les allées.

Elle s'empressa de repousser cette image. Inutile de se torturer avec un bonheur qu'elle ne pourrait jamais connaître. Qu'irait-elle faire ici, même pour les vacances ? Elle ne prenait jamais de vacances. Elle avait trop peur de ce qui pouvait arriver à la mine pendant son absence. Apparemment, cela n'avait pas suffi, étant donné la manière dont les choses étaient en train de tourner.

Comme surgi de nulle part, un palefrenier se matérialisa soudain devant eux et prit le cheval par la bride. Lynford sauta à terre et, tout de suite, ses mains furent autour de la taille d'Eliza pour l'aider à descendre. Était-elle la seule à s'émouvoir de ce contact ? La seule dont le sang battait si fort dans les veines ? Eliza se faisait l'effet d'une collégienne au temps de ses premiers émois amoureux plutôt que d'une femme mariée et mère de famille, côtoyant tous les jours des hommes dans son travail. On l'aidait à descendre de voiture presque quotidiennement, des hommes lui offraient leur bras à l'occasion de dîners mondains ou de cérémonies. Et pourtant, la main de Lynford posée sur sa taille lui brûlait la peau.

Apparemment inconscient de son trouble, Eaton la déposa prestement sur le sol et fit un geste vers la maison.

— Voulez-vous visiter ? Dès que j'ai reçu votre message, j'ai envoyé mes gens faire le ménage. Le plus gros devrait être fait, maintenant.

Il ajouta avec une lueur malicieuse dans le regard :

— Je sais à quel point vous êtes sensible à la poussière...

Eliza retint à grand-peine un sourire.

— Vous êtes décidément très efficace.

Et particulièrement insolent, ajouta-t-elle *in petto*. Il tenait apparemment pour acquis qu'elle accepterait son invitation. Et il avait eu raison. Était-elle si prévisible, ou l'expérience avait-elle cultivé chez le marquis de Lynford une si parfaite confiance en lui-même ?

Eaton lui fit passer le seuil, la main posée au creux de ses reins. De nouveau. Eliza frémit.

— Vous trouverez au rez-de-chaussée un grand salon, une salle à manger et une bibliothèque que vous pourrez utiliser comme bureau. Les cuisines sont au sous-sol, avec l'avantage, comme le terrain est en pente, de donner par-derrière de plain-pied sur les jardins. Elles sont orientées plein ouest, comme le salon. Les chambres sont à l'étage. Naturellement, je vous enverrai du personnel pour le ménage et la préparation des repas. Comme je suis tout seul dans la grande maison, cela ne me fera pas défaut.

Il avait décidément tout prévu, songea Eliza en montant l'escalier derrière lui.

Déjà Eaton lui faisait traverser le vaste palier et commençait à ouvrir des portes.

— Vous y serez tout à fait à votre aise, commenta-t-il en riant. Une chambre pour chaque jour de la semaine, si la fantaisie vous en prend.

Il s'arrêta devant la porte qui était en vis-à-vis de l'escalier, et ajouta :

— Celle-ci est la plus grande.

Eliza s'arrêta sur le seuil de la vaste pièce, agréablement impressionnée. Le personnel du manoir était déjà passé par là. Le linge de lit, fraîchement changé, était d'un blanc éblouissant, et l'air automnal, vif et chargé des lourdes senteurs des bois avoisinants entrait par la fenêtre entrouverte. Sur une large commode de bois clair trônait un vase rempli de glaïeuls aux couleurs exubérantes, à côté d'une pile de linge de toilette soigneusement plié. Tout en s'emplissant de la sérénité des lieux, Eliza était consciente de la présence de son hôte derrière elle. Elle entendait le bourdonnement de sa voix d'homme.

— Cela vous convient-il ?

Dieu sait pourquoi, cette question lui mit les larmes aux yeux. Par chance, elle était tournée vers la fenêtre. Comment aurait-elle pu expliquer qu'une simple question puisse l'émouvoir à ce point ?

Elle s'éclaircit la gorge, faisant appel à son sang-froid.

— Oui, c'est parfait.

Mais elle ne se retourna pas. Et la même pensée lui revint. Depuis combien de temps quelqu'un s'était-il ainsi soucié d'elle, de ses goûts et de son bien-être ? Le tintinnabulement d'un harnachement puis le crissement des roues sur le gravier annoncèrent l'arrivée de son cabriolet, la tirant fort heureusement de son embarras. Déjà, Eaton se précipitait dans l'escalier.

— Je file leur dire de monter vos affaires ici.

Ses bottes résonnèrent fortement sur les marches de chêne, Eliza entendit sa voix aimable donner quelques ordres et, cinq minutes plus tard, sa malle était déposée dans la pièce.

— Voulez-vous que je vous envoie une de mes domestiques pour vous aider à déballer vos affaires ? proposa Lynford.

Eliza, de nouveau maîtresse de ses émotions, quitta enfin la fenêtre.

— Non, je préfère m'en charger moi-même, merci. Vous avez déjà fait beaucoup pour moi.

Il en avait fait tant, à la vérité, qu'elle était de nouveau sur le point d'éclater en sanglots. Triste constat de son sentiment de solitude depuis la disparition de son époux.

Son hôte s'inclina avec un sourire.

— Dans ce cas, je vous quitte. D'autres obligations m'attendent. Ah ! encore une chose. Me ferez-vous le plaisir de votre compagnie ce soir, pour le dîner ? On finit par se lasser de dîner seul ... Et d'ici là, si vous avez besoin de quoi que ce soit, envoyez quelqu'un au manoir.

Et, apparemment sûr de la réponse de son invitée, il tourna les talons et quitta la pièce.

Sitôt la porte refermée, Eliza entreprit de défaire sa malle. Elle devait absolument se libérer de l'influence qu'avait Lynford sur elle. Il n'allait tout de même pas lui dicter ses moindres actes ? Pourtant, il serait tellement facile de laisser tomber son fardeau et de se reposer sur lui. L'enchaînement des faits de cette étonnante journée lui montrait assez qu'elle devait rester sur ses gardes.

Personne ne faisait rien pour rien. Et, avec un homme comme Eaton Falmage, il ne s'agissait pas que de simples friandises ou de fleurs. Elle haussa les épaules. Tant pis si elle devenait cynique. Tant pis s'il disait la vérité en affirmant qu'il lui rendait service tout simplement parce qu'il pouvait le faire.

Eliza entreprit de suspendre méthodiquement ses robes dans la penderie. Cette journée avait été pleine de surprises, et les événements lui avaient totalement échappé. Mais demain était un autre jour. Sophie serait là pour l'heure du thé, et elle devait avoir l'esprit clair pour régler ce problème de commande non prévue sur le registre de la mine.

Et en attendant, il y avait la perspective de ce dîner avec son hôte.

Une idée pas si mauvaise que ça, finalement. Cela l'aiderait à passer le temps.

6

Quand Eaton arriva à l'école, elle bourdonnait toujours d'activité comme une ruche. En cette fin d'après-midi, l'animation provoquée par l'arrivée des élèves accompagnés de leurs parents avait commencé à s'apaiser, mais le brouhaha allait bon train. Les malles des retardataires s'empilaient devant le perron, attendant la disponibilité du personnel, des parents anxieux claironnaient leurs dernières recommandations à leur cher petit au travers du hall, tandis que des surveillants stratégiquement placés s'efforçaient de regrouper les retardataires au pied de l'escalier afin de les répartir par paires dans les dernières chambres. Eaton sourit. C'était un véritable chaos, certes, mais qui lui rappelait sa propre période d'internat, où il avait eu l'occasion de se faire les meilleurs amis du monde. Des amis pour la vie.

Le spectacle éveilla en lui une douce nostalgie. Les premières années, son père mettait un point d'honneur à accompagner en personne son fils à Eton pour le trimestre d'automne au lieu de le confier aux soins d'un valet. Peu de ses camarades, à l'époque, pouvaient en dire autant, et il se souvenait avec émotion de leur voyage en calèche et du rituel de leur séparation, toujours le même. La dernière poignée de main virile tandis que le duc pressait dans sa paume un dernier billet de cinq livres avec un clin d'œil. Puis, après quelques adieux à de vieux amis, sa haute silhouette qui disparaissait dans la foule.

Quelques familles s'attardaient dans le hall, répugnant à

abandonner leur petit génie musical, fût-ce dans la meilleure école du sud de l'Angleterre. Mais, Eaton s'en assura du coin de l'œil, Cador avait l'ensemble des opérations bien en main. Prise de conscience à la fois satisfaisante et teintée d'amertume, se dit-il en se glissant dans son bureau sans que personne ne se soit même aperçu de sa présence.

Une fois à l'abri entre les hautes bibliothèques garnies de livres à la belle tranche d'or ou d'argent, il alla se verser un verre de whisky et se laissa tomber dans l'un des vastes fauteuils de cuir. Il se porta un toast silencieux. Voilà, c'était fait ! Son rêve d'une académie de musique modèle était devenu réalité. De là où il était, Richard Penlerick pouvait être fier. C'était grâce à ses conseils, à son soutien sans faille, que ce beau projet avait abouti. Et voir maintenant les élèves et les professeurs aller et venir au sein des bâtiments comme s'ils se sentaient déjà chez eux lui réchauffait le cœur.

Pourtant, cette joie n'allait pas sans mélancolie. Maintenant, Eaton le savait bien, son rôle était pour l'essentiel achevé. Cade Kitto allait prendre le relais, comme c'était prévu depuis le début. Eaton ne couperait pas les ponts, bien sûr. Il serait toujours là, dans les coulisses, sollicitant des subventions auprès des autorités administratives, cherchant des mécènes et faisant croître le cercle de leurs riches protecteurs. Mais l'école ne serait plus jamais *son* projet, comme elle ne serait jamais non plus *sa* réussite.

S'autorisant un bref accès de mélancolie, il se mit à tourner le pied de son verre entre ses doigts. Depuis le mois de décembre dernier, quand Rosenwyn Treleven lui avait mis cette idée dans la tête, la création de l'école avait mobilisé toute son intelligence et quasiment tout son temps. Il avait littéralement pris le projet à bras-le-corps, allant même jusqu'à annuler le voyage en Italie qu'il avait prévu de faire au printemps. Il avait même manqué volontairement une bonne partie de la saison, préférant passer l'été ici, en Cornouailles, pour veiller aux derniers préparatifs de l'établissement.

Oh oui, son temps avait été bien occupé ! Mais c'était fini, maintenant. Il était temps de lâcher prise et de mettre le cap sur un autre projet, quel qu'il soit. Cela devenait même urgent. La vie était courte et imprévisible, comme l'avait démontré le décès tragique de Lord Penlerick et de son épouse.

Pourtant, quand Eaton regardait devant lui, il ne voyait rien. Rien qu'une longue route déserte.

Il poussa un long soupir et porta son verre à ses lèvres.

La porte du bureau s'ouvrit, et Cade entra d'un pas vif, radieux malgré la fatigue des trois derniers jours.

— Je pensais bien te trouver ici.

Le spectacle de la mine réjouie de son ami contribua beaucoup à réconforter Eaton. C'était avant tout pour Cade et Rosenwyn qu'il avait créé cette école. Sans eux, elle n'existerait pas.

— Je ne sais pas si j'ai répondu à la même question des centaines de fois, ou si j'ai répondu à des centaines de questions de la même manière, plaisanta Cade en riant tandis qu'il se servait un verre. Mais je crois que tout le monde est casé, maintenant. Les parents ont dû rentrer chez eux pas trop inquiets.

Se jetant dans le fauteuil en vis-à-vis de celui d'Eaton, il croisa les jambes et posa son verre en équilibre sur un genou.

— Tout cela, c'est grâce à toi, mon ami, dit-il, une flamme dorée jaillissant de ses yeux noisette tandis qu'il lançait à Eaton un sourire reconnaissant. C'est toi qui as su voir le potentiel de l'idée de Rosenwyn et la transformer en réalité. Tu as fourni la maison, l'argent et la caution de ton nom et de la réputation de ta famille sans laquelle beaucoup de nos élèves ne seraient pas venus chez nous. Rose et moi ne te remercierons jamais assez.

Cade conclut en lui adressant un petit salut de son verre avant de boire :

— Et maintenant que l'école est debout et qu'elle commence à tourner, que vas-tu faire de tes journées ? As-tu de nouvelles idées ?

Eaton sourit, bien décidé à ne pas jeter d'ombre sur la fête.

— C'est précisément ce que j'étais en train de me demander. Une chose est sûre, je vais enfin avoir le loisir de perfectionner ma recette d'huile de truffe dans mon orangerie. Sans compter ce voyage en Italie que je voulais faire.

Mais son ton manquait de conviction. Aucun de ces projets ne l'attirait vraiment.

— Et Mrs Blaxland ? Est-elle installée selon tes vœux ? s'enquit soudain Cade sans transition, plongeant son beau regard intelligent dans celui de son ami. J'ai bien reçu ton message expliquant que tu devais tout interrompre séance tenante pour aller à son secours...

— Oui, oui... La question est réglée. Elle a choisi la maison douairière du domaine, expliqua Eaton d'un ton neutre.

Mais pas assez neutre pour ne pas attirer l'attention de Cade.

— Chez toi ? s'étonna-t-il, un pli soucieux lui creusant soudain le front.

— Oui. Y vois-tu un inconvénient ? plaisanta Eaton, surpris de la réaction de son ami.

— C'est juste que tout cela s'est passé si vite ! Tu la connais à peine et voilà que cette dame est installée chez toi, pour ainsi dire. Il me semblait qu'un cottage à Penzance ou une chambre chez les Treleven... Là, elle aurait au moins disposé d'une compagnie féminine.

Eaton chassa la suggestion d'un haussement d'épaules.

— Les Treleven sont des gens charmants mais, pour elle, ce sont des étrangers. Mrs Blaxland s'est montrée très généreuse pour notre école, Cador. C'est le moins que je puisse faire pour elle. Et je la connais parfaitement.

Parfaitement, vraiment ? Tout ce qu'il savait, c'était que cette femme l'attirait beaucoup, qu'elle suscitait en lui des émotions qu'il croyait mortes depuis longtemps. Mais comment expliquer cela à Cade ? Il ne parvenait même pas à se l'expliquer lui-même !

— Tu comprends, mon vieux, reprit-il un peu nerveusement, cette jeune femme est seule, elle n'a personne ici auprès de qui elle puisse demander de l'aide. Si je l'ai aidée, c'est tout simplement parce que je le pouvais. Il n'y a pas de quoi chercher midi à quatorze heures.

Cade laissa échapper un petit gloussement.

— Oui, bien sûr, je comprends... Si ce n'est que cette charmante personne possède un des plus importants consortiums miniers de la côte et que son mari ne l'a certainement pas laissée démunie. Elle a certainement les moyens de s'offrir une excellente chambre dans notre meilleure auberge. Mon ami, désolé de te contredire, ce qui m'arrive rarement, mais je ne crois pas une minute qu'Eliza Blaxland soit une demoiselle en détresse.

— Non, bien sûr que non !

L'air gêné d'Eliza quand il lui avait fait sa proposition, sa rougeur soudaine montraient bien qu'elle était surprise, et peut-être même choquée. Il avait lu dans son regard à la fois du soulagement et de l'incrédulité. Comme si elle avait failli lâcher son fardeau pour se ressaisir aussitôt.

— C'est peut-être aussi pour cela que je l'ai fait. Parfois, même les forts ont besoin qu'on les aide.

Cade le gratifia d'un bon sourire.

— Comme ces musiciens à qui on offre une école de musique ?

Eaton remua inconfortablement dans son fauteuil. Puis, comme pour détourner l'attention de ce point délicat de leur conversation, il se leva vivement pour remettre une bûche dans le feu.

— Cette propriété appartenait à ma grand-tante. Elle qui vénérait la musique et avait un clavecin dans toutes les pièces serait heureuse de voir que sa demeure est devenue une école où on l'enseigne. C'est plutôt moi qui devrais vous remercier, Rose et toi. La maison était vide et sans emploi depuis des années. Elle aurait fini par se détériorer. Quant à l'argent, il vient du comté et surtout de nos généreux donateurs. Et c'est grâce à ta présence ici, Cador Kitto, pur produit de la Cornouailles et grand musicien reconnu dans plusieurs cours d'Europe, que ces gens-là ont bien voulu s'intéresser à notre projet.

Cade se pencha vivement vers lui, les yeux brillants d'affection. Il ne paraissait pas le moins du monde découragé par la rebuffade d'Eaton.

— Tu sais très bien ce que je veux dire. Ce n'est pas seulement pour l'école que je te remercie mais surtout pour tout ce qu'elle représente à nos yeux. Sans ton soutien, Rosenwyn et moi nous n'aurions jamais pu nous marier. J'aurais dû quitter Porth Karrek en décembre et reprendre ma vie d'artiste errant. Je n'aurais jamais connu le bonheur d'une vie de famille.

Cette dernière phrase était dite avec toute la passion d'un jeune marié encore en pleine lune de miel. Mais quelque chose dans l'expression de mystère joyeux que venait d'adopter la physionomie si expressive de Cade laissa penser à Eaton que, lorsque son ami évoquait la famille, il ne pensait pas seulement aux cinq sœurs de sa jeune épouse.

— La vie de famille, Cade ? À moins que vous envisagiez, Rosenwyn et toi, de vivre en tribu avec Mary, Lilian, Rose, et les autres, je sens que tu me caches quelque chose.

Son intuition lui avait déjà fait obscurément pressentir qu'il se passait quelque chose, et maintenant toutes les pièces du puzzle se mettaient en place. À commencer par la soudaine indisposition dont avait souffert Rosenwyn alors qu'elle aurait dû jouer son rôle d'hôtesse lors de la journée portes ouvertes de l'école deux jours plus tôt.

Le visage de Cade s'éclaira d'un large sourire.

— C'est peut-être encore un peu tôt, mais à toi je peux le dire. Je vais être bientôt père, Eat'. C'est pour le mois de mars.

— Voilà une excellente nouvelle. Félicitations à tous les deux !

En travaillant côte à côte ces derniers mois, Cade et lui étaient devenus de plus en plus proches, presque des frères. Eaton savait à quel point fonder une famille était important pour le jeune musicien, issu d'une pauvre famille de mineurs de Porth Karrek et qui s'était élevé au-dessus de sa condition par son talent et par la force de sa volonté, et pour Rosenwyn, que lui-même connaissait depuis l'enfance. Les Treleven et les Falmage appartenaient à la bonne société du district et entretenaient d'excellentes relations depuis des générations. Eaton avait sauvé la jeune fille d'un mariage désastreux deux ans plus tôt à Londres, et le bonheur qu'elle avait enfin trouvé avec Cade le réjouissait sincèrement pour tous les deux.

Pourtant, tandis que Cador et lui trinquaient joyeusement

pour fêter la bonne nouvelle, il ne put réprimer un bref sentiment de jalousie. Cade avait maintenant tout pour être heureux, un emploi de rêve, une femme qu'il aimait et qui l'aimait, et bientôt un enfant. Comment se faisait-il qu'un simple fils de mineur pût être comblé par le ciel de toutes les félicités alors que lui, fils d'un duc, ne les connaîtrait jamais ?

Il sursauta soudain. Cade, qui venait de le gratifier d'une large claque sur la cuisse, se levait d'un bond.

— Il faut que je descende vérifier que tous les parents sont bien partis. Ensuite, je présiderai le premier souper avec les professeurs et nos élèves dans la grande salle à manger. Le révérend Maddern y est convié. Il nous donnera la bénédiction. Tu es le bienvenu, naturellement.

Eaton se leva à son tour.

— Je te remercie, mais non, il faut que j'y aille, moi aussi. J'ai invité Mrs Blaxland à dîner. Je ne voudrais pas être en retard. La pauvre femme doit être épuisée.

Il avait besoin de sentir le vent frais sur son visage et le corps puissant de son cheval entre ses cuisses. Un bon galop suffirait peut-être à chasser ce désagréable sentiment d'échec que le nouveau bonheur de Cador avait réveillé en lui. À éteindre cette haine contre la main cruelle du destin.

Une fois dehors, il sauta en selle et lança Lucifer dans l'allée, laissant ses pensées voguer au gré de la course. Ce n'était pas son mariage qu'il enviait à Cade. Lui-même, Eaton Falmage, jeune, titré, riche et de bonne réputation, pouvait épouser qui il voulait quand il le voudrait. Au jour et à l'heure où il aurait décidé « d'ouvrir les enchères », les candidates feraient la queue en rang serré devant son hôtel particulier londonien pour obtenir une audience. Non, c'était le bonheur évident des deux époux, leur si belle entente. Rosenwyn s'était battue pour avoir le droit d'épouser Cade. Elle l'avait voulu malgré la modestie des origines du jeune mineur et l'hostilité des gens de sa classe, à commencer par ses propres parents. Elle aimait Cade pour ce qu'il était, non pour ce qu'il représentait : sa surface sociale, son éventuelle célébrité, ses perspectives d'enrichissement. Jamais lui, Eaton, ne pourrait demander cela à une femme.

Il pouvait faire de sa future épouse une duchesse, mais il y aurait un prix à payer. Il ne pourrait jamais la rendre mère. Il leur serait impossible de construire ensemble une famille. Une épidémie d'oreillons quand il avait quatorze ans avait veillé à cela. Le plus cruel, sans doute, c'est que ce ne serait pas lui que la société blâmerait de ce mariage stérile. Dans leur milieu, quand la jeune épousée ne donnait pas à son époux la descendance espérée dans un délai raisonnable, la tradition voulait qu'on la considère, elle, comme responsable. Avoir des enfants, transmettre le « nom », était la sacro-sainte fonction du mariage. Dans leur monde, les « débutantes », destinées à devenir des reproductrices de bonnes lignées, étaient dressées à la chasse aux titres. Quant aux héritiers, on attendait d'eux qu'ils se comportent en étalons efficaces et prolixes.

Pas question de condamner une de ces pauvres filles à subir l'ostracisme de toute une société sans qu'elle en soit responsable. D'autant plus qu'Eaton se connaissait bien. Il ne pourrait s'empêcher d'être honnête et de révéler la vérité à l'impétrante avant toute forme d'engagement. Quelle jeune fille de son milieu serait assez folle pour l'accepter pour mari dans de telles conditions ? Personne de sa connaissance, à dire vrai. Aussi était-il célibataire et envisageait-il de le rester.

Eaton n'avait pas à s'en faire pour la transmission du titre familial. Son jeune frère, qui avait déjà beaucoup de succès auprès des jolies filles, serait parfait dans la peau d'un duc. Restait pour Eaton à se trouver un chemin de vie. Et il ne pouvait s'empêcher d'y songer avec une certaine morosité. Il allait devoir le faire seul, ce chemin. Entièrement seul. Non seulement sans enfants, mais aussi sans épouse. Sans compagne à qui se confier, avec qui partager les joies et les peines que la vie vous réserve. Bien sûr, sa famille avait gardé le secret. Personne ne savait, excepté un cercle d'intimes, et ils avaient tous promis de ne rien dire. Quand on commencerait à se poser des questions, à *lui* poser des questions, Eaton aurait déjà un certain âge. Il les entendait déjà, ces « amis » plus ou moins bien intentionnés. Mais qu'importe. À cette époque, il se serait fait à son statut de vieux garçon endurci.

Quant à ses relations sentimentales, et sexuelles, puisqu'il fallait bien les appeler par leur nom, elles se réduiraient à une succession de conquêtes aussi nombreuses que fugitives. Qui d'autre que ce genre de femmes, veuves ou libertines, pouvait envisager de fréquenter l'héritier défectueux du duc de Bude ?

Eaton laissait Lucifer lâcher son feu. Le vent de la course balayait sans pitié ses sombres pensées. À quoi bon s'apitoyer sur son sort ? Il avait d'autres bonheurs, moins amples, moins profonds, mais nombreux. Comme ces galopades sur ses terres dans la beauté de l'automne dont les feux, au soleil couchant, allumaient ici et là de brefs incendies. Comme la perspective de ce dîner avec une très jolie femme dont la peau fine laissait voir cette veine délicate qui battait à son cou quand il s'approchait trop près.

Eliza fulminait en se regardant dans la haute psyché de sa chambre. Quelle folie la prenait de consacrer tant d'efforts à sa toilette pour dîner avec un quasi-inconnu ? Et d'abord, pour avoir accepté son hospitalité ? Même si elle n'habitait pas sous le toit du marquis de Lynford, à proprement parler, elle allait passer du temps seule avec lui, en tête à tête. Et tout ça après l'avoir laissé prendre la liberté de l'embrasser ! Non, vraiment, il fallait avoir perdu la tête. Si ce soir il lui faisait ouvertement des propositions, elle n'aurait à s'en prendre qu'à elle-même. Elle lui envoyait les mauvais signaux quasiment en rafale, jusqu'à cette robe inutilement provocante et ces yeux trop brillants qui la fixaient avec insolence dans le miroir.

Et malgré tout, Eliza s'était sentie incapable de résister.

Se tournant d'un côté, puis de l'autre, pour présenter à la surface miroitante plusieurs angles de sa personne, elle lissa du plat de la main la soie bruissante de sa robe de soie bleue. Devait-elle vraiment porter ce genre de toilette pour un simple dîner à la campagne ? Elle jeta un œil de côté sur la seconde toilette, une ravissante mousseline de coton indienne d'un vert très pâle étendue sur son lit à sa demande par la petite femme de chambre qu'Eaton lui avait envoyée. Beaucoup plus simple. Sans doute trop pour un souper avec un marquis, quel que soit l'endroit choisi pour le dîner. Eliza se mordilla la lèvre, perplexe... Bah ! Mieux valait trop de toilette que pas assez. Elle garderait la robe de soie bleue, mais sans bijoux. Seulement les perles. Et elle relèverait simplement ses cheveux au sommet de sa tête, sans boucles, ni nattes, ni aucun autre ornement.

Eliza venait enfin de prendre sa décision quand le crissement du gravier sous les roues d'un véhicule troubla le silence du soir. Elle jeta un coup d'œil par la fenêtre et se figea, prise d'une soudaine panique. C'était bien Lord Lynford, conduisant lui-même une élégante calèche. Et elle n'était pas prête.

Elle tamponna hâtivement le col ouvert d'un flacon de parfum sur ses poignets, rectifia une mèche de cheveux qui menaçait de glisser sur son épaule. Puis elle se dirigea d'un pas vif vers la porte, s'emparant de son châle de cachemire au passage. N'avait-elle rien oublié ? Oh ! son bracelet. Elle alla le sortir de son coffret et se précipita dans l'escalier tout en s'efforçant fébrilement d'en fixer le fermoir de sécurité autour de son poignet.

Eaton se précipita tout de suite pour l'aider, amusé par sa maladresse.

— Laissez-moi faire, je vous en prie.

Ses doigts habiles effleurèrent brièvement la peau de son avant-bras, et Eliza ferma brièvement les yeux, le souffle coupé.

Quand elle les rouvrit, ce fut pour constater que son cavalier était redevenu le parfait gentleman de la veille, cheveux sombres soigneusement coiffés en arrière pour dégager son visage aux yeux ardents, culotte de toile claire et courte veste noire sur un gilet de soie. Il fleurait bon une eau de toilette fortement musquée... Un peu, songea Eliza les yeux mi-clos, comme la course d'un cerf dans les bois ou la bonne odeur de fruits d'automne, de pommes trop mûres s'écrasant sous un pommier. Et, en note de fond, il y avait celle du linge blanc parfumé d'un délicat savon à la violette. Ainsi, comme Janus aux deux visages, Lord Lynford lui présentait le matin le portrait d'un gentleman campagnard, rude et sans façons, et le soir celui d'un exquis gentilhomme de cour, tout de satin vêtu. Et c'était peut-être justement cette dualité qui la séduisait tant. À moins que ce soit son assurance, cette manière qu'il avait de régler toutes choses avec une aisance courtoise, comme il le faisait maintenant avec son bracelet qu'il referma avec un petit clap sur son poignet.

Une fois de plus, la même évidence frappa Eliza. Elle allait devoir se montrer prudente si elle ne voulait pas tomber dans les rets de ce chasseur expérimenté. Pas question de se laisser ensorceler. Elle avait sa vie et ses propres affaires à régler.

— Voilà, nous sommes prêts, s'exclama-t-il en lui présentant son bras. Madame, votre carrosse est avancé.

Eliza ne put retenir un petit rire amusé. Elle était contente, maintenant, d'avoir choisi la robe de soie bleue.

— Je ne m'attendais guère à ce que vous veniez me chercher. C'est vraiment très aimable, mais j'aurais pu marcher jusqu'à chez vous. C'est un tel dérangement que d'atteler pour venir seulement jusqu'ici.

Pas question qu'il s'imagine qu'elle s'attendait à ce qu'il la traite comme une de ces femmes dont on espérait quelque faveur.

Il lui offrit sa main pour l'aider à monter dans la calèche, puis s'installa sur la banquette qui lui faisait face.

— Sans doute, mais, ce soir, nous ne dînons pas au manoir. Nous allons à l'orangerie, et l'air est si doux que l'envie m'a pris de vous faire faire un tour du parc... Tenez, ajouta-t-il en tirant de dessous son siège un panier, j'ai même pensé au champagne. Il est encore bien frais. Je me suis rappelé combien vous paraissiez l'aimer, l'autre soir. Si vous pouviez tenir les verres... Je vais essayer de nous servir.

Le bouchon émit un « pop » énergique et odorant. Eliza, surprise autant par le bruit que par la fontaine de mousse qui lui coulait sur les mains, poussa un petit cri.

La première tentative d'Eaton pour faire le service se conclut par une généreuse rasade qui atterrit sur la moquette de la voiture.

— Ventredieu ! s'exclama-t-il en riant. Tenez donc ces verres, je vous prie.

Une des roues de la calèche s'enfonça dans une ornière, et un nouveau flot de champagne se répandit sur les mains d'Eliza.

— Mais c'est ce que je fais, protesta-t-elle, contrôlant difficilement son hilarité.

— Bien, ne bougez plus... Nous y sommes, l'avertit Eaton, parvenant enfin à remplir cette fois les verres d'une quantité acceptable du beau liquide doré.

Rebouchant la bouteille, il la cala dans le panier et leva sa flûte de cristal.

— Maintenant, nous pouvons trinquer. À vous, Eliza. Et à cette journée qui finit mieux qu'elle n'a commencé.

Trempant ses lèvres dans son verre, elle soutint le regard de son compagnon, se demandant si ses propos possédaient un double sens. Ce toast contenait-il une discrète invitation ? Ou Lynford se contentait-il de formuler un simple constat ? Ses besoins à elle avaient été satisfaits, puisqu'elle avait trouvé un logis, mais elle commençait à s'inquiéter pour la suite. Pas question de se trouver dans la situation de devoir lui refuser toute forme de faveur qu'il aurait jugé bon de lui réclamer en guise de récompense ! Pouvait-elle faire à son tour un toast qui allât dans ce sens ?

— À un véritable ami ! annonça-t-elle en levant son verre à son tour.

Le message était clair, et son hôte ne pouvait s'y méprendre. S'il avait en tête un programme de séduction pour la soirée, il était maintenant averti.

Au-dessus du rebord de cristal, une étincelle traversa le velours noir des yeux du marquis. Il dit de sa voix mélodieuse, un sourire jouant sur ses lèvres :

— À votre service, Eliza. Il n'y a qu'à demander.

Eliza retint un soupir. Jamais personne n'avait prononcé son prénom de la sorte. À ses oreilles, il avait toujours sonné de manière plate et fonctionnelle. Mais sur les lèvres d'Eaton

Falmage, c'était comme une caresse. Maudit soit-il ! D'un seul mot, d'un seul sourire, il venait de détruire tous ses efforts.

— Encore un peu de champagne ? proposa son compagnon en lui présentant la bouteille à moitié vide. L'allée est plus civilisée, à partir d'ici. Je devrais pouvoir faire mon office d'échanson sans incident.

Il s'exécuta cette fois sans problème, et Eliza remarqua l'étiquette.

— Un veuve-clicquot ?

Un des meilleurs champagnes français, particulièrement onéreux. Pas étonnant qu'il ait ce goût divin.

Lynford servit le reste de la bouteille avec un sourire.

— Vous connaissez cette maison ?

— De nom, seulement. Mon mari avait les moyens de nous l'offrir, mais il était d'une frugalité à toute épreuve.

Dans leur grande et belle demeure de Truro, ils vivaient très confortablement mais sans luxe. Le champagne était réservé aux hôtes d'exception, et ce n'était pas du veuve-clicquot ! *Tant mieux*, décida-t-elle *in petto*. Elle aimait l'idée que ce champagne-là fût réservé à des circonstances exceptionnelles… Et qui ne devaient pas se reproduire.

— Mais c'est un jour très spécial, commenta son compagnon, comme s'il lisait dans ses pensées. Et qui méritait donc un champagne d'exception. Ne fêtons-nous pas l'ouverture de notre école et l'arrivée de notre première promotion d'étudiants ?… C'est aussi votre première nuit sur mes terres, ajouta-t-il après un petit silence.

Eliza s'empourpra, confuse.

— Mon Dieu, c'est vrai ! C'était le premier dîner avec vos étudiants et je vous ai soustrait à vos obligations ! Je…

Lynford rit, très à l'aise.

— Ma présence n'avait rien d'indispensable, je vous assure. Kitto a tout sous contrôle… Cela vous aurait fatiguée, de toute façon, avec tous ces gamins courant partout…

Mais lui, il aurait aimé cela, songea Eliza avec regret. Elle le voyait dans son regard et l'entendait dans sa voix. Il avait été heureux de voir son école se remplir et il aurait été ravi de passer la soirée en compagnie de ses nouveaux hôtes.

— Mr Kitto et vous, vous avez fait de la belle ouvrage, avec cet établissement.

Le soleil, maintenant très bas sur l'horizon, teintait la cime des arbres de rouge et d'or. C'était l'heure du jour qu'Eliza préférait, ce moment insaisissable entre la lumière et les ténèbres, où comme par miracle la paix et l'harmonie semblaient s'installer fugitivement sur la terre. Et elle ressentait maintenant cette paix dans la calèche tandis qu'ils achevaient leur champagne dans un silence amical et paisible.

Lynford proposa d'ouvrir une seconde bouteille, mais elle déclina l'offre avec un sourire.

— J'ai choisi ce champagne pour une autre raison, expliqua-t-il en remettant le panier à sa place sous la banquette. L'appellation Veuve Clicquot vient du nom de la propriétaire, veuve de son état, qui possédait ce vignoble et en a fait ce qu'il est devenu. Elle avait vingt-sept ans quand, à la fin du siècle dernier, elle a repris la direction de la firme de son mari après la mort de celui-ci. Et comme vous, elle y a réussi. On peut dire que c'est l'une des premières femmes d'affaires de l'époque moderne. C'est pour cela qu'elle m'a fait penser à vous. Ou vous à elle.

L'atmosphère fut soudain traversée d'étranges vibrations, et Eliza, perdue dans le rayonnement de ce beau regard d'obsidienne, sentit une onde de chaleur la parcourir tout entière.

Comme s'il lisait en elle, Eaton déclara tout à trac :

— Vous m'impressionnez beaucoup, Eliza. Je suis ravi que vous ne soyez pas une vieille dame, finalement.

Eliza battit des paupières, gênée. Avec plus d'audace, elle aurait pu lui rétorquer qu'elle aussi, en fin de compte, était plutôt contente de ne pas se retrouver en face d'un vieux barbon. Mais il aurait pu prendre cela pour une invite, et c'était précisément ce qu'elle voulait éviter. Elle lui adressa un sourire hésitant dont il ne sut probablement que faire.

Une fois de plus, Eaton Falmage l'avait prise au dépourvu. Rares étaient les hommes qui admiraient ses talents de femme d'affaires. Et encore plus rares ceux qui lui en faisaient le compliment, surtout dans le but de lui conter fleurette. En règle générale, ils voyaient là plutôt un péché rédhibitoire !

— Je n'ai fait que mon devoir, répondit-elle d'une voix nette. Avais-je le choix, de toute façon ? C'est un peu comme vous, n'est-ce pas ? Je l'ai fait parce que je le pouvais...

— *Touché*[1] !

Eaton la salua de son verre qu'il porta ensuite jusqu'à ses lèvres pour en boire les dernières gouttes tandis que la calèche s'arrêtait.

— Nous y voici. Venez découvrir le joyau de ce domaine. Ma joie et ma fierté.

Il sauta à terre et lui tendit la main pour l'aider à descendre, ajoutant :

— Par ici. Le dîner est servi.

1. En français dans le texte.

7

Ce qui était bien au-dessous de la réalité, songea Eliza en prenant place à la table chargée de cristaux et de bougies que Lynford avait fait dresser dans l'orangerie. Le dîner n'était pas servi mais littéralement mis en scène sur des plats de porcelaine chinoise multicolore couverts de mets tous plus sophistiqués et plus appétissants les uns que les autres, dans un décor d'une beauté exquise.

Le bâtiment lui-même, vaste serre ouvrant sur le parc par de grandes verrières par lesquelles entraient librement les derniers rayons du soleil, offrait un spectacle à vous couper le souffle. Partout des corbeilles de fleurs rares, des arbres aux mille essences d'où pendaient des lianes aux couleurs de flamme, des mousses et des lichens multicolores d'où béaient d'énormes corolles. Des palmiers en pot intercalés avec des citronniers et des orangers dessinaient des allées odorantes conduisant aux quatre coins de ce jardin venu tout droit des tropiques. On entendait au loin le bruit d'une cascade auquel se mêlaient des chants d'oiseau.

— Mais c'est le paradis ! s'exclama Eliza, au comble de l'admiration.

— Nous pourrons nous y promener après le dîner, suggéra son hôte en s'emparant d'une carafe de vin blanc qu'une main attentive avait mise à rafraîchir.

Il lui en versa un demi-verre avant de poursuivre :

— Ce vin de France, de la région de Loire, relèvera à merveille vos brochettes de saumon.

Un serviteur avait posé devant eux une large assiette couverte d'un assortiment de plusieurs plats. Puis il s'était retiré discrètement dans ce qui, tout au fond, ressemblait à une office.

C'étaient là d'autres coutumes pour manger, reconnut Eliza en goûtant précautionneusement à ce qui ressemblait à des bouchées de poisson. Et elle aimait beaucoup. Pas de nourriture en quantité dont il fallait se gaver dans le bourdonnement incessant du service pour ne pas offenser la maîtresse de maison. Pas de vins à l'excès. On avait le temps de déguster les mets, d'étudier les saveurs, de les associer à sa guise, de s'en réjouir l'âme autant que le corps. Ce repas appartenait autant au domaine de l'art qu'à celui de la science, avec un talent sans défaut pour appareiller les aliments et les vins afin d'en sublimer les arômes. Chaque bouchée était une révélation, tout comme l'homme qu'elle avait en face d'elle.

— Ce sont certainement les meilleurs mets que j'ai dégustés de ma vie entière, déclara-t-elle en posant sur sa langue une autre bouchée de saumon, si délicate, si goûteuse qu'elle avait l'impression de la sentir fondre sur sa langue. Qui aurait cru que vous étiez un gourmet ?

Elle imaginait plutôt le marquis de Lynford, étant donné sa stature, comme un ogre aimable et courtois dévorant rosbif et pudding en sauce, le tout abondamment arrosé de bière brune. Et probablement plus intéressé par la quantité que par la qualité.

— Les hommes de Cornouailles, grands laboureurs de la terre comme de la mer, sont bien connus pour aimer les solides nourritures terrestres, expliqua-t-elle avec toute la diplomatie dont elle était capable devant le sourire amusé de son vis-à-vis.

Lynford rit franchement.

— Vous ne vous trompez pas. Mais certains Corniques sont plus inventifs que d'autres. Ce poisson que vous voyez là, fit-il en désignant le saumon de sa fourchette, a été pêché dans les cours d'eau de Bodmin Moor. Un bon pêcheur peut trouver sa provende dans les rivières du haut pays jusqu'au mois de décembre. Et un vrai Cornique sait depuis toujours qu'il vaut bien mieux manger du poisson que de la viande. C'est le meilleur moyen d'éviter les crises de goutte.

Il lui servit encore un peu de vin avant de reprendre :

— Je suis très intéressé par les différentes façons de bien manger. Pas seulement en ce qui concerne l'art de la cuisine, les différentes combinaisons pour obtenir les meilleurs plats. Mais aussi l'art de bien manger pour vivre plus longtemps et en bonne santé. Avec le cuisinier de l'école, nous avons établi un régime spécifique pour nos élèves afin de leur apprendre à manger sainement tout au long de leur vie.

Eliza but une gorgée de vin, fascinée par la conversation. À moins que ce ne soit par celui qui parlait. Être là, dans ce lieu magique, en compagnie d'un hôte raffiné, échanger des considérations sur la cuisine tout en se régalant de mets savamment préparés avait quelque chose d'exaltant. À moins que tout le mérite en revienne à son hôte lui-même ? Pour continuer dans la métaphore culinaire, se dit-elle avec un sourire caché, cet homme était comme un oignon, avec plusieurs couches coriaces dissimulant des saveurs d'une richesse insoupçonnée. Elle se découvrit prise d'une fièvre impatiente à la perspective de peler ces couches l'une après l'autre, de savourer ces richesses quartier par quartier comme pour l'une de ces oranges pareilles à de petits lumignons suspendus à leurs branches.

Que découvrirait-elle en arrivant au cœur du marquis de Lynford ?

— Les orangers font-ils partie du programme ?

— Les orangers sont tout à fait essentiels. Parmi ses nombreuses propriétés, le *Citrus sinensis* a le pouvoir d'éviter le scorbut. Par contre, dans nos climats, il est tout à fait impossible de les faire croître à l'extérieur. C'est pourquoi mes ancêtres ont fait construire cette serre. Je ne cesse d'enrichir les variétés qu'elle abrite. Cela peut toujours servir, y compris pour nos étudiants qui pourront y prendre des leçons de botanique.

— C'est très ingénieux, approuva Eliza, impressionnée par la prévoyance et l'inventivité de son hôte. Qu'est-ce qui vous en a donné l'idée ?

Le regard de Lynford se fit lointain, presque nostalgique.

— Un ami, un mentor, me l'a suggéré. Il a... ou plutôt il avait des serres magnifiques dans sa propriété.

— Il avait ? releva Eliza d'une voix douce, consciente du changement d'humeur de son commensal.

Il y avait soudain une grande tristesse dans le beau regard d'ébène.

— Oui. Il est mort cet été. Il s'agit de Richard Penlerick, le duc de Newlyn. Il m'a beaucoup encouragé dans le projet de créer cette école... Il me manque beaucoup. C'était pour moi comme un oncle. Son fils et moi sommes amis depuis l'enfance.

Eliza se rappela soudain. Le duc de Newlyn, oui, bien sûr. La presse de la région en avait parlé. Si sa mémoire était bonne, le duc et son épouse étaient morts à Londres, dans des circonstances tragiques. Spontanément, elle posa sa main sur celle de son compagnon.

— Je suis désolée, sincèrement.

Lynford la remercia d'un signe de tête. La lueur mouvante de la bougie jouait sur son visage, révélant le chagrin, la colère et quelque chose de plus profond : une douleur ancrée jusqu'à l'os. Elle connaissait ce tourment. Elle en avait souffert pendant des mois après la mort de Huntingdon.

— Je ne sais ce qu'il y a de pire, murmura Eliza, de se préparer à la mort annoncée de quelqu'un ou de s'y trouver brutalement confronté.

Elle s'interrompit. Ils ne se connaissaient pas beaucoup. Elle se trompait certainement en imaginant qu'elle pourrait apporter du réconfort à Eaton Falmage, lui donner des conseils. La nuit était complètement tombée, maintenant, et le cercle de lumière autour d'eux créait une agréable atmosphère d'intimité.

Puis elle reprit, mue par un élan d'empathie irrépressible. Quand elle avait perdu Huntingdon, il n'y avait eu personne à ses côtés pour apaiser sa douleur. Pourquoi laisser quelqu'un souffrir seul quand on croyait pouvoir l'aider ?

— Le jour où mon mari est mort était un jour comme les autres. Il a pris son petit déjeuner avec moi. Il m'a rappelé que nous avions des invités pour le dîner. Et il a passé le seuil de notre maison pour la dernière fois. Il n'avait aucune idée, et moi non plus, que, dans quelques heures, il ne serait plus de ce monde.

À la lumière de la bougie, les yeux d'Eaton brillaient comme de l'or liquide.

— Vous l'aimiez ? Votre mariage fut-il heureux ?

Elle eut un sourire attendri.

— Oui. C'était un homme bon. Étant donné notre différence d'âge, je savais que je devrais faire une bonne partie du chemin de la vie seule. Qu'il me laisserait derrière lui. Mais...

Elle dut s'éclaircir la gorge pour pouvoir continuer.

— ... mais je ne m'attendais pas à ce que ce soit ce jour-là. Si vite... Mais on ne peut savoir à l'avance, bien sûr.

Ce fut au tour d'Eaton de lui prendre la main. Mêlant ses doigts aux siens, il posa les yeux sur son bracelet où se mirait la flamme des bougies.

— Nous laisser derrière. C'est exactement le terme... Quand Richard Penlerick est parti, j'ai eu l'impression d'avoir été abandonné. Il m'a laissé derrière lui, comme au bord d'un chemin dont il était le guide bienveillant. Il y a laissé aussi Vennor, son fils. Il nous a tous abandonnés, et nous n'avons même pas pu lui dire adieu. Il y a aussi tout ce que nous n'avons pas pu lui dire. Notre affection, notre gratitude, notre reconnaissance infinie pour sa bonté. Pour le modèle de vie qu'il nous a offert.

Eaton Falmage secoua la tête, comme éperdu, et demanda doucement :

— Cette peine, ce chagrin, s'en vont-ils jamais un jour ?

— Non, murmura Eliza d'une voix qui n'était plus qu'un souffle. Mais ils évoluent. Bientôt, l'image de ce qu'était pour nous le disparu prend la place de la douleur et nous accompagne dans la vie. Cela nous rend plus forts.

Dans la pénombre, leurs voix à tous les deux n'étaient plus que des murmures.

Eaton serra les poings.

— Et la colère ? Se métamorphose-t-elle, elle aussi ? Cela fait des mois que je la porte en moi, comme un volcan qui gronde.

Cet homme méritait davantage qu'une mort indigne. Un coup de couteau dans le noir, lâchement, sans raison...

Il se recula brusquement sur son siège.

— Recevez mes excuses, Eliza. Je ne m'attendais pas à ce que notre soirée prenne une tournure aussi grave. Je n'ai pas pour habitude de convier mes amis à dîner pour les accabler de mes petites misères... Merci de m'avoir écouté, conclut-il avec un rire bref. Je n'avais pas évoqué le souvenir de Richard Penlerick depuis mon retour. Sans doute en avais-je besoin.

Eliza agita sa main dans l'air obscur. Elle lui fit l'effet d'un oiseau blanc sur un fond de nuages et de lune. L'âme d'un disparu, peut-être.

— Sans doute n'en avez-vous pas eu l'occasion. On ne parle pas de ces choses-là avec n'importe qui, il me semble.

Elle était flattée qu'il l'ait choisie.

— Je suis heureux que vous ayez été là pour m'écouter, Eliza... Bon, ajouta-t-il, se levant soudain avec un regain d'énergie. Êtes-vous prête pour une petite visite ? C'est l'heure idéale pour que je vous présente l'orangerie. Tout à fait *romantique*[1], comme disent les Français.

Derrière lui, l'allée de palmiers brillait maintenant de mille feux. Eliza avait été si absorbée par leur conversation qu'elle n'avait pas remarqué les lanternes que les domestiques avaient accrochées dans les arbres. Des braseros rougeoyaient à intervalles réguliers, réchauffant doucement l'atmosphère.

— Cet endroit doit être merveilleux en hiver, remarqua Eliza en prenant le bras que son compagnon lui présentait.

— Ça l'est, en effet. Je passe beaucoup de temps ici, sauf en été. Il y fait beaucoup trop chaud, avec les verrières. Regardez tous ces trésors !

Il lui montra tour à tour les cocotiers avec leurs noix grosses comme des ballons d'enfant cachées sous leurs larges feuilles évasées, les orangers aux petites feuilles vertes soigneusement cirées cachant leurs trésors gourmands et parfumés à la coudée des branches, les citronniers en pot qui avaient parcouru tout ce

1. En français dans le texte.

chemin depuis l'Italie. Il y avait aussi des fleurs un peu partout, des poinsettias des Caraïbes, des fleurs d'hibiscus perchées sur des buissons de feuilles sombres comme des oiseaux de feu, des variétés rares d'orchidées en provenance d'Asie.

— Comme je vous l'ai dit, j'espère pouvoir faire venir les garçons ici pour des leçons de sciences naturelles, expliqua son compagnon, s'arrêtant pour gratter de l'ongle l'envers d'une feuille de camélia. Je voudrais qu'ils étudient les sciences de la terre en pêchant eux-mêmes leur poisson dans les rivières, en explorant les forêts alentour, en observant les fonds marins. Et qu'ils apprennent ainsi à respecter les cadeaux que la nature leur fait tous les jours.

Il lui sourit, et le cœur d'Eliza manqua un battement.

— Je vois que vous ne vous êtes pas contenté de leur établir un régime alimentaire. Vous vous êtes aussi préoccupé de la bonne santé de leur cerveau.

Soudain, Eliza prit conscience de la modestie de ses ambitions concernant son projet d'écoles pour les enfants des mineurs. C'était toute une philosophie de la vie qu'avait imaginée le jeune marquis pour les élèves de son école. Ses rêves à elle n'étaient pas assez grands.

— Je n'ai pas établi tout cela tout seul. Kitto y a largement contribué. C'est un projet plutôt novateur, il me semble. Apprendre en faisant. Un peu comme l'apprentissage de la musique. Nous nous sommes dit, pourquoi ne pas appliquer cette méthode à d'autres disciplines ? Comme les sciences naturelles, la physique et l'histoire, par exemple : en étudiant la nature, en visitant les vieux sites. Bien sûr, on ne peut tout apprendre de cette manière. Mais à chaque fois que l'enfant peut agir sur le monde qui l'entoure, il apprendra tellement plus vite.

Eaton s'échauffait tout en marchant.

— Quand j'étais gamin, poursuivit-il, les leçons que je comprenais le plus vite et qui me restaient le mieux ancrées dans la cervelle étaient celles pour lesquelles mes précepteurs me sortaient des livres et m'emmenaient sur le terrain. Dès le printemps, je cultivais un petit jardin et, tandis que je m'occupais à mes travaux, ils m'expliquaient l'importance de la rotation des cultures, me faisaient calculer le rendement d'un champ, etc.

Eaton s'arrêta pour lui sourire, et elle imagina le gamin qu'il avait été, vif et malicieux.

— Ces leçons étaient irremplaçables, conclut-il. Parce qu'elles combinaient la théorie et la pratique.

— Cela me paraît infiniment plus intéressant que les sinistres pensums dont j'ai gardé le souvenir, assura Eliza avec conviction. Je me demande si je ne pourrais pas vous emprunter quelques idées pour les enfants de mes mineurs.

Ces gamins-là étaient habitués à bouger sans cesse, jouant et chahutant ave leurs camarades, allant pêcher ou braconner en bande dans les bois, rendant de menus services à leur mère ou à leurs voisins. La perspective de rester assis à écouter le maître une bonne partie de la journée ne pouvait guère leur convenir.

Elle reprit :

— Est-ce la raison pour laquelle vous avez voulu créer cette école ? Pour mettre en pratique vos idées ?

Depuis le début du projet, quand elle avait été approchée en janvier pour faire partie du comité des bienfaiteurs, elle se posait la question. Pourquoi un homme du rang du marquis de Lynford s'intéresserait-il aux problèmes scolaires ? Pour se donner de l'importance, pour soigner sa popularité ? Afin de placer l'argent d'un héritage ? Mais la manière dont cette affaire avait été menée tambour battant, la volonté d'ouvrir l'établissement dès le trimestre d'automne, ne cadrait pas avec cette théorie.

Lynford rit.

— Cela vous intéresse vraiment ?

— Mais tout à fait, insista Eliza, sa curiosité mise en éveil par la gêne manifeste de son interlocuteur, lui qui était d'ordinaire l'image même de la confiance en soi.

— Comme vous voudrez... Mais promettez-moi de garder cela pour vous, la pressa-t-il, un sourire dansant dans son regard. C'est une amie qui m'en a donné l'idée. Elle cherchait un moyen de convaincre Cador Kitto de rester dans la région.

Définitivement. Comme je voulais lui faire plaisir, j'ai décidé de mettre en œuvre son projet.

Il ajouta, l'air gêné :

— Vous devez être très déçue, maintenant que vous savez que ce projet ne m'appartient pas tout à fait. Et qu'il n'est pas non plus complètement désintéressé.

— Juste pour faire plaisir à une amie, supputa Eliza sans lui répondre directement. Ce doit être une très, très bonne amie.

Lynford dévoila un indice, un sourire énigmatique étirant ses lèvres pleines.

— Une amie de longue date, en tout cas.

Soudain, la lumière se fit dans le cerveau d'Eliza. Elle croyait savoir de qui il s'agissait, à défaut de connaître le motif.

— Rosenwyn Treleven, peut-être ?

Lynford eut l'air surpris.

— Qu'est-ce qui vous fait dire cela ?

— Vous m'avez dit récemment qu'elle et Mr Kitto venaient de se marier.

Elle retenait à grand-peine un sourire triomphant. Encore une couche de la pelure d'oignon qui tombait. Lynford était décidément un grand romantique. Il était facile de retracer toute l'histoire. Rosenwyn et Cade Kitto étaient tombés amoureux, mais Kitto devait voyager dans toute l'Europe, d'une maîtrise à une autre, pour gagner sa vie et développer son talent. Mais c'était un mode de vie qui ne seyait guère à la délicate et bien née Rosenwyn, attachée à sa famille et à sa terre de Cornouailles. Alors, pour venir en aide au jeune couple, le marquis de Lynford avait soutenu leur projet d'académie de musique. C'était vraiment une initiative de grand seigneur.

— C'est vraiment très généreux de votre part.

Eaton sourit.

— Vous connaissez ma formule, je crois. Ils en avaient besoin et, moi, je pouvais le faire. Rosenwyn avait été quelque peu malmenée par la vie, ces dernières années. Je ne voulais pas la voir malheureuse une fois de plus.

Il avait eu du mal à reconnaître son geste. Une couche de plus de la pelure d'oignon tombait sous les yeux d'Eliza. Lynford était un homme modeste, qui n'aimait pas se faire valoir.

Ils passèrent devant une table de travail sur laquelle étaient éparpillés des instruments divers, ainsi qu'un microscope et un livre de botanique largement ouvert.

— Vous voudrez bien excuser ce désordre. Je suis en train de faire des recherches sur les propriétés curatives des orchidées. Les herboristes de la Chine médiévale considéraient que l'orchidée peut soigner un grand nombre de maladies encore incurables. Je m'amuse aussi à cultiver des orchidées vanille dont les gousses sont très appréciées pour parfumer les desserts.

Eliza le dévisageait, médusée. Elle ne s'attendait pas à tant de facettes chez un seul homme.

— Gourmet, botaniste et savant... Mais vous êtes un homme de la Renaissance, mon cher marquis !

— Vous me flattez. Plutôt un homme des Lumières, dans ce cas. Un peu comme ces *physiocrates*[1] français dont on parle beaucoup en ce moment... Mais laissons cela. Je suis Eaton, voilà tout. Et je souhaiterais que vous m'appeliez ainsi, comme je vous l'ai suggéré hier soir... Ah ! nous y voilà, s'exclama-t-il en tournant l'angle d'une allée. Voici la fontaine et la volière.

Ils avaient en effet atteint le centre de l'orangerie d'où provenaient les chants d'oiseau et le ruissellement de l'eau. Certains spécimens, enfermés dans de luxueuses cages en métal forgé ou faites de simples roseaux tressés, chantaient à plein gosier tandis que d'autres voletaient en liberté, cherchant leur pitance au milieu des arbres et des fleurs, ajoutant de leurs plumages multicolores à la beauté des lieux. Et, sitôt qu'Eliza se fut assise sur le rebord de la fontaine de marbre, ses jupes étalées autour d'elle, plusieurs d'entre eux vinrent voleter à une distance prudente, considérant avec étonnement cette visiteuse inconnue. La jeune

1. La physiocratie est une doctrine économique et juridique teintée de philosophie née en France au milieu du XVIIIe siècle. Ses principes de base sont que « toute richesse vient de la terre, que la seule classe productive est celle des agriculteurs et qu'il existe des lois naturelles basées sur la liberté et la propriété privée » (définition du CNRTL, Centre national de ressources textuelles et lexicales émanant du CNRS).

femme, médusée, vit l'un d'eux en habit d'arlequin jaune et vert se percher sans crainte sur le doigt que le maître des lieux lui présentait. Lynford – Eaton puisqu'il voulait qu'elle l'appelle ainsi – fouilla dans sa poche et en retira un biscuit que l'élégant volatile entama à petits coups de bec gourmands. Il le laissait faire en lissant son plumage d'un doigt léger.

— Il s'agit d'une perruche. Vous plairait-il de la tenir ? Elle est tout à fait familière. Tendez votre doigt et elle ira d'elle-même s'y percher.

Eliza ouvrit la bouche, prête à prononcer son prénom. Mais ce n'était pas chose si aisée. Cette liberté de langage ne s'arrêterait pas là, autour de la table et de ce dîner. Elle les suivrait ensuite partout où ils se rencontreraient.

La perruche sauta prestement sur le doigt tendu d'Eliza qui éclata de rire, enchantée.

— Jamais je n'avais fait cela, s'exclama-t-elle. Qui aurait cru qu'un jour je me lierais d'amitié avec une perruche ?

Elle allait ajouter que Sophie serait ravie de partager cette expérience mais s'interrompit à temps. Les sujets de conversation sur sa fille appartenaient à son domaine privé, qu'elle n'ouvrait qu'à quelques rares proches.

— Nancy vous aime bien, assura Eaton. Elle sent que vous appréciez les oiseaux.

Eliza leva les yeux sur les cages.

— Et les autres ? Pauvres bêtes enfermées ! Sont-ils jaloux de ceux qui vont et viennent en liberté ?

Aussi belle que soit l'orangerie, il ne lui plaisait guère que ce soit aux dépens d'oiseaux emprisonnés.

Eaton suivit son regard.

— Ces oiseaux sont dans l'incapacité de voler. Ils ont tous été blessés, d'une manière ou d'une autre. Je les ai recueillis et soignés de mon mieux.

Lui prenant des mains Nancy la perruche, il envoya le gracieux animal rejoindre ses congénères au milieu des arbres. Le cœur d'Eliza palpita dans sa poitrine. Quel homme étonnant, décidément, ami sans réserve des animaux et des fleurs, capable de construire une école pour qu'une amie puisse épouser l'homme qu'elle aime, d'héberger une étrangère simplement parce qu'elle en manifestait le besoin, et qui restait inconsolable de la mort d'un ami bien plus âgé que lui.

C'était décidément un être rare, un peu comme les orchidées qu'il cultivait avec tant de soin.

Eaton choisit une orange au-dessus de sa tête et la lui tendit :

— Je détesterais par-dessus tout monopoliser la conversation... Un dessert ?

Elle opina du chef.

— Vous n'êtes en rien responsable de cela. C'est moi qui ai posé les questions. Je suis désolée si je vous ai paru indiscrète. C'était très intéressant.

Elle aurait pu l'écouter des heures durant.

— Merci, rétorqua son hôte en entreprenant d'éplucher l'orange pour elle. Mais vous êtes également une fort intéressante petite personne, et je regrette d'avoir gâché par mes bavardages l'opportunité d'en apprendre davantage sur vous. Et la maison, est-elle à votre convenance ? Ne manquez-vous de rien ?... Dire que j'ai oublié de vous demander ce qui avait modifié si soudainement vos plans ! Rien de grave, j'espère ?

Il lui tendit un quartier d'orange, et Eliza mordit dans la tranche gonflée de sucs parfumés. Grave ? Cela dépendait. Pouvait-on considérer un début de mutinerie comme quelque chose de grave ?

Soudain, elle se rembrunit. Ce soir, elle avait trop longtemps oublié ses soucis, et voilà qu'ils revenaient au galop. Les questions de son hôte la ramenaient brutalement à la réalité et aux mesures qu'elle allait devoir prendre.

— Oh ! ce n'est rien... Seulement quelques soucis avec les affaires de la mine de Porth Karrek. Nous sommes en train de creuser une nouvelle galerie et, comme d'habitude, je dois tout contrôler.

Cette trop brève réponse le laissait sur sa faim, elle le voyait bien, mais elle ne pouvait en révéler davantage.

— Si je peux vous aider, n'hésitez pas.

Eaton lui offrit un autre quartier d'orange, mais il ne pouvait dissimuler sa contrariété.

— Je vous en sais gré, sincèrement. Mais c'est quelque chose que je suis seule à pouvoir régler.

Un homme comme le marquis, né pour la richesse et le pouvoir, ne comprendrait jamais qu'elle devait travailler deux fois plus et se montrer deux fois plus efficace que n'importe quel homme si elle ne voulait pas que sa position à la tête de l'entreprise soit remise en question.

— Contrôlez-vous vraiment tout toujours toute seule ?

Elle soutint fermement son regard inquisiteur.

— Oui. Je l'ai payé très cher les rares fois où je ne l'ai pas fait.

Eaton la fixait d'un long regard immobile, spéculatif.

— Alors, vous devez pouvoir répondre à ma question. Qu'arrive-t-il à cette même femme, si elle accepte l'aide d'un ami ?

— Elle devient aussitôt l'objet des pires ragots. On ne tarde pas à la clouer au pilori, et son ami avec elle. Vous savez aussi bien que moi que notre société ne tolère pas qu'un homme et une femme soient simplement amis.

Tout avait commencé fort innocemment, avec Miles Detford. Dès la première année de son deuil, elle avait commencé à prendre le contrôle du conseil d'administration de la société, s'adressant à Detford quand quelque chose lui échappait. Elle était si naïve, alors ! Elle n'avait pas pensé une seconde qu'en s'immisçant dans la gestion de la firme elle se faisait des ennemis.

— On a commencé à faire courir le bruit que j'étais de caractère faible, que je ne savais pas m'imposer. Et du reste que je n'avais aucune compétence pour prendre la place de mon mari. Et bien sûr, je n'avais pas compris que le monsieur en question en avait surtout après mon argent. Mais dès que je l'ai pu, j'ai fait en sorte de me dégager de toute influence et de n'avoir besoin de personne d'autre que moi.

— Est-ce une mise en garde à mon intention ? s'enquit Eaton, le regard soudain opaque.

— Non, c'est plutôt pour moi. Afin que je me souvienne de ce qui arrive quand on baisse la garde.

Leurs regards restèrent noués une longue minute, puis elle déclara, lui posant la main sur le bras :

— Il faut que je rentre. J'ai déjà assez abusé de votre temps aujourd'hui. Merci mille fois pour ce dîner.

Si elle prenait congé sur-le-champ, cela lui éviterait de se rendre plus ridicule encore, ou de l'offenser davantage. Elle en avait révélé ce soir sur elle-même beaucoup plus qu'il ne convenait.

— Je vous raccompagne.

Eaton se leva en même temps qu'elle, très raide. Il ne manifestait plus rien de l'humeur rieuse dont il avait fait montre dans la calèche en lui servant du champagne, ni de l'aisance aimable de sa conversation pendant le repas.

— Mon cocher va vous déposer chez vous, s'empressa-t-il d'ajouter.

Eliza comprit le message. Il ne la raccompagnerait pas, à moins qu'elle ne le lui demande. Pas question de s'imposer de quelque manière que ce soit ce soir. Elle se sentit à la fois soulagée et déçue. Il n'y aurait pas de baiser ce soir.

Eaton l'aida à prendre place sur la banquette, puis recula d'un pas.

— Bonne nuit, Eliza. Et merci pour ce bon moment passé ensemble.

Il fit un signe, et la calèche s'ébranla, le laissant en arrière.

Elle devait s'en réjouir. Tout comme elle devait se réjouir qu'il comprenne son besoin de retrouver des relations plus formelles, plus distantes. Des relations qui restent sur le plan strictement professionnel. Il fallait qu'il se persuade qu'elle ne voyait en lui qu'une relation d'affaires.

Même si c'était faux, évidemment. Ce qu'elle voyait en la personne d'Eaton, c'était un problème. Un très séduisant problème. Elle ne le connaissait que depuis deux jours et trois rencontres, et, déjà, il lui paraissait incroyablement facile de le laisser l'épauler et l'aider à résoudre ses soucis. Elle pourrait s'habituer à cela sans même s'en rendre compte.

Mais c'était tout à fait hors de question. Elle préférait garder son indépendance. Grâce à sa mésaventure avec Miles Detford, elle savait trop bien comment cela se terminerait.

Elle avait compris la leçon et ne recommencerait pas la même erreur. Pas question de laisser ces rencontres amicales devenir quelque chose de plus. Elle savait comment la moindre forme d'amitié avec un homme paraîtrait aux yeux des autres. Et ce que pouvait recéler une demande en mariage.

La vie réelle n'avait rien d'un conte de fées.

8

Eaton avait décidé de rentrer à pied jusqu'à chez lui au travers du parc. Il marchait sous le ciel étoilé, les mains dans les poches, tout en se repassant dans l'esprit les événements de la soirée. Rien ne s'était passé comme il l'avait imaginé, finalement. Ce qui avait commencé comme une agréable occasion de mieux se connaître avait pris une tout autre dimension. Il faisait nettement plus frais, maintenant. L'automne était décidément bien là, et il n'avait ni son manteau ni sa calèche, ayant laissé le premier à la maison et mis la seconde au service de son invitée.

Il n'avait pas eu l'intention d'évoquer le souvenir de Richard Penlerick. Mais une fois qu'il avait commencé, il n'avait pas pu s'arrêter. Ce soir, il avait pris conscience qu'il y avait davantage entre Eliza Blaxland et lui qu'une simple attirance physique. Tous deux avaient éprouvé une grande perte. Les mots que la jeune femme avait trouvés pour apaiser sa douleur encore récente l'avaient touché en plein cœur. Ce que les platitudes de ses relations habituelles n'avaient su faire.

Eaton avait été ému à son tour par ce qu'elle lui avait confié de sa vie et lui était reconnaissant de l'honneur qu'elle lui avait fait en lui racontant sa propre histoire. Pourtant, il savait qu'Eliza avait gardé pour elle certaines informations, comme la raison exacte pour laquelle elle avait dû prolonger son séjour à Porth Karrek.

Il donna un coup de pied dans un tas de feuilles mortes. L'agitation qui l'avait possédé tout l'après-midi le reprenait de nouveau. Comme il serait bon de profiter de l'automne en compagnie d'Eliza Blaxland ! Ils pourraient cueillir des pommes dans le verger du manoir, arpenter la forêt de Trevaylor, rendre visite aux élèves de l'école pour voir comment ils s'adaptaient à leur nouvelle vie. Peut-être pourraient-ils même travailler ensemble sur le projet d'écoles primaires qui tenait à cœur à la jeune femme. Il pourrait essayer de la persuader de commencer justement par le village de la mine, Wheal Karrek...

Avec son intelligence et sa bonne éducation, Eliza serait une compagne agréable et distrayante. Ils pourraient refaire le monde et discuter de leurs projets. Elle ne manquerait pas de le contredire, il le savait. Elle avait la langue bien pendue. Il sentait que ses attentions n'étaient pas malvenues, mais, avec elle, il faudrait prendre son temps. Eliza n'avait rien d'une veuve joyeuse pressée de jeter son bonnet par-dessus les moulins. Elle prenait sa vertu très au sérieux. Eaton saurait respecter cela.

L'aboiement rauque d'un chien retentit dans la nuit, et il sourit. Baldor, son chien courant, souffrant de la même agitation que son maître, chassait dans les bois pour son compte. Eaton siffla pour le faire venir. Ils pouvaient tout aussi bien jouer les rôdeurs nocturnes ensemble. Il siffla encore, et Baldor surgit d'un buisson, une de ses longues oreilles lui cachant un œil. Une promenade sous la lune rousse de l'automne leur ferait à tous les deux le plus grand bien. Il pourrait tout en cheminant faire défiler dans sa mémoire tous les visages d'Eliza, son expression curieuse et attentive à la lumière des bougies, son cri d'émerveillement quand Nancy, la perruche, s'était perchée sur son doigt, la compassion qu'il avait lue dans son regard quand ils avaient parlé de Richard.

Ce soir, il avait eu un aperçu de la véritable Eliza Blaxland. Celle qui se cachait sous la façade policée de la femme d'affaires. Mais cela n'avait duré qu'un moment. Très vite, elle s'était rappelé qu'elle avait quelque chose à cacher. Et ce mystère devrait attendre demain soir pour être dissipé. Une obligation le retiendrait une bonne partie de la journée à Penzance, mais il se promit de s'arrêter chez elle en rentrant.

Décidément, la journée ne s'était pas déroulée comme Eliza l'espérait. Elle en avait passé la majeure partie au bureau de la mine, penchée sur les livres de comptes, levant la tête au moindre bruit, dans l'espoir de voir apparaître enfin Miles Detford. Mais son directeur administratif n'avait donné aucun signe de vie. Il ne s'était même pas donné la peine de répondre à son billet. Et si elle avait commis une erreur en le faisant chercher ? S'il était en train de sonner l'alarme au sein de toute la bande du conseil d'administration ? Elle avait compté sur leur amitié pour qu'il réponde à son appel au plus vite. Mais il ne s'était pas manifesté.

Une petite voix malicieuse chuchota du fond de sa cervelle : *Eaton Falmage est venu tout de suite, lui, et pourtant vous vous connaissez à peine.* Il était venu, en effet, et aussitôt, sans poser de questions, il lui avait offert sa propre maison. À Miles, elle ne demandait que la réponse à quelques questions. Des questions fort pratiques, en vérité.

Cela dit, Eaton Falmage n'avait pas agi de manière si désintéressée. Eliza l'avait déçu, la veille au soir, elle le savait bien, en se sauvant, presque comme une voleuse. Viendrait-il aussi vite, si elle faisait appel à lui aujourd'hui ? Ou regrettait-il déjà sa générosité ? Ce genre de relation entre homme et femme se terminait toujours de la même manière, de toute façon. Quelques années plus tôt, Detford voulait davantage que de l'amitié. Il y avait eu quelques baisers égarés, dans un moment de grande solitude. Des baisers qui signifiaient plus pour lui que pour elle. Eliza ne referait pas cette erreur. C'était pour cela qu'elle avait écourté sa soirée avec le beau marquis, la veille. Si elle s'était attardée au milieu des parfums suaves des orangers et des fleurs, il y aurait eu d'autres baisers, d'autres progrès sur ce chemin qu'elle ne voulait pas parcourir, quels que soient les atouts indéniables de son compagnon.

Eliza jeta un œil à la grosse pendule suspendue au mur, en face du bureau, et referma le registre avec un claquement sec. Trois heures et demie. De pareilles pensées ne facilitaient guère la concentration. Elle avait rêvé les yeux ouverts une bonne moitié de l'heure qui venait de s'écouler, sans grand profit. Elle était destinée à rester seule dans l'intérêt de Sophie et pour son propre bien. Cela faisait des années qu'elle avait pris sa décision. À quoi bon perdre du temps en vaines spéculations ?

D'ailleurs, il était temps de rentrer. Sophie allait arriver d'un moment à l'autre, et Eliza tenait à être là pour l'accueillir. Tout irait beaucoup mieux une fois que sa fille serait avec elle. Cinq jours loin d'elle lui paraissaient une éternité. Quand elles étaient ensemble, elle ne se sentait jamais seule.

Eliza s'arrêta chez Chegwin, sur Budoc Lane, en face du port, pour acheter un cerf-volant et une poupée pour Sophie. Elle les laisserait sur son lit pour lui faire une surprise. Elles pourraient faire un pique-nique sur la plage demain midi, si le temps se maintenait. Sa tête était pleine de projets. D'une certaine manière, ce serait pour toutes les deux des vacances. Elle parviendrait bien à préserver quelques heures de liberté pour sa fille. Elle était toujours si occupée à Truro, entre la gestion de son patrimoine et les affaires de la mine. Un peu de congé au grand air leur ferait le plus grand bien à toutes les deux.

Au tournant de l'allée menant à la maison douairière, elle remarqua de loin une activité inhabituelle devant le perron. Un véhicule qu'elle ne connaissait pas, une sorte de charrette de ferme, était stationné ; des servantes descendaient et montaient les marches, s'affairant à décharger les bagages. Une longue jeune femme mince, qu'Eliza reconnut pour être Miss Gilchrist, la gouvernante de Sophie, surveillait le tout, les bras ballants, tant les domestiques mettaient de cœur à l'ouvrage. Le cœur d'Eliza bondit de joie. Sophie était là ! Sa petite enfant chérie était arrivée un peu plus tôt que prévu. Elle repéra les boucles brunes de l'enfant qui voletait d'une servante à l'autre, telle la mouche du coche de la fable[1]. Puis Sophie se retourna, et son visage rond se fendit d'un large sourire.

— Maman ! s'écria-t-elle, et elle se rua sur sa mère dans un envol de jupons.

Ramassant ses jupes d'une main, toujours chargée de la

1. *Le Coche et la Mouche*, de Jean de La Fontaine. Les fables de notre poète du XVIIe siècle sont encore appréciées à l'époque dans toute l'Europe.

poupée et du cerf-volant destinés à sa fille, Eliza s'élança à son tour pour combler plus vite la distance qui les séparait.

Et l'instant d'après, ses courses abandonnées sur le gravier, elle étreignait follement l'enfant dans ses bras, riant et pleurant de joie,

— Oh ! ma douce chérie ! Enfin, tu es là. Tu m'as tellement manqué.

C'était toute sa richesse, tout son univers qu'elle serrait contre sa poitrine.

— Toi aussi, tu m'as manqué, maman. Mais nous avons eu de telles aventures, Miss Gilchrist et moi ! L'une des roues de la voiture a cassé alors que nous étions presque arrivés, et Miss Gilchrist ne savait pas du tout quoi faire. Le cocher nous a dit que nous devrions retourner en arrière jusqu'à la ville la plus proche, expliqua-t-elle avec enthousiasme, mais Miss Gilchrist a déclaré que c'était impossible parce que tu nous attendais pour cet après-midi et que tu te ferais beaucoup de souci si nous n'arrivions pas. Alors un monsieur est arrivé sur un grand cheval bai et...

Sophie s'interrompit un instant pour respirer, puis, pour rattraper le temps perdu, reprit sur un débit encore plus rapide :

— ... nous lui avons dit qui nous étions et où nous allions, et il nous a conduites ici. Enfin, moi, parce que Miss Gilchrist avait bien trop peur de monter sur le grand cheval. Il a dit qu'il était un de tes amis... Puis il a envoyé une carriole pour aller récupérer nos affaires ainsi que Miss Gilchrist. Moi, je n'ai pas eu peur, sur le cheval. Le monsieur m'a tenue bien serrée contre lui pour que je ne tombe pas.

Eliza fut aussitôt traversée de mille pensées toutes plus ahurissantes les unes que les autres. Son enfant chérie était montée de son plein gré à cheval avec un parfait étranger simplement parce qu'il prétendait connaître sa mère ! Et Miss Gilchrist l'avait laissée faire. Une telle faute méritait qu'on renvoie immédiatement la jeune gouvernante. Sophie était tout de même l'héritière des mines Blaxland ! Quand elle en aurait l'âge, elle serait un parti très convoité. Tombée entre de mauvaises mains, séquestrée, la petite fille pouvait devenir l'instrument d'un terrible chantage !

Cependant, après un premier assaut de colère, ce fut la reconnaissance qui l'emporta. Une fois de plus, leur sauveur lui avait rendu un fier service. Eliza parcourut fiévreusement le joli visage levé vers elle pour s'assurer que sa fille n'avait en rien souffert, et remit à plus tard une sérieuse discussion sur les dangers de suivre un inconnu.

— Le monsieur qui t'a accompagnée est-il encore ici ?

— Oui, bien sûr, répartit gaiement Sophie. Il est dans la maison, en train de donner des ordres. Il est vraiment très bon pour ça. Presque autant que toi, maman, assura-t-elle, visiblement impressionnée par le personnage. Mais il sourit aux gens en leur disant ce qu'ils doivent faire.

Eliza haussa les sourcils. Un quasi-inconnu était chez elle ? En train de donner des ordres ? De prendre des dispositions à sa place ? C'était un peu fort de café, comme disait sa pauvre mère. Elle allait de ce pas manifester sa gratitude au beau marquis et le renvoyer à ses affaires.

Elle se rappela les emplettes qu'elle avait laissées tomber.

— Je t'ai apporté des cadeaux. Pourquoi ne pas rentrer et les déballer pendant que je remercie ce monsieur ?

— Justement, maman, s'exclama Sophie en pointant son doigt vers le porche, le voilà.

Et en effet une haute silhouette masculine émergeait de la maison, reconnaissable par son assurance autant que par son long manteau. Eaton Falmage. Quand il agita le bras dans leur direction, Eliza sentit son cœur faire un saut périlleux. Maintenant, il connaissait au moins l'un de ses secrets. Lui en voudrait-il de ne pas le lui avoir confié ?

— Bonjour, Eliza. Je vois que vous avez appelé du renfort. Étiez-vous déjà lasse de ma compagnie ? s'exclama-t-il, tout sourires. Il se trouve que j'ai déjà fait la connaissance de cette jeune demoiselle sur la route, en revenant de Penzance. Elle était échouée là, sur le bas-côté, avec sa gouvernante.

Il adressa un joyeux clin d'œil à Sophie, puis reporta son regard brillant sur Eliza et reprit :

— Vous pouvez imaginer ma surprise quand elle m'a annoncé qu'elle était votre fille. Sur le moment, j'avoue que je ne l'ai pas crue. Comment cela serait-il possible ? me suis-je dit. Pas une seule fois, dans aucune de nos conversations, l'existence de cette enfant n'a été mentionnée.

Eliza battit des paupières. Il la taquinait et la morigénait à la fois. Mais son regard redevint sérieux.

— J'ai finalement décidé que c'était la vérité. Après tout, il y a certainement bien d'autres choses dont vous ne m'avez pas parlé, n'est-ce pas ?

— Pardonnez-moi, je vous prie, s'empressa de répondre Eliza, la main sur l'épaule de Sophie. Je suis quelqu'un de très réservé en ce qui concerne ma vie privée. Permettez-moi de vous remercier pour votre intervention. Je vous suis redevable une fois de plus.

Eaton secoua la tête avec un gentil sourire.

— Je ne tiens pas de comptes, Mrs Blaxland.

Un frisson d'excitation passa furtivement entre eux.

— Vraiment ? murmura-t-elle sans baisser les yeux.

Eliza se mordit les lèvres. Décidément, elle l'avait de nouveau blessé. Un homme d'honneur ne saurait laisser une enfant et sa gouvernante sur le bord de la route, qu'il soit déjà en compte ou non avec sa mère.

Que lui arrivait-il ? Son horizon s'était-il restreint à des colonnes de chiffres dans des livres de comptes ? Ne voyait-elle plus que des dettes dans ses relations avec les gens ?

Miss Gilchrist, qui avait tenté maladroitement d'aider les servantes, s'ébroua soudain, comme si elle revenait à la vie. Elle s'approcha d'eux, manifestant visiblement l'intention de reprendre ses fonctions auprès de sa jeune élève.

— Et si nous allions découvrir nos chambres et défaire nos bagages, Miss Sophie ?

Et, joignant le geste à la parole, elle sortit, poussant devant elle l'enfant qui continuait à jacasser avec excitation.

— Cesse-t-elle parfois de parler ? s'enquit Eaton en riant. Comment les filles peuvent-elles avoir toujours autant de choses à dire ? Cela m'étonnera toujours... Pas comme leurs mamans, apparemment, ajouta-t-il en lui glissant un regard de côté. Pourquoi ne m'avez-vous rien dit ?

— Cela aurait-il changé quelque chose ? Ne m'auriez-vous pas offert votre maison, si vous aviez su ?

— Bien sûr que cela aurait changé quelque chose. Je vous aurais offert... beaucoup plus. Il y a une quantité de jouets qui prennent la poussière dans les greniers de Falmage Hill. Je vais les faire nettoyer, et vous les aurez d'ici ce soir. Si je me souviens bien... il y a des livres d'images, un bateau que nous faisions flotter sur le bassin, des soldats de plomb, la dînette de mes sœurs et une quantité de charmantes vieilles poupées.

— Vos sœurs ? s'étonna Eliza.

— Quatre. Toutes plus jeunes que moi. Et aussi un frère cadet. Une vraie plaie pendant toute mon enfance, précisa-t-il en secouant la tête. Mais maintenant que mes sœurs sont mariées et mères d'adorables enfants, je m'aperçois que je les aimais et les aime toujours profondément. Les uns comme les autres ne viennent plus guère ici, à Falmage Hill, c'est trop loin avec toute leur nichée. Il est plus facile pour moi d'aller les voir.

— Ils vous manquent tous beaucoup.

Eliza sentait la tristesse qui rendait sa voix plus grave. Eaton était toujours si sûr de lui, il assumait toujours si parfaitement toutes les situations, savait toujours si bien prendre les décisions... Il était difficile d'imaginer qu'il puisse y avoir des manques dans sa vie.

— D'une certaine manière, oui, je ne peux le nier. Les enfants, la jeunesse, tout cela manque un peu ici. Bien, je vais aussi demander à notre cuisinière de vous envoyer ce qui reste d'un de ses merveilleux cadeaux dont elle a le secret. Sophie m'a confié que le gâteau au chocolat est son dessert préféré. Mais qu'elle avait tellement faim, avec toutes ces aventures, que n'importe quel gâteau ferait l'affaire.

Il sourit, mais Eliza ne fut pas dupe. Eaton Falmage, lui aussi, cachait une blessure secrète.

— Peut-être que cette brave cuisinière pourrait en envoyer trois parts ? Pour le dîner ?

La suggestion était partie toute seule, avant même qu'elle ait pu y réfléchir. Elle jouait avec le feu et risquait de le regretter. Plus elle passait de temps en compagnie d'Eaton, et plus sa présence lui devenait indispensable. Sans compter qu'il risquait de prendre cela comme une invitation.

— Enfin, si vous n'avez rien de mieux à faire ou si Sophie n'a pas encore dépassé les limites de votre patience.

Eaton souriait toujours.

— Dîner pour trois dont une affamée. C'est noté. 19 heures devrait convenir à tout le monde ?

9

Ce dîner-là n'avait décidément rien à voir avec la féerie de cristal, de parfums et de lumière de la veille, dans l'orangerie. La nourriture était simple, plus adaptée à un palais d'enfant que les mets sophistiqués choisis pour elle par Eaton. Pourtant, ce repas en commun avec sa fille, dans l'atmosphère chaleureuse de la petite salle à manger où brûlait un bon feu avait un charme qu'Eliza reconnut aussitôt : celui d'un dîner en famille avec une Sophie dont la conversation exubérante vibrait d'une joie de vivre communicative. La fillette s'enchantait de tout : de la nouvelle maison, du grand parc, de sa jolie chambre sous les toits, des cadeaux, et surtout de son épopée dans la campagne qui s'était achevée par une extraordinaire chevauchée sur le plus beau cheval du monde. Mais, incapable de tenir jusqu'au gâteau au chocolat, elle tomba endormie sur la table avant son service.

— Voilà pourquoi on devrait toujours servir le dessert d'abord, plaisanta Eaton en soulevant Sophie pour la porter dans sa chambre. Nous lui mettrons un morceau de gâteau de côté pour demain matin.

« Nous. » Comme il était facile pour cet homme de faire sa place dans leur vie ! Il fallait mettre fin à cela avant qu'il ne soit trop tard. La dette d'Eliza à l'égard d'Eaton Falmage devenait par trop importante. Tout comme l'attraction qu'elle éprouvait pour lui.

— Laissez, dit-elle en se levant à son tour. Je vais m'occuper de la coucher. C'est toujours moi qui m'en charge, même quand Miss Gilchrist est de service.

Elles aimaient toutes les deux le rituel du coucher, comme un rideau qu'on referme ensemble sur une bonne journée.

— Vous connaissez la maison mieux que moi. Si cela ne vous ennuie pas d'attendre, je suppose qu'il y a quelque chose à boire dans le salon.

Cela lui paraissait étrange de se conduire comme la maîtresse de maison. Il savait évidemment qu'il y avait du cognac dans la maison. C'était lui qui, probablement, avait demandé qu'on l'y mette.

Eaton Falmage portait toujours Sophie qui dormait maintenant à poings fermés.

— Laissez-moi vous aider. Elle a merveilleusement tenu le coup. Apparemment, elle a hérité de la ténacité de sa mère.

Eliza prit l'une des lampes à pétrole posées sur l'une des consoles et précéda son compagnon dans l'escalier, émue du spectacle qu'offrait Eaton avec la tête brune de Sophie sur son épaule. Elle s'efforça de se convaincre que c'était cette image paternelle qui l'émouvait, et pas cet homme-là en particulier. N'importe quel homme capable de montrer ainsi sa sollicitude et sa tendresse aurait pu l'émouvoir tout autant.

— Posez-la sur son lit, je vais m'occuper d'elle, proposa-t-elle sans se retourner pour ne pas montrer son trouble.

Une fois leur hôte reparti, elle dévêtit sa fille rapidement, lui passa une chemise de nuit et l'installa confortablement sous son édredon qu'elle lui remonta jusqu'au cou.

— Bonne nuit, ma chérie, murmura-t-elle en lui baisant le front. Fais de beaux rêves. Demain, d'autres belles aventures nous attendent.

En bas, la table avait été débarrassée par un personnel efficient et un feu se consumait doucement dans le petit salon aux rideaux tirés et aux lumières douces. Le cœur d'Eliza accéléra ses battements. Il y avait bien longtemps maintenant qu'elle n'avait pas vécu une telle intimité familiale.

— Me tiendrez-vous compagnie pendant que je boirai mon cognac ? s'enquit Eaton, lui souriant dans la pénombre.

Comment Eliza pouvait-elle le lui refuser après tout ce qu'il avait encore fait pour elle aujourd'hui ? C'était si peu de chose. Le seul danger était en elle-même, et elle le savait.

Elle s'assit en face d'Eaton qui entreprit de faire le service.

— En prendrez-vous aussi un verre ?

— Non, merci. Je ne bois pas d'alcools forts, refusa-t-elle poliment, les mains croisées dans son giron.

Prolonger ainsi la soirée n'était certainement pas une bonne idée. Un tel moment dans un endroit si confortable ne pouvait qu'entraîner des conversations intimes. On pouvait être amené à dire des choses que l'on ferait mieux de garder pour soi.

Eaton rit doucement.

— Vous ne buvez que du champagne ? Tous mes compliments, Eliza, vous avez des goûts dispendieux mais raffinés, la taquina-t-il en se laissant tomber dans le confortable fauteuil de tapisserie en face d'elle. Il faudra que je m'en souvienne.

Comment faisait-il ? Comment ce diable d'homme s'y prenait-il pour rendre si faciles et agréables les relations avec lui ? Pour qu'il soit si facile de parler, de rire. En un mot, de se sentir bien. Aux yeux d'un étranger entrant dans le salon, ils auraient pu paraître de vieux amis, ou un couple uni par une profonde complicité.

Il but une gorgée de cognac.

— Votre journée de travail dans les bureaux de la mine a-t-elle été productive ? s'enquit-il comme s'ils étaient un vieux ménage devisant sur les affaires du jour.

Un couple assez original, néanmoins. Peu d'épouses dirigeaient des entreprises. Et les filles du peuple, aussi brillante soit la réussite de leur famille, n'épousaient pas des marquis ni des ducs.

Et quant à elle, elle n'épouserait plus personne. Jamais.

Alors, trêve d'imagination. Eaton n'avait même pas besoin d'essayer de la séduire. Elle se racontait elle-même des histoires. N'étaient-ils pas tous les trois comme une famille rassemblée autour de la table du dîner, animée par le bavardage joyeux de Sophie, sautant allègrement d'un sujet à l'autre au gré de sa seule fantaisie ? Mais tout cela n'était qu'un rêve. Séduisant, bien sûr, du moins en théorie, mais qui n'avait aucune chance de se réaliser. Elle-même ne cherchait pas d'homme pour jouer ce rôle, et il n'était pas question de renoncer à tout ce qu'elle avait gagné d'indépendance et de considération simplement pour reconquérir le statut pas toujours enviable de femme mariée.

— Rien de particulier, répondit-elle enfin, soudain consciente de son long silence. Et vous ? Avez-vous passé une bonne journée ? Qu'alliez-vous faire à Penzance ?

— Simplement rendre visite à l'une de nos donatrices, Mrs Penhaligon. Vous la connaissez sans doute. Il s'agit de la seconde veuve. Même si ce n'est qu'à quelques miles, elle se sent très isolée depuis qu'elle a dû quitter Porth Karrek, après la mort de son mari.

Les mots partirent tout seuls.

— Vous collectionnez les veuves, semble-t-il.

Horrifiée, Eliza se mit la main sur la bouche. Serait-elle jalouse ? Elle ne connaissait même pas cette femme. Était-elle jeune, comme elle ? Plutôt jolie ? Eaton l'emmenait-il en promenade, elle aussi, en calèche ou à cheval ? L'abreuvait-il de flots de champagne ?

— J'avais besoin du nom d'un accordeur de piano.

L'emballement d'Eliza retomba net. Eaton la regardait d'un œil à la fois spéculatif et amusé, et elle se rappela un peu tard que Mrs Penhaligon était la généreuse donatrice du Sébastien Érard, le fameux piano.

— Cela établi, reprit-il, croisant nonchalamment ses longues jambes l'une sur l'autre, quelle nouvelle aventure avez-vous en tête pour demain ? Il va faire beau, semble-t-il. Puis-je vous suggérer un pique-nique en bord de mer ? Je peux venir vous chercher à midi. Nous avons à Karrek Sands le sable le plus fin de toute la Cornouailles. Sophie va l'adorer. Elle pourra même essayer son nouveau cerf-volant.

Grand Dieu ! Non seulement Eaton Falmage avait décidé de

prendre en main leur emploi du temps, mais il avait visiblement l'intention de les accompagner ! C'était bien la dernière chose dont Eliza avait besoin... et dont elle mourait d'envie. Elle n'avait jamais eu à s'occuper d'un pique-nique autrement qu'en demandant aux domestiques de s'en charger, ce qui lui était impossible ici puisqu'elle n'était pas chez elle. La présence d'Eaton serait d'une grande aide, assurément.

— Je vous remercie, mais je crains d'avoir par trop abusé de votre temps...

Elle n'était plus une oie blanche. Elle savait comment les choses pouvaient tourner. Étrange ironie du sort qu'après avoir passé toutes ces années à se protéger de la menace extérieure que représentaient les hommes la vraie menace vînt d'elle-même et de ses propres sentiments.

Eliza se leva. Oui, décidément, il était urgent de clarifier leur relation avant que cette situation n'échappe à son contrôle.

— Non, non, je vous en prie. Vous n'abusez en rien, l'assura Eaton, qui, comprenant le message, se levait à son tour.

Cette fois, elle eut du mal à soutenir son regard. Pourtant, il fallait aller jusqu'au bout.

— Dans ce cas, je tiens à être claire, dit-elle d'une voix aussi ferme que possible. N'attendez rien de moi Pas de... pas de baiser pour vous récompenser de tous vos efforts.

Le regard d'Eaton se fit plus opaque tandis qu'un sourire énigmatique jouait sur ses lèvres. Il avait l'air mi-amusé, mi-offensé.

— Je l'espère bien, rétorqua-t-il d'un ton mesuré. Sinon, cela signifierait que j'en suis réduit à acheter les faveurs d'une femme et que vous appartenez à cette catégorie de femmes qui est dans la nécessité de les vendre. Sur ce, ajouta-t-il en lui adressant un bref salut, je vous souhaite une bonne nuit.

Eliza le regarda sortir, désarçonnée. Elle avait voulu le décourager, et il semblait qu'elle ait réussi. Si elle s'en trouvait déconfite, elle n'avait à s'en prendre qu'à elle-même.

Eaton caressait machinalement la tête de Baldor tandis qu'ils se réchauffaient tous les deux au coin du feu de la bibliothèque, son chien allongé sur le tapis à ses pieds.

— Elle a un enfant, annonça-t-il à son fidèle compagnon.

Il avait ignoré l'existence de Sophie tout comme il avait ignoré que Blaxland se fût remarié. Apparemment, aucun des deux époux n'était très bavard sur sa vie privée.

Allongeant ses jambes, il cala ses bottes sur le socle de l'âtre. Eliza lui cachait-elle encore quelque chose de sa vie privée ? Quand il l'avait revue cet après-midi, il avait lu dans le regard de la jeune femme des émotions mêlées. Elle lui faisait penser à un portrait de la Madone à genoux, berçant son enfant, les yeux clos sur un intense moment de joie intime. Pourtant, quand elle avait rouvert les siens, une expression fugitive de peur avait traversé son regard avant qu'elle le reconnaisse. Instinct maternel, probablement. Ses propres sœurs se comportaient de la même manière vis-à-vis de leurs enfants quand l'un d'eux disparaissait trop longtemps de leur champ de vision.

Fermant les yeux, Eaton repassa dans son esprit les souvenirs de leur soirée. Il y avait beau temps qu'il n'avait pas passé un si bon moment, si plein, si gratifiant. Pas de tenue vestimentaire guindée, nul besoin de faire attention à chaque mot, à chaque geste. Ce n'avait été que bavardages à bâtons rompus, plaisanteries et rires. Sophie avait raconté des histoires drôles, du moins aux yeux d'un enfant. On voyait bien que sa mésaventure ne l'avait en rien traumatisée. Nulle inquiétude rétrospective dans son beau regard brillant. Seulement l'excitation de l'inconnu. Eaton ne pouvait s'empêcher d'envier cette inestimable innocence, sur laquelle sa mère veillerait ardemment, à en juger le regard de tigresse avec lequel elle couvait sa fille depuis qu'elle l'avait retrouvée. Farouche dans son amour, farouche dans son instinct de protection.

Il s'attarda un instant sur ces deux mots : mère et fille. Il comprenait maintenant pourquoi Eliza s'efforçait de résister à l'attraction indéniable qu'ils éprouvaient l'un pour l'autre. Une mère faisait toujours passer en premier les intérêts de son enfant. Leur réputation à toutes les deux était en jeu. Pourtant, c'était aussi une femme, une jeune femme, avec les rêves et les aspirations de son âge. Et les désirs, aussi. Il les avait bien sentis s'émouvoir en elle quand il l'avait embrassée. Eliza était un être passionné. Pourtant, elle était prête à renoncer à tout cela au nom de son enfant.

À moins, bien sûr, qu'elle n'ait aucune idée de ce à quoi elle renonçait.

À cette idée, Eaton rouvrit lentement les yeux. Là, il pouvait l'aider. Si quelqu'un connaissait la valeur de cette aventure, c'était bien lui. Mais à quelle fin ? Pour entraîner la jeune femme dans une histoire sans lendemain ? Il saurait se montrer discret, naturellement. À part eux deux, personne n'avait besoin de savoir. Il pouvait préserver sa réputation tout en lui montrant les plaisirs de l'amour. Lui-même y trouverait son compte, en traitant Sophie comme si elle était sa propre fille. Mais c'était un jeu dangereux. Et même particulièrement égoïste. Personne ne devait souffrir à part lui de la malédiction dont il était affligé. Il avait bien vu le regard émerveillé de Sophie quand il l'avait aidée à monter sur Lucifer, cet après-midi. Les enfants avaient vite fait de s'attacher. Et si Eliza, avec son intelligence lucide, pouvait sortir relativement indemne de leur histoire quand celle-ci s'achèverait, il pouvait ne pas en être de même pour Sophie. Elle ne pourrait pas comprendre qu'il ne s'agissait que d'un jeu.

Eaton n'était ni égoïste ni cynique. Oserait-il poursuivre le jeu de séduction qu'il avait entrepris auprès d'Eliza Blaxland maintenant que sa fille était arrivée ?

Pourtant, aurai-je la force d'y renoncer ? demanda-t-il à Baldor, qui leva vers lui son beau regard doré, rempli d'une évidente compassion. *Comment puis-je abandonner cette jeune femme à son sort alors que je sais qu'elle a besoin de moi ?*

Un pique-nique demain, dans le cadre enchanteur de Karrek Sands, serait un bon commencement. Une fois qu'Eliza aurait compris qu'elle ne risquait rien à accepter son amitié, peut-être serait-elle prête à en accepter davantage ?

Malgré le soleil qui brillait derrière la vitre, la journée commençait plutôt sous de mauvais auspices.

Miles Detford considéra un long moment les documents étalés devant lui avant de reporter son attention sur les hommes assis autour de la table.

— Ce que nous nous apprêtons à faire est à la limite de la légalité. Si nous sommes pris, nous pouvons être poursuivis pour fraude et abus de confiance, les prévint-il.

Mais, même à ses propres oreilles, sa voix lui paraissait manquer de conviction. Il y avait aussi de gros bénéfices à la clé, qui valaient largement la peine de prendre tous ces risques. Et cela faisait maintenant pas mal d'années qu'il attendait son heure.

— Croyez-vous qu'elle acceptera notre offre, Detford ? s'enquit Gismond Brenley, le regard dur. Après tout, de nous tous, c'est vous qui la connaissez le mieux.

Le ton était narquois, et Detford savait parfaitement que Brenley faisait allusion à leur tentative, deux ans plus tôt, de soustraire Eliza Blaxland à sa position d'actionnaire majoritaire de la mine en l'entraînant dans une offre de mariage. Depuis, Brenley, qui ne lui avait jamais pardonné son échec, tenait ce mariage manqué suspendu au-dessus de sa tête comme une épée de Damoclès.

Miles haussa les épaules.

— Elle le devrait. Les termes de cette offre sont très généreux. La somme que nous avons fixée pour lui racheter ses parts est largement au-dessus du marché. De quoi lui permettre de subvenir à ses besoins très confortablement jusqu'à la fin de ses jours. Ou, si cela lui chante, de réinvestir son argent dans une autre affaire.

Brenley émit un petit ricanement.

— Peut-être que les espèces sonnantes et trébuchantes seront un meilleur argument qu'une demande en mariage ?

Isley Thorp, un homme maigre à la longue face maussade, leva les yeux par-dessus ses lunettes.

— L'offre peut paraître très généreuse dans les conditions actuelles, rappela-t-il au reste du groupe. Mais ce n'est rien à côté de ce que nous gagnerons quand nous aurons enfin pu creuser cette fichue galerie. Au regard de ces profits, la somme proposée est misérable. Il ne faudrait pas qu'elle l'apprenne.

Et c'était là que le bât blessait. N'importe qui y regardant d'un peu plus près verrait bien qu'il y avait eu tentative de fraude et que la somme proposée à Eliza Blaxland était considérablement sous-évaluée par rapport aux bénéfices flagrants que rapporterait la nouvelle galerie.

Brenley pinça les lèvres.

— L'exploitation minière est une aventure très hasardeuse. Cardy, le contremaître en chef de la mine de Porth Karrek, nous a assuré qu'il y a des tonnes de cuivre dans cette galerie qui ne demandent qu'à en sortir. Mais il peut se tromper. Et si c'est le cas, ce sont nos comptes en banque qui devront éponger les pertes. Impossible de garantir quoi que ce soit. Mrs Blaxland ne pourra pas nous reprocher notre succès après les risques que nous aurons pris.

Il tapa du poing sur la table, fort de ses arguments, qu'il avait bien l'intention de répéter tels quels devant un tribunal si besoin était.

— N'importe quelle femme serait heureuse d'une telle offre ! N'a-t-elle pas une fille à élever ? Sa place est davantage à la maison, à s'occuper de son enfant, comme toute mère de famille qui se respecte, plutôt qu'à passer ce qui lui reste de jeunesse le nez plongé dans les livres de comptes.

Miles haussa ses épais sourcils blonds.

— Est-il jamais arrivé à Eliza Blaxland de se comporter comme les autres femmes ? Elle nous traite tous ici comme des enfants irresponsables. Si on ne parvient pas à lui faire accepter cette offre, elle va continuer à tirer les ficelles jusqu'à la nuit des temps. Qu'en pensent les autres actionnaires ?

Isley Thorp secoua la tête.

— Certains sont avec nous. Les autres sont plus mitigés. Ils disent que, depuis qu'elle a pris la direction, elle nous a fait gagner beaucoup d'argent. Qu'elle a fait du bon travail, en modernisant les installations. Cardy et elle s'entendent bien. Pourquoi changer une équipe qui gagne ?

— Nous ne nous défaisons pas d'elle, nous lui suggérons, avec un bon dédommagement, de passer à autre chose, corrigea Brenley d'une voix impatiente. Et si nous le faisons, c'est par considération pour sa fille et pour elle. Elle nous a rendu service quand son mari est mort. Personne ne s'attendait à une fin si brutale… Mais maintenant, le relais est passé.

Thorp hocha la tête.

— Oui, il est vrai que, vu comme ça, ça paraît tout à fait légitime… Peut-être serait-ce une bonne idée que ce soit vous, Gismond, qui lui présentiez notre proposition ?

Bonne idée, songea Miles *in petto*. Il était temps que Brenley sorte sa grosse tête de tortue hors de sa carapace pour se risquer un peu dans cette aventure au lieu de passer son temps à donner des conseils aux autres. Mais il se ravisa aussitôt. Non, c'était à lui de s'en charger. Il tenait à venger son honneur bafoué. Jamais dans sa vie il n'avait été si bien tourné en ridicule que grâce aux bons soins de la veuve Blaxland. Eh bien ! Elle saurait bientôt ce que cela allait lui coûter.

— Pas question, protesta-t-il vivement. C'est mon job. Mais inutile de se précipiter. Laissons-la mijoter encore un moment dans son jus. Elle va se demander pourquoi je ne réponds pas à sa demande d'explication sur la commande pour le boisage, et va échafauder mille hypothèses… Nous avons encore le temps. L'assemblée générale des actionnaires est fixée d'ici quelques semaines à Porth Karrek.

On avait décidé de tenir là cette importante réunion annuelle, au lieu de l'habituelle grande salle de l'hôtellerie de Penzance, pour fêter la construction de la nouvelle galerie. Miles échangea un regard entendu avec Brenley. Sur ce point-là, au moins, ils étaient d'accord. L'assemblée générale serait une excellente occasion pour lancer leur campagne contre Eliza Blaxland, la femme qui avait osé le déconsidérer aux yeux de tous en refusant son honnête demande en mariage. Rirait bien qui rirait le dernier. Il allait venir à elle avec toutes les apparences de l'amitié, et, quand elle s'apercevrait de son erreur, il serait trop tard.

Thorp revint à la charge.

— Et si vous échouez à la convaincre, comme ce fut le cas il y a deux ans ? Devrons-nous prendre des mesures plus... radicales ?

Miles, occupé à ranger ses documents, ne répondit pas tout de suite. Il savait très bien ce que Thorp entendait par là. L'usage de la violence n'était pas à écarter, sous toutes ses formes.

— Espérons que, cette fois, Eliza Blaxland fera preuve de bon sens. Dans notre intérêt à tous... Et d'abord dans le sien.

10

La délicieuse petite crique de Karrek Sands correspondait en tout point à ce qu'Eaton avait promis et même au-delà. Le pique-nique était simple mais délicieux. Des domestiques avaient été envoyés au-devant d'eux pour installer un velum et des sièges pliants, et déballer les paniers remplis de sandwichs et de salades. Si bien que, lorsqu'ils arrivèrent, tout était prêt. Sophie avait apporté bien entendu son cerf-volant et voulut l'essayer sur-le-champ. Eliza, abritée du soleil encore chaud par l'auvent, regardait la fillette courir sur le sable et dans l'eau, envieuse de ses pieds nus et de ses jupons courts.

Eaton, qui s'était laissé tomber à ses pieds sur le sable, commença à retirer ses bottes.

— Et vous, Eliza ? s'exclama-t-il en jetant un regard narquois sur les fines bottines qu'elle avait eu le tort de mettre pour l'occasion. N'allez-vous pas libérer ces pauvres petits pieds de leur carcan ? Ce sont probablement les derniers beaux jours. Il serait criminel de ne pas en profiter.

Il la gratifia d'une œillade complice, et entreprit de rouler ses pantalons sur ses mollets, révélant des jambes fermes et musclées.

— Allez ! Personne ne nous verra. Nous avons toute la plage pour nous.

Il rejeta manteau et gilet, et elle retrouva le jeune homme en chemise de leur première rencontre, suant et soufflant tandis qu'il déménageait les meubles avec son ami et collaborateur Cador Kitto.

Eliza, souriant d'un plaisir anticipé, retira prestement bas et bottines, et même sa jaquette. Ne pas profiter de la plage et du soleil serait en effet criminel, surtout après que Lynford se fut assuré que Karrek Sands leur appartiendrait pour l'après-midi. Car elle n'en doutait pas. C'était à lui qu'on devait ce miracle. Seul un grand seigneur pouvait obtenir ce genre de chose. Et ici, devant la mer d'un bleu aveuglant, dans la chaleur de ce regain d'été avant les brumes et les tempêtes de l'hiver, rien ne pouvait l'atteindre. Ni la mine et ses registres de comptes poussiéreux, ni ses soucis personnels, ni… ni ce pesant sentiment de solitude qu'elle éprouvait parfois.

Déjà Sophie appelait son nouveau camarade à grands cris et Eaton s'élança vers elle, à la frange des vagues, pour l'aider à faire voler son cerf-volant.

Alors Eliza noua ses jupes autour de ses hanches et s'élança à son tour. Une bonne brise venait de la mer, et le cerf-volant s'élevait audacieusement dans les airs.

— Regarde, maman, s'écria Sophie par-dessus son épaule. Nous avons dû utiliser presque toute la corde. Jamais je n'avais réussi à aller aussi haut avec un cerf-volant.

— Tu es un pilote né, la complimenta Eaton, les cheveux en désordre, et les yeux brillants comme ceux d'un enfant. Si on essayait de faire quelques figures ?

Placé derrière l'enfant, une main sur son épaule, il était prêt à intervenir. Une bourrasque se leva soudain et rabattit l'engin qui piqua du nez vers les vagues.

— Oh ! non ! s'exclama Sophie, paniquée.

— Redresse ! intima Eaton sans s'affoler.

Et au lieu de lui prendre la poignée des mains, il lui donna quelques instructions d'une voix calme.

— Enroule un peu de fil… Là, juste un peu. Sans à-coups… Cela déséquilibrerait le cerf-volant, et il tomberait encore plus vite. Voilà, c'est parfait. Bravo, tu as réussi. Maintenant, tu peux redonner du fil, il va repartir… Parfait. Sommes-nous prêts à lui faire faire quelques acrobaties ?

Ils s'entendaient tous les deux comme larrons en foire. Comme cela devait être enthousiasmant pour Sophie d'avoir un adulte pour elle toute seule en dehors de sa mère ! Ne voulant pas les déranger, Eliza s'occupa à ramasser quelques jolis coquillages tout en regardant la scène du coin de l'œil. Avec quel talent Eaton montrait à sa fille comment faire voler le cerf-volant comme un oiseau. Elle le vit, de ses mains agiles, faire jaillir l'engin vers le ciel, puis le faire piquer du nez pour remonter aussitôt. Sophie battait des mains en riant, enchantée. Elle dit à Eaton quelque chose que le vent emporta. Cela dut lui plaire car, lui tendant le cerf-volant, il lui sourit gaiement et lui fit signe que c'était à son tour.

Comme le jeune marquis était différent de Huntingdon ! Son défunt mari était un vieux père dans les deux sens du terme. Vieux parce qu'il ne concevait pas qu'on puisse se mêler de l'éducation d'un enfant autrement que pour le sermonner ou le récompenser. Vieux aussi parce que, étant donné son âge et son manque d'exercice, il aurait été bien incapable de partager les jeux de sa fille et qu'il ne lui serait jamais venu à l'idée de monter jusqu'à la nurserie. Il avait adoré sa fille, mais il n'avait jamais su correspondre à l'image du père dont tout enfant a le droit de rêver. Un père disponible et souriant, capable de courir sur la plage, de le faire monter sur son dos et de le porter dans son lit comme s'il ne pesait pas plus qu'un sac de plumes.

Eaton serait un père formidable.

Cette révélation traversa la cervelle d'Eliza comme la foudre. Elle détourna les yeux de la scène. Combien de fois faudrait-il qu'elle se le répète ? Elle n'avait pas le droit de se laisser aller à ce genre de songeries. Et au moins deux arguments s'y opposaient. Argument numéro un : qu'un homme s'entende bien avec un enfant le temps d'un pique-nique ne prouvait en rien qu'il ferait montre de la même patience et du même entrain jour après jour. Argument numéro deux : Eaton Falmage était assez jeune pour ne pas avoir besoin d'envisager d'adopter l'enfant d'un autre.

Ce n'était pas ce qui, d'ordinaire, était attendu de l'héritier d'un duché. Son devoir était de prolonger l'arbre généalogique familial par ses propres rejetons. Argument numéro trois : elle ne cherchait ni un père pour Sophie ni un mari pour elle. Cela faisait des années qu'elle avait pris cette décision. Elle croyait avoir été assez claire à ce sujet la veille au soir. Aujourd'hui, Eaton Falmage, sans doute un peu désœuvré maintenant que l'école de musique était ouverte, voulait seulement se montrer gentil.

Eliza ne put s'empêcher de jeter un autre coup d'œil dans la direction du joyeux duo. Eaton arborait justement un large sourire… dans sa direction. Il la rejoignit à grandes enjambées et se laissa tomber à côté d'elle dans le sable.

— Elle a l'air de bien s'amuser, commenta-t-il en se redressant sur un coude. Votre fille est vraiment adorable. Vous avez parfaitement réussi son éducation.

Eliza se sentit rougir.

— Merci beaucoup. Mais le fait qu'elle soit fille unique me soucie beaucoup. Je l'étais moi-même et je l'ai toujours regretté. Grandir seul, pour un enfant, c'est toujours un peu triste.

Elle ajouta en dessinant de l'index une vague figure sur le sol :

— J'aurais tant aimé pouvoir lui donner au moins un frère ou une sœur.

Elle se tut aussitôt, consciente que la conversation prenait un tour trop personnel. Un nouveau coup d'œil en direction de son interlocuteur lui révéla un Eaton tout autre que celui qui s'amusait avec sa fille il y avait à peine un instant. Son visage s'était assombri, ses yeux devenus opaques ne reflétaient plus rien de ses pensées. Pourquoi ce soudain revirement ? Cette conversation sur les enfants le contrariait-elle ?… Bah ! Plus simplement, comme beaucoup de célibataires, cela ne devait pas l'intéresser.

Pourtant, ce fut lui qui revint à la charge.

— Vous pouvez vous remarier. Vous êtes encore jeune. Et vous avez beaucoup à offrir.

Une nouvelle intimité venait de s'installer entre eux. Eliza sentit le désir naître au creux de son ventre, puissant, irrésistible.

Mais il fallait résister.

— Non.

Sa réponse était ferme, quoique presque inaudible par-dessus le bruit des vagues.

— Non, répéta-t-elle. Je me suis trop bien installée dans mes habitudes, dans le rôle qui est devenu le mien, ces cinq dernières années. Un mari risquerait de ne pas me trouver très docile... J'ai refusé tout net le dernier homme qui a fait sa demande.

— Pourquoi ? insista Eaton, bien décidé à ne pas abandonner le sujet.

— Quand j'ai épousé Huntingdon, je n'avais rien à quoi je dusse renoncer. Ce n'est pas le cas aujourd'hui, et je sais parfaitement tout ce qu'une femme perd en prenant un mari. Cela a coûté beaucoup à ma propre mère. Elle a entièrement consacré sa vie à son mari qui était bien incapable de gérer son argent ni de faire vivre sa famille dignement. Ce fut encore pire quand mon père est mort et qu'elle est tombée sous la tutelle de mon oncle, encore plus incompétent que son frère. Quand j'ai atteint l'âge de quatorze ans, et que mon oncle a commencé à me regarder avec intérêt, comme une marchandise dont on pourrait tirer profit grâce à un mariage, j'ai compris que, si je voulais éviter la destinée de ma pauvre mère, c'était à moi de prendre les choses en main. Et j'ai décidé d'acquérir les compétences nécessaires pour gérer les affaires de la famille.

— Mais vous avez accepté d'épouser un homme qui avait plus du double de votre âge.

— Pas pour son argent ! protesta Eliza d'une voix nette.

— Ce n'est pas ce que je voulais dire, riposta Eaton sur le même ton. Je m'interrogeais seulement sur les motifs qui ont pu vous pousser à faire ce genre de mariage.

Ils étaient au bord de la dispute. Mais pour Eliza, pas question de se laisser juger par qui que ce soit. Et surtout pas par un jeune fat, dont le seul mérite était d'être né avec une cuiller d'argent dans la bouche, et devant qui la vie s'étendait toute droite, tel un tapis rouge.

— Huntingdon Blaxland est venu demander ma main à mon

oncle. J'ai accepté sa proposition, parce que c'était un homme bon. Mais aussi parce que, étant donné notre situation de fortune, je n'aurais pas eu beaucoup d'autres choix.

Non que cela regarde Eaton Falmage, à vrai dire. Mais si Eliza était contrariée par le tour que prenait la conversation, elle n'avait à s'en prendre qu'à elle-même. Il ne l'avait pas contrainte à raconter sa vie.

Elle prit une profonde respiration. Elle n'avait pas à aborder ce genre de sujet avec un homme qu'elle connaissait à peine. Il fallait en changer au plus vite. Trouver quelque chose de plus léger...

— Grâce à vous, Sophie a été gâtée. Après une telle journée, elle va vouloir revenir tous les jours à la plage.

Aussitôt, Eaton retrouva le sourire.

— Et pourquoi pas ? Le bon air et l'exercice sont indispensables à la bonne croissance des enfants... Et si vous habitez en ville...

Eliza baissa les yeux sur ses mains. Qu'avait bien pu lui confier Sophie sur leur vie ?

— Nous ne sortons pas beaucoup, il est vrai. Je dois m'occuper des affaires de la mine, et il n'y a pas si longtemps que nous avons quitté le deuil.

Pour être tout à fait honnête, il arrivait parfois à Eliza de penser que ce deuil ne finirait jamais. Cela avait été un excellent prétexte pour se retirer de la vie publique. À part les réunions de travail et les œuvres de charité, elle ne sortait plus guère et on la voyait peu aux soirées organisées par la bonne bourgeoisie de Truro. Les rares fois où elle sortait, à la sortie de son deuil, Miles l'accompagnait et le résultat en avait été désastreux. Aussi avait-elle vite pris l'excuse de sa situation de famille pour échapper à toute forme de vie sociale.

— Mais votre période de deuil est finie depuis longtemps, remarqua Eaton. Pardonnez-moi ma franchise, mais, cinq ans, c'est très long.

Il l'étudiait pensivement, et elle sut qu'il se livrait à un rapide calcul. Sophie devait avoir quatre ans quand elle avait perdu son père, dont elle ne devait pas se souvenir beaucoup.

— Cela ne doit pas être amusant ni pour votre fille ni pour vous de vivre plus ou moins recluses, insista-t-il en la fixant de son regard insistant. Souvent, quand les gens se retirent ainsi, c'est surtout pour se protéger.

— Ou pour être tranquilles, rétorqua Eliza du tac au tac, résistant à la tentation de se confier.

Ce serait si facile de lui confier ses soucis présents, avec pour seuls témoins le bruit paisible des vagues et le cri des mouettes.

— Eh bien, s'exclama Eaton en se remettant d'un bond sur ses pieds, le jour où ce ne sera plus le cas, n'hésitez pas à me le faire savoir. N'est-ce pas l'heure de manger ? Sophie doit mourir de faim, après tout cet exercice. J'ai apporté le reste du gâteau au chocolat, et il doit même y avoir encore quelques poignées de fraises tardives.

Il lui tendit la main pour l'aider à se relever en lui décochant un de ses sourires éclatants, et l'atmosphère tendue qui oppressait Eliza depuis un moment se dissipa.

Comme la veille au soir, Sophie se chargea d'animer le repas avec ses mille questions sur les cerfs-volants, les coquillages et les oiseaux entre d'énormes bouchées de sandwich au poulet arrosées de goulées de cidre. Puis, tandis qu'elles se reposaient toutes les deux sous un bosquet de pins, Eaton se mit à fouiller dans le panier rempli de coquillages que la fillette avait ramassés.

— Porte cela à ton oreille, Sophie, dit-il en présentant à la fillette un joli bulot vernissé. Dis-moi ce que tu entends.

Sophie obtempéra, et sa jolie frimousse s'éclaira d'un grand sourire.

— Oh ! mais c'est merveilleux ! Il me semble que j'entends la mer. Comment as-tu fait pour la mettre là-dedans, Eaton ?

Eaton reprit le coquillage en secouant la tête.

— Regarde, dit-il en le lui présentant sur le plat de la main. Vois-tu cette cavité en forme d'hélice à l'intérieur ? L'air rentre là-dedans, et c'est en parcourant toute l'hélice qu'il produit ce bruit. Un peu comme une trompe de chasse.

— Essayons-en un autre !

Sophie fouillait déjà dans le seau, pressée de vérifier l'hypothèse.

Voici un exemple de sa conception de l'instruction, songea Eliza. Celle qu'il avait décidé de mettre en œuvre en accord avec Cador Kitto dans l'école de musique. Apprendre par l'expérience, par le contact, par la manipulation. Et son cœur de mère s'émouvait en voyant le visage de sa fille tout illuminé de joie tandis qu'elle découvrait les merveilles du monde.

Eaton se mit à fouiller à son tour dans le seau et en sortit l'un des coquillages les plus gros. Puis, se redressant, il extirpa de la poche de son manteau une série d'objets disparates parmi lesquels il choisit un bout de ficelle et un petit couteau.

Eliza rit.

— Vous avez les poches d'un écolier. Êtes-vous sûr qu'on n'y trouverait pas aussi un crapaud, par hasard ?

Eaton lui fit un clin d'œil.

— Non, pas de crapaud. Du moins, pas à ma connaissance. Mais un tas de choses très utiles. Vous allez voir.

Il alla s'asseoir à côté de Sophie et, lui prenant le coquillage des mains, il perça un trou à l'extrémité du colimaçon et l'enfila sur la ficelle. Puis il passa ce collier original autour du cou de la fillette.

— Voilà un talisman marin pour toi, Sophie. Maintenant, c'est comme si tu emportais un peu la mer partout avec toi, même à Truro.

Un bref instant, en regardant ce joli tableau, Eliza se dit, le cœur serré, que tout cela aurait une fin. Mais déjà Eaton sautait sur ses pieds en tapant des mains.

— Bon, si nous partions en exploration ? Si ma mémoire est bonne, il devrait y avoir une ancienne grotte de contrebandiers, au bout de la plage. Peut-être y auront-ils oublié un trésor ? Pars en éclaireur devant, Sophie. Nous te suivons.

— Vous êtes aussi infatigable qu'elle, s'exclama Eliza en riant, tandis qu'ils longeaient la frange des vagues. Ne ralentissez-vous jamais ?

— Jamais. Il y a tant à faire, tant de choses à découvrir !

Eaton rit à son tour et, la saisissant familièrement par le bras, l'arracha de justesse à une vague plus audacieuse que les autres.

Tandis qu'elle relevait ses jupes dont le bas était mouillé par la frange des vagues, ce fut le tour d'Eliza de lui faire la leçon, comme il l'avait fait un instant plus tôt.

— Quand on ne ralentit pas, on perd l'opportunité de penser, ne croyez-vous pas ?... À moins que ce soit justement pour cela qu'on préfère courir toujours. Pour ne pas penser. À votre avis ?

Eaton eut un petit gloussement.

— Quelles sombres pensées pourrais-je bien vouloir fuir, Eliza ? N'ai-je pas tout ce que je veux ? De l'argent, un statut social enviable, le pouvoir de faire un peu de bien dans ce bas monde...

Se penchant prestement, il ramassa un petit galet qu'il lança en ricochet sur la surface de l'eau. Décidément il était incapable de rester inactif un instant. Eliza fronça les sourcils. Et si elle avait mis le doigt sur la plaie, justement ? S'il avait quelque chose à cacher ? Quelque chose qu'il ne voulait pas lui dire, à elle pas plus qu'aux autres ?

Eliza n'avait pas envisagé d'aborder son propre projet d'une école pour les enfants des mineurs aujourd'hui, mais c'était l'occasion ou jamais.

— Qu'allez-vous faire, maintenant que l'école de musique est sur sa lancée ? Y a-t-il d'autres projets sur votre agenda ?

Eaton lança un autre galet avec un haussement d'épaules.

— Je vais relancer mon projet de voyage en Italie pour le printemps prochain. Je devais y aller en avril dernier, puis l'idée de faire cette école s'est imposée... Avant cela, j'irai rendre visite à mes sœurs, les unes après les autres, pendant les vacances de Noël. J'irai aussi certainement passer un peu de temps à Londres, pour compenser mon absence pendant la saison. Et dans l'immédiat, il y a ces expériences que je dois mener dans l'orangerie. Sophie pourra me servir d'assistante, si cela l'intéresse. Elle a l'esprit vif.

Eliza s'empressa de le mettre à l'aise.

— Vous n'êtes pas obligé de vous charger de nous divertir, vous savez. J'ai du travail à la mine et la prochaine assemblée générale de nos actionnaires à organiser. Quant à Sophie, sa gouvernante est là pour s'occuper d'elle.

Si ce n'est que les leçons de la terne Miss Gilchrist n'avaient pas grand-chose à voir avec les leçons de choses grandeur nature sur la plage, au soleil et dans les embruns. Si Eaton affirmait ne pas tenir de comptes, elle, elle le faisait et la balance était de plus en plus à l'avantage de leur hôte.

Eaton se pencha sur son oreille.

— Ne vous est-il pas venu à l'esprit que c'est vous qui me faites une faveur, finalement ? Et non l'inverse ?

— Je crains que nous ne soyons pour vous qu'une distraction, protesta Eliza doucement. Une faveur, dites-vous ? Franchement, je ne vois pas...

Eaton Falmage était un homme très occupé pour qui les enfants n'étaient qu'une occasion de s'amuser, comme on s'amuse avec un petit chien ou un joli chaton. Il avait bien d'autres soucis en tête et d'enthousiasmantes activités en préparation : la saison de Londres, un voyage en Italie, des expériences scientifiques... Sa vie de privilégié n'était qu'un tourbillon au sein duquel Sophie et elle n'avaient guère de place. Dans un mois, il les aurait oubliées.

Ils atteignirent enfin la grotte. Sophie était déjà à l'intérieur, et Eaton dut se pencher pour passer par la brèche de l'entrée.

— Je m'amusais souvent à explorer ces grottes avec des camarades, quand j'étais gamin. Nous avons passé tout un été à y chercher un trésor caché. Nous avions même dessiné une carte.

Sophie écarquilla les yeux.

— Et... l'avez-vous trouvé ? s'enquit-elle, les mains jointes et son beau regard brun brillant d'une curiosité impatiente.

Et Eliza se surprit à attendre elle aussi la réponse, le cœur battant.

Il s'agenouilla devant Sophie pour se mettre à sa hauteur.

— Hélas non, reconnut-il. Et tu sais ce que cela veut dire, n'est-ce pas ?

— Que... qu'il n'y a pas de trésor ? répondit la fillette d'une voix navrée.

— Non. Que le trésor est encore là. Et qu'il nous attend.

Peut-être est-ce toi qui vas le trouver ?Allez, au travail ! Il faut fouiller le moindre recoin, derrière tous les rochers, à l'intérieur de la moindre crevasse...

Sophie se rua vers le fond de la grotte et, se tournant vers Eliza, Eaton la surprit en train de froncer les sourcils.

— Vous désapprouvez ? Ou bien ne croyez-vous pas à ce trésor ?

— On a toujours envie de croire aux trésors. Mais si elle ne le trouve pas, elle va être très déçue.

— La déception a aussi ses vertus. Elle met un peu de piment dans la vie, comme vous le savez certainement.

Il était difficile de ne pas être d'accord avec lui dans ce contexte. Isolés qu'ils étaient dans cette grotte, avec Sophie qu'ils entendaient s'activer au loin, Eliza se sentait complètement sous l'emprise de ce grand corps qui emplissait l'espace. Eaton Falmage n'était pas fait pour les lieux exigus, les atmosphères confinées. C'était un animal des grandes plaines, des forêts et des landes.

— Parlez-vous d'expérience ? souffla-t-elle. Vous ne paraissez pas être de ces personnes qui s'accommodent de la déception.

Dans un espace aussi confiné, il était facile de se laisser impressionner par lui. Ou de le croire invincible. Ce qui n'était pas le cas d'Eliza. Non, ce qu'elle éprouvait pour Eaton Falmage, c'était une attirance irrésistible, comme le soir où il l'avait embrassée dans le jardin. À chaque fois qu'elle se trouvait en sa présence, tous ses sens étaient comme intoxiqués.

— Peut-être l'ai-je trouvé, ce trésor, finalement, murmura-t-il en l'emprisonnant d'un bras appuyé contre le rocher. Ces deux derniers jours passés en votre compagnie m'ont paru tout à fait extraordinaires. Et si tous les trésors n'étaient pas tous enfermés dans des coffres de fer ?

— Oui, peut-être, répondit-elle, le souffle court, attendant je ne sais quoi.

Et si le bonheur, c'était ces baisers volés par un beau jour ensoleillé ?

Ses lèvres s'entrouvrirent d'elles-mêmes, et Eaton, sans attendre, posa une bouche autoritaire sur la sienne, son corps dur et musclé pressant le sien. Eliza s'abandonna tout entière à ces lèvres gourmandes. Comme c'était bon de s'abandonner un instant, de se laisser transporter par le contact d'un corps contre le sien, de s'ouvrir sous le regard tendre d'un homme au lieu de s'enfermer en elle-même comme une île.

Un cri de joie provenant du fond de la grotte les ramena à la réalité. Eaton recula aussitôt, mais son regard brillait d'une flamme intense.

— On dirait que Sophie a trouvé quelque chose, dit-il avec un rire de gorge, en la retenant par la main, aussi peu désireux qu'elle, semblait-il, de rompre le contact. Allons voir ce qu'il en est. Ensuite, il nous faudra rentrer. C'est bientôt l'heure de la marée montante.

Sophie, hélas, n'avait trouvé d'autre trésor qu'une étoile de mer qu'Eaton l'aida à remettre à l'eau.

Puis ils retournèrent vers le lieu de leur pique-nique, leurs deux mains nouées cachées dans les plis de la jupe d'Eliza tandis que Sophie gambadait devant eux. C'était un geste d'intimité tout simple, qu'il aurait été facile de décourager, mais beaucoup moins dangereux qu'un baiser. Sans doute était-ce la raison pour laquelle elle se laissa faire. Il y en avait d'autres, sans doute. Sa solitude, son envie d'être aimée, son besoin de communiquer avec un adulte. De partager avec lui ses joies et ses peines. Des raisons qu'Eliza se refusait à accepter parce que cela lui donnait l'impression d'être tellement désespérée. Et cela, sa fierté le lui interdisait.

Non, décidément, il n'y avait dans sa vie de la place que pour son travail et pour sa fille.

Elle libéra sa main.

— Et demain ? s'enquit Eaton en remettant chaussettes et chaussures. Où allons-nous ?

Eliza s'empressa de trouver une excuse, avant qu'un nouvel élan de faiblesse ne la reprenne.

— Demain ? Non, demain, je ne pourrai pas. J'ai du travail.

— Pas toute la journée ? insista Eaton, avec un sourire irrésistible.

— Non, pas toute la journée, bien sûr. Mais il y a une autre raison...

L'entraînant à l'écart pendant que Sophie se chaussait à son tour, elle précisa à mi-voix :

— Il faut prendre garde au qu'en-dira-t-on. Qu'on nous voie une fois ensemble pourrait s'expliquer au regard des gens. Mais deux jours de suite ! Si je suis une femme discrète et retirée, Eaton, ce n'est pas tant par goût que par nécessité. Une femme veuve en compagnie d'un homme ne passe pas inaperçue, surtout quand elle est jeune et mère de famille. Et que l'homme en question est jeune, lui aussi, et issu d'une grande famille de la région.

Elle ajouta en haussant les sourcils :

— Croyez-vous que mon statut de veuve me donne tous les droits ?

Oui, il le croyait ! Elle pouvait le lire dans ses yeux, dans le petit sourire qui frémissait au coin de ses lèvres. Mais les charmantes veuves auxquelles il pensait étaient des aristocrates dont le statut social les autorisait à pimenter leur vie d'un peu de scandale.

— À votre avis, mes associés verraient-ils d'un bon œil que la présidente de la compagnie minière dans laquelle ils ont investi une bonne part de leur fortune soit compromise dans une affaire de mœurs ?

Elle n'attendait pas de lui qu'il comprenne la fragilité de sa position. Mais elle pouvait du moins s'attendre à ce qu'il la respecte.

— Un seul faux pas et ce serait le scandale. Tous mes efforts seraient ruinés.

Eliza croyait avoir convaincu son compagnon, mais sa réaction la stupéfia.

Le sourire s'élargit sur les lèvres d'Eaton.

— Une affaire de mœurs ? Comme vous y allez ! Demain, nous irons donc dans les bois de Trevaylor. Ils m'appartiennent, et je vous garantis la plus totale intimité.

Il ajouta d'une voix caressante et mélodieuse qui la fit frémir jusqu'à l'âme, en l'enveloppant de son regard sombre :

— Il ne faut jamais dire jamais, Eliza. On ne vous l'a pas appris ?

D'instinct, elle comprit qu'elle avait perdu la partie. Si elle ne refusait pas maintenant, avec toute la fermeté dont elle était capable, elle était perdue. Il fallait dire non. Fermement et définitivement.

Il le fallait... Mais elle ne le fit pas.

11

Eliza n'avait pas dit non ! C'était une victoire, même si Eaton avait dû insister.

Il monta en selle et prit la route en direction du bourg. La journée avait été riche en émotions et particulièrement gratifiante. Il serait facile de s'habituer à ce genre de bonheur-là. Un bon trot jusqu'à l'école pour faire le point avec Cade l'aiderait à s'éclaircir les idées. On ne pouvait nier que ce jour lui avait apporté quelques victoires. Eliza s'habituait à sa présence et elle s'était confiée sur son mariage et ses inquiétudes.

« Un seul faux pas et ce serait le scandale. Tous mes efforts seraient ruinés. »

Aux yeux de la jeune femme, il n'y avait dans ces propos aucune exagération. S'il voulait poursuivre une relation avec elle, il lui faudrait faire preuve de persuasion, la convaincre qu'il saurait être discret.

Detford n'avait pas su le faire. Et maintenant, elle devait le payer, se tenir à l'écart de la vie mondaine. Se priver des joies et des plaisirs d'une femme de son âge. Si elle était seule, c'était de sa propre volonté, contrairement à lui. Il savait par trop combien il était difficile de vivre ainsi, comme un loup solitaire. Mais ils avaient au moins cela en commun. Deux personnes destinées à la solitude pouvaient-elles joindre leurs destinées ? Deux vies contrariées pouvaient-elles, une fois réunies, construire un vrai bonheur, un peu comme si, en mathématique, l'addition de deux chiffres négatifs pouvait donner un résultat positif ? C'était là une équation bien complexe à résoudre.

Quand il arriva en vue de l'école, Eaton relâcha les rênes de son cheval et, levant la tête vers le ciel, laissa le vent lui balayer le visage.

Une fois pied à terre, il lança ses rênes au valet d'écurie et pénétra dans le hall envahi par les notes de musique. Les dernières leçons du jour déversaient leur flot harmonieux par les portes entrouvertes. Et il songea avec un pincement au cœur que, d'où il était, Richard Penlerick aurait été bien heureux de les entendre.

Une minute plus tard, il était dans le bureau de la direction et se servait un verre avant de se jeter dans un fauteuil pour attendre Cade. Le rêve était en train de prendre corps autour de lui. D'autres rêves allaient éclore à leur tour, des rêves beaucoup plus personnels qui impliquaient Eliza et sa chère petite Sophie, une famille incomplète, orpheline. Chaque seconde de cette merveilleuse journée avait réveillé en lui la terrible frustration. Une veuve avec un enfant à élever. Une jeune femme qui avait besoin d'un compagnon, une petite fille qui avait besoin d'un père. En apparence, ce pouvait être la solution parfaite. Mais en apparence seulement. En réalité, c'était un piège qui, en se refermant sur eux, pouvait engendrer de terribles souffrances. Ou, dans le meilleur des cas, des compromis et des frustrations.

Eaton but une longue gorgée de cognac, admirant sans y prêter attention les gravures encadrées que Cador venait de faire accrocher aux murs. Eliza ne cherchait pas un mari. Aujourd'hui, sur la plage, elle l'avait laissé clairement entendre. Ou plutôt elle ne pensait pas avoir le droit de se remarier. Et c'était tant mieux. Il n'avait pas l'intention de lui demander de l'épouser, même si elle avait cherché à toute force un mari ou un père de remplacement. Parce que l'épouser, lui, Eaton, ce serait mettre fin à toutes ses ambitions.

Il acheva son verre en une dernière gorgée. De toute façon, après ce qu'elle lui avait confié, après qu'elle lui avait dit vouloir donner des frères et des sœurs à sa fille, l'épouser, ce serait lui voler son indépendance sans rien lui offrir en retour. La vieille douleur remonta en lui. Cette journée avait été chargée d'émotions contradictoires, depuis l'excitation suscitée par l'attrait qu'il éprouvait pour cette jeune femme jusqu'aux brefs aperçus doux-amers de ce qui aurait pu être. Sophie était une fillette au caractère énergique et intelligent. Il avait adoré jouer avec elle, lui faire découvrir les beautés de sa région et voir ses yeux d'enfant s'allumer d'une joie nouvelle. Mais tout cela ne faisait que lui rappeler plus cruellement encore tout ce qu'il n'aurait jamais.

La porte s'ouvrit enfin sur Cador Kitto.

— Tu es en avance, remarqua le jeune directeur après un coup d'œil à la pendule. Désolé de t'avoir fait attendre.

— Il n'y a pas de mal. J'avais besoin de réfléchir un instant.

Mais pourquoi perdre son temps à ressasser les mêmes défaites ? Il ne pourrait jamais avoir d'enfant. La médecine n'y pouvait rien. Mais il lui restait la possibilité de rendre heureux d'autres enfants. Il pouvait aimer ses neveux et ses nièces. Il pouvait créer des opportunités pour favoriser la réussite de ses élèves. Et pourquoi ne pas aider Eliza à mettre sur pied son projet d'école pour les enfants des mineurs ? Il devait absolument se concentrer sur ce qu'il pouvait réussir. C'était le meilleur antidote à sa mélancolie. Et il consacrerait un peu de cette énergie à l'organisation de cette excursion dans les bois de Trevaylor. Il lui vint à l'esprit, tandis que Cador lui exposait ses nombreux points de satisfaction, que la recherche d'antidotes était encore un point qu'Eliza et lui avaient en commun. Ils consacraient tous les deux beaucoup d'énergie à des réalisations qui pourraient les aider à combler le vide qu'il y avait en eux.

Ou, pire encore, à se le dissimuler.

Les bois de Trevaylor. Les grottes creusées dans les falaises, le long des plages. Une soirée à l'école de musique pour un concert privé donné par les élèves des classes supérieures et réservé aux sponsors et à leurs familles. Eaton ne leur avait pas laissé un après-midi de libre. Et c'était encore quelque chose de nouveau pour elle que quelqu'un s'occupe ainsi d'organiser un peu sa vie. De remplir ses vides parfois angoissants. Quelqu'un qui la mettait au premier plan.

Et il avait tenu parole. Toutes leurs sorties s'étaient déroulées discrètement.

— Et ne me dites pas que je ne suis pas obligé de vous divertir, avait-il dit d'une voix ferme. Cela me fait plaisir, voilà tout.

Comment résister aux cris de joie d'une petite fille et au sourire charmeur d'un homme qui, pour elles deux, paraissait toujours disponible ?

Et c'était ainsi que les jours avaient succédé aux jours. Le matin, Eliza travaillait sur les dossiers de la mine tandis que Sophie faisait son travail scolaire sous la houlette de sa gouvernante, et l'après-midi était consacré aux sorties imaginées par Eaton. Excursions variées dans les bois de Trevaylor, Baldor sur leurs talons, pour cueillir des champignons et ramasser des feuilles multicolores que Sophie collerait ensuite dans ses cahiers de sciences naturelles. Pêche au saumon dans les rivières qui traversaient la lande. Randonnée en calèche jusqu'aux anciens forts couronnant les collines avoisinantes. La liste des festivités paraissait aussi inépuisable que l'imagination d'Eaton elle-même. Qu'est-ce qui le motivait à se dévouer ainsi ? Certainement pas le seul plaisir de leur compagnie.

— Nous garderons les excursions les plus proches du village pour les jours de pluie, lui avait-il expliqué un jour quand elle avait protesté devant le mal qu'il se donnait.

Aujourd'hui, ils se rendaient au fort de Bosrigan, l'un des nombreux bâtiments construits sur les falaises à l'âge de fer pour surveiller la mer. En vérité, ce n'était plus aujourd'hui qu'un simple donjon ceint par un rempart à moitié écroulé, mais pour Sophie, une fois de plus, c'était l'aventure. Sur les falaises, le vent était plus froid, le ciel plus gris, rappelant que l'automne était là et que le temps passait. Cela faisait maintenant trois semaines qu'elle résidait à la maison douairière. L'assemblée générale des actionnaires se tiendrait dans cinq jours. Et elle sentait croître sa peur. Aucune nouvelle de Miles depuis qu'elle lui avait écrit, et elle l'attendait avec impatience, tous ses espoirs s'effondrant chaque jour davantage. Elle se sentait de plus en plus seule dans son combat.

— Si le temps était meilleur, nous pourrions aller à pied de Bosrigan jusqu'à Gurnard's Head pour prendre le thé, remarqua Eaton en les aidant à mettre pied à terre. Mais aujourd'hui, nous nous y rendrons en voiture. Nous marcherons une autre fois.

Eliza eut un sourire mal assuré.

— Attention, Eaton. N'êtes-vous pas en train de bâtir des châteaux en Espagne avec tous ces projets de sortie ?

D'une excursion à l'autre, Eaton faisait toujours des projets pour le lendemain. Sans doute ne s'en rendait-il pas compte, tant il était habitué à commander, à tout décider pour les autres. Mais il y avait peut-être une autre explication. Depuis qu'Eliza le connaissait, elle l'avait toujours vu en constante activité. Et elle croyait avoir compris pourquoi. Il pleurait encore la mort de son vieil ami et cherchait à échapper à sa peine.

Mais il ne pourrait pas toujours lui échapper. Comme tout le monde, il devrait finir par accepter de faire son deuil.

— Il va bien falloir que nous rentrions chez nous un jour, poursuivit-elle. Même si cette perspective ne plaît pas du tout à Sophie.

Les gens qui n'avaient pas d'enfants ne savaient pas combien ceux-ci attachaient d'importance à leurs promesses.

— Sophie ne sera pas la seule, rétorqua Eaton. Moi aussi, je serai déçu. Et vous, Eliza ? Avez-vous hâte de rentrer à Truro ?

Ils arrivaient à un passage encombré par un éboulement. Eaton soutint sa compagne pour l'aider à franchir l'obstacle. Eliza retint son souffle. Toucher Eaton, s'appuyer sur lui était devenu un geste familier, qui appartenait presque à la banalité du quotidien. Et pourtant, malgré sa répétition, il n'en avait pas moins sur elle un effet dévastateur.

Oui, il fallait bien le reconnaître, Eaton Falmage, marquis de Lynford, avait fait sa place dans sa vie sans effort.

— Tout cela me manquera, convint-elle.

Quel lâche euphémisme ! La vie à Truro paraîtrait bien terne à Eliza à côté de la splendeur de ces journées d'automne en Cornouailles. Mais leur caractère exceptionnel n'était-il pas dû à leur dimension éphémère, justement ? Ces sorties, ces relations amicales et faciles ne seraient-elles pas ternies par l'habitude ? Une telle intensité ne pouvait tenir sur le long terme.

— Il me reste à vous remercier pour toutes vos attentions, et surtout pour votre discrétion.

Eaton la tenait toujours par le bras.

— Ce fut un plaisir de passer ces journées en votre compagnie, Eliza, murmura-t-il d'une voix qui contenait une caresse. Savez-vous quand vous partez ? Je n'aimerais guère descendre un jour l'allée jusqu'à la maison douairière pour m'apercevoir que le nid est vide et que les oiseaux sont partis.

— L'assemblée générale des actionnaires a lieu dans quelques jours. Nous partirons peu de temps après, je suppose.

— Restez aussi longtemps que nécessaire. Rien ne presse.

Tout pressait, au contraire, songea Eliza tandis que son compagnon aidait Sophie à grimper dans une échauguette pour voir le paysage. Plus elle s'attardait, plus elle aurait du mal à résister à l'envie de s'abandonner. Eaton n'avait plus essayé de l'embrasser, mais l'envie, l'urgence même, était là, dans son regard, dans chacune des petites attentions qu'il lui manifestait. Il attendait davantage que de simples conversations ou des promenades. Et Eliza aussi, autant se l'avouer. Elle éprouvait une curiosité bien naturelle pour cette vie qu'elle pourrait partager avec un homme jeune, plein de considération, et qui l'appréciait pour elle-même. Car l'héritier d'un duché ne pouvait être attiré par son argent, et encore moins par la charge d'un enfant. Quant au fait qu'elle était plus âgée que lui, ce ne pouvait être compté comme un atout, n'est-ce pas ?

De toute façon, il n'était certainement pas à une aventure près. Il l'aimerait et la quitterait à son gré sans se préoccuper des conséquences pour Sophie et pour elle. Et il ne leur resterait plus à toutes les deux qu'à vivre le reste de leur vie avec son souvenir. Pourtant, plus Eliza passait du temps avec le jeune marquis, plus elle pensait que l'aventure aurait valu la peine d'être vécue. À condition de n'avoir eu qu'elle à protéger. Car elle perdrait inévitablement un homme comme lui, elle le savait. On finissait toujours par perdre les êtres d'exception.

Il était sans doute déjà trop tard.

Sophie adorait son héros. Pas seulement pour les expéditions qu'il concoctait pour elle, mais pour lui-même. Les soirées étaient devenues pour Eliza le meilleur moment de la journée. Parfois, ils faisaient ensemble d'interminables parties de cartes, ou bien la fillette jouait de l'épinette dans le salon ; parfois encore, Eaton leur faisait la lecture, choisissant dans la bibliothèque de vieux livres à la couverture de cuir odorante. La veille au soir, tandis qu'une pluie douce battait les vitres, il leur avait lu des extraits de *L'Odyssée* au coin du feu.

Eliza aurait dû lui en vouloir de se montrer si charmant. Mais elle jouissait si intensément de ces moments privilégiés, Sophie les attendait avec une telle impatience, qu'elle se sentait incapable de rompre le charme en refusant ses attentions et ses visites.

Ses yeux se posèrent sur la ligne grise de l'horizon. Elle ne voulait pas blesser Eaton. Quelque chose lui disait que lui aussi appréciait de les voir. Qu'il en avait besoin. Ce n'était certainement pas que pour elles. Eliza n'était pas naïve. Il avait du mal à faire son deuil de son ami Penlerick, et l'affection de Sophie, sa présence rieuse et primesautière, lui faisaient du bien. Qu'attendait-il d'elles ? Qu'elles restent à Porth Karrek jusqu'à Noël, au moment où il partirait visiter ses sœurs et passer les fêtes en famille ? « Peut-être est-ce moi qui ai besoin de vous », avait-il déclaré.

Sans doute, mais pour Eliza le prix serait lourd à payer.

— La vue est saisissante, n'est-ce pas ? remarqua Eaton à son côté. Je me sens vraiment tout petit quand je me tiens là. C'est un bon moyen pour nous, êtres humains, de nous rappeler notre place dans l'univers. Le ciel au-dessus de nos têtes, le fracas des vagues à nos pieds. Et le fait de savoir que tout ce que je fais, toute mon agitation, ne pourra rien y changer. Pourtant, cela m'incite à en faire plus, toujours plus. Comment expliquer cela ? Cette petitesse de l'homme et son envie de vaine conquête ?

Se tournant vers lui, Eliza étudia son visage, saisie soudain d'une émotion nouvelle. Comment un tel homme pouvait-il être plus que ce qu'il était déjà ? Et quelle humilité que d'avoir le courage de lui dévoiler ainsi son désarroi !

— Vous pensez à votre ami Richard Penlerick, n'est-ce pas ?

— Oui, reconnut-il avec un demi-sourire qui montrait sa satisfaction d'être si bien compris. Je pensais aussi que la vie est bien courte et qu'il faut savoir profiter de tous les cadeaux qu'elle nous offre.

Sa voix était sourde, intime. Eliza sentait son sang courir plus vite dans ses veines, son corps se réchauffer malgré le froid. Elle était touchée par ses paroles, mais là, en face de l'océan sur cette falaise, elle se surprit à vouloir plus que des mots.

— Puis-je vous prendre dans mes bras, Eliza ? Est-ce trop familier ? Trop audacieux ?

Le cœur d'Eliza bondit dans sa poitrine. Lui aussi éprouvait le même besoin d'un contact physique, d'une preuve tangible que leurs âmes venaient de se rejoindre.

— Serrez-moi contre vous, chuchota-t-elle. Juste un instant.

Eaton n'hésita pas. Déjà ses bras se refermaient sur elle, l'étreignant contre lui, carrant les épaules pour mieux la protéger du froid. C'était si bon d'être là, à l'abri d'un port, dans le bruit des vagues et du vent !

Il se pencha sur elle pour dominer de sa voix le fracas de la mer contre les rochers.

— Je n'ai pas l'habitude de me sentir petit, expliqua-t-il, les boucles de ses cheveux noirs lui balayant le front. Mais ici, tout prend un autre sens. Les falaises, les nuages, le vent nous dominent, nous montrent leur puissance. Malgré tout mon argent, toutes mes propriétés, je ne peux rien faire pour les dominer.

C'était l'honnêteté qui le poussait à parler ainsi. Pas la peur, ni la faiblesse.

Eliza leva les yeux vers lui, puis hocha la tête.

— Je me suis battue pour chaque pouce de terrain que j'ai

pu conquérir, consciente que je pouvais tout perdre. Quand j'ai épousé Huntingdon, je savais que le temps qui nous était imparti était bref, par la force des choses. Et quand j'ai pris la tête de la compagnie, j'ai su tout de suite que ce serait un incessant combat. Personne ne voulait de moi. Tous me conseillaient d'abandonner. Même maintenant, je dois faire constamment mes preuves.

Comme d'elle-même, la tête d'Eliza se posa sur l'épaule de son compagnon. Elle huma profondément la bonne odeur masculine qui se dégageait du drap de son habit, et ferma les yeux. Si seulement elle pouvait arrêter le temps, l'enfermer dans une bulle magique ! Si elle pouvait emprisonner à jamais dans sa mémoire le bruit des vagues à leurs pieds, le sifflement du vent dans leurs oreilles, la bonne odeur des varechs et, autour d'elle, les bras d'Eaton Falmage, refermés sur elle comme pour la protéger à jamais du monde extérieur et de ses menaces.

Mais pour que ce soit possible, il faudrait d'abord lui dire ses secrets, perdre un peu du contrôle qu'elle avait sur ses affaires, lui révéler sa vulnérabilité. Elle respira à fond, sa décision prise. Il ne restait plus que cinq jours avant l'assemblée générale, et elle n'avait toujours aucune réponse de Miles.

— Eaton, dit-elle, rouvrant les yeux pour le regarder en face. Je voudrais vous demander un conseil.

— Oui, bien sûr. Nous pouvons parler maintenant, ou plus tard, peut-être, dans le salon de thé de Gurnard's Head ?

Il lui manifestait sa sollicitude sans hésiter. Mais il y avait aussi dans son regard une petite flamme de joie, comme s'il était heureux de la voir enfin baisser la garde et lui manifester un peu de confiance.

— Cela peut attendre ce soir, après le dîner. Cela ennuierait Sophie, certainement.

Il hocha la tête avec un sourire.

— Alors, disons, après le dîner.

Et quand il lui prit la main pour rejoindre la voiture, elle ne résista pas. Une ligne venait d'être franchie et cette fois, sans retour en arrière.

Pourtant, il était dit qu'il y aurait un détour. Et qu'ils n'atteindraient jamais le Gurnard's Head. Ils avaient à peine parcouru une dizaine de mètres que le fidèle cerbère d'Eaton s'élança en avant avec des aboiements furieux.

— Grand Dieu ! Il semblerait que nous ayons de la visite.

Eliza regarda sur le chemin, une main en visière. Et en effet, là, son casque de cheveux blonds bien en place malgré le vent, ses jambes fermement plantées dans les cailloux du chemin, se tenait Miles Detford.

Il était venu, enfin !

Mais il avait choisi le pire moment.

À sa vue, Eliza n'éprouva aucun soulagement. Elle s'empressa de lâcher la main d'Eaton. Trop tard, probablement. D'après l'expression qu'elle lut dans les yeux de Miles, le mal était fait. Depuis combien de temps était-il là et qu'avait-il vu, exactement ? Retiendrait-il contre elle ce moment de faiblesse, après toutes ces années de dévouement aveugle à son entreprise ?

Le visiteur n'était pas le bienvenu. Eaton le sentit à l'hésitation d'Eliza. Elle ne souhaitait pas plus que lui la présence de cet homme. Maudit soit l'importun pour avoir fait irruption au moment où la jeune femme était sur le point de baisser la garde et de lui confier ses soucis.

« Je me suis battue pour chaque pouce de terrain que j'ai pu conquérir, consciente que je pouvais tout perdre. »

C'était la deuxième fois cet après-midi qu'il avait pu entrapercevoir la véritable Eliza derrière la façade impénétrable qu'elle offrait au monde. Perchée avec lui sur cette falaise, elle s'était montrée vulnérable et c'était aussi émouvant, aussi bouleversant, même, que sa force. Absurdement, qu'elle ait besoin de lui lui remplissait le cœur de reconnaissance.

Il s'interposa en deux enjambées entre Eliza et l'intrus.

— Lord Lynford, pour vous servir. En quoi puis-je vous être utile ?

— J'ai affaire avec Mrs Blaxland, rétorqua le visiteur, le regard opaque. Si vous pouviez libérer le passage…

Dans toute sa personne, seuls son assurance et le chic très londonien de son habit pouvaient faire impression. Le reste était tout à fait ordinaire, depuis sa taille, fort moyenne, jusqu'à sa modeste carrure, en passant par sa bouche molle et son teint pâle d'homme de bureau. Tout à fait le genre d'individu qui voulait paraître plus qu'il n'était.

— Rien d'urgent, je l'espère ? Bien que ce soit la seule explication qui me vienne à l'esprit pour que vous soyez venu nous déranger dans notre promenade au lieu d'attendre notre retour.

Le ton d'Eaton était poli mais glacial.

Le regard de son interlocuteur, d'un bleu terne, glissa par-dessus son épaule, cherchant à capter l'attention d'Eliza. Miles Detford devait être un détestable partenaire aux jeux de cartes. On lisait tout sur son visage.

— Ah ! ma chère amie. Vous voici enfin. Vous m'avez appelé et, comme vous voyez, je suis venu.

Eaton avait à peine eu le temps de s'étonner que, déjà, Eliza rétorquait d'une voix acerbe :

— J'ai fait appel à vous en effet… il y a trois semaines !

— Ma chère, si j'ai attendu tout ce temps, c'est que j'avais mes raisons. Je suis mandaté par le conseil d'administration pour vous faire part de certaines nouvelles que vous me voyez fort impatient de vous délivrer.

Une expression ambigüe traversa fugitivement le regard d'Eliza. Contrariété ? Ou curiosité ? Ou les deux à la fois ? Eaton intervint avant que la curiosité prenne le dessus. Il savait reconnaître une tentative de manipulation quand il en voyait une. Ce triste sire essayait de séparer la brebis du troupeau pour agir avec elle à son aise.

— Dans ce cas, cher monsieur, trancha-t-il en tendant la main à sa compagne pour l'aider à monter dans la voiture qu'ils venaient d'atteindre, nous vous écouterons tout à l'heure, à la maison douairière.

Puis il souleva Sophie qu'il posa sur la banquette opposée,

laissant clairement entendre que le véhicule était plein, au cas où l'insupportable individu se fût cru autorisé à se laisser transporter.

— Qui est-ce ? s'enquit-il dès que la calèche se fut ébranlée.

Devant la familiarité avec laquelle il s'était adressé à Eliza, Eaton soupçonnait qu'il s'agissait de l'ami auquel elle avait fait allusion lors de leur dîner dans l'orangerie. Celui dont elle avait dit sur la plage qu'il l'avait demandée en mariage et qu'elle avait refusé sa proposition.

En règle générale, un homme n'aimait pas ça.

— Miles Detford est un actionnaire de la mine et le directeur administratif de la mine de Porth Karrek, répondit Eliza.

Mais déjà, Eaton savait qu'il l'avait perdue. La jeune femme détendue et souriante qui avait commencé à s'ouvrir à lui sur les remparts du fort s'était refermée comme une huître. Eliza pensait déjà à la conversation qu'elle allait avoir avec Miles Detford, s'interrogeant sur ce qu'il pouvait bien avoir à lui dire de la part des autres administrateurs.

— Les administrateurs vous appellent-ils tous « ma chère » ?

La voix d'Eaton était tranchante. Il ne faisait montre d'aucune indulgence pour les individus qui mélangeaient le plaisir et les affaires, la plupart du temps avec l'intention d'en tirer un bénéfice des deux côtés.

Le regard d'Eliza lança un bref éclair. Son joli visage s'assombrit. Parfait. Elle voyait exactement à quoi il faisait allusion.

— C'est un actionnaire, un employé et aussi un ami. Il m'a beaucoup soutenue après la mort de mon mari.

Eaton pinça les lèvres. Il aurait parié qu'elle allait le défendre. Jusqu'où leur relation amicale avait-elle pu aller ? Jusqu'où allait-elle peut-être encore ? Il se retint pourtant de poser la question. Insinuer qu'il y avait davantage entre Detford et elle qu'une simple amitié risquait de tuer dans l'œuf la confiance qu'il sentait naître entre eux.

Mais le serpent du doute s'était mis à s'éveiller lentement en lui. Était-ce pour cela qu'elle résistait à l'attirance qu'ils éprouvaient l'un pour l'autre ? Parce qu'elle avait un amant qui l'attendait à Truro et que cet amant était Miles Detford ?

Eaton secoua la tête. Non, Eliza ne pouvait être capable d'un tel double jeu. Pas après avoir protesté de son besoin de protéger sa réputation, après avoir proclamé haut et clair qu'elle devait rester célibataire et sans amour.

Pourtant, s'il se trompait sur son compte ?

Quand ils arrivèrent à la maison douairière, il l'aida à descendre, et la questionna du regard. Préférait-elle rester seule avec son visiteur ? Ne vaudrait-il pas mieux qu'il soit à ses côtés ?

— Il faut que je m'entretienne avec lui, Eaton, dit-elle d'une voix très douce.

Et, aussi douce cette voix fût-elle, elle rappelait malgré tout à Eaton qu'Eliza Blaxland avait une vie en dehors de Falmage Hill, une vie dont il ne connaissait encore que fort peu de choses puisque Detford avait fait irruption avant même qu'ils aient pu en parler.

Il opina du chef, la gorge serrée. Il n'avait pas le choix, de toute façon.

— Venez me voir ce soir à l'orangerie, après le dîner. Si vous avez toujours envie de vous entretenir avec moi, naturellement.

Et même si c'est seulement pour vous tenir dans mes bras, ajouta-t-il pour lui-même en revivant par la pensée ce moment béni.

Un moment qui reviendrait. Pas seulement pour lui mais pour elle. Parce qu'elle en avait besoin. Miles Detford avait beau l'appeler « ma chère amie », Eliza ne le voyait pas du même œil. Eaton aurait parié sa dernière guinée là-dessus.

Il attendit que mère et fille soient entrées dans la maison et que la porte soit bien refermée derrière elles avant de repartir. Il allait prendre son thé en solitaire à l'orangerie, où il pourrait être seul avec ses pensées et avec son chien.

Il ne lui restait plus qu'à attendre.

12

— Mais enfin, Eliza, où diable aviez-vous la tête ? s'emporta Miles Detford en arpentant nerveusement le petit salon dans lequel on recevait les visiteurs.

Maintenant qu'ils étaient seuls, il ne se gênait plus pour laisser libre cours à ses humeurs, tout son vernis d'homme policé fondant soudain comme neige au soleil.

Sophie était à l'étage avec Miss Gilchrist qui lui faisait prendre son bain, et Eaton avait pris cérémonieusement congé, non sans avoir lancé à Eliza un regard lourd de mille questions muettes. Qui était ce Miles Detford ? Était-il pour elle davantage qu'un collaborateur ? Mais dans ce beau regard brûlant d'un feu sombre, Eliza avait surtout lu de l'inquiétude. « Puis-je vous laisser seule en sécurité avec cet individu qui vous poursuit jusque dans la lande ? »

Pas question, pourtant, de penser aux yeux d'Eaton maintenant. Pas plus qu'à la chaude sensation de ses bras autour d'elle. Miles était lancé dans une de ses habituelles tirades, et elle avait besoin de toute son attention si elle voulait pouvoir lui clouer le bec.

— Pour l'amour du ciel, Eliza, conclut-il en se plantant devant elle, vous rendez-vous compte que vous vous promeniez seule en pleine nature avec un quasi-inconnu ?

— Sophie était avec nous. Et je coopère avec Lord Lynford depuis plusieurs mois. Je ne vois pas où est le mal, Miles, aboya-t-elle impatiemment.

Si mal il y avait, c'était de sa part à lui. Cela faisait trois semaines qu'il lui faisait attendre sa réponse. Elle lui avait demandé de venir la voir de toute urgence pour résoudre un problème grave et, le moins qu'on puisse dire, c'était qu'il avait pris son temps. Et maintenant, il avait l'audace de se comporter à son égard comme si elle avait des comptes à lui rendre.

Miles Detford la fusilla du regard.

— Vous savez très bien où est le mal, ma chère. Ce gentleman est fils d'un duc et, en tant que veuve, vous pouvez fort bien choisir d'entretenir avec lui une relation hors mariage.

Il se planta devant elle, les bras croisés, et la toisa d'un regard encore tout brûlant de courroux. Eliza ne put s'empêcher de le comparer à Eaton. L'homme qu'elle avait devant elle était médiocre à tous points de vue. Ni grand, ni petit, ni mince, ni vigoureux. Ses traits étaient agréables mais banals et sans grande expression. Rien à voir avec l'originalité d'Eaton. Eaton était le portrait vivant de la Cornouailles, avec sa mer, ses landes et ses rochers. Miles était comme Londres, propre et policé, la tête farcie de calculs, de soupçons et d'envie.

Haussant l'un de ses minces sourcils blonds, il demanda tout à trac :

— Est-ce votre intention, Eliza ?

Eliza, outrée, le fit taire d'un geste.

— Chut ! Voulez-vous que les domestiques vous entendent ?

Comment osait-il s'immiscer ainsi dans sa vie privée ?

Elle brûlait d'envie de lui dire la vérité. Lui dire que, non, elle n'avait absolument pas l'intention d'avoir une liaison avec Lord Lynford. Mais il se serait d'autant plus cru autorisé à la sermonner sur sa conduite, ce dont il n'était pas question. C'était elle qui était propriétaire de la mine. Il était son employé, rien de plus.

— Décidément, Miles, la jalousie vous égare. Est-ce là la vraie raison de votre comportement ? Selon votre point de vue, aucun homme ne pourra m'avoir puisque vous ne le pouvez pas ?

Une flamme de colère traversa le regard délavé de son interlocuteur.

Dire qu'il fut un temps où Eliza avait trouvé du charme à

ces yeux-là ! Qu'elle avait pu les comparer au bleu transparent des glaciers ! Mais quelle qu'ait pu être l'attirance qu'elle avait éprouvée pour Miles Detford, il y avait beau temps qu'elle avait disparu. Il pouvait encore à la rigueur se targuer d'être un ami. Mais il ne serait jamais rien de plus. Ce qui n'empêcha pas l'importun de s'asseoir à côté d'elle sur le sofa, l'air soudain amical et plein de sollicitude.

— C'est pour votre réputation que je me fais du souci, ma chère amie. Et pour la mine. Ce n'est pas le moment de vous faire remarquer. Les enjeux sont trop importants.

Eliza s'écarta imperceptiblement.

— Ce n'est pas pour ce genre de considération que je vous ai fait venir, Miles. Vous êtes pour ainsi dire mon bras droit – elle le sentit se redresser et le méprisa un peu plus d'être sensible à ce genre de flatterie —, et j'ai des questions à vous poser avant l'assemblée générale. Plus précisément à propos de la nouvelle galerie.

Miles lui jeta un regard inquiet, et elle sut qu'elle avait touché un point sensible.

— Quelque chose ne va pas ? Est-ce pour cette raison que vous n'êtes pas venu tout de suite ?

— Vous savez bien que je me serais déplacé sur-le-champ s'il n'avait pas été préférable d'attendre... De fait, j'ai des nouvelles pour vous. Des nouvelles qui devraient vous faire plaisir.

— De bonnes nouvelles, vraiment ?

Il paraissait par trop hésitant pour qu'elles soient si bonnes que cela.

— C'est mon point de vue, en tout cas. Mais, ma chère, j'aimerais bien que, pour une fois, vous m'écoutiez calmement, en faisant preuve d'ouverture d'esprit.

Il la prit familièrement par le bras, et Eliza sourcilla. Mais elle le laissa faire. Dans sa situation, on n'avait jamais assez d'alliés et, depuis qu'elle avait refusé sa demande en mariage, elle avait été suffisamment claire sur la nature de leurs relations. Il ne pouvait y avoir aucune équivoque dans ce simple geste.

Après un temps d'hésitation, Miles revint à la charge.

— Le comité de direction, en accord avec les actionnaires, souhaite vous faire une proposition lors de la prochaine assemblée générale. Il serait question de vous faire une offre particulièrement généreuse pour le rachat de vos parts...

Il s'interrompit, l'observant du coin de l'œil, puis, comme Eliza ne réagissait pas, il insista :

— N'est-ce pas une merveilleuse nouvelle ? Vous serez aussi riche qu'à présent, mais sans être obligée de fournir le moindre effort. Plus besoin de jouer le rôle de ce pauvre Atlas portant le monde sur ses épaules, ajouta-t-il avec un enjouement forcé. Vous pourrez enfin mener la belle vie !

Eliza le dévisageait, stupéfaite. La belle vie ? Mais la vie qu'elle menait lui convenait parfaitement, et elle n'en voulait pas d'autre. Tous les choix qu'elle avait faits depuis la mort de Huntingdon, elle les avait faits de son plein gré, avec l'impression de reprendre le flambeau. D'être utile.

Mais il y avait une autre implication dans les propos de Miles Detford qui, quand elle en prit pleinement la mesure, lui coupa le souffle. Il voulait qu'elle accepte cette offre. Et, à ce moment précis, elle était incapable de déterminer ce qui la choquait le plus : le fait que le comité de direction ait comploté pour se débarrasser d'elle, ou celui que Miles, qu'elle considérait malgré tout comme un ami et comme un allié, l'ait également trahie.

Libérant brusquement son bras, elle se leva, le regard flamboyant.

— Les mines sont toute ma vie. Comment avez-vous pu croire que j'accepterais de vendre et de mettre ainsi l'héritage de Sophie sous le contrôle d'étrangers ? Cette offre n'a rien de généreux. Vous voulez me jeter dehors, un point c'est tout.

Eliza se mit à son tour à arpenter le petit salon, au comble de l'agitation. Oh ! le beau cadeau empoisonné qu'on lui faisait là ! Et sous quel prétexte ? N'avait-elle pas rendu les mines de la compagnie plus rentables qu'elles ne l'avaient jamais été ? N'avait-elle pas amplement contribué à remplir les poches de ses actionnaires ?

Eliza avait beau fouiller sa cervelle, elle ne voyait aucune explication, sauf une.

La nouvelle galerie. Elle pensait que c'était une affaire réglée. Au dernier conseil, n'avaient-ils pas voté à la majorité la décision de ne pas creuser sous l'océan ? Mais apparemment, les membres du conseil avaient comploté derrière son dos pour revenir sur cette décision. Depuis combien de temps la payaient-ils de grimaces, faisant semblant de se soumettre tandis qu'ils s'organisaient pour prendre des dispositions contraires ?

Elle décida de faire front.

— C'est cette affaire de galerie sous la mer, n'est-ce pas ? Vous avez retourné votre veste et, maintenant, vous voulez me mettre dehors pour n'en faire qu'à votre tête ! Mais ne me dites pas que tout le monde est d'accord ? Ce serait de la folie, je vous l'ai déjà expliqué. Nous n'avons pas le droit de mettre en danger la vie de nos mineurs. Et ce n'est pas une situation saine non plus pour nos actionnaires. Qui sait si nous trouverons du cuivre dans cette galerie ? Et en assez grande quantité pour justifier nos efforts et nos investissements ? Et si, par-dessus le marché, un drame survient, ce sont nos employés qui trinqueront. Pas vous. Ne sommes-nous pas tous assez riches comme cela, nous les actionnaires ? Pourquoi prendre de tels risques alors que nous n'en avons pas besoin ?

— Est-on jamais assez riche ? plaisanta Miles, fuyant la question. Quoi qu'il en soit, si vous n'êtes pas d'accord, Eliza, c'est peut-être précisément l'occasion pour vous de retirer vos billes, si vous me pardonnez une telle familiarité. Vos scrupules vous honorent, ma chère amie. Mais ce n'est pas en se montrant frileux qu'on fait de l'argent. Je comprends fort bien que vous n'ayez pas envie de prendre des risques. Ce n'est pas dans la nature des femmes.

Eliza se hérissa.

— Vous croyez cela, vraiment ? Vous pensez que c'est parce que je suis une femme que je suis prudente et attentive au bien de tous ?

Elle se pencha, tendant vers lui un doigt frémissant de colère, toute son indignation devant la trahison du conseil se focalisant soudain sur son interlocuteur. Mieux valait s'indigner que de s'apitoyer sur elle-même. Cela la rendait plus forte, au moins pendant un certain temps. Et c'était de force dont elle avait besoin.

— Peu importe ce que je pense, Eliza. Ce qui compte, c'est l'avis du conseil, pas le mien. Vous savez que je suis votre ami. Et c'est à moi de vous montrer les choses de leur point de vue. Eux, ce qu'ils voient, ce qu'ils vous reprochent, c'est un profit consistant, certes, mais qui stagne...

— Au moment où d'autres mines, en Cornouailles, sont obligées de fermer ! l'interrompit-elle avec véhémence.

— Au moment, ma chère, où vous nous demandez d'investir dans des dispensaires pour soigner votre population de mineurs et des écoles pour leurs enfants. Quel profit pourrons-nous tirer de tels investissements ? Le conseil estime que c'est de l'argent perdu alors que nous ne tirons pas assez profit des ressources naturelles de nos mines.

— Mais précisément, ce sont mes populations de mineurs qui sont notre plus grande ressource naturelle, protesta Eliza, indignée. Ils sont indispensables.

— C'est là que vous vous trompez, ma chère. Ils ne sont pas indispensables. Ce que je vais vous dire ne va pas vous plaire, je le sais bien, mais il y a quantité de mineurs au chômage dans toute la Cornouailles et qui ne demandent qu'à reprendre leur piolet, que ce soit sous la mer ou non. À votre place, je cesserais de martyriser ma jolie petite tête avec tout ça.

Eliza serra les poings. Si Miles Detford l'appelait encore une fois « ma chère », elle sentait qu'elle allait se mettre à hurler. Ou pire encore ! Elle commençait à voir clairement de quoi il s'agissait. D'un coup d'État, et rien de moins ! Manigancé par des individus âpres au gain et qui n'ambitionnaient que d'accumuler plus de richesses, quelles qu'en soient les conséquences.

— Et je suppose que, moi aussi, je ne suis pas indispensable ? Mais ne vous réjouissez pas trop vite. Je ne me laisserai pas faire.

Une lueur fauve traversa fugitivement les yeux pâles de son interlocuteur.

— Alors, écoutez-moi bien, Eliza. Je vais vous donner un conseil d'ami. Tenez-vous à l'écart du marquis. Si le conseil apprend que vous avez une aventure avec lui, je vous assure que cela n'arrangera pas vos affaires.

Ils se firent face, les yeux dans les yeux, et Eliza ne recula pas.

— Est-ce une menace ? demanda-t-elle, les poings sur les hanches. Et qui le saurait ? Avez-vous l'intention de jouer les mouchards ?

Miles recula d'un pas.

— Eliza, voyons, rétorqua-t-il d'un air contrit, soyez réaliste. Vous vivez sur sa propriété, vous faites des excursions *en famille*[1], suspendue à son bras, Ce sera bientôt aussi connu que la liaison rocambolesque de Prinny avec Mrs Fitzherbert[2] !

Le regard d'Eliza se rétrécit dangereusement.

— Vous mériteriez un soufflet pour moins que cela. Propager une telle nouvelle serait de la pure diffamation.

Mais la situation était bien pire que cela. Eliza savait ce que Miles ignorait. En fait, il ne connaissait pas un dixième de ce qui s'était passé entre Eaton et elle, et, si cela se savait, les gens du pays auraient de quoi clabauder sur son compte tout à leur aise. Ce n'était pas la première sortie qu'Eaton organisait pour Sophie et pour elle. Il y en avait eu beaucoup d'autres, toutes aussi discrètes, du moins en théorie, toutes conçues de manière à ne rencontrer personne. Eaton dînait avec elles presque tous les soirs, il portait Sophie jusque dans son lit, et surtout – inconsciemment, elle porta le bout de ses doigts à ses lèvres – il l'avait déjà embrassée deux fois. Et à quoi bon nier la manière dont son corps s'émouvait dès qu'il la touchait, qu'elle croisait son regard enflammé. Pourquoi se cacher à elle-même

1. En français dans le texte.

2. Prinny, le prince de Galles (le futur roi George IV), personnage excentrique et débauché, s'entiche, après d'autres nombreuses liaisons, d'une jeune et jolie veuve, Mary Fitzherbert, dont il obtient les faveurs en organisant un faux mariage ! Leur liaison durera plus de vingt ans, avec moult rebondissements pittoresques qui ne cesseront de défrayer la chronique.

qu'elle attendait chacun des moments qu'ils passaient ensemble comme le trésor auquel Eaton avait fait allusion ?

— Alors, je vous le répète, un bon conseil, Eliza, martela Miles avec un regard entendu, prenez l'argent que nous vous offrons et retirez-vous de tout cela. Vous serez libre ensuite de faire ce que vous voulez de votre vie. Nul d'entre nous ne s'en souciera plus. Pour vous, cette offre, c'est la liberté. Cette liberté à laquelle vous êtes si attachée… Franchement, ma chère, conclut-il en lui posant une de ses mains froides sur l'avant-bras, je souhaite que, pour une fois, vous vouliez bien m'écouter.

« Ma chère. » Ce fut la goutte d'eau qui fit déborder le vase. Pas question pour Eliza de rester là, les bras ballants, à s'entendre accusée de fautes qu'elle n'avait pas commises, pas après tout ce qu'elle avait fait pour la mine et pour tous ces individus qui ne songeaient qu'à faire de l'argent sur son dos.

— Sortez, Miles. Immédiatement !

Les élégants sourcils blonds de son interlocuteur remontèrent sur son front.

— Vous ne comprenez pas ce que je vous dis ? insista-t-elle en marchant sur lui. À moins que votre petit orgueil imbécile vous empêche d'admettre que je vous mets dehors ?

Miles alla reprendre sans se presser son chapeau sur la petite table, ce qui ne fit qu'exacerber davantage sa colère.

— Ce que je comprends, c'est que vous n'êtes pas en état de discuter. Nous reviendrons sur tout cela quand vous aurez pris le temps de réfléchir. Il faut absolument que nous prenions une décision à propos de cette galerie.

Il n'en était pas question. Plus après ce qu'elle venait d'apprendre. Et surtout pas maintenant qu'elle avait découvert que même la loyauté de Miles était sujette à caution. Si Miles lui était encore fidèle, il aurait compris tout de suite qu'elle ne pouvait pas accepter l'offre qu'il venait lui transmettre.

— Inutile. Je peux prendre mes décisions toute seule, mentit Eliza. Et, dois-je vous le rappeler, des décisions qui ont déjà été votées tout à fait légalement lors du dernier conseil d'administration en ce qui concerne cette nouvelle galerie.

Qu'il s'en aille, mon Dieu. Qu'il s'en aille avant qu'elle ne s'effondre, bouleversée par ce qu'il venait de lui apprendre.

Eliza raccompagna son visiteur à la porte, qu'elle claqua fermement derrière lui. Certes, Miles prétendait être son ami, mais il ne lui en fallait pas beaucoup pour retourner sa veste. Ne s'était-il pas laissé convaincre deux ans plus tôt par le reste de la bande de la demander en mariage pour faire cesser les rumeurs et, surtout, pour lui retirer un peu de pouvoir ? Combien de temps encore la soutiendrait-il alors que les autres s'acharnaient à la mettre dehors ? Surtout s'il y avait de beaux gains à la clé ! Eliza aurait voulu être plus indulgente à l'égard d'un collaborateur qui l'avait bien servie jusque-là. Mais l'heure était trop grave pour continuer à se bercer d'illusions.

Elle s'appuya le dos contre la porte, physiquement et nerveusement épuisée. Cela aurait-il jamais une fin ? La laisserait-on un jour diriger tranquillement la mine tout en menant sa vie à sa guise ? Cela faisait si longtemps qu'elle portait tout ça sur ses épaules. Elle était si lasse.

Mais ce n'était pas le moment de flancher.

Montant quatre à quatre les marches, Eliza gagna la chambre de Sophie. La fillette dormait paisiblement, un sourire aux lèvres. Peut-être sa douce petite fille rêvait-elle des meilleurs moments de sa journée ? Elle l'enviait un peu. Ses rêves à elle ne seraient pas aussi doux. Son cerveau ne pouvait s'empêcher de ruminer la conversation qu'elle venait d'avoir avec Miles. Regagnant le rez-de-chaussée, elle tâcha de s'occuper par un bref tour de la maison, vérifiant portes et fenêtres, bien que les domestiques l'aient déjà fait deux heures plus tôt. Elle n'avait plus rien à faire et ne pouvait calmer son agitation. Il lui fallait sortir un peu, marcher dans le parc pour recouvrer son calme et sa raison.

Eliza prit son châle sur le dos d'une chaise et s'en drapa les épaules. Une réponse émotionnelle à cette dernière provocation de ses collègues du conseil ne résoudrait rien. Il fallait qu'elle agisse rationnellement. Ne devait-elle pas être reconnaissante à Miles, finalement ? Après tout, il avait été le seul à avoir assez de courage pour venir lui livrer les dernières nouvelles. C'était toujours un rôle difficile et même risqué pour un émissaire. D'aucuns y avaient laissé leur tête. Les membres du conseil avaient sans doute espéré la prendre au dépourvu en lui faisant leur offre le jour même de l'assemblée générale, espérant lui arracher ainsi une réponse spontanée. Et même si elle ne partageait pas son point de vue, Miles, malgré cette offre déstabilisante dont il était porteur, lui avait fait cadeau d'un peu de temps pour réfléchir, du temps pour recruter ses troupes. N'était-ce pas le comportement d'un véritable ami ? Oui, décidément, en le mettant à la porte, elle l'en avait bien mal récompensé.

La lune était pleine, et on y voyait presque comme en plein jour. Eliza s'avança entre les arbres avec assurance. Après tout, elle était sur les terres d'Eaton et, tant qu'elle ne perdait pas de vue les lumières qui brillaient à sa droite sur la façade du manoir, elle ne risquait pas de s'égarer. Tout en marchant, elle réfléchissait à l'offre que le conseil venait de lui transmettre. Peut-être ferait-elle mieux de vendre ses parts, en effet. Elle pourrait acheter un domaine comme celui-ci où Sophie pourrait jouer, courir, apprendre à monter à cheval, et grandir au bon air de la campagne et de la mer. Elle-même n'aurait plus d'obligations, plus de fastidieuse vérification des comptes, plus de réunions pénibles au cours desquelles elle était systématiquement en butte aux entreprises de déstabilisation de ses partenaires.

Non, impossible. Au bout d'un mois, elle serait morte d'ennui. À quoi occuperait-elle ses journées si elle n'avait plus à s'occuper de la mine ? Et il y avait aussi son rôle de gardienne. Qui lui assurait que les actionnaires et le conseil la feraient prospérer convenablement une fois qu'elle leur aurait abandonné ses droits ? Ses pires craintes se réaliseraient probablement. En cherchant le profit par tous les moyens, ils conduiraient Blaxland Corporation à sa ruine

Devant elle, l'orangerie dressait sa haute silhouette de verre dont les panneaux luisaient doucement sous la lumière blanche de la lune. Ses pieds l'avaient amenée là sans qu'elle s'en rendît compte. Sans doute, inconsciemment, était-elle venue emprunter à Eaton un peu de sa force morale et de son bon sens, comme elle l'avait fait cet après-midi sur la falaise ? Ne l'avait-il pas invitée à le faire si elle en éprouvait le besoin ?

Eaton ne cherchait à exercer aucune pression sur elle. Il lui laissait le temps de faire ses choix, contrairement à Miles Detford. Et c'était exactement ce qu'il lui fallait… Ou ce qui ferait sa perte.

Eliza resta une fraction de seconde la main levée devant la porte de l'orangerie tandis que sa conscience lui chuchotait un dernier avertissement.

Si tu rentres ici, tu seras en proie à la tentation. L'heure est tardive, tu es fatiguée et Eaton Falmage est très persuasif. Qui est le vrai démon, Eliza ? Detford, venu te donner un bon conseil, ou Eaton avec ses tentations ?

Eliza tourna la poignée de la porte d'un geste décidé. Au diable toutes ces tergiversations ! Ce soir, elle avait besoin d'Eaton et de son jardin de paradis.

13

Baldor leva soudain la tête, les oreilles dressées. Quittant son refuge sous la table de travail de son maître, le gros chien se dressa sur ses pattes pour identifier le visiteur. Eaton reposa ses instruments, un sourire aux lèvres. Eliza était venue. Il entendait dans l'allée centrale de l'orangerie le bruit de ses pas, le bruissement de ses jupes. Malgré l'obscurité, elle était entrée sans hésiter. Elle avançait à pas pressés, droit sur lui.

Mais quelle Eliza venait lui rendre visite ce soir ? L'énergique femme d'affaires venue le prendre en faute à l'école de musique ? Ou l'Eliza à la fois forte et fragile qui avait besoin de lui, celle qui s'était réfugiée dans ses bras, sur la falaise ? Il était prêt à accueillir les deux femmes. Il avait très vite appris à les aimer.

Grand Dieu ! Jamais il n'avait éprouvé autant d'impatience à l'égard d'une femme. Trois semaines, ce n'était pas si long, bien sûr. Mais pour un homme habitué à voir toujours bruire et s'agiter autour de lui un aréopage de jolies femmes et ses moindres désirs satisfaits à la minute même où il les avait formulés, se retrouver dans la situation du chasseur guettant sa proie sans certitude de jamais pouvoir l'attraper était à la fois excitant et tout à fait exaspérant. Et en même temps, ces longues journées passées en compagnie d'Eliza et de sa fille avaient été les plus heureuses de sa vie d'adulte.

— Eaton ! Dieu merci, vous êtes là.

Eliza émergea de la pénombre, le souffle court, son air indomptable pour une fois disparu.

Il lui sourit et fit signe à Baldor de se recoucher. Dédaignant le siège qu'il lui présentait, la jeune femme se mit à arpenter l'atrium d'un pas nerveux. Elle avait le teint échauffé. Conséquence de sa marche jusqu'ici ou d'une vive émotion ?

— Êtes-vous venue pour parler, Eliza ?

Elle tourna vers lui un regard rempli de désarroi, et le cœur d'Eaton se serra. Si Detford lui avait fait du mal, il le lui ferait payer.

— Le conseil veut me mettre hors jeu, haleta-t-elle.

Et, sans crier gare, elle éclata en sanglots.

— Eaton, je sais que je vous ai dit que je pouvais me débrouiller toute seule, poursuivit-elle la voix brisée, mais... mais je... j'ai besoin d'aide. Ils... ils veulent me prendre la mine. Pas seulement celle de Porth Karrek. Toute la compagnie, en fait. Je... je ne leur rapporte pas assez.

Toute la compagnie ? Le cerveau d'Eaton se mit à fonctionner à plein régime. Pour Eliza, perdre la mine, c'était perdre sa fierté, voir tous ses efforts, tout son labeur, réduits à néant. Il savait très bien ce que cela faisait de tout perdre. Il l'avait vécu dans sa chair comme dans son cœur. À quatorze ans, il avait perdu sur un coup de tête la possibilité de poursuivre la lignée des ducs de Bude. Que serait-il arrivé s'il n'avait pas commis l'imprudence de se rendre en cachette à Kilkhampton malgré l'épidémie d'oreillons pour assister au concours hippique ? Une toute petite imprudence avait changé à jamais le cours de sa vie. Oh ! oui, il comprenait parfaitement ce qu'Eliza pouvait ressentir.

Déjà il était à ses côtés, la guidant vers le banc installé près de la fontaine, s'asseyant à côté d'elle pour mieux l'écouter. Ainsi, ils voulaient tout lui prendre ? Detford ne comprenait-il rien à cette jeune femme ? Si elle acceptait de tout leur vendre, ne voyait-il pas les conséquences que cela aurait pour elle ? Rien ne pourrait compenser la perte de cette entreprise qui faisait sa joie et sa fierté.

— Combien de temps avez-vous pour prendre votre décision ?

— L'assemblée générale se tient dans cinq jours... Mais je n'ai pas le choix, me semble-t-il. Ils comptent bien, tous autant qu'ils sont, que je vais accepter leur offre. Je ne crois même pas pouvoir...

Elle exhala un long soupir tremblant, et acheva dans un souffle :

— Comment peuvent-ils me faire cela, après cinq longues années de labeur ? Après m'avoir laissée croire que tout allait bien ?

« Je ne leur rapporte pas assez », avait-elle dit un instant plus tôt. Et, en voyant les yeux gonflés de larmes de la jeune femme, Eaton comprit que ce qui la blessait le plus, ce n'était pas que ses collaborateurs du conseil d'administration, qui la connaissaient depuis des années, aient pu vouloir se débarrasser d'elle mais qu'ils aient tout manigancé derrière son dos. C'était une trahison. Les femmes voyaient le monde sous un angle tellement différent de leurs congénères masculins ! Pour elles, tout passait par le filtre des émotions. Elle avait été trahie par ceux qu'elle considérait comme des partenaires, des alliés. Rien d'étonnant à ce qu'elle soit si décontenancée.

— Eliza, croyez bien que je suis désolé pour vous, murmura-t-il en lui caressant la paume de son pouce dans un geste apaisant. Mais vous n'allez pas abandonner la partie, n'est-ce pas ? Et si c'était vous qui leur rachetiez leurs parts ? Il suffit de contre-attaquer avec une offre de votre côté. Vous n'aurez pas de mal à trouver de nouveaux actionnaires qui partageront votre vision des choses et apprécieront votre manière de gérer votre entreprise.

— Si j'étais un homme, peut-être. Mais alors, la question ne se poserait même pas. Jamais ils n'auraient osé faire une chose pareille... Du reste, où pourrais-je trouver aussi vite de nouveaux investisseurs, à supposer que j'aie les moyens de racheter les parts de mes actionnaires actuels dans un délai aussi bref ?

Déjà, il voyait le cerveau agile d'Eliza additionner les chiffres, évaluant l'argent qui lui serait nécessaire pour effectuer une telle opération. Il y avait donc de l'espoir. Eaton se sentait prêt à attiser la flamme pour faire disparaître la désolation qui hantait le regard d'Eliza depuis son arrivée.

— Et si, moi, je vous trouvais des investisseurs ? lança-t-il tout à trac, songeant à Cassian et à Inigo, et à leurs amis. Je vais m'en occuper dès demain matin.

Inigo et Cassian étaient à Truro pour l'automne, et ce n'était qu'à une demi-journée de cheval de Porth Karrek. Ils avaient l'habitude de ce genre d'affaire et ne seraient pas longs à prendre leurs dispositions. Si les actionnaires des mines Blaxland comptaient sur l'isolement de la Cornouailles pour mener tranquillement à bien leurs manigances, ils en seraient pour leurs frais. Ça leur apprendrait à tenir en otage une jeune mère de famille, en s'imaginant qu'elle n'avait aucun soutien.

— Du reste, peut-être ne serez-vous pas obligée de racheter toutes les parts ? reprit-il en échafaudant rapidement quelques hypothèses. Vos agitateurs ne représentent pas nécessairement la majorité, n'est-ce pas ?

Eliza libéra ses mains de celles d'Eaton.

— Difficile à dire puisque, apparemment, ils préfèrent ne pas avancer à visage découvert. Mais s'il y a des actionnaires pour ne pas les suivre, ils ne doivent pas être très nombreux. Et ils peuvent fort bien refuser de me vendre leurs parts, ou bien me les proposer à un prix si élevé que je n'aurai pas les moyens de les racheter. Ceux qui sont à l'origine de ce projet de putsch sont les mêmes qui insistaient depuis des mois pour faire creuser une nouvelle galerie d'exploitation sous la mer.

Elle expliqua en quelques mots à Eaton le récent conflit qui avait divisé le conseil à propos de ce type de travaux.

— Aussi, voyez-vous, Eaton, conclut-elle avec un sourire d'excuse, il ne suffit pas de lancer de l'argent sur la table comme ça. Les données sont plus complexes.

Une fois de plus, Eliza l'orgueilleuse se rebiffait. Eaton ne se froissa pas parce que, maintenant, il la comprenait. En acceptant son aide, elle avait peur de se retrouver à sa merci. Elle se sentait de nouveau vulnérable.

— Les amis auxquels je pense sont des gens fiables, Eliza, et qui ont le sens de l'honneur. Et ils ont largement les moyens de leurs ambitions.

— Mais ce n'est plus à moi qu'ils devraient rendre des comptes, mais à vous. Pourquoi échangerais-je un conseil d'administration avec lequel je travaille depuis des années, dont je connais les qualités et les défauts, pour de parfaits étrangers ? Pour des gens de votre bord et qui ne se sentiraient redevables qu'envers vous, un marquis ?

Elle ajouta avec un nouveau soupir :

— Votre offre est généreuse, Eaton, mais elle m'obligerait à renoncer à tout ce à quoi je tiens. Tout serait à vous, les hommes, la mine, les projets…

— Non, Eliza, protesta Eaton. Les mines vous appartiendraient toujours, vous pourriez toujours en diriger l'administration, si vous y tenez. Je ne veux rien vous prendre. Je veux seulement vous aider.

— Oui, rétorqua-t-elle avec un sourire amer. Tel saint Georges, vous voulez terrasser mes dragons ! Mais il y aura un après.

Comme elle était prompte à se rebiffer, tout de suite sur la défensive ! Detford avait-il réussi à la convaincre que c'était en ami qu'il était venu lui porter la mauvaise nouvelle ? Ne voyait-elle pas en lui le serpent qu'il était ? Il avait suffi à Eaton de quelques minutes à peine pour voir clair dans le jeu de ce triste individu. Pas question de lui faire confiance.

— Quel mal y a-t-il à cela ? se défendit-il à son tour. Il ne vous a certainement pas échappé que… que je m'intéressais à vous. Que je ne laisserais personne vous faire du mal.

C'était la première fois qu'Eaton laissait libre cours à ses sentiments. Et ce fut comme s'il avait mis le feu aux poudres.

— Je ne peux pas laisser faire une chose pareille, explosa Eliza. Quand ma mère a laissé un homme s'occuper de ses affaires, elle a tout perdu.

— Je ne suis pas cet homme, et vous n'êtes certainement pas votre mère. Les deux situations n'ont rien à voir.

— Mais vous êtes un homme. Les gens ne verront rien de chevaleresque dans votre intervention. Combien de temps leur faudra-t-il pour en conclure que je suis votre maîtresse ? Une femme entretenue, dont la réussite n'est due qu'à votre argent et à vos amis ? Ma réputation sera en lambeaux.

Eaton eut un petit rire sans joie. Décidément, Detford était bien un sale individu.

— On dirait que votre ami a tout fait pour vous dissuader. Est-ce là les arguments qu'il a utilisés ? A-t-il essayé de vous éloigner de moi pour soi-disant protéger votre réputation ? Ce serait tout à fait à son avantage, n'est-ce pas ? Le meilleur moyen pour vous isoler, vous priver de toute aide et, en l'occurrence, d'une aide décisive, étant donné les moyens dont je dispose. Je doute que lui et ses acolytes aient un marquis dans leurs poches. Peut-être aspire-t-il à devenir davantage qu'un simple ami ?

— Il y a deux ans, oui. Mais plus maintenant. Je me suis empressée de le décourager.

Eliza avait vite écarté l'idée mais Eaton, non. Oubliait-on aussi facilement une telle femme ? Maintenant, il en était convaincu, c'était Detford qui était l'objet des rumeurs qui se colportaient à Truro. On disait de lui qu'il en avait après son argent. Et son attitude ce jour-là semblait confirmer ses soupçons.

— Cela aurait pourtant été bien commode, reprit-il. Pour quelle raison avez-vous rejeté sa demande, Eliza ?

— Si Miles Detford me demandait en mariage, c'était seulement pour couper court aux rumeurs qui commençaient à courir sur notre compte. Cela n'avait rien à voir avec de quelconques sentiments, ni quoi que ce soit d'autre. Depuis, j'ai appris à me méfier. Et surtout, à me montrer plus discrète.

Eaton la dévisageait, étonné. Comment une femme aussi intelligente n'avait-elle pu voir clair dans le jeu de cet olibrius ? C'était à lui, Detford, de se montrer discret pour ne pas compromettre la réputation de la jeune femme. Et s'il ne l'avait pas fait, c'était tout simplement parce que cela servait ses intérêts. Eaton serra impulsivement les poings. S'il tenait l'animal, il aurait du mal à résister à l'envie de lui tordre le cou. Après cette mésaventure, la pauvre jeune femme s'était montrée plus discrète, certes, mais au prix d'une terrible solitude.

Il caressa d'une main la joue d'Eliza.

— Vous ne devriez pas faire crédit aussi facilement à Detford. J'ai vu la manière dont il vous regardait à Bosrigan.

Comment les hommes ne pouvaient-ils pas regarder Eliza avec cette flamme de concupiscence dans les yeux ? Lui-même ne pouvait s'empêcher de la regarder ainsi. Parce qu'elle illuminait une pièce en y entrant, parce qu'elle était belle et fière, parce qu'elle le captivait. Pas question de la laisser aux mains d'un mufle comme ce Detford.

— Votre beauté peut faire perdre la tête à n'importe quel homme, Eliza, murmura-t-il tandis que sa main glissait lentement dans le cou de la jeune femme. Vous êtes tout à fait le genre de femme qu'on ne peut s'empêcher de vouloir déshabiller dès le premier regard. Pour découvrir son corps, mais aussi ses secrets.

— Et vous, Eaton, répondit Eliza très bas. Est-ce ce dont vous avez envie, vous aussi ?

Ses yeux inquiets le questionnaient jusqu'au tréfonds de l'âme. Mais il y lut aussi du désir. Elle n'était pas venue seulement pour parler des mines. Il la sentait sur le point de s'abandonner dans ses bras. Et lui la désirait avec une intensité qu'il n'avait encore jamais connue pour aucune autre de ses conquêtes. Mais il fallait aussi répondre à ses inquiétudes et à ses questions.

— Non, Eliza, ne craignez rien. Je n'ai pas envie de vous mettre à nu, de faire de vous un objet que je remodèlerais à mon goût. Je vous veux telle que vous êtes, têtue, orgueilleuse, réservée.

Sur ces mots, se penchant sur elle, il lui prit les lèvres dans un long baiser. Maintenant qu'il avait commencé, il n'avait pas l'intention de laisser à Eliza la moindre chance d'échapper à son désir. Au sien, bien sûr, mais aussi à son désir, à elle. Il n'attendait, pour aller plus loin, qu'un signe d'elle. Qu'elle accepte son invite de tout son cœur et de tout son corps. Pas question qu'Eliza vienne dans son lit parce qu'elle était en colère contre Detford, ou parce qu'elle était désorientée et bouleversée. Ces motifs auraient amplement suffi à Eaton au début, alors qu'il ne considérait la jeune femme que comme une simple conquête à ajouter à son tableau de chasse. Comme une simple distraction. Mais, désormais, ce petit jeu-là était fini. Avant d'aller plus loin, il fallait qu'il sache.

— Eliza, murmura-t-il contre sa bouche, pourquoi êtes-vous venue ce soir ?

Les mains crispées dans ses cheveux, son regard noué au sien, elle secoua doucement la tête.

— Parce que je ne veux plus être seule. Je pensais que ma solitude était le prix de ma liberté. Mais grâce à Detford, j'ai compris aujourd'hui que j'avais fait tous ces sacrifices pour rien.

— Est-ce là tout, Eliza ?

Sa voix rauque trahissait l'effort qu'il faisait pour contenir son désir. Si telles étaient vraiment les raisons de la jeune femme, elle se haïrait le lendemain matin en se réveillant. Mais, bon sang, comme il était difficile parfois de faire ce qui était juste.

— Me désirez-vous ? souffla-t-il contre son oreille d'une voix basse et mélodieuse tandis qu'elle s'arquait entre ses bras, offrant sa gorge à ses baisers.

Elle répondit frémissante :

— Vous le savez bien...

— Mais vous, le savez-vous ? Je veux vous l'entendre dire. Dites-moi que vous me désirez, Eliza. Pas de pleurs ni de regrets demain.

Elle comprit à demi-mots. Eaton lui faisait ce cadeau. Il voulait l'entendre dire clairement qu'elle s'accordait le doit de jouir d'un peu de bonheur après toutes ces années de renoncement.

Les mains d'Eliza couraient dans les boucles de ses cheveux, sa bouche parsemait son visage de légers baisers.

— Oui, Eaton, je vous veux. Et vous seulement.

— Alors, venez avec moi.

Voilà ce qu'elle était venue chercher. Tout au fond d'elle, au moment même où elle était entrée dans l'orangerie, Eliza avait su que c'était ainsi que la soirée s'achèverait. Ce n'était pas seulement pour parler qu'elle était venue ici. Elle désirait plus que tout se retrouver dans les bras d'Eaton, elle voulait sentir sa bouche sur la sienne, ses mains autour de sa taille tandis qu'il l'embrassait follement. Et ce fut en tremblant d'impatience qu'elle se laissa entraîner dans la petite pièce cachée par l'élégant feuillage des orangers, juste derrière la volière. C'était une chambre très simplement meublée. Un grand lit avec un coffre de chêne à son pied, une petite table pourvue d'un broc de porcelaine blanche rempli de fleurs sous la fenêtre haut perchée et, sur le plancher, un tapis de laine multicolore.

L'endroit était propre et accueillant. Mais l'attention d'Eliza se reporta tout de suite sur son compagnon. Ce soir, elle ne serait pas seule. Elle savait par expérience que le bonheur ne pouvait durer. Cette nuit serait un cadeau unique qu'elle accepterait comme un talisman contre toutes les nuits de solitude à venir, maintenant qu'elle allait tout perdre.

Enroulant ses bras autour de la nuque de son compagnon, elle répondit à ses baisers, pressa ses hanches contre les siennes. Jamais aucun homme ne pourrait la dominer, mais elle allait se donner librement à l'un d'eux, librement choisi. Comme il se donnerait à elle. Ils dansaient ensemble maintenant, de la valse lente et sensuelle de deux corps qui se découvrent.

Puis ils tombèrent sur le lit, mains et lèvres jointes.

Eaton murmura encore, son regard brûlant la transperçant de sa flamme :

— Regarde-moi, Eliza.

Il retira ses bottes, passa sa chemise par-dessus sa tête d'un geste souple, révélant un corps lisse, à la peau mate et aux muscles bien dessinés. Puis, se remettant sur ses pieds, il alla poser ses affaires sur le coffre.

Oui, elle le regarderait. Eliza se redressa sur le lit, assise bien droite, tout son être vibrant d'une faim impatiente. Il avait le torse large et vigoureux d'un homme vivant au grand air, et les longues jambes musclées du *gentleman-farmer* arpentant champs et forêts pour la chasse ou la cueillette. Une troublante virilité se dégageait de son corps tout entier, et plus particulièrement de cet abdomen plat, couvert d'une toison brune qui s'enfonçait sous la ceinture de son pantalon. Eliza, les mains frémissantes, se mordit les lèvres. Oh ! le caresser seulement ! Suivre de la paume de ses mains le satin mat de cette peau douce qui disparaissait sous le drap du vêtement...

— Est-ce que je te plais, ma douce ?

Les yeux d'Eaton brillaient dans la pénombre, comme s'il était conscient du trouble qu'il avait engendré en elle. Elle déglutit, la bouche sèche.

— Beaucoup, souffla-t-elle.

Rien dans son expérience sexuelle ne l'avait préparée à ce moment. Et pourtant, loin de se sentir intimidée, elle n'en était que plus affamée.

— Veux-tu me rejoindre ? s'enquit-il en s'approchant du lit, les mains tendues. Je ferai une excellente chambrière, je t'assure.

Il voulait l'aider à se dévêtir ? Le cœur d'Eliza se mit à battre plus fort. Se remettant sur ses pieds, elle pivota sur elle-même pour lui présenter son dos.

Il y avait si longtemps qu'elle rêvait, toute seule dans son lit, d'un tel moment d'intimité avec un homme, d'un jeu sensuel et tendre à la fois.

— Oui, bien sûr, murmura-t-elle. Avec plaisir...

— Tout le plaisir est pour moi...

La voix d'Eaton n'était plus qu'un souffle rauque, qui caressa doucement sa moelle épinière.

— Tu sens si bon, Eliza... Comme un jour d'été. C'est la première chose que j'ai remarquée quand tu es entrée dans la grande salle de l'école. Ton parfum.

Elle rosit sous l'effet du compliment, émue qu'il ait noté ce détail si anodin dès leur première rencontre. Alors qu'elle-même ne pensait qu'à lui demander des comptes, lui n'était attentif qu'aux effluves qui émanaient d'elle. Oui, c'était décidément un homme sensuel, dans tous les sens du terme.

Les doigts agiles d'Eaton eurent tôt fait de dénouer les lacets de son corsage et, dégageant l'étoffe légère de ses épaules, il laissa glisser sa robe sur le sol. Puis ce fut le tour de sa chemise, tandis qu'il pressait sa bouche dans le creux de son cou, dans son dos. Quand il voulut s'attaquer aux agrafes de son corset, instinctivement, elle posa sa main sur son avant-bras.

— Attendez, je vous en prie…

— N'as-tu jamais été nue devant un homme, Eliza ? murmura-t-il contre son oreille. Nous ne devons rien nous cacher, ne rien avoir entre nous. Peau contre peau.

Ces mots la firent presque défaillir. Sans doute, c'était ainsi que les amants s'exprimaient dans leur intimité. Les couples unis par le mariage ne se parlaient certainement pas ainsi. Ils ne se parlaient même probablement pas du tout. Huntingdon, en tout cas, ne disait rien. Il faisait très honnêtement son devoir de mari, puis s'endormait, vite repu. Les mains d'Eaton, prenant ses seins en coupe, l'attirèrent contre lui, et elle sentit la chaleur de son grand corps pénétrer son dos, lui procurant un agréable sentiment de réconfort malgré l'excitation de ce sexe durci qui frémissait contre ses reins.

— Vas-tu m'aider toi aussi, Eliza ? murmura-t-il en la faisant pivoter sur elle-même. Ce pantalon est bien gênant, n'est-ce pas ? Peux-tu me le retirer ?

C'était merveilleux que de le toucher ainsi, en s'enivrant de la beauté de ce puissant corps d'homme, que de caresser ce sexe qui se dressait vers elle, lourd et puissant dans le nid de sa toison brune. Fier comme son maître. Elle l'encercla de sa main, en éprouva la force, la bouche sèche déjà, dans l'anticipation des plaisirs qu'il allait lui donner.

Il lui releva doucement le menton et plongea son regard dans le sien.

— As-tu peur, ma chérie ? Tu peux encore changer d'avis… Si je te déplais…

— Mon Dieu, comment cela pourrait-il être possible ? Tu es si… si parfait. Au point que j'ai du mal à croire que tu es là, devant moi, si réel.

Comment n'aurait-il pas entendu l'inévitable comparaison implicite ? Oui, bien sûr, le seul homme qu'elle avait connu était un homme bon et attentif. Mais il n'était pas beau. Ni jeune. Il avait dépassé depuis longtemps la force de l'âge, et sa vigueur sexuelle n'était plus qu'un lointain souvenir.

— Toi aussi, tu es belle, Eliza, murmura-t-il en l'entraînant sur le lit. Viens que je te montre l'effet de ta beauté sur moi.

Il la prit dans ses bras et la baisa longuement sur la bouche, puis dit encore :

— Viens, ma douce, que je chasse tes fantômes.

Eliza lui passa les bras autour du cou pour l'attirer contre elle.

— Et que, moi, je chasse les tiens, ajouta-t-elle en écho.

Comment n'avait-elle pas compris cela plus tôt ? Eaton aussi avait besoin d'elle. Dans les bras l'un de l'autre, ils ne découvriraient pas seulement l'amour. Ils trouveraient aussi la paix.

14

Seul le respect qu'il éprouvait pour Eliza permit à Eaton de refréner sa fougue. La beauté de la jeune femme, le plaisir que son simple contact suscitait en lui, menaçaient de le submerger et d'anéantir sa volonté. Mais ce moment était trop précieux pour le gâcher par l'impétuosité du désir. Et Eliza était tout aussi impatiente que lui, tout aussi décidée. Son défunt mari l'avait certes tendrement chérie, il lui avait offert une vie confortable et protégée, mais il ne lui avait certainement pas appris la passion. Ils n'étaient jamais restés couchés nus côte à côte, corps contre corps, souffle contre souffle. Il n'avait jamais adoré le corps d'Eliza à la lumière douce d'une lampe qui projetait sur sa peau de soie blanche les ombres légères des feuilles d'oranger.

Se redressant au-dessus d'elle, Eaton plongea son regard dans celui, brillant, d'Eliza. *Suis-moi le long du chemin du plaisir,* lui disait-il muettement. Puis, s'allongeant de nouveau, il l'attira contre lui et commença à l'embrasser, sa bouche d'abord, chaude et humide, le creux de son cou où le pouls battait plus vite, ses seins dont il taquina et lécha le mamelon dressé, son ventre si doux qu'il excita de son souffle avant d'y tracer un chemin de baisers, arrachant à sa compagne un long gémissement.

Il hasarda un regard vers le visage d'Eliza, tendu par le plaisir, et lui adressa un sourire complice. Elle était aussi impétueuse dans le plaisir qu'elle l'était dans la vie.

— Patience, mon amour. Il y a mieux encore, chuchota-t-il d'une voix enrouée par l'impatience.

Et, la saisissant par les hanches, il descendit plus bas encore et taquina son intimité d'une langue gourmande jusqu'à ce que, de nouveau, elle crie de plaisir.

Le souffle court, excité par le plaisir de sa compagne, Eaton releva la tête pour la voir s'abandonner, haletante, à la jouissance qui la submergeait en vagues successives. Les yeux clos, son long cou renversé en arrière, ses cheveux répandus en une nappe brillante sur l'oreiller de toile blanche, sa bouche rose et humide ouverte sur de petits cris d'extase, Eliza était l'incarnation même de l'érotisme. Avait-il jamais rien vu d'aussi beau ni d'aussi excitant ? Ni d'aussi vulnérable ? À ce moment même, la femme d'affaires sûre d'elle et de sa puissance avait laissé place à une créature sans artifice ni armure. Alors, il sentit quelque chose de primitif surgir en lui, le besoin de faire sienne cette femme et de la protéger pour toujours. Aucun homme ne la verrait jamais ainsi.

Quand elle le regarda enfin avec un sourire à la fois étonné et comblé, ses yeux verts avaient perdu leur éclat de pierre minérale.

— Tes yeux sont aussi transparents et lumineux que la mer de Cornouailles, murmura-t-il en posant sa bouche sur le ventre frémissant de sa compagne. Le plaisir te va si bien…

Elle sourit en lui caressant les cheveux.

— Mais toi, mon beau seigneur, tu n'as pas eu ton plaisir.

Il sourit tandis qu'il remontait lentement jusqu'à sa bouche, peau contre peau, parsemant son corps de baisers.

— Mais qui te dis que nous en avons fini, ma douce ?

Elle gémit.

— Pas moi, souffla-t-elle tandis que, sans le quitter des yeux, sa main osait une caresse audacieuse.

— Petite sorcière !

La caresse se précisait et, haletant, il poussa un cri de loup. Il voulait la posséder complètement, la faire sienne et prendre son plaisir avec elle. Alors, sans crier gare, il la pénétra d'un coup de reins et ils entamèrent une danse voluptueuse.

Eliza ne retenait plus ses cris, honteuse et si totalement comblée en même temps. C'était la vie, la joie pure d'une alliance parfaite entre deux corps. Elle s'ouvrait à Eaton de tout son être, se pressait contre lui comme s'ils pouvaient ne faire plus qu'un. Et ce regard d'obsidienne qui la dévisageait sans ciller accentuait la volupté qui montait en elle, la menant vers un sommet de jouissance encore inconnu pour elle.

Puis, quand tout fut fini, qu'ils reposèrent heureux et repus dans les bras l'un de l'autre dans le cercle chaud de la lampe, elle osa rêver que cela puisse durer toujours. Qu'ils se réveillent ainsi tous les matins enlacés après une nuit de plaisir.

Mais son esprit n'était pas fait pour la paix et le repos et, de nouveau, la réalité s'imposa à elle.

— Tu réfléchis, remarqua Eaton dans la pénombre, sa voix, moitié question, moitié reproche, n'étant plus qu'un séduisant murmure dans la pénombre.

Levant les yeux vers lui, elle décida qu'il était temps de remettre les choses à leur place. Il y avait un temps pour le plaisir. Et elle en avait eu plus que sa part dans cette merveilleuse parenthèse hors du temps. Maintenant, il fallait songer aux conséquences. Pas question qu'on découvre leur liaison.

— J'ai passé un moment merveilleux, Eaton. Mais cela ne peut se répéter.

Eaton se figea un instant. Elle sentit son corps s'immobiliser contre le sien. Ses muscles se contracter. Son cœur s'arrêter de battre. Puis, de son nez et de sa bouche, il lui taquina l'oreille.

— Et pourquoi cela ?

— Si les membres du conseil s'aperçoivent que j'ai une liaison...

Les doigts d'Eaton jouaient maintenant avec ses cheveux, les faisant glisser entre ses doigts comme l'eau d'un torrent.

— La vie est trop courte, ma douce, et ta passion d'aimer trop puissante pour que tu la refoules à cause de quelques sinistres individus. Ces gens-là ne voient pas plus loin que leur portefeuille, ils essaient de te briser de toutes les manières possibles. Ne les laisse pas faire. Tu leur ferais trop d'honneur, et nous aurions tant à y perdre ...

Sous le poids de cette nouvelle révélation, Eliza se laissa retomber sur l'oreiller. Ce n'était pas seulement à l'héritage de son mari qu'ils en voulaient, c'était aussi à ce qu'il y avait de plus vivant en elle, à son corps et à son âme. Ils avaient tout fait pour l'enfermer dans un rôle d'homme, comme pour la punir d'avoir pris le pouvoir. Ils avaient voulu la forcer à adhérer à leurs codes, et quand ils s'étaient aperçus que cela avait échoué, quand ils avaient vu que c'était toujours une femme, élégante et forte, qui leur parlait en chef à la table du conseil, ils lui avaient imposé une vie grise et sans joie.

Elle soupira.

— Que puis-je faire, Eaton ? Seule contre tous !

Elle était tourmentée au-delà de toute expression. Impossible désormais de se battre sur le même terrain que l'ennemi. Elle avait cru l'emporter par la patience et l'obstination, elle y avait consacré les plus belles années de sa vie, tout cela pour qu'on lui tire le tapis de sous les pieds lâchement, sans que l'ennemi ose montrer son vrai visage. Peut-être ferait-elle mieux de jeter le gant, finalement.

Elle ferma les yeux, la main sur les lèvres. Cette idée lui soulevait l'estomac.

Roulant sur lui-même, Eaton lui fit face.

— *Toi*, tu ne fais rien. Pas toute seule, en tout cas. *Nous* allons nous battre. Ensemble. Tant que ces gens-là sont en nombre, ils ont le pouvoir. Il faut remplacer tous ceux qui veulent bien nous vendre leurs parts. Reconstruire ton empire en reprenant la direction des opérations. Laisse-moi monter une armée pour toi.

Le regard d'Eliza s'attarda sur le beau visage de son compagnon.

— As-tu oublié ce que cela peut me coûter ? Et à toi aussi. Si tu viens à ma rescousse, les gens vont jaser.

Il balaya son objection d'un geste de la main.

— J'ai l'habitude. On jase toujours beaucoup sur « les gens de la haute ».

Et en effet, il ne paraissait pas plus ému que cela. Eliza, qui avait besoin de se sentir prise au sérieux, n'obtint de lui qu'un sourire enjôleur. Puis, l'enveloppant dans un paquet de draps et de couvertures, Eaton roula sur elle, et elle se retrouva de nouveau prisonnière, le grand corps de son compagnon pressé contre le sien.

— Personne ne t'a jamais dit qu'on ne parlait pas affaires au lit ? Il existe des châtiments pour cela, sais-tu ?

Elle rit. Comment faire autrement ? Avec son œil pétillant caché par une mèche de cheveux, Eaton était tout simplement irrésistible.

— Des châtiments, vraiment ? J'aimerais bien voir cela.

Se jetant sur elle, il lui mordilla doucement le bout d'un sein.

— C'est bien ce que j'ai l'intention de faire. Allons-y. Je crois avoir une monture qui a besoin d'être domptée.

Eliza poussa un cri d'indignation. Mais déjà, Eaton l'enfourchait et, avec une vigueur renouvelée, plongeait en elle pour y puiser de nouveau son plaisir.

Quand un rayon de lumière filtrant par les rideaux la réveilla, Eaton n'était plus à ses côtés. Elle se redressa dans le lit, alarmée. Grand Dieu ! Il était tard, et elle n'avait pas prévu de dormir aussi longtemps. Elle aurait dû rentrer avant l'aube pour que Sophie la trouve à son réveil.

— Bonjour, dit la voix encore embrumée de sommeil d'Eaton, depuis l'autre bout de la pièce.

Roulant sur elle-même, elle explora la chambre du regard et le vit soudain, trônant une plume à la main derrière une modeste petite table de bois avec autant de dignité que s'il était dans la bibliothèque du château ducal de sa famille. Quand il leva les yeux, une mèche lui retomba sur le front.

— Bien dormi ?

— Oui, et beaucoup trop longtemps, protesta Eliza. Ce n'est pas raisonnable. Tu... Vous auriez dû me réveiller.

— Il est encore très tôt, la rassura Eaton, passant aussitôt lui aussi au vouvoiement comme s'il lisait dans ses pensées. Nous vous raccompagnerons chez vous à temps.

Il ajouta en désignant un pot de café odorant posé sur le coin de la table :

— Voici du café. Voulez-vous que je vous en serve ?

— Je vous rejoins tout de suite, assura Eliza, alléchée par la bonne odeur.

S'asseyant au bord du lit, elle entreprit de natter ses cheveux, les doigts un peu tremblants. Mon Dieu ! Si Sophie l'avait réclamée en se réveillant ? Si Miss Gilchrist était venue la chercher dans sa chambre ? Et Eaton qui écrivait à Dieu sait qui sans qu'elle lui en ait donné la permission !

— Que faites-vous ?

— J'écris à un ami, Inigo Vellanoweth, dont je vous ai parlé hier. Il travaille dans le milieu de la banque. Il connaîtra certainement des investisseurs potentiels… Quand vous aurez vu votre fille, je vous rejoindrai à vos bureaux de la mine. Nous regarderons ensemble vos livres de comptes et déterminerons quels actionnaires nous pouvons racheter.

Le sang d'Eliza ne fit qu'un tour. Ça y est ! Voilà qu'il s'y mettait, lui aussi !

— Pourquoi faites-vous cela ? demanda-t-elle d'une voix blanche Je croyais que nous avions décidé hier soir que…

Ainsi, une simple aventure sensuelle se transformait en contrôle sur ses affaires. Exactement ce qu'elle craignait ! Un homme allait essayer de prendre le gouvernail de son navire, tout comme Detford il y avait quelques années. Pourtant, cet homme lui avait paru si différent ! Et il l'était, Eliza en avait la conviction. Dans son cœur et dans son corps. Alors, pourquoi s'inquiétait-elle ? La réponse était évidente. Parce que Eaton Falmage était beaucoup plus tenace que Miles. Et infiniment plus puissant.

Loin de la rassurer, cette idée l'effrayait.

Eaton, maintenant silencieux, la fixait de son regard sombre, celui qu'il avait quand il comptait bien être obéi ou qu'il était en proie à une froide colère. Comme lorsqu'il avait signifié clairement à Miles, sur la falaise, que c'était lui qui commandait.

— N'avons-nous pas décidé ensemble hier soir que nous allions contre-attaquer ?

Bondissant sur ses pieds, Eliza rassembla fébrilement ses vêtements.

— J'en étais sûre ! protesta-t-elle en se rhabillant avec des gestes nerveux. Au moment où je vous ai laissé vous introduire dans ma vie, j'ai su que vous alliez essayer de nous mettre sous votre coupe, la mine et moi... Mais je vous l'ai déjà dit, Eaton, je peux très bien me débrouiller seule. Cela fait des années que je le fais.

— Et c'est justement pour cela que vous êtes venue me voir.

Quittant la table, il la rejoignit en deux enjambées. Elle recula instinctivement et se retrouva le dos au mur.

— Vous vous débrouillez très bien toute seule, Eliza. Qui oserait prétendre le contraire ? Mais vous vous êtes aperçue que la partie devenait trop difficile. Alors, sagement, vous avez décidé de venir me demander de l'aide...

Il marqua une pause, et son regard se fit encore plus noir, si c'était possible.

— ... seulement, voilà, reprit-il enfin, au matin vous avez changé d'avis. Et c'est bien dommage, ajouta-t-il en l'aidant à agrafer son corset, puis à lacer sa robe. Parce que, moi, je n'ai rien à voir avec vos minables petits actionnaires prêts à vous escroquer en vous volant à la fois votre place et votre argent. Ni avec ce pauvre Miles Detford, tirant la langue et vous faisant des courbettes dans l'espoir de vous épouser, à peu près dans le même but. Il est grand temps d'ouvrir les yeux, Eliza !

Eliza le dévisageait. Eaton la réprimandait, et sa voix vibrait d'une juste colère. Elle l'avait blessé en l'assimilant à Detford et à ses acolytes.

— Soyez claire, Eliza. Après tout ce que j'ai dit et fait pour vous, après que je vous ai expliqué ce que nous pouvions faire, mes amis et moi, pour vous aider à vous en sortir, doutez-vous toujours de moi ?

Il ajouta en secouant la tête, le ton radouci :

— Mais à quoi bon s'emporter ? Tout au fond de vous, vous savez que vous pouvez me faire confiance. Sinon, hier soir, vous ne seriez pas venue me voir.

Eliza déglutit. Si elle était venue, c'était parce qu'elle n'avait nul autre endroit où se réfugier. Parce qu'elle ne savait plus à quel saint se vouer. Parce que Miles Detford, le seul ami qu'elle croyait encore avoir, n'avait pas l'intention de l'aider. Parce qu'elle se sentait vide et complètement désemparée. Elle était venue rejoindre Eaton parce qu'elle l'avait enfin compris : la solitude n'était plus une alternative valable.

Elle fit front, le menton levé.

— Vous avez raison, Eaton. Rendez-vous à Wheal Karrek vers 9 heures. Je vous y retrouve après avoir vérifié que tout va bien pour Sophie.

15

Eliza était en retard. Eaton lança un dernier coup d'œil à la pendule sur le mur en face du bureau, et décida de commencer sans elle, pour profiter de l'effet de surprise. Jusqu'à présent, cela avait parfaitement fonctionné. Le contremaître en chef de Wheal Karrek avait été si surpris de le voir qu'il s'était empressé de le conduire au bureau d'Eliza et de lui en ouvrir la porte sans discuter. Puis il l'avait laissé là sans surveillance et s'en était allé. Eliza devrait probablement dire un mot au brave homme pour l'inciter à plus de prudence. Mais pour l'heure, cela servait parfaitement les intentions d'Eaton.

Il avait le bureau pour lui tout seul, ainsi que ses dossiers. Autant commencer en attendant l'arrivée d'Eliza. Elle avait tenu à repasser à la maison douairière pour s'assurer que Sophie avait passé une bonne nuit et ne s'inquiétait pas pour sa mère. Elle s'était sans doute changée. Aucune raison, pour une jeune femme aussi soignée, de porter la même toilette deux jours de suite. Mais là, tout de même, le retard prenait des proportions difficilement explicables. Grâce à ses sœurs, Eaton était habitué au retard récurrent de la gent féminine.

Cela dit, cela avait au moins un avantage. Il avait le temps de s'imprégner de l'atmosphère dans laquelle Eliza évoluait dans son lieu de travail.

Il fit le tour du vaste espace, et s'arrêta devant la fenêtre. Cette pièce austère, aux murs gris et aux étagères chargées de documents soigneusement rangés, sans un grain de poussière, était le cadre dans lequel elle passait toutes ses matinées depuis des années. Combien de fois était-elle venue de Truro pour se tenir ici de longues heures, si près de lui, sans qu'il le sache ? N'était-ce pas ce que voulait dire ce bon vieux Platon, quand il parlait de la nature subjective du réel ? Quel que fût l'endroit où ils étaient avant, attendant qu'on les découvre, les objets n'étaient vraiment réels que lorsqu'on en connaissait l'existence. Décidément, l'endroit manquait singulièrement de chaleur. Sans doute Eliza disposait-elle d'un endroit plus confortable à Truro pour travailler, là où elle avait sa maison, près des banques et à égale distance avec ses autres propriétés.

Ou peut-être non, étant donné ce qu'il savait de la jeune femme. L'austérité était aussi une forme de discrétion. Ce bureau ne livrait aucun secret. Pas un seul portrait de Sophie, aucun objet personnel qui puisse susciter la curiosité ou les questions indiscrètes des visiteurs. Aucun service de cristal pour célébrer une négociation, pas de tapis sur le parquet rustique, pas un ornement sur les murs à part cette simple horloge industrielle. Eaton ne put s'empêcher de faire la comparaison avec le bureau de la direction de l'école de musique, avec son tapis Thomas Witty[1], ses meubles en acajou, son élégante desserte munie d'un service de verres et de carafes en cristal de chez Brierley Hill[2], et ses nombreux bibelots tous inspirés du thème de la musique. La pièce avait été conçue pour inspirer le bien-être et la confiance, incitant ainsi les bienfaiteurs à ouvrir largement les cordons de leur bourse. Et les parents à inscrire leur chère progéniture.

C'était loin d'être le cas ici. Loin d'inciter le visiteur à s'attarder, l'ameublement, réduit à l'essentiel – des fauteuils étroits couverts de moleskine, une table et des étagères ainsi que quelques sièges —, était franchement rébarbatif. Pas même un tapis devant le

1. Comme ceux des deux autres grandes manufactures anglaises du XVIIIe siècle – la manufacture Passavand et la manufacture de Thomas Moore –, les tapis de la manufacture créée à Axminster par Thomas Witty en 1755 sont les héritiers du tapis d'Orient importé en Angleterre au moment des Croisades.

2. Royal Brierley (fondée en 1776) est la plus ancienne cristallerie anglaise.

foyer sans feu. Même Baldor rechignerait à s'allonger sur ce parquet après une longue course dans les prés voisins.

Eaton tâcha d'imaginer Eliza dans un tel environnement, assise derrière ce bureau réduit à sa plus simple expression pour examiner les registres, donnant des ordres, s'assurant que tout allait selon sa volonté.

Il choisit un registre sur une étagère et alla prendre place dans l'un des deux fauteuils étroits réservés aux visiteurs. Il était peut-être préférable que la jeune femme ne soit pas encore arrivée, finalement. Il avait déjà bien du mal à se concentrer sur sa tâche, l'esprit occupé par la jeune femme et par le souvenir de la nuit qu'ils avaient passée ensemble. Elle dominait sa pensée, emplissant son cerveau des moments intenses qu'ils venaient de vivre. Eaton savait déjà qu'une nuit ne suffirait pas à le combler des charmes de la jeune femme.

Contre toute attente, c'était une partenaire sûre d'elle, audacieuse et entreprenante, qui se comportait comme son égale dans un jeu dont ils pouvaient inventer les règles à tour de rôle. Rien d'effarouché ou de soumis dans son attitude. Elle n'était visiblement pas impressionnée par son titre ni par sa fortune. Parfois, Eaton se sentait comme le génie de la lampe d'Aladin, réalisant les vœux des uns ou des autres, mais jamais les siens. C'était un peu la malédiction du génie bienfaisant. Il avait le pouvoir de rendre les autres heureux. Mais il ne pouvait rien pour lui-même. Il avait créé l'école de musique pour Cade et pour Rosenwyn ; le domaine ducal soutenait l'économie locale, fournissait du travail et du pain à une importante population rurale, construisait aussi des maisons pour les fermiers, les métayers et les journaliers, et encourageait le commerce.

Mais pour lui, branche stérile de l'arbre familial des ducs de Bude, il ne pouvait rien, sinon jouir de la vie comme un aimable dilettante.

À part Eliza. Car ce qu'il avait fait pour la jeune femme, il l'avait fait pour lui. Certes, il avait voulu l'aider. Mais rien ne l'y obligeait. Eliza était une femme qu'il admirait et dont il voulait retenir l'attention. Et là était le danger.

Parce qu'il ne voulait pas seulement lui rendre service. Il voulait plus que sa simple reconnaissance. Levant les yeux du registre, Eaton exhala un long soupir. Autant se l'avouer. Il était en train de tomber amoureux d'Eliza Blaxland. Très amoureux. La relation qui venait de se nouer entre eux n'était pas à prendre à la légère. Et, à dire vrai, elle ne l'avait jamais été. Dès le début, Eliza avait été claire. Pas question de jouer aux veuves joyeuses ! Ce qui ne donnait que plus de valeur au fait qu'elle ait accepté de venir chez lui hier soir.

Pour elle, ce qui s'était passé entre eux avait été un moment important. Mais qu'attendait-elle de lui ? Pas le mariage, c'était certain. Ni une liaison qui pourrait attirer sur elle et sur sa fille le scandale et l'opprobre. Alors, peut-être valait-il mieux qu'Eaton se demande ce que, lui, il attendait de cette relation. Il aimait la manière dont il se sentait, après cette nuit merveilleuse. Et il aurait voulu que cela dure toujours. Il aimait l'homme qu'il était quand il était avec Eliza. Et aussi avec Sophie. Sans doute parce qu'il se sentait alors un homme à part entière, avec une femme et une enfant à s'occuper. Sans doute aussi parce que Eliza ignorait qu'il ne pouvait offrir aucun avenir normal à une femme. Sa fille et elle savaient seulement qu'il était capable de faire voler des cerfs-volants et qu'il aimait partir à la chasse au trésor dans les grottes marines des plages de Cornouailles. Avec elles, il se sentait pleinement lui-même, et cela faisait longtemps que cela ne lui était pas arrivé.

C'était comme une révélation, et Eaton en fut soudain bouleversé. Depuis combien de temps ne s'était-il pas senti profondément, sincèrement heureux ? Certes, il n'était jamais réellement malheureux. Il riait avec ses amis, il éprouvait de la compassion pour le malheur des autres. Il n'était pas du genre à se laisser abattre par l'adversité au point de se transformer en ermite grincheux. Mais il n'avait pas pris conscience jusqu'à présent que ce bonheur-là n'était qu'un bonheur à fleur de peau. Que cela n'avait rien à voir avec la plénitude du bonheur total. De la vraie joie.

Jusqu'à ce qu'il rencontre Eliza.

Oui, avec elle, il avait découvert à la fois la paix de l'âme et la joie de vivre. Avec elle, il était heureux de passer la soirée au coin du feu à la maison douairière, de se promener dans l'orangerie et de jouer avec les perroquets, ou de marcher sur la plage en jouant avec la frange des vagues. Depuis qu'il la connaissait, il n'éprouvait plus le besoin de courir d'un projet à l'autre pour éviter la terrible angoisse du vide quand la vie ralentissait un peu. Eliza n'était pas un projet. C'était la vie même. De sa seule présence, elle comblait tous les vides. Cette prise de conscience fut suivie d'une autre tout aussi étonnante. Il ne fallait pas... Il ne voulait pas qu'Eliza retourne habiter à Truro.

Elle devait rester ici, à Porth Karrek. Avec lui.

Mais il ne pouvait pas lui demander cela. Sinon il fallait la demander en mariage. Et ce n'était pas ce que la jeune femme désirait. Et, de toute façon, elle ne pourrait accepter le seul genre de mariage qu'il serait à même de lui proposer. Il ne pouvait pas lui donner d'enfants, la seule chose pour laquelle elle serait prête à abandonner son indépendance.

Un brusque sentiment de fatalité envahit Eaton. Il allait devoir renoncer à Eliza. Mais pas tout de suite. Pas aujourd'hui. Aujourd'hui, elle était toujours sienne, et il pouvait faire encore quelque chose pour elle. Il faudrait qu'ils s'en contentent tous les deux.

Retournant à ses registres, Eaton prit note des bénéfices de chaque actionnaire. Il commença à élaborer plusieurs combinaisons pour trouver celles qui permettraient à Eliza d'investir le moins d'argent possible tout en gagnant le plus de voix. Quand elle arriverait, elle serait contente de son travail. S'ils parvenaient à convaincre ces actionnaires de vendre, elle aurait un véritable moyen de pression contre les mutins du conseil.

Eaton ne l'avait pas attendue ! Dire qu'elle n'était pas contente aurait été bien en dessous de la réalité ! Eliza fit irruption dans le bureau, bouillonnante de colère. Voilà exactement pourquoi elle n'aurait jamais dû accepter qu'il se mêle de ses affaires !

Elle envoya la porte cogner contre le mur. Nul besoin d'une clé, apparemment, puisque Gillie Cardy ouvrait la porte au premier quidam venu. Il faudrait qu'elle ait une petite conversation avec lui à ce sujet. Quand elle aurait dit son point de vue à Eaton, nonchalamment appuyé contre le dossier dans l'un de ces horribles fauteuils de bureau, ses longues jambes chaussées de bottes d'équitation posées sur le pare-feu de la cheminée, un registre ouvert sur les genoux, ce qui constituait un indéniable flagrant délit, et, pour couronner le tout, s'arrangeant pour paraître irrésistiblement séduisant dans l'un des lieux les plus rébarbatifs de la planète.

— Vous ne m'avez pas attendue ! Vous avez commencé...

— ... et déjà terminé, la coupa Eaton avec un large sourire satisfait.

Il affichait devant sa rage une insouciance impudente. Ne comprenait-il donc pas combien ce qu'il venait de faire était grave ?

Eliza alla lui arracher le registre des mains.

— - Et cela a l'air de vous réjouir ! Vous avez violé un espace privé, tout de même ! Où croyez-vous être ? C'est *mon* bureau, et ce sont *mes* registres. Vous avez terrorisé le pauvre Gillie Cardy qui n'a pas osé refuser de vous ouvrir la porte...

Eaton rit de bon cœur.

— Chacun son tour, Eliza. Ne vous souvenez-vous pas ? J'ai pourtant été à bonne école. Rien de tel qu'une visite surprise. Il est vrai que Cardy ne s'attendait pas à me voir et que j'en ai profité. Au lieu de perdre du temps à vous attendre, j'ai déjà trouvé mes réponses.

L'indignation d'Eliza redoubla. Visiblement, il se contrefichait de ses reproches. Au contraire, cela avait l'air de l'amuser. Elle n'avait aucun pouvoir sur lui. Autant donner des coups de pied dans un mur.

— Alors, ma chère ? Quel effet cela fait-il quand on vous rend la monnaie de votre pièce ?

— La moindre des politesses, c'était de m'attendre, rétorqua-t-elle d'une voix dure.

Ce n'était pas un jeu. Son avenir à la tête de Blaxland Corporation était menacé.

Eaton lança un regard à la pendule, qui, indifférente à leur querelle, égrenait tranquillement ses minutes sur le mur gris.

— Et nous aurions mis quatre heures pour faire ce que j'ai réglé en deux. J'avais cru comprendre que le temps était crucial si nous voulions contacter les actionnaires susceptibles de nous vendre leurs parts avant l'assemblée générale.

— Vous avez bien compris, en effet, concéda Eliza en dénouant les rubans de sa capote de poux de Naples avant de la suspendre à une patère.

Mais elle ne se radoucit pas. Il lui déplaisait toujours au plus haut point qu'Eaton soit l'auteur de ce plan d'action, et que ce soit lui qui soit à l'origine des ressources financières qui allaient lui permettre de garder le contrôle de son entreprise. Cela dit, elle avait accepté ce plan. Il serait injuste de lui faire payer ses crises de susceptibilité.

— Alors, qu'avez-vous trouvé ?

— Je vous dis ça tout de suite.

Se dirigeant vers le bureau, Eaton s'empara du second fauteuil qu'il alla placer à côté du sien devant le feu. Puis il ranima les flammes en quelques gestes précis.

— Voilà, reprit-il, asseyez-vous… C'est le seul siège que je puisse vous offrir, malheureusement. Ce bureau est des plus inconfortable. Si je pouvais me permettre un conseil…

Naturellement, songea Eliza en pinçant les lèvres, il allait le lui donner sans attendre son autorisation. Et c'est ce qu'il fit :

— … Je vous recommande vivement de le fournir de quelques flacons de bons alcools et d'envisager d'en rénover la décoration…

Voilà qu'il recommençait. Charmant, souriant et se mêlant de ce qui ne le regardait pas. Toujours prêt à grignoter quelques centimètres sur le chemin du pouvoir.

— Pas d'alcool ! Pas de bouteilles ! Cela pourrait exciter vos ardeurs quand nous ne serons pas d'accord.

Un lent sourire se dessina sur la bouche charnue de son interlocuteur.

— Je vous assure que je n'ai pas besoin d'alcool pour ranimer mes ardeurs… dans certains domaines. Mais c'est un bon argument. Et plutôt positif pour notre future collaboration puisqu'il laisse présager que nous pourrions avoir des sujets sur lesquels débattre.

Eliza serra les poings. Bon sang ! Mais ne pouvait-il sortir un peu de ses gonds ? Elle ne voulait pas de son numéro de charme et de ses attentions. Ne pouvait-il être un butor arrogant, comme beaucoup de gens de son milieu, qu'elle pourrait mépriser et combattre ?

— À présent, ajouta-t-il sur le même ton accommodant et courtois, revenons à nos moutons. Comment s'est passé votre retour au bercail ? Sophie va-t-elle bien ?

— Il se trouve que non. Elle a mangé quelque chose qui ne lui a pas convenu au souper et a été malade…

Un souper qu'elle n'avait pu partager parce qu'elle discutait avec Detford. La fillette était endormie quand Detford avait enfin pris le chemin de la sortie, contraint et forcé.

— … Elle s'est trouvée fort mal en point à son réveil, acheva-t-elle, de nouveau contrariée à ce souvenir.

Réveil auquel elle n'avait pas assisté non plus puisqu'elle était dans les bras de son amant. Ou du moins dans son lit. Elle n'était rentrée que cinq minutes à peine avant le réveil de Sophie qu'elle avait trouvée nauséeuse et en pleurs.

— J'aurais dû être là, conclut-elle d'un ton lourd de reproches.

— Ce qui signifie, rectifia Eaton d'une voix douce, que vous n'auriez pas dû être avec moi.

— Exactement. Et la situation ne saurait être pire… Detford est dans la cour, chuchota-t-elle en se penchant vers lui. Gillie Cardy lui a dit que vous étiez enfermé dans ce bureau depuis ce matin 9 heures. Il sait que vous y étiez seul, libre de faire ce que vous vouliez avec tous les documents qui sont ici.

Désormais, Detford allait avoir beau jeu de crier partout qu'elle était bien la putain qu'il imaginait. Et, d'une certaine manière, il aurait raison. S'il criait sur les toits qu'Eaton Falmage était son amant, la position d'Eliza s'affaiblirait considérablement. À moins qu'il soit encore son ami ? Après la manière dont elle l'avait traité hier, elle en doutait.

Elle dévisagea Eaton fixement.

— C'est exactement l'arme que les membres du conseil attendaient pour se débarrasser de moi. Et je la leur ai servie sur un plateau d'argent.

Eaton secoua la tête.

— Permettez-moi de ne pas partager votre point de vue. Quand ils vont apprendre que vous avez demandé l'assistance d'un pair du royaume pour régler votre conflit avec eux, qu'il a pu mettre le nez dans leurs petites affaires, ils seront plutôt dans leurs petits souliers. Aimeriez-vous voir la liste que j'ai établie ? ajouta-t-il en sortant de sa poche la feuille qu'il avait remplie un instant plus tôt. Il y a là les actionnaires le plus susceptibles de se laisser racheter. S'ils acceptent, vous pouvez augmenter vos parts de quinze pour cent. En cas de vote, la bande de Brenley ne pourra pas rassembler plus de quarante pour cent des voix. Même si Detford y rajoute ses cinq pour cent, vous aurez encore une certaine marge.

En entendant ces mots, la colère d'Eliza s'évanouit comme par miracle.

— Pouvez-vous répéter, je vous prie ?

Eaton sourit.

— Volontiers, Eliza. D'après les informations que j'ai recueillies dans vos registres, vous pouvez tout à fait vous mettre à l'abri des manœuvres de Brenley et consorts. Mais vous devez agir vite.

« Vous. » Eaton ne lui volait pas son pouvoir. Au contraire, il lui donnait les moyens de le conserver. Et même de l'accroître. Certes, c'était lui qui avait eu cette initiative, mais c'était elle, et elle seule, qui pouvait prendre les décisions et transformer les idées en actes. Et les parts qu'elle rachèterait lui appartiendraient. Eliza sourit. C'était comme si un poids venait de lui être ôté de la poitrine. Devant la perspective du succès, tous ses doutes se volatilisaient. Ils avaient trouvé une brèche. À elle de s'y engouffrer.

Eliza Blaxland ne se rendrait pas sans se battre. Miles Detford, le mot d'Eliza chiffonné dans son poing serré, parcourut l'assemblée des membres du conseil, attablés autour d'une bière.

— Elle a refusé notre offre, annonça-t-il. Rien de bien surprenant, n'est-ce pas ? Elle n'a jamais été très accommodante.

Son mécontentement était palpable. Aucun de ses entretiens avec la jeune femme ne s'était montré concluant. Il avait tout fait pour présenter l'offre du conseil sous un jour attrayant, mais il en avait été pour ses frais.

— Il faut dire, ajouta-t-il pour se trouver une excuse, que nous ne nous attendions pas à ce qu'elle mettre le petit marquis dans sa poche.

— Vous voulez dire dans son lit, lança Gismond Brenley avec un rire gras. On dirait que vous avez été battu à plate couture, Detford.

— Si vous voulez, rétorqua Miles avec un haussement d'épaules – il n'était pour rien dans l'intrusion de ce nouveau paramètre, n'est-ce pas ? Il n'empêche que, maintenant, il va nous falloir compter avec lui. Nous avons trois jours avant l'assemblée générale des actionnaires. D'ici là, il faut absolument trouver un *casus belli* pour la mettre à bas si elle s'obstine à refuser notre offre. Et si elle fait monter les enchères, pas question de se laisser faire jusqu'à la saint-glinglin. Nous devons la forcer à accepter.

Il aimait cette idée de force. Lui-même avait été assez patient comme ça avec cette petite garce. Il était temps de lui apprendre à qui elle avait affaire.

— Mais précisément, intervint Isley Thorp en frottant l'une contre l'autre ses longues mains blanches, *le casus belli*, nous l'avons. C'est le sieur Lynford ! Si nous parvenons à établir qu'elle est sa maîtresse, nous fichons par terre sa réputation. Et pas question de maintenir une femme perdue à la tête de la compagnie, n'est-ce pas ?

— Tout dépend de ce qu'en pense le reste des actionnaires, objecta Detford en secouant la tête. Dans des circonstances ordinaires, je parierais qu'ils trouveraient le comportement de Mrs Blaxland tout à fait inexcusable. Mais s'ils tombent sous le joug de Lynford, Eliza pourrait descendre la grand-rue en tenue d'Ève que peu d'entre eux y trouveraient à redire. Il y a autre chose, reprit-il en poussant devant lui une enveloppe blanche. C'est un de nos actionnaires minoritaires qui m'a confié cette lettre hier soir. Eliza Blaxland lui a fait une offre pour ses parts. Une offre intéressante, cela va sans dire. Il est facile d'en déduire que d'autres que lui ont reçu la même.

Gismond Brenley balaya l'information d'un geste désinvolte.

— Ils ne sont pas fous. Personne ne vendra. Il y a trop d'argent à faire avec la nouvelle galerie. Une fois que nous nous serons débarrassés de la veuve, nous allons faire des bénéfices astronomiques, je vous le garantis. Nos actionnaires le savent bien. Sans compter qu'elle ne pourra pas se contenter de racheter quelques-uns des actionnaires à trois pour cent. Il lui faudra les racheter tous. Et tous ne seront pas d'accord, je vous en fais le pari ! conclut-il en tapant du poing sur la table.

Miles n'était pas aussi confiant. Il avait pu constater de ses propres yeux la résolution d'Eliza.

— C'est possible... Mais trois pour cent, ce n'est pas grand-chose. Ces gens-là n'ont certainement pas envie de perdre le peu de profit qu'ils font paisiblement tous les ans pour un mirage. Tout le monde sait que rien n'est facile, dans l'exploitation minière... Mais là n'est pas l'essentiel. Je sais aussi de source sûre qu'Eliza est en train de constituer un nouveau groupe d'actionnaires. Des gens qui la soutiendront contre nous et qui feront tout pour qu'elle garde la présidence. *Gentlemen*, nous sommes menacés d'être expulsés à notre tour et nul n'est besoin de beaucoup d'imagination pour deviner qui est derrière tout ça.

Miles regarda chacun des participants droit dans les yeux. Il y avait certainement une fortune en minerai de cuivre sous la mer. Mais ils étaient encore loin de mettre la main dessus.

Brenley réfléchit un instant.

— Alors, nous devons reprendre les négociations directement avec elle, déclara-t-il. Jamais elle ne laissera aucun homme prendre sa place à la tête de la compagnie. Il suffira de la convaincre que Lynford a bel et bien l'intention de prendre sa place une fois que tout sera réglé. Quelles que soient les promesses qu'il aura pu lui faire.

— Et si ça ne marche pas ? insista Miles. Il ne nous restera plus qu'une solution. Nous débarrasser d'elle d'une manière plus… définitive.

Une certaine excitation s'empara de lui à cette perspective. Eliza Blaxland avait contrecarré ses projets à plus d'une reprise. Elle l'avait même franchement humilié. Bien sûr, ce qu'ils envisageaient était risqué. La disparition… disons clairement la mort d'Eliza Blaxland ne laisserait personne indifférent. Et en particulier les gens qui bénéficiaient de sa générosité. À commencer par le marquis de Lynford et le duc de Bude. Nul doute qu'il y aurait une enquête… Si on en arrivait là, il fallait qu'il trouve un moyen de tirer son épingle du jeu.

Bah ! Il était assez malin pour ça.

C'était la guerre. Une guerre à armes égales, puisque Eliza avait trouvé un allié de taille. Et donc une guerre où tous les coups étaient permis. On allait donner une dernière chance à Eliza d'accepter leurs conditions lors de l'assemblée générale. Et ensuite, *à Dieu vat* !

16

Eliza, figée derrière la porte de la salle privée de l'auberge de la Frégate, à Budoc Lane, respira un grand coup. Le brouhaha de voix qu'on pouvait entendre derrière le panneau de chêne confirmait ce que l'aubergiste lui avait dit. La réunion avait commencé depuis un certain temps. Comment osaient-ils tenir l'assemblée générale sans elle ? Elle était la présidente du conseil d'administration, et à ce titre on devait la respecter. Mais ils ne perdaient rien pour attendre. Elle allait leur rappeler les statuts de leur conseil d'administration. Rien de ce qu'ils avaient décidé en dehors de sa présence n'avait de valeur.

Eliza lissa ses jupes du plat de la main, et carra les épaules. Elle avait choisi pour ce jour décisif un ensemble de drap gris fumée dont la veste, de coupe militaire, était ornée de galons de velours noir et s'ouvrait sur un chemisier à haut col d'un blanc immaculé. Elle passait mentalement en revue ses arguments et ses objectifs. Elle ne devait pas sortir de cette salle sans avoir démontré à tous qu'elle était le chef et qu'il était hors de question d'adopter des décisions auxquelles elle s'était opposée.

Encore une profonde inspiration et elle tourna la poignée. Ce fut avec satisfaction qu'elle vit tous les yeux se tourner vers elle et les conversations s'éteindre. Plusieurs regards affichaient une certaine culpabilité.

Parfait ! Six des participants avaient accepté pas plus tard que la veille au soir de prendre son bel et bon argent en échange de leurs trois pour cent d'action. Et sa chaise, au haut bout de la table, était vide. Ils ne l'avaient pas encore remplacée. À sa droite était assis Miles Detford. Aujourd'hui, sa vue ne lui inspirait pas la même sensation de réconfort que d'habitude. Mais il était encore son allié, n'est-ce pas ? Ou, du moins, un ami. C'était lui qui lui avait apporté les mauvaises nouvelles, lui qui lui avait conseillé d'accepter une offre déloyale. Il ne lui avait pas déclaré la guerre. Du moins, pas ouvertement. Et c'était la seule personne parmi cette sinistre assemblée sur laquelle elle espérait pouvoir compter.

— Bien, dit-elle en s'asseyant. Maintenant que je suis là, nous pouvons commencer.

Elle ajouta en regardant ostensiblement la vieille horloge à balancier qui trônait dans un angle de la pièce :

— Enfin, si personne ne voit d'inconvénient à ce que nous ouvrions la séance un peu en avance ? Croyez que j'apprécie votre zèle à sa juste valeur, ajouta-t-elle d'un ton chargé d'ironie… Je déclare officiellement ouverte l'assemblée générale annuelle de Blaxland Mining Corporation.

Elle passa en revue tous les participants d'un regard froid, un sourire assuré plaqué sur ses lèvres sans maquillage, afin que nul ne doute que leur petite infraction ne l'avait en rien désarçonnée.

— Mr Detford, serez-vous assez aimable pour bien vouloir nous lire le compte rendu de la dernière assemblée, je vous prie ?

Quand Miles eut fait son office, elle se tourna avec la même assurance vers son autre voisin.

— Mr Thorp, il me semble que c'est à votre tour. Pouvez-vous nous lire le bilan financier, s'il vous plaît ?

Était-ce un effet de son imagination ? Il lui parut que la pomme d'Adam du trésorier s'agitait bien nerveusement sur son long cou comiquement étranglé par un nœud de cravate mal noué.

Quand il eut terminé, elle fit de nouveau le tour de la table du regard. Qui l'avait trahie ? Isley Thorp ? Jérôme Blackmore ? Sir Gismond Brenley ?

— Des questions ? s'enquit-elle d'un ton glacé.

Puis elle reporta son attention sur Thorp.

— Il se trouve que, moi, j'en ai une. Et d'importance. Comment se fait-il que la commande de bois de soutènement pour la nouvelle galerie de Wheal Karrek soit du double de ce qu'elle devrait être ? Nous n'avons pas pour habitude de pousser à la dépense.

— Qu'êtes-vous en train d'insinuer, Mrs Blaxland ? riposta Gismond Brenley d'un ton ennuyé, comme si elle leur faisait perdre leur temps avec des détails.

Se retournant vers lui, Eliza adopta le même ton à la fois condescendant et excédé.

— J'insinue, ou plutôt j'affirme, que quelqu'un dans cette assemblée a voulu outrepasser ma décision de ne pas prolonger la nouvelle galerie sous l'océan. C'est la seule explication pour ce superflu de commande. Si ce n'est pas le cas, je me vois dans l'obligation de vous rappeler que nous n'avons pas d'argent à jeter par les fenêtres.

À son grand regret, cette remarque n'eut pas l'air d'impressionner Brenley. Pas plus que le reste de l'assistance, quoique quelques-uns eussent échangé des regards perplexes.

— Bien, conclut-elle fermement, je demande à ce que figure dans le compte rendu que personne, mis à part moi, ne se soucie de l'excès des dépenses. Personne ne pourra me reprocher de ne pas avoir tiré le signal d'alarme...

Elle attendit que le secrétaire de séance ait pris note de ses réserves, puis reprit :

— Maintenant, venons-en aux affaires pendantes. À savoir, la construction d'une première école pour les enfants des mineurs et la nouvelle galerie de Porth Karrek.

Gismond Brenley toussa bruyamment.

— Hum, hum... Mrs Blaxland, si vous n'y voyez pas d'inconvénient, j'aimerais que nous différions ce point. Vous savez que nous avons une proposition à vous faire qui pourrait changer considérablement la donne...

Nous y voilà ! Eliza prit une profonde inspiration. C'était donc Brenley le leader. Cela ne la surprenait pas. C'était le personnage le plus imposant, le plus charismatique du conseil. Dans d'autres circonstances, il serait redevenu pour elle le bras droit qu'il avait été pendant plus de vingt ans pour son mari. Mais, se considérant visiblement comme l'héritier moral des mines, il s'était toujours comporté à son égard comme un adversaire.

— Mrs Blaxland, commença-t-il cérémonieusement, en hommage à vos cinq années à la tête de la compagnie, et en reconnaissance de votre indéniable dévouement, nous avons décidé de vous faire une offre qui vous permettra de vous libérer de cette lourde charge. Avec la construction de la nouvelle galerie, la compagnie entre dans une nouvelle ère et il apparaît à la majorité d'entre nous qu'un nouveau *leadership* serait le bienvenu.

À sa droite, Miles murmura entre ses dents.

— Ce sont d'excellentes conditions, Eliza, je vous le répète.

Eliza haussa les épaules. D'excellentes conditions pour qui ? Pour elle ou pour les membres du conseil et tous les moutons de Panurge qui voudront bien les suivre ? Un refus poli suffirait-il ?

— Je vous remercie, Mr Brenley. Et vous aussi, messieurs, ajouta-t-elle en élargissant la portée de son regard jusqu'à l'ensemble des participants. Cette offre, je suis sûre que vous l'avez faite du fond du cœur… Cependant…

Eliza marqua un nouveau silence, désireuse de faire durer le suspense…

— Cependant, j'ai l'intention de rester à mon poste encore pendant de longues années. C'est ce que mon mari aurait voulu, j'en suis sûre. Et la période à venir, riche de nouveaux projets, me paraît trop excitante pour que je ne veuille pas y jouer mon rôle.

Elle ponctua son petit discours d'un sourire aimable tandis qu'un silence inconfortable tombait dans la salle. Personne n'osait plus faire le moindre mouvement. Un bref instant, Eliza caressa l'espoir qu'elle avait gagné. Qu'il suffisait d'un peu de fermeté. C'était trop beau pour être vrai. Elle décida de compter jusqu'à cinq.

Mais déjà, le regard de Brenley se rétrécissait.

— L'ennui, ma chère amie, c'est que vous n'avez pas le choix. Le bureau a décidé qu'il était temps pour vous de vous retirer. Nous voulons faire avancer ce projet de galerie sous la mer au lieu de gaspiller de l'argent à bâtir des écoles... Et si vous persévérez dans votre refus, nous sommes prêts à aller jusqu'au vote.

— Je persévère. Je veux regarder dans les yeux ceux qui sont prêts à me trahir, ceux qui ont lâchement comploté dans mon dos pour arriver à cette journée de triomphe, aboya Eliza. Le vote aura lieu à main levée, et les voix seront attribuées en proportion du nombre d'actions possédées par le votant.

Elle savait qu'il ne pouvait y avoir aucune contestation sur ce point-là. C'était toujours ainsi qu'on avait procédé. Aussi, après avoir repris sa respiration, elle lança d'une voix claire :

— Que ceux qui sont pour une nouvelle présidence lèvent la main.

Thorp, Brenley, Blackmore, la coalition habituelle, levèrent la main comme un seul homme, suivis de près par Stinson.

— Si je sais encore compter, cela fait quarante pour cent des voix, Brenley, annonça-t-elle avec un sourire froid. Vous ne représentez pas la majorité.

Brenley darda sur elle un regard venimeux.

— Mais Havens, Eldridge, Saxon, Halliday, Mycroft et Kincaid n'ont pas encore voté, rétorqua-t-il avec un sourire insolent.

— Ne comptez pas sur eux. Ils m'ont vendu leurs parts hier. Ils ne sont plus actionnaires de la compagnie... Ajoutez également cela sur le procès-verbal, monsieur le secrétaire, lança-t-elle avec désinvolture à l'intention du secrétaire de séance. Et si vous savez compter, me voilà donc majoritaire.

— Detford, intima Brenley avec un regard impérieux, vous non plus, vous n'avez pas voté. Vous dormez, mon vieux !

Miles arbora un sourire d'excuse.

— Je ne possède que cinq pour cent des parts. Cela ne suffirait pas pour que vous l'emportiez.

Il adressa un sourire à Eliza, comme si sa neutralité était pour elle une sorte de victoire. Eliza battit des cils, hésitante. Était-ce vraiment le cas ? L'abstention de son ancien allié était-elle une manière de la soutenir dans la tourmente ? Elle entendait encore l'avertissement d'Eaton. Il ne fallait pas faire confiance à Miles Detford.

— Nous formerons donc un bureau de cinq personnes ? insista Brenley, ses mâchoires puissantes jouant nerveusement sous le poil rugueux de sa courte barbe taillée avec soin.

— Peut-être, rétorqua Eliza. À moins que je décide de vendre mes parts à un moment ou un autre. Pas aujourd'hui, cependant, et pas à vous. Mais si vous êtes jaloux des bénéfices qu'auront faits vos amis en me vendant leurs parts, je serai ravie de vous racheter les vôtres au même prix, ainsi que celles de tous ceux qui sont autour de cette table.

Ce qui incluait Detford, qui n'avait pas dit clairement quel était son camp.

Brenley lui décocha un regard mi-furibond, mi-narquois.

— Si vous comptez nous remplacer les uns après les autres, cela va vous coûter cher. Plus que vous ne pouvez payer, probablement. Rien à voir avec les petits pourcentages que vous avez grappillés ici et là.

Eliza risquait d'y engloutir son capital, elle le savait. Mais elle ne faiblit pas.

— Je vous ferai une offre équitable, comme pour vos collègues, bien que vous ayez comploté dans mon dos en oubliant tout l'argent que je vous ai fait gagner.

Elle se leva et déclara avec solennité :

— En tant que détentrice de la majorité des parts, et donc des voix, je décide que la nouvelle galerie de Wheal Karrek s'arrêtera avant l'océan et que la construction des écoles débutera comme convenu au printemps… Monsieur le secrétaire, veuillez noter ces décisions sur le procès-verbal. La séance est close. Messieurs, je vous souhaite le bonjour.

Elle atteignait la porte de l'auberge quand Miles la rejoignit, légèrement essoufflé. Il la retint par le bras.

— Eliza ! Quelle mouche vous a piquée ? Est-ce Lynford qui a manigancé tout ça ?

— Non, Miles. C'est moi. Depuis quand aurais-je besoin de quelqu'un d'autre pour prendre des décisions ? Pouvez-vous me laisser sortir, je vous prie ?

Elle avait hâte de rejoindre Sophie et Eaton.

— Jamais je ne vous ai vu commettre une telle imprudence. Croyez-vous résoudre tous vos problèmes en rachetant toutes les actions ? C'est de la folie...

Il la suivait maintenant dans Budoc Lane aussi vite qu'il le pouvait.

— ... Brenley a raison, vous courez droit à la banqueroute... Je vous en conjure, vendez vos parts aujourd'hui même...

Apparemment, il pouvait réfléchir en marchant, même à vive allure, car, comme pris d'une soudaine illumination, il demanda soudain :

— C'est Lynford, n'est-ce pas ? Il a trouvé des investisseurs ? Ne soyez pas stupide, Eliza. Il est en train d'avancer des pions pour s'emparer de la compagnie. Combien de temps vous laissera-t-il la diriger, à votre avis ?

— Aussi longtemps que je le souhaiterai, répliqua Eliza avec rudesse.

Elle en avait plus qu'assez de cette conversation.

— Parce que vous couchez avec lui ? C'est ça, le prix à payer ? Vous savez très bien que c'est ce que tout le monde supposera. Que croyez-vous qu'ils soient en train de se dire en ce moment, là-haut ? ... Car cela a commencé, ma chère, n'en doutez pas. Et cette fois, ils n'hésiteront pas à franchir les limites. Tous les coups sont permis. Vous auriez dû conclure avec Brenley pendant qu'il en était encore temps.

Eliza atteignait sa calèche.

— Merci pour votre avis, Miles.

Elle monta prestement et claqua la portière derrière elle, laissant Miles sur le trottoir, le visage défait.

Maintenant, il allait falloir réfléchir sérieusement. Eliza était parfaitement consciente d'avoir réveillé le dragon qui dort ; livrer bataille ne serait pas chose facile. La réunion s'était déroulée comme prévu. Elle avait obtenu ce qu'elle voulait. Mais les obstacles allaient se lever devant eux les uns après les autres.

La bataille ne faisait que commencer.

Mais il lui restait une journée de répit, et elle voulait la passer avec Eaton et Sophie.

Eliza se laissa aller contre le dossier de la banquette, les yeux clos. Eaton... Elle ne devrait pas penser à lui. Il risquait de la détruire. Peut-être pas dans le sens prédit par Miles, mais il avait beaucoup d'autres moyens de prendre le pouvoir sur elle. De saper le socle sur lequel elle avait bâti sa vie. Non, il n'y avait pas d'avenir avec lui. Ils le savaient tous les deux et, pourtant, ils faisaient comme si cela n'avait pas d'importance. Et quand cette belle histoire s'achèverait, elle serait affreusement déçue. Eliza soupira. Elle savait déjà que ce mot était bien faible. Intentionnellement ou non, Eaton lui avait donné un aperçu de ce qu'était le paradis. Un aperçu d'elle-même, de ce qu'elle aurait pu être si la vie s'était montrée plus généreuse envers elle.

— Maman ! Maman ! Viens voir les perroquets.

Sophie, qui venait d'accueillir sa mère à la porte de l'orangerie, la tirait par la main avec enthousiasme et, aux oreilles d'Eliza, rien n'était plus doux que sa joie enfantine et spontanée.

Eaton émergea derrière Sophie, en manches de chemise, un large sourire aux lèvres. Visiblement, il s'amusait beaucoup.

— Vous arrivez juste à temps, s'exclama-t-il en enveloppant Eliza d'un regard intense, interrogateur. Nous étions sur le point de nourrir les oiseaux.

Elle le rassura en lui rendant son sourire. Oui, tout s'était passé aussi bien que possible. On aurait le temps d'en parler plus tard. Eliza se laissa entraîner par sa fille jusqu'à la volière tandis que la tension des pénibles moments qu'elle venait de traverser la quittait lentement. C'étaient des instants comme celui-ci qui comptaient. C'était pour cela qu'Eliza se battait. Pour le bonheur de sa fille. Et pour le sien.

Peut-être.

— Leur avez-vous tenu tête ? Avez-vous eu gain de cause ? interrogea encore Eaton quand Sophie fut occupée à nourrir les oiseaux.

— Oui. Ils ont dû faire apparaître au grand jour leur coalition, et je leur ai démontré que j'étais toujours majoritaire. Mais Brenley n'a pas hésité à me menacer... Nous nous y attendions, ajouta-t-elle après une pause, mais j'espérais ne pas être obligée d'en arriver là... Maintenant, c'est certain, Eaton. Il va dire des choses horribles sur moi.

Sophie tendit son index, et une perruche vint s'y poser, provoquant chez elle un gloussement ravi. Mon Dieu ! Sa fille était si douce, si innocente !

— Nous ne le laisserons pas aller jusque-là, répondit Eaton d'une voix basse et vibrante. Quand nous aurons désigné un nouveau bureau, la vérité de leurs manigances éclatera au grand jour. Croyez que j'y veillerai. Votre réputation en sortira parfaitement intacte.

— Ce n'est pas à vous de vous charger de tout cela, Eaton. Vous n'êtes pas responsable de ce qui se passe.

En se rappelant les avertissements de Miles, elle sentit des frissons lui remonter le long du dos. Non, Eaton n'avait pas l'intention de lui prendre la mine. Que diable ferait-il d'une compagnie minière ? *Mais dans ce cas*, murmura une petite voix tout au fond d'elle, *pourquoi perdrait-il tout ce temps à l'aider ? Qu'a-t—il à y gagner ?*

— Non, protesta Eaton, Il n'y a pas de raisons que vous assumiez tout cela toute seule.

Eliza secoua la tête.

— C'est mon devoir, et je l'ai accepté librement.

Mais elle avait beau afficher force et courage, elle avait le cœur gros. Les choses étaient si simples entre Lord Lynford et elle quand elle n'était que l'un des sponsors de son école. Une veuve sans visage qui n'avait qu'à remplir des chèques et qui ignorait à quel point leur destinataire était émouvant et terriblement séduisant... Mais cette conversation sortait de ses limites, elle devenait par trop personnelle. Il ne s'agissait plus des relations d'Eliza avec son conseil, mais de leur relation à Eaton et à elle. Pour autant qu'une seule nuit passée ensemble puisse suffire à créer une relation.

— Je croyais que cette question était réglée, trancha Eaton d'une voix douce. Mais nous pourrons reparler de tout cela plus tard, n'est-ce pas ? J'ai promis à Sophie que nous cueillerions des oranges pour le thé.

C'était une invitation à revenir dans la soirée, une fois Sophie couchée, et Eliza savait qu'elle aurait dû la décliner. Parce que, ensuite, il serait de plus en plus difficile de le faire.

Elle ne put retenir un soupir. Encore une nuit. Une seule, se promit-elle. Puis ce serait fini, et elle serait de nouveau toute seule. C'était plus facile ainsi. Elle avait connu le goût du bonheur, c'était déjà un merveilleux cadeau. Mais cela devrait cesser. Si Eliza perdait de vue ses objectifs, elle perdrait aussi tout ce qu'elle avait déjà gagné.

Eaton ne pouvait pas faire partie de son avenir, même si elle le désirait de toute son âme.

17

Encore une nuit. Juste une nuit à se torturer avec l'expérience de ce bonheur qui aurait pu être. Eaton était prêt à le déguster jusqu'à la dernière goutte, quel que soit le prix à payer. Sophie fit s'égrener les dernières notes sur le clavier du clavecin, puis alla se coucher, accompagnée par sa mère tandis qu'il se servait un cognac. Exactement comme l'aurait fait le mari et père de famille de la maisonnée. Ce n'était pas la première fois, ni la dernière, qu'il repassait dans son cerveau tout ce qui aurait pu être s'il n'était pas allé, l'année de ses quatorze ans, à la foire de Kilkhampton. Il ne savait pas alors qu'à cause de cela, quatorze ans plus tard, il allait perdre la femme qu'il aimait.

Jusqu'à ce soir, les conséquences de son infertilité n'étaient qu'une image abstraite. Bien sûr, il avait eu maintes fois l'occasion en grandissant de se désoler de ce qu'impliquait sa stérilité. C'était devenu plus concret encore à la mort de Richard Penlerick, quand tout son entourage avait fait pression sur Vennor pour qu'il se marie. Maintenant, avec la présence d'Eliza à ses côtés, la prise de conscience était totale. Il avait enfin rencontré une femme qui lui convenait à tous points de vue. Une femme qu'il voulait épouser.

Mais une femme qui désirait d'autres enfants…

Et à qui il ne pourrait pas en donner.

— Vous avez l'air un peu triste. Pensez-vous à votre ami Richard Penlerick ? s'inquiéta Eliza en revenant dans le salon.

Eaton tapota la place libre à côté de lui.

— D'une certaine manière, oui. En fait, je pensais à nous, et à l'image que nous pourrions offrir à quelqu'un qui entrerait ici. Celle d'une gentille petite famille vaquant à ses occupations.

— Sophie vous aime beaucoup. Vous êtes si gentil avec elle.

Eaton faisait tourner le pied de son verre entre ses doigts. Eliza était si belle, avec la lueur des flammes qui jouait dans ses cheveux auburn et se reflétait dans ses yeux.

— Et sa mère ? Est-ce qu'elle m'aime un peu, elle aussi ?

— Sa mère vous est très reconnaissante de votre soutien dans ces temps difficiles. Vous n'étiez pas obligé de faire tout cela pour nous, et je crains que tous vos efforts n'aient eu pour résultat que de vous mettre dans la ligne de mire de ces tristes sires.

Les mains de la jeune femme étaient crispées dans son giron, et elle paraissait nerveuse.

— Le temps est venu pour nous de rentrer chez nous, à Truro, ajouta-t-elle d'une voix brève. Je ne voudrais pas avoir l'air de vouloir m'imposer.

— Partir ? Maintenant ? Non, ce n'est pas possible. Pas quand vous venez d'obtenir votre première victoire.

Eaton, pris au dépourvu, cherchait frénétiquement une autre objection. Partir maintenant serait considéré comme une fuite… À moins que ce ne soient pas les affaires de la mine qui fassent fuir Eliza, mais bien plutôt ce qui se passait entre eux. Il savait bien qu'il allait devoir la laisser partir. Mais il n'était pas prêt à ce que cela devienne réalité.

— Et votre projet d'école ?

— Je peux aussi bien contrôler la bonne marche de mes affaires depuis Truro. Je l'ai fait pendant cinq ans. Les membres du conseil n'ont pas besoin que je sois sur leur dos toute la journée. Je ne les verrai pas en chair et en os avant le prochain conseil d'administration, dans un peu moins de trois mois.

Eliza ajouta avec un sourire doux-amer :

— À condition que je survive aux menaces de Brenley, bien sûr.

C'était dit d'un ton plaisant, mais Eaton mesura pour la première fois à quel point la jeune femme était préoccupée.

— Vous survivrez, assura-t-il. Brenley et ses acolytes vont vite comprendre qu'ils ont tout intérêt à vendre et à se retirer sur la pointe des pieds. Leur situation dans un conseil dont vous aurez la majorité serait par trop inconfortable. Laissez-leur un peu de temps. Il faut qu'ils sauvent la face.

— Certes, mais je ne contrôle pas la rumeur. Et je ne suis pas sûre que ma victoire d'aujourd'hui suffira à leur clouer le bec. Depuis ce matin, je ne cesse de me demander si je n'aurais pas mieux fait d'accepter leur proposition. À l'heure qu'il est, j'aurais peut-être perdu la mine, mais j'aurais retrouvé ma tranquillité d'esprit...

Elle bougea nerveusement sur le canapé, et ajouta dans un murmure :

— Au moment même où je vous parle, Eaton, je meurs d'envie de me précipiter sur une feuille de papier et d'écrire à Brenley que j'accepte. Cela me brisera le cœur, certes, mais je crois que l'épreuve sera moins pénible que ce qui m'attend.

Moins pénible que de voir son nom et celui de sa fille traînés dans la boue. Et le nom d'Eaton aussi, qui méritait mieux que le scandale en guise de récompense.

Elle lui adressa un sourire triste.

— Cette victoire risque de nous coûter très cher, Eaton. Ni votre nom ni le mien n'en sortiront indemnes. Et je dois aussi penser à Sophie.

Eaton l'attira à lui.

— Est-ce pour cela que vous êtes si pressée de rentrer à Truro ? C'est aussi une question de principe, Eliza. Si vous acceptez de vendre vos parts, vous laissez des gens malhonnêtes l'emporter.

Eaton se tut, la laissant méditer ces paroles.

Eliza soupira contre sa poitrine. Dieu qu'il aimait la tenir dans ses bras !

— Je pourrais avoir enfin la paix. Ce n'est pas rien.

Tout de suite, Eaton pensa à Cador. Fils de mineur ayant grandi dans un milieu misérable, obligé de travailler à la mine dès le plus jeune âge pour rapporter quelques sous à sa famille, aurait-il jamais eu la chance de devenir le musicien qu'il était s'il n'avait pas été distingué par le révérend et envoyé à la ville pour s'instruire ?

— Et vos mineurs, Eliza ? Quelle paix auront-ils quand Brenley aura obtenu qu'on poursuive la galerie jusque sous la mer à leurs risques et périls ?

Il la sentit se raidir devant ce rappel d'une cruelle réalité. Ce n'était pas seulement la compagnie minière de son mari dont elle préservait le bon fonctionnement. C'était aussi la santé et la vie de familles qui travaillaient pour Blaxland Corporation depuis des décennies.

Aussi fut-il stupéfait de sa réponse.

— D'une manière ou d'une autre, il faudra certainement qu'à moyen terme ils se défendent eux-mêmes. Je ne peux pas porter tout un monde à bout de bras jusqu'à la nuit des temps... Oh ! je vous en prie, Eaton, s'exclama-t-elle en se redressant pour lui poser une main douce sur la bouche. Ne me parlez ni d'éthique ni de grands principes. Je sais que je devrais me battre pour eux. Mais Sophie a aussi besoin de moi. Il arrive un moment dans la vie où une mère n'a pas le droit de dépenser ses forces ailleurs que pour sa famille. Surtout quand il s'agit d'une famille orpheline. Si je dois choisir qui je dois protéger, alors je choisis Sophie.

Eaton la serra plus fort. Mais elle, Eliza, qui la protégerait ? Ne voyait-elle pas que, en face de gens sans scrupules, elle ne serait pas de taille ? Sauf à renoncer à tout pour avoir la paix, comme elle disait.

Les pensées d'Eaton vagabondaient tandis qu'il lui caressait les cheveux. Comment pouvait-il veiller sur toutes les deux, Sophie et elle, afin qu'Eliza ne se croie pas obligée d'abandonner le combat ?

— Est-ce que je vous déçois ? demanda-t-elle en fouillant son regard.

— Non. J'apprécie votre franchise.

Et votre courage, et votre lucidité, poursuivit-il pour lui-même. Autant de qualités qu'il avait appris à admirer chez elle, qu'il avait appris à aimer. Ce n'était pas la première fois qu'il associait ce mot à la jeune femme. Il aimait sa force, son indépendance, sa ténacité, et qu'elle soit prête à tout sacrifier pour ceux qu'elle aimait.

Une voix tentatrice murmura dans son cœur : *Il est facile pour toi de la protéger. Tu peux l'épouser, lui donner la protection de ton nom et de ton rang. Tu ferais ainsi d'une pierre trois coups. Tu sauverais sa réputation, tu serais un père pour Sophie et tu protégerais la mine et les hommes qui en vivent. En l'épousant, tu te donnes à toi aussi tout ce dont tu as envie depuis toujours.*

Mais Eliza n'était pas prête à accepter. Elle avait donné clairement sa position sur un éventuel remariage. Il faudrait remettre la question sur le tapis dans un moment plus opportun. Elle était encore sous l'effet de cette assemblée générale si conflictuelle. Violente, même. Elle risquait de prendre son offre pour de la charité. Et puis… ne faudrait-il pas qu'il lui confie son secret ? Un secret dont il ne parlait jamais, ni avec sa famille ni avec ses amis. Mais elle avait le droit de savoir ce à quoi un mariage avec lui la contraindrait à renoncer… Et il risquait de tout perdre. Pourtant, puisqu'il l'aimait, il devait prendre ce risque. Il n'avait jamais parlé de sa stérilité avec aucune femme. Cela n'avait jamais été nécessaire. Mais maintenant, il ne pouvait plus reculer, au prix de voir tous ses rêves s'effondrer.

— N'abandonnez pas, Eliza, murmura-t-il contre son oreille. Nous finirons par gagner, je vous le promets.

Il remuerait ciel et terre, s'il le fallait. Il avait bien créé une académie de musique pour Cade et Rosenwyn. Il pouvait bien se démener tout autant pour la femme qu'il aimait.

Elle sourit doucement tandis qu'une flamme d'espérance s'allumait dans son regard.

— Je ne devrais pas vous laisser formuler des promesses impossibles… Parlons d'autres choses, maintenant. Je ne veux plus penser à tout cela ce soir.

— Oui, ma douce… De quoi allons-nous parler ?

— Je ne sais pas… Avez-vous un remède magique qui fasse oublier tous les soucis, ne serait-ce qu'un instant ?

Eaton sourit.

— C'est possible. Si vous acceptez de venir avec moi... Je connais un lieu magique...

Elle n'avait pas le droit de se servir de lui pour échapper à ses tourments. Mais il lui était bien difficile de se rappeler pourquoi tandis que, nonchalamment allongée parmi les coussins, dans la petite chambre de l'orangerie, Eliza le regardait se dévêtir. Cette petite pièce à la fois rustique et raffinée, avec son lit sommaire et ses rideaux de soie, traversée de parfums de fleurs et de chants d'oiseaux, était devenue leur refuge hors du monde, là où rien ni personne ne pourrait les atteindre. Le seul endroit où elle pouvait s'abandonner à ses fantaisies et réaliser ses rêves.

Eaton s'approcha du lit, tel un dieu païen des temps anciens, dans toute la gloire de sa nudité. Il avait les yeux si brillants de désir qu'elle se mit à trembler. N'était-il pas incroyable et si merveilleusement excitant qu'un tel homme s'intéresse à elle ? Et qu'elle-même ose le désirer avec une telle violence ? Ce soir, Eliza avait besoin, un besoin presque vital, de se perdre jusqu'à l'oubli dans le tourbillon du plaisir.

Il s'approcha d'elle, et elle se colla à lui, peau contre peau, sa chemise de soie remontée sur ses cuisses révélant l'intensité moite de son désir. Les yeux d'Eaton reflétaient la même faim avide. Le même souhait de faire se réveiller la passion qu'ils avaient su faire naître dans cette même pièce quelques jours plus tôt.

— Cette nuit, murmura-t-elle en lui mordillant l'oreille, tu es Breasal, le haut roi celte, soudain réapparu dans le monde des vivants. Tu es revenu parmi nous pour y chercher une jeune vierge afin d'assouvir ton désir.

Il eut un rire bas, infiniment séduisant.

— Sachant que le royaume de Breasal[1] n'est visible qu'une nuit toutes les sept années, je ne suis pas sûr que ce soit un sort enviable. Ni pour moi ni pour la jeune vierge en question...

Lui pliant le genou, il se mit à semer de baisers la peau fine de l'intérieur de sa cuisse.

— ... à moins que, murmura-t-il contre la peau frémissante de sa compagne, à moins que je ne sois plutôt un simple mortel et que tu sois la fée Aeval, venue jusqu'à moi pour exiger mes faveurs sexuelles...

Eliza s'étira comme une jeune chatte, ronronnant sous l'audace de la caresse.

— Hum... Cette idée me plaît tout particulièrement. J'ai toujours trouvé la légende de la fée Aeval[2] et de son étrange cour de justice nocturne plutôt décadente. Mais, que ce soit une femme qui dispose de tous les pouvoirs sur les hommes, notamment dans le domaine sexuel, me ravissait secrètement. Qu'elle puisse même exiger leur plaisir...

— Oui ? s'enquit Eaton d'une voix rauque, ses yeux brillants d'une lueur fauve. Toi-même, Eliza, voulais-tu commander ton plaisir ?

Il remontait maintenant le long de son flanc, déposant un chemin de baisers brûlants sur son ventre, au creux de son nombril, sur les pointes dressées de ses seins.

1. *Breasal*, terme irlandais que l'on peut traduire par *haut roi du monde*, appartient au folklore irlandais. Il désigne à la fois un personnage mythologique et l'île qu'il habite (*Hy-Breasal* ou *Hy-Brasil*), souvent considérée comme une sorte d'Atlantide celte. Ce haut roi était parfois assimilé à un vieux magicien enfermé dans son château fort, au milieu d'une île fantôme peuplée de lapins noirs.

2. La fée Aeval est considérée dans la mythologie celte comme étant la fée tutélaire du clan O'Brien dont elle aurait protégé le premier du nom, Brian Boru, haut roi d'Irlande au début du XIe siècle, au moment de l'invasion viking. Mais elle est surtout connue comme l'héroïne littéraire de *The Midnight Court*, un débat sans fin entre hommes et femmes pour savoir qui des hommes ou des femmes est le maître des plaisirs sexuels. La fée Aeval, siégeant en tant que juge, avait ordonné que les messieurs, trop souvent avares de leurs bons services, se soumettent aux désirs des femmes.

— Quand il le fallait, oui, naturellement. Sinon, je n'en aurais eu aucun.

Leurs regards se nouèrent, brûlant de la même flamme, tandis qu'elle le laissait se pénétrer de ce qu'elle venait de sous-entendre. Du vivant de son époux, la pauvre jeune femme devait satisfaire à son propre plaisir, seule dans le noir, après que Blaxland se fut endormi. Jamais elle ne lui avait rien demandé de plus que ce qu'il pouvait lui donner. Mais elle s'était dit bien souvent qu'il devait exister quelque chose de plus intense, de plus exaltant, que ces brèves étreintes avant le sommeil.

Eaton, lui sourit.

— Et cette nuit, quels sont les souhaits de ma reine des fées ?

Elle murmura à son oreille, et aussitôt Eaton s'exécuta.

Pourtant, le lendemain matin, quand le soleil se leva au-dessus des verrières, nimbant les orangers de sa lumière d'or pâle, Eliza sut dès qu'elle ouvrit les yeux que le fait même de se réveiller dans les bras de son amant, le corps comblé de caresses, ne suffirait pas à effacer les difficultés du jour à venir. Cette nuit de passion n'avait rien réglé. Brenley et elle étaient toujours en conflit. Ses menaces hantaient son cerveau comme de pâles fantômes de l'aube prêts à s'incarner. Et plus menaçante et douloureuse encore était la perspective de devoir quitter Eaton. Il fallait mettre fin à cette relation, aussi épanouissante fût-elle. Plus Eliza la laissait s'épanouir, plus elle trahirait Eaton, et elle-même avec lui. Mais comment renoncer à une liaison quand ni l'un ni l'autre des deux parties ne le souhaitait ? La nuit qu'ils venaient de passer ensemble avait satisfait à des besoins profonds, essentiels. Mais elle avait créé un besoin qui ne ferait que croître. Ce lien qui existait entre eux, cette merveilleuse complicité, risquait bien de se transformer en un sentiment plus fort. Si elle n'y prenait garde, Eliza risquait de tomber amoureuse de son beau chevalier.

Si ce n'était déjà fait !

Peut-être était-ce là la raison pour laquelle elle était revenue hier soir.

Le grand corps d'Eaton remua à côté d'elle.

— Me suis-je bien acquitté de mes devoirs cette nuit, ma reine ? murmura-t-il de sa voix chaude.

— Merveilleusement bien, mon beau chevalier.

Comme Eliza aurait voulu retenir plus longtemps cette merveilleuse parenthèse !

Ils s'étaient aimés puis endormis. Puis aimés encore jusqu'à épuisement. Et l'aube était enfin venue, et le jeu avait pris fin. Elle n'était plus la reine d'un royaume enchanté mais une femme d'affaires en difficulté, cernée de toutes parts par des prédateurs prêts à tout pour la faire tomber.

Elle poussa un long soupir.

— Pourquoi ce soupir, ma douce ? s'inquiéta Eaton en lui déposant un baiser sur l'épaule.

— Il faut que je me lève. Je ne peux pas rester couchée toute la journée.

— Et pourquoi pas ?

Il se haussa sur un coude pour mieux la regarder. Et il était si séduisant à la lumière de l'aube, avec sa mèche sur l'œil et ses larges épaules nues !

— Parce que cela ne résoudrait rien !

Joignant le geste à la parole, elle lança ses jambes hors du lit et s'assit, toute frissonnante maintenant qu'elle avait quitté la chaleur du corps de son compagnon. Elle sentait son regard la suivre tandis qu'elle se rhabillait.

— Qu'envisages-tu pour aujourd'hui ? Nous ne pouvons rien entreprendre tant que nous n'aurons pas de réponse concrète de la part d'Inigo.

Eliza se retourna brusquement.

— Tu as raison, Eaton. Nous ne pouvons pas régler mon conflit avec le conseil d'un simple claquement de doigts. Mais nous pouvons mettre fin à la situation fausse dans laquelle nous sommes tous les deux. Il faut que cela cesse, Eaton. Même sans la pression de Brenley et des autres, notre relation n'a pas d'avenir.

Eaton se redressa sur les oreillers, les mains derrière la nuque. Il sourit, et le cœur d'Eliza se mit à battre plus vite.

— Pas d'avenir ? Tu le crois vraiment ? Je ne suis pas de ton avis. Si tu es persuadée de ce que tu dis, c'est que nous n'avons pas vécu de la même manière les moments que nous avons partagés ces dernières semaines.

Eliza s'interrompit, son jupon à la main.

— Très bien. Dis-moi alors comment tu vois la suite des événements.

— Pour l'heure, il nous suffit d'attendre. Attendons le mouvement suivant de Brenley. Et les décisions d'Inigo. Pas question de te laisser tomber au milieu de la tourmente, ma douce… Contrairement à toi, je ne suis pas pressé de te perdre.

Il la fixa du regard et ajouta :

— Puis-je te dire que je suis blessé ?

— Tu t'en remettras, répartit Eliza avec plus de vivacité qu'elle ne l'aurait voulu.

— Je n'en suis pas si sûr.

Le ton soudain sérieux de son interlocuteur ramena brusquement Eliza à la réalité. Eaton était parfaitement sincère.

Il sortit du lit et, drapant un drap autour de ses hanches, s'approcha d'elle.

— Laisse-moi t'aider. Aujourd'hui, nous pouvons aller dans la forêt avec Sophie. Baldor a besoin d'exercice et il raffole de la chasse aux truffes. Presque davantage que du véritable gibier. Je ferai préparer un pique-nique.

— C'est que… je dois aller en ville, commença Eliza.

Mais Eaton se montra intraitable.

— Il ne faut pas te montrer en ville aujourd'hui. Laisse Brenley s'enferrer. Ton absence montrera aux yeux de tous combien tu te soucies peu de ses accusations.

Elle aurait voulu discuter, mais il avait raison. Inutile de susciter des commérages en se manifestant en public.

Pourtant, Eliza n'aimait pas qu'on prenne des décisions à sa place. Et Eaton en avait déjà pris beaucoup. N'avait-elle pas prévu que cela risquerait de tourner ainsi ? D'abord l'offre d'un hébergement confortable, puis une somptueuse invitation à dîner dans un cadre féerique, ensuite les sorties avec Sophie, et maintenant l'emprise méthodique sur ses affaires.

— Vous avez fait assez, Eaton, trancha-t-elle en revenant au vouvoiement. Je ne peux pas vous laisser aller plus loin.

Il s'immobilisa devant elle, les deux mains sur ses épaules, et elle crut un instant qu'ils allaient retomber dans le lit défait, dans les bras l'un de l'autre.

— Eliza, fais-moi confiance !

— Vous ne pouvez vous battre à ma place. Je vous ai déjà expliqué mon point de vue.

— Tu as raison. Mais nous pouvons nous battre ensemble. Il suffit que tu me fasses confiance.

Elle ne répondit pas.

18

La fin du mois d'octobre leur offrait un feu d'artifice de couleurs. Les feuilles dorées de Trevaylor Woods craquaient sous leurs pas tandis qu'ils s'enfonçaient sous les arbres. Sophie gambadait devant eux en lançant des poignées de feuilles dans les airs, suivie de près par Baldor dont la queue bougeait comme un métronome. Eliza enviait l'insouciance de l'animal et de l'enfant qui s'amusaient de concert, indifférents à la tension qui régnait entre les adultes.

Ils s'étaient fort peu parlé tous les deux depuis qu'ils avaient quitté l'orangerie. À dire vrai, Eliza ignorait son compagnon. Ne comprenait-il pas qu'il demandait la lune ? Plus vite Sophie et elle seraient rentrées à Truro, mieux ce serait. Cette aventure commençait à prendre des dimensions qui risquaient de mettre en péril l'équilibre de leur vie bien rangée. Elle rentrerait chez elle avec ses cinquante-cinq pour cent d'actions qui lui donnaient la majorité. Quoi que décide de faire Brenley, elle renaîtrait de ses cendres.

Eaton s'arrêta pour cueillir sur une branche une feuille d'érable d'un rouge particulièrement éclatant.

— L'automne a toujours été ma saison préférée, dit-il, rompant soudain le silence. J'avais l'âge de Sophie quand mon père m'a emmené pour la première fois à la recherche des truffes. À l'époque, c'était le grand-père de Baldor qui nous accompagnait. Les chiens courants de la famille ont toujours été éduqués pour la chasse aux truffes, expliqua-t-il en lui adressant un bref sourire, ses yeux emplis d'une profonde nostalgie. J'aimais partir tôt le matin seul avec lui dans les sous-bois détrempés par la pluie. Après quelques heures de recherche, nous construisions un bûcher près du ruisseau et il me montrait comment faire griller des champignons et des mûres. Parfois, nous apportions des œufs et des saucisses.

— Cela vous a fait de beaux souvenirs, semble-t-il. Votre père et vous, vous semblez bien vous entendre...

— Oui. C'est mon meilleur ami, à plus d'un titre. Il a toujours privilégié sa famille et l'éducation de ses enfants. C'est un bon mari, un bon père et un bon maître. Il m'a appris le métier de gentilhomme pour prendre le relais... Le plus tard possible, car je ne suis pas prêt à le perdre. En fait, je ne peux même pas me l'imaginer...

Une ombre glissa sur le beau visage d'Eaton, qui détourna le regard.

— Vous avez beaucoup de chance d'avoir un père aimant, remarqua Eliza, pensive à son tour. Lorsque Huntingdon est mort, Sophie n'avait que quatre ans. Elle se souvient à peine de lui.

Elle s'interrompit soudain, craignant d'en avoir trop dit. Et si Eaton prenait cette remarque pour un souhait ? Et pourquoi pas pour une demande en mariage, pendant qu'on y était ! Mais pas question de se quereller de nouveau aujourd'hui. Cette promenade automnale était une merveilleuse parenthèse dans une période troublée, et elle était bien décidée à en déguster les moindres instants.

— Pensez-vous réellement que jouer à la fois le rôle de père et de mère pour Sophie soit la meilleure solution ? demanda soudain Eaton. Que vous devez mener une vie de moniale jusqu'à sa majorité ? Et si vous rencontriez un jour un homme digne de votre confiance et respectueux de votre indépendance ? Un homme qui pourrait vous aimer telle que vous êtes ?

Elle sentait sur elle son regard observateur, perçant comme un jet de flamme. Il lui tendit une poignée de feuilles écarlates pour grossir le bouquet qu'elle avait à la main.

— Mais pourtant, vous-même, ce n'est pas la voie que vous

avez choisie, rétorqua Eliza d'un ton vif. Vous qui plus que tout autre, du fait de votre naissance, devez être tenu de vous marier.

— Il s'avère que, jusqu'à présent, j'ai toujours eu mieux à faire.

— Comme de servir de chevalier servant à une femme d'affaires, plaisanta-t-elle.

Mais Eliza avait le cœur en berne. C'était bien ce qu'elle pensait. Elle n'était pour lui qu'un divertissement. Et que pouvait-elle espérer de plus ? Elle n'était pas la femme qui lui convenait. Elle était trop âgée, trop avertie, et surtout elle n'était pas « bien née ». Non, Eaton Falmage, marquis de Lynford, n'était pas fait pour elle.

— Il se trouve que j'aime beaucoup les femmes d'affaires, assura Eaton en s'arrêtant devant un boulot dont il caressa distraitement l'écorce argentée. Et il m'arrive souvent de penser que je ne suis pas de l'étoffe dont on fait les maris.

Elle lui adressa un regard stupéfait.

— Et pourquoi cela ? C'est certainement ce que votre famille attend de vous.

Il s'adossa contre le tronc, les bras croisés.

— Non, justement, pas de moi... Puis-je vous confier un secret, Eliza ? Quelque chose que seule ma famille connaît et que vous devez me promettre de garder pour vous.

Eliza dévisagea son compagnon, stupéfaite. Il désirait lui confier quelque chose de personnel ! À elle ! Et elle commençait à le connaître suffisamment pour savoir que ce n'était pas du flirt. Qu'il allait aborder un sujet sérieux. Laissant tomber son bouquet de feuilles, elle prit les deux grandes mains d'Eaton dans les siennes. Son intuition lui soufflait qu'il s'agissait d'un sujet difficile à aborder.

— Vous pouvez tout me dire Eaton. Vous le savez bien.

Eaton hocha la tête. Mais il hésitait encore. Il était prêt à tout confier à la jeune femme, sauf ça, justement. Pourtant, il le fallait. C'était une question d'honneur. S'il ne le faisait pas, ils ne pourraient pas avancer.

— J'avais tout juste quatorze ans, commença-t-il d'une voix lente, quand une épidémie d'oreillons s'est déclarée à Kilkhampton, qui est le bourg le plus proche de notre châtellenie de Bude. Je n'étais pas supposé y aller, mais j'étais jeune et insouciant, et, comme la plupart des adolescents, convaincu de mon immortalité. Je me suis donc enfui dès l'aube pour aller assister à un concours hippique qui se tenait à l'entrée du bourg... Et ce jour-là, ma bonne fortune m'a abandonné. J'ai attrapé les oreillons et j'ai bien failli en mourir. Nous nous en sommes bien sortis dans la famille malgré tout. Personne d'autre que moi n'a été atteint, et j'ai survécu. Dans la région, plus d'une famille a perdu un être cher.

Eliza opina du chef. La rougeole, les oreillons et toutes les autres maladies infectieuses étaient le cauchemar des mères de famille. Mais pour l'heure, ce n'était pas vers elles que ses pensées allaient. Elles allaient toutes vers Eaton, les conséquences de sa maladie, et la raison pour laquelle elle devait être informée de cet état de choses.

— Il m'a fallu tout l'été pour m'en remettre. Jamais je ne me suis senti aussi faible de ma vie. Je tenais à peine sur mes jambes.

Comme il s'interrompait, Eliza lui pressa tendrement les mains, comme lors de leur première soirée dans l'orangerie, quand il lui avait confié sa peine après le décès de Richard Penlerick.

— Ce n'est que quelques années plus tard que j'ai compris que... que je ne pourrais jamais avoir d'enfants. Je sais que beaucoup d'hommes ne se soucient guère de ce handicap. Malheureusement, conclut-il en baissant la tête, ce n'est pas mon cas.

— J'en suis bien certaine, commenta simplement Eliza.

Il lisait sur le visage de sa compagne comme à livre ouvert. Elle pensait à tous les bons moments passés avec la fillette, comme il savait s'amuser avec Sophie, combien il était soucieux et attentif au bien-être des enfants de l'école de musique.

Je t'en supplie, Eliza, supplia-t-il muettement, *je ne veux pas de ta pitié.*

Tout ce dont il avait besoin, c'était de sa compassion et de sa tendresse. Et, une fois de plus, Eliza ne le déçut pas.

— Mais comment pouvez-vous être certain de votre stérilité ? s'enquit-elle avec son esprit pratique. Avez-vous fait des tests ?

— Non. Je l'ai déduit d'après certaines observations. D'autres garçons de Kilkhampton ont eu les oreillons tout comme moi et ils n'ont jamais engendré. Il serait tout de même bien malencontreux et peu probable qu'il y ait autant de jeunes femmes stériles dans un périmètre aussi restreint.

Eaton savait le chemin que prenaient les pensées de la jeune femme. Lui aussi avait suivi ce raisonnement.

— Inutile de perdre du temps en vains espoirs, Eliza.

C'était là l'aveu le plus difficile. Il fallait qu'il lui parle de l'expérience qu'il avait lui-même mise au point.

— J'ai fait le test. Ma semence est morte. Je l'ai mise sous mon microscope et plus rien ne bougeait. Je sais que les lentilles de ce genre d'engin sont encore bien imparfaites et que je ne suis pas médecin. Mais trop de faits concordent pour qu'il y ait le moindre espoir. Mon père et moi avons consulté un spécialiste à Londres qui est arrivé aux mêmes conclusions que nous. Les faits confirment en général les statistiques.

De nouveau, il attendit la commisération, les platitudes. Il s'attendait à ce que la jeune femme s'écarte de lui poliment, qu'elle renonce à leur relation maintenant qu'elle en connaissait le prix à payer. Mais Eliza se contentait de le regarder de ses yeux immenses, brillants de larmes et de quelque chose d'autre qui accéléra les battements de son cœur.

— Merci pour votre honnêteté, Eaton. Vous n'étiez pas obligé de me dire tout cela.

Si. Il se devait de le lui dire. Il n'aurait pas pu garder pour lui cet horrible secret et la laisser croire que, si leur union n'était pas récompensée par des enfants, c'était sa faute, à elle. La société aurait volontiers crédité ce mensonge. Mais pas question de jouer ce mauvais tour à Eliza. Elle ne méritait pas ça. Et elle désirait tellement avoir un autre enfant !

— Cette académie de musique, ce n'est pas seulement pour Cade et Rosenwyn, n'est-ce pas ? souffla-t-elle d'une voix très douce. C'est aussi pour vous. Pour combler un manque. Jusqu'à présent, je vous croyais parfaitement heureux. Mais en fait, les élèves de l'école, ce sont un peu vos enfants, n'est-ce pas ?

— Tout comme les enfants de la mine sont les vôtres. Il semblerait que, tous deux, nous nous soyons fait des familles de substitution.

Portant les mains d'Eliza à ses lèvres, il les baisa l'une après l'autre, et ajouta :

— Mais vous, vous avez Sophie. Et vous avez été ma famille pendant ces quelques semaines. Je vous en serai toujours reconnaissant. Huntingdon Blaxland était un heureux mari.

Eliza rit.

— C'est ce qu'il m'a toujours dit. Mais c'est moi qui ai eu de la chance, en fait. Il m'a donné Sophie, m'a rendue heureuse pendant dix ans et, en me léguant son entreprise, il m'a donné la chance de me réaliser.

On entendit les aboiements de Baldor au loin, et ils se rappelèrent tous les deux en même temps que le chien et Sophie étaient partis devant depuis un certain temps. Ils se remirent en route.

— Mon mari a fait davantage que de m'assurer l'indépendance matérielle. Il m'a aussi permis de subvenir à mes propres besoins et de m'épanouir dans un métier. Nous étions très complices, vous savez... Du moins, dans le travail, se ravisa-t-elle avec une petite flamme malicieuse dans le regard. Il aimait m'enseigner comment calculer un tonnage, établir une courbe de bénéfices. Il m'emmenait avec lui lorsqu'il se rendait sur un chantier de mine pour tracer de nouvelles galeries, et m'expliquait patiemment les nouvelles technologies au fur et à mesure qu'il décidait de les expérimenter. Le jour de notre premier anniversaire de mariage, je lui ai demandé en cadeau des actions de la compagnie et depuis il m'en offrait tous les ans. J'en ai reçu aussi pour la naissance de Sophie, parce que c'est ce que je lui ai demandé. Cela l'amusait beaucoup de voir une femme préférer des actions à des bijoux ou autres colifichets.

Elle poussa un soupir, et reprit :

— Je ne suis pas sûre qu'il me prenait très au sérieux. Mais peu importe. Moi, je prenais les choses très sérieusement.

Dans son testament, il m'a laissé vingt pour cent des actions, qui s'ajoutaient aux vingt autres dont il m'avait fait cadeau au cours de notre mariage. Je savais que je survivrais à Huntingdon, naturellement. Aussi j'avais prévu notre avenir, à Sophie et à moi. Tout en profitant à chaque instant du bonheur présent.

Exactement les mots qu'avait prononcés Eaton à l'occasion des funérailles de Richard Penlerick. Sur cela aussi, ils étaient d'accord.

— J'ai compris dès le début que vous n'étiez pas une femme comme les autres, Eliza. Quelle surprise cela a dû être pour Brenley et consorts de voir que la veuve de Huntingdon Blaxland était une femme de tête !

— Oh ! que oui ! Vous auriez dû voir la tête de Brenley à la lecture du testament. Il avait espéré être nommé à la tête de la compagnie, mais il en a été pour ses frais. Et depuis, il ne se donne même pas la peine de cacher qu'il me hait. Maintenant, il a enfin sa revanche.

Eliza Blaxland était une femme merveilleuse. Par son courage, sa ténacité, son esprit d'entreprise. Si Eaton doutait encore de ses sentiments pour elle, maintenant il en était certain. La femme avec laquelle il souhaitait passer sa vie marchait à ses côtés. Mais cette évidence ne la lui rendait pas plus accessible.

— Eliza, laissez-moi vous protéger de Brenley. Je suis prêt à vous épouser, s'il le faut.

Elle lui pressa la main avec un sourire gentil.

— Espérons que nous ne serons pas obligés d'en arriver là.

Oui, elle avait raison, naturellement. Pas question de lui voler ses rêves. Elle avait déjà dû choisir entre la sécurité et l'amour lors d'un premier mariage. Il ne voulait pas la contraindre à faire de nouveau un choix cruel et à devoir renoncer à fonder une famille.

Eliza brûlait de confondre Brenley. De révéler sa trahison aux yeux de tous. Impuissant à l'empêcher de se précipiter aux bureaux de Wheal Karrek le lendemain dès la première heure, Eaton se résolut à l'accompagner. Et, quand elle interrogea Gillie

Cardy pour s'assurer qu'on n'avait donné aucune instruction pour prolonger la nouvelle galerie au-delà de ce qui avait été décidé lors du conseil, il était à ses côtés, prêt à l'épauler. Il descendit avec elle dans le puits de mine tandis qu'elle inspectait le nouveau boisage. Il ne fit ou ne dit jamais rien qui pût paraître prendre le pas sur son autorité, mais il savait qu'à un moment ou à un autre il lui faudrait intervenir. Il y avait une tension nouvelle quand elle passa devant les mineurs à l'ouvrage. Des regards se détournaient, d'autres la dévisageaient, provocateurs, qu'il eut vite fait de réprimer d'un de ces regards froids dont il était capable.

— Sir Brenley et Mr Detford sont passés hier, les informa Cardy avec une assurance nouvelle, bien qu'il restât poli. Ils m'ont dit que, finalement, on allait prolonger la galerie sous la mer.

Eaton jeta un bref coup d'œil à Eliza, guettant l'expression de sa colère. Et en effet, elle était là, bien visible, dans le pli de ses lèvres, dans le frémissement de sa narine.

— Vous êtes bien aimable de m'en avertir, Mr Cardy, mais vous savez comme moi que ce n'est pas à eux d'en décider, rétorqua la jeune femme d'un ton glacial. Detford n'est que le directeur administratif, et Brenley n'est qu'un simple actionnaire. Dois-je vous le rappeler ?

— Je vous demande bien pardon, Mrs Blaxland, mais on finit par ne plus savoir à quel saint se vouer, à la fin !

Gillie commença à danser d'un pied sur l'autre, mal à l'aise. Et Eaton ne put s'empêcher de le plaindre. Devoir affronter la colère d'Eliza n'était pas un sort enviable. Le vieux contremaître tendit un billet chiffonné à son interlocutrice en ajoutant dans un marmonnement indistinct :

— Mr Brenley a dit que vous alliez démissionner.

Eliza plia soigneusement le papier en quatre sans même y jeter un coup d'œil.

— Eh bien, mon ami, Sir Brenley se trompe. Je ne démissionne pas, et il n'est pas question de prolonger la galerie sous la mer.

Eliza attendit qu'ils fussent seuls dans le bureau, Eaton et elle, avant de donner libre cours à sa colère. Elle retira ses gants méthodiquement, doigt après doigt, s'efforçant de cacher sa contrariété. Et Eaton eut mal pour elle. Elle devait soudain affronter la trahison de collaborateurs en qui elle mettait toute sa confiance depuis des années et à qui elle avait permis de s'enrichir considérablement en travaillant sans compter son temps ni sa peine. Et qui soudain, sans crier gare, lui tournaient le dos et la laissaient au bord du chemin.

Pour ne pas dire qu'ils la jetaient dans le fossé !

— Donnez-moi ce billet, Eliza.

Eaton desserra lui-même les doigts crispés d'Eliza et, s'emparant du feuillet, commença à lire, sa rage s'amplifiant au fur et à mesure de sa lecture. Ce Brenley ne méritait rien d'autre que d'être traîné en justice.

— Est-ce aussi horrible que cela ? s'enquit Eliza d'une voix dont la fermeté avait du mal à dissimuler le désarroi.

Sans répondre, Eaton froissa le billet qu'il alla jeter dans les flammes jaunâtres de la petite cheminée. Non seulement Brenley traitait l'épouse de son associé et du principal fondateur de Blaxland Mining Corporation de mère dévoyée du fait de sa relation immorale avec le marquis de Lynford, mais il s'en prenait également à lui-même, Eaton, en prétendant que ni Cador Kitto ni les parents des élèves actuellement inscrits à l'école de musique seraient heureux d'apprendre une telle association. Eaton savait bien que l'accusation ferait long feu. On pardonnait aisément à un homme de son rang et de son âge ce genre de peccadilles. Mais, tant que l'affaire ne serait pas réglée, les subventions de fonctionnement indispensables à l'établissement pour poursuivre sa route risquaient d'être compromises.

Il haussa les épaules.

— Bah ! Exactement ce à quoi nous nous attendions. Dois-je envoyer quelqu'un pour récupérer tous ces charmants messages afin de les jeter au feu ? Une bonne flambée sur la plage agrémentée d'un pique-nique, ce pourrait être une bonne idée ?

Eliza eut un petit rire sans joie.

— Comme le roi de *La Belle au bois dormant*, qui fait brûler tous les fuseaux de son royaume afin que sa fille ne s'y pique pas le doigt ? Le pire est fait, je suppose. À l'heure qu'il est, tout le monde a dû les lire.

Eaton se raidit. Il espérait bien que non. Si le succès de l'école de musique était remis en question, Eliza s'en accuserait et il ne voulait pas se trouver dans l'obligation de la retirer de la liste des bienfaiteurs. Devoir choisir entre Cade et Eliza serait un dilemme impossible à résoudre.

Il afficha un sourire faussement assuré.

— Inigo arrive dans la journée. En attendant d'avoir pu le consulter, dites-vous bien que rien de ce que dit Brenley ne peut vous atteindre. Vous avez la majorité des voix. Il ne peut que s'incliner.

— Et nous ne pouvons rien faire non plus pour le moment, riposta Eliza.

Comme il était difficile de se montrer patient. Attendre comportait aussi des risques indéniables. On ne savait jamais où un scandale pouvait s'arrêter. Eaton piaffait d'impatience. Il aurait voulu écraser le scandale dans l'œuf, avant qu'Eliza ne soit blessée. Peut-être aurait-il dû formuler son offre différemment dans les bois de Trevaylor ? Il avait proposé à Eliza de l'épouser comme une idée en l'air, qui lui serait venue à l'esprit sans vraiment y penser. N'aurait-il pas dû faire sa demande dans les règles, avant qu'elle ne prenne connaissance de la campagne de diffamation de Brenley ?

La situation était maintenant beaucoup plus grave, et la jeune femme se sentait acculée. Sans doute ferait-il bien de reformuler sa demande ce soir, après leur entretien avec Inigo. Demain, il risquait d'être trop tard.

Chaque jour qui passait affaiblissait sa propre position. Elle se persuaderait que, s'il lui demandait sa main, c'était par devoir et non par amour. Lui-même, Eaton, était-il bien certain de ses propres motivations ? N'était-ce pas le moyen le plus facile et le plus avantageux pour lui de régler le problème ? Cela résoudrait tout, pour l'un comme pour l'autre, du moins sur le moment. Mais cela ne changerait rien au fond de la question. Il ne pouvait avoir d'enfants, et leur union resterait infertile. Et ce n'était pas ce que voulait Eliza.

Quel que soit son désir d'épouser la jeune femme, Eaton ne parvenait pas à se convaincre qu'ils pourraient construire une vie sur un tel échec.

19

Eliza arpentait nerveusement le grand salon de l'académie. Eaton, assis sur l'un des canapés, parcourait une liasse de documents tandis que Sophie, assise à côté de lui, piaffait d'impatience à la perspective de pouvoir jouer sur le piano Sébastien Érard. Ils avaient décidé d'un commun accord de donner rendez-vous aux amis d'Eaton à l'école de musique. N'importe quel témoin aurait pu croire qu'ils étaient là pour accueillir de nouveaux bienfaiteurs et non pour établir un plan destiné à mettre à bas les manigances de Brenley.

— Ces messieurs sont arrivés, milord, murmura John d'une voix feutrée au moment précis où le dernier coup de 16 heures sonnait à la magnifique horloge Georges Graham qui ornait un angle du salon. Ils sont là tous les quatre. Dois-je les faire entrer ?

Les cours étaient terminés pour la journée, et les enfants s'évadaient par les portes grandes ouvertes pour prendre de l'exercice sur la pelouse qui s'étendait à l'arrière de la bâtisse.

— Tous les *quatre* ? s'étonna Eliza en questionnant Eaton du regard. Avez-vous invité quelqu'un d'autre à part vos amis Inigo et Cassian ?

Mais Eaton, qui s'était mis précipitamment sur ses jambes, paraissait aussi surpris qu'elle.

— Le duc de Bude et la duchesse sont venus avec vos amis, milord, expliqua John.

Eliza se raidit. Les parents d'Eaton s'étaient déplacés en personne ! Que fallait-il en penser ? Mais il était trop tard pour laisser libre cours à la panique, la duchesse faisait son entrée dans le salon.

— Ah ! te voici, mon cher enfant. .. Oh ! mais je vois que vous êtes parfaitement installés, maintenant, ajouta-t-elle en enveloppant la vaste pièce d'un regard appréciatif.

Elle était grande, de manières gracieuses, et il était facile de voir de qui Eaton tenait sa prestance physique et son charme.

Marchant droit sur son fils, elle le gratifia d'une chaleureuse embrassade et déclara sans précautions oratoires :

— Inigo nous a dit qu'il allait y avoir du grabuge... Alors, nous voilà !

Le père d'Eaton suivait de près, Inigo et Cassian sur les talons. Il serra la main de son fils, et les amis d'enfance d'Eaton le gratifièrent d'une tape amicale sur l'épaule. Cassian adressa à Eaton un regard d'excuse qui semblait dire : « Désolé, mon vieux, mais je n'ai pas pu les retenir ! »

— Nous te prenons par surprise, mon garçon, reprit la duchesse. Pardonne-nous cette intrusion...

Lady Bude n'avait pas l'air navrée le moins du monde, et Eaton, affichant le sourire le plus aimable, fit les présentations.

— Je suis toujours ravi de vous voir, ma chère mère. Permettez-moi de vous présenter l'une de nos plus généreuses bienfaitrices, Mrs Eliza Blaxland. Et sa fille, Miss Sophie.

Il poussa gentiment Sophie devant lui, et la fillette fit une petite révérence. Puis, ayant satisfait aux formalités d'usage, Eaton demanda à John de conduire Sophie à la petite salle à manger des maîtres, où on lui servirait du chocolat chaud et de la brioche. Reportant ensuite son attention sur ses visiteurs, il les fit asseoir.

Eliza se retrouva donc avec Inigo Vellanoweth sur sa gauche, Eaton sur sa droite tandis que le duc et la duchesse prenaient place sur le sofa qui leur faisait face. Ainsi entourée d'hommes puissants, tant physiquement que par leur nom et par leur fortune, elle ne put réprimer un frisson. Ses craintes étaient-elles fondées ? Avait-elle troqué un comité d'actionnaires aux dents trop longues contre un autre encore plus puissant et plus ambitieux ? Comment pouvait-elle espérer conserver ne serait-ce que quelques miettes de pouvoir face à de tels partenaires ? Il lui serait bien impossible de racheter leurs parts, comme elle l'avait fait pour quelques-uns de ses anciens actionnaires, si un jour l'envie l'en prenait. Mais Eliza savait qu'elle n'avait pas le choix. Elle avait besoin des amis d'Eaton. Un besoin quasi vital. Son conseil était corrompu et voulait se débarrasser d'elle. Sans Inigo et Cassian, sans Eaton, elle était livrée à eux pieds et poings liés.

Inigo s'agitait sur son siège, pressé de livrer ses informations.

— Brenley possède d'autres actions dans des entreprises minières. Il semblerait qu'il achète tout ce qui lui tombe sous la main. D'après mes sources, il voudrait constituer son propre cartel afin de contrôler les prix. S'il y parvient, cela vous fera une sacrée concurrence.

— Alors, Thorp et Blackmore en sont aussi, réfléchit Eliza à voix haute.

— Il semblerait, confirma Cassian à son tour. Et vous, Mrs Blaxland, vous constituez son seul obstacle… Ce qui n'est pas un sort enviable, évidemment. Sachant ce que nous savons maintenant, il n'est pas étonnant qu'il vous ait proposé de racheter vos parts à des conditions aussi généreuses. Et qu'il soit si furieux que vous ayez refusé.

Eliza hocha la tête à son tour.

— Alors, il faut se battre sur son propre terrain, lança-t-elle avec force en brandissant une liasse de documents. Nous lui disons ici que nous avons rassemblé contre lui suffisamment de preuves pour l'attaquer pour tentative de fraude. Étant donné que lui et les autres actionnaires ont voté derrière mon dos le prolongement de la nouvelle galerie sous la mer, augmentant ainsi considérablement les bénéfices potentiels, l'offre de rachat qu'il m'a faite a été sciemment sous-estimée. D'après l'évaluation que nous avons fait faire, elle serait cinq fois inférieure à ce qui devrait être. Nous allons le faire savoir également à Thorp et à Blackmore, documents à l'appui, dans l'espoir de les faire reculer. *Diviser pour mieux régner.* Excellente devise qui a fait ses preuves depuis l'Antiquité.

Eaton hocha la tête.

— Bien. Il semblerait donc que nous ayons du travail d'écriture. Inigo, pourrais-tu faire savoir dès aujourd'hui à Brenley que nous sommes parfaitement au courant de ses petites manœuvres et lui faire connaître nos intentions ? Eliza, il me semble qu'il serait bon que vous lui écriviez, vous aussi, afin de lui présenter les nouveaux actionnaires. Inigo a déjà déposé les fonds dans une banque de Truro. Le banquier attend vos ordres.

Le plus tôt serait le mieux, en effet, songea Eliza. S'ils pouvaient convaincre Brenley de malversation devant la justice, la menace disparaîtrait d'elle-même, et avec elle la terrible pression qu'elle subissait depuis la dernière assemblée. Et si elle pouvait introniser rapidement les nouveaux actionnaires, Eaton n'aurait pas besoin de se sacrifier pour elle.

Le petit groupe prit congé, non sans avoir dégusté rapidement un petit verre de porto, et Eliza finit par dénicher Sophie dans les cuisines, bavardant avec son entrain habituel avec le personnel. Il s'agissait maintenant d'offrir sa récompense à la fillette : quelques morceaux de piano sur le superbe Érard dont l'élégante silhouette trônait près de l'une des portes-fenêtres.

Tandis que Lady Bude atteignait déjà la sortie, pressée d'admirer le nouveau parterre de roses, le duc s'approcha d'Eaton avec un sourire.

— Mon fils, puis-je te parler un instant ?

Ah ! songea Eliza. Diviser pour mieux régner... Bien sûr, le duc, lui aussi, connaissait la chanson !

— Il est facile de voir que cette jeune femme est chère à ton cœur et il est tout aussi facile de comprendre pourquoi, remarqua le duc de but en blanc quand la pièce se fut vidée de ses occupants. Eliza est aussi intelligente que belle et a besoin de protection. Même si nous nous occupons avec succès de renouveler avantageusement son conseil d'administration, sa réputation risque de pâtir gravement de cette affaire. Pour ma part, je ne vois qu'une solution…

Bude ménagea un suspense habile avant de conclure d'une voix nette :

— Le mariage.

Eaton exhala le souffle qu'il retenait depuis le début de leur entretien.

— C'est impossible, père, dit-il, et en prononçant ces mots il sentit son cœur se déchirer. Je ne puis pas lui faire ce mauvais tour. Elle souhaite avoir encore des enfants.

— Elle a déjà une fille.

— Elle en veut davantage. Elle rêve d'une grande famille, pour que sa fille ne grandisse pas toute seule. Et, en même temps, elle redoute une nouvelle union, qui risquerait de remettre en cause son indépendance. Mais même si elle envisageait de se remarier, je n'ai pas le droit de la priver de cet espoir.

— Lui as-tu parlé de ce qui t'est arrivé ?

— Oui, elle sait tout.

Eaton se mit à aller et venir dans la pièce. Évidemment, un mariage suffirait à donner le coup de grâce aux rumeurs malfaisantes qui menaçaient de tourner en scandale.

— Même dans ces conditions, insista son père, beaucoup de femmes sauteraient sur l'opportunité d'épouser un homme de ta naissance et disposant de tous tes atouts. Et si tu la sous-estimais ? Elle aussi souffre de ses propres handicaps. Elle est plus âgée que toi. Les années les plus favorables pour une grossesse sont derrière elle… Peut-être serait-elle incapable d'avoir d'autres enfants ?

Eaton dévisagea son père.

— Que voulez-vous dire ?

— Que vous apportez tous les deux vos problèmes dans la corbeille de noces, mon fils, expliqua le duc en prenant affectueusement Eaton par le bras. Je sais à quel point ta stérilité probable est pour toi un sujet de regret. Plus que tout autre tu méritais d'engendrer une longue lignée. Mais il faut considérer l'aspect positif de la situation. Ce handicap t'autorise à épouser qui bon te semble. Nul besoin de te soucier de notre arbre généalogique ou de Dieu sait quoi ! Ton cadet s'en chargera. Seule l'inclination dictée par ton cœur est à prendre en considération. Et crois-moi, dans notre milieu, choisir librement son épouse est un privilège rare autant qu'inestimable. Oui, je le répète, d'une certaine manière, tu as bien de la chance.

Eaton avait du mal à retenir ses larmes. Ses parents l'avaient toujours soutenu. C'était l'une des caractéristiques et l'une des forces des Falmage. Mais jamais il n'avait senti la force de l'amour que lui portait son père autant que cet après-midi, entre les murs de cette école remplie de musique, de cris et de rires d'enfants.

— Merci pour vos conseils, père. Je dois aussi penser au reste de la famille. Il faut que je réfléchisse.

Le duc de Bude eut un geste dont jamais Eaton l'aurait cru capable. Du moins, pas dans ce genre de circonstances. Pas quand il s'agissait de leur nom et de leur réputation. Il claqua des doigts avec un petit rire désinvolte.

— Baste ! Tes sœurs sont toutes mariées et installées dans une vie de famille satisfaisante à tous points de vue. Je doute que ta décision les affecte de quelque manière que ce soit. Et leurs époux ne laisseraient certainement pas la rumeur les atteindre. Crois-moi, mon fils, si tu aimes Mrs Blaxland, ne te laisse pas freiner par tes propres doutes sur ce que tu peux ou ne peux pas lui offrir. Pose-lui franchement la question et laisse-la décider... Tu avais l'air si heureux avec elle cet après-midi et tu semblais si bien t'entendre avec sa fille.

Eaton jouait nerveusement avec sa chaîne de montre.

— Et si elle refuse ?

C'était sa plus grande peur. Et il fallait l'affronter pour lui-même, maintenant que l'honneur de la famille n'était plus en jeu. Si Eliza refusait, il la perdrait à jamais. Dans cette affaire, il n'y avait pas de moyen terme.

Lord Bude administra une tape affectueuse sur l'épaule de son fils.

— Dans ce cas, Eaton, tant pis pour elle. Tu vaux largement d'être aimé pour toi-même, il est grand temps que tu t'en persuades.

Mais je ne me fais pas de souci sur ce point. Quelles que soient les raisons de Mrs Blaxland pour se montrer réticente, elle est attirée par toi. Elle tient à toi. J'ai vu comment elle te regardait tout à l'heure, comment elle t'écoute, littéralement suspendue à tes lèvres. N'hésite pas. Fais ta demande.

— Je veux être sûr. Pas question que j'aie l'air d'agir en fonction des circonstances. Il est sans doute préférable de laisser passer un peu de temps, d'attendre qu'Eliza se convainque de mes sentiments pour elle. Et surtout, qu'elle comprenne que ma demande n'est pas dictée par de quelconques intérêts. Ni par l'urgence de la situation.

Mais, tout en parlant, Eaton savait que ce n'était qu'un moyen de différer l'entrevue. S'il faisait sa demande en bonne et due forme, sans tergiverser, il en aurait le cœur net. Tout serait résolu, d'une manière ou d'une autre… Mais il hésitait encore. Il n'était pas pressé. Si Eliza refusait, il serait bien long de passer sa vie avec un cœur brisé. Pourtant, son père avait raison… Il le ferait ce soir, au cours du dîner qu'il avait prévu dans le petit kiosque à musique du jardin de l'école afin de changer les idées de la jeune femme.

C'était un jeu de quitte ou double, mais dont dépendait tout le bonheur de sa vie.

20

Eliza, qui attendait son hôte devant l'une des portes-fenêtres du grand salon, était plongée dans ses pensées. À première vue, accepter ce dîner paraissait une bonne idée. Un peu comme le prolongement naturel de l'après-midi. Combien de fois avaient-ils partagé le repas du soir durant ce long mois ? Il y avait eu d'abord ce souper aux chandelles, le soir de son installation dans la maison douairière. Un moment de pure féerie au cours duquel Eliza avait appris à découvrir les riches nuances de la personnalité de son hôte. Puis les dîners « en famille » avec Sophie. Et aussi des collations de minuit en tête à tête, Eaton et elle, dans leur petite chambre de l'orangerie. Oui, leurs repas partagés avaient pris maintes formes, depuis qu'Eliza s'était installée avec sa fille à Porth Karrek. Mais aucun ne ressemblait à celui-là.

D'abord, ce dîner ne se tenait dans aucun de leurs endroits habituels mais à l'école, dans les jardins mêmes où ils s'étaient embrassés pour la première fois. Ensuite, et ce qui conférait à ce repas une solennité particulière, il était bien trop élégant pour une simple dînette entre amants ou entre collaborateurs. Le kiosque était tout illuminé de lampions en papier qui dansaient au gré des légers souffles de vent, et de somptueuses bougies de cire blanche éclairaient la table nappée de fine toile blanche et dressée pour deux personnes. De part et d'autre, deux braseros réchauffaient l'atmosphère nocturne. Eliza, en arrêt devant l'une des portes-fenêtres du salon, contemplait la surprenante installation en se demandant ce qu'Eaton avait derrière la tête. Était-ce la conséquence de la conversation qu'il avait eue avec son père cet après-midi ?

Elle entendit Eaton s'approcher dans son dos, et se retourna. Il était en habit de soirée, les cheveux soigneusement disciplinés, et il s'inclina devant elle avec son élégance habituelle avant de la diriger, d'une main au creux de ses reins, vers la porte ouverte sur la nuit.

— Vous êtes très belle, Eliza, murmura-t-il en la gratifiant d'un léger baiser dans le cou. Telle une fée de la nuit… Venez, reine Mab[1]. Votre royaume vous attend.

Elle avait jeté son dévolu sur une robe de soie aux nuances irisées bleu de paon et s'était coiffée avec soin, ce dont elle se réjouissait maintenant. Quel que soit le motif de ce souper impromptu, elle allait bientôt rentrer chez elle, à Truro. Il ne leur restait plus beaucoup d'occasions de se voir, du moins en tête à tête.

Quand ils eurent rejoint leur table, Eaton lui présenta son siège et leur servit du champagne avant de prendre place en face d'elle.

— Comment trouvez-vous notre nouvelle salle à manger ?

— C'est magnifique. Que d'efforts pour un simple souper entre amis !

Deux serviteurs apportèrent le premier service, découvrant dans un bel ensemble de généreuses parts de volaille farcie d'où s'échappait un fumet quasi divin.

— Coq de bruyère à la truffe, annonça Eaton, avec cérémonie.

Et il ajouta en lui présentant entre deux doigts une petite fiole remplie d'un beau liquide ambré :

— Et voici mon huile de truffe. Faite maison !

Il en versa quelques gouttes sur les légumes d'automne, navets, pommes de terre et potiron, puis, tandis qu'Eliza dégustait sa première bouchée, il expliqua encore :

1. Dans la mythologie celte, la reine Mab est la reine des fées. Parmi ses nombreux pouvoirs, elle peut réaliser les vœux les plus chers des humains sous forme de rêves.

— J'avais pensé vous inviter à Falmage Hill. Il est grand temps que vous voyiez la maison. Mais elle a été vide trop longtemps. On ne s'y sent plus chez soi comme avant, quand mes grands-parents y vivaient encore et que j'y passais l'été. Et je tenais à aborder le sujet qui me préoccupe ici, dans le jardin où nous nous sommes rencontrés pour la première fois… Rencontrés vraiment, ajouta-t-il avec un clin d'œil malicieux en faisant allusion à leur baiser.

Les domestiques ayant discrètement regagné la cuisine, il leur resservit du champagne.

— Avez-vous l'intention de m'enivrer pour mieux me séduire ? demanda Eliza d'une voix mal assurée.

Eaton lui adressa un nouveau clin d'œil.

— Pourquoi pas ? Je l'ai déjà fait, et cela ne m'a pas trop mal réussi.

Son regard se nouait au sien, et elle sentit un frisson de désir la parcourir. Jamais aucun homme n'avait su l'émouvoir comme lui d'un seul regard. Et plus aucun homme ne le pourrait jamais.

— J'ai beaucoup réfléchi, Eliza… Du reste, avais-je besoin de réfléchir ? Je veux remplir Falmage Hill d'une famille qui soit la mienne. De vous et de Sophie. Brenley n'osera jamais s'en prendre à une duchesse. Il faut agir à temps avant que l'affaire ne s'envenime… Ce que je vous demande, Eliza, c'est de bien vouloir m'accepter comme époux. Laissez-moi devenir un père pour Sophie. Je ne pourrai pas vous donner d'enfant, vous le savez, mais je peux vous témoigner mon amour avec tout ce dont je dispose : mon argent, mon influence, mon nom, et mon cœur.

Il conclut cette émouvante tirade en prenant les deux mains d'Eliza dans les siennes :

— Épousez-moi, Eliza, et je vous promets de vous rendre heureuse.

Eliza retint son souffle. Ainsi c'était là où il voulait en venir. Une demande en mariage en bonne et due forme. Il voulait l'épouser. Se lier à elle pour la vie. Sa demande était moins spontanée que dans les bois. Plus solennelle.

Le cœur d'Eliza se serra. Elle ne pouvait pas accepter. Eaton ne faisait pas cela par amour. Seulement pour lui rendre service.

Son cerveau fonctionnait à toute vitesse, ses pensées tournoyant comme les fragments de verre coloré dans le kaléidoscope de Brewster[1].

— Vous ne pouvez pas faire cela, Eaton. Les ducs épousent de jeunes débutantes au pedigree irréprochable, pas des veuves chargées d'enfants. Je...

Elle cherchait désespérément des arguments pour le protéger, pour se protéger elle-même. Où trouver la force de résister à Eaton, de prononcer les mots nécessaires, alors que la demande en mariage du jeune homme la touchait en plein cœur ? Lui donnait l'impression de renaître, forte, invincible, indifférente à la hargne et à l'envie ? Comblait son vœu le plus cher, un vœu muet, qu'elle se dissimulait à elle-même. Ne plus se battre seule. Se sentir aimée...

Mais ce n'était pas comme cela que fonctionnait le monde. Accepter l'offre d'Eaton leur coûterait très cher à tous les deux. Il n'avait pas pris le temps de réfléchir. Il se tracassait pour les manœuvres de Brenley et il avait répondu de la seule manière qu'il connaissait : raisonnable et pragmatique.

Elle se força à rencontrer son regard, à le soutenir tandis qu'elle le voyait s'obscurcir, devenir sombre comme un ciel sans étoiles, au fur et à mesure qu'elle lui assénait ses arguments.

— Nous ne sommes pas faits l'un pour l'autre, Eaton. Les plaisirs du lit ne suffiront pas à nous aider à soutenir la malveillance de la société. Vous ne pouvez pas m'épouser. Je ne suis pas de l'étoffe dont on fait les duchesses.

— Vous ferez une magnifique duchesse. Bien mieux que bon nombre que je connais.

Elle lui lança un regard sceptique.

— Moi, pauvre orpheline, veuve d'un industriel ? Vous auriez vite fait de vous rendre compte de votre erreur. Et si ce n'est vous, les gens de votre monde auraient vite fait de nous le faire

1. Sir David Brewster (1781-1868) est un physicien écossais, inventeur du kaléidoscope, surtout connu pour ses travaux sur la polarisation de la lumière.

sentir. Ici, en Cornouailles, cette différence de classe ne compte peut-être pas beaucoup. Mais à Londres, c'est une autre histoire. Vous avez besoin d'une épouse qui vous aide à faire votre chemin dans le monde, au Parlement, dans les salons. Pas d'un boulet !

Eaton claqua des doigts avec désinvolture.

— Eh bien ! Nous n'irons pas à Londres.

— C'est plus facile à dire qu'à faire, mon ami, soupira Eliza. Vous aurez des obligations à la Chambre des lords. Vous devrez paraître dans le monde, où je ne serai pas invitée. Et vous finirez par me haïr parce que je serai devenue un obstacle à la vie pour laquelle vous avez été élevé. Non, Eaton, nous ne sommes pas faits l'un pour l'autre... Mais vous me manquerez beaucoup, conclut-elle dans un souffle.

La gorge serrée, le cœur en miettes, Eliza baissa ses yeux pleins de larmes. Ne voyait-il pas combien elle souffrait de devoir faire ce discours ?

Eaton secoua la tête.

— La vie pour laquelle j'ai été élevé, comme vous dites, a été gravement compromise alors que je venais d'avoir quatorze ans. Oui, je serai sans doute duc, je succéderai à mon père à la Chambre des lords – Dieu veuille que ce soit le plus tard possible. Mais je n'aurai jamais les mêmes obligations que les autres, Eliza. N'ayant pas à me soucier de ma descendance, je peux épouser qui je veux. Et la femme que je veux pour épouse, précisa-t-il avec un sourire désarmant, elle est là, devant moi. Et nulle part ailleurs.

Elle resta silencieuse un instant.

— Vous vous sacrifiez pour moi, Eaton, dit-elle enfin. C'est trop. Je ne peux pas l'accepter.

— Ce n'est pas un sacrifice, Eliza. C'est de l'amour. Je vous aime, ne l'avez-vous pas compris ? Même si Brenley n'existait pas, je vous aurais demandé de m'épouser. Que puis-je faire de plus pour vous convaincre, ma douce ? demanda-t-il en lui étreignant les mains. Pourquoi n'acceptez-vous pas la bataille ? Vous et moi, en unissant nos efforts, nous pouvons faire des miracles. Alors, pourquoi ?

Eliza retira lentement ses mains.

— Parce qu'il n'y a pas de *nous*. Vous voulez seulement m'aider et, surtout, vous ne voulez pas perdre la face devant Brenley. Vous n'avez pas réellement envie de m'épouser. Ce n'est pas un vrai projet pour vous.

Eaton poussa un soupir exaspéré.

— Le diable si je ne le veux pas ! s'exclama-t-il en se passant nerveusement la main dans les cheveux. Vous êtes la femme de ma vie, et je ne veux pas vous perdre.

Il s'interrompit, le regard soudain rétréci.

— Vous savez ce que je pense ? reprit-il. Je pense que c'est vous qui avez peur de perdre. Vous êtes persuadée qu'en m'épousant vous allez perdre le contrôle des mines, et donc de votre indépendance. Mais je vous le jure, ma chérie, vous vous trompez. Vous serez encore plus libre parce que plus puissante. Les mines vous appartiendront complètement. L'héritage de Sophie sera protégé pour toujours. Votre argent ne m'intéresse pas. J'ai tout ce qu'il me faut... Alors, réfléchissez bien. Tout ce que vous avez désiré, la sécurité, l'indépendance, la considération, tout cela sera à vous. Pensez à toutes les écoles que nous pourrions construire pour les enfants de mineurs ! Je ne peux pas vous donner d'enfants, mais nous pouvons vivre ensemble une vie d'amour et de respect mutuel, et consacrée au bonheur d'autrui.

Eliza ferma les yeux, et les mots de Detford firent irruption dans sa mémoire. En épousant Eliza, Eaton acquérait de fait le titre d'administrateur principal de sa femme. Par là même, Eliza renonçait à tout. Elle ne serait plus rien[1].

Elle secoua la tête. Non, jamais Eaton ne ferait une chose pareille.

Bien sûr, tout au fond d'elle, Eliza en était convaincue. Mais les paroles de Detford la hantaient. Et si Eaton n'avait qu'une

1. Au début du XIXe siècle, en Angleterre, la femme est considérée comme mineure au même titre qu'un enfant. Elle n'a pas le droit de vote, ne peut travailler ni posséder un compte en banque. À son mariage, elle perd sa personnalité juridique qui est « englobée » avec celle de son époux. Toutes ses propriétés reviennent à son mari. La situation est encore pire si elle a des enfants qui sont automatiquement sous la seule garde du mari.

ambition, mettre la main sur ses biens ? Rien de plus simple que de l'épouser et de ne pas tenir ses promesses !

Il lui avait offert la lune et les étoiles, et toutes les planètes de l'univers en prime si elle le voulait, et elle allait encore dire non. Non seulement elle refuserait de l'épouser, mais elle allait le quitter. Eaton avait l'impression qu'un énorme bloc de pierre lui écrasait la poitrine. S'était-il trompé de stratégie ? Il était persuadé que, en bonne femme d'affaires, Eliza serait impressionnée par un plan comptable en guise de demande en mariage. Qu'elle voudrait évaluer clairement les avantages qu'elle pourrait tirer d'une telle union. Les soupeser longuement, les comparer avec les inconvénients potentiels. Il savait qu'elle ne manquerait pas d'opposer une certaine résistance, dont il ne doutait pas de finir par venir à bout.

Et il s'était trompé.

Eliza se leva lentement de sa chaise et le dévisagea un instant sans un mot, la lumière des lampions jouant doucement sur la soie chatoyante de sa robe.

Ce soir, assise en face de lui, elle avait paru à Eaton plus belle que jamais. Il était si plein d'espoir, en arrivant à ce dîner ! Et maintenant, il était là, les mains vides et le cœur ravagé. Jamais il n'avait rencontré de femme plus têtue et plus indépendante qu'Eliza Blaxland. Quelle pitié que les deux qualités qu'il estimait le plus en elle soient celles qui condamnaient leur amour !

— Le mariage, c'est pour toujours, Eaton, dit-elle sur un ton définitif. Vous ne pourrez pas vous débarrasser de votre épouse de convenance le lendemain de votre victoire sur Brenley.

— Ai-je besoin de vous rappeler que c'est sans doute le seul moyen de le vaincre ? rectifia-t-il.

— Je vous remercie de votre offre, sincèrement. J'aimerais qu'il puisse en être autrement, mais ma réponse est non, définitivement.

Elle parlait d'une voix froide, sur un ton résolu, et il sentit sa patience s'évanouir.

— Aux yeux de Brenley, nous sommes les seuls obstacles vraiment résolus sur sa route, Eliza. S'il se sent accusé, il risque de devenir dangereux. Ne pouvez-vous comprendre cela ?

C'était un grondement de colère, presque un cri. Eaton était furieux contre la jeune femme, contre son aveuglement obstiné. Furieux et désolé de la perdre, malgré tous ses efforts.

— Et vous, Eaton, ne pouvez-vous comprendre que je n'ai pas besoin d'un autre Miles Detford ? Je ne vous demande pas de vous sacrifier pour me rendre service. Maintenant, si vous voulez bien m'excuser, il faut que je rentre.

Elle rassembla ses jupes et, tournant les talons, elle quitta Eaton sans un regard, le visage pâle et fermé, emportant avec elle toutes ses espérances.

Il la laissa partir sans plus un mot. En le comparant à Detford, ce serpent, elle venait de lui asséner le coup de grâce. À quoi bon insister, maintenant ? Quel argument qu'il n'avait déjà répété maintes et maintes fois pouvait-il encore lui servir ?

Si, il y en avait encore un. *Je vous aime.*

Mais à quoi bon ?

Il ne pouvait pas changer la fatalité qui faisait qu'il ne pouvait lui donner d'enfant. Ni ne pouvait empêcher Eliza de voir les choses à sa manière. Il avait certainement été trop loin ce soir, et voilà le résultat. Eliza avait besoin de son indépendance comme on a besoin de l'air qu'on respire et, pour elle, le mariage n'était qu'un moyen pour l'homme d'aliéner sa jeune épouse. Pas de lui prouver son amour.

Eaton n'aurait su dire combien de temps il resta ainsi, les yeux fixés sur la porte-fenêtre par laquelle Eliza avait disparu. Des heures peut-être. Ou seulement quelques minutes. Le temps n'avait plus de sens. La seule chose dont il était certain, c'était que, maintenant, il verrait Eliza partout dans les lieux qu'ils avaient fréquentés ensemble. À chaque fois qu'il boirait du champagne, il verrait la jeune femme rieuse assise en face de lui dans le cabriolet, rieuse et échevelée. À chaque fois qu'il pénétrerait dans l'orangerie, il entendrait sa voix au timbre argenté poser ses questions, émerveillée. Il entendrait son cri de joie à chaque fois qu'une de ses perruches se poserait sur son index. Il entendrait le bruit soyeux de ses jupes dans les salons de l'école, dans l'escalier. Plus aucun endroit n'était sûr pour lui à Porth Karrek, maintenant. Voilà ce qui arrivait quand on laissait quelqu'un s'immiscer dans votre âme, se nicher dans les creux de votre corps.

Il connaissait déjà cette douleur. Il avait éprouvé la même chose à la mort de Richard Penlerick. Si ce n'est qu'à cette époque-là il avait pu se réfugier chez lui, dans son domaine. Aujourd'hui, c'était impossible. Parce que son refuge, c'était Eliza, justement. Quelqu'un qui était devenu de plus en plus important au fil des jours et des semaines. Il ne l'avait pas voulu. Mais Eliza n'était pas une femme comme les autres, une de celles qui se contentent d'un simple badinage amoureux. Et maintenant, elle était partie, le laissant seul avec le tourment de savoir qu'elle serait toujours quelque part, jamais très loin. Mais plus jamais à ses côtés. Bien sûr, il la rencontrerait sans doute à Truro, quand il s'y rendrait pour ses affaires ou pour rendre visite à ses amis. Peut-être viendrait-elle même assister à quelques manifestations artistiques à l'académie. Il leur faudrait rester en contact, ne serait-ce que pour poursuivre leur partenariat financier. Eliza serait avec lui de mille manières différentes. Mais ils ne vivraient pas ensemble. Dans ce monde sans elle, il ne pourrait plus la toucher, l'attirer à lui pour un baiser, passer la soirée avec Sophie et elle dans le salon de la vieille maison, se promener à ses côtés sur la plage. Le pauvre Tantale dans les Enfers cherchant toujours à boire une eau qui toujours lui échappait avait souffert moins que lui.

C'était ce à quoi il fallait s'attendre quand on avait trouvé son âme sœur et qu'on l'avait perdue.

— As-tu l'intention de passer la nuit dehors ? lança Cassian depuis le seuil, un plaid à la main. Je t'ai apporté cela. Il commence à faire frisquet.

Eaton se passa la main sur le front, se sentant curieusement absent.

— Ah ? Je n'avais pas remarqué, répondit-il en se levant.

Il ne prêtait plus attention à rien autour de lui, si ce n'est à la douleur qui lui gonflait le cœur au point de l'en faire éclater.

Il alla rejoindre son ami qui avait pris place sur le banc de pierre. Le même sur lequel s'était assise Eliza pour admirer les étoiles, le soir de la réception. Le soir de leur premier baiser...

Grand Dieu ! Voilà que ça recommençait.

— Mrs Blaxland est-elle déjà partie ?

— Elle a voulu rentrer. Je l'ai laissée faire.

Elle devait être déjà arrivée à la maison douairière, maintenant. En train de se préparer pour se mettre au lit. Il connaissait par cœur le rituel de son coucher. Elle était rentrée à temps pour s'occuper d'abord de Sophie. La fillette avait réclamé une autre histoire, puis encore une autre. Elles avaient ri, puis Eliza avait éteint la lampe à huile sur la table de chevet. Il adorait les entendre rire ensemble, la mère et la fille.

Cassian s'agita à côté de lui.

— Tu lui as... Est-ce que tu lui as fait ta demande ?

Il essayait de se montrer délicat, ce qui n'était pas sa qualité première.

Eaton respira un grand coup. La colère qui grondait en lui explosa soudain, remplaçant provisoirement le chagrin.

— Bon sang, oui, je l'ai fait ! cria-t-il presque en s'assénant une claque sur la cuisse. Je lui ai demandé de m'épouser. Je lui ai donné toutes les bonnes raisons, je lui ai fait mille promesses...

Il dut se taire pour ne pas éclater en sanglots, lui qui ne pleurait jamais. Il exhala un long soupir, puis reprit :

— Et cela n'a pas suffi. Moi, je ne lui ai pas suffi.

Jamais il ne s'était senti aussi désemparé, aussi démuni de tout, même le jour où les médecins lui avaient annoncé qu'il ne pourrait probablement pas avoir d'enfants, qu'il ne pourrait jamais assumer la tâche dévolue à l'aîné d'une lignée.

Sous le coup de l'indignation, Cassian bondit sur ses pieds.

— C'est faux ! Tu nous a tous amplement comblés, moi, Vennor, Inigo, les Treleven, Cade, en tant qu'ami, le duc et son épouse, tes frère et sœurs en tant que fils et frère. Et aussi tes métayers et tous ceux qui travaillent sur le domaine...

— Mais pas elle. Pas la femme que j'aime. La femme que je veux pour épouse. Pour elle, je ne suis pas assez.

— C'est faux, répéta Cassian en plantant son regard clair dans celui de son ami. Vas-tu abandonner la partie ? Ne comptes-tu pas te battre ?

— Mais je l'ai fait. Je lui ai exposé en long et en large l'intérêt de ce mariage...

Cassian lui administra une tape sur l'épaule.

— Alors, continue. Ce soir, tu as seulement fait une erreur d'estimation. Tu as cru que c'était la fin de la bataille, alors que ce n'est que le début. Change de stratégie ! Puisque l'attaque frontale a échoué, prends-la par l'aile droite ou la gauche.

Devant le discours empreint de stratégie militaire de son ami, Eaton eut un sourire de dérision. Il secoua tristement la tête.

— Non. Je dois apprendre à me passer d'elle. Elle s'est montrée très claire.

Il y avait eu une vie avant Eliza, et il devrait y en avoir une après. Une vie qui n'aurait plus rien à voir avec celle qu'il avait menée jusqu'alors. Une vie sans lumière, froide, une vie où même lui aurait changé. Il ne serait plus qu'une ombre, le fantôme de l'être de chair, bon vivant et joyeux, qui un jour avait eu le malheur de tomber amoureux d'une femme.

Non. Pas le malheur. La chance infinie de rencontrer et d'aimer une femme comme Eliza Blaxland.

21

— Elle veut nous diviser, dit Brenley en abattant sa main sur les lettres étalées devant lui, dont ils avaient reçu chacun un exemplaire. Elle n'a aucune preuve. Elle essaie seulement de nous intimider.

— Peut-être, mais pour ce qui me concerne, cela marche assez bien, déclara Isley Thorp avec une franchise teintée d'ironie. Nous pourrions aller en prison pour moins que ça, vous le savez aussi bien que moi. C'est votre faute, Detford, accusa-t-il en décochant à Miles un regard venimeux. Vous avez pourtant été bien payé pour le rôle qui vous était imparti, dois-je vous le rappeler ? On vous demandait trois choses : épouser la veuve, faire en sorte qu'on puisse prolonger cette nouvelle galerie sous la mer et porter le chapeau si l'affaire tournait mal... Vous auriez pu au moins réussir l'une des trois.

Miles retroussa les lèvres comme un chien prêt à mordre.

— Et pourquoi la laissons-nous continuer ses petites manœuvres ? Nous sommes très forts pour nous lamenter autour d'une table, mais, quand il s'agit d'agir, il n'y a plus personne.

— Mais nous avons agi, rétorqua Brenley sèchement. Nous avons fait distribuer ce pamphlet qui met sérieusement à mal la réputation de la dame. Plus personne ne voudra avoir affaire à elle.

Le rire sarcastique de Thorp éclata dans la pièce.

— Et bien nous en a pris. Maintenant, nous avons aussi le

duc de Bude sur le dos et avec lui tous ses amis de l'aristocratie et de la gentry du coin !

C'était effectivement la pire chose qu'il pouvait leur arriver, reconnut Miles *in petto*. Il avait espéré que leur petite campagne de diffamation aurait convaincu Lynford de se retirer du jeu. Mais le jeune homme ne l'avait pas fait. Au contraire, cela semblait les avoir rapprochés, la belle Mrs Blaxland et le petit marquis. C'était bien là ce qui le tracassait le plus.

Comme Brenley, il n'avait pas peur de la justice. Il y avait toujours moyen de s'entendre. Par contre, s'ils ne parvenaient pas à récupérer la majorité des actions des mines Blaxland, et donc des voix au conseil, le monopole que Brenley s'efforçait de mettre en place dans la région tomberait à l'eau. Et ça, Miles ne pouvait pas le laisser faire. Il y perdrait une véritable fortune. Sans compter qu'il avait fait des promesses, qu'il avait investi dans d'autres affaires en misant sur le succès des opérations menées par son complice. S'il ne pouvait payer, son crédit auprès des banques serait coupé. De nombreuses portes lui seraient fermées, de nombreuses opportunités d'investissement dans des projets fort lucratifs se volatiliseraient. Lynford aurait tôt fait de l'asphyxier socialement, lui imposant ainsi une mort lente. Il avait travaillé trop dur pour laisser faire ça. Alors, au travail !

— Lynford ne pourra continuer à soutenir les entreprises d'une femme qui n'est plus là pour les mener à bien, grommela-t-il plus ou moins distinctement. Il n'y a pas trente-six solutions. Soit elle m'épouse, soit elle disparaît. Mon plan est le suivant : je vais lui proposer de venir constater avec moi les progrès de la nouvelle galerie et, une fois là-bas, je lui refais ma demande... À elle de voir... Mais il peut arriver n'importe quoi, dans une mine. Ce ne serait pas la première fois, malheureusement, qu'un imprudent n'en sortirait pas vivant.

Brenley opina lentement du chef. Miles n'avait pas douté une seconde que l'idée ne soit à son goût. C'était un meneur d'hommes, et qui n'avait pas froid aux yeux. Et il approuvait d'autant plus ce genre de solution quand ce n'était pas lui qui devait se charger du sale travail. Mais il n'était pas stupide. La mort d'Eliza Blaxland avait ses avantages.

— Si elle accepte de vous épouser, c'est vous qui aurez la majorité des voix, Detford.

Il énonçait à voix haute ce que la plupart des personnes présentes autour de la table pensaient. Évidemment, Brenley n'avait aucun intérêt, pas plus que ses compères, à ce que Miles Detford devienne le propriétaire de la majorité des actions Blaxland. Miles tiqua. Il allait falloir jouer prudemment. Pas question que son machiavel passe dans le camp adverse.

— Vous aurez tout à y gagner, assura-t-il avec un sourire patelin. Je veux ce que vous voulez, vous le savez bien, et cela nous a plutôt réussi, jusqu'à présent.

Mais il ne se faisait guère d'illusions. La seule loi qui primait, dans leur milieu, c'était la loi de la jungle. Combien de temps durerait cette belle complicité ? La prochaine échéance était claire, en tout cas. Il devait sortir de cette fichue galerie avec au bras une Eliza Blaxland vivante et prête à devenir sa femme.

Sinon, l'affaire se compliquerait terriblement.

Brenley, grand seigneur, approuva avec un geste large.

— Bien sûr, mon ami, bien sûr. Cependant, si elle refuse, nous comptons sur vous pour régler proprement cette affaire. Pas de place pour les sentiments, n'est-ce pas ?

Là, ils étaient d'accord. Il fallait faire vite. Il était indispensable que tout soit réglé avant que les nouveaux actionnaires soient introduits dans la place.

Miles hocha la tête avec un sourire assuré.

— Je m'en occupe dès ce soir.

Et tout serait réglé, d'une manière ou d'une autre. Cette fois, il allait faire à Eliza Blaxland une proposition qu'elle ne pourrait refuser.

Elle avait refusé la demande en mariage d'Eaton. Depuis qu'elle avait quitté le jardin de l'école, interrompant leur dîner, Eliza ne pensait plus qu'à ça. Et elle y songeait encore en écoutant d'une oreille distraite Sophie qui travaillait son piano dans le petit salon tandis que l'après-midi glissait lentement vers le soir. Une longue journée s'était écoulée, et elle n'avait pris aucune décision, rien fait avancer dans ses projets de départ.

Elle n'avait pas seulement refusé Eaton, elle l'avait blessé. Il lui avait dit qu'il l'aimait. Et, sitôt qu'elle avait prononcé ces mots définitifs, il n'avait cessé de se battre pour la faire changer d'avis. Un autre homme serait parti, se sentant bafoué dans son orgueil. Mais Eaton, courageusement, tout amour-propre oublié, avait cherché à la raisonner, à faire appel à son esprit pragmatique. Et elle l'avait blessé cruellement. Par deux fois. En le refusant, et en le comparant à Miles Detford.

Et elle avait fait d'une belle histoire un terrible gâchis. La demande en mariage d'Eaton n'avait rien de comparable avec celle de Miles. Elle ne s'en était pas aperçue tout de suite, obnubilée qu'elle était par sa crainte de perdre son indépendance. Son intention n'était pas d'opposer une rebuffade vexante à Eaton. Bien au contraire. Eliza avait essayé de lui démontrer que, malgré l'amour qu'elle aussi éprouvait pour lui, ou justement à cause de cet amour, elle ne voulait pas le prendre au piège dans une union qu'il serait amené à regretter par la suite. Elle avait voulu lui faire comprendre qu'un mariage où la femme dépendait entièrement du mari ne pouvait reposer sur des bases saines et solides. Et c'était vrai, n'est-ce pas ? Alors, pourquoi avait-elle l'impression d'avoir commis une terrible erreur ? D'avoir jeté sa seule possibilité de bonheur du haut des falaises de Porth Karrek, pour la regarder s'enfoncer lentement dans la mer tandis que son cœur se brisait en mille morceaux ?

— Veux-tu que je te joue un autre morceau, maman ? s'enquit Sophie en se tournant vers elle. Celui-là, c'est Eaton qui me l'a apporté.

Eliza hocha patiemment la tête.

— Oui, ma chérie. Avec plaisir.

Sophie entama un charmant petit morceau de Mozart, et Eliza l'écouta, un sourire nostalgique sur les lèvres. Comment pourrait-elle jamais oublier Eaton ? Comment pouvait-on oublier un être tel que lui ? Sa présence était partout dans la maison, pas seulement parce qu'elle lui appartenait mais parce qu'il avait tout fait pour que ses deux invitées s'y sentent à l'aise, comme chez elles. Au fil des semaines, il avait apporté à Sophie des poupées empruntées à l'ancienne nurserie du manoir, des partitions de l'école de musique conseillées par Cade Kitto, des fleurs cueillies dans les serres du parc pour orner les tables et les consoles.

Bientôt les lieux, longtemps inhabités, avaient retrouvé une atmosphère chaleureuse et confortable, donnant à leurs occupantes l'impression d'être là pour toujours.

C'est ici que tu as eu l'impression, pour la première fois depuis de longues années, d'être de nouveau en famille, souffla une voix tout au fond d'elle. *Et de donner une famille à quelqu'un qui n'en avait pas. Tu as une fille désormais sans père, et Eaton voulait être le père de cette enfant. Et tu as tout détruit.*

Par orgueil ou par égoïsme. Par peur, aussi.

Eliza serra des poings impuissants dans les plis de sa jupe. Comment avait-elle pu être aveugle à ce point ? La demande en mariage d'Eaton n'était pas seulement motivée par le différend qu'elle-même avait avec Brenley. C'était quelque chose de beaucoup plus grand, de plus noble. En refusant Eaton, elle avait rejeté plus qu'un mariage d'intérêt. Elle avait refusé un mariage d'amour. Et même s'il n'avait pu lui donner les enfants qu'elle désirait tant, des frères et des sœurs pour Sophie, elle l'aimait assez pour avoir pu connaître le bonheur à ses côtés.

Eliza se raidit sur son siège. Eaton ne savait pas tout cela. Elle ne lui en avait jamais rien dit. Avait-il fini par se convaincre qu'elle ne le trouvait pas assez bien pour elle ? Qu'elle avait pris prétexte de ses problèmes avec la mine pour le repousser à cause de son infertilité ? Pouvait-il s'être mis dans la tête qu'elle ne l'aimait pas ? Grand Dieu ! Mais c'était tout le contraire. Jamais elle n'avait rencontré un homme comme Eaton, un homme si complet, si masculin, si séduisant, si intelligent...

Elle se laissa retomber sur son siège. Il était trop tard, maintenant. Impossible de faire marche arrière. Elle avait été assez claire, cruellement et désespérément claire, et un homme comme Eaton ne s'humilierait pas au point de venir la relancer.

Elle se sentit sur le point d'éclater en sanglots. Mais si elle commençait, elle craignait de ne s'arrêter jamais. Elle avait perdu Eaton. Maintenant, elle était seule, et c'était à cause de son entêtement stupide.

Eliza redressa lentement les épaules. Les yeux fixés sur les flammes qui léchaient les bûches dans le foyer, sourdes aux notes du délicieux jeune musicien autrichien, elle décida de se battre, elle aussi. Elle enfouirait sa peine en elle, un peu plus profondément chaque jour, jusqu'à ce qu'elle disparaisse tout à fait. Elle l'avait fait après la mort de Huntingdon. Elle pouvait le refaire. Il lui fallait agir, dresser des plans. Encore un point commun avec Eaton. Elle aimait se battre. Déjà, son esprit élaborait divers scénarios. Allait-elle remballer leurs affaires, et rentrer avec Sophie à Truro dès le lendemain ? La vie là-bas n'aurait rien d'excitant, et elle s'y sentirait terriblement seule, malgré la routine quotidienne et sa demeure si confortable. Mais là au moins elle savait qui elle était et ce qu'elle avait à faire. Elle s'était absentée trop longtemps. Son lit, sa cuisine chaleureuse, son salon, son jardin même, si bien aligné, et qui n'avait rien à voir avec le parc exubérant et sauvage de Falmage Hill, tout lui manquait. Mais il ne suffisait pas de quitter le champ de bataille pour annuler d'un coup de gomme toute l'intensité des journées qu'elle avait vécues ici. Et surtout, pour régler tous ses problèmes. Il faudrait encore et toujours se confronter aux actionnaires malveillants, rivaliser d'astuce et de force mentale pour contrecarrer leurs plans.

Pourtant, décida-t-elle en frappant du plat de la main l'accoudoir de son fauteuil, ce serait plus facile depuis chez elle.

La maison manquerait à Sophie, bien sûr. Et Eaton encore davantage. La fillette adorait le jeune homme. Pas seulement pour toutes les aventures dans lesquelles il les avait entraînées, effrayées et ravies, mais aussi pour lui, pour ce qu'il était. Les enfants avaient un sens inné pour cerner les gens. Ils savaient quand les adules étaient sincères ou quand ils cherchaient seulement à les flatter, à gagner leur affection. Peut-être aurait-elle dû s'inspirer des sentiments de la fillette ? Que pouvait-on redouter d'un homme qui était adoré des animaux, chevaux, chiens et perruches, et des enfants ? D'un homme dont le seul tort avait été de leur consacrer son temps, de leur faire cadeau de sa maison, de ses ressources, de ses amis ? Il n'avait pas davantage hésité à la présenter à ses parents, elle, la fille du peuple, veuve et obligée de travailler pour préserver le patrimoine familial ! Elle n'osait imaginer ce que le duc avait pu dire d'elle.

Comme il était injuste qu'Eaton ait dû la défendre aux yeux de son père alors qu'il s'était déjà tellement battu pour elle ! Encore une raison pour partir. Pour regagner Truro au plus vite. Eaton ne tarderait pas à trouver pesants les inconvénients qu'elle lui causait. Et il comprendrait vite qu'il en serait toujours ainsi. Oui, décidément, elle avait bien fait de le décourager. Il méritait mieux qu'elle.

Elle serra les dents. Il ne fallait pas penser aux merveilleux moments passés ensemble. À ces heures intimes où ils se réveillaient blottis l'un contre l'autre dans la tiédeur du lit, tandis que les oiseaux remplissaient l'orangerie de leurs chants. À ces nuits sans fin où ils faisaient l'amour comme les héros des vieilles légendes celtes, à ces moments heureux où, à n'importe quelle heure du jour, en public comme au cours de leurs promenades, elle guettait, le cœur battant, l'éclair de son sourire.

Sophie plaqua le dernier accord sur les touches du vieux piano, et Eliza l'appela auprès d'elle, les bras ouverts, un sourire forcé sur les lèvres.

— Viens, ma chérie. J'ai quelque chose à te dire... Nous rentrons à Truro. Nous partons demain matin. N'est-ce pas une merveilleuse nouvelle ? Demain soir, nous pourrons dormir dans nos grands lits, au milieu de nos objets familiers. Tu vas retrouver tous tes jouets.

Elle espérait que son ton était assez enjoué. Si c'était le cas, peut-être parviendrait-elle à convaincre la petite fille ?

Mais l'enfant la regardait, le visage défait.

— Mais, maman, je ne veux pas rentrer ! Je veux rester avec Eaton. Nous n'avons même pas encore trouvé le trésor !

— L'hiver va arriver bientôt, ma chérie, et il fera trop froid pour errer sur la plage, à la chasse au trésor. Sans compter que Lord Lynford ne sera pas toujours disponible. Il a lui aussi des obligations. Il devra bientôt regagner Londres.

— Mais... il devait m'emmener au conservatoire pour le concert avant les vacances, objecta Sophie avec toute la diplomatie dont une enfant de neuf ans était capable. Il sera très déçu !

Maudit soit Eaton pour faire des promesses qu'il n'était pas certain de pouvoir tenir ! ragea Eliza. Maintenant, c'était à elle de sécher les larmes de sa fille.

— Au moins, nous irons lui dire au revoir, insista encore l'enfant.

— Je ne sais pas si nous aurons le temps. Mais tu pourras laisser un mot à Lord Lynford si tu le souhaites.

— Eaton, corrigea Sophie d'un ton gentiment réprobateur. Il n'aime pas qu'on l'appelle Lord Lynford. Tu le sais bien, maman

— Mrs Blaxland ! appela l'une des domestiques prêtées par Eaton en faisant irruption dans la petite pièce. Quelqu'un demande à vous voir.

Eliza bondit sur ses pieds.

— De qui s'agit-il ?

— Mr Detford, répondit la jeune fille d'un ton lourd de réprobation.

Il était déjà 5 heures de l'après-midi. Une heure bien tardive pour les visites, surtout quand le visiteur en question était un homme, et que cet homme n'était pas le maître des lieux.

Eliza fronça les sourcils. Qu'est-ce que Miles Detford pouvait bien lui vouloir à une heure pareille pour faire ainsi irruption chez elle sans avoir annoncé sa venue ? S'était-il passé quelque chose à Wheal Karrek ? Un accident à la mine ? À moins que ce ne soit Brenley, ou l'un des actionnaires qui restaient après la purge qu'elle leur avait fait subir ?

— Où est-il ? Faites-le venir immédiatement.

— Je l'ai fait entrer dans votre bureau, ma'am.

— Merci. Pourrez-vous monter prévenir Miss Gilchrist que Sophie l'attend ? Et dire aux servantes de commencer à faire les bagages ? Nous partons pour Truro demain matin.

Pourvu que Miles Detford n'en ait pas pour longtemps. Elle tenait à partager tranquillement leur dernier dîner dans cette demeure avec sa fille.

Une fois devant la porte du bureau, elle redressa les épaules, prit une profonde inspiration et entra.

— Miles ! Je ne m'attendais pas à vous voir à une heure pareille. Que se passe-t-il ?

Il avait l'air préoccupé, inquiet, même, et cela n'était pas fait pour la rassurer.

— Je ne suis pas porteur de bonnes nouvelles, je le crains, ma chère, dit-il en lui emprisonnant d'autorité les deux mains dans les siennes. Je suis venu vous donner mon opinion sur cette initiative saugrenue que vous avez prise. Quelle mouche vous a piquée pour remplacer ainsi certains de nos plus anciens actionnaires ? C'est encore un coup de Lynford, n'est-ce pas ? Il se sert de vous. Cela ne fait pas un mois que vous connaissez cet homme, et il vous mène déjà par le bout du nez. Je ne vous pensais pas manipulable à ce point. Au contraire.

Eliza libéra ses mains d'un geste vif.

— Je sais parfaitement ce que je fais, Miles. Lynford n'a aucune influence sur mes décisions.

— Dans ce cas, c'est vous qui le manipulez. Mais c'est de la pure folie ! ajouta-t-il en tirant un papier de sa poche. Surtout après la diffusion de ce pamphlet. Vous l'avez vu, je suppose. J'ai tenté de dissuader Brenley de faire une chose pareille. En vain. Vous avez vu qu'il en a aussi après Lynford, et cette fichue école ?

— Comment ? Mais que voulez-vous dire ?

Lui arrachant le billet des mains, Eliza le parcourut rapidement. Eaton ne l'avait pas entièrement informée de la traîtrise de Brenley. Mais c'était bel et bien écrit, noir sur blanc. Brenley condamnait l'école de musique pour avoir accepté des fonds de l'immoral Lynford et de sa maîtresse.

— Désolé, dit Detford en récupérant prestement le billet. Je croyais que vous saviez.

Les pensées d'Eliza se bousculaient. Pas question de compromettre la merveilleuse entreprise d'Eaton et de Cade. D'autres étaient impliqués, également, la jeune femme de Cador Kitto et leur enfant à venir. Mon Dieu ! Quel gâchis ! Elle faisait bien de rentrer chez elle dès demain. Son retrait du champ de bataille suffirait peut-être à apaiser les haines. Au moins le temps de faire retomber la curiosité et la vindicte publiques. Et surtout, de sauver l'école.

— Ma chère, je reconnais que c'est là une situation bien délicate et je déteste être le porteur de mauvaises nouvelles mais... il y a quelque chose d'autre. Il s'agit de la nouvelle galerie. Je crois que vous devriez venir vous rendre compte par vous-même.

— Maintenant ? s'étonna Eliza, cherchant à remettre de l'ordre dans ses idées.

Elle n'avait plus qu'une obsession. Eaton et sa précieuse école. L'héritage moral de Richard Penlerick, l'argent qu'Eaton avait investi, ces enfants si chers à son cœur... Décidément, elle corrompait tout ce qu'elle touchait.

— Oui, il serait préférable d'y aller tout de suite. Moins de gens seront au courant, mieux cela vaudra.

S'il s'agissait de problèmes dans la construction de cette galerie, elle comprenait que Miles tienne à la discrétion. Des fuites concernant les conditions de sécurité de l'exploitation seraient désastreuses.

Elle lui posa la main sur le bras, dans un geste qui se voulait rassurant.

— Oui, bien sûr, je comprends très bien. Je n'oublie pas combien la situation a dû être difficile à gérer pour vous... Toujours devoir marcher sur la corde raide n'est pas chose facile. Entre Brenley et moi, vous étiez dans une situation fort délicate.

Il avait fallu à Miles Detford se partager entre l'amitié qu'il avait pour elle, et la loyauté qu'il lui devait, et son partenariat sans nul doute fort rémunérateur avec Brenley. En venant la prévenir ce soir qu'il se passait quelque chose d'anormal, Miles lui donnait là une indéniable preuve d'amitié.

Le dîner devrait attendre, et Eliza manquerait probablement la visite vespérale d'Eaton. S'il venait. Mais la mine d'abord. Si Brenley avait pris des initiatives qui allaient à l'encontre des décisions sur lesquelles s'était conclu le dernier conseil, il était absolument indispensable d'y mettre un terme.

Immédiatement.

— J'arrive tout de suite. Juste le temps de prendre un châle et de souhaiter bonne nuit à ma fille.

Il fallait la pousser dans ses retranchements.

Eaton fit tourner son cheval dans l'allée menant à la maison douairière. La balle était dans son camp, mais c'était sa dernière chance. Il risquait le tout pour le tout sur ce dernier coup de dé. Une fois ravalé le flot amer de la déception, il avait compris où péchait sa demande en mariage. La jeune femme s'était inquiétée de l'aspect formel des circonstances, de ce dîner sous les étoiles. Elle avait pressenti aussitôt que quelque chose se tramait et avait eu le temps de s'y préparer. Mais ce soir, il allait la prendre par surprise avec ses nouveaux arguments. Elle n'aurait pas le temps de forger de faux prétextes. N'était-ce pas du reste sa tactique favorite ?

Eh bien, tel est pris qui croyait prendre… Du moins, il l'espérait.

Il avait laissé à Eliza toute une journée pour réfléchir. Et lui-même en avait profité pour remettre de l'ordre dans ses idées. Il serait intéressant de voir où elle en était de ses sentiments sur la question après vingt-quatre heures. Refuser sa demande en mariage avait beaucoup coûté à la jeune femme, il en était persuadé. Et cela lui donnait un peu de courage pour l'affronter de nouveau.

Eaton extirpa de l'une de ses fontes de selle le bouquet de roses tardives qu'il était parvenu à y caser, puis le petit cadeau destiné à Sophie. Il épousseta sa culotte d'équitation, rectifia le col de son manteau et se passa la main dans les cheveux. Bah !

Quelle importance. Il savait qu'Eliza l'aimait tel qu'il était, et de préférence dans sa version de « gentilhomme campagnard ». Car elle l'aimait. Elle le lui avait dit.

Oui, elle l'aimait.

Cette idée le ragaillardit. Il frappa à la porte et respira un grand coup. Au même moment, la porte s'ouvrit et, repoussant la jeune domestique, une Sophie tout excitée se jeta dans ses bras.

— Je savais que vous viendriez ! Vous êtes venu nous dire au revoir, n'est-ce pas ? Je le savais.

Eaton s'agenouilla pour se mettre à la hauteur de la petite fille qui lui passa les bras autour du cou dans un geste spontané d'affection.

— Oh ! Eaton... Je ne veux pas partir. Quand maman sera rentrée, ne pouvez-vous la persuader de rester ?

Eaton se remit sur ses pieds, un peu dépassé. Sophie lui avait fourni tant d'informations en si peu de mots !

— Je ne suis pas certain de bien comprendre, Sophie. Vous partez demain, tu en es sûre ?

La confiance qu'il avait péniblement reconquise venait de se volatiliser d'un seul coup. Ainsi Eliza avait bien l'intention de couper les ponts. Un jour de plus, et il la manquait. Du reste, les preuves de son départ prochain étaient évidentes. Partout des malles ouvertes, des servantes qui s'activaient, montant et descendant l'escalier, des vêtements plein les bras. Étant donné leur allure pressée, la décision avait été prise en urgence. Eaton connaissait son personnel, formé de main de maître, ou plutôt de maîtresse de maison, par sa chère mère, la duchesse de Bude. Jamais leurs gens n'auraient osé agir dans une telle précipitation, tout simplement parce que tout était toujours entrepris à temps. La seconde information délivrée par Sophie lui revint brutalement à l'esprit.

— Tu dis que ta mère est sortie ? Mais pour aller où, à une heure pareille ?

Ce n'était pas dans les habitudes d'Eliza de quitter la maison si près de l'heure du repas. Décidément, il se passait quelque chose d'anormal.

— Oui, dit Sophie avec une petite moue désolée. Elle m'a promis d'être rentrée pour le dîner, mais elle n'est toujours pas là. Pourtant, elle respecte toujours ses promesses, assura-t-elle solennellement. Tout ça, c'est la faute de Mr Detford. Je le déteste et je l'ai toujours détesté.

Eaton avait sursauté.

— Detford est venu ce soir ? demanda-t-il à Sophie en plongeant son regard dans le sien.

Pourquoi diable cet individu était-il venu rendre visite à Eliza si tard ? Pourquoi avait-elle accepté de ressortir avec lui ? Et surtout, pourquoi n'était-elle pas encore rentrée ?

— Oui, expliqua Sophie, prenant un air important, ils se sont rendus à la mine de Wheal Karrek. Maman m'a dit que c'était urgent.

Ça, c'était Detford qui le prétendait. Mais, dès qu'il s'agissait de la mine, cela pouvait suffire aux yeux d'Eliza. Le cerveau d'Eaton fonctionnait maintenant à toute vitesse. La jeune femme considérait depuis toujours Miles Detford comme un allié, et c'était le cas encore aujourd'hui malgré leur récente querelle. Eaton fronça les sourcils. Non, décidément, il n'aimait pas ça. Il y avait pas mal de paramètres à prendre en compte. Detford, comme les autres, avait dû recevoir une lettre l'informant de l'identité des nouveaux actionnaires supposés rejoindre le bureau. Et il fallait bien qu'il finisse par prendre parti dans la petite guerre qui opposait Eliza à Brenley. Le bandit devait jouer sur les deux tableaux depuis longtemps. Il avait commencé par demander Eliza en mariage, plus séduit par ce qu'il avait à y gagner en argent et en influence que par la beauté de la jeune femme. Et maintenant, voyant qu'elle lui échappait, il ne devait plus savoir à quel saint se vouer.

Quelques scénarios, plus fous les uns que les autres, traversèrent l'esprit d'Eaton. Et si Detford n'était qu'un leurre ? Si Brenley avait décidé de faire pression sur Eliza par des moyens qui n'avaient plus rien à voir avec les manières d'un gentleman ? Toutes sortes de pression pouvaient être utilisées contre la jeune femme pour la contraindre à accepter leurs conditions.

Kidnapper Sophie et faire chanter sa mère en menaçant la vie de la fillette, traîner Eliza jusqu'à l'autel contre son gré et lui faire épouser Detford.

Ou, pire encore, la tuer si elle résistait.

Le cerveau fertile d'Eaton s'emballait. Impossible de l'arrêter, maintenant. Qui hériterait des biens d'Eliza après sa mort, puisque Sophie était encore loin de sa majorité ? Probablement l'oncle d'Eliza, aussi incapable que velléitaire. Lui et la mère d'Eliza seraient vite sous la coupe de Brenley et de ses acolytes. Une fois dans leurs griffes, la fortune des Blaxland ne ferait pas long feu.

Eaton sentait l'affolement le gagner. Si Eliza mourait avant de se remarier, Brenley verrait une voie royale s'ouvrir devant lui pour mettre la compagnie sous sa tutelle. La majorité d'Eliza au conseil serait annulée d'elle-même, et les nouveaux actionnaires n'auraient plus le pouvoir de l'empêcher de prendre le contrôle des mines Blaxland, qu'il annexerait au cartel qu'il était en train d'essayer de constituer.

Mais ça, songea Eaton, c'était le moindre de ses soucis. L'important, l'urgent, même, c'était qu'Eliza était seule, en pleine nuit, quelque part avec Detford. Rien ne garantissait qu'ils étaient vraiment partis du côté de la mine. Ce pouvait tout aussi bien être une ruse de Detford. Eaton n'avait plus le choix. Il fallait la trouver et la convaincre une fois pour toutes de l'épouser au plus vite pour les mettre, Sophie et elle, sous sa protection.

— Eh bien, dit-il à Sophie en se remettant sur ses pieds. Il me semble que je ferais bien de partir à sa recherche. Qu'en penses-tu ?

Le joli petit visage de l'enfant se levait vers lui, plein d'espoir.

Elle n'avait pas encore formulé son inquiétude, mais ses fréquents coups d'œil à l'horloge disaient assez son impatience.

— Oui, s'il vous plaît. Un matin, papa a quitté la maison en nous disant qu'il revenait. Et il n'est jamais revenu... Je voudrais que maman revienne.

Sophie était assez grande, à la mort de son père, pour comprendre le sens de cette tragédie. Rien d'étonnant à ce qu'Eliza l'ait envoyée chercher quand elle avait décidé de rester quelques jours de plus à Porth Karrek. Rien d'étonnant non plus à ce qu'elle ne soit jamais très loin d'elle ni pour très longtemps. Des peurs, même irrationnelles, pouvaient compromettre gravement l'équilibre d'une enfant aussi jeune.

Ce fut ce qui décida Eaton. Il irait chercher Eliza à la mine et la ramènerait chez elle, dût-il susciter sa colère. Mais pas question de laisser Sophie sous la seule protection de Miss Gilchrist, dans cette maison isolée. Quand il les avait trouvées sur la route, Sophie et elle, la jeune gouvernante s'était révélée d'une remarquable inutilité. Detford pouvait être un leurre pour attirer Eliza et Eaton dehors, et enlever l'enfant.

Il interpella l'une des servantes toujours occupées à faire les bagages.

— Betty, apportez-moi le manteau de Miss Sophie, voulez-vous ?

Le visage de la fillette rosit de plaisir.

— Je vous accompagne ? s'enquit-elle, les yeux brillants à la perspective d'une nouvelle aventure.

— Non, tu vas aller dans un lieu beaucoup plus intéressant que la mine. Dans la grande maison où j'habite. Mes parents y sont en ce moment et ils adorent les enfants. Il y a toutes sortes de jouets et de livres dans la nurserie. Tu y trouveras certainement ton bonheur. Sans compter, ajouta-t-il d'une voix de conspirateur, la superbe rampe en chêne ciré de l'escalier principal…

Betty revint bientôt avec le manteau de l'enfant, et il entreprit de le lui enfiler tout en ajoutant :

— C'est Betty qui va t'accompagner là-bas.

Et, par-dessus sa tête, il donna quelques instructions à la jeune femme de chambre :

— Vous allez accompagner tout de suite Sophie au manoir et vous la laisserez expliquer ce qui se passe à Sa Grâce. Vous compléterez si nécessaire. Ne vous arrêtez sur le chemin sous aucun prétexte. Prenez par-derrière. Courez si besoin est.

Eaton savait qu'il pouvait compter sur la jeune fille. Elle suivrait ses instructions au pied de la lettre. Il les regarda s'éloigner à pas pressés dans la nuit. Puis il sauta sur son cheval et s'éloigna au galop, aussi vite que l'obscurité le permettait.

Il n'avait plus qu'à espérer qu'il ne soit pas trop tard.

22

Il faisait de plus en plus sombre, et Eliza avait la très nette impression que Detford cherchait à gagner du temps. Sitôt arrivés, ils étaient montés au bureau pour discuter de dossiers qui, à son avis, n'avaient aucune urgence. Bientôt, le reste du personnel quitterait les lieux, et la mine serait déserte. Peut-être était-ce ce qu'attendait Miles ? Peut-être ne voulait-il être vu de personne ? Cela en disait long sur la peur que lui inspirait Brenley, songea Eliza. Mais aussi sur l'amitié qu'il éprouvait pour elle, au point de risquer son poste et ses alliances pour la prévenir de ce qui se tramait derrière son dos.

Sophie avait dû être bien déçue. L'heure du dîner était passée depuis longtemps, maintenant.

— Pouvons-nous redescendre ? Que vouliez-vous me montrer exactement ? Il faut que je rentre bientôt. Ma fille m'attend.

Detford se détourna de la fenêtre avec un sourire aimable.

— Oui, nous pouvons descendre.

Il prit une lampe de mineur parmi celles qui s'alignaient sur l'étagère, et elle le suivit dans l'escalier, pressée d'en finir. Detford semblait nerveux. Il faillit manquer une marche, bredouilla une excuse quand elle trébucha contre lui. Quand ils furent descendus dans le puits de mine, il balaya les parois de la lumière de sa lanterne. Tout paraissait en ordre. Le boisage était solide, le sol était débarrassé de la plupart de ses détritus. Eliza avait toujours été fière de la propreté de la mine. Quand elle avait pris le relais après le décès de son époux, elle avait mis un point d'honneur à ce que ses employés travaillent dans les meilleures conditions.

Ils parvinrent bientôt à la bifurcation d'où partait la nouvelle galerie. Miles accrocha la lampe à un clou.

— Voici ce que je voulais vous montrer, Eliza. Regardez ce rocher.

Il se saisit d'un pic et d'un burin oubliés contre un mur et commença à tailler dans la roche à petits coups précis.

— Voyez par vous-même, dit-il en s'arrêtant enfin. La veine de cuivre est encore plus riche que nous l'avions estimé. Elle affleure sous la surface de la roche, attendant seulement qu'on vienne la chercher. Tous les indices dont nous disposons laissent supposer que le filon s'étend plus loin que là où nous avons prévu d'aller.

— Vous voulez dire plus loin que là où, moi, j'ai l'intention d'aller.

Eliza soutint le regard de son compagnon, le visage fermé.

— Oui, concéda Miles. Franchement, Eliza, s'arrêter là, ce serait exactement comme si refusions d'ouvrir la porte d'un coffre-fort dont nous avons la clé. Ce n'est plus une hypothèse, maintenant. Nous avons mis la main sur le plus riche filon de cuivre qu'il ne m'a jamais été donné de voir. Quand il a vu ça, Cardy n'en croyait pas ses yeux. Pourtant, c'est lui qui l'a « senti », comme il dit.

— Le plus riche, peut-être. Mais aussi le plus dangereux, rétorqua Eliza sans se laisser impressionner.

— Voyons, ma chère... Vous savez comme moi que la technologie a beaucoup progressé. Dans les mines du Levant, on installe des ventilateurs tout au long des galeries pour chasser l'air chaud et des pompes pour dégorger la roche de son trop plein d'eau.

Eliza poussa un soupir. Elle avait déjà entendu ces arguments. Ils en avaient discuté maintes fois.

— Nous ne savons pas comment réagiraient toutes ces techniques en milieu sous-marin. S'il y a un éboulement et que la galerie est envahie par l'eau de mer, vos pompes et vos ventilateurs ne serviront à rien. Et puis… tous ces systèmes sont très récents. Laissons-les faire leurs preuves.

Tandis qu'ils parlaient, elle entendait le grondement sourd de l'océan au-dessus de leurs têtes. Ils avaient déjà creusé bien trop loin ! Si une paroi cédait, il n'y aurait aucun survivant. Personne n'aurait le temps de comprendre ce qui arrivait. Encore moins de s'échapper. Elle n'avait pas le droit de laisser des hommes travailler dans de telles conditions.

— Si vous payez bien, ils seront d'accord pour creuser, argumenta Miles, comme s'il lisait dans ses pensées.

— Je n'ai pas le droit d'inciter des hommes à travailler dans des conditions dangereuses sous prétexte qu'ils doivent nourrir leur famille.

Quand on était pauvre, l'appât du gain était un argument auquel il était difficile de résister. Elle pouvait les payer pour les inciter à prendre des risques. Mais elle ne le ferait pas.

— Allons, Eliza. Ne soyez pas têtue, la gronda Miles avec un sourire enjôleur. C'est vous-même qui avez décidé de remplacer les chevaux par le moteur à vapeur. Et vous avez eu raison. Vous voyez bien que la technologie peut nous faire faire des progrès gigantesques. Maintenant que vous avez pu constater de vos propres yeux la richesse de ce filon, vous allez réfléchir, j'en suis certain

Eliza le dévisagea, soudain méfiante.

— Est-ce Brenley qui vous a incité à m'amener ici ?

— Puisque je vous dis que c'est une bonne affaire, répéta Detford, le regard fuyant. C'est un ami qui vous parle, Eliza. Je me sentais obligé de vous montrer que vous aviez tort. Qu'il ne fallait pas hésiter à aller de l'avant.

— Bon, trancha Eliza d'un ton sec. Maintenant que c'est fait, nous pouvons remonter, me semble-t-il.

Sur ces mots, elle tourna les talons, s'apprêtant à refaire en sens inverse la longue marche qui les reconduirait à la surface.

Mais les doigts de Miles se refermèrent brutalement sur son poignet.

— C'est que… il y a autre chose, ma chère.

Le ton de son compagnon, maintenant froid, glacé même, l'arrêta aussi efficacement que son geste. L'ami charmeur avait disparu.

— Brenley n'apprécie pas votre intransigeance à propos de la prolongation de cette galerie. Si cela vous ennuie de faire volte-face devant le conseil, peut-être accepterez-vous que je le fasse en votre nom... En tant que votre époux.

La proposition était si énorme, et en même temps si saugrenue, après tout ce qui s'était déjà passé entre eux, qu'Eliza ne comprit pas tout de suite.

— Je vous demande pardon ?

De fait, c'était bel et bien une demande en mariage. Mais qui résonnait comme une menace. Ou plutôt comme un ultimatum.

— Épousez-moi, Eliza, comme vous auriez dû le faire il y a deux ans déjà. Et tout reprendra son cours normal. J'ai la parole de Brenley qu'il se rétractera à propos de ses allégations à l'encontre de Lynford et de vous-même. Permettez-moi d'assumer toutes les décisions concernant la mine, de retirer ce poids de vos épaules et, pour ce qui est de cette galerie, de votre conscience. Je vous consulterai en toute chose, naturellement.

La voix se faisait de nouveau douce, insidieuse, caressante même.

Elle savait d'avance à quoi ressemblerait cette prétendue consultation. Condescendante et de pure forme. Detford s'en rapporterait à Brenley qui n'en ferait qu'à sa tête. À supposer même qu'elle veuille bien l'épouser, ce qui était hors de question, elle savait qu'elle ne pouvait pas compter sur Miles. Ne pouvait-il comprendre cela ? S'il était son ami, comment pouvait-il imaginer une seule minute qu'un tel arrangement soit de son intérêt à elle ?

Quand elle rencontra le regard de Miles, il avait changé complètement d'expression. Son œil bleu était devenu minéral, presque menaçant.

— Un conseil, Eliza. Ne refusez pas ma demande en mariage, cette fois. Cela risquerait de vous coûter très cher.

— Brenley ne me fait pas peur.

Eliza bravait courageusement son interlocuteur. Mais elle se sentait étouffer dans ce labyrinthe souterrain. D'un côté, Miles ; de l'autre, ces rochers. Et ces vagues au-dessus de sa tête, qui lui battaient le crâne comme autant de tambours...

Detford eut un ricanement sinistre.

— Pour l'heure, ce n'est pas de Brenley que vous devriez avoir peur... c'est de moi !

Dégageant son manteau d'une main brusque, il lui montra le pistolet qu'il avait glissé dans sa ceinture.

Dieu du ciel ! Miles Detford était armé ! Ignorait-il le danger de la moindre déflagration à cette profondeur ?

— Miles ? chuchota-t-elle, la gorge nouée. Mais que vous prend-il ?

Mais elle venait de comprendre. Et elle entendait Eaton lui chuchoter : « Méfiez-vous, Eliza. Detford n'est pas votre ami. »

— Miles, répéta-t-elle, vous ne pouvez pas vous servir de votre arme ici. Ce serait notre arrêt de mort à tous les deux.

— À vous d'en décider, rétorqua sèchement Detford en la poussant contre la paroi. Je vous le répète pour la dernière fois. Épousez-moi et tout sera réglé. Vous pourrez rejoindre votre fille. J'ai tous les documents sur moi. Signez et nous remontons tranquillement à la surface pour clamer notre bonheur à la face du monde. Hein ? Qu'en pensez-vous ? haleta-t-il, la bouche tout près du cou palpitant d'Eliza... Mais si vous refusez, reprit-il en se redressant vivement pour planter son regard fixe dans les yeux de son interlocutrice, vous mourrez. Ensevelie sous des tonnes de roche. Un accident est si vite arrivé... Et moi, j'aurai eu le temps de sortir d'ici et de me mettre à l'abri.

Le cerveau d'Eliza se mit à analyser la situation dans un galop effréné. Et dire que, pendant ces deux années, elle avait cru que Miles s'était résigné à son refus de l'épouser, alors qu'au contraire il rongeait son frein, cherchant comment prendre sa revanche. La peur lui tordit soudain l'estomac. Et Sophie ? Était-elle saine et sauve ? Il fallait sortir d'ici, avant que ce fou furieux mette sa menace à exécution. Elle n'aurait jamais dû laisser sa fille seule avec sa gouvernante. Dans le contexte actuel, c'était tout à fait imprudent. Et si Miles ne l'avait entraînée jusqu'ici que pour faire diversion ? Pendant que d'autres s'en prenaient à son enfant ?

Déjà, son tourmenteur revenait à la charge.

— Pourquoi vous obstinez-vous, Eliza ? dit-il en lui caressant le visage du dos de la main, puis descendant plus bas, jusque dans le creux de son col qu'il dégrafa d'un geste habile. Mariez-vous avec moi et tout sera réglé. Nous commencerons une vie nouvelle, vous et moi. Cela pourrait être très agréable, vous savez, murmura-t-il en se pressant contre elle tandis qu'il explorait la rondeur de ses seins de ses doigts avides… Épousez-moi et vous vivrez, répéta-t-il dans un souffle rauque tandis que ses hanches se collaient à celles de la jeune femme.

Eliza sentit son sexe dur se presser contre son bas-ventre. Une nausée l'envahit. Ciel ! Toute cette horreur ne faisait qu'exciter ce monstre encore davantage !

Elle ne se faisait plus aucune illusion. Elle vivrait peut-être, mais pas longtemps. Une épouse défunte était infiniment plus commode. Plus besoin de la consulter, et tout ce qu'elle possédait reviendrait de droit au nouveau mari. Pour la première fois, Eliza mesura pleinement le danger. Detford ne le savait peut-être pas encore, il ne l'avait pas clairement décidé, mais, qu'elle accepte ou non de l'épouser, il ne la laisserait pas vivre bien longtemps.

— Nous pourrions être si heureux ensemble, Eliza, souffla-t-il en se frottant contre elle. Si vous me laissiez seulement vous montrer à quel point je peux vous rendre heureuse…

D'une main, il se débattait avec l'ampleur des jupes de sa proie, tout en cherchant sa bouche.

Eliza détourna la tête en essayant de le repousser, mais son agresseur était plus fort qu'il n'y paraissait. Il l'écrasait de tout son poids contre la paroi rocheuse. Sa bouche se faisait de plus en plus insistante et, cette fois, elle ne put l'éviter. Mais elle pouvait encore se battre. Avec ses poings, ses pieds, ses dents s'il le fallait…

Et elle mordit jusqu'au sang cette bouche répugnante, cette langue chaude et humide. Detford poussa un cri de douleur et se rejeta instinctivement en arrière. Eliza en profita pour lui envoyer un coup de genou dans le bas-ventre, et s'élança vers la sortie. Elle était libre, enfin !

Un objet métallique s'abattit sur son crâne. Elle poussa un hurlement et sombra dans un puits obscur.

Quand Eliza revint à elle, la nuit était toujours comme un manteau opaque partout autour d'elle. Elle entendait les pulsations sourdes des vagues de l'océan marteler son crâne douloureux. La panique s'engouffra de nouveau en elle. La mine ! Elle était toujours au fond de la galerie. Seule dans le noir sous des centaines de pieds de cette eau maudite qui cognait contre la roche, menaçant de la faire s'écrouler. Elle s'efforça de réfléchir malgré la douleur. Depuis combien de temps pouvait-elle être là ? Il fallait trouver de la lumière. Mais où ? Et si elle appelait à l'aide ? Pourrait-on l'entendre ? Mais c'était sans doute imprudent... Si c'était Detford ou Brenley qui répondaient à son appel ?

Eliza tenta de se remettre sur ses pieds, mais ne parvint qu'à se traîner sur les genoux et les mains. Elle se sentait nauséeuse et, quand elle tourna la tête, un vertige la prit. Avec quoi ce fou furieux l'avait-il frappée ? Une pierre ? La crosse de son pistolet ? Jamais elle n'aurait dû accepter de descendre ici avec lui. C'était de la pure inconscience !

Elle décida d'avancer tant bien que mal à quatre pattes. Pas question de se remettre debout pour risquer de perdre de nouveau connaissance. La progression dans cette obscurité quasi totale s'avérait lente et dangereuse. Elle ignorait quelle direction il fallait prendre et ce qu'elle allait trouver sur son chemin. Les galeries des mines présentaient toutes sortes de crevasses et parfois même des précipices dans lesquels on pouvait disparaître à jamais. Si elle empruntait par mégarde un de ces boyaux expérimentaux, destinés seulement à tester la qualité du minerai ou la solidité de la roche, elle pourrait bien se perdre et ne jamais se retrouver.

Il fallait penser à Sophie ! Au besoin absolu que la fillette avait de sa mère. Sophie devait être folle d'inquiétude, à présent. Eliza s'efforça de respirer profondément. Pas de panique, s'intima-t-elle. Il fallait aussi penser à Eaton, à la reconnaissance qu'elle éprouvait à son égard pour tout ce qu'il avait fait pour elle. Jamais elle n'avait été aussi profondément émue par un homme. Bouleversée, même. C'était quelqu'un sur qui on pouvait compter, en qui on pouvait avoir une totale confiance. Un homme soucieux du bien-être d'autrui, et qui aimait les enfants. Qui l'aimait, elle, Eliza.

Et qu'elle aimait elle aussi, de tout son être, bien qu'elle ne le lui ait jamais dit. Elle était trop entêtée, trop attachée à sa fichue indépendance, pour comprendre que jamais un homme comme lui, aussi généreux et aussi noble de caractère, ne chercherait à l'aliéner.

Pourquoi s'en apercevait-elle seulement maintenant ?

Soudain, sa main gauche ne sentit plus que du vide. Eliza tâta à l'aveugle. Plus rien. Elle étouffa un cri. Grand Dieu ! Elle était au bord d'un trou. Simple fossé ou précipice, impossible de le savoir. Devant elle, nul doute que ce fut le vide aussi. Il y avait dans l'air cette sensation étrange de néant invisible et noir qui lui donna de nouveau envie de crier. Une nausée lui monta à la gorge. Elle s'était trompée de chemin à la bifurcation. En descendant, ils n'avaient rencontré aucun précipice, aucun vide de quelque nature que ce soit. S'emparant d'un caillou, Eliza le lança dans le trou sombre, espérant l'entendre heurter le fond. Peut-être ne s'agissait-il que d'une simple déclivité ? Mais elle n'entendit rien. Le caillou tombait toujours, dans un silence absolu.

Que faire ? Si elle continuait, elle risquait de se fracasser au fond d'un gouffre dans lequel on ne la retrouverait pas avant des années. Par contre, si elle trouvait assez de courage en elle pour patienter toute la nuit dans cette obscurité humide et glacée, sans plus avancer, elle entendrait les équipes de l'aube arriver et pourrait appeler au secours.

En espérant que les hommes perçoivent ses appels dans le bruit des vagues et le martèlement des piolets sur la roche.

La perspective de rester seule des heures durant dans ce trou aveugle suscita en elle une autre forme de terreur. Celle de l'inconnu, de ses habitants terrifiants, chauves-souris, animaux divers, créatures surnaturelles, qui sait ? On racontait tant de choses, dans les récits merveilleux de la Cornouailles de son enfance...

Se remettant sur son séant, elle vérifia d'une main tremblante que la paroi de droite existait toujours et se blottit contre elle, les genoux ramenés sous le menton. La nuit serait longue. Elle avait quitté la maison vers 5 heures de l'après-midi. Miles et elle étaient entrés dans la mine vers 7 heures. En voyant l'heure du repas passer sans son retour, puis arriver l'heure du coucher, Sophie et sa gouvernante avaient dû d'abord s'inquiéter. Puis commencer à paniquer. Eliza avait maintenant des heures de retard. Auraient-elles l'idée de donner l'alarme ? Et si personne ne réagissait ? Miss Gilchrist aurait-elle seulement osé envoyer un domestique au manoir ? En règle générale, après le dîner, il ne restait plus grand monde à la maison douairière. La plupart du personnel rentrait dans ses quartiers, dans les communs de la maison de maître.

Le seul espoir qui restait à Eliza, c'était Eaton. Mais elle l'avait renvoyé sans équivoque à ses affaires. Il avait sans doute déjà décidé de tourner la page, de passer à autre chose.

Elle était déjà oubliée.

Eaton était seul dans la cour des bâtiments qui entouraient le carreau de mine. Tout en inspectant du regard les façades obscures, il mena son cheval sur un grand cercle pour laisser souffler l'animal, qu'il avait mené bon train depuis la maison douairière. Il avait parcouru au grand trot toute la distance qui la séparait de Wheal Karrek pour ne trouver qu'un lieu déserté et sans lumière. Rien de surprenant à cela, étant donné l'heure tardive. On avait depuis longtemps dépassé les horaires de la journée de travail.

C'est alors qu'il le vit. Comme un éclair de lumière fugitif derrière la fenêtre du bureau de la direction. Il y avait quelqu'un là-haut. Quelqu'un qui, apparemment, ne désirait pas être vu.

On avait dû entendre les sabots de son cheval sur les pavés de la cour.

Sautant à terre, il se précipita vers l'escalier. Et si, par bonheur, c'était Eliza ? Sceptique, il tira de sa ceinture le pistolet dont il s'était muni. Non, sachant que Sophie l'attendait, jamais la jeune femme ne se serait attardée ainsi. Alors, Detford ? Mais que faisait-il tout seul dans le bureau à une heure pareille ?

Il fallait jouer sur l'effet de surprise. Eaton gravit silencieusement les marches et, appuyant sur la clenche, ouvrit d'un coup de pied la porte du bureau qui alla se rabattre bruyamment contre le mur. Il se rua dans la pièce en hurlant :

— Où est-elle ? Où est Eliza ? Qu'est-ce que vous fabriquez ici ?

Detford, effaré, leva les yeux des documents qu'il consultait. Les livres de comptes étaient grands ouverts devant lui, et il était en train de recopier des chiffres.

— Je ne vois pas ce que vous voulez dire, rétorqua-t-il en se levant.

Il avait pris soin de rester prudemment derrière le lourd meuble à tiroirs.

— Vraiment ? gronda Eaton en marchant sur son interlocuteur d'un air menaçant. Vous avez quitté la maison douairière avec Eliza vers 5 heures. Qu'avez-vous fait depuis ?

Le bureau faisait peut-être obstacle entre lui et cette crapule, mais il avait l'avantage d'avoir la porte derrière lui. Detford serait obligé de s'approcher pour sortir.

— Où est Eliza ? insista-t-il d'une voix forte.

Detford haussa les épaules.

— Quelle importance ? Il est trop tard, de toute façon.

Detford l'étudiait du regard tout en cherchant une manière de s'en sortir. Sa main se glissa dans l'entrebâillement de son manteau. Croyant qu'il avait une arme, Eaton tira le premier. Juste aux pieds de son adversaire.

Detford poussa un juron.

— Vous auriez pu m'atteindre !

— Oui. Et la prochaine fois, je le ferai, gronda Eaton. Prenez ça pour un avertissement... Posez votre arme sur le bureau.

— Je ne suis pas armé, dit Detford en ouvrant les bras.

— Avancez !

Se penchant au-dessus du bureau, Eaton palpa fébrilement le torse de son adversaire. Rien. Pas d'arme, en effet. Il reprit avec un mépris moqueur :

— Je ne sais pas combien Brenley vous paie pour faire son sale boulot... Mais certainement pas assez pour y laisser votre peau.

Maintenant que, grâce à son pistolet, il avait la maîtrise de la situation, plus besoin de franchir l'obstacle qui les séparait pour neutraliser son adversaire. À en juger par son regard opaque, Detford avait abouti à la même conclusion. Eaton le gratifia d'un sourire narquois.

— Bon, maintenant, recommençons. Où est Eliza ?

Il lisait dans les pensées de son interlocuteur comme à livre ouvert. Detford était en train de passer en revue ses différentes options. Mais, avec son tempérament de suiveur et de charognard, un homme comme lui ne pouvait arriver qu'à une seule conclusion. S'incliner.

— Dans la mine. Mais je ne l'ai pas tuée ! affirma-t-il d'une voix aiguë en voyant le visage d'Eaton se durcir et son bras armé se lever un peu plus haut. Je l'ai juste laissée là-bas, livrée à elle-même.

Le sang d'Eaton lui monta à la tête. Ce salopard méritait qu'on l'abatte sur-le-champ, sans plus de formalités. Detford avait choisi la solution du lâche qu'il était. Il avait laissé Eliza s'égarer dans le noir, espérant qu'elle tomberait dans une fosse ou serait ensevelie sous un éboulement, faisant le sale boulot à sa place. Il y avait mille dangers dans les galeries d'une mine. Un éboulement, une poche de gaz, un gouffre naturel... Sans compter la simple terreur, qui pouvait vous faire perdre l'esprit. Mais Eliza était courageuse et obstinée. Elle chercherait à sortir coûte que coûte, au risque d'y laisser la vie.

Eaton agita le pistolet en direction de la porte.

— Passez devant ! Menez-moi jusqu'à l'endroit où vous l'avez lâchement abandonnée. Et ne vous faites pas d'illusions. Au moindre geste de votre part, je tire. Vous avez pu en juger.

Il désigna du menton la lampe de mineur posée sur le sol près de la porte. Elle était encore allumée.

— Ramassez ça.

À cette heure tardive, avec ces ombres immenses projetées sur les parois rocheuses par le halo jaune de la lampe, la mine offrait un étrange spectacle. Eaton refoula une vague de panique. Grand Dieu ! Et la pauvre Eliza qui ne disposait pas même d'un briquet ! Quand ils atteignirent la bifurcation, Detford marqua un arrêt.

— C'est là que vous l'avez laissée ? interrogea Eaton en fouillant l'étroit espace du regard. Éclairez donc un peu ça !

Il avait cru apercevoir une tache sombre sur le sol inégal. S'accroupissant, il tâta la roche sans cesser de viser Detford avec son arme. L'homme transpirait abondamment, maintenant, et ce n'était pas à cause de la chaleur. Eaton mit ses doigts dans la lumière et poussa une exclamation.

— Du sang ! Que lui avez-vous fait, sale ordure ? Vous avez intérêt à parler. Je ne vous laisserai pas sortir d'ici sans Eliza. Mort ou vivant, à vous de choisir. La légitime défense, ça existe et je m'en sortirai devant n'importe quel juge !

Comme Detford ne disait mot, visiblement paralysé par la peur, Eaton lui fit signe de reprendre leur chemin. À chaque carrefour il criait le nom d'Eliza. Pour seule réponse, il n'obtenait que l'écho de sa propre voix.

— Eliza-a-a-a !

À la troisième bifurcation, pourtant, il crut percevoir un son très faible, comme un frémissement de l'air. Un cri venu de très loin... Il fit signe à Detford de lever plus haut la lampe et put constater qu'ici, à ce point de leur parcours, la bifurcation était très large. Il était aisé de se tromper et de prendre sur la gauche au lieu de rester sur l'itinéraire principal.

— Eliza-a-a-a ! rugit-il de toute la puissance de sa voix, enfonçant le canon de son pistolet dans le dos de Detford pour le faire avancer.

— Pas question de continuer par là, protesta soudain Detford en s'arrêtant net. Ça se termine dans le vide.

— Dans ce cas, je peux tout aussi bien vous régler votre compte ici, suggéra Eaton d'une voix dont le calme le surprit lui-même.

Il fallait que Detford obtempère. Si Eliza était égarée par là, blessée et affaiblie, fût-ce dans les bouches mêmes de l'enfer, ils iraient l'y chercher.

— Vous ne tirerez pas. Ce serait de la folie. Tout peut s'écrouler.

— On parie ? De toute façon, pour vous, cela ne change rien puisque vous serez mort. Et pour ce qui me concerne... ces étais me semblent plutôt solides. Eliza n'a jamais transigé avec la sécurité de ses mineurs. Si vous vous imaginez que je vais y aller tout seul pendant que vous prenez la poudre d'escampette...

Il libéra le cran d'arrêt de son arme. Detford déglutit péniblement, les yeux rivés sur le canon du revolver.

Il se résigna à reprendre sa marche, le dos voûté.

Eaton lançait ses instructions à tue-tête, cherchant déjà du regard la silhouette de la jeune femme dans la pénombre.

— Eliza ! Tant que vous ne verrez pas la lumière, surtout, ne bougez pas. Restez où vous êtes !

Ils firent encore quelques mètres... et ce fut un trou noir. Un néant opaque. Comme si le monde connu s'arrêtait là, juste devant eux.

Ils avaient atteint le gouffre naturel dont Detford l'avait averti un moment plus tôt.

Un nouveau gémissement troua la nuit. Instinctivement, Detford dirigea le faisceau de lumière dans la direction d'où provenait le son.

Eliza était là, tapie contre la paroi rocheuse comme une bête blessée. Eaton sentit son cœur bondir dans sa poitrine.

— Nous y sommes presque, Eliza... Pouvez-vous avancer vers nous ?

Le sol semblait friable, prêt à s'effondrer dans l'abîme qui s'ouvrait sur leur gauche. Pas question de se risquer à trois sur un chemin aussi étroit et fragile.

Il y eut un long silence. Rien ne bougeait dans l'ombre. Puis

Eliza se décida. Elle avançait en rampant, chaque centimètre gagné semblant une éternité. Était-elle blessée ? Non, se dit Eaton, les yeux quasi exorbités pour mieux voir. C'était simplement de la prudence. Elle savait que l'étroit passage n'était pas fiable. Tout ce qui tenait encore debout autour d'eux pouvait s'écrouler d'un moment à l'autre, la précipitant dans le vide.

Eaton continuait à lui parler, l'encourageant de la voix. Eliza les avait presque rejoints quand Detford, se retournant soudain sur lui, lui lança la lampe au visage. Eaton sauta de côté, évitant l'impact de justesse, mais la lampe alla rouler sur le sol et s'éteignit, les laissant dans le noir. Eaton entendit Eliza hurler. Où était Detford ? Il n'osait pas tirer de peur d'atteindre la jeune femme ou de provoquer un éboulement qui leur boucherait l'issue.

Eliza cria de nouveau, et une averse de graviers lui répondit. Il entendait des bruits de lutte. Detford s'attaquait à elle. Ils risquaient de tomber tous les deux dans la fosse. Eaton cherchait désespérément sur lui de quoi rallumer la lanterne. Une allumette, enfin ! Il ralluma la mèche et, levant son pistolet, ferma un œil et visa... Puis laissa retomber son bras aussitôt. Impossible. Il ne pouvait pas atteindre Detford sans blesser du même coup la jeune femme. L'infâme salopard la tenait maintenant devant lui comme un bouclier vivant.

— Jetez votre arme, Lynford. Sinon, je balance votre petite amie dans le vide.

— Faites-le et vous serez mort avant qu'elle ne touche le fond. Qu'est-ce que vous allez gagner dans tout ça, Detford ? tenta Eaton. Vous feriez mieux de revenir avec nous et de prendre le risque d'un bon procès.

Mais Detford était au-delà de toute logique.

Son regard se rétrécit, comme celui d'un animal aux abois.

Il fit mine de pousser Eliza dans le gouffre et, instinctivement, Eaton appuya sur la gâchette. Aussitôt, il ressentit une vive douleur à l'épaule gauche. Detford était armé ! Et il avait tiré en même temps.

Les deux coups résonnèrent en longs échos lugubres dans les galeries. Puis on entendit un grondement sourd dans les profondeurs de la mine. Eliza essayait de se libérer. Le grondement s'amplifiait. Bientôt, l'étroit passage sous les pieds d'Eliza et de Detford commença à se désintégrer. Impossible pour Detford de garder son équilibre en retenant en même temps sa prisonnière. Eaton, à genoux, leva son pistolet. S'il parvenait à s'arrêter de trembler, juste un instant, il pourrait viser proprement et tirer.

— Eliza, couchez-vous !

Elle obtempéra, et il tira.

Detford s'écroula comme un pantin en se tenant le bras, un cri de douleur lui déformant la bouche.

— Eliza, ma chérie, supplia Eaton d'une voix rauque, venez vers moi, maintenant.

Il tendit sa main libre vers elle, la soutenant de toute la force de son regard. L'étroite sente qui courait le long de la paroi se dégradait de plus en plus vite. Le sol trembla, et Eliza se retrouva de nouveau à genoux. Elle leva vers lui des yeux brillants de larmes... ou d'une volonté farouche qui, centimètre par centimètre, la poussa jusqu'à lui.

Leurs deux mains s'agrippèrent et, la soulevant presque, Eaton la serra frénétiquement dans ses bras. Au même moment, le sol céda sous les pieds de la jeune femme qui poussa un hurlement. Derrière eux, il n'y avait plus rien, maintenant. Seulement le vide. Et Detford restait prisonnier de l'autre côté.

— Aidez-moi ! hurla l'homme tandis que ce qui restait de surface solide disparaissait sous ses pieds.

Mais on ne pouvait plus rien pour lui. Il tomba dans l'abîme avec un grand mouvement de bras, comme pour prendre un impossible envol.

— Eliza, dit Eaton dans un chuchotement affolé. Soyez courageuse. Il faut essayer de sortir de là, maintenant.

Mon Dieu ! se dit-il dans une prière silencieuse. *Aidez-moi ! Donnez-moi la force de sortir Eliza de ce trou à rat. Faites qu'elle soit saine et sauve.*

Peu importait ce qui lui arrivait, à lui. Seule Eliza comptait.

La galerie était en train de disparaître dans un fracas assourdissant. Seule la main qui agrippait celle d'Eliza était chaude et ferme dans le chaos. Un corps passa devant son regard horrifié et disparut dans le chaos de ténèbres.

Detford.

Pour lui, c'était fini.

Il fallait quitter les lieux à tout prix !

Elle sentit la main d'Eaton la tirer en avant.

— Venez, Eliza ! Je vous en supplie.

Il l'entraîna en courant tandis que le monde s'effondrait autour d'eux dans un vacarme assourdissant. Quand ils eurent atteint le boyau principal, Eaton la plaqua un instant contre une paroi et, l'étreignant follement, posa un baiser sur ses lèvres tremblantes.

— Tenez bon, mon aimée. Il faut continuer, je vous en supplie. Tout va s'effondrer comme un château de cartes.

Il voulut s'élancer de nouveau, mais Eliza trébucha. Elle avait mal à la tête. Un vertige la saisit. Elle n'aurait pas la force. Elle allait mourir ici. La mine serait son tombeau.

— Eaton... Partez, je vous en supplie, allez-vous-en !

Déjà le fracas des rochers était sur eux. Ils étaient pris dans un nuage de poussière.

— Pas sans vous. Prenez cette lampe. Moi, je vais vous porter.

— Mais... non, c'est impossible ! Je vais vous ralentir...

Mais déjà, il la soulevait et la jetait sur son épaule comme un sac de charbon. Et il avança le long du tunnel envahi par la poussière de roche jusqu'au point lumineux de la sortie. Là où brillaient les étoiles.

Il ne s'effondra que lorsqu'ils débouchèrent dans l'air frais de la nuit. La cour de la mine était pleine de monde et de bruit.

Les secours étaient arrivés. Enfin !

Bude était là, avec Inigo et Cassian. Quelqu'un enveloppa les épaules d'Eliza d'une couverture, un autre lui mit un verre d'eau dans les mains. Elle ne voulait rien. Rien d'autre qu'Eaton ! Où était-il ?

Baissant les yeux, elle avisa ses mains maculées d'un liquide poisseux. Grand Dieu ! Du sang ! Le coup de feu de Detford... Eaton était blessé, et il n'avait rien dit !

— Aidez Eaton, je vous en prie. Où est-il ? demanda-t-elle dans un sanglot qui lui déchira la gorge.

Elle aurait voulu partir à sa recherche, mais elle ne tenait plus sur ses jambes. Elle se laissa lentement glisser sur les pavés humides, tomba à genoux.

— Chut ! Ça va aller, maintenant.

Quelqu'un essayait de la réconforter. Inigo ou Cassian, peut-être ?

— Nous l'avons retrouvé, murmura la voix. Nous le ramenons chez lui. Il est inconscient. La fatigue, le choc nerveux... Un médecin a déjà été appelé.

— Et Sophie ? Où est ma fille ?

Eliza luttait contre la torpeur qui menaçait de l'envahir. Sa fille avait besoin d'elle. Eaton aussi...

— Elle va bien. Elle est avec ma femme au manoir, dit le duc de Bude. Nous allons vous ramener auprès d'elle.

Et, s'agenouillant, il lui prit les mains.

Eliza se réveilla le lendemain dans une chambre de Falmage Hill. D'après la position du soleil dans le ciel, l'après-midi était déjà bien avancé. Elle souffrait toujours d'un terrible mal de tête, mais son esprit était clair. C'était un progrès. Tournant prudemment la tête, elle vit Sophie assise sur une chaise, à côté du lit. Elle prit la main de sa fille et lui sourit tendrement. Merci, mon Dieu ! Sophie était là, saine et sauve. Mais la petite fille ne répondit pas à son sourire. À son habitude, elle alla droit au but.

— Maman, dit-elle tandis que son petit visage se chiffonnait sous l'effet de l'émotion, le médecin a dit qu'Eaton allait peut-être mourir.

Ce fut comme un coup au cœur ! Eliza tenta de se lever, éperdue. Non, ce n'était pas possible. Eaton ne pouvait pas mourir. Pas à cause d'elle.

— Sophie, ma chérie, trouve-moi une robe et quelqu'un pour m'aider. Demande à Cassian...

Elle avait besoin d'un bras solide pour la soutenir. Des points dansaient devant ses yeux, et ses jambes la portaient à peine. Elle serait incapable de marcher toute seule.

— Il faut que nous allions le voir, ajouta-t-elle, la gorge serrée. Nous aussi, nous sommes de sa famille, n'est-ce pas ?

Le médecin n'avait pas exagéré.

Eaton, allongé sur son lit comme un gisant d'église, était d'une pâleur de marbre. À son entrée dans la chambre, lui toujours si plein d'énergie ne bougea pas même un cil.

Cassian aida Eliza à s'asseoir dans un fauteuil.

— Il a perdu beaucoup de sang. À un pouce près, la balle atteignait le cœur, expliqua-t-il. Cette nuit, la fièvre s'est emparée de lui. Il ne s'est pas réveillé depuis que nous l'avons amené ici... À mon avis, ajouta le jeune homme après l'avoir gratifiée d'un long regard pensif, s'il savait que vous êtes là, il ferait un effort pour sortir de sa torpeur... Mais il lui faudrait une bonne raison.

Eliza perçut le reproche dans la voix de son interlocuteur. Et l'espoir, aussi. Ainsi il savait. Eaton avait dû lui dire qu'elle avait repoussé sa demande en mariage.

— J'ai commis une erreur, souffla-t-elle.

Cassian, épuisé par une longue nuit de veille, expliqua d'une voix lasse :

— Eaton est pour moi comme un frère. Je le connais depuis toujours. La vie n'a pas toujours été clémente pour lui, mais il ne s'est jamais laissé décourager. Pour ceux qu'il aime, il est prêt à tout donner. Il l'a prouvé encore cette nuit. Je ne connais pas d'homme meilleur que lui.

Eliza non plus, elle devait bien se l'avouer, maintenant.

— Je vais rester le veiller, Cassian. Vous pouvez aller prendre du repos.

Cassian prit Sophie par la main, et ils quittèrent la chambre. Une fois seule avec l'homme qu'elle aimait, Eliza s'empara de la longue main brune qui reposait sur le drap.

Elle avait des choses à lui dire, des choses dont elle n'avait pas conscience dans la mine, ou qu'elle avait eu trop peur de s'avouer à elle-même.

— Merci, Eaton, pour tout ce que tu as fait pour Sophie et pour moi. Pas seulement pour m'avoir sauvé la vie cette nuit mais pour m'avoir montré que je n'étais pas obligée de renoncer à vivre. De renoncer à l'amour.

Enlaçant ses doigts à ceux du malade – mon Dieu, comme ils étaient raides et glacés ! —, elle reprit en se penchant sur lui :

— Eaton, mon amour... Je t'aime. Il faut que tu ouvres les yeux, que tu reviennes à toi pour que je puisse te dire combien je tiens à toi. Et que je veux bien t'épouser. Si tu veux toujours de moi...

Eliza était sauve. Eaton avait accompli sa mission. Il pouvait reprendre sa route, maintenant. Pour aller où ? Dieu seul savait... L'autre monde, sans doute. Il n'y avait plus rien pour lui qui vaille dans ce monde-ci, maintenant. La femme qu'il aimait ne voulait pas de lui. Plus rien n'avait plus d'intérêt dans ce bas monde. Il avait fait son temps.

— *Ce en quoi tu te trompes, mon garçon. Tu es encore beaucoup trop jeune pour abandonner la partie.*

Richard ! Il n'y avait personne derrière le rideau de ses paupières, il le savait. Mais il entendait la voix de son vieil ami, là, tout près...

— *Tu n'entends donc pas ? Puisqu'elle te dit qu'elle t'aime !*

— Elle ne veut pas de moi. Je ne peux pas lui donner d'enfant.

— *Tu peux lui donner plus qu'un enfant. Tu peux lui en donner des dizaines. Ouvre des écoles. Adopte des orphelins de la mine ou d'ailleurs. Refais de Falmage Hill un vrai foyer. Jamais je n'aurais cru que tu abandonnerais aussi vite, Eaton. Cette jeune femme a déjà perdu un mari. Elle ne supportera pas de te perdre toi aussi. Elle a besoin de toi. Sa fille a besoin de toi. Allons, réveille-toi, mon jeune ami. Accepte de devenir un mari et un père. Fais-toi confiance...*

Maintenant, il entendait une autre voix, une voix très douce qui le suppliait.

— Eaton, je me suis trompée. J'accepte de t'épouser. Je le désire de toute mon âme. Toi et moi, nous ne serons plus jamais seuls…

Eaton luttait pour ouvrir ses paupières. Un poids énorme pesait sur elles. Si lourd… Ses doigts glacés se refermèrent sur une main tiède et parfumée. Il se contraignit à parler.

— Eliza…

Et tout de suite elle fut sur lui, l'embrassant, riant et pleurant à la fois.

— Eaton… Je me suis trompée, balbutia-t-elle au travers de ses larmes. C'était une erreur…

Eaton s'arracha un sourire malgré la douleur lancinante qui martyrisait son épaule.

— Oui, je sais, articula-t-il d'une voix rauque. Tu veux bien m'épouser, finalement.

— Oui, dès que possible.

Se jetant sur la carafe posée sur la table de chevet, elle lui versa fébrilement un verre d'eau, qu'elle renversa en partie en voulant l'aider à boire.

— Tu es aussi habile à servir de l'eau que moi pour le champagne, plaisanta-t-il avec un pauvre rire essoufflé. Qu'est-ce qui a pu te faire changer d'avis ?

— Quand j'étais dans la mine, j'ai compris tout à coup que, si j'acceptais de t'épouser maintenant, ce n'était pas parce que j'avais besoin de toi, parce que j'avais peur de devoir tout affronter toute seule, mais parce que je t'aime, toi, Eaton Falmage, tel que tu es. Voilà, c'est la seule raison…

— Et je n'en vois pas de meilleure, s'exclama Eaton avec un rire cassé en attirant Eliza contre lui. Moi aussi, c'est cela qui m'a donné la force de nous sortir de cet enfer. Je voulais partager ma vie avec Sophie et toi et tous les autres enfants qui se présenteront sur notre route. Et cette envie était plus forte que la mort.

Eliza lui sourit au travers de ses larmes, et c'était le spectacle le plus émouvant et le plus ravissant du monde.

— Bon, je vois que tu vas mieux, puisque tu recommences à faire des projets.

Eaton sourit.

— Tu n'imagines pas à quel point. Pourrais-tu être prête dans trois semaines ? Pour le mariage, je veux dire.

Devant l'air à la fois surpris et enchanté de la jeune femme, il expliqua :

— Chaque minute compte, Eliza. Ça aussi, c'est grâce à toi que je l'ai compris. Je ne veux plus perdre une seule minute du bonheur que nous allons connaître ensemble.

Cette longue phrase, un peu essoufflée, fut récompensée d'un baiser.

Épilogue

Et pas une minute ne fut perdue, en effet. Trois semaines après, Eliza se tenait dans l'encadrement de la porte du grand salon de l'école de musique, vêtue d'une robe de faille bleu pâle, une fine voilette de dentelle blanche soutenue par un adorable petit chapeau assorti à sa robe. Bleu pour la loyauté. Bleu pour l'espérance. Aujourd'hui, elle s'apprêtait à rompre un vœu pour en contracter un autre. Infiniment plus important. Elle s'était juré de ne plus jamais se remarier mais pas de ne plus aimer. D'aimer vraiment, de toute son âme et de tout son corps.

— Êtes-vous prête, mon enfant ? s'enquit le duc de Bude en lui présentant son bras.

Le père d'Eaton allait la conduire à l'homme qu'elle aimait dans le lieu même où ils s'étaient vus pour la première fois. Là où il l'avait demandée en mariage. Dans cette école de musique où Eaton avait donné si généreusement de lui-même, pour rendre heureux enfants et adultes réunis.

— Tu es si belle, maman ! s'exclama Sophie en virevoltant dans sa nouvelle robe, bleue comme celle de sa mère, tandis que ses cheveux bruns roulés en belles anglaises dansaient sur ses épaules. Quand dois-je lancer les pétales ? demanda-t-elle, impatiente de jouer son rôle… Oh ! monsieur, poursuivit-elle à l'intention du duc. Si vous saviez comme je suis contente d'avoir de nouveau un papa !

Le duc se pencha sur elle pour tirer gentiment sur l'une de ses anglaises.

— Et moi d'avoir une nouvelle petite-fille. Ainsi qu'une si charmante nouvelle bru. Qui est le plus heureux de nous deux, à ton avis ? Je crois bien que c'est moi.

Eliza secoua la tête avec un sourire. Non, la plus heureuse, c'était elle. Elle avait rencontré l'amour alors qu'elle s'y attendait le moins. Et aussi un partenaire pour tous ses projets.

Soudain, du fond du salon, leur parvinrent les accords de la marche nuptiale composée en leur honneur par Cador Kitto et qu'il interprétait lui-même sur le piano Érard. Encore une surprise de ces trois semaines qui avaient filé à la vitesse de l'éclair. Mais c'était bien connu : l'amour fait des miracles !

Sophie vint se placer devant sa mère et avança lentement, comme on le lui avait appris, tout en lançant des pétales de roses de part et d'autre avec un gracieux sourire. Sur leur passage, les invités se levaient en vagues régulières, les saluant d'un murmure joyeux. Il y avait là Inigo et Cassian, bien sûr, et la duchesse de Bude qui s'essuyait les yeux de son mouchoir brodé en souriant au travers de ses larmes. Il y avait aussi des parents lointains, des relations, une foule de gens dont le visage réjoui réchauffait le cœur d'Eliza.

Le révérend Maddern attendait aux côtés d'Eaton pour l'accueillir. Mais Eliza n'avait d'yeux que pour son futur époux. Eaton, vêtu d'une queue-de-pie en drap bleu nuit, éclairée d'une cravate blanche savamment nouée et d'une culotte moulante à taille haute, se tenait droit et fier malgré son bras en écharpe qui rappelait la terrible aventure dont ils avaient réchappé de justesse.

Eliza ne fut guère attentive au service. Elle ne garderait au fond de sa mémoire, précieusement enfermé comme dans un écrin, que le moment où le marié était autorisé à embrasser la mariée. Le révérend les déclara mari et femme, et Eaton donna sa bonne main à Sophie pour redescendre l'allée centrale sous les applaudissements. Le bonheur d'Eliza était à son comble... mais une autre surprise l'attendait.

Sur la route qui les menait à Falmage Hill où les attendait le lunch offert à tous leurs amis et parents, la calèche ornée de roses blanches sorties tout droit de l'orangerie du manoir bifurqua en direction de Wheal Karrek et s'arrêta à quelque distance du carreau de mine. Eliza lança un coup d'œil interrogatif à son compagnon. Inigo ayant accepté gentiment et temporairement, bien sûr, de prendre les rênes de l'entreprise, elle n'était pas revenue dans les lieux depuis la mort de Miles Detford, ce qui, par ailleurs, avait permis au jeune homme de se livrer à une investigation discrète sur les manœuvres suspectes de Brenley.

Il n'avait pas pu démontrer jusqu'à présent l'illégalité de ces opérations, mais ils avaient tout leur temps. Eliza avait été informée au fur et à mesure des fruits de ses efforts. Inigo avait organisé la remise en état des parties accidentées de la mine et, comme on pouvait le constater au premier coup d'œil, l'exploitation avait repris son rythme normal. Quant à la galerie incriminée, elle avait tout simplement été condamnée.

Mais il y avait une autre surprise. Au fond de la cour, le mur qui donnait sur les champs environnants avait été abattu et un vaste terrain, maintenant dégagé, était fermé par des bottes de paille.

— Tiens ? s'étonna Eliza. Mais nous n'avions pas prévu de faire une halte ici.

— Considérez ceci comme une embuscade, ma chère épouse, la taquina Eaton avec un clin d'œil entendu. Un peu de patience... Vous allez découvrir mon premier cadeau de noces.

Sautant de la calèche, il actionna énergiquement la cloche qui servait à marquer le début et la fin du travail. Aussitôt, laissant là la tâche à laquelle ils étaient occupés, les hommes se rassemblèrent autour d'eux, le bonnet à la main.

— Votre attention, s'il vous plaît, cria Eaton en reprenant place dans la calèche pour monter sur une banquette afin de mieux haranguer la foule. Mes chers amis, aujourd'hui est le plus beau jour de ma vie puisque c'est celui de mon mariage avec Eliza Blaxland. Je vous présente la nouvelle Lady Lynford, future duchesse de Bude. Pour fêter notre union et répondre à son plus cher désir, je lui fais cadeau de l'école primaire de Wheal Karrek, destinée à vos enfants.

Se tournant vers Eliza, il ajouta ;

— Ma chère femme, êtes-vous prête à mettre la première pierre ?

Eliza, rouge de plaisir, balaya ses larmes d'un revers de sa main gantée. Une école ! Il lui faisait cadeau d'une école ! N'était-ce pas un cadeau magnifique ? Ce geste l'émouvait profondément comme tous ceux qu'il avait eus à son égard depuis le début de leur rencontre. Elle prit la truelle de la main de Gillie Cardy et, avisant les briques savamment empilées, elle la chargea de ciment qu'elle étala maladroitement sur le dessus. Gillie y posa avec cérémonie deux autres briques, et toute l'assistance applaudit.

— Mes chers amis, conclut Eaton quand le tumulte s'apaisa, vous êtes tous conviés ce soir au manoir pour un grand repas champêtre dans la grange. Un bal s'ensuivra jusqu'à l'aube. Que la fête commence !

— Oh ! Eaton, souffla Eliza en se penchant vers son mari, des étoiles plein les yeux. Merci ! Merci mille fois.

Il lui adressa un sourire radieux.

— C'était ton idée et la voilà qui se réalise.

Son jeune mari ne perdait décidément jamais son temps. Mais elle savait déjà ce qu'Eaton répondrait à cela.

Il n'y avait jamais de temps à perdre pour le bonheur.

BRONWYN SCOTT

La promise de lord Trevethow

SEIGNEURS DE CORNOUAILLES
VOLUME 1

Traduction française de
GÉRALDINE PART

SAGAS
HARLEQUIN

Titre original :
THE PASSIONS OF LORD TREVETHOW

Ce roman a déjà été publié en 2021.

1

The Elms, Cornouailles,
résidence familiale du duc de Hayle –
5 mars 1824, jour de la Saint-Piran

— Jamais tu ne parviendras à acquérir ce terrain.

En entendant cette affirmation sans appel, Cassian Truscott s'immobilisa. Pour lui, rien n'était impossible. Lui asséner une telle ineptie était sans doute la meilleure manière de piquer sa curiosité. Inigo Vellanoweth, son partenaire d'investissement mais également son meilleur ami, avait à présent toute son attention.

Cassian leva les yeux de l'imposante table de lecture en bois verni de la bibliothèque du château, sur laquelle était étalée une immense carte.

— Peux-tu répéter ce que tu viens de dire, Inigo ?

Inigo le fixa alors de ses grands yeux bleu azur depuis le bureau, disposé à proximité des grandes baies vitrées qui surplombaient le jardin impeccablement entretenu de la résidence familiale.

— Tu m'as très bien entendu, Cassian. Jamais tu ne parviendras à acquérir ce terrain. Le comte de Redruth refuse de le vendre.

Afin d'étayer son propos, Inigo agita ostensiblement la dernière lettre qu'il avait envoyée et qui faisait suite à une longue série d'essais infructueux.

Cassian poussa un profond soupir. Ses avocats et ceux de Redruth s'étaient rencontrés à maintes reprises au cours de l'hiver pour discuter de la vente de ce terrain mais ils n'étaient parvenus à aucun arrangement. Le printemps n'allait plus tarder, et Cassian devait bien reconnaître que la création de son parc d'attractions en Cornouailles n'était guère plus avancée que l'année précédente. Sans le terrain appartenant à Redruth, l'existence même de son projet était sérieusement compromise.

— Il y a d'autres terrains que celui du comte, Cass, dit Inigo avec le pragmatisme qui le caractérisait. Il est peut-être temps d'envisager d'autres options, tu ne crois pas ? Les terres situées à côté de Truro, par exemple, ajouta-t-il en cherchant les documents relatifs à la vente de cette propriété.

Cassian secoua la tête. Ils en avaient déjà discuté. C'était hors de question.

— Non, tu sais bien que ce n'est pas ce genre de terrain que je recherche.

Cassian posa les mains de chaque côté de la carte, le regard planté sur la croix qui signalait les trente-deux acres qu'il convoitait, afin de faire valoir son point de vue. Bon sang, c'était exactement le terrain qu'il lui fallait ! C'était l'emplacement idéal pour accomplir le rêve qui lui tenait tant à cœur car il permettrait de régénérer l'économie de la région. Non seulement le panorama qui s'offrait à la vue depuis les falaises vertigineuses qui plongeaient dans la mer était époustouflant, mais la distance qui séparait le terrain du comte de Redruth de Porth Karrek ou de Penzance était si réduite que cela permettrait d'embaucher les travailleurs des villages environnants et d'acheminer sans difficulté tout le matériel nécessaire au bon fonctionnement d'une telle structure.

— Le refus obstiné du comte ne t'exaspère-t-il pas ? demanda enfin Cassian.

Bien qu'associé dans la Société d'aménagement du territoire de Porth Karrek, Inigo paraissait beaucoup moins affecté que lui par la mauvaise tournure que cette affaire était en train de prendre.

— Pour moi, il ne s'agit que d'une transaction parmi tant d'autres, Cass, répondit Inigo en lui adressant un sourire narquois.

Tu sais bien ce que je pense de tout cela. S'attacher aux choses matérielles ou à l'argent crée inévitablement de la dépendance.

Cassian leva une nouvelle fois les yeux de la carte en faisant la grimace.

— Je vois. Tu penses sans doute que je m'entête pour rien. Tu te dis que je devrais faire contre mauvaise fortune bon cœur et accepter de passer à autre chose. Acquérir le terrain près de Truro, par exemple.

Pour Inigo, il ne s'agissait peut-être que d'une transaction parmi d'autres, mais, pour lui, c'était une affaire cruciale dont il était question. Ce projet devait lui permettre de se racheter auprès de la communauté et d'expier les fautes que son frère avait commises. À condition que l'implantation du parc d'attractions se fasse dans un environnement proche. Truro était bien trop éloigné des travailleurs auxquels il désirait venir en aide.

— Offre le double à Redruth, suggéra-t-il en soupirant.

Il avait absolument besoin de ce terrain. Cela faisait des mois qu'il négociait avec le comte. Il n'allait tout de même pas abandonner maintenant !

— Nous avons déjà doublé la mise, lui rappela Inigo d'un air entendu.

— Je sais. Double-la une nouvelle fois, dans ce cas. Je ne comprends pas pourquoi Redruth s'obstine ainsi. Ce n'est pas comme si ce terrain lui était d'une quelconque utilité. Cela fait plus de dix ans qu'il est en friche.

À peine avait-il donné ses nouvelles instructions à Inigo que Cassian comprit à quel point elles étaient absurdes. Redruth n'était pas le genre d'homme à se laisser corrompre par une grosse somme d'argent. Cet homme lui ressemblait beaucoup, au fond. Il avait plus d'argent qu'il ne lui en fallait et se moquait éperdument qu'on double ou quadruple une offre de prix.

— Non, fit-il en secouant la tête, oublie ce que je viens de dire, Inigo. Ce serait contre-productif. Nous risquons de paraître totalement désespérés. Jamais nous n'obtiendrons le terrain que je convoite de cette manière.

Cette histoire allait finir par le rendre fou ! À Londres,

l'engagement philanthropique du comte était de notoriété publique. Il finançait de nombreux orphelinats, soutenait les vétérans des guerres napoléoniennes et défendait d'autres causes encore au sein du Parlement. Pourquoi Redruth ne voyait-il pas les bénéfices qu'un parc d'attractions apporterait en Cornouailles, à deux pas de chez lui ? Cassian ne demandait pas la charité, au demeurant. Bien au contraire. Il était prêt à débourser une coquette somme pour parvenir à ses fins.

Cassian se leva de la table de travail pour se diriger vers les fenêtres. Il examina l'immense pelouse qui s'étendait devant lui. Le soleil était finalement parvenu à percer l'épaisse couche de nuages gris qui avait envahi le ciel au cours de la matinée, et l'après-midi promettait d'être correcte pour un début mars.

— Si l'argent ne l'impressionne pas, il faut trouver un autre moyen, lança soudain Inigo. Lorsqu'il ne siège pas à Londres, il vit en ermite derrière les murs d'enceinte de son château.

Même à Londres, le comte ne sortait qu'en de très rares occasions, songea Cassian en se frottant nerveusement le menton. Il laissait à son fils, Phineas, le soin de se charger des obligations sociales dues à son rang. Cassian le connaissait de vue. Phineas devait avoir quelques années de moins que lui. Quant au comte, Cassian ne savait presque rien de lui. Hormis qu'il avait choisi de vivre retiré du monde et exerçait son pouvoir depuis le château de Byerd.

— Ce n'est pas une mince affaire, Inigo. Comment dois-je m'y prendre pour séduire un homme aussi secret ? Il ne s'est pas montré en public depuis des années, excepté pour s'acquitter de ses fonctions parlementaires ou pour se rendre à l'église.

Ou pour organiser son bal de bienfaisance annuel à Londres. C'était le seul soir de l'année où Byerd House ouvrait ses portes à la société londonienne. Cassian y avait assisté quelques années plus tôt. En temps normal, c'était son père qui s'y rendait.

— De quoi Redruth a-t-il besoin ? demanda Cassian d'un ton songeur. Il faut à tout prix que je sache ce dont il a besoin et qu'il ne parvient pas à obtenir par ses propres moyens.

Mais il eut beau y réfléchir longuement, rien ne lui vint à

l'esprit. Cet homme n'était pourtant pas invulnérable. Il fallait juste détecter ses points faibles, car il en avait forcément, lui aussi.

— Tes recherches ont-elles donné quelque chose ? demanda-t-il encore, sans trop y croire.

Après le dernier refus du comte, Inigo s'était mis à enquêter sur Redruth.

— Non, rien de plus que ce que nous savons déjà. Il tient absolument à ce que le terrain reste entre les mains de sa famille. Et rien ne pourra le faire déroger à ce principe. Tu vas sans doute me dire que je me répète mais je te conseille vivement de chercher ailleurs le terrain dont tu as besoin pour créer ton parc d'attractions.

Inigo se leva du bureau où il était assis et vint étudier la carte de plus près. Il se mit tout à coup à la tapoter du bout du doigt. Cassian n'avait nul besoin d'examiner la carte pour savoir ce que son ami cherchait à lui faire comprendre.

— Être proche d'une plus grande ville te procurerait de nombreux avantages, Cass.

Cassian se détourna de la fenêtre.

— Non, je m'inscris en faux contre ce que tu viens de dire. Cela équivaudrait à reconnaître ma défaite. Le parc d'attractions serait alors bien trop loin pour espérer donner du travail aux gens d'ici. Et c'est eux que je veux aider, pas les habitants d'une plus grande ville.

Essayer de faire comprendre à un homme qui possédait tout ce qu'il désirait que la seule chose qui l'intéressait était hors de sa portée n'était pas une mince affaire, Cassian en convenait aisément.

— C'est aujourd'hui que les habitants de Porth Karrek et des environs ont besoin d'une assistance économique, insista-t-il.

Eaton Falmage, un ami très proche, ainsi que sa jeune épouse, Eliza, venaient d'ouvrir plusieurs écoles au sein des exploitations minières afin d'offrir une éducation de qualité aux enfants des mineurs, leur permettant ainsi de choisir ce qu'ils feraient une fois adultes et de déterminer eux-mêmes le lieu où ils souhaiteraient s'établir. Mais les bénéfices que ces enfants en retireraient n'interviendraient qu'à plus ou moins long terme. Il fallait absolument faire quelque chose pour améliorer les conditions de vie actuelles de tous ces gens. C'était pour eux que Cassian voulait à tout prix mener son projet à son terme.

Ne disait-on pas que « la marée montante soulève tous les bateaux » ? Cassian affectionnait tout particulièrement cette expression typique de Cornouailles. Un parc d'attractions remplirait précisément cet office en pourvoyant trois cents emplois directs à la population locale, sans parler des innombrables emplois indirects générés. Un projet d'une telle envergure ne manquerait pas de revitaliser la région.

Mais ce n'était pas tout. Ce parc d'attractions permettrait également à Cassian de réaliser son rêve le plus cher. Il avait à cœur de faire partager de nouvelles expériences aux habitants locaux qui n'avaient que rarement l'occasion de s'aventurer hors de chez eux. Lui avait eu l'immense privilège de pouvoir voyager. Il avait parcouru la Russie en long et en large et avait eu la chance de découvrir les grands divertissements dont les Français étaient si friands. Il avait également séjourné à Venise, haut lieu de convergence des cultures, où l'on pouvait déguster des mets de choix en provenance du monde entier.

Toutes ces expériences l'avaient considérablement enrichi. Il avait bien plus appris au cours des voyages qu'il avait effectués que durant ses années d'études à Oxford. Pourquoi la population locale ne pourrait-elle pas avoir accès à tout cela, elle aussi ? Il n'y avait aucune raison que ce soit uniquement l'apanage des très riches. C'était en tout cas ainsi que Richard Penlerick, duc de Newlyn, mentor et ami de Cassian, voyait les choses. Il lui avait insufflé cette vision philosophique pendant de longues années, l'encourageant à tirer de précieux enseignements de chacun de ses voyages pour essayer ensuite de les partager avec les autres. De manière que les connaissances d'un homme puissent enrichir toute une communauté.

Mais Richard Penlerick n'était plus de ce monde. Ils célébreraient le premier anniversaire de sa mort en juin prochain, et son héritage était plus vivace que jamais dans les écoles qu'Eaton et Eliza avaient fondées. Cassian était bien déterminé à poursuivre son œuvre. Voilà pourquoi il maudissait tant le comte de Redruth ! Dire que celui-ci osait se mettre en travers de son chemin au nom d'une doctrine éculée qui lui dictait de garder au sein de sa famille le terrain que Cassian convoitait.

— C'est une noble ambition, Cass, je te le concède. Mais es-tu certain que c'est là l'unique raison pour laquelle tu t'accroches aussi fermement à ce projet ?

Inigo n'avait pas son pareil pour faire éclater la vérité au grand jour. L'homme qui parviendrait à le mener en bateau n'avait pas encore poussé son premier cri.

— Et ne viens pas me dire que tu fais tout cela pour honorer la mémoire de Richard Penlerick. Tu pourrais faire exactement la même chose ailleurs et créer ton parc d'attractions à Truro par exemple. Rien ne t'oblige à monter ton projet ici.

À ces mots, Cassian sentit ses poils se hérisser. Il n'appréciait guère qu'Inigo le remette ainsi à sa place, d'autant que ce dernier savait pertinemment que Cassian naviguait en eaux troubles depuis quelque temps.

— Tu as l'air bien renseigné, Inigo. Dans ce cas, pourquoi ne me dis-tu pas franchement ce que tu penses ? Quelles sont mes véritables intentions ? Vas-y, je suis tout ouïe.

— Le sarcasme ne te sied guère, Cass, répliqua Inigo d'une voix cinglante.

Cassian retint son souffle. Inigo maniait la parole aussi bien que l'épée, et l'intuition de Cassian lui soufflait qu'il n'allait sans doute pas en rester là.

— J'espère que cela n'a rien à voir avec Collin.

Collin… Cela faisait plus de cinq ans que son frère cadet était mort, mais il suffisait que quelqu'un prononce son prénom pour que Cassian se mette aussitôt à suffoquer et perde le goût de vivre pendant de longues semaines. Tous ses proches savaient qu'il valait mieux éviter d'exhumer ce squelette du caveau familial. Collin, c'était le talon d'Achille de la famille Truscott. Ils n'avaient pas eu de chance. Les familles ducales n'étaient pas censées connaître de telles tragédies. Peut-être que tout cela ne serait jamais arrivé si Cassian avait réagi différemment lorsque son frère était venu le consulter. Mais à quoi bon retourner le couteau dans la plaie ? Ce n'était pas ainsi que les choses s'étaient passées et Collin était mort à présent. Il fallut quelques instants à Cassian pour rassembler ses esprits avant de pouvoir répondre à la question de son ami.

— Quand bien même il s'agirait de Collin, je ne vois vraiment pas où est le problème. Nous avons tous nos petites obsessions, Inigo. Vennor veut à tout prix rendre justice à son père en enquêtant sur les zones d'ombre qui planent toujours sur les circonstances de sa mort. Moi, j'ai la mort de Collin sur la conscience. Toi, c'est Gismond Brenley que tu as constamment à l'esprit. Et n'essaie pas de me faire croire que tu ne fais pas tout ce qui est en ton pouvoir pour faire tomber Brenley d'une manière ou d'une autre.

— Cela fait des années que cet homme porte préjudice à l'ensemble de la communauté. Il faudra bien qu'il paie un jour la note pour le rôle qu'il a joué dans la mort de Collin. Sans parler du mauvais tour qu'il a voulu jouer à Eliza Blaxland et des coups pendables qu'il continue à porter aux industries de Cornouailles, répliqua Inigo.

Cassian laissa échapper un petit rire sec.

— Tout cela n'est pas très chic de ta part, Inigo. Tu trouves parfaitement légitime de justifier tes obsessions mais, quand il s'agit des miennes, tu es incapable de faire preuve de la même mansuétude à mon égard. Ce n'est pourtant pas difficile à comprendre. J'ai besoin de prendre ma revanche. Si je crée mon parc d'attractions, la population locale pourra choisir l'emploi qui lui convient le mieux. Pourquoi les gens devraient-ils uniquement travailler pour Brenley ? Rien ne les oblige à s'éreinter à la mine de père en fils. Ils pourraient tout aussi bien travailler pour moi. Tu n'imagines même pas le nombre incroyable d'emplois que cela représenterait. Je dois également reconnaître que je donnerais cher pour voir la tête de Brenley lorsqu'il peinera à recruter des hommes pour travailler dans ses fichues mines !

— Permets-moi de te rappeler que cette vengeance que tu

appelles si chèrement de tes vœux n'est pour l'instant qu'une pure hypothèse, répliqua Inigo d'un ton égal. Tu as besoin du terrain de Redruth pour réaliser ton projet et tu sais bien que le comte n'acceptera jamais de le céder à quelque acquéreur que ce soit. À moins que tu fasses un jour partie de la famille de cet homme opiniâtre, je peux t'assurer que tu ne verras jamais la couleur de ce terrain.

— Dans ce cas, je sais ce qu'il me reste à faire, répondit Cassian d'un ton sec.

Cette conversation à bâtons rompus lui donna une idée, tout à coup. Il se dirigea en hâte vers les étagères de la bibliothèque, à la recherche de l'exemplaire du *Debrett's Peerage* qui appartenait à son père. En Cornouailles, les dynasties familiales étaient souvent très anciennes. Il n'était pas rare de pouvoir remonter jusqu'à Guillaume le Conquérant. Cassian posa le livre sur la table de travail et l'ouvrit précautionneusement en repoussant la carte étalée devant lui. Puis il fit glisser un doigt le long d'une liste de noms et s'arrêta net en lisant le nom Prideaux. Et s'il existait une parenté lointaine entre les Truscott et les Prideaux ? Peut-être qu'une cousine éloignée cherchait désespérément un époux ?

À cette pensée, Cassian frémit d'horreur. Était-il sincèrement prêt à épouser une inconnue pour acquérir le terrain qu'il convoitait tant ? Cette stratégie se tenait, il fallait bien le reconnaître. Son titre de noblesse pourrait facilement servir de monnaie d'échange. Non seulement il était le vicomte Trevethow, mais il était également le fils héritier d'un duc. Il était à la tête d'une petite fortune, du reste. Peut-être que cela suffirait à séduire Redruth. Nul aristocrate digne de ce nom ne pouvait refuser une alliance avec un futur duc, après tout. Mais, s'il en venait à de telles extrémités, ne se conduirait-il pas alors exactement comme sa toute dernière maîtresse ? Cassian réprima un frisson. Était-il prêt à s'abaisser à ce genre de négociations ? Cela ferait de lui l'équivalent d'une vulgaire prostituée. De luxe certes, mais une prostituée quand même. Pourrait-il encore se regarder dans la glace s'il ne disait pas la vérité à la femme qui partagerait son existence ? Cassian était le propriétaire principal de la Société d'aménagement du territoire de Porth Karrek, société que Redruth avait déjà découragée à plusieurs reprises. Sa réponse était catégorique : son terrain n'était pas à vendre. Si Cassian obtenait ce terrain de manière fallacieuse en épousant sa fille par exemple, Redruth risquait fort de le mépriser. Et la trahison ne constituait sans doute pas le terreau idéal pour commencer une vie maritale. Sans parler de sa pauvre épouse. Que penserait-elle de lui ?

Ces objections mises à part, il fallait pourtant admettre qu'un mariage entre le comté de Redruth et le duché de Hayle permettrait à ces deux familles implantées depuis de longues générations en Cornouailles de former une précieuse alliance. Cassian songea alors, non sans ironie, qu'il y avait tous les jours des hommes de son âge et de son statut social qui se mariaient pour de moins bonnes raisons encore. Épouser la fille de Redruth – s'il en avait une en âge de se marier, bien entendu – était de loin le moyen le plus facile d'acquérir le terrain qui l'intéressait. Peut-être que, aussi longtemps que son rêve continuait à prendre forme, le reste n'avait guère d'importance. Cassian réprima un profond soupir. Pourquoi persistait-il à se mentir à lui-même ? Réaliser son rêve en épousant une jeune femme qu'il ne connaissait pas uniquement pour faire main basse sur sa dot lui coûterait cher sur un plan personnel. Sa fierté en prendrait un coup, pour commencer. Cela signifierait également qu'il devrait faire une croix sur d'autres rêves qui lui tenaient particulièrement à cœur. Des rêves qui feraient sans doute sourire ses semblables. Peut-être même que les pairs du royaume se moqueraient ouvertement de lui s'ils apprenaient l'espoir qu'il caressait au plus profond de son cœur. Cassian avait terriblement envie de tomber amoureux de la femme qu'il épouserait. Jamais il n'accepterait un mariage dénué de passion. Un mariage, c'était bien plus qu'un contrat entre deux familles. Comment pourrait-il se résoudre à partager l'existence d'une femme s'il ne l'aimait pas follement ? Il avait conscience que cela paraissait bien chimérique, peut-être encore plus que le jardin d'agrément qu'il voulait créer, mais il n'envisageait pas les choses autrement pour l'instant.

Cassian savait par expérience que les hommes de son rang étaient régulièrement la cible de mères à la recherche d'un bon parti pour leurs filles ou de pères rongés par l'avarice qui se réjouissaient à l'idée de ne plus devoir subvenir aux besoins d'une partie de leur progéniture. Cassian n'avait nullement l'intention de tomber dans le piège que ces coureurs de fortune lui tendaient et se tenait par conséquent constamment sur ses gardes. Son frère et le gâchis monumental qui avait suivi ses fiançailles avec la fille de Brenley montraient à quel point la prudence devait être de mise dans ce domaine, quand certains n'y voyaient malheureusement que de la paranoïa.

Cassian continuait malgré tout de croire qu'un jour il se marierait par amour. Ce n'était pas totalement fantaisiste. Ses propres parents n'en étaient-ils pas la preuve vivante ? Sans parler des Trevelen. Ou de Cador et Rosenwyn Kitto. Ou encore d'Eaton et Eliza. Pourquoi n'y aurait-il pas droit, lui aussi ? Pourquoi devrait-il se contenter d'une alliance de pure forme ? Cassian scruta alors la liste de noms qui s'étalait devant lui à la recherche des Prideaux et se concentra sur les membres de la famille du comte de Redruth.

COMTESSE DE REDRUTH. LADY KATHERINE PRIDEAUX, NÉE DUNSTAN. NÉE EN 1783. DÉCÉDÉE EN 1814.

L'épouse de Redruth était décédée bien jeune. Cassian n'était encore qu'un petit garçon lorsque celle-ci avait disparu. Son doigt s'arrêta ensuite sur *Phineas Michael*, le fils héritier du comte et de la comtesse. Il reprit ensuite sa lecture, et son cœur se mit à battre plus fort en déchiffrant le nom suivant.

PENROSE, MARGARET. NÉE EN 1803.

Il avait trouvé ce qu'il cherchait. Cassian leva alors la tête et s'aperçut qu'Inigo le fixait du regard.

— Tu envisages de te marier pour acquérir le terrain dont tu as tant besoin. Et ne t'avise pas d'essayer de me mentir, Cass, je lis en toi comme dans un livre ouvert. Tu viens de trouver la fille que tu cherches. Tant d'hommes ignorent son existence.

Inigo fronça les sourcils d'un air songeur sans le quitter des yeux pour autant.

— Cela fait des années que personne ne l'a aperçue. Lady Penrose Prideaux ne se montre jamais en société.

Tel père, telle fille, songea Cassian en refermant le *Debrett's Peerage*. Que signifiaient donc les informations qu'Inigo venait de lui révéler ? Cela expliquait peut-être la raison pour laquelle le comte vivait en reclus. Pourquoi cette jeune femme n'apparaissait-elle jamais en public ? Souffrait-elle d'une quelconque infirmité ? Était-elle gravement brûlée ? À moins qu'elle ne soit affublée d'un pied bot ? Cassian se moquait bien de ce genre de détails. Il n'était pas superficiel au point de déterminer la valeur d'une personne sur son physique. C'était néanmoins ainsi que cela se passait en société. Même si Cassian n'en faisait pas sa priorité, il devait sans doute s'attendre au pire. La fille de Redruth n'était probablement pas une reine de beauté.

— Même avec un physique ingrat, la fille de Redruth ne doit pas manquer de prétendants, fit tout à coup remarquer Inigo. Le titre de noblesse de son père ainsi que la dot qu'elle apportera à son futur époux pallieraient amplement son apparence disgracieuse.

— Je ne ferai pas partie de ces goujats prêts à toutes les bassesses pour parvenir à leurs fins.

Pas encore, du moins. Cassian n'emploierait pas de telles manœuvres. Sacrifier un rêve dans l'espoir d'en réaliser un autre n'avait aucun sens. Sans compter que cela risquait de discréditer chacun d'entre eux. Peut-être en arriverait-il un jour à une telle extrémité. Pour l'heure, il n'était pas décidé à négocier son titre de duc contre le terrain appartenant au comte. Il était pourtant à court d'idées. Comment parviendrait-il à convaincre Redruth de lui vendre son terrain ? Cassian n'avait guère le choix. Il écrirait une nouvelle fois au comte dès le lendemain matin et ferait de son mieux pour souligner l'ensemble des avantages que celui-ci tirerait de cette vente.

— Je vais aller faire un tour, dit-il soudain en s'étirant. J'ai bien envie de participer aux festivités organisées en l'honneur de la Saint-Piran. Cela devrait me rafraîchir un peu les idées. Qui sait, peut-être qu'en me promenant parmi les étals je trouverai un nouvel angle d'attaque pour obtenir ce fichu terrain.

À moins que le comte ne change d'avis. Peut-être finirait-il par comprendre tous les avantages qu'un tel projet ne manquerait pas d'engendrer. La somme substantielle que Cassian allait lui proposer achèverait sans doute de le convaincre. Sans parler du progrès dont toute la population locale tirerait profit.

2

Les minutes s'égrenaient avec une lenteur désespérante. Lady Penrose Prideaux agita son éventail pour réprimer la colère qu'elle sentait monter en elle tandis que Lord Wadesbridge et son père échangeaient des banalités. Elle savait bien ce qui se tramait dans son dos. Son père jouait une nouvelle fois les entremetteurs. Au départ, cela l'avait presque amusée. Mais, avec le recul, elle se demandait à présent comment elle avait pu se montrer aussi naïve. Elle n'avait absolument rien à y gagner. Lorsqu'elle avait atteint ses dix-huit ans, son père s'était mis à inviter en toute discrétion des hommes de haut rang triés sur le volet. Comme elle trouvait chaque fois quelque chose à redire, son père lui présentait régulièrement de nouveaux prétendants. Avant, il ne lui demandait jamais de reconsidérer la question. Mais la situation était en train de changer. À chaque soupirant qu'elle rejetait, elle perdait un peu plus de liberté. Deux années s'étaient écoulées depuis que son père s'était mis en tête de la marier, et ce qu'elle avait d'abord envisagé comme un jeu n'avait plus rien d'un quelconque divertissement. Une sérieuse menace planait au-dessus de sa tête désormais.

De toute évidence, son père plaçait beaucoup d'espoir dans le prétendant du jour. Lord Wadesbridge possédait un vaste domaine non loin du château. Il n'était pas difficile de comprendre pourquoi son père l'appréciait tant. Lord Wadesbridge avait bien plus de points communs avec le comte qu'il n'en avait avec elle. Rien de très surprenant puisque les deux hommes avaient à peu près le même âge. Cet homme qui désirait l'épouser avait par conséquent au moins vingt ans de plus qu'elle ! Penrose voyait bien ce qui attirait son père. Le domaine de Lord Wadesbridge était si proche du leur que son père pourrait régulièrement lui rendre visite, une fois qu'elle serait mariée. Sans oublier la sécurité et la stabilité qu'un homme de cet âge pourrait lui apporter. Pen réprima un frisson d'horreur. C'était probablement l'homme le plus impassible de toute la région. À l'opposé exact de ce qu'elle recherchait.

Peut-être aurait-elle trouvé Wadesbridge à son goût si elle avait été veuve et avait déjà bien vécu. Ou si elle avait été calme et réservée, sans aucun goût pour l'aventure. Si elle avait eu pour unique ambition de faire tapisserie. Mais elle n'était absolument pas ce genre de femme. Elle avait vingt ans, et cela faisait presque dix ans qu'on lui interdisait de quitter l'enceinte de Castle Byerd si elle n'était pas accompagnée. Chaque fois qu'elle avait réussi à s'échapper du château ces dernières années, elle avait dû tout manigancer dans le plus grand secret.

Dotée comme sa mère d'un appétit de vivre hors du commun, Pen avait envie de découvrir le monde et de voir de ses propres yeux tout ce qu'elle avait lu dans les livres empruntés dans la bibliothèque de son père. Elle tenait plus que tout à faire ses propres choix et à vivre sa propre existence. Elle ne se contenterait pas d'œuvrer pour les nécessiteux derrière les murs d'enceinte du château sans jamais se rendre sur le terrain. Elle voulait leur venir en aide de manière concrète. Comme elle aimerait voyager et explorer tous ces lieux qu'elle avait étudiés en détail sur des cartes ! Quel délice ce serait de tremper ses orteils dans les mers chaudes des Caraïbes, de sentir à pleins poumons les épices des bazars turcs, de faire un tour en gondole à Venise, et peut-être quelques emplettes dans une boutique de mode en France. Si c'était trop demander, son père aurait pu tout au moins la laisser faire ses débuts comme toutes les autres filles de son rang. Pourquoi n'avait-elle pas le droit de danser avec un élégant gentleman de son âge, de tomber amoureuse, de rencontrer un homme qui comprendrait ses rêves et ferait battre son cœur ? Certains jours, et c'était le cas ce jour-là, Penrose avait l'impression que sa poitrine allait éclater sous la pression du désir qui parfois s'emparait d'elle. Il y avait tant de choses à faire en dehors des murs du château ! Le temps, en outre, lui était compté. Elle ne pourrait pas refuser éternellement tous les prétendants que son père lui présentait. Il allait finir par perdre patience. Si elle ne jetait pas son dévolu sur l'un d'entre eux, il finirait sans doute par choisir pour elle. Et son père était de loin l'homme le plus déterminé qu'elle ait connu. Jamais il ne la laisserait tranquille.

— Ma fille est très honorée par les attentions que vous lui prodiguez, Wadesbridge, lança son père en lui jetant un regard furibond.

Cette remarque arracha brusquement Pen à sa rêverie. De toute évidence, elle n'avait pas donné la réplique attendue et son père risquait fort de le lui reprocher.

— Pen va réfléchir sérieusement à votre proposition de mariage, Wadesbridge.

Les paroles que son père venait de prononcer achevèrent de la ramener à la réalité. Qu'était-il arrivé ? Elle s'était abandonnée à la rêverie l'espace de quelques instants et elle était presque fiancée à présent. Un large sourire aux lèvres, Wadesbridge se leva avec lenteur, visiblement heureux que sa visite s'achève sur une note aussi optimiste. Se souvenant tout à coup du protocole, Pen lui tendit alors la main et il s'inclina respectueusement dans sa direction.

— J'ai hâte de vous montrer Trescowe Park, Lady Penrose. Votre père m'a confié que vous aimiez beaucoup les fleurs. Les jardins sont de toute beauté au printemps.

Pen se contenta d'acquiescer d'un hochement de tête. Si elle montrait le moindre signe d'intérêt, elle risquait de le regretter amèrement. Oui, elle aimait les fleurs. Mais pas n'importe quelles fleurs. Les fleurs sauvages, voilà ce qu'elle aimait par-dessus tout. Elle leur enviait leur liberté, leur capacité de pousser où bon leur semblait, au beau milieu des haies, sur la lande ou sur des murs en pierre. Les petites fleurs qui venaient se nicher dans le moindre interstice forçaient son admiration.

— J'ai fait installer une serre qui devrait beaucoup vous plaire, poursuivit Wadesbridge. Cet hiver, j'ai greffé plusieurs rosiers afin d'obtenir une rose jaune aux reflets orangés. Si vous me donnez votre accord, je serai très honoré de vous faire parvenir un bouquet.

Même si Wadesbridge la laissait totalement indifférente, Pen reconnaissait volontiers la grande gentillesse dont il faisait preuve à son égard. Que pouvait-elle bien lui répondre ? Si elle acceptait son offre, elle ne saurait que faire de tous les bouquets de roses qu'il ne manquerait pas d'envoyer dès le lendemain. Le pire, c'était que son père et lui en déduiraient aussitôt qu'elle approuvait sa proposition de mariage.

— Vous êtes trop généreux, Lord Wadesbridge, répondit-elle donc en esquissant un petit sourire poli. J'aurai grand plaisir à découvrir la nouvelle variété de rose que vous avez créée lorsque mon père et moi viendrons vous rendre visite. Peut-être pourrez-vous alors m'en offrir quelques-unes.

Il ne lui restait plus qu'à espérer que Wadesbridge comprenne qu'il était inutile de la couvrir de cadeaux. Pen s'efforça de garder son sourire factice jusqu'au départ de son prétendant mais, dès qu'elle se retrouva seule avec son père, elle se rembrunit.

— Je ne veux pas l'épouser, dit-elle aussitôt d'une voix pleine d'autorité.

Son père lui parut soudain très las. Il laissa échapper un profond soupir.

— Qu'est-ce qui ne te convient pas, cette fois ? Wadesbridge est un homme riche, titré, stable, et il habite près du château.

— Il est vieux.

— Tu exagères ! Il n'a pas quarante-cinq ans.

— Il est plus proche de ta génération que de la mienne, rétorqua Pen.

Son père avait certes dix ans de plus que Wadesbridge, mais ce dernier avait tout de même vingt-cinq ans de plus qu'elle.

Le comte de Redruth la scruta alors de ses grands yeux noirs perçants. Ils avaient tous les deux du caractère. Sur ce point, ils se ressemblaient beaucoup. Pen savait pertinemment qu'ils faisaient chacun de son mieux pour se contrôler.

— Tu reprochais au prétendant précédent d'être un joueur invétéré, à un autre de boire, à un autre encore d'être criblé de dettes. Wadesbridge n'a aucun de ces vices. Je me disais donc qu'il pourrait facilement obtenir tes faveurs. À moins que tu n'aies l'intention de trouver des défauts à tous les prétendants que je te présenterai ?

Pen comprit, au ton accusateur que la conversation prenait, qu'elle l'avait déçu. Et elle ne supportait pas de décevoir son père. Elle l'aimait et elle savait qu'il l'aimait également en retour. Trop, parfois.

— Je veux faire quelque chose de ma vie, père, dit-elle d'une voix radoucie dans l'espoir de s'attirer sa compréhension.

— Se marier, fonder une famille, je ne vois vraiment pas ce qu'il y a de plus important dans l'existence, insista Lord Prideaux. La famille, c'est tout ce qui compte, Penrose. Pour un homme, c'est le travail de toute une vie. Pour une femme aussi.

Pen n'était pas de cet avis. Elle ne niait pas l'importance de la famille mais il y avait bien d'autres manières d'envisager l'existence, tout aussi dignes d'intérêt.

— Peut-être que ce sera un jour mon ambition mais, pour l'instant, ce n'est absolument pas le cas, répliqua-t-elle d'un ton égal.

Pen ne manquait pas d'arguments mais cela suffirait-il à convaincre son père ?

— J'aimerais avoir le temps de vivre un peu avant d'accorder ma main à celui qui partagera le reste de mon existence, ajouta-t-elle. Je n'imagine pas quitter ma maison d'enfance pour passer directement à celle de mon mari. J'ai besoin d'aventure. Je pourrais faire mes débuts à Londres, pour commencer.

C'était ce que faisaient toutes les filles de son âge, après tout. La fille de Sir Jock Trevelen, Marianne, n'avait que dix-neuf ans et allait bientôt entamer sa deuxième saison, alors qu'à vingt ans passés Pen restait sagement cloîtrée derrière les murs d'enceinte du château.

À la simple évocation de Londres, son père écarquilla les yeux.

— Cette ville est bien trop dangereuse, Penrose. Ne me dis pas que tu as déjà oublié ce qui s'est passé l'année dernière. Le duc de Newlyn et son épouse ont été mortellement poignardés alors qu'ils rentraient du théâtre. Cela faisait des années que nous étions voisins, et aujourd'hui ils ne sont plus de ce monde. Jamais je ne te ferai prendre de tels risques. Et puis, avec la dot qui t'est promise et ta lignée impeccable, tu n'as nullement besoin d'aller faire tes débuts à Londres, ajouta-t-il en lui pinçant affectueusement la joue. Pourquoi te donnerais-tu tout ce mal pour trouver un mari ? Les prétendants ne manquent pas. Tu n'as aucun effort à faire, Penrose, ce sont eux qui viennent à toi.

— J'en suis bien consciente, père. Seulement, j'aimerais choisir moi-même celui que j'épouserai. Pour cela, j'ai besoin de temps et d'une plus grande sélection de prétendants. Comment pourrais-je savoir ce que je cherche sans faire la moindre rencontre ?

— Tu devrais peut-être t'en remettre à la sagesse de tes aînés. Crois-tu que je te laisserais épouser un homme qui ne soit pas digne de toi ?

Pen savait bien que son père ne permettrait jamais cela. Elle était même tout à fait rassurée sur ce point. Son père lui choisirait un homme très convenable. Mais c'était exactement ce qui l'effrayait. Épouser un homme bien comme il faut ne provoquait pas le moindre enthousiasme chez elle. Où était le romantisme là-dedans ? Et les baisers volés ? Et l'amour ?

— Cette fois, je me permets d'insister un peu, Penrose. Je pense que tu devrais sérieusement considérer la proposition de Wadesbridge.

— De mon côté, je pense qu'il faudrait prendre sérieusement en compte mes désirs. Mon opinion a-t-elle si peu d'importance ?

Pen eut soudain l'impression qu'on venait de lui passer une corde invisible autour du cou pour l'étrangler. Ces dernières années, sa propre maison s'était peu à peu transformée en prison. Elle eut tout à coup envie de hurler que sa vie était dénuée de sens. Elle devait absolument sortir prendre l'air, même un court instant. Il fallait qu'elle aille marcher un peu pour s'éclaircir les idées.

— Je n'ai pas envie de me disputer avec toi, Penrose.

Son père se radoucit tout à coup, et le tendre regard qu'il lui lança rappela à Pen la tristesse dont il ne s'était jamais départi depuis une décennie environ.

— Tu es plus belle chaque jour, Penrose, murmura-t-il. Tu ressembles tant à ta mère. La même chevelure d'une teinte miel doré. Ses yeux verts comme la couleur de la mer l'été en Cornouailles. Quelle magnifique combinaison...

Son père n'était pas un exemple d'impartialité sur ce sujet, mais Pen n'eut pas le cœur de le lui reprocher. Elle avait peut-être un physique saisissant mais belle, non, ce n'était pas le qualificatif qui lui venait immédiatement à l'esprit. Sa mère avait été une très belle femme. À ses côtés, la vie avait également été très belle. Chaque jour était une nouvelle aventure. Ils grimpaient sur les collines en riant aux éclats ou construisaient des cabanes dans le grenier du château les jours de pluie.

Sa ressemblance physique avec sa mère était à la fois une bénédiction et une malédiction pour Pen. Depuis le jour tragique où sa mère avait perdu la vie à la suite d'un acte criminel totalement insensé, Pen, par sa simple présence, rappelait à chacun la femme qu'ils avaient perdue à tout jamais. Cela expliquait également pourquoi son père se montrait aussi protecteur avec elle. Jamais il ne supporterait de revivre un tel traumatisme. La mort arbitraire et terriblement injuste de son épouse l'avait brisé. Pen sentit sa colère retomber tout à coup. Elle n'avait pas la force de se quereller avec un homme qui n'avait jamais surmonté son chagrin, même après toutes ces années. De quel droit irait-elle blesser un père qui vouait un amour sans bornes à ses deux enfants ? Elle ne pouvait pourtant pas reporter éternellement cette discussion. Si elle ne défendait pas rapidement ses propres intérêts, elle se retrouverait mariée à Wadesbridge et n'aurait plus que ses yeux pour pleurer. Et si ce n'était pas Wadesbridge, ce serait le prétendant suivant. L'heure du débat n'avait pas encore sonné, cependant. Pen n'avait pas envie de se disputer avec son père. Pour l'instant, elle allait se contenter de fuir quelques heures comme elle le faisait chaque fois qu'elle manquait d'air.

Alors qu'elle se dirigeait vers la porte, son père fronça les sourcils.

— Où vas-tu ?

— Dans ma chambre. Je vais m'allonger un peu avant le dîner. J'ai mal à la tête, improvisa-t-elle.

Elle avait entendu parler de festivités au village. Un feu d'artifice allait même être tiré dans la soirée. Pour rien au monde Pen ne voulait manquer une telle occasion de se distraire. D'autant que c'était peut-être la dernière fois qu'elle pourrait en profiter. Elle n'était plus de prime jeunesse et, depuis quelque temps, elle avait l'impression de passer ses journées à rencontrer les prétendants que son père sélectionnait activement pour elle. À situations désespérées, mesures désespérées. Elle avait le choix. Elle pouvait s'enfermer dans sa chambre à double tour et pleurer sur son sort. Elle pouvait également décider d'aller prendre un peu de bon temps.

Une fois la porte de sa chambre soigneusement refermée derrière elle, Pen s'accroupit pour récupérer la boîte à couture, glissée sous son lit, dans laquelle se trouvaient une grande cape marron passe-partout, une robe en laine bleu foncé toute simple et une paire de bottines éculées. Un large sourire aux lèvres, elle sortit les vêtements de la boîte avec précaution, comme s'il s'agissait des plus belles soieries de sa garde-robe. C'était en effet son plus grand trésor. Dès qu'elle enfilait ces habits très ordinaires, elle n'était plus Penrose Prideaux. Elle oubliait alors toutes les contraintes auxquelles elle était constamment soumise, notamment l'interdiction de quitter le château à moins d'être sous bonne escorte. Elle pouvait s'imaginer ce qu'elle voulait. Elle était paysanne, travaillait à la ferme ou dans l'une des boutiques du village. Elle pouvait même se faire passer pour une femme d'un village voisin venue se distraire un peu. Les vêtements qu'elle gardait précieusement sous son lit étaient tout simplement synonymes de liberté. Elle pouvait faire tout ce qu'elle désirait dans cet accoutrement, personne ne devinerait qui elle était.

Pen s'était à peine changée qu'elle s'empressa de défaire la coiffure sophistiquée que sa femme de chambre avait savamment réalisée quelques heures plus tôt. Elle lissa ses longs cheveux couleur miel et les rassembla en une natte épaisse qu'elle fit négligemment retomber sur son épaule. Elle s'observa ensuite d'un œil critique dans la glace, à la recherche du moindre détail qui aurait pu la trahir. Un bijou oublié ou un ruban en satin dans ses cheveux par exemple. Satisfaite du reflet que le miroir lui renvoya, Pen rabattit la capuche de sa cape sur sa tête pour dissimuler son visage et se mit en route. Il n'y avait plus la moindre trace de Penrose Prideaux. En route pour l'aventure !

3

Cassian aimait particulièrement les fêtes de village et il savait que les festivités organisées ce soir-là à Redruth ne le décevraient pas. Celles-ci faisaient la fierté de la petite ville car c'était à Redruth que les premières célébrations de la Saint-Piran avaient vu le jour. Bien d'autres villes de Cornouailles allaient également rendre hommage au saint patron des mineurs d'étain ces jours-ci, mais Redruth n'en demeurait pas moins la pionnière.

Une fois parvenu à l'écurie du village, Cassian confia son cheval au jeune valet qui s'avança dans sa direction. À son air renfrogné, Cassian comprit que, contrairement à ses compagnons, le jeune homme n'avait pas obtenu la permission de se rendre aux festivités et avait dû se résigner à travailler un soir de fête. Cassian eut aussitôt pitié de lui et lui lança une petite pièce en guise de pourboire.

— Te voilà riche ! lança-t-il pour le consoler. Les autres vont sans doute revenir les poches vides.

Le valet hocha la tête en guise de remerciement, sans se départir pour autant de sa mine boudeuse. Cassian compatissait sincèrement à son malheur. Au même âge, lui aussi bouillait d'impatience à l'idée de pouvoir sortir en compagnie d'autres adolescents. Il fallait dire que, dans la région, les occasions de se divertir n'étaient pas monnaie courante. Si seulement il parvenait à ouvrir son parc d'attractions ! Cela changerait totalement la donne. Il comptait bien proposer des divertissements destinés à tous les âges. Pas comme Vauxhall qui ne s'adressait qu'aux adultes. Pourquoi les enfants en seraient-ils exclus ? Eux aussi avaient besoin de stimulation. D'autant qu'ils avaient généralement l'imagination fertile. En grandissant, Cassian avait adoré les récits d'aventure. L'apprentissage de la lecture lui avait pourtant donné du fil à retordre. Il avait de merveilleux souvenirs des promenades à cheval qu'il avait faites avec son père, le père d'Eaton et Richard Penlerick. Ces sorties étaient certes occasionnelles mais elles avaient sans nul doute aiguisé son goût pour l'exploration. Il pourrait peut-être rapporter un chausson à la viande au malheureux valet d'écurie en fin de soirée, songea-t-il. À cette simple pensée, l'estomac de Cassian se mit aussitôt à gargouiller. Rien d'étonnant. Depuis le petit déjeuner, il n'avait strictement rien avalé.

Une fois dans la rue, il se laissa guider par l'odeur de viande grillée qui vint aussitôt lui chatouiller les narines alors que de joyeux lurons le bousculaient en riant. Lorsque ce fut son tour, il s'empressa de régler son achat et mordit à pleines dents dans la pâte feuilletée alors que la viande moelleuse à souhait lui ravissait les papilles. Manger chaud atténua quelque peu la fraîcheur piquante de cette fin d'après-midi. Dans cette partie du monde, le mois de mars n'indiquait nullement l'arrivée du printemps. Cassian se mit à déambuler au milieu des échoppes, s'arrêtant de temps à autre pour admirer les articles qui retenaient parfois son attention. Alors qu'il s'extasiait devant le savoir-faire d'un artisan en train de confectionner une bride de cheval au stand du tanneur, son regard fut tout à coup attiré par une jeune femme non loin de lui. Il n'aurait su dire ce qui avait attisé sa curiosité. Peut-être la façon dont sa cape tournoyait. À moins que ce ne fût la manière dont cette femme au port de tête gracieux se mouvait. Elle semblait si différente des badauds qui grouillaient autour de lui.

Cassian s'écarta un peu du stand pour l'observer plus attentivement. Il n'avait jamais vu pareil engouement. La jeune femme semblait littéralement dévorer chaque chose des yeux. Dans les échoppes, son regard s'attardait sur chaque objet, comme s'il s'agissait de produits incroyablement luxueux.

Comment savoir ? Peut-être était-ce le cas pour elle. Ceux qui se précipitaient aux festivités de la Saint-Piran n'avaient pas nécessairement les moyens de se faire plaisir. La capuche de la cape marron que portait cette jeune femme dissimulait non seulement sa chevelure mais également une bonne partie de son visage. Cassian pinça les lèvres. Il aurait tellement aimé distinguer les traits de cette inconnue qui semblait se délecter de tout ce qu'elle voyait. À quoi pensait-elle ? Que représentaient donc ces festivités à ses yeux pour qu'elles lui inspirent une telle admiration ? C'était exactement cette mine réjouie que Cassian désirait voir sur les visages de tous ceux qui franchiraient les portes de son parc d'attractions. Mais, pour cela, il devait d'abord parvenir à ses fins.

En la voyant tout à coup emportée par le flot de la foule, Cassian se mit à la suivre sans réfléchir, de peur de la perdre de vue. Et s'il allait lui parler ? Elle ne semblait pas accompagnée. Pour une femme, c'était plutôt inhabituel lors d'un événement de cet acabit. Mieux valait se tenir sur ses gardes avec l'excitation suscitée par la fête. Plus particulièrement vers la tombée de la nuit, lorsque de nombreux hommes auraient bu plus que de raison. De l'autre côté de la place du village, les stands s'espaçaient pour laisser place à des enclos réservés aux animaux d'élevage, et la foule s'y faisait plus rare. Une nuée d'enfants s'agglutina tout à coup autour d'elle. Visiblement surprise, la jeune femme s'immobilisa.

Cassian accéléra le pas. Ce n'était pas de très bon augure. Non seulement ces gamins étaient beaucoup trop nombreux mais, de toute évidence, ceux-ci n'habitaient pas Redruth. Il s'agissait sans doute de ces gamins des rues qui suivaient les vendeurs de foire. Un garçonnet tira soudain la jeune femme par la manche pour attirer son attention. Un stratagème vieux comme le monde. Cassian devina sans peine ce que ce bonhomme haut comme trois pommes était en train de lui demander. Elle parut hésiter. Puis elle glissa une main sous sa cape avant de tendre une pièce au galopin. Ce n'était pas la meilleure chose à faire. Les autres allaient sans doute l'enquiquiner jusqu'à ce qu'elle leur donne tout ce que contenait sa bourse. À moins qu'ils ne reviennent la lui dérober un peu plus tard maintenant qu'ils savaient où elle cachait ses précieuses économies. À en juger par son apparence, elle ne pouvait se permettre pareille mésaventure.

— Hé, là-bas, déguerpissez ! Et en vitesse ! s'exclama Cassian.

Les gamins s'enfuirent aussitôt à toutes jambes et se dispersèrent aussi vite qu'ils étaient apparus. Face à un homme de sa stature, ils savaient qu'ils n'avaient pas la moindre chance et ne demandèrent pas leur reste.

En l'apercevant, la jeune femme se raidit. Elle lui parut alors plus grande, plus mince et plus gracieuse encore qu'elle ne l'était quelques secondes plus tôt alors qu'elle flânait au milieu des échoppes.

— Votre intervention n'était pas vraiment nécessaire, sir. Il s'agissait juste d'enfants affamés qui me réclamaient une petite pièce.

Elle lui avait parlé d'un ton légèrement impérieux. De toute évidence, cette femme avait sa fierté et mettait un point d'honneur à se débrouiller toute seule. Cassian avait deux sœurs aînées qui lui parlaient habituellement sur le même ton. Mieux valait rester sur ses gardes. Il n'oubliait pas que les époux respectifs de ses sœurs l'avaient appris à leurs dépens.

— Si vous n'y prenez garde, miss, ils s'empareront de votre bourse avant que vous n'ayez eu le temps de réagir. Ces enfants n'habitent pas le village, vous savez, ajouta-t-il gentiment.

— Je sais pertinemment à qui j'avais affaire, sir. Et qu'ils soient d'ici ou d'ailleurs ne rend pas leur situation moins désespérée. Je ne me résoudrai jamais à me détourner de mes semblables et préfère courir le risque de me faire dépouiller, répliqua-t-elle fermement.

Cassian acquiesça d'un petit hochement de tête.

— C'est tout à votre honneur, miss. Mais je doute fort qu'ils fassent preuve d'une telle indulgence à votre égard lorsqu'ils vous déroberont votre bourse par surprise. Vous vous êtes exposée, vous savez.

À dire vrai, il aurait bien aimé qu'elle s'expose un peu plus.

Qu'elle ôte cette maudite capuche de son visage, pour commencer. Il mourait d'envie de croiser le regard de cette femme et d'apercevoir les lèvres de celle qui n'avait pas hésité à lui tenir tête. Par expérience, Cassian savait qu'une femme sûre d'elle avait toutes les chances de le séduire.

— Je pourrais peut-être vous escorter au cas où ils reviendraient vous importuner.

— Où me proposez-vous donc de m'escorter ? Dans une allée sombre, peut-être ?

Cette remarque cinglante fit sourire Cassian et lui donna terriblement envie de poursuivre cette amusante conversation.

— On peut faire bien des choses dans une allée sombre, miss. Et elles ne sont pas nécessairement répréhensibles, vous savez.

— Qui me dit que vous n'êtes pas mille fois plus dangereux que cette bande de gamins ? rétorqua fort à propos la jeune femme.

De toute évidence, cet échange l'amusait elle aussi.

— Vous êtes peut-être de mèche avec eux, ajouta-t-elle.

En le voyant écarquiller les yeux après sa réplique, elle partit tout à coup d'un grand éclat de rire.

— Je ne suis pas aussi naïve que j'en ai l'air, vous savez.

Doux Jésus, cette demoiselle espiègle n'avait pas la langue dans sa poche. Et Cassian devait bien reconnaître que l'aplomb dont elle faisait preuve avait quelque chose de terriblement séduisant.

— Je n'en ai jamais douté, miss, dit-il avec un petit rire joyeux. Je craignais simplement que votre trop grande générosité ne finisse par se retourner contre vous. Vous laisseriez-vous tenter par un chausson à la viande ou une autre douceur ?

— Vous ne vous êtes même pas présenté, sir.

Le ton de la plaisanterie s'était brutalement évanoui. Cassian comprit un peu tard qu'il avait bien failli dépasser les limites de l'acceptable. Cette rencontre inopinée l'amusait cependant bien trop pour la gâcher en dévoilant sa véritable identité. Si la jeune femme apprenait qui il était, leur conversation légère prendrait immédiatement fin. Et même si son nom ne lui disait rien dans un premier temps, elle serait bien vite renseignée. Vu la position qu'il occupait dans la société, le fait de révéler son patronyme à une parfaite inconnue lui ferait encourir un certain nombre de risques, et Cassian n'était pas disposé à mettre ainsi sa réputation en péril.

— Quel nom souhaitez-vous me voir porter ? demanda-t-il d'un ton badin. Choisissez-en un !

Les grands yeux verts à demi dissimulés sous la capuche de la cape se mirent aussitôt à étinceler. De toute évidence, le petit jeu qu'il venait de lui suggérer l'avait séduite. La curiosité de Cassian fut d'autant plus piquée. Si cette miss était joueuse...

— Matthew, dit-elle sans la moindre hésitation.

La rapidité avec laquelle elle avait répondu lui coupa le souffle.

— À mon tour de vous demander comment vous avez l'intention de m'appeler.

De plus en plus intéressant, songea Cassian. Cette femme paraissait également percevoir tous les avantages qu'ils tireraient à utiliser un nom d'emprunt. Peut-être ne tenait-elle pas particulièrement elle non plus à divulguer son identité ? Cela rendait sans doute ce petit jeu plus exaltant encore. À moins qu'il ne s'agisse d'autre chose.

— Désirez-vous absolument que je vous donne un petit nom ? Votre visage m'intéresse bien plus que votre identité, si vous voulez tout savoir, lâcha Cassian d'un ton enjôleur. Rabattez simplement un peu votre capuche en arrière. Je pourrai ainsi mieux vous distinguer.

Ce jeu commençait vraiment à lui plaire. Il aurait juré que cette femme avait des choses à cacher. Elle cherchait peut-être à préserver sa vie privée. C'était tout à son honneur. N'avait-il pas lui aussi ses petits secrets ?

D'une main, elle repoussa légèrement sa capuche en arrière. Suffisamment pour révéler une magnifique chevelure d'une teinte miel caramel, des yeux vert émeraude et une merveilleuse bouche charnue d'un rose délicat qui ne demandait qu'à être embrassée. L'association de ces différents traits formait un ensemble absolument fascinant. Ce n'était pas un visage qu'on oubliait de sitôt. Élégamment vêtue, dans un autre cadre, cette jeune femme serait une pure beauté. La foule ordinaire qui se pressait dans les rues de Redruth faisait pâle figure à côté d'elle. La reine des fées parmi les simples mortels. Pas étonnant si elle cherchait par tous les moyens à dissimuler les traits de son visage. Les femmes d'une beauté aussi saisissante attiraient immanquablement l'attention. Et pas nécessairement celle qu'elles recherchaient.

— Vos yeux ont une couleur d'opale, remarqua-t-il avec le plus grand sérieux. Mais peut-être que la teinte émeraude les définit avec plus de précision encore.

Elle rabattit alors sa capuche.

— J'ai une idée. Je pourrais vous appeler Em. Je trouve que ce diminutif a une sonorité très amicale.

— Cela signifie-t-il que nous sommes amis pour la soirée ?

Sans se concerter, ils avaient naturellement repris le chemin des baraques foraines, comme s'ils reconnaissaient tous deux de manière implicite qu'ils avaient l'intention de passer la soirée ensemble.

— Nous serons ce que bon vous semble, Em.

Cassian laissa volontairement sa voix traîner sur le dernier mot, comme une caresse dont lui seul connaissait la signification. Ils pouvaient bien être ce qui leur chantait. Des inconnus. Des amants. Des amis. Em lui plaisait beaucoup. Cette demoiselle espiègle, au rire un peu rauque et auréolée de mystère, avait quelque chose de terriblement séduisant. Elle accepta ensuite le chausson fourré à la pomme de terre qu'il lui offrit.

— Comme c'est bon ! s'exclama-t-elle en mordant le chausson à pleines dents.

En la voyant savourer chaque bouchée, les yeux fermés tant elle se régalait, Cassian sentit son bas-ventre se contracter. Si elle prenait un tel plaisir à manger un simple chausson, comment se comportait-elle en plein ébat amoureux ? Il l'imaginait déjà, des mèches de cheveux s'échappant de sa tresse, son long cou arqué…

En apercevant quelques gouttes de jus sur ses lèvres, Cassian réprima l'irrésistible envie de les lécher. Elle sourit alors d'un air faussement timide, comme si elle devinait le tour qu'avaient pris ses pensées. Mais elle passa la pointe de sa langue sur ses lèvres avant qu'il ait eu le temps de céder à cette terrible tentation.

De toute évidence, ce bel homme aux cheveux bruns avait terriblement envie de l'embrasser, songea Pen, surprise par le petit frisson d'excitation qui lui parcourut l'échine. Même si elle n'avait aucune expérience du monde, elle avait lu suffisamment de romans pour comprendre ce qui se tramait. Les yeux baissés, le regard fixé sur la bouche de l'autre, ces signes ne trompaient personne. Elle l'avait seulement devancé en se passant la langue sur les lèvres.

Peut-être aurait-elle dû se laisser faire ? Non, c'était bien trop précipité. Il risquait de la prendre pour une femme facile. Ils venaient à peine de se rencontrer, et elle avait déjà outrepassé quantité de règles de bienséance : parler à un inconnu, marcher à ses côtés, accepter la nourriture qu'il lui offrait, badiner outrageusement, faire des mots d'esprit qu'elle s'était contentée jusque-là de répéter dans sa tête et prendre un nom d'emprunt. Em, voilà comment il avait décidé de l'appeler. Mais, dans sa tête, Pen l'imaginait écrit *M. M.* comme mystère, peut-être. Il ne lui restait plus qu'à espérer qu'il ait à nouveau envie de l'embrasser lorsqu'ils se connaîtraient un peu mieux. Elle pourrait alors se laisser faire. Cette pensée avait quelque chose de terriblement délicieux. Ce soir-là, lors de la fête du village, elle recevrait peut-être son tout premier baiser. Des lèvres d'un bel inconnu aux cheveux bruns.

Une fois que leur chausson fut englouti, ils se mirent à déambuler parmi les stands. Ils marquaient un temps d'arrêt chaque fois que quelque chose attirait leur regard. Une ceinture, une écharpe, un joli colifichet, du savon parfumé. Tout cela dans un flot continu de paroles. Pen n'en revenait pas. C'était si facile de parler à Matthew et de l'écouter également. Il avait tant d'anecdotes à raconter ! Il lui divulgua les secrets de fabrication du savon français, lui expliqua le nombre incroyable de pliages que nécessitait la pâte feuilletée des chaussons qu'ils avaient dévorés et lui dévoila enfin comment la dentelle de Bruxelles était confectionnée.

— Vous les avez vus faire ?

Pen ne put résister au plaisir de caresser un échantillon de dentelle du bout du doigt, prenant pleinement conscience de la patience et de la technique que cela exigeait. Elle avait plusieurs robes agrémentées d'encolures ou d'empiècements en dentelle dans sa garde-robe. Mais jusqu'alors elle ne s'était jamais représenté le dur labeur que cela impliquait.

— Oui, le procédé de fabrication est extrêmement élaboré. Il faut une patience inouïe, vous savez. Certains motifs demandent des mois de travail.

En entendant ces explications, Pen laissa échapper un soupir.

— Comme je vous envie ! Vous avez tellement voyagé ! Cela doit être merveilleux de découvrir le monde. Je donnerais n'importe quoi pour partir loin d'ici. Quels autres lieux avez-vous visités ?

Ils s'immobilisèrent alors pour sentir les parfums contenus dans de magnifiques petites fioles. Pen inspira à pleins poumons un mélange de santal et d'effluves plus exotiques puis le tendit à Matthew.

— Essayez celui-ci. C'est très masculin, vous verrez.

Il sentit la fiole en question puis remit le bouchon en place.

— Il sent bon. Cela me rappelle la Russie.

— Vous êtes allé en Russie ! s'écria Pen. Racontez-moi ! À quoi ressemble la Russie ?

— Je vais tout vous raconter, promit-il en lui adressant un clin d'œil entendu, mais nous devons tout d'abord nous sustenter un peu.

Cet homme semblait doté d'un appétit insatiable, remarqua Pen, amusée. Le chausson qu'ils avaient dévoré quelques minutes plus tôt fut suivi d'un assortiment incroyable de douceurs glanées au gré de leurs déambulations. Alors qu'ils venaient d'engloutir des scones garnis de confiture et de crème fraîche puis des petits pains au safran tout juste sortis du four, il lui présenta une boîte remplie de biscuits au gingembre.

— Oh non, je vous remercie, je ne peux plus avaler une bouchée supplémentaire ! lui lança-t-elle en riant.

Matthew lui adressa alors un sourire malicieux et lui agita un biscuit sous le nez.

— En êtes-vous bien certaine ? Mes neveux et nièces prétendent pourtant qu'il est impossible de résister aux biscuits au gingembre ! D'autant que ceux-ci sont de première fraîcheur. Prenez-en un, s'il vous plaît. Faites-moi plaisir.

En voyant le large sourire qui lui fendit alors le visage, Pen sentit son cœur chavirer. La foule bruyante qui les entourait disparut instantanément comme par magie. Lorsqu'il la regardait ainsi avec ses yeux couleur whisky et ses longs cils noirs, c'était comme si le reste du monde s'était évaporé. Elle se sentit perdue, tout à coup.

— Peut-être me reste-t-il juste assez de place pour un petit biscuit, répondit-elle.

— Ouvrez grand la bouche dans ce cas, Em.

Pressentant ce qu'il avait en tête, Pen sentit son pouls s'accélérer. Cet homme ne semblait reculer devant rien. Il comptait lui glisser le biscuit dans la bouche ! Elle entrouvrit les lèvres et saisit le biscuit délicatement du bout des dents. Il lui effleura alors les lèvres, plus longtemps que nécessaire. Ce petit geste fit aussitôt jaillir une étincelle entre eux. La lumière du jour commençait à décliner, et Pen s'aperçut que les lanternes diffusaient une légère lueur autour d'eux. Il se passait quelque chose. Matthew semblait littéralement la dévorer des yeux alors qu'elle se délectait du biscuit au gingembre qu'il lui avait offert. On aurait dit qu'il lisait en elle comme dans un livre ouvert, qu'il devinait ses rêves les plus insensés. Comme passer une soirée avec un bel inconnu fou de désir, un inconnu qui ne voyait plus qu'elle. Un inconnu qui ne connaissait pas la tragédie familiale qui avait profondément affecté son existence et ne savait pas qu'elle vivait à l'écart du monde et qu'elle faisait tout ce qui était en son pouvoir pour conquérir sa liberté. Un inconnu qui se moquait bien de son immense fortune, des terres qu'elle possédait et du titre de noblesse attaché à sa famille. Un homme qu'elle n'avait pas rencontré par l'intermédiaire de son père et qui la désirait pour ce qu'elle était vraiment.

Pen réprima un profond soupir. Ce joli rêve allait hélas bientôt prendre fin. Elle n'avait pas prévu de rester aussi longtemps. Matthew lui proposa un autre biscuit, et elle n'eut pas le cœur de lui refuser ce plaisir. Elle se délecta également de l'imperceptible caresse des doigts de son compagnon d'un soir sur ses lèvres.

— Je dois y aller, murmura-t-elle en rassemblant son courage.

Elle pouvait compter sur Margery, sa femme de chambre, pour excuser son éventuel retard mais le trajet risquait de prendre plus longtemps qu'à l'accoutumée maintenant que l'obscurité commençait à tomber.

— Bientôt, répondit Matthew en lui prenant doucement la main. Vous ne pouvez pas partir sans avoir vu le souffleur de verre vénitien, ajouta-t-il en l'entraînant un peu plus loin.

— D'accord, mais ensuite je devrai absolument rentrer, dit Pen d'une voix hésitante.

Elle savait qu'elle jouait avec le feu mais la perspective de passer quelques minutes supplémentaires en compagnie de Matthew détrôna tout le reste. Elle pouvait bien s'accorder un peu de liberté.

Quand ils furent arrivés devant le stand du souffleur de verre, Pen sentit son regard attiré par la forge rougeoyante. Ils se glissèrent alors parmi les badauds assemblés en demi-cercle autour de l'étal. L'homme était en train de souffler à travers un tube. Lorsqu'une forme aux contours encore fragiles se matérialisa à l'autre extrémité, Pen en resta bouche bée. Elle n'avait encore jamais assisté à un tel spectacle. Mais l'homme qui se tenait derrière elle était plus fascinant encore. Son corps si près du sien dans la foule compacte la troubla. Elle sentit alors la douce pression de la main de Matthew sur sa taille tandis qu'ils observaient la démonstration. Aucun homme n'avait jusqu'alors osé la toucher ainsi. Ce geste avait quelque chose de l'ordre de l'intime, de possessif peut-être même, mais la décontraction avec laquelle le jeune homme se comportait rassura Pen. Sa main semblait exactement à sa place. Comme si elle avait tous les droits de s'y trouver.

Pen eut tout à coup terriblement envie que cette impression devienne réalité. Par chance, il lui restait encore un peu de bon sens. Fille d'un comte, elle était promise à un homme au rang bien plus élevé que celui de ce bel inconnu aux yeux couleur whisky. Ce n'était certes pas un paysan. Il avait trop belle allure et une confiance en lui qui en disait long sur sa place dans la société. Sans parler du pardessus et des bottes qu'il portait. Peut-être s'agissait-il du fils d'un châtelain ? Un homme qui avait les moyens de vivre très confortablement sans posséder pour autant une grosse fortune. Un homme qui ne pourrait jamais courtiser la fille d'un comte, ni lui demander sa main. Tout ce que Pen pouvait espérer, c'était passer la nuit en sa compagnie. Peut-être avait-il lui aussi d'autres obligations ? Peut-être ne pouvait-il lui accorder qu'une nuit ?

Le souffleur de verre acheva sa démonstration sous une salve d'applaudissements, puis la foule se dispersa sans demander son reste. Pen s'attarda un peu pour regarder les objets en vente, disposés sur l'étal : un cœur en verre qui pouvait faire office de pendentif, une ménagerie de petits animaux en verre, de minuscules dés à coudre ainsi que des larmes en verre.

— C'est vraiment incroyable, murmura-t-elle. Venise a parcouru tout ce chemin jusqu'à Redruth. Quel monde prodigieux cela doit être.

Elle ne regrettait pas d'avoir retardé son départ pour assister à ce spectacle extraordinaire. En compagnie de Matthew. Son Matthew.

— Je suis heureuse que vous ayez insisté pour que je voie cela, dit-elle en lui jetant un regard en coin.

Il ne détourna pas les yeux et la fixa longuement. Bien plus longtemps que la bienséance ne le permettait.

— Me permettez-vous de vous offrir un souvenir ?

Il s'était adressé à elle à voix basse, d'une voix intime qui n'était destinée qu'à elle.

— Je ne devrais pas accepter, répondit Pen dans un souffle.

— Mais vous n'allez pas refuser, déduisit Matthew en faisant signe au souffleur de verre de s'approcher. Cette jeune femme aimerait ce pendentif, je vous prie.

Pen sentit ses joues s'empourprer. C'était un présent bien trop intime. Bien plus que les roses coupées que Wadesbridge voulait lui offrir. Et même s'il ne s'agissait ni d'un diamant, ni de cristal autrichien, ce colifichet allait certainement occasionner une dépense importante. Matthew n'outrepassait-il pas ses moyens ? Si c'était le cas, il n'en laissa rien paraître et extirpa la somme nécessaire de sa poche intérieure sans la moindre difficulté.

— Me permettez-vous de vous le passer autour du cou, Em ?

Le regard enfiévré qu'il lui lança alors la brûla comme un fer rouge. Les passants avaient-ils la moindre idée de ce qui se tramait ? Et Matthew, avait-il conscience de l'effet qu'il lui faisait ?

Pen s'exécuta sans plus attendre. Elle pivota sur ses talons, rabattit la capuche de sa cape en arrière et souleva la lourde tresse qui lui retombait dans le dos afin qu'il puisse facilement accéder à son cou. Elle tressaillit en sentant les doigts frais du jeune homme s'attarder contre sa peau lorsqu'il lui noua le ruban autour du cou avec une infinie délicatesse.

— Votre long cou gracieux n'a rien à envier à celui des cygnes, Em, lui murmura-t-il au creux de l'oreille.

En l'entendant lui susurrer ce compliment, Pen eut la vague impression qu'ils étaient de vieux amants.

— Merci, dit-elle dans un souffle.

Qu'était-elle censée dire ? Elle aurait peut-être dû le réprimander pour les libertés qu'il s'autorisait. Elle entendit alors les premières notes de musique qui annonçaient l'ouverture du bal. Elle aurait tellement aimé aller danser, songea-t-elle alors que Matthew lui replaçait la capuche sur la tête pour lui couvrir les cheveux, en s'attardant un peu sur ses épaules.

— Devez-vous absolument partir ? J'ai très envie de vous inviter à danser. Comment pourrais-je vous convaincre de rester ?

Un peu désarçonnée par ce cri du cœur, Pen caressa du bout des doigts le cœur en verre que Matthew venait de lui accrocher autour du cou.

— Il faut que je m'en aille maintenant, dit-elle doucement. Merci pour cette délicieuse soirée.

— Quel chemin avez-vous l'intention d'emprunter ? J'ai laissé mon cheval à l'écurie du village. Je peux vous ramener chez vous, si vous voulez.

Pen eut un moment d'hésitation. La proposition était plutôt alléchante. Elle irait tellement plus vite. D'autant qu'elle avait déjà pris beaucoup de retard. Mais cela n'était pas sans risques. Pen comprit alors que l'extrême prudence dont son père faisait preuve en toute occasion était également profondément enracinée en elle. Elle ne craignait rien au milieu de tous ces gens. Elle pourrait toujours crier à l'aide en cas de problème. Ici, Matthew ne pouvait pas lui faire de mal. Mais à cheval, sur une route déserte plongée dans la pénombre, c'était une tout autre histoire. Sa propre mère n'avait-elle pas trouvé la mort dans des circonstances similaires ?

— Em, j'ai l'impression que vous pensez une nouvelle fois aux dangers encourus par les femmes sans défense qui osent s'aventurer dans les sombres ruelles, lança Matthew en partant soudain d'un petit rire moqueur. Vous ne me devez rien. Je ne suis pas le genre d'homme à attendre une quelconque rétribution en échange du colifichet que je vous ai offert. Ce n'est pas du tout ce que j'avais en tête.

— Je sais, bredouilla Pen.

Elle savait qu'il disait la vérité. Ce n'était qu'une intuition mais elle se sentait en sécurité avec lui. Em était en sécurité avec lui. Mais en allait-il de même pour Pen ? Mieux valait éviter que Matthew ne s'approche de Byerd Castle. C'était trop risqué. Il chercherait peut-être à la retrouver. Cette situation la mettrait inévitablement dans l'embarras.

— Je dois néanmoins vous laisser ici.

Même si cela l'attristait beaucoup de voir cette merveilleuse soirée se terminer, elle devait rester ferme. Elle savait bien qu'elle ne le reverrait plus jamais. Elle conserverait soigneusement ce souvenir dans sa mémoire et le chérirait de tout son cœur.

— Vous reverrai-je, Em ? demanda alors Matthew, plus déterminé que jamais.

— Je ne sais pas, marmonna Pen.

Elle n'avait plus aucune certitude à présent. Elle pensait que cette soirée n'aurait pas de lendemain. Comment procéderait-elle pour réussir à s'échapper à nouveau du château ? Elle ne devait pas simplement se glisser hors des murs d'enceinte sans que son père se doute de quoi que ce soit mais également faire tout son possible pour garder son identité secrète. Et quelle explication donnerait-elle si elle se faisait prendre ?

— Il y a une chaumière abandonnée entre Redruth et Hayle, un peu à l'écart de la route en corniche. Venez m'y retrouver demain à treize heures, proposa Matthew d'une voix insistante, je vous y attendrai toute l'après-midi.

Elle devait absolument refuser. Car rien de bon ne pouvait advenir d'un rendez-vous dans une chaumière abandonnée avec un homme qu'elle connaissait à peine.

— Je ferai de mon mieux, répondit-elle bien malgré elle au lieu de l'éconduire.

— Faites plutôt votre maximum, Em.

À la lueur des lanternes, les yeux couleur whisky de Matthew scintillèrent alors dangereusement.

— Je veux absolument vous revoir. La soirée que je viens de passer en votre compagnie était magique. J'ai adoré parler avec vous. C'est un plaisir rare que j'aimerais renouveler. Si vous ne venez pas demain, je saurai alors que vous n'avez pas perçu les choses de la même manière.

Il lui prit alors doucement la main et la porta à ses lèvres pour y déposer le plus délicat des baisers. Pen fut aussitôt parcourue d'un délicieux frisson.

— À demain, Em, dit-il en la laissant partir.

Pen s'en alla sans se retourner, ses pensées s'entrechoquant dans sa tête. Sa main brûlait littéralement après le baiser furtif que Matthew lui avait prodigué. Au fond, elle regrettait presque qu'il ne l'ait pas attirée dans une ruelle sombre pour l'embrasser fiévreusement sur la bouche au lieu de lui déposer ce chaste baiser sur la main. Elle sentit qu'elle perdait pied. Serait-elle écervelée au point de se rendre au rendez-vous qu'il lui avait fixé le lendemain malgré tous les risques que cela lui faisait encourir ? Avait-il réellement l'intention de l'attendre toute l'après-midi ? Pen aurait pourtant parié que ce n'était pas le genre d'homme à attendre une femme...

4

Em le faisait attendre, songea Cassian en refermant d'un claquement sec sa montre à gousset pour la troisième fois en un quart d'heure. Il traversa alors une nouvelle fois la pièce jusqu'à la cheminée, où il avait allumé un feu de fortune à l'aide du petit bois qu'il avait ramassé en chemin sur la falaise. Cela faisait plus de trente minutes qu'il était arrivé. Il avait fait un feu, disposé le pique-nique qu'il avait emporté sur la table pleine d'entailles puis s'était mis à faire les cent pas dans la chaumière du garde-chasse. D'abord mû par la délicieuse impatience de retrouver la belle inconnue qui faisait battre son cœur, puis traversé par des pensées railleuses envers lui-même à l'aube de cette nouvelle liaison qu'il allait entamer et qui n'avait rien des relations sophistiquées qu'il entretenait habituellement. Il n'aurait su l'expliquer mais il oscillait entre impatience et désir ardent. Allait-elle venir à son rendez-vous ? Peut-être s'amusait-elle simplement à le faire attendre ? Cassian s'immobilisa tout à coup. Se poser ce genre de questions impliquait qu'elle allait venir. Se berçait-il d'illusions ? Peut-être qu'elle ne viendrait pas, après tout.

Ce matin-là au réveil, après une bonne nuit de sommeil, Em avait sans doute pris conscience de l'incongruité de la proposition qu'il lui avait faite. Il y était allé un peu fort. Quelle chance y avait-il qu'elle accepte de retrouver un inconnu dans un lieu isolé pour se livrer à des activités gardées secrètes ? Ce genre d'aventure comportait au demeurant bien plus de dangers pour une femme. C'était elle qui prenait tous les risques, pour être tout à fait honnête. Elle en avait déjà pris quelques-uns la veille au soir, du reste. Cela ne l'avait pas empêchée d'apprécier sa compagnie. Cassian n'avait nul doute à cet égard. Il suffisait de la regarder sourire, de l'écouter faire des mots d'esprit, de voir ses yeux vert émeraude miroiter.

Lui aussi avait passé une délicieuse soirée en sa compagnie. Ce qu'il aimait par-dessus tout, c'était l'adorable franchise avec laquelle elle s'exprimait. Elle n'hésitait pas à le défier lorsqu'elle le trouvait trop audacieux et faisait preuve d'une remarquable ouverture d'esprit. La spontanéité avec laquelle elle lui avait confié qu'elle rêvait de voyager à travers le monde l'avait beaucoup ému. Sans parler de la gaieté et de l'engouement naturel qui ne la quittaient jamais lorsqu'elle passait d'étal en étal.

Em n'usait d'aucun artifice. Cela suffisait à expliquer pourquoi il se sentait irrémédiablement attiré par cette divine créature. Il n'y avait aucune dissimulation chez elle et elle n'était pas du genre à prendre la pose. Tout avait été naturel à ses côtés. Manger des chaussons juteux avec les doigts, déambuler au milieu des étals, discuter de tout ce qui leur passait par la tête. Cela aurait été impossible avec les débutantes qui se pressaient à Londres pendant la saison mondaine ou avec les jeunes femmes parfaitement éduquées qu'il fréquentait à l'accoutumée.

En comprenant pourquoi cette femme l'attirait tant, Cassian se sentit soudain plus léger. C'était cependant oublier un peu vite les raisons pour lesquelles tout cela avait été possible. Em ne connaissait pas son identité. Si elle apprenait qui il était, cela mettrait probablement à mal toute la spontanéité qui avait entouré leur rencontre. Elle serait sans doute intimidée et perdrait son franc-parler. Peut-être même qu'elle hésiterait à se livrer à lui et ne tarderait pas à se rendre compte à quel point cette rencontre avait quelque chose d'absurde. Une paysanne et le fils héritier d'un duc n'avaient aucun avenir à deux. Le plaisir qu'ils éprouvaient à être ensemble, voilà bien la seule chose qu'ils pouvaient espérer en se voyant.

Cela suffirait-il à persuader Em de parcourir les falaises qui se dressaient entre Redruth et Hayle pour le rejoindre dans cette chaumière isolée ? Cassian voulait encore y croire, même si la chance n'était clairement pas au rendez-vous depuis le lever du jour. Il avait encore en travers de la gorge la lettre extrêmement virulente du comte de Redruth, qu'il avait reçue aux premières lueurs du jour en réponse à sa dernière proposition d'achat.

Redruth avait visiblement pris un malin plaisir à lui exposer les raisons pour lesquelles il refusait de vendre son terrain à la Société d'aménagement du territoire de Porth Karrek. Ce qui l'effrayait le plus, c'étaient les « étrangers » qu'un tel projet ne manquerait pas d'attirer. Ce terme teinté de mépris que le comte avait sciemment employé dans sa lettre avait fait bondir Cassian. Redruth avait le sentiment que la création d'un parc d'attractions ne séduirait pas simplement les visiteurs tant attendus pour revitaliser la région mais également des étrangers qui viendraient prendre le travail de la population locale alors que c'était justement à eux que Cassian désirait venir en aide.

Mais il y avait pire encore. Redruth était intimement persuadé que gredins et brigands allaient se mettre à proliférer dans les environs et que ces derniers s'en prendraient aux plus faibles et aux plus crédules. À l'écouter, les familles venues se divertir ne seraient nullement en sécurité mais se feraient au contraire détrousser, voire massacrer. Redruth avait même évoqué la mort tragique du duc de Newlyn et de son épouse à Londres pour étayer son argumentation.

À la lecture de ces quelques lignes, Cassian avait bien failli perdre son sang-froid. Il n'y avait pourtant aucune raison de croire que Redruth ait cherché à le frapper en plein cœur. Le comte ne pouvait pas deviner que c'étaient le duc de Hayle et son fils, le vicomte Trevethow, qui étaient à la manœuvre derrière la Société d'aménagement du territoire de Porth Karrek, ainsi qu'Inigo Vellanoweth, comte de Tintagel, et son père, le duc de Boscastle, tous amis intimes du défunt duc de Newlyn.

Cassian avait réprimé son envie de répondre immédiatement à Redruth en arguant que le duc de Newlyn aurait été le premier à soutenir son projet innovant et que celui-ci se féliciterait même à l'idée que l'économie de la région puisse rapidement se redresser. Mais Redruth s'en serait probablement lavé les mains et, pour le simple plaisir de lui clouer le bec, Cassian aurait risqué de dévoiler l'identité de tous ceux qui détenaient des parts dans la Société d'aménagement du territoire de Porth Karrek. Ils avaient beau être proches voisins, Redruth ne connaissait nullement les idées progressistes du défunt duc de Newlyn ou de son fils héritier. C'était bien simple, Redruth n'avait pas la moindre idée de ce qui se passait au-delà des murs d'enceinte du château de Byerd dans lequel il vivait cloîtré. Les habitants de la petite ville de Redruth seraient les premiers à en subir les conséquences, et cela était bien regrettable.

Cassian lança alors avec vigueur une branche dans la cheminée et observa la flambée en serrant les dents. Le terrible sentiment d'impuissance qu'il éprouvait face à ce genre d'événements sur lesquels il n'avait aucune prise le mettait dans une rage folle. Avec tous les moyens qu'il avait à sa disposition, pourquoi ne parvenait-il pas à ouvrir une brèche dans la forteresse que le comte avait bâtie autour de lui ? Il ferait bientôt une nouvelle tentative. Restait à trouver un autre angle d'approche. Cassian n'était pas du genre à baisser les bras. Il n'avait jamais abandonné lorsque l'apprentissage de la lecture l'avait mis en sérieuse difficulté alors que les autres enfants semblaient apprendre à lire avec une facilité déconcertante. Pas plus qu'il ne s'était avoué vaincu lorsque les doyens d'Oxford avaient déclaré sur un ton péremptoire qu'il n'obtiendrait jamais son diplôme universitaire en histoire, alléguant qu'il lui serait impossible de lire tous les ouvrages nécessaires à la compréhension de cette matière.

Encouragé par son père, ses amis proches et le duc de Newlyn, Cassian avait en partie contourné le problème en étudiant l'histoire par le prisme du voyage, en s'en remettant davantage à l'expérience acquise sur le terrain plutôt qu'à la simple étude de textes. Newlyn n'était certes plus de ce monde mais Cassian n'oubliait pas les préceptes qu'il lui avait inculqués. Pour réussir, il fallait persévérer coûte que coûte. Selon lui, les efforts finissaient toujours par être récompensés. L'inverse était également vrai, par ailleurs. Capituler était invariablement synonyme de défaite. Cassian n'avait abandonné qu'une seule fois au cours de son existence, et il ne se passait pas une journée sans qu'il en éprouve de profonds regrets. Il n'aurait jamais de réponses aux questions qui tournaient en boucle dans sa tête depuis la mort de son frère. Les choses auraient-elles tourné différemment s'il n'avait pas renoncé à lui venir en aide ? Collin serait-il toujours en vie si Cassian s'était davantage immiscé dans la vie de son frère ?

— Matthew ?

La douce voix d'Em s'insinua alors dans ses sombres pensées. Cassian tourna aussitôt la tête.

— Em !

Dès qu'il la vit, la culpabilité qui le rongeait chaque fois qu'il pensait à Collin s'évanouit comme par magie. Comme elle était belle… Em avait les joues rosies par l'exercice physique, et sa magnifique chevelure était constellée de gouttelettes de rosée. En voyant tout à coup ses bottes maculées de boue et sa cape tout humide, Cassian se précipita vers elle pour lui suggérer de se mettre à l'aise. Il l'aida à ôter sa cape et l'étendit devant la cheminée, remarquant au passage à quel point celle-ci était fine et ne devait pas lui tenir très chaud.

— Votre cape sera sèche lorsque vous repartirez, lui promit-il.

— Ne vous en faites pas pour cela, répondit la jeune femme en tendant naturellement les mains en direction du feu pour se réchauffer, il y a simplement une légère brume dehors.

— J'espère que vous n'avez pas marché trop longtemps, s'inquiéta Cassian, un brin honteux. J'aurais dû vous poser la question hier soir avant de vous proposer un tel rendez-vous.

Il s'en voulut d'avoir commis une telle erreur d'appréciation. Il était nettement privilégié avec les bottes très résistantes et le manteau au tissu bien épais qu'il portait. Il n'avait pas pensé un seul instant qu'Em n'avait peut-être pas les chaussures adaptées aux prés boueux qu'elle avait dû traverser, ni la cape adéquate pour un long itinéraire au grand air.

— N'ayez crainte, la distance que j'ai parcourue n'était pas particulièrement longue. Et puis, qu'il pleuve ou qu'il vente, j'aime beaucoup marcher, lui assura-t-elle en lui adressant un sourire timide.

Cassian remarqua alors qu'elle était en train de parcourir la pièce des yeux, s'attardant sur la porte et les deux fenêtres, comme si elle notait par avance leur emplacement en cas d'urgence. Elle portait la même robe bleue qu'il avait entraperçue sous sa cape lors de la fête du village. Elle portait également autour du cou le joli cœur en verre qu'il lui avait offert la veille, et cela lui procura aussitôt une immense joie. Dommage qu'elle soit si nerveuse, songea-t-il en se promettant de faire son possible pour la mettre à l'aise.

— Je suis heureux que vous soyez là, dit-il doucement. Je craignais que vous ne veniez pas.

Il traîna alors les deux chaises qui se trouvaient autour de la table pour les disposer devant la cheminée.

— Je suis désolée pour mon retard. Je n'ai pas pu m'échapper aussi rapidement que je l'aurais souhaité. J'espère que je ne vous ai pas fait trop attendre.

Elle semblait agitée et cherchait visiblement à alimenter la conversation. Peut-être se rendait-elle compte à présent à quel point ils étaient seuls. Rien à voir avec ce qu'ils avaient vécu la veille. Il n'y avait ni lumières, ni étals, ni démonstrations ou tours de magie pour guider leurs échanges désormais.

— Vous attendre est un privilège, Em, répondit Cassian en excusant son retard d'un geste désinvolte de la main.

Et cela valait la peine d'attendre, songea-t-il en se réjouissant de l'avoir rien que pour lui. Comme elle n'avait plus sa cape rabattue sur sa tête, il avait dorénavant tout le loisir d'étudier en détail les traits de son visage. Il nota avec délectation la minuscule cicatrice qu'elle avait au menton et la tache de rousseur à peine perceptible à la commissure de ses lèvres. Toutes ces petites choses donnaient de la nuance et de la profondeur et la rendaient absolument unique. Les difficultés qui avaient émaillé l'apprentissage de la lecture pour Cassian lui avaient appris à déchiffrer le visage de ceux qu'il rencontrait.

— Est-ce votre habitude de recourir à la flatterie avec toutes les filles étranges que vous rencontrez ?

Les joues de la jeune femme s'empourprèrent alors de manière absolument charmante.

— Qu'est-ce qui vous faisait penser que je ne viendrais pas ? ajouta-t-elle en semblant reprendre un peu d'assurance.

— J'avais peur que vous trouviez cela totalement insensé de retrouver un inconnu dans une chaumière isolée, répondit Cassian en allongeant ses jambes en direction du feu, un sourire charmeur aux lèvres.

Il avait à nouveau vu juste. Elle trouvait cela totalement insensé, pour tout dire. Plus encore depuis qu'elle avait refermé la porte de cette chaumière isolée. Non seulement elle prenait des risques sur un plan personnel mais, si quelqu'un les surprenait, sa réputation serait perdue à jamais. Terriblement mal à l'aise tout à coup, Pen se frotta nerveusement les mains sur les cuisses puis se leva d'un bond et se mit à arpenter la pièce de long en large dans l'espoir de réussir à apaiser le trouble qui s'était emparé d'elle.

— Je reconnais que votre proposition avait quelque chose de saugrenu. Je remarque néanmoins que vous avez vous aussi tenu parole, alors je suppose qu'il faudrait se poser des questions sur notre santé mentale respective. À ma décharge, je dois vous avouer que j'ai fait demi-tour une fois.

Ce qui expliquait largement son retard. Postée sur un rocher surplombant la mer, elle s'était livrée à un long débat intérieur avant de se décider à rejoindre son bel inconnu.

Cet aveu parut intriguer quelque peu Matthew. Pen sentit ses yeux couleur whisky s'attarder sur elle et étudier chacun de ses mouvements alors qu'elle faisait les cent pas.

— Dites-moi pourquoi vous êtes venue, dans ce cas.

— J'avais besoin d'en avoir le cœur net. Comment aurais-je pu me faire ma propre idée si je n'étais pas venue à notre rendez-vous ?

Sans compter qu'elle n'aurait pas supporté de laisser son père gagner la partie. Elle ne voulait pas que la peur l'emporte sur tout le reste. Elle ne voulait pas laisser la peur lui voler son unique chance de vivre une aventure. Elle s'était certes armée de courage mais, à présent, elle était bien en peine de savoir comment elle devait se comporter. Qu'allait-il se passer ? Allait-il l'embrasser ? Irait-il plus loin encore ? Elle connaissait à peine l'homme pour lequel elle avait bravé la peur et la pluie. Il y avait fort à parier, de surcroît, que cet homme était un coureur de jupons invétéré.

— Donnez-vous systématiquement rendez-vous ici aux filles que vous rencontrez ?

Pen n'était pas naïve au point de croire qu'elle était la première fille que Matthew avait séduite et amenée ici dans le plus grand secret. Des centaines de pensées épouvantables lui avaient traversé l'esprit durant le trajet. Et pas uniquement à son sujet. C'était un séducteur mais, elle, quel genre de fille était-elle donc ?

— Non.

Visiblement, sa question avait blessé Matthew dans son amour-propre.

— Pourquoi me demandez-vous une chose pareille ? demanda-t-il d'une voix blanche.

— Vous avez apporté des provisions. Vous aviez nécessairement un plan en tête.

Pen se dirigea alors vers la table et ouvrit le panier rempli de victuailles pour sentir les effluves qui s'en échappaient et qui lui chatouillèrent aussitôt délicieusement les narines. Quand elle aperçut des chaussons à la viande, son estomac se mit aussitôt à gargouiller.

— Je me suis dit que nous aurions peut-être faim. Apportez le panier près du feu, Em, vous devez absolument vous réchauffer.

Matthew repoussa la chaise sur laquelle il était assis pour s'installer à même le sol et lui prit le panier des mains pour qu'elle puisse faire de même.

— Vous vous êtes dit que *vous* auriez peut-être faim, le corrigea-t-elle. Vous avez toujours une faim de loup. Si je mangeais tout ce que vous avez englouti lors de la fête du village, je ne pourrais plus enfiler mes vêtements en l'espace d'une seule semaine.

Pen se mit alors à rire, retrouvant un peu la légèreté qui avait prévalu la veille au soir. Elle n'avait pas compris à quel point les circonstances de leur rencontre avaient orienté leurs discussions jusqu'alors.

— Vous voyez, vous me connaissez déjà bien mieux qu'hier, remarqua Matthew en lui tendant un chausson à la viande. Je crains que vous ne soyez injustement avantagée. Je ne sais rien de vous, de mon côté.

Il lui adressa aussitôt un regard taquin qui la fit légèrement frissonner.

— Je sais ce que nous allons faire, Em. Je vous propose un jeu de questions-réponses afin que nous apprenions à mieux nous connaître.

Un sourire malicieux fendu jusqu'aux oreilles, il lui tendit le pichet de bière.

— Il faut d'abord se mettre d'accord sur les règles, dit-il d'une voix claire. Règle numéro un : nous nous poserons les questions à tour de rôle. Règle numéro deux : nous devons impérativement répondre avec sincérité. Il en va évidemment de notre honneur. Règle numéro trois : par honnêteté, il n'est pas permis de refuser de répondre à la moindre question. Je commence...

Il s'étira alors de tout son long devant la cheminée et prit appui sur un coude avec une indolence et une assurance qui inquiétèrent quelque peu Pen. Cet homme était bien trop sûr de lui. Manifestement, il avait l'habitude que les femmes lui obéissent sans discuter. C'était mal la connaître. Sa mère disait toujours qu'un gentleman, d'autant plus lorsqu'il courtisait une femme, devait faire preuve d'humilité s'il voulait sincèrement parvenir à ses fins.

Cela lui donna une idée tout à coup.

— Pourquoi serait-ce à vous de commencer ? le taquina-t-elle. Honneur aux ladies, cela vous rappelle-t-il quelque chose ?

Pen porta alors le pichet à ses lèvres pour en boire une gorgée avant de le passer à Matthew, s'essuyant la bouche du revers de la main au passage. Si une gouvernante l'avait vue faire, elle se serait probablement étranglée, l'air horrifié.

— C'est moi qui vais poser la première question, dit-elle en feignant de prendre un ton autoritaire. J'aimerais savoir pourquoi vous m'avez remarquée à la foire.

5

Son audace fut immédiatement récompensée par un éclat de rire, un rire grave et profond qui jaillit de la gorge de Matthew et qui fit aussitôt courir une onde de chaleur le long de la colonne vertébrale de Pen. C'était exactement ce qu'elle avait ressenti lorsqu'il lui avait effleuré la main du bout des lèvres.

— J'ai l'impression que vous préférez entrer directement dans le vif du sujet. N'est-ce pas, Em ? Avec vous, nul besoin d'une entrée en matière délicate avec les questions d'usage telles que « quelle est votre couleur préférée ? » ou « quel est votre plat favori ? »

— Effectivement, évitons la banalité, répliqua Pen en haussant les épaules avec une assurance décomplexée qui la surprit.

La belle flambée dans la cheminée, combinée à la légère ivresse qui s'était emparée d'elle, l'aida à vaincre sa nervosité. Après tout, si Matthew avait voulu abuser d'elle, il l'aurait fait la veille et ne se serait pas donné la peine d'organiser ce rendez-vous.

— Répondez à la question, Matthew. Je vois bien que vous cherchez à gagner du temps.

— Entendu.

Le sourire qu'il lui adressa alors fit littéralement fondre Pen, et elle sentit qu'elle perdait quelque peu son aplomb. Elle s'était amusée à réveiller l'ours endormi qui sommeillait en lui et elle risquait à présent d'en payer le prix. Matthew ne la lâchait plus du regard, de ses magnifiques yeux couleur ambre qui l'invitaient à se noyer en lui, avec lui, pour lui.

— J'ai été attiré par votre façon de vous mouvoir. Même alors que vous étiez dissimulée sous votre cape, j'ai remarqué votre démarche gracieuse et j'ai également aimé la façon dont vous regardiez les étals. Ce mélange de respect et de plaisir m'a ému. J'ai immédiatement pensé : « Voilà une femme qui sait prendre du bon temps, une femme qui ne tient rien pour acquis. »

En entendant les paroles de Matthew, tout aussi effrontées que les regards qu'il lui lançait, Pen sentit une chaleur torride, sans aucun rapport avec le feu qui brûlait dans la cheminée, l'envahir. Il allait sans dire que l'homme qui se trouvait à ses côtés lui faisait de l'effet. Elle porta alors la main sur ses joues cramoisies en fronçant les sourcils. Les roses rouges de Wadesbridge n'avaient sans doute rien à lui envier.

— Vous avez posé votre première question, Em. C'est mon tour, à présent.

En voyant le sourire de Matthew s'enhardir, Pen retint son souffle. Elle n'aurait pas dû lui poser une question aussi osée, songea-t-elle. Il allait sans doute lui rendre la monnaie de sa pièce. Elle devait à tout prix se tenir sur ses gardes et faire bien attention à ne pas laisser échapper d'informations compromettantes qui pourraient éclairer Matthew sur sa véritable identité.

— Quel moment de la soirée avez-vous préféré ?

Pen réprima un profond soupir de soulagement. Elle n'avait aucune crainte à avoir et pouvait répondre à cette question en toute simplicité.

— Regarder le souffleur de verre. C'est mon tour, maintenant. Quel est... ?

— Pas si vite ! Ce n'est pas juste, l'interrompit Matthew en faisant mine d'être contrarié. Vous devez développer un peu. Je vous ai donné une réponse détaillée, de mon côté.

— Assumez vos choix. La règle que nous avons fixée nous impose de dire la vérité, pas de donner une profusion de détails.

Elle aurait effectivement pu apporter quelques précisions. Elle aurait pu ajouter qu'elle avait aimé sentir les mains du jeune homme posées sur sa taille lorsqu'ils avaient observé le souffleur de verre, qu'elle avait aimé sentir la chaleur et la puissance de son corps derrière elle, que cela lui avait procuré un incroyable sentiment de sécurité alors qu'il n'était qu'un inconnu. Mais avouer ce genre de choses risquait de la compromettre tout à fait. N'était-ce pas déjà le cas ? Matthew lui avait peut-être dit toutes ces choses pour l'inciter à en faire autant.

Ses yeux ambre se plissèrent tout à coup. Comme s'il faisait semblant d'accorder à cette question un examen des plus minutieux.

— Eh bien, je n'ai peut-être pas le choix et vais devoir vous concéder ce point. Juste cette fois, entendons-nous bien, ajouta-t-il d'une voix rauque.

En voyant ses yeux scintiller malicieusement, Pen comprit qu'elle ne l'emporterait pas une seconde fois et devait rester sur ses gardes.

— Je vais faire preuve de gentillesse à votre égard et vais vous poser une question plus conventionnelle pour me faire pardonner. Quelle est votre couleur préférée, Matthew ?

— Je ne suis pas certain de vouloir faire preuve de gentillesse à votre égard, Em. Du moins, pas avec la réponse que je vais vous faire.

Il avait parlé à voix basse, d'un ton intime. Elle adorait la façon dont la voix de Matthew caressait son prénom, Em. Mais ce n'était pas vraiment son prénom. Pas plus qu'il ne s'appelait Matthew. Pen ne devait pas perdre cela de vue. Même s'ils se confiaient des choses un peu osées à la lueur du feu, ils n'en demeuraient pas moins des étrangers l'un pour l'autre.

— Vert d'eau, voilà ma couleur préférée. C'est la couleur de l'océan un jour de grand soleil mais également la couleur de vos yeux lorsque la flamme du souffleur de verre s'y est reflétée. C'est aussi la couleur de vos yeux à cet instant précis alors que vous vous demandez si je cherche à vous flatter ou si je dis simplement la vérité.

Il ne lui avait pas menti. Il ne faisait pas preuve de gentillesse à son égard. Ses réponses allaient bien au-delà du simple badinage. Matthew s'était lancé dans une véritable opération de séduction. Aucune lady ne devait permettre à un homme de s'adresser à elle de cette manière. C'était oublier qu'elle n'était pas réellement une lady dans cette chaumière isolée. Lady Penrose Prideaux se trouvait à cinq kilomètres de là, étendue sur un lit à baldaquin couleur lavande derrière le mur d'enceinte de Castle Byerd. C'était Em qui était ici et Em n'était pas une lady. Em n'était que... Em. Elle pouvait autoriser l'impudence dont Matthew faisait preuve et se contenter d'élever quelques protestations de pure forme pour l'obliger à se montrer plus respectueux envers elle.

— Vous ne devriez pas dire de telles choses.

Puis elle tendit la main en direction du pichet de bière et en but une autre gorgée. Elle allait peut-être se mettre à croire ce qu'il disait, qu'elle était belle, séduisante, qu'elle pouvait susciter l'intérêt d'un homme tel que Matthew, un homme qui pouvait avoir toutes les femmes qu'il désirait grâce à son indéfectible charme. Ce serait tellement facile de boire ses belles paroles. D'autant qu'elle n'avait aucune comparaison possible.

— Pour quelle raison ? Je ne dis que la vérité. Vous êtes une très belle femme.

Il tendit alors la main vers son visage pour lui caresser la joue. Pen dut se rendre à l'évidence : cette conversation à connotation de plus en plus intime n'allait pas tarder à lui faire perdre pied. Pour tout dire, elle ne maîtrisait plus rien. Le feu de cheminée, le pique-nique à même le sol, Matthew nonchalamment étendu à ses côtés, ce jeu de la vérité, même la pluie qui venait tambouriner contre les vitres, tout contribuait à l'atmosphère chaleureuse et intime de cet après-midi pluvieuse.

— À mon tour de vous poser une question. Si vous pouviez voyager dans un seul endroit du monde, où vous rendriez-vous, Em ?

Pen termina son chausson à la viande, réfléchissant sérieusement à la question qui venait de lui être posée. Une fois qu'elle eut trouvé la réponse, elle se lécha les doigts. Encore une raison de faire frémir toute gouvernante qui l'aurait observée en cet instant.

— Venise.

— Pourquoi ?

— Cela fait deux questions, Matthew, le réprimanda-t-elle pour le plaisir de le taquiner un peu, mais je consens à vous accorder cette transgression.

Elle allait peut-être lui en accorder davantage, à la vérité. Elle ne savait pas exactement comment cela s'était produit mais, depuis le début du jeu de questions, ils s'étaient rapprochés l'un de l'autre et se parlaient maintenant d'une voix basse et intime alors que rien ne les y obligeait, leurs questions et réponses devenant de plus en plus sérieuses.

— J'ai choisi Venise parce que c'est là que l'Orient et l'Occident se rejoignent. Je pourrais y trouver des soieries, des épices et mille autres trésors. Sans parler de la magie de la ville elle-même. Une ville entière bâtie sur une lagune et parcourue de canaux, quelle merveille ce doit être !

— Venise est une reine vieillissante, vous savez, lui dit Matthew en arborant une mine déconfite. Vous risquez d'être déçue. Vous n'imaginez pas comme cela sent mauvais l'été.

Pen agita alors doucement la tête pour placer ses cheveux sur son épaule droite et les peigner du bout des doigts.

— Venise est à mon image. Je suis moi aussi une reine vieillissante. Bien des filles plus jeunes que moi sont déjà mariées et ont même déjà des enfants. Je suis gardée prisonnière et passe mon temps à attendre et attendre encore. Mais rien ne se passe.

— Qu'êtes-vous en train d'attendre ? Que va-t-il arriver, à votre avis ?

Matthew avait murmuré sa question, à peine perceptible au-dessus des craquements du feu.

— J'attends l'aventure, j'attends que la vie recommence ou peut-être même qu'elle débute tout à fait. Mon père est un homme empli de craintes. Il a peur pour moi et fait tout ce qui est en son pouvoir pour assurer ma sécurité. Mais j'en paie le prix fort. J'ai l'impression de vivre en prison.

Comme c'était libérateur de lui parler, de lui dire toutes ces choses qu'elle n'avait encore confiées à personne, pas même à Phin, par peur de faire passer son père pour une mauvaise personne auprès des autres. C'était peut-être plus simple de confier ses secrets à un inconnu, après tout. Matthew ne connaissait pas Lady Penrose Prideaux, ne connaissait pas non plus le père dont elle parlait, ni la longue cohorte de peurs à laquelle elle faisait référence.

— Vous ne m'avez pas dit toute la vérité tout à l'heure, Em, décréta Matthew en lui adressant un sourire désinvolte.

— Je vous ai pourtant dit que j'étais venue ici dans l'espoir de vaincre ma peur et afin de ne plus me laisser diriger par celle-ci, protesta Pen.

— Contrairement à ce que fait votre père ? Je vous l'accorde. Mais vous ne m'avez pas parlé de votre goût pour l'aventure.

Le regard de Matthew s'attarda une nouvelle fois sur ses lèvres.

— Suis-je votre aventure, Em ? N'oubliez pas, vous devez me dire la vérité.

Ne sachant que répondre, Pen se passa négligemment la langue sur les lèvres. Si elle répondait par l'affirmative, Matthew pourrait se sentir utilisé, chosifié même. Mais répondre par la négative serait un pur mensonge.

— Je n'avais encore jamais rencontré quelqu'un comme vous. Dire que vous avez parcouru le monde et visité tous ces lieux que je rêve de voir de mes propres yeux ! Vous êtes mon aventure, Matthew, la meilleure dont je puisse rêver.

— Et vous, vous êtes la mienne, déclara-t-il en l'attirant contre lui. La meilleure dont je puisse rêver, précisa-t-il pour faire écho à ce que Pen venait de dire.

Sa proximité physique et sa haute stature lui coupèrent le souffle. Avec son torse imposant et ses larges épaules, Matthew était bâti comme un héros. Achille ou Ulysse, Pen n'aurait su dire, en provenance directe de *l'Iliade* d'Homère. Elle avait bien conscience de l'inconvenance de la situation. Une lady ne se serait jamais allongée aux côtés d'un homme devant un feu de cheminée et ni certainement amusée à deviner chacune de ses pensées dans son regard étincelant. Pas plus qu'elle ne l'aurait laissé poser la main sur sa hanche, ni masser son bas-ventre du bout du pouce. Et que dire alors de l'envie irrépressible qu'elle avait d'ôter les couches de vêtements qui les séparaient ? La bienséance n'était manifestement pas de mise. Sinon, elle ne serait jamais venue dans cette chaumière.

— Quelqu'un vous a-t-il déjà embrassée, Em ? lui demanda soudain Matthew.

Il planta alors les yeux dans les siens, visiblement pressé d'entendre la réponse qu'elle allait lui faire.

— N'oubliez pas, Em, vous devez me dire la vérité.

En entendant ses dernières paroles, Pen oublia le jeu initial et les questions qui auraient dû suivre. Un nouveau jeu commença.

— Non, personne ne m'a jamais embrassée.

Qui oserait embrasser Lady Penrose Prideaux, la fille cloîtrée du comte de Redruth ? Tout cela avait quelque chose d'irréel, dans cette chaumière à l'écart du monde. Em n'appartenait à personne et faisait ce que bon lui semblait. Elle mangeait des chaussons à la viande en bonne compagnie à la fête du village, admirait les souffleurs de verre vénitiens et n'hésitait pas à retrouver un inconnu dans une chaumière abandonnée pour jouer à un jeu de dupes qui leur permettait d'apprendre à se connaître.

— Aimeriez-vous être embrassée ? demanda-t-il dans un murmure.

Pen retint son souffle. Il avait osé poser la question. Ce serait si facile de réduire la distance qui les séparait encore, d'entrouvrir les lèvres et d'accepter l'invitation qu'il venait de lui faire sans dire un mot. Mais Matthew désirait l'entendre répondre à la question et lui donner son consentement.

— Le désirez-vous, Em ?

Elle tendit la main vers sa joue pour caresser sa barbe de trois jours et répondit d'une voix rauque à peine audible :

— Décidément, vous ne respectez jamais les règles du jeu. C'est à *mon* tour de poser une question.

Les yeux de Matthew s'assombrirent. Il avait probablement deviné à quoi elle jouait.

— Posez-la moi, dans ce cas, Em.

— Matthew, voulez-vous m'embrasser ?

Un large sourire vint illuminer le visage du jeune homme.

— Avec plaisir. Ce serait un grand privilège.

À peine eut-elle eu le temps de pencher un peu la tête et d'entrouvrir les lèvres que la bouche de Matthew se posa sur la sienne, l'invitant à se goûter l'un l'autre. Pen se laissa faire sans la moindre retenue, se délectant des résidus de bière sucrée qu'elle goûta sur ses lèvres et de sa langue qui la taquinait avec délice. Il lui prit doucement le menton entre ses doigts et approfondit encore son baiser, leurs lèvres s'ajustant à la perfection, comme pour mieux graver l'après-midi dans son esprit. Un après-midi consacré à des plaisirs simples, comme manger des chaussons à la viande et bavarder de choses et d'autres. Pen aurait voulu que cela dure toujours. Un doux ronronnement de désir s'échappa soudain de sa gorge alors qu'elle se cambrait contre Matthew, son corps désirant plus de caresses encore. Jamais elle n'avait éprouvé une telle sensation et n'avait ressenti un tel désir pour un homme. S'il continuait, il risquait de la brûler vive et elle s'enflammerait pour lui avec grand plaisir.

Elle s'embrasa tout à fait, l'espace d'un instant, un baiser en entraînant un autre puis un autre encore, alors que leurs bouches et leurs mains s'exploraient mutuellement. Pen aurait pu rester allongée ainsi contre lui toute l'après-midi, à se délecter de ses baisers et de ses caresses. Elle se serait donnée à lui corps et âme s'il le lui avait demandé, mais il n'en fit rien. Matthew mit au contraire un terme à leurs baisers et à leurs caresses, tout à coup, sans crier gare.

Une vague de désespoir envahit aussitôt Pen. Elle ne voulait pas que leurs bouches se séparent. Il lui effleura alors la joue de sa main pour lui replacer une mèche de cheveux derrière l'oreille.

— Il se fait tard, Em. Il n'y a aucune raison de précipiter les choses. Nous pouvons nous revoir demain, et le jour suivant puis le jour suivant encore. Nous avons tout le temps devant nous, lui promit-il.

Il l'aida ensuite à se relever mais, de toute évidence, il n'avait guère envie, lui non plus, de mettre un terme à cet après-midi.

Puis il ramassa sa cape qui avait manifestement eu le temps de sécher et la lui déposa sur les épaules, laissant ses mains traîner plus longtemps que nécessaire comme il semblait aimer le faire.

— M'autorisez-vous à vous raccompagner chez vous ? Mon cheval est derrière la maison.

Pen eut alors le réflexe de se soustraire à son emprise. Il ne devait surtout pas découvrir sa véritable identité. La proposition que Matthew venait de lui faire avait beau être sacrément alléchante, il était hors de question de l'accepter.

— Non, Matthew, c'est impossible. La plus grande discrétion s'impose. Je ne veux pas que vous me raccompagniez chez moi, pas même en me laissant à une distance raisonnable.

Si quelqu'un la surprenait en la compagnie de cet homme, la nouvelle parviendrait aux oreilles de son père avant même qu'elle n'ait franchi la porte du château et plus jamais elle n'aurait la chance de vivre un après-midi comme celle dont elle venait de se délecter. Le prix à payer était trop élevé.

— En revanche, vous pouvez m'embrasser avant que nous partions chacun de son côté.

Le temps qu'elle regagne le château, peut-être même aurait-elle retrouvé ses esprits, songea Pen, le cœur battant.

6

Pour parvenir à retenir l'attention de Redruth, Cassian devait absolument échafauder une nouvelle stratégie. L'après-midi enchantée qu'il venait de passer lui avait certes momentanément laissé un peu de répit mais il était temps de se remettre au travail. Et ce n'était pas une mince affaire. Toutes les méthodes de persuasion dont il usait habituellement avaient échoué. Comme la serveuse de la taverne passait non loin de lui, il vida sa chope de bière et en commanda une autre. Un sourire coquin aux lèvres, la femme s'approcha de la table en se déhanchant exagérément.

— Mettez-en une autre pour mon ami également, dit Cassian en adressant un clin d'œil entendu à Inigo qui était assis juste en face de lui.

— Bien, sir, répondit la serveuse en minaudant.

— Il y a mille choses dont nous devons discuter, ajouta Cassian, ce n'est vraiment pas le moment d'avoir la gorge sèche.

— Ta bonne humeur fait plaisir à voir. Tu as pourtant essuyé un sérieux revers aujourd'hui.

Inigo le fouilla alors du regard avec son scepticisme habituel.

— Tu n'étais pas d'aussi bonne humeur lorsque tu as enfourché ton cheval cet après-midi, reprit-il. Tu étais même d'humeur massacrante si mes souvenirs sont bons. Dis-moi, qu'est-ce qui a provoqué un tel revirement de situation ?

— Un bon bol d'air, je suppose, répondit Cassian en haussant les épaules.

Il ne tenait pas spécialement à parler de son rendez-vous secret avec Em. Pas pour l'instant, du moins. Il avait toujours en tête la douceur et l'érotisme qui avaient prédominé durant toute l'après-midi. Em et lui se connaissaient à peine lorsqu'ils s'étaient installés devant le feu de cheminée mais leur petit jeu de questions-réponses leur avait permis d'en apprendre davantage l'un sur l'autre. Cette conversation informelle les avait ensuite menés à échanger un baiser. Puis d'autres baisers encore. Cassian ne se berçait pas d'illusions. Le cadre n'expliquait pas à lui seul le tour que l'après-midi avait pris. S'il était toujours sur son petit nuage des heures après avoir refermé la porte de la chaumière isolée, ce n'était pas parce qu'il avait passé quelques heures en compagnie d'une femme. Il avait trop d'expérience pour se voiler la face. C'était elle, la mystérieuse Em, qui était responsable de son humeur. Il se souvenait avec précision de tout. Sa bouche. Ses caresses. Sa voix lorsqu'elle lui murmurait ses rêves au creux de l'oreille. Il devait la revoir le lendemain. Comme il avait hâte de la retrouver ! Cela faisait bien longtemps qu'il n'avait pas éprouvé une telle impatience à l'idée de revoir une femme.

— J'ai compris, lança Inigo en riant sous cape, tu n'as pas envie de partager tes petits secrets avec moi. C'est ton droit le plus strict.

La serveuse leur apporta alors les bières qu'ils avaient commandées, un sourire aguicheur aux lèvres qui se mua en une moue boudeuse lorsqu'elle comprit que Cassian refusait d'entrer dans son jeu. Il glissa aussitôt quelques pièces dans son tablier pour se faire pardonner et l'encourager à ne pas les interrompre inutilement.

— Avec le comte, j'ai essayé plusieurs méthodes, reprit Cassian. Je lui ai envoyé des demandes de renseignements puis lui ai proposé une grosse somme d'argent. Je suis même allé jusqu'à doubler la mise ! J'ai également tenté de lui exposer les nombreux avantages que la vente de ce terrain ne manquerait pas d'entraîner. Mais rien n'y a fait. Le terrain doit rester dans le cercle familial, voilà ce qu'il répète en boucle sans donner plus d'explications. Il n'en démord pas. C'est son grand-père qui en avait fait l'acquisition et, depuis le décès de ce dernier, le terrain est en friche. Quel gâchis ! ajouta-t-il en levant les mains en l'air dans un geste d'impuissance.

Inigo lui fit signe de poursuivre.

— Je ne sais pas ce qui me contrarie le plus, finalement. Que le comte se montre intraitable ou que le terrain que je convoite tant soit en train de pourrir sur pied sans raison valable.

— Sans raison valable ? Tu fais fausse route sur ce point, Cass.

Inigo avait parlé dans un souffle, sans doute conscient que les paroles qu'il venait de prononcer allaient déplaire à Cassian.

— Ce terrain fait partie de la dot de sa fille. Peut-être que la vente de celui-ci compromettrait les chances de la demoiselle de trouver un bon parti.

Inigo connaissait intimement le pouvoir de l'argent. Il fabriquait de l'argent et en investissait. Pour lui et pour d'autres. Inigo comprenait mieux que quiconque l'attachement souvent démesuré et irrationnel que certains vouaient à l'argent. N'avait-il pas justement mis Cassian en garde à ce sujet la veille encore ?

Tout cela n'avait décidément aucun sens, songea Cassian en levant les yeux au ciel.

— La fille du comte aurait de bien meilleures chances de trouver un bon parti si son père ajoutait à sa dot l'argent récolté en vendant le terrain. La Société d'aménagement du territoire de Porth Karrek lui a proposé deux fois la valeur réelle du terrain.

— L'argent peut facilement être dilapidé et peut disparaître en un temps record. Et cela reste valable avec une grosse somme d'argent. Le comte est peut-être intimement persuadé que posséder un terrain est une valeur sûre. Contrairement à l'argent. Et je ne peux pas lui donner tort sur ce point, ajouta Inigo, se faisant ainsi l'avocat du diable.

Cassian hocha la tête en signe d'assentiment.

— Peut-être, concéda-t-il. Mais ce n'est pas ce beau raisonnement qui va résoudre mon problème. Comment vais-je réussir à le convaincre de me vendre son terrain ? Il n'a pas porté la moindre attention à mon projet. Pour être tout à fait franc avec toi, je pense même avoir desservi mes intérêts en lui exposant clairement ce que j'ai l'intention de faire avec le terrain en question.

Cassian but une gorgée de bière pour se donner un peu de courage. Se remémorer la dernière lettre extrêmement désagréable de Redruth n'était vraiment pas une partie de plaisir pour lui.

— Pour lui, mon projet n'a rien de progressiste. Il y voit au contraire un vaste réseau de corruption, déclara-t-il d'une voix sourde.

Toute cette histoire le rendait malade. Il y pensait jour et nuit. Que se passerait-il s'il ne parvenait pas à faire changer le comte d'avis ?

— Il ne veut pas perdre le contrôle de ce terrain, lâcha tout à coup Inigo. Voilà ce qui se joue dans cette transaction. Est-ce que tu as envisagé de lui louer le terrain ? Tu pourrais lui proposer un bail de quatre-vingt-dix-neuf ans comme cela se fait déjà à Londres. Techniquement, ce terrain lui appartiendrait toujours mais ce serait toi qui dirigerais tous les projets qui s'y développeraient. Ce terrain t'appartiendrait alors pour trois générations. Tes petits-fils pourraient s'en disputer la propriété avec les arrière-petits-fils du comte bien longtemps après ta propre disparition, ajouta Inigo d'une voix amusée.

— Et s'il refuse ? demanda Cassian d'un ton sceptique.

Inigo haussa les sourcils d'étonnement.

— Tu passes au plan B. Je pensais que nous nous étions mis d'accord sur ce point hier. Tu peux toujours obtenir le terrain en épousant la fille du comte. Si tu fais partie de la famille, cela fera moins de grabuge dans trois générations.

Cassian secoua la tête d'un air dépité.

— J'y ai déjà réfléchi, et cette option n'est vraiment pas envisageable pour moi.

Et encore moins depuis ce qui s'était passé cet après-midi-là, songea-t-il. Il ne voulait pas s'abaisser à de telles extrémités alors qu'il pouvait trouver son plaisir avec une femme qu'il avait choisi de son propre chef.

— Est-ce que tu veux bien m'écouter avant d'écarter cette

suggestion d'un simple revers de main ? demanda Inigo sur le ton de la confidence. Ne vois-tu pas que toutes les pièces du puzzle sont en train de s'assembler ?

— Je ne savais pas que tu avais endossé le costume de diseur de bonne aventure, répliqua Cassian d'un ton sec.

— Veux-tu entendre ce que j'ai à te dire ou non ? continua Inigo d'une voix impassible.

Cassian réprima un petit sourire. Cela faisait si longtemps qu'ils étaient amis qu'Inigo ne se laissait nullement impressionner par ses sautes d'humeur. C'était d'ailleurs une des raisons pour lesquelles ils faisaient d'aussi bons associés en affaires.

— Te marier en vue d'obtenir le terrain que tu convoites pourrait bien être la solution. J'ai effectué de plus amples recherches aujourd'hui après ton départ. Le comte refuse peut-être de vendre son terrain mais, de toute évidence, il est tout à fait disposé à marier sa fille. Ce qui expliquerait qu'il ne tienne vraiment pas à se séparer du terrain puisque celui-ci fait partie de la dot.

Inigo lança alors un regard circulaire pour s'assurer que personne n'écoutait leur conversation.

— Le comte fait venir des prétendants au château. Dans la plus grande discrétion, il va sans dire. J'ai néanmoins appris que Lord Wadesbridge a été invité à venir prendre le thé pas plus tard qu'hier.

— Wadesbridge est trop vieux, rétorqua aussitôt Cassian en faisant la grimace.

Il remarqua alors la lueur satisfaite dans les yeux de son ami.

— C'est peut-être ce que la fille du comte a également pensé. Peut-être même que c'est pour cela qu'ils ont invité du monde à dîner ce soir à Castle Byerd. Il paraît que les *jeunes* gentlemen les plus en vue des environs seront là, ajouta Inigo d'un air entendu.

Cassian sentit sa gorge se nouer. Inigo semblait satisfait de l'effet produit par sa dernière annonce. Mais Cassian ne le laisserait pas marquer un point aussi facilement.

— Et nous n'avons pas été invités ? Ne sommes-nous pas les gentlemen les plus en vue de la région ? Cela n'a aucun sens de lambiner ici pendant que de jeunes hommes d'un rang inférieur au nôtre sont en train de dîner au château de Byerd, répliqua Cassian en se faisant l'avocat du diable à son tour.

Inigo étouffa alors un petit rire.

— C'est au contraire parfaitement compréhensible. Il est de notoriété publique que je n'ai nullement l'intention de me marier dans un avenir proche et, si Redruth désire que Vennor Penlerick épouse sa fille, le comte se verra dans l'obligation d'aller le chercher à Londres. Ce qui exigerait de Redruth de faire exactement ce qu'il abhorre au plus haut point : se rendre à des dîners, se divertir... La vie mondaine en résumé. S'il veut que sa fille épouse un duc, tu es le seul candidat éligible du groupe des trois ducs célibataires dont nous faisons partie. Mais tout ceci est prématuré. Le comte ne va sans doute pas s'intéresser à toi pour l'instant. Si tu t'étais montré ce soir, tu aurais intimidé tous les autres. Si c'est vraiment toi qu'il veut, il va chercher à attirer ton attention et à piquer ta curiosité pour te donner envie de rencontrer la fille présentée à tous les autres gentlemen des environs. Les hommes sont souvent attirés par ce qui leur donne du fil à retordre. La théorie de l'offre et de la demande est d'une telle simplicité.

Inigo parut satisfait de son analyse. Cassian devait bien reconnaître que son ami avait probablement raison. Mais cela ne rendait pas la perspective d'épouser la fille du comte plus attrayante pour autant.

— Je devrais peut-être laisser tous ces soupirants jouer des coudes dans l'espoir de conquérir le cœur de la fille du comte ?

Cela convenait parfaitement à Cassian. Il n'avait pas l'intention de se marier en vue d'une quelconque alliance.

Inigo haussa les épaules.

— C'est à toi de voir. J'essaie simplement de te faire comprendre qu'il y a actuellement une fenêtre de tir ouverte. Redruth veut absolument marier sa fille cette année. Et toi, si tu tiens vraiment à implanter ton parc d'attractions ici, tu as besoin de ce terrain dans les plus brefs délais. Le temps est donc compté pour vous deux. Épouser sa fille est peut-être la meilleure manière de convaincre le comte. Il n'appréciera sans doute pas tes projets lorsqu'il apprendra que c'est toi qui es derrière la Société d'aménagement du territoire de Porth Karrek mais il aimera beaucoup ton titre de duc. Cet élément d'importance n'était pas sur la table des négociations jusqu'à présent. Cela pourrait changer la donne. Le terrain resterait au sein de sa famille, ce qui pourrait lui donner l'impression de garder un certain contrôle. Je parie que dans quelques années, lorsqu'il se rendra compte que ses craintes étaient infondées et que tu gagnes une fortune pour son propre bénéfice, il aura complètement oublié qu'il avait été opposé à ton projet dans un premier temps. Il pensera que son gendre est un véritable génie.

Cassian secoua la tête, refusant le tableau idyllique que son ami venait de lui brosser. Lui avait tout autre chose en tête. Une jeune femme aux cheveux caramel en train de l'embrasser de sa bouche avide devant un feu de cheminée.

— Tout paraît si simple, à t'entendre. Je n'aurais qu'à me présenter devant le comte et lui faire miroiter mon titre en échange de la dot de sa fille puis lancer les travaux directement après ma lune de miel.

Il aurait ainsi tout ce qu'il désirait.

— Pourquoi les choses ne seraient-elles pas aussi simples ? répliqua Inigo d'un ton égal. D'autres hommes agissent ainsi continuellement.

— D'autres hommes, répéta Cassian d'un ton méprisant. Et depuis quand aspirons-nous à ressembler aux autres ?

C'était la faille de l'analyse qu'Inigo venait de faire.

— Nous sommes les ducs de Cornouailles, quatre pères et quatre fils qui ont juré de vivre selon un code d'honneur supérieur, lui rappela Cassian. À moins que tu n'aies déjà oublié l'héritage que Richard Penlerick nous a laissé ?

En voyant les yeux bleus de son ami se plisser et étinceler, Cassian comprit qu'il était allé trop loin.

— Nous adorions tous Richard, moi autant que les autres, rétorqua Inigo. Je n'ai évidemment rien oublié. Je n'ai pas oublié les encouragements qu'il a prodigués à Eaton pour la création de son jardin d'hiver ou le soutien qu'il t'a apporté dans ton effort pour relever l'économie. Peut-être verrait-il d'un bon œil une alliance avec Redruth puisque l'objectif final est on ne peut plus noble.

— Un mariage sans amour ? s'exclama Cassian, la mine dégoûtée.

Il était encore sous le charme de l'après-midi qu'il venait de passer avec Em. Alors l'idée de courtiser une autre femme comme un vulgaire coureur de dot juste après les délicieux moments qu'il avait partagés dans les bras d'Em dans la chaumière isolée lui apparut comme une pure trahison.

— Peut-être s'agit-il simplement d'une question de perspective. Crois-tu vraiment que tu envisages les choses comme il le faudrait ? Pourquoi vouloir à tout prix concevoir le mariage comme le point culminant de l'amour ? Cela signifie-t-il que la suite n'est plus qu'une longue dégringolade ? Pourquoi ne pourrait-on pas considérer le mariage comme un voyage initiatique menant à l'amour ? Tu as cinquante ans devant toi pour tomber amoureux de ton épouse, déclara Inigo d'une voix grave.

— Quel beau discours de la part d'un homme qui n'a nullement l'intention de se marier dans un futur plus ou moins proche, répliqua Cassian d'un ton exagérément dédaigneux. Il me semble flairer une légère hypocrisie dans l'air tout à coup, ajouta-t-il en esquissant un sourire en coin. Je vois mal comment tu pourrais tenir un tel raisonnement devant Cador et Rosenwyn, ou devant Eaton et Eliza, ou encore devant nos parents respectifs.

— Mon raisonnement n'en est pas faux pour autant, s'entêta Inigo, un large sourire aux lèvres.

Cassian réprima un profond soupir. De toute évidence, son ami se délectait du tour que leur discussion avait pris.

— Vas-tu enfin me révéler ton secret, Cass ? reprit celui-ci d'un ton malicieux. Comment s'appelle-t-elle ?

— Qu'est-ce qui te fait penser qu'il y a une femme derrière tout cela ?

Cassian éprouva soudain un instinct protecteur vis-à-vis d'Em.

— Quelle autre raison pourrait expliquer l'exaspération qui t'anime au sujet du mariage et des principes de l'amour ?

Inigo semblait s'amuser comme un petit fou. Comme la serveuse passait non loin de leur table, il commanda deux autres bières.

— C'est ma tournée. Raconte-moi tout, Cass. Comment vous êtes-vous rencontrés ? Et depuis combien de temps vous voyez-vous ?

Le grand sourire qui illumina alors le visage d'Inigo fit soudain retomber la tension qui régnait jusqu'alors. Amis d'enfance, ils se connaissaient depuis trop longtemps pour laisser un petit différend venir gâcher la soirée. Ce n'était pas la première fois qu'ils étaient en désaccord et cela se reproduirait probablement à l'avenir, mais rien ne les empêcherait de rester amis pour toujours.

— Je l'ai rencontrée lors des festivités organisées pour célébrer la Saint-Piran. Nous avons déambulé parmi les étals, nous avons discuté, je l'ai retrouvée aujourd'hui et nous avons passé l'après-midi ensemble. Elle est incroyable : elle est belle, elle a beaucoup d'esprit et sa voix légèrement rauque me bouleverse. Je vais la revoir demain.

— Sait-elle qui tu es ?

Cassian perçut aussitôt le ton suspicieux de son ami. Il savait pertinemment où Inigo voulait en venir. Celui-ci craignait sans doute que sa nouvelle conquête ne s'intéresse qu'à sa fortune colossale. Cassian ne pouvait pas le blâmer de chercher à le mettre en garde après la funeste idylle qu'avait vécue Collin.

— C'est justement ce qu'il y a de plus merveilleux dans cette histoire, dit Cassian sur le ton de la confidence. J'ai pris mes précautions. Nous nous sommes inventé un prénom chacun. Elle ne sait pas que je suis vicomte et fils héritier d'un duc. Elle est simplement Em et moi Matthew. Ainsi, nous pouvons être nous-mêmes.

Inigo allait sans doute mieux discerner à présent pourquoi il était si profondément attaché au principe de l'amour.

— Tu comprends maintenant pourquoi il m'est absolument impossible de prendre d'assaut Castle Byerd afin d'épouser la fille de Redruth.

— Non, je ne comprends pas ton raisonnement. Tu n'es

simplement pas toi-même. Tu t'es forgé un personnage de toutes pièces.

— Tu n'y es pas du tout. Nous sommes nous-mêmes, au contraire. Je suis moi-même, peut-être davantage que je ne pourrai jamais l'être en présence d'une demoiselle de la haute société. Nous pouvons parler librement, rire, nous raconter des histoires et partager nos rêves. Nous employons des noms d'emprunt, certes, mais tout le reste est vrai.

Cassian s'était efforcé d'expliquer son point de vue mais, alors que ses phrases s'alignaient les unes derrière les autres, il sentit que son raisonnement sonnait creux.

— Tout cela est peut-être très agréable dans l'état actuel des choses mais où cela va-t-il te mener ? demanda Inigo. Tu n'espères tout de même pas que cette histoire va déboucher sur quelque chose ? Même si le parc d'attractions n'était pas au cœur de tes préoccupations, cette liaison ne pourrait jamais aboutir à un mariage.

— Penses-tu réellement que je n'en suis pas conscient ? Penses-tu que je ne suis qu'un gamin qui tombe amoureux de la première femme qu'il met dans son lit ?

Cassian s'était exprimé avec plus d'animosité qu'il n'en avait eu l'intention. Peut-être parce qu'il savait qu'Inigo avait raison. Peut-être même parce que des pensées similaires l'avaient effleuré au cours de la journée et qu'il les avait immédiatement chassées. Il ne voulait penser qu'au jour présent et au lendemain. S'il se projetait au-delà des prochaines vingt-quatre heures, il devrait se confronter à l'éventualité de perdre Em. Il n'était pas prêt à affronter une telle situation. Il le faudrait pourtant.

— Non, ce n'est pas du tout ce que je pense, Cass. En revanche, je vois parfaitement que mon ami est en train d'hésiter alors qu'il est sur le point de faire aboutir son projet le plus cher, et il est de mon devoir de m'interroger sur les motifs de ces tergiversations. Je ne peux pas m'empêcher de me demander si cette paysanne n'est pas juste une distraction qui viendrait contrecarrer tes projets et te donnerait une excuse valable pour ne pas avancer, dit Inigo d'une voix sifflante. C'est une journée cruciale pour toi. Soit tu décides d'épouser la fille du comte, soit tu en seras réduit à implanter ton parc d'attractions à Truro.

Inigo s'interrompit, comme pour mieux imprimer en lui l'effet de ses paroles.

— À moins que tu choisisses de ne pas mener à terme ce projet de parc d'attractions.

— N'y pense même pas ! répliqua Cassian d'un ton cassant. Je sais parfaitement quels sont les choix qu'il m'appartient de faire. Inutile de me les répéter à voix haute. Je sais bien que ma liaison avec Em ne pourra pas durer. Mais nous ne sommes pas encore en mai. Tant que la saison mondaine n'a pas débuté, il n'y a aucune urgence à prendre la moindre décision.

— Très bien, acquiesça Inigo en hochant la tête.

Ils venaient de conclure une trêve. Cassian connaissait son devoir non seulement envers sa famille, mais également envers lui-même et son frère, et il l'accomplirait lorsque l'heure serait venue. Il lui semblait cependant que le mois de mai n'arriverait que dans une éternité avec le froid qui régnait encore en ce mois de mars. Il pouvait toujours espérer que d'ici là Redruth finisse par céder.

— Je crois que je vais m'arrêter là pour ce soir, dit soudain Inigo en se levant de table. J'ai rendez-vous à Wheal Karrek tôt demain matin avec les actionnaires de la mine pour discuter des derniers projets d'Eliza.

Cassian se leva de table à son tour, s'accrochant à ce changement de sujet de conversation comme à une bouée de sauvetage. Il ne tenait pas à prendre congé de son ami en de mauvais termes.

— Eliza te prend beaucoup de ton temps. Je pensais qu'elle serait de retour à la mine à temps plein à l'heure qu'il est.

Six mois plus tôt, lorsqu'elle avait épousé Eaton et était devenue Lady Lynford, Eliza avait demandé à Inigo de l'aider. Il ne s'agissait que d'un arrangement temporaire au départ.

Inigo secoua la tête en éclatant de rire.

— Les écoles qu'elle a créées au sein des mines ainsi que son mariage lui prennent bien plus de temps qu'elle ne se l'était imaginé. Je n'ai jamais vu Eaton aussi heureux, et Eliza rayonne littéralement. Sa fille Sophie étudie au conservatoire de Kitto désormais. Je l'ai entendue jouer l'autre jour. Elle est extrêmement talentueuse. Cador Kitto est totalement en extase devant elle.

Alors qu'ils poursuivaient gaiement leur conversation, ils se retrouvèrent dehors, l'air piquant de la nuit leur cinglant le visage. Ils parlèrent du récital qui allait se tenir courant avril et de l'arrivée imminente du bébé de Cador à la fin du mois.

— Je te remercie d'être sorti en ma compagnie ce soir. Même si je ne suis pas toujours d'accord avec toi, j'apprécie les conseils avisés que tu me donnes. Tu es toujours d'une perspicacité hors du commun, mon vieil ami.

Inigo hocha joyeusement la tête.

— Je suis toujours heureux de pouvoir te prodiguer quelques conseils. Je ne t'envie pas, tu sais. Le dilemme que tu dois résoudre n'est pas simple. Souviens-toi seulement de réfléchir avec ta tête.

Alors qu'Inigo disparaissait dans l'obscurité, Cassian se dirigea vers l'écurie pour se mettre en route vers sa résidence familiale. En levant la tête, il aperçut une myriade d'étoiles qui scintillaient dans le ciel d'un bleu nuit profond. Lorsqu'il se retrouva à un croisement, il aperçut à gauche la route qui le ramenait chez lui, mais celle de droite menait à Castle Byerd où se tenait le petit dîner informel auquel il n'avait pas été convié. L'espace d'un instant, Cassian fut tenté d'y faire un saut, mais ce mouvement d'humeur risquait surtout de dresser encore davantage Redruth contre lui. Il ferait irruption à Castle Byerd une autre fois. Il n'avait pas le cœur à cela. Pour l'heure, son cœur était avec Em, dans la chaumière du garde-chasse.

À peine eut-elle franchi le mur d'enceinte de Castle Byerd que Pen ressentit l'envie irrésistible de retourner dans la chaumière. Au château, il régnait une effervescence comme elle n'en avait pas vu depuis de longues années.

— C'est pour le dîner organisé ce soir, milady, lui dit une servante qui marchait à toute allure, un énorme bouquet de fleurs dans les bras.

Un dîner ? Pourquoi personne ne lui en avait-il parlé au préalable ?

Pen suivit la servante jusqu'à la salle à manger, une grande pièce à la décoration pompeuse qu'on n'utilisait qu'en de très rares occasions. Les portes en noyer étaient grandes ouvertes. Les couverts en argent rutilant et la vaisselle en fine porcelaine étaient savamment disposés sur la nappe en lin d'un blanc immaculé tandis que de magnifiques bouquets de fleurs avaient été disposés de part et d'autre des buffets, évoquant ainsi la splendeur champêtre de ce début de printemps. Les domestiques n'étaient nullement en train de préparer la salle à manger. Tout était prêt ! Qui était invité ? Et pour quelle occasion ? Elle n'avait pourtant pas composé de menu. Elle se mit à compter le nombre de chaises disposées autour de la table. Un dîner de quatorze convives ? Pen commença à sentir un vent de panique monter en elle. Avait-elle oublié un engagement ? Est-ce que le cuisinier se demandait en ce moment même ce qu'il était censé préparer aux invités ? Pen se frotta nerveusement le front, cherchant vainement à convoquer ses souvenirs. Avait-elle vu passer une liste d'invités ?

— Ah, vous voilà enfin ! s'exclama Margery, sa femme de chambre. Vous êtes rentrée, Dieu merci. Où étiez-vous passée ? Cela n'a plus aucune importance. Une nouvelle robe vient juste de nous être livrée, et j'ai déjà fait couler votre bain. Avec un peu de chance, l'eau sera encore chaude. Ne vous inquiétez pas, il vous reste suffisamment de temps encore pour vous préparer.

Margery voulait sans doute dire « pour vous mettre en beauté », comme cela avait été fait pour la salle à manger.

— Et pour quelle occasion suis-je censée me préparer ? demanda Pen dans un murmure horrifié.

Ils ne recevaient jamais personne. La veille elle avait dû prendre le thé en compagnie de Wadesbridge et, à présent, c'était un dîner qui était organisé. On aurait dit que les portes du château avaient été ouvertes aux quatre vents pour laisser entrer le monde extérieur.

— Le dîner est organisé en votre honneur, milady, répondit Margery tout en l'entraînant vers l'escalier central.

À ces mots, Pen sentit des gouttes de sueur froide perler dans son dos.

— Votre père a convié du monde pour le dîner. Tous les invités ont des fils en âge de se marier.

7

Tous les invités ont des fils en âge de se marier. La phrase qu'avait prononcée sa femme de chambre tournait à présent en boucle dans sa tête. Son père organisait un dîner et elle en constituait le plat principal. Un agneau paré de ses plus beaux atours en route pour l'abattoir, avec ses belles boucles savamment ramassées sur le sommet de son crâne et sa magnifique robe en soie parme avec des effets d'irisation tels qu'elle donnait l'impression d'être violette et bleue simultanément. Pen se mit à triturer nerveusement les perles de son collier tandis que Marge lui appliquait un soupçon de rose sur les lèvres.

— Voilà, vous êtes splendide, milady. Personne ne devinera jamais que vous avez passé l'après-midi à musarder dans la campagne.

Non, personne ne devinerait qu'elle avait passé l'après-midi allongée devant un feu de cheminée à manger des chaussons à la viande en compagnie d'un homme dont elle ne connaissait même pas le nom et avec lequel elle s'était adonnée à un délicieux jeu de questions-réponses sur le mode de la séduction. Pen s'effleura alors les lèvres du bout des doigts d'un geste machinal. La femme élégante dont elle aperçut le reflet dans le miroir ne ressemblait en rien à Em, cette femme qui avait embrassé Matthew dans la chaumière abandonnée avec la bouche, la langue, les dents, le corps de cet homme pressé contre le sien qui ne se satisfaisait pas des simples baisers qu'il lui prodiguait.

Pen aurait donné n'importe quoi pour retourner dans cette

chaumière, pour se blottir dans les bras de Matthew et partager avec lui un dîner en toute simplicité sur la table pleine d'entailles. Cela lui aurait plu bien davantage que le somptueux dîner formel qui l'attendait dans la salle à manger, au rez-de-chaussée du château.

— Prenez garde, milady, vous risquez de faire baver votre brillant à lèvres, lui dit Margery en lui adressant un coup d'œil malicieux. Heureusement que la mode est au teint plus naturel. Plus personne ne s'offusque qu'une lady ait les joues légèrement rosies par le vent, ajouta-t-elle, les lèvres pincées comme Pen ne répliquait rien. Qui que ce soit, milady, je saurai tenir ma langue et ne divulguerai pas votre secret, que vous ayez envie de m'en parler ou non. Nous avons traversé tant de choses ensemble depuis que je suis votre femme de chambre. C'est un peu tard pour me faire des cachotteries. Surtout quand vous rentrez avec ce secret écrit en lettres d'or sur votre visage.

— Est-ce donc si évident ? demanda Pen en détournant le regard de son reflet dans le miroir, cherchant un peu de réconfort auprès de Margery dans un moment de panique.

Margery lui adressa aussitôt un sourire entendu.

— Une femme avec un peu de jugeote en reconnaît immédiatement les signes, milady. Des lèvres rougies, un regard absent. Sans parler de ce large sourire béat. Je ne vous ai jamais vue aussi heureuse, ou aussi confuse. Comme si vous veniez de tomber du ciel pour mieux vous fracasser contre les murs de la réalité.

C'était exactement ce qui venait d'arriver à Pen. Elle était passée directement du paradis à l'enfer.

On entendit alors quelques petits coups discrets frappés à sa porte.

— Pen, tu es prête ? Il faut descendre maintenant.

C'était la voix de son frère. L'instant d'après, la porte s'entrouvrit, puis Phin entra. Il avait revêtu ses habits de soirée, avait brossé ses cheveux châtains en arrière, ce qui mettait en valeur ses beaux yeux bleus et son sourire affable. Pen remarqua alors son regard admiratif.

— Tu es absolument éblouissante ! Je crois que notre père

s'est donné beaucoup de mal pour rien. Je doute que quiconque pense à s'extasier sur l'argenterie, la vaisselle en porcelaine ou les mets qui seront servis ce soir dès lors que tu seras présente. Les gentlemen que papa a invités ne vont pas te quitter des yeux !

— Dans ce cas, je devrais peut-être me changer et revêtir une tenue moins séduisante.

Pen se sentit plus nerveuse que jamais. Elle ne tenait pas à être le centre de l'attention, hormis celle de Matthew. D'autant qu'elle savait pertinemment que l'attention que les gentlemen lui porteraient ce soir n'aurait rien à voir avec elle. Tout cela n'était que pure cupidité. Elle ne connaissait aucun d'entre eux. Ce n'était pas pour elle qu'ils faisaient le déplacement mais pour sa dot. Elle n'était que l'incarnation physique des terres et de la fortune de son père.

Phin lui prit alors doucement la main, se méprenant sur la raison de sa nervosité.

— Je sais bien que tu n'as pas souvent eu l'occasion d'assister à des dîners mondains mais je t'assure que tout se passera bien. Tu sais te tenir et tu as de la conversation. Tu as déjà reçu quelques invités de papa et tu t'en es très bien sortie. Ce sera un peu la même chose ce soir, hormis qu'ils seront plus nombreux. Tout le monde sait que tu vis recluse.

Pen savait bien que Phin cherchait à se montrer gentil. Mais, bien qu'ils fussent dits avec la bienveillance naturelle qui caractérisait son frère, les mots qu'il venait de prononcer lui restèrent sur le cœur.

— Je n'ai pas l'intention de faire tapisserie. C'est papa qui m'a imposé la réclusion, ce n'est absolument pas de mon fait. S'il n'en tenait qu'à moi, je...

— Oui, l'interrompit Phin en riant, s'il n'en tenait qu'à toi, tu m'aurais accompagné dans toutes mes pérégrinations à travers le monde. Quoi que puissent penser les gentlemen invités ce soir, je suis sûr que tu vas agréablement les surprendre, ajouta-t-il en lui relevant doucement le menton. Et toi, Pen, tu seras peut-être agréablement surprise par l'un d'entre eux si tu te laisses un peu aller, ajouta-t-il gentiment. Papa et toi êtes les deux personnes les plus têtues que je connaisse. Assure-toi que tu t'opposes à lui pour de bonnes raisons. Tu es jeune et inexpérimentée. Tu ne connais rien aux hommes. Pourquoi ne te laisses-tu pas guider par ceux qui ont de l'expérience ? Tu ne penses tout de même pas que père te marierait à un homme cruel, qui ne t'apprécierait pas à ta juste mesure ?

Il l'entraîna alors hors de sa chambre, et ils se retrouvèrent dans le couloir.

— La plupart des gentlemen que tu vas rencontrer ce soir sont mes amis.

Pen voyait bien que son frère faisait de son mieux pour la rassurer mais elle n'en avait pas moins la terrible impression d'aller à l'échafaud.

— Père a pensé que ce serait une bonne idée que tu rencontres de jeunes hommes à peu près de ton âge. Il m'a dit que tu avais trouvé Wadesbridge trop vieux.

Son sort était scellé. Elle s'était condamnée toute seule. C'était elle qui avait émis des récriminations à l'encontre de l'âge de Wadesbridge, et son père lui montrait à présent qu'il avait entendu ses arguments en lui présentant une ribambelle d'hommes plus jeunes.

— Tu ne m'aides nullement, Phin, rétorqua-t-elle alors qu'ils abordaient l'imposante courbe de l'escalier central.

Elle entendait déjà des conversations étouffées dans le salon.

— Je ne veux pas choisir celui qui partagera ma vie. Je veux choisir ma propre destinée. Père a l'air de penser que le mariage est la seule chose que je puisse espérer, et je suis en profond désaccord avec cette conception de l'existence. Il y a tant de choses à voir dans ce vaste monde.

Matthew n'avait pas contesté son désir de voyager lors des festivités de la Saint-Piran. Bien au contraire. Il l'avait encouragée en lui racontant des anecdotes de ses propres voyages. Pen porta alors la main à son cou, oubliant que c'était un collier de perles qui y était accroché à présent et non le cœur en verre soufflé, qu'elle avait soigneusement dissimulé dans sa chambre.

En entrant dans le salon, elle s'immobilisa et prit une profonde inspiration pour calmer sa nervosité. Elle n'avait pas peur de faire la connaissance de tous ces hommes. C'était la portée de cet événement qui la remplissait de crainte. Son père s'était empressé de répondre à la requête qu'elle avait formulée en disant qu'elle préférait des hommes plus jeunes que Wadesbridge et cela ne pouvait signifier qu'une seule chose. Les deux années durant lesquelles son père s'était vaguement essayé à lui trouver un mari étaient bel et bien terminées. Il désirait désormais la marier au plus vite. Phin lui murmura quelques mots d'encouragement supplémentaires au creux de l'oreille :

— Ne t'inquiète pas, Pen, je te promets de rester à tes côtés.

Phin tint sa promesse. Il demeura près d'elle à chaque instant, l'accompagnant de groupe en groupe en faisant chaque fois les présentations tout en prenant garde de ne s'attarder trop longtemps avec aucun d'entre eux. De son côté, Pen fit de son mieux pour retenir les noms de ceux qu'on lui présenta. Lorsqu'on annonça que le dîner n'allait pas tarder à être servi, Nigel Harrington se proposa de l'escorter. Héritier du baron Lynton, il connaissait visiblement tout du fromage de chèvre et de la pêche.

— Rien ne peut surpasser le saumon de Bodwin Moor, lança tout à coup d'un ton arrogant un jeune homme blond depuis l'autre côté de la table.

Pen avait bien vu qu'il essayait en vain d'attirer son attention depuis le début de la soirée. Elle ne pouvait plus l'ignorer à présent.

— Le Camel est un fleuve si froid que les poissons font des réserves de graisse pour pouvoir supporter ces températures extrêmement basses. Ce qui rend leur chair plus goûteuse, surenchérit-il.

Au même instant, les valets de pied vinrent ramasser les couverts et apportèrent le plat suivant. Les convives qui entouraient Pen continuèrent à débattre ardemment sur les meilleurs cours d'eau pour la pêche, puis ils argumentèrent de longues minutes au sujet du meilleur poisson destiné à la dégustation avec un enthousiasme qui la laissa pantoise. Ils ne pensaient tout de même pas qu'elle se laisserait impressionner par cette démonstration sans le moindre intérêt ?

Pen reposa son verre de vin et profita d'une petite interruption de la conversation pour prendre la parole.

— Si les hommes pouvaient montrer autant d'intérêt au sort des plus démunis, nous pourrions venir à bout de bien des injustices dans ce bas monde.

Un large sourire aux lèvres, elle pria intérieurement pour que les femmes présentes acceptent de lui apporter leur soutien. Certains des jeunes hommes étaient en effet venus en compagnie de leurs parents.

— C'est pour cette raison qu'ils nous ont, ma chère, intervint la mère de Nigel Harrington. Charité bien ordonnée commence au foyer et comme le foyer est justement le domaine des femmes...

— Bien dit ! s'exclama le père du jeune blond arrogant en levant son verre.

La conversation reprit et tourna une nouvelle fois autour des truites et des saumons. *Quel ennui*, songea Pen. Mais à son grand soulagement, le moment était venu de changer de place, ce qui allait lui donner l'occasion de faire la connaissance de Mr Abel Cunforth qui se trouvait de l'autre côté de la table. Ses espoirs furent rapidement déçus. Ce dernier ne semblait s'intéresser qu'à lui-même. Par chance, elle n'eut pas à se soucier d'alimenter la conversation. À cet égard, il n'était guère différent des autres gentlemen assis à cette table. Il suffisait d'aborder un sujet puis ils se mettaient à discourir sans interruption. Était-ce donc ainsi qu'ils pensaient apprendre à la connaître ?

Pen sourit et hocha doucement la tête. Elle se contentait d'émettre les signaux attendus aux moments opportuns. Pas un seul homme dans cette assemblée ne semblait comprendre qu'une conversation informelle ne se résumait pas à tracer son arbre généalogique ou à faire étalage de ses talents mais que chaque convive devait y trouver son compte et se sentir à l'aise. C'était une question de rythme et de concessions mutuelles. Ce n'était pas exactement ce dont elle faisait l'expérience à présent. Mr Cunforth trouvait manifestement tout à fait normal de la submerger d'informations personnelles. Pen réprima un bâillement. Que pouvait-elle faire d'autre que feindre de s'intéresser aux propos insipides de son interlocuteur ? Aucun de ces hommes n'arrivait à la cheville de Matthew. Elle avait tant apprécié les conversations qu'ils avaient eues tous les deux lors des festivités et dans la chaumière où ils s'étaient retrouvés cet après-midi-là.

Ce n'était pas simplement pour ses baisers qu'elle avait hâte de le retrouver le lendemain mais également pour les innombrables sujets de discussion qu'ils aborderaient. De quoi parleraient-ils ? Que pourrait-il lui demander et que lui raconterait-elle ? Parler avec Matthew lui procurait un tel plaisir. Alors qu'avec Abel Cunforth ou Nigel Harrington, elle mourait littéralement d'ennui.

Que penserait Matthew en la voyant dans cette pièce trop tape-à-l'œil, vêtue d'une robe en soie et entourée de tous ces hurluberlus ? Que penserait-il s'il apprenait qu'elle devait épouser l'un d'entre eux ? Pen reprit une gorgée de vin. Il se dirait sans doute qu'elle était hors de portée et qu'il n'avait aucun droit sur elle. Se sentirait-il trahi ? Il la prenait probablement pour la fille d'un artisan ou d'un fermier, une femme qui se réjouissait des attentions qu'un petit propriétaire terrien lui portait. Il ne pouvait se douter qu'il était d'un rang bien inférieur au sien, et Pen trouvait cela très agréable. Ils étaient égaux lorsqu'ils se voyaient. Matthew éprouverait un sentiment de malaise en voyant Penrose Prideaux entourée de prétendants issus de l'aristocratie locale. Malgré la culpabilité qui la rongeait à l'idée qu'elle l'induisait volontairement en erreur, Pen comprit qu'elle n'avait pas le choix. Si elle lui disait la vérité, elle le perdrait.

— Je pense que les hospices rendent de grands services à la société, disait Abel Cunforth. Ils offrent deux repas par jour aux pauvres et leur procurent des emplois pour éviter qu'ils ne traînent dans les rues. Je pense que nous aurions grand besoin de lois plus strictes envers les pauvres et qu'on cesse de leur tenir toujours la main.

— Vous êtes-vous déjà rendu dans un hospice, Mr Cunforth ? Avez-vous déjà goûté à l'infâme bouillie qu'on leur sert en guise de repas ? l'interrompit Penrose, incapable de supporter plus longtemps ses divagations politiques.

— Non, bien sûr que non, rétorqua Mr Cunforth en lui adressant un regard horrifié.

— Si les gens recevaient un salaire leur permettant de vivre décemment en contrepartie du travail fourni, tout le monde aurait à y gagner, reprit Pen. J'ai cru comprendre que le coût de la vie à Londres est très élevé. Je ne vois pas comment ces pauvres gens peuvent espérer s'en sortir avec le salaire dérisoire qu'ils perçoivent tout en devant payer un loyer et se nourrir. Je me demande comment ils font pour se procurer des vêtements ou des médicaments.

— S'ils ne peuvent se permettre de vivre dans une grande ville, ils devraient peut-être songer à vivre ailleurs, répliqua Cunforth.

Pen prit une profonde inspiration. C'était donc tout ce qu'il avait trouvé pour justifier les inepties qu'il proférait ?

— Ce sont dans les grandes villes qu'on trouve du travail, Mr Cunforth, rétorqua Pen. Comment pourraient-ils subvenir à leurs besoins à la campagne alors que les mines ne produisent plus suffisamment et que les terres sont clôturées ? Quel travail leur reste-t-il ? Ce sont les décisions prises au Parlement qui conduisent les pauvres à s'entasser dans les villes.

Un valet de pied s'empara alors de son verre de vin pour aller le remplir.

— Est-ce vraiment votre opinion ? demanda Cunforth d'un ton cinglant.

Visiblement, elle l'avait contrarié. Il s'essuya la bouche à l'aide de sa serviette et reprit :

— C'est sans doute la raison pour laquelle nous n'accordons pas le droit de vote aux femmes. Vous gaveriez les pauvres de ragoût de bœuf tous les soirs si on vous laissait faire.

Alors que le valet de pied était sur le point de reposer le verre de vin qu'il venait de remplir, Pen fit délibérément un petit geste maladroit de la main, et le délicieux vin blanc français qu'elle se faisait une joie de boire vint se renverser sur la cuisse de Cunforth.

— Oh ! comme je suis maladroite ! s'exclama Penrose sans pour autant proposer une serviette à son invité.

Elle adressa alors un sourire faussement effarouché à Cunforth.

— C'est peut-être une bonne chose que je ne vote pas, en effet. Il ne faudrait surtout pas laisser les femmes disséminer vos privilèges d'hommes aux masses laborieuses. Je ne saurais dire pourquoi mais j'ai la vague impression que c'est vous qui vous gavez ce soir.

De l'autre côté de la table, Phin lui lança un regard réprobateur tout en lui intimant du bout des lèvres de faire preuve d'un peu plus de gentillesse. Mais Pen se moquait pas mal de l'avertissement que son frère venait de lui adresser. À ses yeux, quiconque cherchait à écraser son prochain parce qu'il avait eu la chance de naître dans l'opulence ne méritait aucune considération.

À peine les convives avaient-ils terminé le dessert que Pen se leva de table en sommant les femmes présentes de la suivre au salon. Un peu de répit ne lui ferait pas de mal. Elle imaginait déjà les hommes s'enivrer de Porto et se glorifier chacun son tour d'être parvenus à l'impressionner. Quel tableau pitoyable ! Dire qu'elle avait passé la soirée à les entendre débattre de la suprématie du saumon sur la truite. Sans oublier les insultes envers les plus démunis.

Voilà bientôt à quoi ressemblerait son existence si elle ne mettait pas immédiatement un terme à cette mascarade. Cela faisait plus de deux ans qu'elle refusait de regarder la réalité en face, espérant qu'un miracle se produise comme par enchantement. Mais aucun véritable changement ne s'opérerait s'il ne venait pas d'elle. C'était à elle de se battre pour obtenir ce qu'elle désirait. Personne ne le ferait à sa place. Pen se frôla les lèvres du bout des doigts en pensant à Matthew. Voilà un homme qui savait comment se comporter en compagnie d'une femme. Elle mourait d'envie de le retrouver dans la chaumière. Les heures allaient s'égrener lentement jusqu'à leur prochain rendez-vous.

8

Cette fois, Pen arriva la première. Elle avait parcouru la lande à si vive allure qu'elle était à présent hors d'haleine. Non seulement parce qu'elle était bouleversée mais parce qu'elle était également impatiente de retrouver Matthew. Le petit déjeuner qu'elle avait pris le matin même en compagnie de son père s'était terminé en véritable désastre. Il lui avait demandé lequel des brillants jeunes hommes rencontrés la veille elle préférait puis, comme elle lui avait répliqué qu'aucun d'entre eux ne lui plaisait, son père lui avait dit d'une voix blanche que, dans ce cas, il organiserait d'autres dîners très prochainement. À moins qu'elle ne souhaite reconsidérer les mérites d'un gentleman plus âgé et plus stable tel que Wadesbridge ? Il pouvait sans doute arranger une visite à Trescowe en avril. Son père avait conclu en disant qu'il enverrait un message en ce sens.

Pen avait éprouvé toutes les peines du monde à ne pas laisser éclater sa colère. Elle ne voulait aucun d'entre eux. C'était d'ailleurs le point crucial de leur désaccord. Son père avait enfin entendu les arguments qu'elle lui opposait. Le problème, c'était qu'il s'en moquait éperdument. À l'écouter, elle n'avait qu'à se laisser guider par les décisions qu'il prenait pour elle. Ne serait-elle donc jamais libre ? Devrait-elle se contenter de quelques instants volés ? Cela rendait la perspective de revoir Matthew – un homme qu'elle avait choisi – d'autant plus délicieuse qu'elle confirmait ce que Pen avait compris la veille : il était grand temps pour elle d'apprendre à défendre son point de vue. Si elle voulait vraiment influer sur le cours de son existence, elle ne pouvait plus rester neutre désormais.

Pen déballa le contenu du panier qu'elle avait apporté, déplia la vieille nappe à carreaux qu'elle positionna sur la table couverte d'entailles. C'était son tour d'apporter le pique-nique puisque Matthew s'en était chargé la veille. La nappe était passée et les coins étaient sur le point de s'effilocher, mais cela lui parut particulièrement adapté à l'atmosphère rustique qui se dégageait de cette pièce. Même si elle avait pu apporter une nappe en lin d'un blanc immaculé sans révéler au passage le rang auquel elle appartenait, cela aurait semblé totalement incongru dans cette chaumière. Dans sa robe simple et sa cape élimée, Em n'était pas la femme à la lignée irlandaise impeccable que Pen était au dehors. Cela faisait partie intégrante du monde imaginaire dans lequel ils évoluaient. Ou de la tromperie, lui rappela sa mauvaise conscience. L'imaginaire et la tromperie pouvaient rapidement devenir les deux faces d'une même pièce. Pen préférait ne pas penser à cette discordance. Si tout cela n'était qu'un mensonge, il fallait reconnaître que c'était le mensonge le plus enthousiasmant et le plus agréable qu'elle ait jamais connu.

Sur la table, elle disposa du pain, du fromage, la moitié d'une tarte aux fruits secs qu'elle avait trouvée en cuisine et une carafe de cidre qu'elle avait dérobée à la cave. Un large sourire aux lèvres, elle admira son ouvrage. La table paraissait très accueillante avec sa nappe recouverte de nourriture. Pen se frotta vigoureusement les bras pour se réchauffer. Comme elle aurait aimé savoir allumer un feu ! Pour l'heure, elle n'avait pas le choix, il faudrait attendre Matthew. Encore fallait-il qu'il vienne… Peut-être qu'il s'était ravisé ou que quelque chose de plus important était survenu, ou peut-être s'était-il rendu compte que toute cette histoire n'avait aucun sens. Elle savait à présent ce que Matthew avait ressenti la veille lorsqu'elle était arrivée en retard. Cette inquiétude sourde vint lui rappeler qu'ils ne se devaient rien et qu'aucun serment de loyauté ne les liait.

Elle aperçut alors l'immense étalon de Matthew par la fenêtre, et le nœud qui lui vrillait l'estomac disparut comme par magie.

Elle vint l'attendre sur le pas de la porte alors qu'il attachait la longe de son cheval à l'abri des regards. Pen prit sur elle pour ne pas s'élancer vers lui à corps perdu et se jeter dans ses bras. Non seulement cela risquait de lui déplaire mais cela ne renverrait pas une image très glorieuse d'elle-même. Et puis ils n'avaient pas ce genre de relations. Ils n'avaient aucune relation, à vrai dire. Ils étaient juste deux inconnus qui s'étaient donné rendez-vous.

— Em, comment allez-vous ? Vous êtes arrivée tôt aujourd'hui.

Visiblement heureux de la retrouver, Matthew l'embrassa sur la joue. Pen sentit alors sa nervosité s'estomper peu à peu et respira à pleins poumons les effluves masculins mêlés à l'odeur terreuse de ce printemps particulièrement pluvieux qui flottait dans ses cheveux. Cela la rassura et lui donna la force dont elle avait besoin. Même s'il fallait user d'un certain nombre de stratagèmes pour s'échapper du château, ces instants volés valaient bien la peine de prendre quelques risques.

Alors qu'ils pénétraient dans la chaumière, un large sourire vint illuminer le visage de Matthew quand il aperçut la nourriture disposée sur la table.

— Vous n'avez pas perdu de temps.

— C'était mon tour d'apporter de quoi nous sustenter.

L'expression reconnaissante qu'il arborait donna à Pen des papillons dans le ventre et son compliment lui alla droit au cœur, contrairement aux viles flatteries qu'on lui avait servies la veille au cours du dîner.

— Je vais allumer un feu. J'ai l'impression que vous n'avez pas très chaud.

Ses premières pensées étaient pour elle. Encore une chose dont les gentlemen invités au château étaient incapables. Après avoir extirpé une pierre à briquet de la poche intérieure de son manteau, Matthew s'adonna à sa tâche avec une dextérité que Pen lui envia. Elle l'observa avec la plus grande attention de manière à pouvoir renouveler l'opération la prochaine fois qu'elle arriverait la première mais, à la vérité, elle l'aurait regardé faire pour le simple plaisir de le voir évoluer à côté d'elle. Ses gestes empreints à la fois de force et de grâce la captivèrent. Le feu prit vie en quelques instants, réchauffant aussitôt la pièce tout en donnant à Pen l'impression de partager avec Matthew une intimité dont elle n'avait pas l'habitude. Le château grouillait de domestiques et, en général, tout se faisait en son absence.

— Avez-vous faim ?

Pen coupa des tranches de pain et les disposa sur les assiettes en étain qu'elle avait apportées et qu'elle agrémenta de morceaux de fromage. Cela faisait partie du rêve du jour. Ils jouaient à la dînette, se comportaient comme des gens du peuple vivant une existence tout en simplicité.

Matthew enleva son manteau et le posa sur le dossier de sa chaise. Pen s'imagina alors que c'était son mari qui rentrait du travail. Peut-être rentrait-il des champs qui s'étendaient un peu plus haut ?

— Oui, je mangerais volontiers quelque chose, acquiesça-t-il en riant. Je suppose que vous l'aviez deviné. Comme vous l'avez sans doute remarqué, j'ai toujours un petit creux. Quelle avancée depuis hier ! Nous progressons vite. Aujourd'hui, nous avons des assiettes, des tasses, une nappe, un couteau. Quel raffinement... Quand je vois l'excellente nourriture que vous avez apportée, je me dis que ce serait dommage de manger froid, remarqua-t-il en jetant un coup d'œil en direction du feu. Je pourrais faire griller le pain et faire fondre le fromage. Qu'en dites-vous ?

Il approcha les assiettes du feu, et Pen l'observa alors qu'il déposait le pain et le fromage sur la grille du foyer. Visiblement satisfait, Matthew se tourna vers elle.

— Venez vous asseoir, Em. J'ai passé une journée atrocement difficile. Racontez-moi quelque chose d'intéressant pour m'alléger l'esprit. Qu'avez-vous fait hier soir après m'avoir quitté ?

Pen prit place devant la cheminée, le petit pincement au cœur qu'elle avait ressenti la veille au soir s'intensifiant encore. Elle ne pouvait pas lui raconter ce qu'elle avait fait. Elle détestait cela et, comme elle détestait encore plus la perspective de lui mentir, elle esquiva la question.

— Peut-être vaudrait-il mieux que vous m'exposiez la difficulté que vous ne parvenez pas à surmonter ? Nous pourrions essayer de trouver une solution satisfaisante.

Matthew extirpa le pain de la grille posée sur le foyer et le déposa sur une assiette à son intention.

— Très bien, je vais vous exposer la situation. Je veux faire l'acquisition de quelque chose, mais le gentleman qui le possède refuse catégoriquement de me le vendre quel que soit le prix proposé.

Pen mordit alors à pleines dents dans la tranche de pain grillé recouverte de fromage fondu qui lui était destinée et laissa échapper un murmure appréciateur.

— Hum, c'est délicieux.

Elle avala une bouchée puis dirigea à nouveau son attention sur le problème que Matthew venait de lui confier.

— Savez-vous pour quelle raison ce gentleman vous oppose une telle résistance ?

— Il n'est pas d'accord avec la raison pour laquelle je désire cette chose.

Matthew se mit à tisonner le feu d'un air pensif.

— J'ai essayé de le convaincre que mon projet serait bénéfique à un grand nombre de personnes, mais lui ne voit pas cela d'un bon œil. Mais ce n'est pas le pire. J'ai l'impression que nous sommes arrivés à un point de non-retour. Il ne veut même plus écouter mes arguments.

Pen hocha la tête en signe d'assentiment. Elle connaissait si bien ce sentiment d'impuissance. C'était exactement ce qu'elle avait ressenti le matin même au petit déjeuner.

— Je comprends. Parfois, j'ai l'impression que mon père a cessé de m'écouter. Comme s'il avait déjà décidé de mon sort et se contentait maintenant de faire semblant de m'écouter pour m'amadouer.

Seul Phin l'empêchait encore de croire à cette interprétation. Le frère de Pen passait son temps à s'interposer entre eux lorsqu'ils étaient à couteaux tirés, comme il l'avait fait la veille au soir. Lorsque Phin émettait une opinion, leur père l'écoutait.

— Que faites-vous lorsque cela arrive ? demanda Matthew tout en retirant son pain doré et croustillant du foyer.

Pen réfléchit quelques instants.

— Je cherche un allié. Peut-être devriez-vous en chercher un vous aussi. Quelqu'un que ce gentleman têtu écouterait. De mon côté, c'est mon frère qui joue ce rôle. Parfois ce n'est pas la teneur du message qui importe mais le messager. Deux personnes peuvent dire la même chose mais être entendues différemment. Connaissez-vous une personne qui pourrait convaincre cet homme ? Il a peut-être un fils ou un ami qui partage votre point de vue et qu'il accepterait d'écouter jusqu'au bout ?

Matthew parut réfléchir à sa suggestion tout en mangeant.

— Trouver un allié est une très bonne idée. Sauf que, dans mon cas, je ne crois pas qu'une telle personne existe.

— Dans ce cas, nous allons chercher une autre solution. À deux, nous devrions trouver quelque chose.

Pen se leva alors et s'essuya les mains sur sa robe.

— Je vais apporter la tarte et le cidre.

— Je ne veux pas me faire servir.

Il commença à se lever, repoussant son assiette sur le côté mais Pen l'arrêta en posant une main contre sa poitrine, un sourire aux lèvres.

— Asseyez-vous. Vous êtes encore en train de manger. Laissez-moi faire. J'y tiens.

Et elle y tenait vraiment. Elle aimait le servir, lui parler, l'aider. Matthew la traitait comme une véritable partenaire, quelqu'un à qui il pouvait se confier. Chez elle, elle n'était la partenaire de personne. Au château, elle était dorlotée, protégée, comme quelque chose de précieux qu'il fallait camoufler. Personne ne venait jamais partager son fardeau avec elle.

Cassian accepta de se rasseoir en riant doucement.

— J'ai l'impression que vous êtes une femme drôlement autoritaire.

Cela lui plaisait beaucoup, à vrai dire. Il aimait le caractère affirmé d'Em, il appréciait qu'elle n'hésite pas à lui résister ou qu'elle cherche à résoudre ses problèmes même si, dans le cas présent, la solution qu'elle avait suggérée n'était pas envisageable. La plupart des femmes qu'il connaissait excellaient dans l'art de la flagornerie et ne s'intéressaient qu'au titre qu'il portait sans se soucier le moins du monde de l'homme qu'il était.

Elle revint avec un gros morceau de tarte et, sans que Cassian sût bien pourquoi, cela remua quelque chose en lui. Quelque chose de profond et de primitif. Un homme pouvait trouver le bonheur en vivant une existence simple : une chaumière composée d'une seule pièce, quatre meubles, une femme gentille auprès de laquelle il vivrait paisiblement. À quoi bon s'ennuyer avec des salles de bal et des titres de noblesse lorsqu'on possédait un tel trésor ? Ce doux rêve tournait en boucle dans la tête de Cassian. Mais ce rêve était inaccessible. N'avait-il pas abordé cette question la veille en compagnie d'Inigo ? Il savait depuis le départ que cette liaison était condamnée d'avance. Les ducs et leurs descendants n'avaient pas le droit de vivre simplement. Ils étaient destinés à vivre une vie compliquée et à conclure des alliances alambiquées. C'était à la fois un devoir et un sacrifice auxquels ils devaient consentir pour le bien commun.

Cassian avait beau être à la tête d'une immense fortune, cette femme, tout comme le terrain qu'il convoitait, lui était totalement inaccessible. C'était une jeune femme vierge qu'il ne pouvait ni épouser ni mettre dans son lit. Son honneur personnel l'en empêchait. Peu importait qu'elle soit de basse extraction, il ne prendrait pas le risque de l'engrosser. Même s'il la compromettait, il ne pourrait pas l'épouser. Il la désirait follement pourtant. Il recherchait tellement sa présence, sa compagnie et ses baisers.

— Racontez-moi, lui dit-il une fois qu'elle fut confortablement installée, dites-moi ce que votre père refuse d'entendre à votre sujet.

Elle avait quelque chose de différent ce jour-là. Peut-être commençait-elle à s'habituer à lui, à lui accorder davantage sa confiance. À moins que ce ne fût pour une raison totalement autre qu'il ne parvenait pas à nommer. Peut-être était-ce simplement la conversation qui avait pris un tour un peu différent. Le soir des festivités en l'honneur de la Saint-Piran, leurs échanges s'étaient cantonnés à des récits d'ordre général. La veille ils avaient joué à un jeu de séduction composé de questions-réponses plus ou moins orientées. Mais, cet après-midi-là, la conversation était bien plus profonde. La vie réelle s'était immiscée dans leur relation. Ils parlaient de choses qui se passaient par-delà les murs de la chaumière, des choses auxquelles ils étaient confrontés dans la vraie vie. La ligne de démarcation entre la réalité et l'identité qu'ils s'étaient forgée était en train de s'estomper peu à peu.

La jeune femme secoua la tête.

— Je ne tiens pas à vous en parler, objecta-t-elle, comme si, de son côté, elle refusait tout à coup que la ligne de démarcation s'estompe.

Mais Cassian ne s'avoua pas vaincu pour autant.

— Pourquoi refusez-vous de m'en parler ? Je vous ai exposé le problème auquel je suis confronté. Vous pouvez me faire confiance.

— Il ne s'agit pas de cela.

Elle se leva alors avec une certaine impatience et ramassa les assiettes vides.

— Si je me confie à vous, vous risquez de penser que je cherche à vous soutirer quelque chose. Il n'en est rien, bien entendu, mais je ne supporterais pas que vous vous mépreniez sur mon compte.

Em s'interrompit alors, posa les assiettes sur la table et prit une profonde inspiration.

— J'apprécie les moments que je passe en votre compagnie. Mais le temps va bientôt me manquer et je tiens à profiter pleinement de nos entrevues.

— Pensez-vous que cela pourrait abîmer notre relation si j'apprenais ce qui vous oppose à votre père ?

La curiosité de Cassian était piquée au vif à présent. Mais, au même instant, il sentit monter en lui une sourde inquiétude. Pourquoi allait-elle bientôt manquer de temps ? D'ordinaire, on employait cette expression lors de circonstances particulièrement désespérées. D'horribles pensées lui traversèrent alors l'esprit. Em était peut-être malade. Avait-elle besoin d'argent pour aller consulter un médecin ? Pour se procurer des remèdes ? Un vent de panique submergea Cassian. Em était-elle mourante ?

— Je ne suis pas malade, Matthew.

Lisait-elle dans ses pensées ? Cassian sentit l'étau qui enserrait sa poitrine une seconde plus tôt s'alléger quelque peu.

— Je vous ai alarmé inutilement, je suis désolée. Je crois qu'il vaut mieux que je vous dise la vérité, à présent, lança-t-elle d'une voix tremblante. Mon père veut que je me marie.

À cette annonce, Cassian aurait dû éprouver un immense soulagement. C'était d'ailleurs un peu le cas. La boule d'angoisse qui l'avait étreint quelques secondes auparavant s'était dissipée dès qu'elle lui avait affirmé qu'elle n'était pas malade mais, lorsqu'elle avait mentionné son éventuel mariage, un sentiment d'affolement s'était aussitôt emparé de lui.

— À quelqu'un en particulier ? Votre père a-t-il choisi l'homme que vous devez épouser ? demanda-t-il avec une certaine désinvolture.

Cela n'aurait pas dû le surprendre outre mesure. Em était en âge de se marier. Depuis quelque temps déjà, à dire vrai. C'était dans l'ordre naturel des choses. Pourtant, Cassian devait bien reconnaître que cette idée ne l'enchantait guère. Imaginer que son Em, qu'il avait été le premier à embrasser, soit promise à un autre lui vrilla le cœur.

— Non, personne en particulier. Pour l'instant, du moins. Mais il se montre de plus en plus insistant.

Cassian comprit alors les réticences dont elle avait fait preuve. Elle ne voulait surtout pas qu'il s'imagine qu'elle attendait une proposition de mariage de sa part.

— Ne vous en faites pas, Em. Nous ne nous devons rien. Nous n'avons pris aucun engagement l'un envers l'autre.

Cela expliquait sans doute le recours de la jeune femme à une fausse identité et la raison pour laquelle elle tenait tant à rentrer seule chez elle. Si quelqu'un la surprenait en compagnie d'un inconnu, son père lui ferait passer un mauvais quart d'heure.

— C'est exactement cela, dit-elle dans un souffle. Je ne voulais pas que vous pensiez me devoir quoi que ce soit.

— Nous sommes simplement Em et Matthew, lui assura-t-il. Rien de plus.

Mais cette pensée, qui le satisfaisait encore quelques instants plus tôt, le contraria. Em et Matthew ne pouvaient rien représenter l'un pour l'autre. Cela avait certes toujours été le cas même s'ils n'en avaient jamais parlé de manière explicite. Cela leur permettait de se sentir complètement libres. Pourtant, une fois formulée clairement, cette affirmation devint beaucoup moins plaisante aux yeux de Cassian. La liberté avait des limites désormais. Cela aurait été le moment idéal pour lui parler de Londres et lui annoncer qu'il devait partir à la fin avril, mais on n'était que le 7 mars ce jour-là. La saison mondaine lui semblait tellement lointaine… Mais cette histoire avec Em pouvait se terminer plus tôt que cela. Cassian se promit alors d'aborder le sujet lorsque l'échéance se rapprocherait.

Lorsqu'elle revint près du feu, il l'attira contre lui et l'invita à s'asseoir sur ses genoux. Un sourire rassurant au coin des lèvres, il essaya d'oublier la fugacité qui définissait leur relation depuis le départ. Ils ne s'étaient rencontrés que trois jours auparavant et le temps leur était déjà compté.

— Y a-t-il d'autres sujets à propos desquels votre père se montre intraitable ?

Elle lui passa les bras autour du cou et s'installa confortablement tout en lui adressant un sourire affectueux. Peut-être qu'elle désirait, elle aussi, s'extraire de la réalité et retrouver le doux rêve qu'ils s'étaient imaginé.

— Les animaux de compagnie. Lorsque j'étais un peu plus jeune, je voulais absolument avoir un chien mais il m'a opposé un refus catégorique. Pas de chiens à la maison, me répétait-il chaque fois que je revenais à la charge. J'en voulais pourtant désespérément un. Je me disais que ce serait mon ami. Après le départ en pension de mon frère, la maison me semblait si vide.

C'était la deuxième fois qu'Em mentionnait son frère avec un sourire attendri. C'était à la fois son allié et son compagnon de jeu. Le visage de Collin apparut alors à l'esprit de Cassian, et sa gorge se noua instantanément. Eux aussi avaient été amis et compagnons de jeu.

— Je m'imaginais déjà la vie que nous mènerions ensemble. Mon chien serait toujours à mes côtés, à fureter de-ci de-là et à s'ébattre gaiement dès que nous irions dehors. Il dormirait au pied de mon lit et serait mon compagnon de tous les instants, exactement comme dans les histoires que je lisais enfant.

Il y avait une telle mélancolie dans le ton d'Em que Cassian eut soudain terriblement envie de lui faire livrer toute une portée de chiots. Le chien d'Eaton, Baldor, un magnifique basset capable de flairer les truffes à des kilomètres à la ronde, était l'heureux géniteur d'une nouvelle portée de chiots nés voilà trois ou quatre semaines. Em les adorerait.

— Comment vous divertissiez-vous puisque vous n'avez pas eu le petit chien dont vous rêviez pour vous tenir compagnie ? lui demanda-t-il encore.

Il aimait beaucoup sentir le corps d'Em pressé contre le sien. C'était tellement facile de lui parler et de l'écouter ! D'autant qu'elle n'avait nullement conscience d'être une personne très intéressante. Jamais il ne lui serait venu à l'idée de feindre les émotions qui l'animaient.

— Je passais mon temps à observer des cartes ou des planisphères. Pendant que vous visitiez les destinations lointaines qui me fascinent, moi, j'en rêvais. Les situer sur une carte me permettait de leur donner un peu plus de réalité.

De toute évidence, Em n'était pas issue d'un milieu aussi modeste qu'il l'avait pensé au départ, songea Cassian alors qu'une petite sonnette d'alarme retentissait soudain dans sa tête. Un frère parti en pension. Des cartes et planisphères à sa disposition. L'apprentissage de la lecture. Un père qui tenait à la marier prochainement. Tout cela ne correspondait pas aux usages en cours dans une famille de paysans ou d'artisans. Pourtant, la jeune femme semblait cruellement manquer d'un certain nombre de choses. Elle portait les mêmes vêtements chaque fois qu'ils se voyaient, et Cassian avait tout de suite remarqué sur sa robe et sa cape des signes d'usure manifestes. Sans oublier un détail qui avait son importance. À vingt ans passés, Em était toujours vierge. Peut-être s'agissait-il de la fille d'un noble qui se trouvait actuellement dans une mauvaise passe ?

Si Em faisait partie de la petite noblesse des environs, ce serait chose aisée de découvrir son identité. Mais il n'en ferait rien. Non seulement par respect pour la vie privée d'Em mais également par égard pour le petit jeu de dupes auxquels ils jouaient tous les deux avec un plaisir évident. Cassian devait néanmoins reconnaître que tout cela était terriblement tentant. Mais irait-il rompre le pacte implicite qu'ils avaient conclu simplement pour assouvir sa curiosité ? Em ne tenait pas à révéler son identité. Lui non plus, du reste. C'était sans doute mieux ainsi. S'ils apprenaient qui ils étaient l'un et l'autre, cela compliquerait les choses. D'autant que Cassian savait à présent que le père d'Em était pressé de la marier. Si la famille de la jeune femme découvrait sa véritable identité et était effectivement en mauvaise passe, Cassian leur apparaîtrait comme une manne tombée du ciel. En gardant les noms d'emprunt qu'ils s'étaient choisis, Em et lui pouvaient poursuivre la rêverie qu'ils s'étaient inventée. Une rêverie dont ils avaient tous les deux désespérément besoin. Une parenthèse hors du temps qui tenait le monde réel à distance.

— Laissez-moi vous divulguer un secret, lui murmura-t-il au creux de l'oreille.

Il s'enivra alors de son odeur, une douce odeur de chèvrefeuille et d'eau de rose.

— J'ai passé une nuit affreuse après vous avoir quittée hier soir, reprit-il dans un souffle, et la seule chose à laquelle je me suis raccroché ce matin, c'était l'espoir de vous retrouver. Je me disais que, si je parvenais à vous revoir, tout irait mieux.

Il déposa alors un baiser sur le lobe de l'oreille gauche d'Em et entendit sa respiration s'accélérer.

— J'avais raison sur ce point, ajouta-t-il, même si cela n'est que temporaire, tout va beaucoup mieux à présent.

Il pivota ensuite légèrement la tête et s'empara de sa bouche avec une avidité qui le surprit. Em répondit à son baiser avec ardeur et passion, exactement comme elle l'avait fait la veille. Elle était tout à lui. Quelle sensation grisante ! Il était le seul à l'avoir embrassée, à l'avoir goûtée comme il était en train de le faire et à la tenir tout contre son corps. Mais cet état extatique ne dura pas. Être le premier ne signifiait nullement qu'il serait le dernier. Et cette idée était absolument insupportable pour Cassian. Il finirait par la perdre au profit d'un prétendant, un prétendant qui se profilait déjà à l'horizon même s'il n'avait pas encore d'identité propre.

Les caresses qu'Em lui prodiguait sur le visage étaient d'une telle douceur qu'il chassa bien vite les craintes qui s'étaient insinuées en lui.

— Tous les baisers sont-ils ainsi ? demanda-t-elle dans un souffle, la bouche collée à la sienne.

— Que voulez-vous dire ?

— Dévorants ? Brûlants ?

— Non, certainement pas.

À Londres, les débutantes embrassaient du bout des lèvres, avec une retenue insupportable. Les nombreuses maîtresses que Cassian avait eues n'embrassaient pas avec une telle fougue, elles non plus. Et elles n'avaient pas cet élan de sincérité qui scintillait au fond des yeux de la belle jeune femme qu'il avait eu la chance de rencontrer deux jours plus tôt.

— Peut-être devrions-nous commencer par cela la prochaine fois, dit-elle en posant à nouveau ses lèvres sur les siennes.

Ils parlaient tout en s'embrassant à pleine bouche. C'était sans conteste la conversation la plus charmante que Cassian ait eue de toute son existence. En sentant les hanches d'Em onduler contre son aine, il comprit qu'il serait impossible de lui dissimuler à quel point ses caresses l'excitaient.

— Est-ce moi qui vous fais cela ?

Cassian perçut alors dans le regard d'Em un mélange incrédule d'émerveillement et d'affolement devant sa virilité éclatante. Alors qu'une des mains de la jeune femme se frayait un passage pour caresser son membre érigé, il y mit aussitôt un terme. Il ne doutait pas de passer de délicieux moments mais les dangers encourus étaient bien trop grands.

— Prenez garde, Em, je ne suis pas un saint. Ce serait tellement simple pour moi d'accepter ce que vous proposez. Et d'occulter les regrets que nous pourrions avoir un peu plus tard.

— Peut-être que je ne tiens pas à être une sainte, moi non plus, lui murmura Em au creux de l'oreille.

— Vous devriez réfléchir sérieusement aux implications que cela aurait avant de vous enflammer. Tout paraît toujours facile dans le feu de l'action.

Prétextant raviver un peu le feu dans la cheminée, Cassian se dégagea d'elle avec douceur et se leva. Il savait bien qu'il ne pourrait bientôt plus contrôler le désir fou qui s'était emparé de lui.

— Ne prenez pas la peine de raviver le feu, Matthew. Il faut que je m'en aille. Il est plus tard que je ne le pensais.

Em s'était levée d'un bond et remballait déjà les restes de nourriture en toute hâte. De toute évidence, il l'avait blessée dans son amour-propre.

Il se dirigea aussitôt vers elle, la prit dans ses bras et l'embrassa tendrement dans le cou pour la rassurer.

— Ne vous méprenez pas sur mon compte. Ce n'est pas que je ne vous désire pas. Bien au contraire. Je vous désire plus que je n'ai jamais désiré aucune femme. Mais je connais également les conséquences d'un tel acte. Je refuse que ce soit vous qui payiez le prix pour quelque chose qui ne sera jamais rien d'autre qu'une rêverie, qu'une jolie parenthèse qui nous permet à chacun d'oublier l'existence que nous menons dans la vie réelle.

Il ne put alors résister à l'envie de la couvrir de baisers, dans le cou, sur la bouche et le visage.

— Vous pouvez effectuer une partie du trajet avec moi, sur mon cheval, dit-il tout à coup sans réfléchir.

Il n'avait pas envie de la laisser partir, ni de la voir franchir seule le seuil de la chaumière.

— Non, je ne peux pas accepter votre proposition, répondit-elle en le regardant droit dans les yeux.

Cassian y lut la même inquiétude que la veille.

— Promettez-moi de ne pas chercher à me suivre.

— Je vous le promets. Je ne vous suivrai pas.

Il comprenait bien mieux ses appréhensions maintenant qu'il la connaissait davantage.

— Vous n'avez rien à craindre de moi, Em. Que diriez-vous si je vous annonçais que j'aimerais vraiment connaître votre véritable identité ?

— Je vous répondrais que vous la connaissez déjà.

Elle lui passa alors les bras autour du cou et pressa une nouvelle fois ses hanches contre les siennes.

— Tout ce que je vous ai raconté est vrai, ajouta-t-elle.

— Votre prénom excepté.

Et c'était sans doute la chose qu'il désirait savoir le plus au monde. Même s'il savait qu'il ne pourrait lui rendre la pareille.

— Je n'ai jamais parlé de mon identité. C'est vous qui m'avez donné un faux nom, le corrigea-t-elle. Nous sommes vraiment nous-mêmes lorsque nous sommes ensemble, Matthew, et il faudra nous en contenter.

Était-ce suffisant pour créer un véritable lien entre eux ? Dans ces conditions, parviendrait-il à lui donner envie de le retrouver régulièrement dans cette chaumière avant que l'inévitable ne vienne les séparer ?

— Pouvez-vous venir après-demain ? demanda-t-il en enfouissant son visage au creux du cou d'Em.

Cassian aurait aimé la retrouver dès le lendemain mais il avait des affaires à régler à Bodmin l'après-midi suivante. Attendre jusqu'au jeudi allait probablement lui paraître une éternité.

— J'aimerais vous entraîner dans une belle aventure, lança-t-il tout à coup, un sourire aux lèvres. Je vous assure que nous prendrons toutes les précautions nécessaires. Personne ne pourra nous reconnaître, ajouta-t-il, sachant à quel point cela était important pour elle.

En voyant le visage de la jeune femme s'illuminer aussitôt, le cœur de Cassian se mit à tambouriner contre sa poitrine.

— Où irons-nous, Matthew ? Qu'allons-nous faire ?

— Vous le découvrirez en me retrouvant ici dans deux jours, murmura-t-il en l'embrassant tendrement sur la bouche.

9

En la retrouvant comme prévu ce jeudi-là, Matthew se contenta de lui dire qu'il l'emmenait observer les phoques à Mutton Cove. Ils avaient beaucoup de chance. La pluie avait cessé et un jeune soleil printanier avait finalement percé les nuages pour leur offrir la belle après-midi dont ils rêvaient. Mais cela n'avait guère d'importance. Pen aurait tout autant apprécié cette excursion par temps maussade. Elle l'aurait suivi n'importe où. Juste pour le plaisir de se trouver en sa compagnie. Comme elle était assise à califourchon derrière Matthew, les bras serrés autour de sa taille, la joue pressée contre son dos large, on la distinguait à peine. Ce qui était exactement leur intention. Mieux valait que personne ne les remarque.

Une fois parvenus à la crique, ils aperçurent le petit voilier qu'un ami de Matthew leur prêtait pour l'occasion. Sans doute le genre d'embarcation dont se servaient les pêcheurs, voire les contrebandiers, songea tout à coup Pen en se demandant d'où cette pensée un peu audacieuse lui venait.

— C'est sur l'eau qu'on observe le mieux les phoques.

Un sourire radieux aux lèvres, Matthew lui tendit alors la main pour l'aider à monter à bord avant de redescendre pour pousser l'embarcation vers le large. Il remonta ensuite en faisant jaillir des gerbes d'éclaboussures. Le bateau se mit à glisser doucement sur les eaux calmes. En voyant l'aisance avec laquelle Matthew maniait les voiles, elle lui demanda :

— Y a-t-il quelque chose que vous ne sachiez faire ?

La capuche de sa cape rabattue en arrière, le visage tourné vers l'air frais, Pen l'observait avec une certaine admiration depuis la proue du bateau. Tout sourire, Matthew se débarrassa de son manteau d'un coup d'épaule et vint s'installer à ses côtés sur la banquette, visiblement heureux de laisser le bateau voguer librement dans la crique.

— Aimez-vous la surprise que je vous ai concoctée ?

Il étira ses longues jambes alors qu'ils jetaient de concert un coup d'œil par-dessus leurs épaules en direction de la plage pour s'assurer que personne ne les avait vus embarquer.

— J'adore votre surprise ! Le vent qui caresse ma joue, l'air frais… Et j'ai l'impression qu'il n'y a pas âme qui vive à des kilomètres à la ronde.

Le sourire que Matthew lui adressa parlait de lui-même.

— Vous ne pouvez pas comprendre ce que cela représente pour moi de me sentir libre l'espace de quelques heures, murmura Pen.

Elle n'était pourtant pas totalement libre. Elle sentit son visage s'assombrir alors qu'elle prenait conscience de cette réalité.

— Mais ? Vous manque-t-il quelque chose ? demanda-t-il pour l'inciter à poursuivre.

Il lui passa alors le bras autour de la taille, et elle se pelotonna contre lui.

— Je ne suis pas vraiment libre, Matthew. Même lors de ces moments. Il y a tant de choses que j'aimerais vous dire ! Mais c'est impossible. Il me faudrait vous dévoiler trop de secrets.

Elle s'interrompit quelques instants, rassemblant tout le courage qui lui restait.

— Parfois, je me dis que nous n'aurions peut-être pas dû nous imposer cette règle. Est-ce une si bonne idée de recourir à des noms d'emprunt ?

Pen retint son souffle. Comment allait-il réagir ? Se sentait-il lui aussi bâillonné ? S'empêchait-il de lui dire des choses qu'il mourait d'envie de lui raconter ?

Les yeux dans le vague, il lui caressa tendrement le bras.

— Nous jouissons pourtant d'une forme de liberté, Em.

Si nous nous révélions nos véritables identités, nous serions aussitôt contraints par d'autres limites.

S'ils poursuivaient ce jeu de dupes, il y avait pourtant une limite qui surpasserait toutes les autres, songea Pen en réprimant un profond soupir. Alors que, s'ils savaient qui ils étaient dans la vraie vie, cela signifierait que cette douce rêverie pourrait continuer. S'il se passait quoi que ce soit, elle pourrait retrouver Matthew.

— Si seulement nous pouvions rester ici pour toujours, dit-elle à mi-voix. Tout est si paisible.

Rien n'aurait dû venir la tourmenter dans un tel moment. L'espace de quelques heures, elle devait cesser de penser à son père, aux prétendants qui défilaient au château depuis quelque temps ou à ce qu'elle allait bien pouvoir faire de son existence.

— Combien de temps avons-nous ? demanda-t-elle tout à coup en levant les yeux vers lui. Je ne parle pas d'aujourd'hui, Matthew. Combien de temps... ?

Il lui pressa aussitôt un doigt sur les lèvres en secouant la tête.

— Quel que soit le laps de temps dont nous disposerons, Em, ce ne sera jamais assez long. Est-ce vraiment le bon moment pour y songer ?

— Oui, j'ai l'impression que cela est nécessaire. J'ai besoin de savoir. Je veux pouvoir me délecter de chaque seconde passée en votre compagnie pendant le temps qui nous est imparti. Je n'ai pas envie de découvrir un jour que vous êtes parti pour toujours. Je veux avoir le temps de vous faire mes adieux.

Matthew s'allongea sur la banquette et l'invita à faire de même. Comme ils étaient pressés l'un contre l'autre, le soleil et la brise vinrent leur caresser agréablement le visage.

— Je vous le promets. Je ne partirai pas sans vous faire mes adieux.

— Je vous fais la même promesse, répondit Pen en souriant. Puis-je vous confier quelque chose ? Cela fait des années que je ne suis pas allée à la plage. Je n'y suis plus retournée depuis la mort de ma mère. Elle nous y emmenait autrefois, mon frère et moi. C'est bien simple, depuis son décès, je ne suis plus allée nulle part.

C'était la chose la plus intime qu'elle ait jamais confiée. À lui ou à quiconque. Maintenant qu'elle s'était lancée, elle eut tout à coup l'impression que rien ne pourrait plus l'arrêter. Toutes les pensées et tous les chagrins qu'elle avait gardés secrets toutes ces années allaient enfin trouver une oreille compatissante. Elle choisit soigneusement ses mots.

— À la maison, nous ne parlons jamais d'elle, sauf occasionnellement pour me rappeler à quel point je lui ressemble. C'est la mort de ma mère qui explique toutes les craintes qui régissent l'existence de mon père, murmura-t-elle. Après sa disparition, plus rien n'a jamais été pareil. Parfois, j'en viens même à me dire que nous sommes tous morts avec elle.

Et puis elle avait rencontré Matthew. Comment allait-elle faire pour reprendre la vie qu'elle menait avant de faire sa connaissance ?

— Mon frère et moi venions nager ici l'été, dit Matthew en lui déposant un baiser sur le sommet de la tête.

— Vous avez un frère ?

Pen enregistra l'information avec plaisir, l'ajoutant à tout ce qu'elle savait déjà de lui.

— J'en avais un. Il est mort.

Pen poussa un profond soupir, un peu assoupie par le bateau qui tanguait et la douce chaleur qui se dégageait du corps de Matthew.

— Vous savez exactement ce que je ressens, alors.

Ainsi donc, l'homme dont elle était en train de tomber amoureuse avait perdu un membre très proche de sa famille.

— Voulez-vous me parler de lui ?

Lui parler de Collin ? Cassian sentit aussitôt sa gorge se serrer. Il n'avait pas réfléchi à la question, pour tout dire. Pourtant, même s'il n'avait pas envie de s'étendre sur le sujet, peut-être pouvait-il lui en toucher deux mots ? Cette petite croisière sur le voilier était sans doute propice à la confidence. Il n'y aurait personne pour surprendre leur conversation. Pourquoi ne se confierait-il pas à cette femme elle-même endeuillée qui comprendrait mieux que quiconque le chagrin que la disparition de son frère lui causait ? Elle était en train de tracer de petits cercles sur sa poitrine. Conjuguées au tangage du bateau et à la légère brise qui venait lui chatouiller le visage, les caresses qu'elle lui prodiguait apaisèrent peu à peu Cassian. Sa gorge finit par se dénouer et les mots se mirent à jaillir sans qu'il ne pût rien y faire.

— Collin était mon frère cadet. C'était un jeune homme fringant et intrépide. Il était du genre à plonger en mer pour aller nager au milieu des phoques. Parfois, il partait si loin que nous devions aller le rechercher en voilier. Nous passions notre temps à lui rappeler qu'il ne devait pas trop s'éloigner, mais il n'écoutait pas ce que nous lui disions. Dans la vraie vie, il préférait naviguer en eaux troubles. Cela ne lui a pas réussi.

— Que s'est-il passé ? demanda doucement Em.

— Il a fait de très mauvais choix, en affaires comme en amour. Dans les deux cas, il a été victime de trahisons impardonnables. Mais ce n'est pas le pire. Les décisions hasardeuses qu'il a prises ont également eu un impact terrible sur la vie d'une foule de gens.

C'était une version abrégée, mais Cassian ne se sentit pas capable de développer davantage.

— Une nuit, il est parti se baigner au large de Karrek Sands. On ne l'a jamais revu. Son corps a été retrouvé sur la plage quelques jours plus tard.

Sa famille s'était empressée de faire courir le bruit que Collin avait été pris dans le ressac – les courants étaient traîtres à cet endroit – mais, au fond de lui, Cassian savait bien que ce n'était pas ainsi que les choses s'étaient déroulées. Collin avait simplement renoncé. Et c'était sa faute. Il ne se le pardonnerait jamais. Il aurait dû empêcher Collin de sortir cet après-midi-là. Il aurait dû annuler tous ses rendez-vous d'affaires en voyant que Collin refusait de rester à la maison. Il aurait dû le suivre. Il aurait dû arrêter Collin bien avant cet après-midi-là d'ailleurs.

Il n'aurait jamais dû le laisser investir de l'argent avec Brenley pour commencer. Avec le recul, il se rendait compte qu'il avait raté tant d'occasions ! Il aurait dû obliger Collin à l'écouter. Mais il n'en avait rien fait. Collin était d'un tempérament obstiné, et Cassian s'était dit qu'il fallait peut-être laisser son jeune frère apprendre de ses erreurs.

— Je suis désolée. C'est terrible.

Em tendit alors le visage vers lui pour lui déposer un petit baiser sur la bouche.

— Je vous remercie de vous être confié à moi, ajouta-t-elle en soutenant son regard. La vie est précieuse, on ne devrait pas la gâcher. J'ai pourtant l'impression que c'est exactement ce que je faisais jusqu'à notre rencontre. Vous êtes tellement plein de vie et d'un tel dynamisme qu'en votre compagnie je me sens moi aussi déborder d'énergie. Je tenais à vous en remercier.

Cassian glissa une main dans sa chevelure et l'embrassa tendrement dans le cou.

— Je me sens également vivant en votre compagnie, Em. Bien plus que je ne l'ai été depuis bien longtemps.

Il l'embrassa alors à pleine bouche, et leurs corps se rapprochèrent tant et si bien qu'il s'allongea sur elle et se laissa emporter par le désir indicible qu'il leur fallait à tout prix assouvir. Il devait pourtant se tenir sur ses gardes. Il ne devait surtout pas tomber amoureux d'elle. Leur histoire n'avait aucun avenir et il fallait se contenter de profiter du moment présent. Il avait tellement envie de...

Em se mit à pousser de petits gémissements tout en ondulant des hanches puis écarta les jambes avec un naturel désarmant.

— Je vous désire, Matthew, dit-elle dans un souffle en plantant ses yeux dans les siens.

— Je ne peux pas vous..., balbutia-t-il.

Il devait absolument refuser ce qu'elle lui suggérait, avant de perdre complètement la tête. Elle était vierge et il ne pouvait pas l'épouser.

— Je peux vous donner autre chose, Em, ajouta-t-il dans un souffle.

Il ne donnait cependant pas cher de ses principes si elle continuait à se frotter ainsi contre lui.

— Peu importe ce qui arrive, Matthew. Ma première fois, c'est avec vous que je la veux, avec un homme que j'ai choisi.

Pour toute réponse, Cassian l'embrassa fougueusement sur la bouche puis ses lèvres glissèrent le long du cou de la jeune femme alors qu'il se dirigeait doucement vers son entrejambe. Il aurait tellement aimé la déshabiller et explorer chaque parcelle de son corps. Mais il ne pourrait alors plus se contrôler. Il lui fallait se contenter de l'alternative qu'il avait en tête et qui lui permettrait de la satisfaire sans la compromettre à jamais.

— Je vais vous donner du plaisir, Em, lui promit-il d'une voix rauque.

Il passa alors une main sous ses jupes qu'il lui remonta en haut des cuisses et écarta ses sous-vêtements d'un geste impatient. En apercevant ses petites boucles brunes luisant au soleil, il resta médusé.

— Dieu du ciel, vous êtes si belle...

Alors qu'elle le suppliait de toucher son intimité humide de désir, Cassian lui donna enfin le plaisir qu'elle réclamait avec sa bouche, ses lèvres et sa langue. Elle l'agrippa alors fiévreusement par les cheveux et s'ouvrit un peu plus encore. Puis elle émit un grognement sourd et il fit une petite pause avant de lui caresser à nouveau ses replis les plus intimes. Sa respiration s'accéléra et son corps se cambra tant et si bien que Cassian comprit que l'apogée du plaisir n'était plus très loin.

— Je voudrais..., marmonna-t-elle avant de perdre l'usage de la parole, entièrement concentrée sur la vague de plaisir qui n'allait pas tarder à la submerger.

Cassian savait bien ce qu'elle voulait mais il ne pouvait pas le lui offrir. Il redoubla alors d'ardeur et, lorsque Em s'abandonna enfin à la jouissance en poussant un cri de plaisir, son cœur se remplit de joie.

Il l'aurait volontiers tenue dans ses bras des heures durant, alors qu'ils restaient délicieusement assoupis l'un contre l'autre, mais en entendant tout à coup un bruit sourd contre la coque du bateau, Cassian se leva d'un bond. Peut-être avaient-ils dérivé trop loin ? Le voilier avait-il heurté un récif ? Un large sourire étira bientôt ses lèvres. Il n'y avait nulle inquiétude à avoir. Les phoques s'étaient enfin décidés à venir les saluer, et l'un d'entre eux s'était simplement cogné contre le bateau.

— Em, venez voir, dit-il en lui tapotant légèrement l'épaule pour la réveiller.

De toute évidence, Em adorait les phoques. Elle adorait les regarder s'ébattre joyeusement dans l'eau, plonger et glisser dans les vagues. Cassian apporta le poisson séché qu'il avait embarqué à cet effet et se délecta en voyant le visage d'Em s'illuminer chaque fois qu'elle jetait du poisson par-dessus bord à l'attention des phoques. Son rire cristallin était la plus belle des récompenses. Peu de femmes se réjouissaient ainsi des plaisirs simples de la vie. Les divertissements de la capitale parurent soudain bien fades à Cassian comparés au bonheur qu'il éprouvait en compagnie de cette jeune femme épatante.

— Je suppose qu'il est temps de rentrer, murmura Em alors qu'elle lançait le dernier morceau de poisson.

Cassian hocha la tête à contrecœur.

Sur le chemin du retour, tous deux gardèrent le silence. L'après-midi qui venait de s'écouler avait dépassé toutes ses espérances, songea Cassian en tendant la main à Em pour descendre du bateau. Leur relation avait en quelque sorte pris une autre tournure après les nombreuses confidences qu'ils s'étaient faites l'un à l'autre. Il n'avait pas prévu ce cas de figure. Lui qui restait habituellement sur ses gardes et prenait soin de protéger ses secrets s'était laissé attendrir.

Il l'aida ensuite à grimper sur son cheval, prit place juste derrière elle et l'enveloppa de ses bras en priant intérieurement que le trajet du retour dure le plus longtemps possible. Cela devenait de plus en plus difficile de la quitter alors qu'il faudrait bien s'y résoudre. Le voyage que Cassian avait effectué jusqu'à Bodmin en quête d'un allié n'avait pas porté ses fruits. Mais il avait encore un peu de temps. La saison mondaine ne commençait que quelques semaines plus tard et tout pouvait encore arriver d'ici là.

Il ne pensait pas si bien dire, songea-t-il alors qu'un cavalier se dirigeait droit sur eux. Em s'enfonça aussitôt la capuche jusqu'aux oreilles et, bien que personne ne pût ainsi la reconnaître, Cassian sentit son corps tout entier se crisper. Il salua le cavalier qui leur jeta alors un regard suspicieux.

— Qui était-ce ? demanda-t-il, une fois le danger écarté.

— Une connaissance de mon père, répondit Em d'une voix étranglée.

Elle conserva sa capuche sur la tête durant le reste du trajet et ne se détendit tout à fait qu'une fois qu'ils furent arrivés à la chaumière.

— Il ne vous a pas reconnue, lui assura Cassian en l'aidant à descendre de cheval. Tout va bien, Em. Vous l'avez repéré bien avant qu'il ne vous remarque.

— Mais si cela n'avait pas été le cas ? demanda-t-elle d'une voix dure. Savez-vous ce qui se serait passé s'il m'avait reconnue ?

Elle secoua alors la tête, l'air grave.

— Bien sûr que non. Vous ne pouvez pas le deviner.

Ils ne s'étendirent pas davantage sur le sujet mais Cassian comprit aisément ce qu'elle sous-entendait. Il ne savait pas qui elle était vraiment et elle ne connaissait pas son identité, elle non plus. Voilà ce qui arrivait lorsque la réalité se confrontait à la fiction. Les deux cohabitaient difficilement.

Cassian l'embrassa avec une certaine solennité. Il savait bien ce qui ne manquerait pas de se passer si elle était surprise en sa compagnie. Elle serait déshonorée et lui n'aurait d'autre choix que de tourner la page car les fils de ducs n'épousaient pas les paysannes, fussent-elles issues de la petite noblesse. Ce n'était évidemment pas ainsi qu'il voulait que les choses se terminent, encore moins après ce qu'ils avaient partagé cet après-midi-là.

— Nous aurions trouvé une explication plausible pour justifier votre présence à mes côtés, dit-il sans conviction. Ne laissez pas ce petit incident gâcher cette merveilleuse journée, Em.

Elle lui adressa alors un large sourire.

— Rien ne pourrait gâcher cet après-midi, Matthew.

Malgré les propos courageux qu'Em venait de tenir, le cavalier qu'ils venaient de croiser leur rappela avec force qu'ils jouaient tous les deux à un jeu dangereux. Après cet incident, ils s'aventurèrent rarement hors de la chaumière, hormis pour se promener dans les prairies voisines ou jusqu'aux falaises afin d'aller voir la mer ensemble tout en bavardant à bâtons rompus. Ils parlaient beaucoup, excepté les jours où tout ce qu'ils désiraient, c'était s'embrasser et repousser les limites du plaisir et des règles de bienséance.

Durant les semaines qui suivirent, la chaumière devint leur sanctuaire. Un vase ébréché rempli de fleurs sauvages vint agrémenter la pièce, ainsi que de vieux coussins mal assortis et un joli couvre-lit sur leur couche de fortune. Sans oublier le tas de bois parfaitement empilé près de la cheminée que Cassian n'oubliait jamais d'alimenter. Dans cette chaumière, ils pouvaient être eux-mêmes et se confier tous leurs secrets. Hormis celui qui finirait par les séparer.

Cassian perçut un changement au cours du mois d'avril. Étrangement, la tension qu'il sentait grandir en elle chaque jour allait de pair avec l'intensité croissante de leurs ébats amoureux.

— Vous me cachez quelque chose, Em. Que se passe-t-il ? Cela ne sert à rien de chercher à le dissimuler. Je le sens dans chaque parcelle de votre corps.

Ils étaient étendus sur le lit, enlacés. En sous-vêtements. C'était la limite que Cassian s'imposait, sachant que la fin de leur histoire était proche. Il n'était pas parvenu à faire plier Redruth. Il devrait se résoudre à se rendre dans la capitale mais il retardait cette échéance le plus possible. Em l'avait-elle deviné ? Cela expliquait-il la tension qui ne la quittait plus ?

Elle s'accouda tout à coup et posa sur lui ses grands yeux verts.

— Vous souvenez-vous du jour où je vous ai expliqué que mon père tenait absolument à me trouver un époux ?

Cassian se figea. Depuis qu'elle lui en avait fait la confidence, c'était un sujet de conversation qu'ils avaient tacitement évité d'aborder.

— Mon père exige que j'envisage sérieusement la proposition d'un homme.

À ses mots, la gorge de Cassian se noua. Il n'était pas prêt. Em l'avait certes prévenu des semaines auparavant, mais il avait délibérément enfoui la question dans un recoin de sa tête. Il en était même parvenu à se convaincre que c'était lui qui devrait un jour prendre le large. La saison mondaine à Londres, qui lui permettrait peut-être de poursuivre son rêve de créer un parc d'attractions, se rapprochait de jour en jour, et il n'aurait bientôt plus d'autre choix que de partir. Mais Em serait sans doute la première à faire ses adieux. Cette éventualité avait à peine effleuré Cassian.

— Allez-vous répondre favorablement à sa proposition ? demanda-t-il d'une voix rauque.

Il n'était pas parvenu à parler d'une voix neutre. Il jalousait déjà cet inconnu même s'il savait depuis le départ que cette situation risquait de se produire. La relation qu'il entretenait avec Em était condamnée depuis le jour de leur rencontre.

— Non, répondit-elle précipitamment, bien sûr que non. Je vais dire à mon père que cet homme est trop âgé. Je voulais juste faire preuve d'honnêteté vis-à-vis de vous, ajouta-t-elle en se mordillant la lèvre inférieure. Je pensais que vous étiez en droit de le savoir.

— Que fait-il dans la vie ?

Cassian se représenta alors un négociant, peut-être assez fortuné. Le père d'Em pensait sans doute que c'était une opportunité à ne pas manquer. Si sa fille épousait un homme dont les affaires étaient florissantes, il se sortirait enfin d'une situation fort embarrassante. Cassian ne pouvait rien offrir à Em. Et ce n'était pas uniquement parce qu'il était vicomte alors qu'elle était issue d'un milieu modeste. Il la rendrait malheureuse et il ne le supporterait pas. La faire devenir vicomtesse n'était vraiment pas un cadeau à lui faire. Les regards seraient constamment braqués sur elle. On ne lui pardonnerait aucun faux pas, on lui ferait payer toutes les règles de bienséance qu'elle enfreindrait sans le vouloir ou qu'elle négligerait. Comment pourrait-elle s'épanouir dans de telles conditions ? Il ne lui imposerait pas un tel supplice. La femme qu'il voulait, c'était celle qui adorait nourrir les phoques et qui se lovait dans ses bras sur un bateau en train de voguer tranquillement au soleil.

— Il cultive des fleurs.

C'était donc un jardinier, quelqu'un qui travaillait dans le domaine d'un noble des environs. Et peut-être possédait-il lui-même une parcelle de terrain, après tout.

— Est-ce un bon parti ?

— Pas pour moi.

Em lui adressa alors un petit sourire et lui effleura le visage du bout des doigts.

— Je ne me contenterai pas d'un vieil homme entièrement dévoué à ses roses. Je veux quelque chose de différent.

— Pouvez-vous refuser sa proposition ?

Elle disait qu'elle ne voulait pas de lui mais son père allait-il lui demander son avis ? Celui-ci semblait d'une détermination sans faille.

— Je n'en sais rien, pour vous parler franchement. Lorsque mon père se met quelque chose en tête, il est difficile de le faire changer d'avis.

Elle partit alors d'un petit rire qui réchauffa un peu le cœur de Cassian.

— J'ai l'impression qu'il ressemble beaucoup au gentleman qui vous oppose tant de résistance. Peut-être devraient-ils se rencontrer, tous les deux ?

Elle poussa alors un profond soupir.

— Je n'ai pas envie de partir, Matthew, mais je crains que

l'après-midi ne se soit une nouvelle fois évanouie en un temps record.

— Pouvez-vous venir demain ? Nous descendrons à la plage.

Cassian savait que le temps était compté. Il ne lui restait qu'une quantité limitée d'après-midi à partager avec elle.

Elle secoua la tête d'un air désolé.

— C'est impossible. Demain…

— … vous allez rendre visite à l'homme qui cultive des fleurs.

Cassian termina sa phrase, cherchant vainement à réprimer le violent instinct de compétition qu'il sentit monter en lui. Mais que pouvait-il bien faire ? Il portait un faux nom. Il était totalement impuissant dans cette affaire.

Elle se contenta de hocher la tête tristement.

— Je viendrai le jour d'après, dit-elle.

Puis elle fit glisser son ongle sur la poitrine de Cassian, jusqu'à sa ceinture, en ondulant des hanches contre lui.

— Promettez-moi que nous ferons l'amour. Je pensais vraiment ce que je vous ai dit sur le bateau le jour où nous sommes allés voir les phoques. Je veux que ce soit vous, quoi qu'il arrive.

Le ton désespéré qu'Em avait employé lui noua l'estomac. De toute évidence, elle pressentait que leur relation n'allait plus tarder à prendre fin.

— Em, je ne pense pas que ce soit une bonne idée, dit-il en déglutissant péniblement.

Elle l'embrassa alors sur les lèvres pour le faire taire.

— Vous ne pouvez pas me le refuser, Matthew. Ce sera mon anniversaire ce jour-là. Vous devrez vous soumettre à mon désir.

— Voulez-vous que je vous apporte un cadeau ? demanda-t-il d'un ton taquin.

Il savait ce qu'il allait lui offrir. En dehors de lui faire l'amour. Quelque chose qu'elle allait adorer par-dessus tout.

— Si vous voulez, répondit-elle en se pelotonnant contre lui. Savez-vous ce que je désire plus que tout ? Je veux être allongée nue tout contre vous. Je veux sentir vos mains et votre bouche sur ma peau. Et je veux moi aussi poser mes mains sur votre peau. Je veux vous connaître, vous, votre corps. Et votre identité. Votre véritable identité, il va sans dire.

Cassian pressa ses lèvres sur les cheveux couleur miel d'Em.

— Je peux vous offrir tout ce que vous venez de me demander, tout sauf la dernière chose.

Il lui était difficile de refuser. Combien de fois avait-il désiré la même chose ? Faire fi de toutes les précautions qu'ils prenaient l'un et l'autre pour lui annoncer qui il était et savoir enfin qui elle était.

Mais se laisser aller à de telles confidences équivaudrait à croquer la pomme dans le jardin d'Éden. Dès qu'ils sauraient qui ils étaient tous les deux, ils se retrouveraient expulsés de leur petit paradis. Encore une preuve qui montrait bien qu'Em pressentait que leur relation était sur le point de se terminer. Elle pensait sans doute que révéler leur véritable identité à la fin de leur histoire ne porterait pas à conséquence et ne blesserait personne. Sur ce point, elle se trompait.

— Em, je pense sincèrement que cela doit rester un secret.

10

— Je connais un secret, dit Phin, un sourire fendu jusqu'aux oreilles.

Le dîner n'allait pas tarder à être servi. Ils étaient seuls dans la salle à manger. Leur père n'était pas encore descendu et, a priori, ils n'attendaient pas d'invités ce soir-là. De toute façon, Pen n'aurait pas eu la force de jouer la comédie toute une soirée.

— De quoi s'agit-il ?

Une vague d'inquiétude la submergea tout à coup. Quel était donc le secret que son frère venait d'évoquer ? Elle parcourut rapidement la pièce des yeux et regarda même par-dessus son épaule en direction de la porte d'entrée, craignant d'apercevoir une file de gentlemen impatients d'attirer son attention.

Lisant dans ses pensées, Phin se mit à rire.

— Nous n'attendons personne. Nous dînons juste tous les trois, ce soir.

Un sourire satisfait s'étira sur ses lèvres.

— Nous célébrons ton anniversaire en avance.

— Oh ! quelle charmante attention !

Une fois l'effet de surprise passé, Pen fronça les sourcils. Cela ne lui disait rien qui vaille.

— Pour quelle raison ? Mon anniversaire n'est que dans deux jours.

— C'est l'autre surprise que nous te réservons, celle que je ne peux pas te dire. Père me tuerait s'il apprenait que j'ai vendu la mèche.

Phin pencha légèrement la tête sur le côté sans la quitter des yeux, ce qui raviva son anxiété à peine contenue. Avait-il deviné qu'elle voyait quelqu'un ? Pen lissa nerveusement les plis de sa robe et fit tourner l'éventail posé sur ses genoux avec une certaine fébrilité. Son frère avait-il deviné qu'elle entretenait une relation secrète ? Elle avait pourtant pris soin de garder ses pensées et ses émotions pour elle depuis la première soirée où Margery avait découvert son secret rien qu'en la regardant.

— Je pensais qu'à l'idée de célébrer ton anniversaire et à l'annonce de la surprise que nous te réservons, tu manifesterais un peu plus d'enthousiasme, murmura Phin d'un ton désapprobateur. J'ai l'impression que cela ne te fait ni chaud ni froid.

Esquissant un sourire contrit, Pen croisa son regard.

— Mais pas du tout, protesta-t-elle mollement. Notre père étant à l'origine de la surprise, je me demande juste ce qu'il cherche. Je suppose que tout cela s'inscrit dans un plus vaste projet.

Phin lui lança un regard oblique, visiblement déçu par le cynisme dont elle faisait preuve.

— Il veut ton bonheur. Ne te réjouis-tu pas des efforts qu'il a entrepris ces dernières semaines ? Il t'a servi sur un plateau les jeunes hommes les plus en vue de la région afin que tu puisses faire ton choix.

— Et demain, nous allons rendre visite à Wadesbridge, dit Pen d'un ton morne. Retour à la case départ en somme.

— Les choses se seraient passées différemment si tu avais choisi l'un des prétendants qui t'ont été présentés, ou si tu avais tout au moins montré un quelconque intérêt envers l'un d'entre eux. Pen, tends un rameau d'olivier à notre père. Ne vois-tu pas tous les efforts qu'il fait ?

— Si je lui tendais un rameau d'olivier, il s'emparerait de l'arbre tout entier et me marierait au premier homme auquel j'adresserais un battement de paupières. Est-ce lui qui t'a chargé de m'amadouer ?

Pen laissa échapper un profond soupir. Sa dernière remarque

était injuste. Pourquoi s'en prenait-elle à celui qui n'avait rien à se reprocher ? Son frère voulait sans doute bien faire.

— Je suis désolée, Phin. Cela doit être drôlement difficile de constamment jouer le rôle d'intercesseur.

Elle se rappela alors le conseil qu'elle avait donné à Matthew au sujet du gentleman récalcitrant auquel il devait faire face. Matthew avait-il trouvé un allié capable de défendre ses intérêts ? Elle lui poserait la question la prochaine fois qu'elle le verrait. Dans deux jours. Cela lui sembla une éternité tout à coup. Et les festivités que son frère venait d'évoquer n'y changeraient rien.

— Est-ce que tu te sens bien, Pen ? Je te trouve distraite depuis quelque temps.

Ainsi donc, Phin l'observait à la loupe ces derniers jours. Elle devrait redoubler d'efforts pour ne pas se trahir. Margery l'avait rapidement démasquée et, à présent, c'était Phin qui pressentait quelque chose.

— Je vais bien. Ces dernières semaines ont été particulièrement difficiles.

Pen ne mentait qu'à moitié en disant cela. Le mois qui venait de s'écouler avait été à la fois difficile et fantastique. Elle aurait tellement voulu que la partie fantastique ne doive pas rester secrète.

Leur père se joignit alors à eux, ce qui mit immédiatement fin au moindre échange personnel. Au grand désespoir de Pen, ils parlèrent de manière informelle jusqu'à ce qu'un domestique annonce que le dîner était prêt. Elle remarqua néanmoins l'excitation que son père et Phin peinaient à contenir. Quelle que fût la surprise, ils s'étaient donné du mal pour lui faire plaisir, et cela les remplissait manifestement de joie. Cela lui ferait également très plaisir, décida tout à coup Pen, jetant un regard à la dérobée à sa petite famille. La tragédie avait suffisamment influé sur le cours de leur vie. N'était-il pas temps que la joie vienne à son tour imprimer leur existence de son sceau ?

— Eh bien, ma fille, tu vas bientôt avoir vingt et un ans.

L'air satisfait de lui, le père de Pen aborda le sujet alors que le dîner approchait de son terme.

— Au cours du mois qui vient de s'écouler, tu as rencontré les différents prétendants que je t'ai présentés comme je te le demandais. Mais peut-être que cette façon de faire ne te convient pas tout à fait.

Il lui adressa alors un sourire empreint de bonté et, l'espace d'un instant, Pen entraperçut le père qu'elle avait connu enfant, une version de lui-même plus insouciante et plus heureuse.

— Penrose, tu m'as fait part de ton irrésistible envie de découvrir un peu le monde et de ton désir d'aller à Londres. Aussi...

Il s'interrompit alors pour adresser un clin d'œil malicieux à Phin puis reprit :

— Aussi, pour ton anniversaire, nous avons décidé de te permettre de faire tes débuts lors de la saison mondaine qui va bientôt commencer à Londres. Nous partons demain. Ta femme de chambre est en train de faire tes valises.

Pen dévisagea son père, le cœur battant. Satisfait de l'annonce qu'il venait de faire, le comte semblait rayonner de bonheur. Quant à Phin, il avait un sourire jusqu'aux oreilles. De toute évidence, ils attendaient qu'elle dise quelque chose. Ils venaient tout de même d'exaucer un de ses vœux les plus chers. N'importe quelle autre fille et sœur leur aurait sauté au cou.

— Mais, bredouilla-t-elle, essayant d'organiser ses pensées chaotiques, je ne peux pas partir maintenant.

Si elle partait, elle ne reverrait pas Matthew. Elle chercha en toute hâte une raison valable de rester.

— Que faites-vous de Trescowe ? N'avons-nous pas fait la promesse à Lord Wadesbridge de lui rendre visite ?

— Nous y ferons une petite halte en chemin et reprendrons la route ensuite, répondit son père avec un geste désinvolte, toujours d'excellente humeur.

— Mais j'ai besoin de temps pour me préparer. Je dois absolument faire quelques emplettes.

Elle n'avait pas suffisamment de gants, ni de bas et probablement pas assez de robes malgré les récents achats effectués sans son assentiment pour les dîners organisés par son père.

— Tu les achèteras à Londres, répliqua son père sans se

départir de son large sourire. Tu auras deux semaines pour faire tous les achats qui te chantent avant que la saison mondaine ne démarre véritablement. J'ai pensé à tout, ne t'inquiète pas. Il n'y a aucune raison de ne pas partir dès demain matin.

Pen se rendit alors compte que son père attendait qu'elle lui dise quelque chose. Qu'elle le remercie sans doute.

— Eh bien ? N'es-tu pas heureuse de ce que je viens de t'annoncer, Pen ? C'est exactement ce que tu voulais. Nous allons te trouver un bon époux à Londres.

— Je crois qu'elle est en état de choc, intervint Phin pour couvrir sa défaillance tout en lui jetant un regard interrogateur.

— Jamais je n'aurais imaginé te laisser un jour sans voix, Pen.

— Je suis bouleversée, répondit Pen en s'efforçant d'esquisser un sourire. Merci à vous deux, sincèrement.

Phin avait dû se battre comme un beau diable pour obtenir une telle faveur de leur père. Ce serait terriblement injuste de sa part de ne pas apprécier le cadeau qu'ils lui faisaient. Comment auraient-ils pu deviner à quel point ce cadeau lui brisait littéralement le cœur ?

Pen termina le repas plongée dans un état cotonneux. Un domestique apporta un magnifique gâteau au chocolat fourré de ganache. Cook avait dû y passer des heures. Son frère et son père riaient et ne cessaient de parler de Londres, des divertissements qu'ils s'accorderaient, des gens auxquels ils rendraient visite. Des discussions incessantes à propos de bals, de soirées, de décorations, de nourriture se déversèrent sur elle. Mais sans jamais l'atteindre. Elle émit les petits bruits qu'on attendait d'elle, esquissa des sourires et hocha la tête aux moments opportuns. Elle mangea sa part de gâteau. Du moins le supposa-t-elle car son assiette était vide. Mais son esprit était ailleurs tout le temps que cela dura.

Comment s'y prendrait-elle pour prévenir Matthew ? Comment pouvait-elle laisser un message à un homme dont elle ne connaissait même pas le nom ? Que personne ne connaissait ? Si elle parvenait à se rendre à la chaumière, elle pourrait y laisser un message. Mais comment allait-elle faire ? Il faudrait y aller ce soir, dans l'obscurité. Mais ce serait presque impossible de sortir du château et d'y rentrer ensuite, sans même parler des risques qu'elle encourrait. Il était facile de se perdre dans le noir ou de se tordre une cheville dans un trou. Elle ne parviendrait pas à regagner le château, dans ce cas.

Peut-être pouvait-elle envoyer quelqu'un dans la matinée ? Mais qui pourrait s'en charger ? Elle n'accordait sa confiance qu'à Margery, et cette dernière était censée voyager avec elle. Pen avait beau retourner le problème dans tous les sens, elle ne voyait pas comment elle trouverait le moyen de se rendre à la chaumière pour prévenir Matthew. Quand elle put enfin sortir de table en s'excusant, prétextant avoir besoin d'une bonne nuit de sommeil avant le long voyage qui l'attendait, elle sentit son cœur se briser. Il lui fallait se rendre à l'évidence, elle ne parviendrait pas à contacter Matthew. Que se passerait-il dans deux jours lorsque celui-ci irait la retrouver dans la chaumière et qu'elle ne viendrait pas ? Depuis des semaines elle se faisait un sang d'encre à l'idée qu'il disparaisse sans lui faire ses adieux mais, finalement, c'était elle qui allait rompre le pacte qu'ils avaient conclu à Mutton Cove.

Matthew serait blessé. Il tenait à elle, Pen en avait l'intime conviction. L'affection qu'il lui portait se transformerait-elle en haine ? Se sentirait-il trahi ? Penserait-il qu'elle avait pris la décision d'épouser l'homme auquel elle devait rendre visite ? Ou bien comprendrait-il au contraire qu'on ne lui avait pas donné le choix et que des événements sur lesquels elle n'avait aucun contrôle étaient survenus ? Lui pardonnerait-il ?

Et elle, lui pardonnerait-elle s'il cessait de venir sans la prévenir ? Il était difficile de répondre à une telle question. Ils avaient tous deux accepté que la relation qu'ils entretenaient ne pouvait durer éternellement mais ils s'étaient promis de se dire au revoir. Peut-être que Matthew garderait un très mauvais souvenir d'elle. Il ne saurait jamais ce que les semaines qu'ils avaient passées ensemble signifiaient pour elle, ni à quel point elle se sentait vivante en sa compagnie.

En entrant dans sa chambre, Pen trouva Margery en train de faire ses bagages. Elle était pleine d'allant, l'excitation qui l'animait étant en totale contradiction avec la mélancolie qu'éprouvait Pen.

— N'est-ce pas merveilleux ? Londres, enfin !

Le sourire de la femme de chambre s'effaça.

— Que se passe-t-il ? N'êtes-vous pas heureuse, milady ? C'est ce que vous avez toujours voulu.

Margery mit de côté la pile de robes qu'elle avait dans les bras et vint lui prendre les mains.

— C'est votre jeune homme, c'est cela ?

Pen se laissa tomber sur la partie du lit où n'était posé aucun vêtement.

— Je ne le reverrai plus jamais. Il n'y a aucun moyen de lui dire que je dois partir ou de lui donner la moindre explication.

Mais qu'aurait-elle bien pu lui expliquer ? Le revoir aurait impliqué de tout lui dévoiler.

— Il va penser que je l'ai quitté, ajouta-t-elle tristement.

Il n'y aurait plus de baisers. Elle ne vivrait plus la douce décadence qui régnait lors de leurs retrouvailles. Jamais elle ne réaliserait son rêve d'être allongée nue tout contre lui, peau contre peau, sur la couverture élimée.

— J'étais censée le retrouver là-bas pour mon anniversaire.

Pen se mordit la lèvre et détourna le regard alors que les larmes menaçaient de couler.

— Il devait m'apporter un cadeau.

Cela aurait été quelque chose de très attentionné, Pen en était persuadée. Quelque chose qui aurait sans nul doute évoqué la qualité de leur relation.

— C'est peut-être mieux ainsi. Il fallait bien que cela cesse un jour, répondit Margery pour la consoler. Je sais que cela vous fait terriblement mal pour l'instant mais vous vous remettrez vite. Cela aurait fini par se savoir et vous échappez ainsi à de terribles ennuis. Vous serez partie. Il ne peut pas vous suivre, ne peut pas vous retrouver et ne pourra vous causer aucun souci.

— Je le sais.

Pen avait déjà essayé d'envisager les côtés positifs de la situation mais cela ne l'aidait pas le moins du monde. Elle ne désirait qu'une chose, que Matthew la retrouve même si elle savait qu'elle l'avait irrémédiablement perdu.

— Margery, assurez-vous de mettre mon collier de verre dans les bagages.

Elle le garderait toujours avec elle pour se rappeler ce que cela faisait d'être aimée pour celle qu'elle était vraiment.

Le cadeau d'anniversaire d'Em dans les bras, un chiot tout frétillant qui se tortillait dans tous les sens, Cassian se dirigea vers la porte de la chaumière, le cœur battant. Cela n'avait pas été une mince affaire de transporter le chiot à cheval. Mais cela en valait la peine. Il imaginait déjà le visage de la jeune femme s'illuminer. C'était un cadeau un peu fou. Jamais elle ne pourrait l'emporter chez elle. Il garderait le chiot chez lui pour elle. L'essentiel, c'était qu'elle ait un chiot rien que pour elle toute l'après-midi. Ils pourraient l'emmener en promenade dans le pré non loin de là, et l'animal pourrait gambader à ses côtés, exactement comme elle se le représentait enfant.

Cassian pénétra dans la chaumière et sourit. Il était arrivé le premier. C'était exactement ce qu'il avait espéré. Il déposa le chiot par terre. Il voulait avoir le temps de faire du feu et de disposer le pique-nique sur la table. Il avait emporté quelque chose de spécial pour célébrer l'anniversaire d'Em. Il voulait que l'après-midi soit parfaite, calme et intime. Cela faisait presque cinq semaines qu'ils étaient ensemble et il avait conscience que le temps leur était compté. Il devrait bientôt se résoudre à tenir la promesse qu'il lui avait faite. De toute évidence, il n'avait d'autre choix que de se rendre à Londres. Il n'y avait eu aucune avancée notable avec le comte. Demain, songea-t-il. Oui, il lui dirait le lendemain. Cela leur laissait une journée supplémentaire. Une journée fantastique pour profiter de leur fabuleuse rêverie.

Une demi-heure plus tard, la nourriture était joliment disposée sur la table et le feu avait agréablement réchauffé la pièce. Mais toujours aucun signe d'Em. Comme le chiot reniflait ses bottes, Cassian se baissa pour le prendre dans ses bras.

— Encore quelques minutes de patience, Oscar.

Il emmena le petit animal faire ses besoins dehors puis rentra. Les minutes s'égrenèrent. Lentement. Pesamment. Une heure s'écoula.

Au comble de l'impatience, Cassian se leva et se dirigea vers la porte, le chiot dans les bras, pour jeter un coup d'œil sur le sentier en contrebas, espérant apercevoir Em. Elle avait peut-être été retardée. Peut-être pouvait-il aller à sa rencontre ? Mais comment faire ? Il ne savait même pas quelle direction prendre. Pour quelle raison était-elle en retard ? Lui avait-il été impossible de s'échapper ? Était-elle tombée malade ? Comme il aurait aimé en savoir davantage à son sujet ! Cassian eut tout à coup l'impression de ne rien savoir d'elle, rien d'utile qui aurait pu l'aider à la retrouver. Il savait comment elle était dans ses bras, comment elle l'embrassait et aimait se mettre en quatre pour lui. Il savait qu'elle aimait les chiots, qu'elle avait une famille réduite, que son père était très obstiné. Il savait qu'elle aimait le fromage fondu sur un toast, qu'elle voulait découvrir le vaste monde. Mais rien de tout cela ne pourrait l'aider. Si elle ne venait pas le retrouver dans la chaumière, il la perdrait.

Dépité, Cassian retourna à l'intérieur.

Il attendit une demi-heure supplémentaire avant d'admettre qu'elle ne viendrait pas.

— C'est bon, Oscar.

Il éteignit le feu et mit le chiot dans son manteau pour le protéger du froid et de l'humidité.

— Nous réessaierons demain.

Peut-être que la visite prévue chez le prétendant qui cultivait des fleurs avait été décalée. Peut-être Em n'était-elle simplement pas parvenue à s'échapper. C'était son anniversaire, après tout, peut-être le célébrait-elle en famille. Cassian remballa soigneusement la nourriture qu'il avait apportée en songeant qu'une bonne partie pourrait être mangée le lendemain.

Il revint le lendemain, le surlendemain et le jour d'après, avec le chiot, le pique-nique et tout ce qu'il fallait, jusqu'à ce que le pain soit sec et qu'il ne trouve plus la moindre excuse à son retard. Il devait affronter la réalité. Em n'était pas retenue contre son gré. Elle ne venait pas, tout simplement. Cassian s'assit à la table et se prit la tête entre les mains. Était-ce ainsi que leur relation allait prendre fin ? Soudainement et sans se dire au revoir malgré le pacte qu'ils avaient conclu ? Un après-midi, ils étaient allongés l'un contre l'autre sur le lit, promettant de se livrer à des choses terriblement décadentes, rêvant que le lendemain arrive le plus vite possible, se jurant d'être au rendez-vous, et le jour d'après elle avait disparu. Cassian pensait disposer d'un peu plus de temps. Quelques semaines tout au moins, le temps qu'ils se préparent à faire leurs adieux comme ils se l'étaient promis dans la crique. Il ne devait pas partir à Londres avant la fin du mois.

Pourquoi Em n'était-elle pas venue au rendez-vous ? Une foule de scénarios plus horribles les uns que les autres traversèrent alors l'esprit de Cassian. Cela avait-il un lien quelconque avec le jardinier ? Avait-elle accepté de l'épouser ? À moins qu'elle n'ait été forcée à le faire ? Sa famille avait-elle décidé de la garder sous étroite surveillance maintenant qu'elle allait peut-être se marier ? À un autre. Cette simple pensée lui donna la nausée. Il ne voulait pas y songer. Son Em appartenant à un autre, en embrassant un autre, c'était insupportable !

Il savait que leur relation était condamnée, il savait qu'elle devrait se terminer. Il ne pouvait pas la garder, pas plus qu'elle ne pouvait garder le chiot. Alors pourquoi cela lui faisait-il aussi mal ? Cassian pensait que l'anonymat épargnerait son cœur mais il avait eu tort sur toute la ligne. Il pensait qu'il ne pourrait pas tomber amoureux d'elle, pas trop tout au moins. Mais il s'était trompé. Il était suffisamment tombé amoureux pour que la fin de leur histoire le fasse souffrir. Bougre de bougre, en amour, les frères Truscott devaient être maudits ! Cassian s'y était préparé, pensait s'être blindé, s'était lui-même mis en garde contre cette éventualité, et cela lui faisait malgré tout très mal. Son frère était bien moins préparé lorsqu'il était tombé amoureux d'Audevere Brenley. La fille de Sir Gismond. Pas étonnant que Collin ait été totalement anéanti lorsqu'elle avait rompu leurs fiançailles quelques semaines seulement avant leur mariage. Il fallait dire que les Brenley avaient trahi son frère dans tous les domaines.

Cassian perçut tout à coup avec plus d'acuité ce que son frère avait pu ressentir. Ce souvenir douloureux le décida encore un peu plus à ne pas se laisser submerger par le chagrin. Il devait se résoudre à abandonner la partie. Le moment de faire ses adieux était arrivé. Cassian jeta alors une dernière fois un regard circulaire dans la chaumière. Le feu devant lequel ils s'asseyaient, le lit où ils s'allongeaient l'un contre l'autre et caressaient l'idée de faire l'amour. Il se remémora tous les bons moments qu'ils avaient passés ensemble et fut frappé par l'ironie de la situation. Depuis toujours, il se méfiait des chasseuses de maris fortunés qui pourraient chercher à l'utiliser comme Brenley l'avait fait avec son frère. Mais, contre toute attente, c'était l'amour qui l'avait mis à terre.

Cassian extirpa de la poche intérieure de son manteau la lettre qu'il avait écrite et la posa sur la table contre le vase ébréché dans lequel était disposée de la lavande séchée. Si jamais Em revenait un jour dans la chaumière, elle saurait au moins qu'il y était venu, que ce n'était pas lui qui avait mis un terme abrupt à leur relation. Le chiot qui trottinait à côté de lui se mit à geindre. Cassian se baissa pour lui caresser tendrement la tête.

— Tout est fini. On dirait qu'il ne reste que toi et moi, Oscar.

Le petit animal avait beau être adorable, cette perspective ne réjouit guère Cassian.

Il prit doucement le chiot dans ses bras. L'heure était venue d'accomplir son devoir. La merveilleuse parenthèse qu'il avait vécue ces dernières semaines s'était refermée. Il avait fait tout ce qu'il avait pu pour mener son projet à bien mais ses efforts étaient restés vains. L'espoir n'avait pas porté ses fruits, ni apporté les résultats escomptés. L'heure du sacrifice était venue. Un dur labeur l'attendait. Mais il n'échouerait pas cette fois.

Cassian sortit et ferma soigneusement la porte derrière lui. Em faisait désormais partie du passé. Il fallait tourner la page et aller de l'avant. C'était sur le parc d'attractions dont il rêvait depuis si longtemps qu'il devait se concentrer, et également sur la fille de Redruth qu'il lui faudrait courtiser très prochainement. Le mariage pourrait sans doute se tenir avant l'automne et, avec un peu de chance, les premiers coups de pioche seraient donnés avant le début de l'année suivante. Cassian allait vite retrouver sa place sur l'échiquier. Cette simple pensée aurait dû lui faire remonter le moral en flèche. Mais c'était sans compter sur son cœur blessé.

11

Quand Cassian arriva, le bal fastueux donné par le comte de Redruth battait son plein. Il s'immobilisa quelques instants à la porte de la salle de bal. À l'âge qu'il avait, franchir le seuil d'un bal de débutantes revenait à déclarer à l'ensemble des invités qu'il désirait se marier.

Inigo lui donna alors une petite claque amicale dans le dos pour l'encourager.

— Cette soirée est d'une importance capitale, Cass. C'est un grand moment, tu sais. Tu es le premier d'entre nous à te jeter dans l'arène. Eaton a complètement éludé le problème en se mariant en catimini à Porth Karrek et Vennor va se réfugier quelque temps encore derrière l'excuse du deuil qui l'a si durement affecté.

Cassian, lui, n'avait aucun prétexte pour retarder l'échéance. Plus rien ne l'empêchait de réaliser son rêve. Lui excepté. Mais, s'il refusait de se servir de toutes les armes dont il disposait, jamais il n'obtiendrait le terrain qui lui permettrait d'accéder à son désir le plus cher. Il ne devait pas céder à la tentation de la lâcheté. Cette soirée était à marquer d'une pierre blanche. C'était la première étape dans la campagne qu'il comptait mener. Il allait danser avec la fille du comte et il verrait bien ensuite où cela le mènerait. Armes, étape, campagne. Il avait eu recours à une rhétorique guerrière sans s'en rendre compte. Où était l'amour là-dedans ? Il fallait sans doute aborder la soirée avec un peu plus de légèreté.

Cassian tira un peu sur son gilet couleur ivoire et redressa les épaules. Cette soirée était l'aboutissement du débordement d'activités qui l'avait accaparé ces trois dernières semaines après qu'il eut pris la décision de venir à Londres. Il avait dû s'occuper de ses bagages, se rendre chez son tailleur, prendre ses dispositions pour réserver un logement à l'Albany afin d'être pleinement indépendant – ce qui n'était pas vraiment le cas lorsqu'il séjournait dans la demeure londonienne de son père – et, plus important encore, il s'était donné du mal pour obtenir une entrevue avec Redruth. Il l'avait rencontré trois jours plus tôt pour lui confier l'intérêt qu'il portait à sa fille et avait ainsi obtenu une invitation au bal. Le comte était manifestement très heureux que la présence de sa fille à Londres ait favorablement attiré l'attention du fils héritier d'un duc.

Cassian n'aimait pas ce genre d'arrangement. Il n'aimait pas qu'on l'estime en fonction de ses atouts et de son titre de noblesse. Et il aimait encore moins jouer cette carte pour obtenir ce qu'il désirait. Mais ce qu'il détestait par-dessus tout, c'était la duplicité dont il avait fait preuve. Le comte de Redruth ne se doutait pas un seul instant que le vicomte Trevethow ne faisait qu'un avec l'homme qui était derrière la Société d'aménagement du territoire de Porth Karrek, la société à laquelle Redruth avait refusé de vendre. Mais, comme les pistes qu'il avait explorées de ce côté-là n'avaient pas fonctionné, quelle autre option restait-il à Cassian ? Il sentit la balance entre le bien et le mal vaciller mais finit par se convaincre que, dans ce cas précis, l'objectif d'un plus grand bien pour finir justifiait la tromperie. Les gens impactés par le misérable sens des affaires de son frère comptaient sur lui. Cela l'emportait probablement sur les sombres motivations qu'il avait derrière la tête en faisant la cour à la fille du comte.

— Encore une fois sur la brèche.

Alors qu'ils pénétraient dans la salle de bal, Cassian jeta un regard en biais à Inigo. Ils se frayèrent un chemin parmi les nombreux invités, saluant au passage les amis qu'ils croisaient alors qu'ils se dirigeaient vers le comte de Redruth. Cassian n'était pas pressé. Du reste, il ne tenait pas à paraître désespéré.

Il n'était pas désespéré au demeurant, pas plus qu'il n'était nerveux malgré les insinuations d'Inigo. Il ne se jetait nullement dans l'arène, pas plus que cette soirée n'était d'une importance capitale à ses yeux. Il ne ressentait rien. Sa présence au bal était purement professionnelle, rien de plus. Il désirait faire l'acquisition du terrain appartenant au comte et il lui fallait une autre monnaie d'échange pour l'obtenir, voilà tout.

Les souvenirs qu'il avait d'Em commençaient à s'émousser un peu depuis quelques jours. Les semaines qu'il avait passées avec elle dans la chaumière lui apparaissaient tel un rêve désormais, quelque chose qui avait été particulièrement vif sur le moment mais qui s'effaçait déjà en partie. Même l'image qu'il gardait d'elle commençait à s'estomper : ses cheveux caramel et ses yeux vert émeraude n'avaient plus la même netteté qu'auparavant et lui paraissaient parfois totalement irréels. Il ne pouvait pas avancer s'il restait ainsi englué dans le passé. Quel genre d'époux serait-il s'il passait son existence à pleurer la perte d'une femme dont il ne connaissait même pas l'identité ? Il n'y aurait peut-être pas de grande passion dans le mariage de convenance qu'il convoitait, mais Cassian espérait y trouver quelque chose de plus léger – du respect peut-être – qui croîtrait au fil du temps. Il devrait s'en contenter. Il fallait à tout prix privilégier l'intérêt commun.

— Laquelle est-ce, à ton avis ? demanda Inigo en lui donnant un petit coup de coude.

Ils observèrent alors les danseurs avec attention. Il y avait tant de visages souriants et remplis d'espoir. Mais aucun d'entre eux n'était Em. Elle lui apparut soudain des profondeurs de sa mémoire, cette fois avec une telle précision que Cassian en fut troublé.

Si vous étiez ici, Em, nous danserions sous les lustres de cristal comme s'il s'agissait des étoiles qui brillaient dans le ciel. Nous irions nous promener dans les jardins et j'en profiterais pour vous voler un baiser.

Em serait éblouissante dans une robe en soie assortie à la couleur de ses yeux, un pendentif opale autour du cou et ses cheveux ramassés sur le sommet de sa tête afin de dévoiler son cou gracile. Son Em serait tel un cygne parmi ces jeunes canetons à peine tombés du nid.

Il devait se débarrasser de ces dangereuses pensées. Il n'avait pas le temps pour ces bêtises.

— Je n'en ai pas la moindre idée, répondit-il en chassant Em de son esprit.

Comme il aurait aimé partager l'enthousiasme débordant dont Inigo faisait preuve.

— Est-ce donc ainsi que l'on se sent lorsqu'on investit l'argent des autres ? plaisanta-t-il. Cela dit, ce n'est pas toi qui prends les risques. C'est plus facile de se laisser gagner par l'euphorie dans ta position.

Inigo fronça aussitôt les sourcils. Il n'avait manifestement pas perçu la note d'humour derrière la réflexion que Cassian venait de faire.

— Tu te trompes, Cass. Investir l'argent des autres est une opération extrêmement éprouvante pour les nerfs.

— Et envisager d'épouser une inconnue, tu crois que cela ne met pas mes nerfs à rude épreuve ?

Cassian se mit à rire malgré lui.

— C'est sans doute ce qui m'a incité à te demander de m'accompagner. Mais je suppose que tout est question de perspective.

Il n'avait eu d'autre choix que d'accepter l'inéluctable. Pour qu'un de ses rêves puisse se réaliser, il lui fallait abandonner son autre rêve. Il n'aurait pas le mariage romantique qu'il appelait de ses vœux et devrait se contenter d'un mariage de convenance afin d'honorer l'héritage laissé par son mentor, de venger son frère et de réparer les torts que ce dernier avait infligés après les décisions désastreuses qu'il avait prises. Voilà ce que demandait l'intérêt commun. Cassian devait s'y soumettre. Il ne pouvait tout de même pas trahir le code d'honneur qui régissait depuis toujours l'existence des quatre ducs de Cornouailles.

Ils adressèrent un petit signe de tête au groupe de jeunes filles qu'ils croisèrent. Quatre paires d'yeux les suivirent alors, accompagnés de petits gloussements suffisamment audibles pour qu'ils n'aient pas de doute sur l'effet qu'ils produisaient.

— En parlant de perspective, j'ai l'impression que ta présence ce soir apporte son lot d'excitation à la soirée, fit remarquer Inigo. Je me demande à combien de personnes Redruth s'est empressé de dire que tu faisais partie de la liste des invités. Cela fait plus de trois semaines que tu es arrivé dans la capitale mais tu ne t'étais encore montré nulle part. Redruth peut s'enorgueillir que son bal soit ta première sortie mondaine.

Cassian haussa les épaules.

— Ce n'est pas ma première sortie mondaine. Je te rappelle que nous avons commencé par la soirée musicale organisée par les Trevelen et je ne manquerai pas de le rappeler à tous ceux qui me poseront la question.

Ils avaient passé la première partie de soirée en compagnie de leurs voisins de Cornouailles, Sir Jock Trevelen, son épouse et leurs cinq filles célibataires qui étaient toutes des musiciennes accomplies. Vennor était également présent. Cela avait été une façon de commencer calmement la soirée.

— Je me demande de quoi on parlera en ville demain. La soirée de Sir Jock, certes plus intime mais d'un bon goût incontestable, à laquelle ont assisté trois fils héritiers de ducs, ou le bal donné par Redruth ?

— Redruth vit habituellement en ermite. Le fait qu'il organise un bal va forcément retenir l'attention. Je doute qu'on mentionne les Trevelen dans les rubriques mondaines des journaux, dit Inigo en toute honnêteté. Et je peux t'assurer que ton nom y figurera en bonne place. Tu ne vois donc pas que tout le monde te regarde ? Dès que tu évolueras sur la piste de danse avec la fille de Redruth, tous les regards seront braqués sur vous. Je suis certain qu'on placera des paris sur toi au White dès demain matin.

À ces mots, Cassian ne put s'empêcher de faire la grimace.

— Si tu pensais me remonter le moral en me disant une chose pareille, laisse-moi te dire que tu fais fausse route.

Pen ne s'était jamais sentie aussi malheureuse. Non seulement tous les regards étaient posés sur elle mais elle était également au cœur de toutes les conversations. Elle n'avait nul besoin de tendre l'oreille. Elle savait exactement ce que tout le monde répétait en boucle. Elle avait surpris un échange dans la salle de repos où discutaient des filles un peu idiotes qui ne se souciaient visiblement pas d'être entendues.

— C'est la fille qui fait ses débuts à vingt et un ans.

— C'est la fille que personne n'a vue depuis de longues années.

— Je me demande ce qui cloche chez elle.

La curiosité avait souvent des accents cruels.

Pen était passée de la prison de Castle Byerd à la somptueuse prison de Londres. Et de son propre gré.

Elle se tenait auprès de son père et de sa tante dans la splendide salle de bal de Byerd House. Les lustres avaient été dépoussiérés, les parquets lustrés, tout n'était que soie et bijoux, et la pensée qui ne cessait de la hanter, c'était que tout cela était entièrement sa faute. N'avait-elle pas demandé à cor et à cri de pouvoir faire ses débuts à Londres ? Maintenant qu'elle avait obtenu gain de cause, elle n'avait plus à s'en prendre qu'à elle-même. D'autant que son père n'avait pas lésiné sur les dépenses. De la nourriture à profusion avait été livrée toute la journée : des gâteaux en provenance des meilleurs pâtissiers de la capitale, des chocolats en forme de Castle Byerd, sans parler des caisses de champagne qui avaient été mises au frais tôt dans la matinée. Il y avait également de magnifiques bouquets de fleurs partout dans la maison, des roses blanches savamment disposées dans des vases en cristal poli entourés de rubans rose pâle, à l'exception notable du bouquet de roses aux pétales teintés de jaune qui avait été envoyé par Wadesbridge. Ce bouquet avait été disposé sur le manteau de la cheminée dans le salon, bien en évidence, peut-être pour rappeler subtilement à Pen ce qui l'attendait si aucun des prétendants rencontrés à Londres ne l'inspirait davantage.

Son père lui avait accordé ses débuts à Londres comme elle le lui avait demandé. Il attendait quelque chose en retour, à présent.

Il ne lui restait plus qu'à choisir un prétendant et à l'épouser. Dans le cas contraire, on choisirait pour elle : Wadesbridge, solide, prévisible, stable comme un roc et proche de Castle Byerd, bien loin des rêves que Pen chérissait. Son père pourrait alors se féliciter d'avoir assuré sa sécurité jusqu'à son mariage. Ce serait à son époux de prendre la relève.

Cela signifiait qu'elle ne ferait aucun voyage, ne vivrait aucune grande aventure et n'encourrait aucun danger. Une existence dénuée de passion, en somme. Pen n'imaginait pas un seul instant que les baisers de Wadesbridge puissent lui provoquer le même sentiment d'excitation que ceux de Matthew. Elle n'imaginait pas avoir envie un jour de s'allonger nue près de Wadesbridge sur une couverture élimée et d'éprouver le désir irrépressible de prendre le sexe de son futur mari dans sa bouche ou d'espérer secrètement qu'il lui rende la pareille. Wadesbridge, ou le prétendant qu'elle choisirait, n'attendrait probablement pas cela d'elle. Elle préférait ne pas y penser, à vrai dire. Elle ne voulait penser qu'à Matthew : ses mains, ses baisers, ses caresses, la façon dont il voyait le monde. Pen déglutit péniblement pour refouler les larmes qui menaçaient.

Ces dernières semaines, elle n'avait cessé de se demander comment s'était déroulée sa visite dans la chaumière. Combien de temps Matthew avait-il attendu ? Était-il retourné à la chaumière par la suite ? Que lui avait-il apporté pour son anniversaire ? Qu'auraient-ils fait cet après-midi-là ? Se seraient-ils embrassés ? Se seraient-ils mutuellement donné du plaisir ? Auraient-ils consommé leur relation comme elle le désirait ardemment ? Dire qu'à l'époque elle pensait cela inévitable. Plus ils se voyaient, plus cette conclusion s'était imposée à elle. Elle l'avait tellement désiré ! Tout ce qu'elle voulait, c'était conserver à jamais ce souvenir et pouvoir s'y replonger toutes les nuits qui suivraient.

Pen caressa du bout du doigt le cœur en verre noué autour de son poignet sur un ruban rose auquel était accroché son carnet de bal. Elle était parée du diadème et des diamants de sa mère mais le cœur en verre soufflé était la chose la plus précieuse qu'elle portait ce soir-là. Il fallait absolument qu'elle l'ait sur elle, s'était-elle dit, tel un talisman qui lui porterait chance, pour garder Matthew près d'elle un peu plus longtemps. Son carnet de bal était rempli de noms d'inconnus, des hommes qui ne s'intéressaient sans doute qu'à sa dot.

Le fils héritier du duc de Hayle, qui avait réservé la septième danse, en faisait partie. Pen imaginait déjà le visage radieux de son père. Le fils héritier d'un duc qui dansait avec sa fille ! Et un homme qui habitait près de Castle Byerd, de surcroît. Cela faisait sans doute beaucoup d'ombre à Wadesbridge... Cela aurait dû la soulager. Mais il n'en était rien. Si ce n'était pas Matthew, peu importait celui avec lequel elle dansait ou celui qu'elle allait épouser.

Alors que Pen pensait à Matthew, son regard s'attarda quelques instants sur un homme brun de haute stature. Ce n'était pas la première fois de la soirée que ses yeux se posaient sur lui. Même s'il était arrivé en retard, elle l'avait immédiatement remarqué. Il ne faisait pas partie des invités qui avaient patiemment attendu les uns derrière les autres pour lui présenter leurs hommages. Dans le cas contraire, elle s'en serait souvenue. Pen finit par comprendre que ses yeux se tournaient sans cesse vers lui parce qu'il lui rappelait Matthew avec sa haute stature et ses épaules viriles. Elle aurait tellement aimé voir le visage de cet inconnu. Peut-être que non, finalement. Si elle l'apercevait, elle devrait abandonner la rêverie qui lui occupait l'esprit. Ce n'était pas Matthew. Il faisait peut-être partie de la petite bourgeoisie locale en Cornouailles mais comment pourrait-il se retrouver ici, au milieu de la crème de l'aristocratie du pays ? Pen ne put néanmoins s'empêcher d'imaginer à quel point le bal serait différent si Matthew se trouvait parmi les invités. Elle piafferait alors d'impatience à l'idée de se retrouver dans ses bras lors de chaque danse ou de croiser le regard admiratif qu'il lui lancerait en la voyant dans sa robe de bal, avec ses cheveux savamment relevés au sommet de sa tête. En voyant la fille ordinaire qu'il avait côtoyée transformée en princesse, il serait médusé et lui dirait à quel point il la trouvait belle. Elle le croirait sur parole, car Matthew n'était pas du genre à user de flatterie.

Matthew n'était pas un menteur.

Elle ne serait pas la seule à avoir changé d'apparence, du reste. Matthew serait magnifique en habits de soirée, une queue-de-pie ajustée à son impressionnante carrure. Toutes les femmes de la salle de bal auraient les yeux rivés sur lui. Matthew surpasserait tous les hommes présents. Et le fils héritier de Hayle ferait certainement pâle figure lui aussi.

Son père lui donna soudain un léger coup de coude.

— Trevethow se dirige vers nous, ma chérie.

Pen sentit son estomac se nouer. C'était déjà la septième danse, celle qu'avait réservée le fils héritier du duc de Hayle. De toutes les danses inscrites dans son carnet de bal, c'était sans conteste celle qui avait piqué la curiosité de Pen. Trevethow ne pouvait être qu'un goujat prétentieux. Lorsque les invités finissaient par se lasser de répandre des commérages à son sujet, ils se reportaient aussitôt sur lui. Son nom était sur toutes les lèvres. Apparemment, c'était un bel homme, riche, et il faisait manifestement tomber en pâmoison toutes les femmes présentes ce soir-là et peu leur importait qu'il n'ait assisté à aucun des grands bals donnés depuis le début de la saison mondaine. Savoir qu'il se trouvait à Londres suffisait à faire battre le cœur des filles en âge de se marier, et celles-ci priaient toutes intérieurement de le rencontrer inopinément à Bond Street ou Hyde Park.

— Trevethow est le gros poisson de la soirée, Penrose. Je te prie de bien vouloir te montrer agréable envers lui. Il ferait un bon parti, tu sais. Sans doute le meilleur que nous puissions espérer.

Pen ne l'écoutait que d'une oreille. L'homme de haute stature qu'elle avait épié une bonne partie de la soirée s'approchait. Le regarder était bien plus intéressant que d'écouter son père énumérer tous les avantages qu'il tirerait d'une alliance avec la famille Hayle. Alors que l'héritier en question se dirigeait vers elle, Pen sentit son cœur s'emballer à l'idée que l'homme qui avait retenu son attention une bonne partie de la soirée soit

Trevethow. Quelqu'un lui effleura alors le bras pour lui poser une question, et Pen mit quelques secondes avant de répondre.

— Permettez-moi de vous présenter ma fille, Lady Penrose Prideaux.

Son père lui tapota discrètement le bras pour réclamer toute son attention. Pen pivota sur ses talons, l'esprit embué, cherchant à comprendre qui se trouvait devant elle. C'était effectivement le grand inconnu qu'elle observait depuis son arrivée. Il avait quelque chose de familier. Il ne portait certes pas de pardessus, ni de bottes poussiéreuses mais il avait la même largeur d'épaules, la même mâchoire carrée, les mêmes yeux ambre bouillonnants... Pen sentit sa bouche s'assécher et son estomac se nouer tandis que mille pensées se bousculaient dans sa tête. C'était bien Matthew, en chair et en os, qui se tenait devant elle. Son rêve le plus cher venait de se réaliser. Comment était-ce possible ? Qu'est-ce que cela signifiait ?

Alors qu'il s'inclinait devant elle pour lui baiser la main, Pen fit de son mieux pour dominer la terrible agitation qui s'était emparée d'elle et sentit alors le petit cœur en verre danser au bout du ruban attaché autour de son poignet. Les yeux de Matthew n'avaient plus la chaude teinte whisky dont elle se souvenait mais ils peinèrent à masquer à quel point il était troublé.

— Lady Penrose, quel plaisir de rencontrer une voisine si loin de sa contrée natale !

Ses paroles teintées d'une ironie mordante qu'elle était la seule à pouvoir déceler frappèrent Pen en plein cœur. Pas de doute. Il l'avait lui aussi reconnue. Cela valait bien la peine d'avoir fait tous ces efforts pour ne pas dévoiler leur identité respective.

Pen prit alors conscience d'autres éléments indubitables. Matthew lui avait menti. Il n'était nullement le fils d'un gentilhomme local mais le fils héritier d'un duc ! Cela avait dû beaucoup l'amuser de s'encanailler avec elle. Peut-être même était-ce un jeu auquel il se prêtait volontiers. Ce n'était pas très difficile de faire tourner la tête d'une simple paysanne à coups de belles paroles et de promesses d'affection. N'avait-il donc fait tout cela que dans l'espoir de lui voler des baisers ? Voire davantage… Dire qu'elle pensait jour et nuit à Matthew depuis son départ précipité pour Londres et s'inquiétait de la blessure qu'elle lui avait peut-être infligée. Elle était tellement loin de la vérité. Celui-ci assistait à des bals et avait même demandé au comte de Redruth la permission de courtiser sa fille. Il ne se languissait nullement d'Em. Alors que, de son côté, elle se sentait coupable d'accorder une danse à d'autres hommes que lui, Matthew avait clairement eu l'intention de courtiser une fille qu'il n'avait encore jamais rencontrée, uniquement parce qu'elle était la fille de Redruth.

Pen savait bien que Matthew avait rendu visite à son père pour obtenir l'autorisation de la courtiser. Il était d'ailleurs allé droit au but et n'avait pas caché ses intentions. Quel objectif cherchait-il à atteindre ? Cette question lui vrilla le cœur. Depuis combien de temps avait-il en tête de courtiser la fille de Redruth ? Cet objectif lui tenait-il déjà à cœur lorsqu'ils passaient de longues après-midi ensemble dans la chaumière isolée ? Avait-il toujours su qu'il se rendrait à Londres dès que la saison mondaine débuterait ? Ce qui signifierait alors qu'il avait toujours connu la date exacte à laquelle leur relation prendrait fin. Pen ne devait pas être loin de la vérité. Matthew savait que leur relation s'arrêterait vers la fin du mois d'avril parce qu'à cette date il devrait quitter la région.

Les autres vérités qui lui éclatèrent alors à la figure ne furent guère plus flatteuses. Elle devait se rendre à l'évidence, il l'avait prise pour une idiote depuis le début. Elle n'avait à s'en prendre qu'à elle-même. Comment avait-elle pu se montrer naïve au point de croire à ses déclarations lorsqu'il clamait qu'il avait beaucoup d'affection pour elle, qu'elle pouvait lui faire confiance et qu'elle signifiait beaucoup pour lui ? Les hommes de noble naissance passaient leur temps à jouer avec les paysannes, ce n'était un mystère pour personne. Tout cela n'avait-il donc été qu'un jeu pour Matthew ? Qu'avait-il eu exactement en tête ? En faire sa maîtresse ? Peut-être même ne lui aurait-il pas accordé ce privilège. Peut-être cherchait-il simplement à faire un bon mariage tout en s'octroyant de temps à autre de petits plaisirs avec une fille qui se pâmerait devant lui dès qu'il lui ferait l'honneur de lui rendre visite.

Mais ce n'était pas le pire. Maintenant qu'il savait qui elle était, que comptait-il faire ? De sombres pensées se mirent à tournoyer dans l'esprit de Pen. Utiliserait-il leur relation secrète comme moyen de coercition pour la mener à l'autel ? Pour lui ôter toute possibilité de choix ? Irait-il jusqu'à révéler à son père qu'elle allait se promener seule en pleine campagne et qu'elle y rencontrait des inconnus sous un nom d'emprunt ? Si son père l'apprenait, non seulement elle perdrait sa confiance à jamais mais il l'obligerait à se marier dans la foulée.

Matthew lui adressa alors un sourire d'une froideur qui contrastait tellement avec ceux dont Pen avait l'habitude qu'elle réprima un frisson d'horreur.

— Lady Penrose, il me semble que vous m'avez accordé cette danse, dit-il d'une voix non dénuée d'ironie.

12

Em, il avait retrouvé Em ! Lorsqu'elle s'était tournée vers lui, l'espace d'un délicieux instant, il avait éprouvé un sentiment de perfection absolue. Une seconde d'éternité que Cassian aurait voulu prolonger à jamais pour s'en délecter jusqu'à la fin des temps. Il avait ensuite aperçu une lueur de stupéfaction dans son regard, puis de frayeur, et lorsqu'elle avait finalement esquissé une grimace de dégoût, le merveilleux rêve avait aussitôt volé en éclat. De toute évidence, Em n'était pas ravie de le voir. Peut-être ne voulait-elle pas qu'il la retrouve ? Cela ne l'aurait guère étonné, à bien y réfléchir. Em l'avait abandonné. Enfin, ce n'était pas vraiment Em qui l'avait abandonné. C'était plutôt Lady Penrose Prideaux. La femme qui détenait le terrain qu'il convoitait. Quelle déveine ! Il n'allait tout de même pas épouser la femme qu'il avait tant aimée pour faire l'acquisition d'un terrain... Ce terrain dont il avait besoin afin de créer le parc d'attractions qui permettrait de restaurer la vitalité économique de la région. Comment pourraient-ils envisager de reprendre une quelconque relation si la méfiance prédominait ?

Comme il l'invitait à le suivre sur la piste de danse, Em posa une main sur sa manche, l'effleurant à peine. Comme s'il n'était qu'une apparition fantomatique.

— Cela vous plaisait beaucoup de me toucher, autrefois, lui murmura Cassian au creux de l'oreille.

Il posa alors une main sur sa taille, et ils se mirent en position pour la valse qui n'allait plus tarder à débuter.

— Ce n'était pas vous, Lord Trevethow. Je ne vous ai jamais touché. C'était Matthew que j'aimais retrouver.

Le ton cinglant qu'elle avait employé et le regard glacial qu'elle venait de lui décocher atteignirent Cassian en plein cœur. Les premières notes de musique retentirent alors, et ils entamèrent la valse tant attendue.

— Vous mériteriez une paire de gifles pour m'avoir trompée comme vous l'avez fait, murmura-t-elle sèchement.

Au même instant, la main qu'Em avait posée sur son épaule se crispa, et Cassian se demanda si elle n'allait pas mettre ses menaces à exécution. Ce qui aurait été drôlement injuste de sa part. Ne voyait-elle pas que c'était lui qui avait été lésé dans cette affaire ?

— C'est pourtant vous qui m'avez quitté, si mes souvenirs sont bons.

Il croisa alors le regard d'un couple qu'il connaissait de vue tandis qu'ils tournoyaient sur eux-mêmes à l'extrémité de la piste de danse et il les salua aussitôt d'un hochement de tête.

— Vous saviez depuis le début que vous alliez quitter la région et vous ne m'avez rien dit ! Moi, je vous ai immédiatement prévenu que ma famille cherchait à me marier, répondit Em, les dents serrées.

— Souriez, Lady Penrose, n'oubliez pas que les gens nous regardent. Ils ont parlé de nous toute la soirée. Vos débuts étaient sur toutes les lèvres, tout comme ma première apparition depuis l'ouverture de la saison mondaine. Maintenant que leurs deux sujets de conversation préférés ne font plus qu'un, l'excitation est à son comble.

Ce n'était décidément pas ainsi que Cassian avait envisagé ses retrouvailles avec Em. Il aurait pourtant donné cher pour danser avec elle et la prendre à nouveau dans ses bras.

Mais ce n'était pas Em qui évoluait avec lui sur la piste de danse. C'était une tout autre personne. Une femme qu'il ne connaissait pas. Une femme qui trouverait Matthew plutôt insignifiant comparé à l'homme qu'elle était censée épouser. Elle s'était d'ailleurs débarrassée de lui sans le moindre regret.

Dire qu'elle avait un autre homme en tête lorsqu'ils se retrouvaient dans la chaumière. Pas un jardinier comme Cassian l'avait cru au départ, mais un homme de haut rang. Ce qui ne l'avait nullement empêchée de l'embrasser, de le caresser et de s'attirer ses faveurs avec ses regards enjôleurs et ses promesses plus brûlantes les unes que les autres. Visiblement, cela ne la gênait pas de tromper son futur mari avec un autre.

Cassian eut tout à coup mauvaise conscience. Il ne devait peut-être pas se montrer aussi injuste envers elle, songea-t-il. Il avait été partie prenante dès le départ. Sans compter qu'Em lui avait très rapidement confié que son père tenait absolument à la marier.

Son cœur saignait toujours, malgré tout. Elle l'avait sciemment utilisé et n'avait pas pris la peine de lui faire ses adieux. Elle s'était débarrassée de lui, en somme, rompant par la même occasion le pacte qu'ils avaient conclu. Et elle osait lui demander des comptes, à présent ! Le mépris, voilà ce que cette indignité méritait. Mais Cassian ne put s'y résoudre. Il fallait d'abord la laisser s'expliquer. Il devait également garder à l'esprit que la femme qu'il tenait dans ses bras n'était pas Em. Pourtant, lorsqu'il croisait ses yeux verts perçants, il avait parfois l'impression fugace de l'avoir retrouvée. Il devait juste arriver à percer une brèche dans la forteresse qu'elle avait bâtie autour d'elle. À l'évidence, il n'y parviendrait pas au beau milieu d'une salle de bal. Toute la haute société avait les yeux rivés sur eux, épiant leurs moindres faits et gestes, même les plus insignifiants.

— Nous ne pouvons pas nous parler ici, lui murmura-t-il au creux de l'oreille.

Il s'enivra alors des effluves de son parfum vanillé, un parfum qu'il n'aurait peut-être plus jamais l'occasion de sentir.

— Rejoignez-moi dans la bibliothèque. Nous devons absolument nous parler en privé.

Elle se recula légèrement, l'air indigné, le dardant de ses grands yeux remplis de dédain.

— Pour pouvoir mieux me compromettre, je suppose ? Vous

oubliez que je sais parfaitement ce qui risque de se produire si je me retrouve en privé avec vous.

Les paroles acérées qu'elle venait de prononcer transpercèrent le cœur de Cassian. Était-ce vraiment ainsi qu'elle le voyait ? Em n'y aurait pas réfléchi à deux fois. À la perspective de se retrouver en tête à tête avec lui, Em se serait réjouie et se serait délectée de chaque instant, comme s'il avait été le dernier. Mais Em n'avait nulle réputation à protéger et n'avait pas à songer aux conséquences s'ils se faisaient surprendre. Il comprenait. Lady Penrose Prideaux ne pouvait se permettre de prendre le moindre risque.

— Je vous en prie. Accordez-moi cinq minutes. Nous avons des choses à nous dire, des questions auxquelles il faut absolument apporter une réponse.

Cinq précieuses minutes pour espérer faire évoluer la situation.

— Si vous ne m'accordez pas les cinq minutes que je vous demande, je reviendrai demain puis le jour suivant et le jour d'après encore. Vous ne vous débarrasserez pas de moi tant que vous n'aurez pas écouté ce que j'ai à vous dire.

Alors que la jeune femme semblait peser le pour et le contre, Cassian crut apercevoir un éclair d'acceptation dans son regard. Elle préférait sans doute le voir pendant cinq minutes que se retrouver face à lui pendant un temps illimité s'il venait lui rendre visite chez elle.

— D'accord, dit-elle d'un ton légèrement radouci. Dans la bibliothèque. Cinq minutes. Et pas une de plus.

Heureux de cette petite victoire, Cassian ramena Em à son père et s'inclina respectueusement devant sa main avant de prendre congé. Puis il se dirigea nonchalamment en direction de la bibliothèque, s'arrêtant en chemin pour discuter un peu avec des amis, tout en s'assurant que personne ne puisse relier sa soudaine disparition de la salle de bal avec celle d'Em.

Par chance, la bibliothèque était plongée dans la pénombre, ce qui signifiait que personne ne s'y trouvait. Cassian alluma une lampe et remua le feu. Il se versa également un verre de cognac tandis que la pendule égrenait péniblement les minutes.

Lorsque Em arriva enfin, il commençait à douter de sa véritable intention de le rejoindre. Elle lui avait déjà fait ce genre de promesse qu'elle n'avait pas tenue.

— Vous êtes en retard, grogna-t-il depuis le fauteuil où il était assis près du feu.

— Je ne vois pas comment je pourrais être en retard. Nous n'avons fixé aucun horaire.

Penrose referma soigneusement la porte derrière elle mais garda ses distances. Les quelques pas de danse qu'ils avaient partagés l'avaient-ils plus affectée que Cassian ne l'avait cru ? Peut-être ne se faisait-elle pas confiance et n'était-ce pas lui le problème. Peut-être s'écroulerait-elle s'il la touchait ou l'embrassait. Mais il y avait tant de choses à régler entre eux avant qu'il puisse envisager de telles choses.

— Pardonnez-moi si j'ai osé émettre un doute sur la réalité de votre venue mais il me semble que vous avez quelques antécédents dans ce domaine.

Cassian se leva et se servit un autre verre pour se donner du courage. La pendule sonna onze heures et demie.

— Vous avez cinq minutes à partir de maintenant.

— Allons droit au but, dans ce cas. Pourquoi m'avez-vous quitté sans un mot ?

Cassian la fixa alors sans ciller, le verre devant la bouche.

— Quelle importance ? Ce qui se passait entre nous ne pouvait pas durer, nous le savions tous les deux depuis le début. Nous allions nous quitter tôt ou tard.

— Mais pourquoi à cette date ? Nous avions fait des projets ensemble.

Il voulait à tout prix percer la carapace de froideur dans laquelle Em s'était emmurée en lui rappelant la chaleur qu'ils avaient partagée et le plaisir qu'il lui avait donné. À moins qu'elle ne s'imagine que la passion qui les avait animés lors de leurs entrevues était monnaie courante.

— Vous vouliez même que je..., reprit-il.

Penrose lui coupa la parole, les joues cramoisies.

— Je sais ce que je désirais, Lord Trevethow. Il me semble

néanmoins qu'un gentleman digne de ce nom ne mentionnerait jamais une telle chose en présence d'une lady.

C'était visiblement un désir puissant qu'elle aurait beaucoup de mal à oublier.

Cassian s'approcha un peu, diminuant la distance qui les séparait, et lui parla d'une voix enjôleuse.

— Vous m'avez menti. Vous m'aviez dit que vous me retrouveriez dans la chaumière pour célébrer votre anniversaire et vous n'êtes jamais venue.

Il se mit à prier intérieurement pour que sa voix langoureuse l'incite à la confidence. Il devait réussir à la ramener dans la rêverie qu'ils avaient partagée tous les deux. Il suffisait sans doute d'une étincelle pour qu'Em et Matthew s'enflamment à nouveau, songea-t-il alors que le feu se mettait à crépiter derrière lui.

Penrose secoua la tête.

— Lorsque je vous ai fait cette promesse, je pensais pouvoir la tenir.

Elle se couvrit alors la bouche. De toute évidence, elle ne lui expliquerait rien. Em lui aurait peut-être donné les explications qu'il était en droit d'exiger. Mais Em et Matthew avaient cessé d'exister, et la relation qu'ils avaient entretenue avait disparu avec eux. Tout cela n'avait été qu'une fiction, en miroir avec les noms d'emprunt qu'ils s'étaient choisis.

— Je refuse de vous présenter mes excuses.

Pen redressa fièrement le buste et dévisagea le vicomte Trevethow sans ciller, bien résolue à se conformer aux paroles qu'elle venait de prononcer. Non seulement cet homme était dangereux mais elle avait toutes les raisons de le détester. Il était tout ce qu'elle voulait éviter chez un homme dont elle devrait partager l'existence.

— Comment osez-vous laisser entendre que c'est vous qui avez été lésé dans cette histoire ? Moi, je ne vous ai jamais menti.

Même sous mon nom d'emprunt, je vous ai prévenu que mon père cherchait à me marier. Vous saviez ce qui m'attendait.

— Je pensais que votre père allait vous marier à un artisan ou à un commerçant. Lorsque vous avez mentionné les roses, j'en ai conclu qu'il s'agissait peut-être d'un jardinier ou d'un gérant de domaine. Vous m'avez amené à croire que...

— Je ne vous ai jamais dit une chose pareille, l'interrompit aussitôt Pen, je n'ai jamais cherché à vous induire en erreur. C'est vous qui vous êtes amusé à tirer les conclusions qui vous arrangeaient.

— Qu'aurais-je pu imaginer d'autre ? Vous m'avez tout de même laissé croire que vous étiez une fille du peuple, gronda-t-il. Vous saviez que c'était ce que je pensais et vous n'avez jamais rien dit pour tenter de me corriger.

Pen émit alors un petit grognement incrédule.

— Qui se dissimulait derrière un déguisement ? Je n'étais pas la seule, il me semble. Vous m'avez fait croire que vous étiez le fils d'un châtelain avec vos bottes toutes crottées, votre pardessus et vos cheveux au vent. Vous étiez loin de faire preuve du raffinement que vous exposez aux yeux de tous ce soir. Où étaient vos gilets en soie et vos montres à gousset lorsque vous veniez me retrouver ?

— Nul ne porte ce genre de tenues pour crapahuter sur les falaises de Cornouailles, riposta Matthew. Et je n'avais pas conscience de l'existence d'un code vestimentaire à respecter dans ce genre de circonstances.

Il plissa alors les yeux et la dévisagea, ce qui provoqua aussitôt une vague de chaleur en elle.

— Nous avions établi des règles, Pen. L'anonymat était la première d'entre elles.

En l'entendant prononcer son prénom, son véritable prénom, le pouls de Pen s'accéléra. Mais elle ne pouvait pourtant se permettre l'attirance qui prévalait il y avait encore peu.

— Nous désirions tous deux conserver nos petits secrets, il me semble, reprit-il d'une voix dure. Oseriez-vous nier cette évidence ?

Non, elle ne pouvait nier une telle évidence. La rêverie qu'ils s'étaient inventée avait été si enivrante. Pen comprenait à présent à quel point elle avait perdu pied durant ces semaines.

— Jamais je n'aurais pensé que…

Elle ne put terminer sa phrase. Car, pour aller au bout de sa pensée, il lui aurait fallu reconnaître à quel point elle avait été stupide. Même dans la pénombre qui régnait dans la bibliothèque, ses joues enflammées la trahissaient. À la simple pensée des choses qu'elle l'avait autorisé à faire, elle était mortifiée. Jamais elle ne se serait doutée qu'elle serait un jour amenée à le revoir. Pas plus qu'elle n'avait imaginé un seul instant qu'elle puisse avoir à lui rendre des comptes à ce sujet.

Matthew aurait… Mais il n'y avait plus de Matthew. Cassian, c'était ainsi qu'on l'avait désigné lors des présentations un peu plus tôt dans la soirée. Cassian Truscott, vicomte Trevethow. C'était très étrange de penser à lui en l'affublant de ce patronyme.

— Vous n'auriez jamais pensé que… ? Que nous nous ferions passer pour des gens que nous ne sommes pas ? Vous n'auriez jamais pensé que l'imprudence dont vous avez fait preuve vous reviendrait en pleine figure ?

Il venait d'énoncer exactement les pensées qui agitaient Pen. Et peu importaient les noms d'emprunt. Elle était persuadée que Matthew s'était présenté à elle sous son vrai jour. Même si elle ne savait pas comment il s'appelait, elle était certaine de savoir qui il était.

Il s'approcha encore un peu, suffisamment pour pouvoir la toucher, sa main lui effleurant la joue tout à coup. Le corps entier de Pen se mit à vibrer sous cette caresse, se remémorant d'autres frôlements, d'autres caresses. Elle devait se contrôler. Il ne fallait surtout pas répéter les mêmes erreurs.

— Pouvons-nous en finir avec ce point particulier, Pen ? Je sais que vous avez été terriblement surprise de me voir ce soir, tout comme j'ai été abasourdi en croisant votre regard. J'avais abandonné tout espoir de vous retrouver, pour tout dire.

Il lui parlait à voix basse, sur un ton extrêmement intime.

— J'ai été anéanti lorsque vous n'êtes pas venue à notre

rendez-vous. Je vous ai attendue pendant des heures cet après-midi-là. Je suis retourné dans la chaumière trois jours de suite, espérant vous y retrouver. Je refusais de croire que vous m'aviez quitté sans me faire vos adieux. Mais nous nous sommes finalement retrouvés, et cela devrait être un moment joyeux. Nous n'avons plus besoin de faire semblant. Nous pouvons être nous-mêmes et continuer à explorer ce que nous voulons être ensemble. Pen, ce que j'essaie de vous dire, c'est que je vous pardonne. J'aimerais tant reprendre là où nous nous étions arrêtés.

Le goujat ! Comment osait-il rejeter sur elle ce désastre ? Dire qu'elle avait presque cru à la réalité de ce rêve. Pen lui repoussa vigoureusement la main.

— Ne me touchez pas. Vous ne pensez tout de même pas que vous pouvez entrer ici, danser une valse avec moi, me demander d'endosser la responsabilité de ce qui est arrivé, puis me proposer un pardon que je ne vous ai pas demandé. Comme si tout était ma faute.

Elle sentait ses joues comme piquées au vif. La colère noire qui l'agitait à présent n'avait rien à voir avec la douce chaleur qui s'était emparée d'elle un peu plus tôt.

— Quelqu'un ment dans cette pièce et ce n'est pas moi. J'ai toujours été honnête envers vous. Je vous ai prévenu dès le départ que mon père cherchait à me marier et que je devais rencontrer l'homme que mon père avait choisi pour moi. Vous, en revanche, n'avez jamais été honnête envers moi. Lorsque nous étions ensemble, vous me clamiez votre amour, et ce soir vous prétendez avoir été anéanti lorsque je ne suis pas venue à notre rendez-vous. Si vous étiez éploré comme vous essayez de me le faire croire, que faites-vous au beau milieu d'une salle de bal à peine quelques semaines plus tard à courtiser une débutante que vous n'aviez jamais rencontrée mais que vous envisagiez néanmoins d'épouser dans les plus brefs délais ? Dites-moi si je me trompe mais ce n'est pas ainsi que se conduit généralement un homme anéanti par un chagrin d'amour.

L'absence de réaction de Cassian ne fit que renforcer la colère qui s'était emparée d'elle.

— Dites quelque chose, Cassian. Essayez d'argumenter. Criez ! Détestez-moi !

Mais il n'en fit rien. De toute évidence, il avait appris à se contrôler. On dirait sans doute de lui qu'il avait l'étoffe d'un duc. Pen réprima un soupir. De son côté, elle ne se conduisait nullement comme une lady.

— Je ne veux pas argumenter avec vous. Je ne veux ni crier ni vous détester. Je voudrais simplement que vous voyiez les choses d'un bon œil. Matthew et Em partageaient quelque chose de spécial. Pourquoi Cassian et Pen ne pourraient-ils pas faire de même ? Vous pouvez parfaitement retrouver Matthew, Pen. Il n'a pas disparu.

Pen secoua la tête. Elle ne se laisserait pas avoir une deuxième fois. Que désirait-il pour mettre de côté sa colère aussi facilement ? Sans parler du sentiment de trahison qu'il avait évoqué un peu plus tôt.

— C'est impossible. Matthew n'existe pas. Il n'a jamais existé. L'homme que je pensais connaître n'est pas l'homme que vous êtes.

Elle avait été à un cheveu de prendre un simulacre de relation amoureuse pour la réalité. Elle l'avait échappé belle même si elle ne s'en était pas rendu compte à l'époque. Que se serait-il passé si son père et Phin ne l'avaient pas emmenée à Londres ?

— Qu'entendez-vous vraiment par là ? Si Matthew n'existe pas, comment me connaissez-vous dans ce cas ? Vous ne pouvez pas constamment jouer sur les deux tableaux.

— Je sais que vous êtes ici et je sais également *pourquoi* vous êtes ici. Vous n'êtes pas différent des autres hommes présents ce soir. Pensez-vous qu'un seul d'entre eux s'intéresse à moi ? Ils ne s'intéressent qu'à l'alliance qu'ils feront avec la famille Redruth et à la dot qui va avec. Lorsqu'ils dansent avec moi, ils font déjà de savants calculs pour savoir comment ils rembourseront leurs dettes ou alors ils se demandent pourquoi je suis restée cloîtrée derrière les murs d'enceinte du château de mon père en Cornouailles pendant toutes ces années. Je ne suis qu'une chose à leurs yeux, une simple curiosité.

— Pas à mes yeux, et vous le savez très bien, répliqua Cassian avec insistance. Que faites-vous de Mutton Cove et des choses que nous nous sommes racontées ?

— Ce que je sais, c'est que vous vous êtes joué de moi dans la chaumière du garde forestier car vous saviez dès le départ que vous alliez partir à la fin du mois d'avril. Vous avez commencé cette relation avec moi tout en sachant pertinemment que la saison mondaine vous emmènerait loin de moi. C'est vieux comme le monde. Les fils des ducs s'amusent souvent à prendre du bon temps avec les simples servantes puis, lorsqu'elles deviennent trop embarrassantes, ils prennent la poudre d'escampette.

— Ce n'était pas ainsi, l'interrompit-il, mais elle lui intima de se taire en secouant vigoureusement la tête.

Elle aurait voulu croire qu'il n'en était pas ainsi mais les faits parlaient d'eux-mêmes. Son cœur était une nouvelle fois en miettes.

— C'est au contraire exactement la situation que je viens de décrire. À vos yeux, je n'étais rien qu'un jouet et c'est toujours ce que je représente pour vous aujourd'hui. Le vicomte Trevethow est venu me courtiser sans même m'avoir rencontrée. Vous vous êtes entretenu avec mon père et vous avez discuté ensemble de la façon dont vous alliez disposer de mon existence sans envisager une seule seconde de me consulter. Mon père n'a qu'une chose en tête : me trouver un mari portant un titre de noblesse intéressant. Quant à vous, si vous envisagez une alliance avec ma famille, c'est que vous y avez tout intérêt. Cette preuve intangible me suffit pour en conclure que vous n'êtes guère différent des hommes qui se sont pressés ici ce soir. Je pensais justement que Matthew m'appréciait pour ce que je suis réellement. Laissez-moi vous dire que vous venez de mettre un terme définitif à cette illusion.

C'était sans doute ce qui lui faisait le plus mal dans toute cette débâcle. Pen prit une profonde inspiration et lissa délicatement les plis de sa robe pour essayer de retrouver son calme.

— Vous avez largement dépassé les cinq minutes que je vous avais allouées. Je dois retourner dans la salle de bal, à présent. J'aimerais que vous quittiez les lieux dès que vous aurez terminé votre verre.

Pen se dirigea alors vers la porte et se glissa dans le couloir sans lui accorder un dernier regard. Mieux valait se laisser guider par la colère que de permettre à d'autres émotions de la submerger. Elle eut tout à coup l'impression d'être en deuil. Matthew, et celui qu'elle pensait qu'il était, s'en était allé. Cassian Truscott ne pourrait jamais le remplacer. Elle devait à tout prix lui résister. Il ressemblait peut-être terriblement à Matthew mais il ne partageait pas les valeurs qu'elle avait associées à cet homme. Par principe, elle n'accepterait pas d'épouser un homme que son père choisissait pour elle. Et encore moins Cassian Truscott. À ses yeux, il avait commis le plus grand péché. Dire qu'il était censé être différent des autres ! Il s'était entretenu avec son père dans le but de l'épouser sans même savoir qui elle était. Autrement dit, il était prêt à l'acheter sans même la voir. Cela la réduisait à un sac de pommes de terre sur un étal de marché, quelque chose qu'on échangeait et négociait au gré des prix du moment.

Elle n'accepterait pas d'épouser un homme qui lui ferait du mal. Pen savait que Cassian Truscott avait ce pouvoir. Elle avait aimé cet homme dans la chaumière et lui s'était intéressé à une autre femme sans en éprouver le moindre regret, une femme qu'il n'avait pourtant jamais vue. Sachant ce qu'elle risquait, jamais elle ne donnerait une nouvelle fois son cœur à un tel homme. Il lui dirait sans doute tout ce qui lui passait par la tête pour chercher à la reconquérir mais il ne serait jamais sincère. Elle venait juste d'en avoir la preuve.

13

Il ne s'était pas montré digne d'elle. Elle l'avait littéralement éconduit en lui reprochant de se comporter comme un véritable goujat. Un de ces hommes qui la poursuivaient de leurs assiduités en espérant faire main basse sur sa dot. Il ne pouvait pas lui donner tort, après tout. C'était exactement pour cette raison qu'il s'était résolu à courtiser la fille de Redruth.

Alors qu'il buvait son café dans ses appartements à l'Albany le lendemain matin, Cassian était encore sous le choc. Il n'avait pas prévu la résistance que Pen lui avait opposée la veille. Pourtant, il méritait amplement tout ce qu'elle lui avait jeté à la figure. Il n'avait simplement pas l'habitude qu'une femme le repousse. Cela ne s'était jamais produit, à bien y réfléchir. Quelle claque ! La soirée s'était soldée par un lamentable échec.

— Alors, encore un succès retentissant, mon vieux !

Inigo traversa la salle à manger à grandes enjambées et jeta les journaux sur la table, les pages déjà pliées aux rubriques qui pouvaient les intéresser.

— C'est ta première soirée dans la capitale et tu apparais déjà dans la rubrique mondaine. Je vais te faire la lecture à voix haute.

Il s'éclaircit alors la gorge avec emphase.

— « Le vicomte T. a fait chavirer les cœurs et a délié les langues lorsqu'il s'est présenté au bal des débutantes donné par le comte de R. en l'honneur de Lady P. et qu'il a pris la lady en question dans ses bras ». Il y a aussi cette charmante petite indication.

Inigo se mit en quête d'un autre journal. Cassian leva aussitôt le bras pour l'interrompre.

— Arrête. C'était un véritable désastre, Inigo. Elle a catégoriquement refusé de me revoir et m'a littéralement expulsé du bal.

Inigo tira une chaise et se servit une tasse de café, l'air grave tout à coup.

— Personne n'est au courant, c'est déjà ça.

Il désigna alors les journaux d'un hochement de tête.

— Tout le monde pense qu'un mariage est imminent. Elle a donc refusé ta proposition de mariage... Nous pouvons y travailler. Dès qu'elle te connaîtra mieux, je suis sûr qu'elle te trouvera charmant et que ta stature l'impressionnera moins. Ta taille peut être terriblement intimidante, Cass.

— Elle me connaît très bien, voilà le problème.

Cassian se rapprocha de son ami et lui murmura à l'oreille :

— Inigo, c'est Em.

Il ressentit une certaine satisfaction à observer le visage d'Inigo se transformer alors qu'il digérait l'information, passant de la confusion à un début de compréhension puis à la stupéfaction la plus totale.

— Oh ! mince ! siffla Inigo entre ses dents. Je ne sais pas si c'est une bonne ou une mauvaise nouvelle.

— Une mauvaise, grommela Cassian. Je l'ai retrouvée mais elle ne veut plus entendre parler de moi. Elle est persuadée que je cherchais juste à prendre du bon temps avec elle dans la chaumière. Elle m'a servi le cliché de l'homme de haut rang qui cherche à profiter de la simple servante. Et ce n'est pas tout. Comme je suis venu à Londres avec l'objectif de courtiser la fille de Redruth très peu de temps après notre dernier rendez-vous, elle pense que tout ce que je lui disais lors de nos entrevues était faux, que mes sentiments n'étaient qu'un simulacre pour tenter de la séduire, que j'étais prêt à dire n'importe quoi pour obtenir ce que je désirais.

Cassian repoussa son assiette. Le peu d'appétit qu'il avait quelques minutes plus tôt avait disparu. Il était rongé par la culpabilité. La culpabilité envers Pen mais également envers

Collin. Il ne pouvait redresser ses torts envers l'un sans faire faux bond à l'autre.

— Visiblement, je suis devenu le coureur de dots sans scrupule que je voulais absolument éviter de devenir un jour, dit-il d'une voix blanche.

Cette évidence l'avait hanté des heures durant après avoir quitté le bal.

— Puis-je ? J'ai la nette impression que tu ne vas pas finir ton petit déjeuner.

Inigo tendit la main vers l'assiette que Cassian avait repoussée et qui était à demi remplie.

— Ton cuisinier prépare les meilleurs œufs que j'aie jamais mangés.

— Il y en a au moins un qui a faim, ici, répliqua Cassian d'un ton tranchant. Là où le bât blesse, c'est que l'espace d'un instant, lorsque j'ai aperçu son visage hier soir, j'ai cru que tout allait se dérouler à merveille. Nous nous étions enfin retrouvés et nous allions pouvoir reprendre notre relation là où elle s'était arrêtée. Puis, tout s'est effondré comme un château de cartes. Il faut que je parvienne à la reconquérir et que je retrouve sa confiance.

Il avait besoin d'Em.

— Tu as besoin de son terrain, remarqua Inigo en faisant de grands gestes avec sa fourchette.

— J'ai surtout besoin de toute son attention avant d'envisager cela. Comment pourrais-je poursuivre une femme de mes assiduités si celle-ci s'y refuse ?

— Il faut retourner au combat, Cass. Si tu n'y retournes pas, elle saura que tout cela n'était que de la poudre aux yeux et que tes paroles étaient vaines.

Inigo baissa alors la voix et poursuivit sur un ton conspirateur :

— Si tu n'abandonnes pas, elle saura que tu es prêt à tout pour la reconquérir et que tu es extrêmement sérieux.

Cassian partit d'un petit rire.

— Je disais à peu près la même chose à Eaton lorsqu'il pensait avoir perdu Eliza. Il est toujours plus facile de donner de bons conseils que de les appliquer.

Il planta alors son regard dans celui d'Inigo, le cerveau en ébullition. Il devait montrer à Pen qui il était. Un homme qui s'impliquait pour les habitants de sa région, un homme qui désirait créer une industrie, créer des emplois et donner un salaire décent aux travailleurs qu'il embaucherait, un homme prêt à descendre de sa tour d'ivoire et à utiliser ses privilèges en faveur des autres. Il avait surtout besoin de lui montrer qu'il était bien l'homme dont elle était tombée amoureuse dans la chaumière.

— Quelle heure est-il ?

Inigo ouvrit le couvercle de sa montre à gousset d'un geste brusque.

— Onze heures et demie. Pourquoi ?

Cassian posa sa serviette sur la table et se leva d'un bond.

— Cela me laisse juste assez de temps.

— Assez de temps pour quoi ? demanda Inigo qui venait de récurer l'assiette.

Cassian esquissa un sourire, se sentant tout à coup plus optimiste qu'il ne l'avait été depuis bien longtemps.

— Pour la reconquérir.

Lady Penrose et sa tante recevaient le jeudi de 3 heures à 5 heures. Cela lui laissait donc quatre heures pour se rendre présentable et faire l'acquisition des accessoires dont il aurait besoin pour sa petite visite. Il faudrait simplement faire son entrée au moment opportun. Vu ce que Pen lui avait confié la veille sur les hommes qui lui tournaient autour dans l'espoir de s'attirer ses faveurs, elle ne serait guère enchantée à l'idée de devoir faire bonne figure face à tous ces visiteurs. Il suffisait de voir le cynisme avec lequel elle parlait de ses soupirants. De toute évidence, elle ne serait pas ravie de les voir défiler si peu de temps après avoir fait ses débuts. Les flagorneurs allaient s'en donner à cœur joie. Vers quatre heures, quatre heures et quart, elle serait au bord du désespoir et chercherait un moyen de s'échapper. Il arriverait à point nommé. Même la demoiselle la plus courageuse avait besoin qu'on vole à son secours de temps à autre. Cassian appela alors son valet de chambre.

— Dites aux valets d'écurie de préparer les chevaux et Oscar dès 4 heures, je vous prie.

Pen sentit que le sourire forcé qu'elle arborait depuis plus d'une heure n'allait pas tarder à se transformer en un abominable rictus. Un gentleman venait de faire son entrée et était en train de lui présenter des hommages appuyés. Il s'extasiait sur ses yeux, ses cheveux, sa robe, son rire, à coups de mots plus creux les uns que les autres. Ne comprenait-il pas que la flatterie ne l'impressionnait nullement ? Seule l'honnêteté la subjuguait, et elle n'en avait pas encore vu l'ombre depuis le début des visites. Elle aurait presque accueilli à bras ouverts l'homme qui aurait fait irruption dans le salon et déclamé que c'était uniquement sa dot qui l'intéressait. Elle aurait su à quoi s'en tenir. Inutile de se voiler la face pour autant, se dit Pen. Même si cet homme se présentait à sa porte, la sincérité dont il ferait preuve à son égard ne suffirait pas. Jamais elle ne l'épouserait. Pas plus qu'elle n'épouserait Wadesbridge pour les gentilles attentions qu'il lui prodiguait. Elle voulait un mariage d'amour, ce n'était pas si compliqué ! Au diable la lignée familiale et la dot que son père lui avait allouée.

Désespérée par les inepties qu'on lui servait, Pen jeta un coup d'œil furtif en direction de la pendule. Il était 4 heures. Encore une heure à attendre. Autant dire une éternité. Les minutes s'égrenaient avec une lenteur insupportable. Ses mâchoires étaient toutes endolories à force de sourire. Elle avait également un terrible mal de tête à force d'essayer de retenir le nom de tous ces hommes avec lesquels elle avait probablement dansé la veille et qui lui avaient envoyé tant de bouquets de fleurs, dès les premières lueurs du jour, que la maison débordait littéralement de vases remplis de roses, d'œillets et de muguet. Il y en avait sur toutes les cheminées, et les moindres surfaces disponibles avaient été réquisitionnées pour l'occasion.

Quant à son père, il fallait voir le sourire fendu jusqu'aux oreilles qu'il avait arboré en voyant dans les journaux du matin son nom associé à celui de Trevethow. Il risquait d'être déçu lorsqu'il apprendrait que Cassian ne s'était pas donné la peine de se joindre à la foule de prétendants qui se pressait dans le salon cet après-midi-là.

Pen était d'ailleurs partagée sur la question. Éprouvait-elle une quelconque déception ? D'un côté, elle espérait sa visite même si elle lui avait clairement fait comprendre la veille qu'elle ne tenait pas à le revoir. Et, d'un autre, elle se réjouissait qu'il l'ait prise au sérieux et se tienne un peu à l'écart. Pourtant, quelque chose lui disait que tout n'était pas terminé entre eux. Loin de là, au contraire. Elle attendait donc que l'inéluctable se produise, comme si cela ne suffisait pas d'avoir découvert que Cassian et Matthew étaient une seule et même personne.

Elle était toujours sous le choc, à vrai dire. Matthew n'avait pas disparu à jamais de son existence comme elle l'avait cru ces dernières semaines. Elle n'oublierait pas de sitôt ce qu'elle avait ressenti la veille en le reconnaissant. Lorsqu'elle avait compris que c'était bel et bien lui, et qu'il ne s'agissait nullement d'un mauvais tour que lui jouait son esprit, l'espace d'un court instant, elle avait éprouvé une joie indescriptible. Mais la réalité l'avait rapidement rattrapée. La présence de Matthew au bal organisé par son père n'avait rien d'anodin. Cela signifiait que non seulement il n'avait pas été sincère avec elle mais qu'il représentait de surcroît un grave danger pour elle. S'il s'amusait à révéler ce qu'ils avaient fait ensemble dans la chaumière, sa réputation serait ruinée à jamais.

Par ailleurs, il lui manquait des éléments essentiels pour se faire une idée précise de la situation. Cassian avait tout de même projeté de l'épouser sans jamais l'avoir rencontrée ! Que cherchait-il à obtenir ? Cette façon de se comporter avait quelque chose de terriblement effrayant. Mieux valait ne plus croiser sa route, après tout.

Les choses n'étaient malheureusement pas aussi simples. Pen avait beau s'en défendre, son cœur était en désaccord total avec ce que son esprit lui recommandait de faire. La veille, lorsqu'elle s'était retrouvée dans les bras de Cassian, elle avait éprouvé toutes les peines du monde à ne pas se presser contre lui alors qu'ils valsaient et devaient respecter les conventions sociales. Cela avait été une véritable torture de ne pas poser la tête sur son épaule et de ne pas sentir son bras lui enserrer la taille. Elle avait dû résister à toutes ces tentations par respect des convenances mais également pour assurer sa propre protection. De toute évidence, Cassian cherchait à profiter des sentiments qu'elle avait pour lui. Elle devait absolument garder en tête que les enjeux étaient de taille désormais. C'était le mariage qui l'attendait. Son père serait sans doute fou de joie. Sa fille, une duchesse ! Elle l'entendait déjà se glorifier de savoir mieux que quiconque ce qui était bon pour elle.

Pen s'aperçut alors que ses yeux ne cessaient de vagabonder en direction de la porte du salon et elle s'obligea à se remémorer toutes les raisons pour lesquelles il valait mieux que Cassian ne la franchisse pas.

Sans compter que, après le revers cuisant qu'il avait essuyé la veille, il n'avait aucune raison de venir lui rendre une visite de courtoisie. Il valait mieux que les choses en restent là. Il le fallait. De toute façon, elle n'avait vraiment pas envie de le voir. C'était tout au moins ce que Pen se répétait en boucle en agitant son éventail pour masquer ses bâillements. Le jeune Daniel Strathearn, qui se trouvait à sa gauche, était en train de lui raconter une nouvelle histoire concernant sa grand-mère. Il devait beaucoup l'aimer. C'était au moins la quatrième anecdote qu'il lui racontait à son sujet depuis son arrivée. Pen aurait donné cher pour disparaître comme par enchantement. Elle pouvait peut-être prétexter un soudain mal de tête et laisser sa tante se débrouiller avec les autres prétendants ? songea-t-elle dans un accès d'ennui. Non, ce n'était pas une très bonne idée. On l'enverrait immédiatement au lit avec un des breuvages infects dont Cook avait le secret.

En entendant tout à coup une certaine agitation au niveau de la porte du salon, elle s'autorisa à quitter Daniel Strathearn des yeux. Cassian entra alors dans la pièce. Pen cessa d'agiter son éventail et en eut aussitôt le souffle coupé. Il était venu, tout compte fait. La résistance qu'elle lui avait opposée n'avait été qu'un tigre de papier, et il n'avait pas hésité à foncer droit dessus. Ce qui signifiait sans doute qu'il était persuadé qu'ils avaient encore plein de choses à se dire. Cela lui réchauffa aussitôt le cœur. Mais, l'instant d'après, une vive inquiétude s'empara d'elle. Jamais il ne serait revenu à la charge s'il n'avait pas cherché à obtenir quelque chose qui lui tenait particulièrement à cœur.

Sa tante surprit son regard et lui adressa un imperceptible hochement de tête approbateur, un petit sourire ravi aux lèvres. Pen remarqua soudain que toutes les femmes qui se trouvaient dans la pièce – les cousines, les sœurs, les mères qui avaient accompagné un prétendant venu lui présenter ses hommages – semblaient totalement captivées par l'homme qui venait de faire son entrée. Elle ne pouvait pas les blâmer. Les autres hommes faisaient pâle figure à présent. Cassian était plus grand, plus large d'épaules, mieux habillé et bien plus à l'aise. Il semblait tous les surpasser, et l'énergie incroyable qu'il dégageait avait envahi toute la pièce. Lorsqu'il la salua en s'inclinant devant elle, Pen frotta nerveusement ses mains enfouies dans les replis de sa robe. Que pouvait-elle dire à un homme qu'elle avait mis à la porte la veille au soir ?

Il portait un pantalon de nankin immaculé, de hautes bottes vernies et un manteau en drap surfin d'un beau rouge bordeaux, une chemise en lin d'un blanc immaculé sous un gilet au motif de coquelicots entrelacés. La tenue idéale pour aller se promener en voiture, songea Pen. Il était rasé de près et s'était coiffé les cheveux en arrière, révélant ainsi les traits saillants de son visage : sa mâchoire marquée ainsi que son nez belliqueux. Ses yeux couleur whisky se plantèrent alors dans les siens, un défi sur les lèvres.

— Lady Penrose, vous paraissez un peu fatiguée aujourd'hui. J'espère que la soirée d'hier ne vous a pas trop pesé.

Fatiguée ? Lui avait-il réellement dit qu'elle paraissait fatiguée dans une pièce remplie d'hommes qui ne cessaient de louer sa beauté depuis plus d'une heure ? Un petit silence s'ensuivit. Comme si personne ne pouvait en croire ses oreilles.

— Nous pourrions peut-être y remédier en prenant un peu l'air ?

Les yeux de Cassian se mirent alors à étinceler.

— Seriez-vous intéressée par une petite promenade en voiture ? Vous en avez presque terminé ici. Je suis certain que ces gentlemen n'y verront aucun inconvénient. Ils vous ont eue toute l'après-midi, après tout. Mon phaéton nous attend devant la maison.

S'échapper, elle pouvait enfin s'échapper ! Même si c'était Cassian qui lui faisait cette proposition, Pen était prête à l'accepter par pur désespoir. Sans compter que cette occasion lui donnerait peut-être une chance de percer à jour les intentions de son prétendant. S'il devait y avoir une bataille entre eux, mieux valait connaître l'ennemi qu'elle devrait affronter. Pen jeta un coup d'œil en direction de sa tante en espérant qu'elle accepte la proposition que Cassian venait de lui faire, même si elle paraissait quelque peu incongrue.

— Un peu d'air frais, quelle merveilleuse idée, dit-elle dans un souffle.

Sa tante hocha alors la tête, lui donnant ainsi son assentiment. Pen tendit aussitôt la main en direction de Cassian qui l'invita à sortir du salon sous les regards plus ou moins désapprobateurs de ses invités.

D'un magnifique bleu laqué, le phaéton de Cassian disposait d'une banquette en cuir noir et était attelé à deux chevaux noir de jais qui semblaient piaffer d'impatience et faisaient cliqueter leur harnais. Ils étaient parfaitement pansés dans leur manteau étincelant et portaient des plumes bleues autour de la tête. Tous ces préparatifs avaient dû lui prendre des heures. Pen aperçut alors un valet en livrée bleue sur le banc situé à l'arrière du véhicule. Un grand panier en osier s'y trouvait.

— Les gens vont se retourner sur notre passage, lança-t-elle alors que Cassian l'aidait à monter sur le siège surélevé.

Peut-être était-ce justement son intention. Pen n'était pas certaine d'aimer cela.

— C'est exactement le but recherché, répondit Cassian en lui adressant un large sourire.

Il sauta alors sur le siège du conducteur et s'empara des rênes.

— Je veux que tout le monde sache que je suis allé me promener en voiture en compagnie de Lady Penrose Prideaux.

— La fleur fanée de la haute société ? Êtes-vous certain de vouloir être vu en ma compagnie ?

— Il fallait bien que je dise quelque chose pour vous faire sortir de là, répliqua Cassian en s'insérant dans la circulation. Nous allons passer par le parc.

C'était précisément ce que Pen craignait. Cet homme était capable de dire tout ce qui lui passait par la tête pour obtenir ce qu'il désirait. Cela avait-il été le cas lorsqu'ils se retrouvaient dans la chaumière ? Les paroles qu'il prononçait alors manquaient-elles de sincérité ?

— Je me demande pourquoi vous êtes venu. Je pensais pourtant avoir été claire avec vous hier soir. Avez-vous un penchant pour la flagellation ?

— J'ai un penchant pour vous, lui répondit Cassian en lui décochant un regard qui mit aussitôt en péril les résolutions qu'elle avait prises.

Pen se contenta de lever les yeux au ciel pour se donner une contenance.

— Je suis venu parce que je refuse que ce soit terminé entre nous. Matthew et Em avaient quelque chose de spécial. Je me dis que Cassian et Pen peuvent peut-être vivre la même chose, eux aussi. Il faut juste nous laisser le temps de nous redécouvrir l'un et l'autre. Je suis convaincu que, dès à présent, nous pouvons être nous-mêmes et jouer cartes sur table sans chercher à nous cacher derrière des faux-semblants.

Son plaidoyer était si vibrant que Pen eut envie de le croire. Mais elle ne pouvait s'y résoudre. Pas encore, du moins.

— Pourquoi désireriez-vous une chose pareille ? Vous aviez d'autres projets en tête, il me semble.

Elle avait déjà pris ses affirmations pour argent comptant par le passé et elle ne pouvait se permettre de faire une nouvelle fois cette erreur de jugement. Elle l'avait payé suffisamment cher.

— Je n'avais pas le choix, Pen. Vous aviez disparu. Il fallait bien que je continue à avancer.

Ils s'engagèrent dans le parc, se mêlant aux autres véhicules qui paradaient dans les allées. Pen s'efforça de se remémorer le dégoût que Cassian lui avait inspiré la veille ainsi que le sentiment de trahison qu'elle avait éprouvé en le voyant au bal afin de trouver la force de le repousser. Mais elle sentit malgré tout qu'elle était en train de baisser la garde.

— Et vous avez donc choisi la fille de Redruth pour continuer à avancer. Pour quelle raison, je vous prie ?

La méfiance et la prudence étaient les seules armes dont elle disposait. Elle avait besoin de réponses à ses questions. Cassian faisait de son mieux pour que tout semble couler de source mais il ne fallait pas qu'il compte sur elle pour lui faciliter la tâche. Elle voyait mal comment il pourrait justifier l'injustifiable. Trouvait-il normal d'épouser une femme qu'il n'avait jamais rencontrée peu de temps après avoir déclaré sa flamme à une autre ? Pen cherchait un homme loyal. Cassian était-il capable de loyauté ?

— Redruth vit près de chez moi. Il m'a semblé logique de chercher une alliance en Cornouailles. Je ne veux pas vous faire de mal, Pen.

Cassian dirigea le phaéton dans le parc, choisissant d'entrer par la porte de Kensington, probablement pour éviter l'entrée de Cumberland qui était souvent très encombrée.

— Où allons-nous ?

Pen jeta un regard circulaire autour d'elle et, en s'apercevant qu'il n'y avait quasiment personne, elle s'agita un peu sur son siège. Ce lieu public lui parut tout à coup terriblement intime.

— Cette partie du parc est généralement peu fréquentée. Cela nous permettra de parler plus librement. J'ai également une surprise pour vous. Me faites-vous confiance ?

— Je ne sais pas.

Elle était totalement perdue tout à coup. Oserait-elle lui accorder une nouvelle fois sa confiance ?

— Vous ne m'avez pas dit non, c'est déjà un début. Je m'en contenterai.

Cassian gara le phaéton et demanda à son valet en livrée de tenir les rênes des chevaux.

— Nous allons marcher un peu. Les chevaux et les véhicules ne sont pas autorisés dans ce périmètre.

Cassian sauta de son siège et vint se poster aux côtés de Pen pour l'aider à descendre de voiture. Il lui posa les mains sur la taille et la souleva avec une aisance qui la surprit. Pen ne put s'empêcher de se délecter au passage de ses mains posées sur elle, chaudes et pleines de confiance. Cela lui avait tellement manqué.

— Commençons par le commencement. Quelqu'un brûle de faire votre connaissance.

Cassian lui prit alors fermement le bras et l'emmena vers l'arrière de la voiture. Quand ils s'approchèrent du grand panier en osier, celui-ci se mit à se balancer et un aboiement perçant leur parvint.

— Oh ! s'écria Pen, étonnée, qu'est-ce que c'est ?

— Votre cadeau d'anniversaire ! Je vous présente Oscar, lança Cassian en sortant un chiot du panier. Je l'ai apporté lorsque je suis venu vous retrouver à la chaumière le jour où nous devions célébrer vos vingt et un ans. Je voulais vous donner l'occasion de passer toute un après-midi avec un chiot. Tenez, prenez-le, ajouta-t-il en lui déposant l'animal dans les bras.

Le petit chien se mit aussitôt à frétiller. Cela ne lui disait rien qui vaille. Cassian ne jouait pas franc jeu avec elle. Un regard dans les yeux noirs de ce chiot, et Pen serait perdue à jamais.

— Je ne peux pas le garder, bégaya-t-elle.

— Je sais.

Cassian lui adressa alors un sourire de gamin. Puis il accrocha une laisse au collier d'Oscar.

— Je le garderai pour vous.

— Je serai obligée de vous rendre visite si je veux le revoir, dans ce cas, fit remarquer Pen.

Encore un geste inapproprié.

— Oui, c'est exactement cela.

Cassian prit le chiot et le posa par terre.

— Lady Pen, voulez-vous promener votre chien ?

Elle en mourait d'envie ! Il était en train d'exaucer son rêve d'enfance le plus cher. Elle n'aurait pas dû l'accepter. Il cherchait à l'acheter, elle en avait parfaitement conscience. Cela l'effrayait autant que cela l'émoustillait.

Dire qu'il avait emmené le chiot à Londres ! À cette pensée, Pen fronça les sourcils et s'immobilisa.

— Pourquoi avez-vous emmené le chiot ? Vous ne pouviez pas savoir que j'y serais.

Cassian s'arrêta net.

— Em me manquait tellement que le chiot était un moyen de la garder près de moi. Et vous, pourquoi portez-vous ce cœur en verre ?

Pen porta la main gauche à son cou pour caresser le bijou du bout des doigts.

— Parce que Matthew me manque, reconnut-elle. Mais cela ne signifie pas que…

— Je sais bien ce que cela ne signifie pas, Pen, murmura Cassian.

Il la fit pénétrer par l'entrée principale de l'enclos, une main presque imperceptiblement posée sur son dos.

— Nous trouverons des bancs à l'intérieur sur lesquels nous pourrons nous asseoir.

Il émit alors un petit rire familier près de son oreille.

— Je connais un petit jeu auquel nous pourrions jouer tous les deux. Vingt questions. Peut-être en avez-vous entendu parler ?

— Comme au bon vieux temps ?

Pen se tenait sur ses gardes. Elle devait se méfier de lui et des conclusions hâtives qu'il tirait en se permettant des gestes familiers avec elle ou en lui tenant des propos à la limite des convenances. Et elle devait également se méfier de ses propres réactions et de la facilité avec laquelle elle reprenait leurs vieilles habitudes.

Cassian secoua la tête, les yeux rivés sur elle.

— Non, c'est une nouvelle ère qui commence. Je ne pense pas que nous puissions retourner en arrière, Pen. Mais nous pouvons avancer.

Il semblait oublier que le passé leur reviendrait chaque fois en pleine figure. Le passé se mettrait constamment sur leur chemin.

— Pen, je vous en conjure, donnez-moi une chance de connaître votre véritable personnalité et faites de même avec moi. Laissez une chance au bonheur qui nous tend les bras.

14

Pen comprit aussitôt pourquoi Cassian avait choisi ce lieu. Délimité par le lac Serpentine d'un côté et par les jardins de Kensington de l'autre, cet îlot de verdure était un véritable havre de paix propice aux confidences. Des daims et des vaches broutaient dans un pré, non loin de la loge du gardien, tandis que deux sources apportaient un peu de fraîcheur aux promeneurs.

— Désirez-vous boire un verre ? lui demanda Cassian alors qu'ils passaient devant une vieille dame installée sous un parasol.

Oscar partit alors d'un aboiement strident et joyeux.

— Il s'agit d'une eau minérale de grande qualité.

Cassian commanda deux verres puis sortit quelques pièces de monnaie de sa poche intérieure pour payer la vieille dame au sourire édenté.

— Vous ne serez pas déçue, Pen. L'eau est toujours très fraîche. C'est exactement ce dont nous avons besoin par cette chaleur.

Ils se dirigèrent alors vers la source pour y remplir leurs verres. Ne sachant pas vraiment à quoi s'attendre, Pen but à toutes petites gorgées. Lorsqu'elle sentit l'eau fraîche lui glisser agréablement dans la gorge, elle esquissa un petit sourire satisfait.

— C'est bien plus rafraîchissant qu'un thé chaud ! s'exclama-t-elle aussitôt. Et l'autre source ? À quoi sert-elle ?

— Les gens viennent généralement y baigner leurs yeux. Mais je ne peux pas vous garantir que cela fonctionne. Avez-vous une mauvaise vue ? Voulez-vous essayer ?

En entendant Cassian partir d'un petit rire joyeux, Pen

sentit qu'un large sourire s'étirait malgré elle sur ses lèvres. L'homme qui se trouvait à ses côtés était le même que celui qui avait déambulé avec elle parmi les étals du village le jour de la Saint-Piran. Avec lui, tout devenait une véritable aventure.

— Pas aujourd'hui, dit-elle d'une voix amusée. Pour l'heure, j'ai une excellente vue.

Pen commença alors à se détendre. Elle se remémora la façon dont les choses se passaient entre eux autrefois, la facilité avec laquelle ils se parlaient, le naturel avec lequel ils évoluaient côte à côte. Tout cela ne pouvait tout de même pas être factice ? L'espace d'un instant, ces joyeux souvenirs lui firent oublier la méfiance qu'elle avait à l'égard de cet homme qui ne représentait aucun danger pour Em mais en revanche une véritable menace pour Pen. Il lui fallait à tout prix déterminer à quel point Cassian était dangereux.

— Celui qui s'occupe de cet enclos a vraiment une chance inouïe, lui fit-il soudain remarquer en désignant du menton le pavillon du gardien. Vivre au milieu de ces jardins pittoresques à quelques centaines de mètres d'une des villes les plus animées du monde est un privilège rare. Cet homme a tout ce qu'il désire à portée de main sans devoir renoncer pour autant à sa tranquillité. Mais dites-moi, Pen, que pensez-vous de votre premier séjour dans la capitale ? lui demanda-t-il alors en lui adressant un sourire enjôleur.

— Très fatigant, à vrai dire. Il y a tant de règles à respecter, tant de monde partout, tant de choses à faire et à voir ! Sans oublier le nombre de fois où il faut changer de tenue. Phin ne me laisse pas une minute à moi. J'ai l'impression qu'il veut tout me montrer. Il m'a fait visiter la tour de Londres, m'a emmenée à l'amphithéâtre d'Astley et au Gunter's Tea Shop. Nous sommes entrés dans les cathédrales de la ville. Nous sommes allés au British Museum. Nous avons vu une exposition à Somerset House. Et je ne vous parle pas du nombre incroyable de boutiques que j'ai explorées à Bond Street. Jamais je n'aurais imaginé qu'il me faudrait autant de tenues pour séjourner à Londres.

Pen parlait librement. Cette conversation légère ne comportait aucun danger. Même si elle lui confiait des choses personnelles, cela ne portait nullement à conséquence. Il était loin le temps des confidences et des secrets murmurés au creux de l'oreille.

Ils firent alors une halte à l'ombre d'un chêne. Cassian épousseta aussitôt le banc pour lui permettre de s'asseoir sans risquer de se salir. Em ne s'en serait probablement pas soucié. Mais Em ne portait pas de robes extrêmement onéreuses achetées dans les boutiques les plus chics de Bond Street.

— Je ne voudrais surtout pas que vous abîmiez votre robe, la taquina-t-il, comme s'il lisait dans ses pensées. Londres vous va à ravir, vous savez. C'est comme si une aventure vous attendait à chaque coin de rue. N'est-ce pas exactement ce que vous recherchiez ?

À ces mots, Pen sentit son cœur se serrer. Alors qu'il lui rappelait ainsi les pensées intimes qu'elle avait partagées avec lui, le danger qu'il représentait se concrétisa un peu. Cassian était le dépositaire de secrets qu'elle n'avait confiés à personne d'autre, ce qui la rendait particulièrement vulnérable.

— En un certain sens, cela me convient, répondit-elle, les yeux dans le vague. Mais il faut du temps pour prendre ses marques à Londres. Et puis, j'ai remarqué un certain nombre de choses.

— Que voulez-vous dire ? lui demanda Cassian dans un souffle.

Le ton enjôleur qu'il venait d'employer fit brusquement renaître l'intimité qu'ils avaient partagée, anéantissant comme par magie l'appréhension que Pen éprouvait encore quelques instants plus tôt.

— Désirez-vous réellement le savoir ? Ce sont des pensées plutôt sombres.

Elle pencha alors légèrement la tête sur le côté et le défia du regard.

— J'ai beau aimer l'aventure, reprit-elle d'un ton sérieux, je n'oublie pas le danger qui rôde à chaque coin de rue. Particulièrement pour une femme.

— Vous contentez-vous de répéter les propos de votre père ou est-ce réellement ce que vous pensez ? lui demanda Cassian, à sa grande surprise.

— Vous n'avez pas oublié, murmura-t-elle d'une voix émue.

Il se souvenait de l'histoire qu'elle lui avait racontée dans la chaumière. Cela lui alla droit au cœur.

— Un peu des deux, je suppose, répondit-elle enfin. Mais je ne peux pas m'empêcher de me demander si ces craintes sont fondées ou s'il s'agit en réalité d'une affabulation des hommes afin de rendre les femmes dépendantes d'eux. Londres est une ville prétendument civilisée. Pourtant, je ne peux aller nulle part sans escorte. Apparemment, on ne peut faire confiance à personne. Pas même à un gentleman de mon rang. On m'a fait comprendre qu'en ma présence il peut à tout instant se transformer en fauve sauvage, totalement incapable de se contrôler. Ma simple féminité représenterait une tentation. Je trouve cela parfaitement ridicule, ajouta-t-elle en poussant un profond soupir.

— Vous êtes en sécurité avec moi, Pen.

Comme il lui caressait le dos de la main du bout du pouce, Pen décida de s'engouffrer dans la brèche qui venait de s'entrouvrir.

— Vraiment ? Une fois remise du choc que j'ai éprouvé après vous avoir revu, je me suis dit que je courais sans doute un grand danger en votre présence. Et ne me dites pas que vous êtes venu m'enlever aujourd'hui sans avoir une idée derrière la tête. Vous désirez nécessairement obtenir quelque chose de moi et vous pensez sans doute parvenir à vos fins.

Elle l'observa alors attentivement, à l'affût de la moindre réaction qui aurait pu lui donner raison.

— Que faites-vous de la chaumière, Cassian ? Vous pourriez facilement me faire chanter.

Un sourire à peine perceptible se dessina sur les lèvres du jeune homme. De toute évidence, il avait perçu une note d'humour dans ce qu'elle venait de suggérer alors qu'elle s'était exprimée avec le plus grand sérieux.

— Vous pourriez exercer le même chantage avec moi, vous savez. Y avez-vous songé ?

Il porta alors la main de Pen à ses lèvres et l'embrassa.

— Je suis peut-être plus en danger que vous. Maintenant

que vous savez qui je suis, vous pourriez dire à votre père que je vous ai compromise. Je connais un grand nombre de jeunes femmes qui n'hésiteraient pas une seule seconde à se comporter de la sorte simplement pour devenir duchesse.

Cassian partit d'un rire franc.

— J'ai néanmoins pris le risque de revenir vous voir aujourd'hui.

— Jamais je ne ferais une chose pareille ! protesta Pen, atterrée par ce qu'il venait d'insinuer.

Aveuglée par sa propre peur, elle n'avait absolument pas songé à cette éventualité.

— C'est sans doute pour cette raison que j'ai pris le risque de vous revoir. Parce que, au fond de moi, je savais que jamais vous ne feriez cela, lui déclara-t-il en riant. Pas plus que je ne chercherais à vous mettre en difficulté. Pourquoi sommes-nous si soupçonneux, Pen ? Pas étonnant que nous ayons choisi de ne pas révéler notre véritable identité.

Pen resta de marbre. Cette conversation ne lui donnait nullement envie de rire. Alors qu'elle étudiait le visage de Cassian l'espace de quelques instants, une pensée lui vint tout à coup à l'esprit.

— Ce qui est arrivé à votre frère a-t-il une incidence sur notre situation ? Je me souviens vous avoir entendu dire qu'il avait été contrarié en amour.

Cela aurait conduit à une alliance entre deux familles de très haut rang, Pen le comprenait à présent.

— En partie.

Cassian s'agita un peu sur le banc et croisa les jambes. Visiblement, ce sujet de conversation le rendait nerveux. Elle n'allait tout de même pas s'apitoyer sur son sort. Pourquoi ne serait-ce pas son tour de se sentir mal à l'aise ?

— Mon frère est tombé amoureux de la fille d'un homme avec lequel il faisait de nombreux investissements. Malheureusement pour lui, cette fille n'était qu'un leurre. Lui l'aimait d'un amour sincère. Elle se contentait de faire semblant. Elle a simplement cherché à le séduire. Cette histoire l'a complètement détruit. Je dois reconnaître que je préférerais éviter de traverser une telle épreuve.

— Je ne pense pas que l'amour fonctionne ainsi, répliqua Pen d'une voix douce. L'amour, cela demande des sacrifices. Si tout était si facile, les poètes n'auraient plus rien à écrire. Je suis sincèrement désolée pour lui, ajouta-t-elle en pinçant les lèvres. Et pour vous qui l'avez perdu.

— En amour, je suppose que je fais preuve d'un certain cynisme, enchaîna Cassian en lui adressant un sourire désabusé. Exactement comme vous venez de le faire. Ce n'est pas drôle d'être convoité pour son titre, vous savez. C'est pour cela que je ne pouvais pas vous dévoiler ma véritable identité.

Pen se remémora alors la façon dont les femmes qui se trouvaient dans le salon de sa tante un peu plus tôt dans l'après-midi l'avaient littéralement dévoré des yeux. Si on les avait laissées faire, peut-être même qu'elles se seraient jetées sur lui. Uniquement pour le titre de noblesse qu'il portait. Elles n'avaient sans doute que faire de l'homme en question. Un homme qui savait allumer un feu de cheminée en un temps record et manœuvrer un petit voilier au milieu des phoques à Mutton Cove... Pen aurait donné cher pour se retrouver là-bas en sa compagnie.

— Je vous confirme qu'il n'est guère agréable d'être convoitée par des coureurs de dot, rétorqua-t-elle en lui adressant un regard éloquent.

— Pensez-vous que j'en sois un ? lui demanda-t-il dans un murmure.

— Je suis comme vous, Cassian. Je n'ai d'autre choix que de supposer que les hommes qui me tournent autour n'en veulent qu'à ma dot, répondit-elle. Nous ne sommes que des animaux derrière les barreaux de la grande cage londonienne. Plus je passe de temps ici, plus je me rends compte que j'ai confondu l'aventure et la liberté. C'est pourtant cette dernière que je recherche activement. Je veux être libre de faire mes propres choix, d'aller où bon me semble et de me marier avec qui je veux.

— Est-ce la raison pour laquelle vous vous êtes rendue à la fête de la Saint-Piran ?

Ils parlaient tous deux à voix basse à présent, avec en fond sonore le pépiement des oiseaux qui voletaient de branche en branche.

— Oui.

Pen se rendit compte que l'intimité qu'ils partageaient autrefois venait de renaître de ses cendres, attisée sans nul doute de son côté par le contact de la main de Cassian, par sa voix, ses paroles ainsi que par sa grande proximité qui lui apporta tout à coup un immense réconfort.

— Voulez-vous que je vous confie un secret ? dit-elle alors en lui adressant un sourire espiègle. Ce n'était pas la première fois que je m'échappais du château le jour où nous nous sommes rencontrés.

Cassian partit aussitôt d'un petit rire grave.

— Vous êtes une incorrigible polissonne, Pen. Où allez-vous lorsque vous faites le mur ?

— Sur les falaises. J'aime me promener, cueillir des fleurs et observer les animaux sauvages.

Elle baissa alors les yeux en direction de leurs mains entrelacées.

— Comment vous y prenez-vous ? Comment faites-vous pour me convaincre de vous raconter toutes ces choses ? Lorsque je me trouve en votre compagnie, je ne peux m'empêcher de vous confier mes secrets, mes peurs et mes espoirs. Je ne parle ainsi à personne d'autre.

Peut-être aurait-elle dû s'en abstenir, par ailleurs. Elle ne tenait pas à lui donner plus d'ascendant sur elle qu'il n'en avait déjà.

— Permettez-moi de prendre cela pour un compliment, répondit-il en plantant les yeux dans les siens.

Pen connaissait parfaitement ce regard qui allait bientôt s'attarder sur sa bouche. Cassian se rapprocherait ensuite légèrement d'elle, la tête penchée sur le côté pour capturer ses lèvres et lui rappeler les délicieux moments qu'ils avaient partagés.

Il lui prit alors délicatement le menton dans le creux de sa main, l'encourageant à se laisser aller.

— Laissez-moi faire mes preuves, Pen. Je voudrais tant vous reconquérir, lui murmura-t-il tout en l'embrassant.

C'était ce que Pen désirait le plus au monde. Elle devait juste réussir à se persuader que Cassian n'avait pas d'autres intentions en tête, qu'elle ne courait aucun danger en sa présence et que le plaisir intense qu'elle ressentait en sa compagnie était partagé. Lorsqu'il l'embrassait, rien n'avait plus la moindre importance. Pourquoi un homme ne pourrait-il pas l'aimer pour ce qu'elle était ?

Elle pouvait bien attendre un peu avant de penser à toutes les raisons qui justifiaient qu'elle lui oppose une farouche résistance.

Un carton d'invitation arriva le lendemain matin, accompagné d'un bouquet de fleurs sauvages. Comparées aux énormes bouquets que lui envoyaient ses autres prétendants, ces fleurs toutes simples lui parurent totalement incongrues. Elles signifiaient néanmoins beaucoup pour Pen. Ce bouquet symbolisait l'intimité secrète qu'ils partageaient tous les deux. Il lui rappelait leur escapade dans le parc. Ces fleurs prouvaient également que Cassian l'avait écoutée avec attention.

— Mettez-les dans ma chambre, je vous prie.

Pen tendit le bouquet à un valet de pied tandis que son père semblait toujours en proie à un vif émoi en raison de l'invitation qu'elle venait de recevoir.

— Une invitation au théâtre ce soir, ma chérie ! Si nous sommes libres. Évidemment que nous sommes libres. Je vais demander à ta tante d'annuler nos engagements éventuels. Nous irons au théâtre. Tout Londres saura ainsi que nous approuvons et encourageons les attentions que te témoigne Trevethow.

Son père lui tendit alors le message qu'il tenait à la main afin qu'elle puisse le lire à son tour. Il lui était adressé, après tout.

— *Pizarro* au théâtre de Covent Garden. Il s'agit d'une tragédie.

Son père parut hésitant, tout à coup.

— J'espère que cette pièce ne sera pas trop sanglante pour toi. C'est Daniel Egerton qui joue le rôle de Rolla et j'ai entendu dire qu'il s'en sortait plutôt bien.

— Je suis certaine que je passerai une agréable soirée, s'empressa de répliquer Pen, craignant que son père ne change d'avis.

Ils n'étaient pas encore allés au théâtre, et Pen était tout excitée à l'idée de voir une pièce, quelle qu'elle fût, même si ce petit plaisir était quelque peu gâché par la satisfaction que son père affichait ostensiblement. Après tout, il était en passe d'obtenir ce qu'il désirait le plus au monde. Un prétendant pour sa fille qu'il avait lui-même sélectionné et qui semblait à la hauteur de ses attentes.

— Toute la haute société londonienne va se réjouir de vous voir à nouveau réunis, remarqua le comte en s'attaquant à son petit déjeuner. Que penses-tu de lui, Pen ? Je nourris de grands espoirs pour le vicomte Trevethow mais il est peut-être un peu tôt pour ignorer certains autres soupirants. Le vicomte Wilmington, par exemple. Il s'est montré très insistant. Ta tante m'a dit qu'il avait été extrêmement déçu de ta disparition hier. Il lui a confié avec une certaine véhémence que tu n'aurais jamais dû t'éclipser ainsi en compagnie de Trevethow.

Wilmington avait également été très clair sur les intentions qui l'animaient en offrant à Pen le plus gros bouquet de tous, dépassant même celui de Wadesbridge, qui occupait pourtant une place de choix sur le manteau de la cheminée du salon.

— Je pense qu'il est trop tôt pour ignorer qui que ce soit, répondit-elle dans un souffle.

La dernière chose qu'elle désirait était de voir son champ d'action se rétrécir. Car cela signifierait qu'il lui faudrait prendre une décision.

— Être vue au théâtre en compagnie du vicomte Trevethow ne pourra que rehausser ton prestige, déclara son père, un large sourire aux lèvres. Une duchesse, Penrose, tu te rends compte ? Pense un instant à quel point ta mère serait fière de toi si nous réussissions ce coup.

Pen se contenta d'esquisser un sourire. Même si elle était en profond désaccord avec son père, elle ne tenait pas à se disputer une nouvelle fois avec lui. Sa gorge se serra toutefois légèrement comme il évoquait sa mère. Était-ce vraiment ce que la vicomtesse aurait désiré ? Qu'elle fasse un bon mariage ? Ce n'était pas exactement le souvenir que Pen avait de sa mère.

Elle aurait sans doute préféré qu'elle fasse un mariage d'amour et soit heureuse. Sa mère passait son temps à rire et se moquait bien des règles de bienséance et de la bonne société. Elle avait insisté pour élever elle-même ses enfants au lieu de les confier à une armée de bonnes et de gouvernantes. Et elle détestait les quitter lorsqu'elle devait passer du temps à Londres avec son mari. Elle leur inventait quantité de jeux, lesemmenait faire des pique-niques sur les falaises et leur racontait des centaines d'histoires. Des contes de fées de Cornouailles ou des histoires qu'elle inventait de toutes pièces tout en regardant passer les nuages. Sa mère n'avait peur de rien. Elle escaladait les rochers avec Phin et nageait dans l'Océan. Elle remplissait Castle Byerd de couleurs, de vie. Puis un jour elle avait disparu, emportant avec elle toutes ces couleurs, cette vie et ces rires joyeux. Sa mère n'aurait jamais voulu qu'elle vive emprisonnée par la peur. Sa mère aurait voulu qu'elle vive avec éclat, et c'était exactement ce que Pen avait l'intention de faire ! Et cela commençait par cette soirée au théâtre qui l'attendait.

Les abords du théâtre grouillaient de monde lorsque la voiture de Cassian s'immobilisa devant l'entrée de Bow Street, et il attendit son tour pour faire descendre ses passagers. Le moment venu, il tendit la main en direction de Pen pour l'aider à descendre, scrutant son visage qui s'illumina alors qu'elle s'émerveillait devant la façade aux colonnes doriques. Cassian eut alors l'impression qu'un rayon de soleil venait lui réchauffer le cœur. La jeune femme resta immobile quelques instants, laissant les gens la contourner alors qu'elle observait attentivement le bâtiment.

— Ils ont construit ce théâtre en prenant modèle sur le temple de Minerve, c'est bien cela ? s'exclama-t-elle en faisant avec justesse le parallèle. J'ai vu une illustration de l'Acropole dans un ouvrage sur la Grèce.

— Je savais que cela vous plairait.

Cassian lui prit le bras, incroyablement heureux. Voilà une

aventure qu'il pouvait lui faire partager. Il y avait bien d'autres théâtres à Londres et bien d'autres pièces se jouaient à ce moment-là mais il avait spécifiquement choisi celle-là, sachant que Pen apprécierait ce genre de détails. Il ne pourrait peut-être pas l'emmener en Grèce mais il pouvait en revanche lui montrer un fragment de ce pays sans devoir quitter Londres pour autant.

Il aimait plus que tout l'enthousiasme dont elle faisait preuve. Une fois à l'intérieur, elle scruta chaque recoin sans aucune honte tout en s'excusant mollement :

— Je sais bien que ce n'est guère poli de rester ainsi bouche bée mais je ne veux surtout pas en perdre une seule miette.

Quant à elle, elle ne laissait personne indifférent. Tout le monde se pressait à leurs côtés pour les saluer. Cassian posa alors fermement une main sur son dos, l'incitant à emprunter l'escalier majestueux qui s'élevait sur la gauche. L'engouement dont elle faisait preuve était tellement contagieux qu'il se mit lui aussi à regarder les choses d'un œil neuf. Quand s'était-il intéressé pour la dernière fois aux plafonds à caissons du théâtre ? Les avait-il seulement jamais remarqués ? Avec Pen, tout était nouveau. Il alimenta son émerveillement en lui narrant des histoires ou en lui fournissant des fragments d'information au creux de l'oreille.

— Le théâtre a été entièrement reconstruit après un incendie en 1808. Celui-ci est bien plus imposant que le bâtiment d'origine.

Et comme elle semblait boire ses paroles, il ajouta :

— Il y a eu des émeutes devant le théâtre lorsque le prix des places a augmenté afin de couvrir les dépenses engagées lors de sa reconstruction.

Pen le regarda droit dans les yeux, un sourire aux lèvres.

— Êtes-vous aussi bien informé sur tous les sujets ?

— Il y a certains sujets sur lesquels j'aimerais être mieux informé.

Le regard de Cassian s'attarda alors sur ses lèvres. Il flirtait délibérément avec elle. Quel dommage que sa famille soit si proche d'eux ! songea-t-il. Il lui aurait volontiers volé un baiser dans cette loge, au vu et au su de toute la ville, afin que tout le monde comprenne qu'elle était à lui. Mais, pour l'instant, il devait se contenter de passer du temps à ses côtés, de lui offrir cette soirée au théâtre, de lui prouver qu'il était digne d'elle et d'espérer que le reste suivrait.

Il l'invita à prendre place sur un siège à l'avant de la loge et s'assura que sa famille était également bien installée, puis vint s'asseoir à ses côtés alors que les lumières s'éteignaient. Profitant de l'obscurité, il glissa sa main dans la sienne. Un instant plus tard, Pen se pencha vers lui pour lui murmurer :

— Je vous remercie pour tout cela.

Le cœur de Cassian se gonfla aussitôt d'une joie immense en entendant ce simple compliment mais, au même instant, il entendit une petite voix lui conseiller de rester sur ses gardes. Le remercierait-elle plus tard ? Croirait-elle qu'il avait réellement fait tout cela pour elle si elle découvrait ce qu'il tramait avec le terrain de son père ? Un sentiment de culpabilité s'était logé dans sa conscience et ne semblait plus vouloir le lâcher. Son cœur la voulait pourtant auprès de lui, avec ou sans terrain. Mais son esprit, son rêve, son héritage, la culpabilité qu'il éprouvait depuis la mort de son frère, réclamaient tous qu'il tente de la reconquérir. Elle était la clé qui lui ouvrirait les portes du terrain. Sans ce terrain, nul parc d'attractions ne verrait le jour, l'économie locale ne connaîtrait aucun essor, il n'y aurait pas d'emplois à pourvoir pour les centaines de travailleurs désœuvrés et aucune expiation ne serait jamais possible. Peut-être devrait-il lui parler du terrain ? s'interrogea Cassian. Mais comment s'y prendrait-il ? La confiance ténue qu'ils commençaient à s'accorder mutuellement était bien trop fragile. Il ne pouvait rien lui dire. Pas encore, du moins. Il fallait attendre un moment plus propice, un moment où elle comprendrait, un moment où elle saurait qu'il tenait à elle, que le terrain lui appartienne ou non. Si elle l'apprenait trop tôt, cela ne ferait que renforcer ce qu'elle savait déjà : qu'il ne valait pas mieux que les autres prétendants venus échanger leur titre de noblesse ou leur fortune contre une alliance politique.

Les soupirants en question vinrent en nombre lors de l'entracte, se pressant tant et si bien dans la loge que Cassian se sentit obligé d'inviter tout ce beau monde à le suivre dans le grand salon qui jouxtait les loges afin d'éviter les bousculades. Le vicomte Wilmington fut l'un des premiers à se manifester, lui reprochant ouvertement son irruption de la veille.

— C'est la deuxième fois que vous vous l'appropriez, Trevethow, plaisanta-t-il à voix suffisamment intelligible pour que les gentlemen situés à proximité l'entendent.

Il espérait sans doute se faire quelques alliés malgré sa bonhomie feinte. Cassian se contenta de hausser les épaules.

— C'était plutôt osé de votre part de l'emmener ainsi se promener au parc, reprit Wilmington. Je devrais peut-être vous imiter.

Il envoya alors un regard interrogateur en direction de Pen.

— Puis-je vous enlever pour le dernier acte, milady ? La vue sur la scène depuis ma loge est plutôt spectaculaire.

Cassian n'eut pas le temps de répliquer.

— Je pense que vous avez mal compris ce qui s'est passé hier après-midi, Lord Wilmington, dit Pen d'une voix atone. Personne ne vient m'enlever quand cela lui chante. Je prends mes propres décisions et choisis en quelle compagnie je veux passer mon temps.

Elle lui adressa un large sourire pour adoucir la pique qu'elle venait de lui envoyer.

Wilmington lui adressa alors un bref signe de tête entendu et lança :

— Une autre fois, dans ce cas. Si vous aimez vous rendre au théâtre, je dispose également d'une loge à Drury Lane.

Puis il fit ses adieux et se retira après s'être légèrement incliné dans sa direction.

— Il semble vous porter un vif intérêt, remarqua Cassian en prenant garde de ne pas trahir les sentiments qui l'animaient.

Il venait sans doute de se faire un ennemi. Il faudrait qu'il se renseigne auprès d'Inigo dès le lendemain. Pour quelle raison Wilmington faisait-il preuve d'une telle sollicitude envers Pen ?

S'agissait-il de l'esprit de compétition qui s'emparait de bien des hommes durant la saison mondaine ou y avait-il une explication plus prosaïque à la question ? Les lumières baissèrent alors sensiblement pour indiquer aux spectateurs que le dernier acte allait commencer, et Cassian escorta Pen jusqu'à son fauteuil. Elle avait fait sensation. Elle avait beau penser que Londres l'épuisait, elle avait joué son rôle à la perfection ce soir-là, tout comme elle l'avait fait lors du bal donné par son père.

Ému, Cassian se pencha vers elle.

— Vous ai-je dit que vous étiez particulièrement en beauté ce soir ?

Elle avait revêtu une robe vaporeuse en satin rose poudré qui la mettait spécialement en valeur. Pen était à la fois l'image de l'élégance et celle de l'intelligence. Il n'était pas étonnant que tous les hommes présents ce soir-là se soient retournés sur son passage. Un rang de perles était entrelacé dans sa magnifique chevelure, et elle s'était glissé une petite fleur sauvage d'un joli rose pâle derrière l'oreille.

— Vous portez l'une des fleurs que je vous ai fait livrer hier soir.

— Vous êtes observateur. C'est sans conteste le plus beau bouquet que j'aie reçu. Où avez-vous trouvé ces fleurs sauvages ?

— Je me suis rendu à Hampstead Heath, répondit-il, tout sourire. Nous devrions y faire un pique-nique à l'occasion, et vous pourriez cueillir autant de fleurs qu'il vous plairait. Qu'en dites-vous ? Demain ? Je passerai vous chercher à treize heures.

— Nous pourrions peut-être d'abord en discuter, le suggéra-t-elle en riant doucement.

Cassian chuchota avec un sourire alors que la scène se rallumait :

— Je crains que cela ne soit pas possible. La pièce reprend et nous ne voudrions pas faire preuve d'irrespect envers les acteurs.

15

Il progressait, cela ne faisait aucun doute. Allongé sur une couverture au soleil avec l'odeur de l'herbe qui lui chatouillait agréablement les narines, Cassian regardait Pen qui tressait une couronne de fleurs tandis que les abeilles bourdonnaient gentiment à proximité et qu'Oscar somnolait à ses côtés. Ce premier mai se déroulait à la perfection. Son valet de pied et la femme de chambre de Pen se tenaient suffisamment à l'écart pour leur permettre de laisser libre cours à leur imagination si jamais leur venait l'idée de jouer avec les limites de la décence.

— Voilà, j'ai terminé ma couronne de fleurs en l'honneur du roi Kamehameha, dit Pen d'un ton joyeux en exhibant fièrement un collier de pâquerettes.

Les journaux ne parlaient plus que de la visite du roi hawaïen depuis son arrivée à Londres quelques jours plus tôt. Mais, pour l'heure, celui-ci était confiné dans sa suite à l'hôtel Osborne. Tant que le roi George ne l'avait pas reçu, le protocole lui interdisait de circuler librement. Et cela risquait de durer quelque temps encore à en croire certains articles de journaux qui laissaient entendre que le roi anglais n'avait nullement l'intention de recevoir le roi hawaïen.

— Aimeriez-vous rencontrer le roi hawaïen et son épouse ? demanda Cassian en prenant appui sur un coude. George Canning, le ministre des Affaires étrangères, donne une réception en leur honneur dans quelques jours. Comme notre roi n'a pas l'air décidé à leur accorder les égards auxquels ils ont droit,

Canning a pris l'initiative d'inviter quelques ducs. Wellington en fait partie, ainsi que le duc et la duchesse de Hayle et leur fils.

Il vit les yeux de Pen s'illuminer lorsqu'elle saisit ce qu'il avait en tête.

— Vraiment ? Vous me proposez réellement de rencontrer des personnes qui vivent à l'autre bout de la planète ?

Elle lui adressa alors un sourire contagieux.

— Je devrais peut-être faire plus de couronnes de fleurs, dans ce cas.

Puis elle retrouva son sérieux et vint poser une main sur la sienne.

— Vous me gâtez, j'en ai peur. D'abord le théâtre et maintenant cela.

Il lui prit alors la main et entrelaça doucement ses doigts aux siens.

— Cela ne devrait pas tant vous effrayer. Je tiens vraiment à vous reconquérir, Pen. Je suis extrêmement sérieux. L'autre soir, au bal organisé par votre père, vous m'avez dit que je ne vous méritais pas, que je ne valais pas mieux que les autres flagorneurs qui se pressaient dans la salle. Je veux vous prouver le contraire et vous montrer que je vaux mieux qu'eux, que je suis digne de vous et de tous les rêves que vous chérissez.

— Arrêtez, je vous en prie, dit Pen en retirant promptement sa main.

Comprenant qu'il était inutile d'élever la moindre protestation, Cassian la laissa faire.

— Je ne veux pas servir de monnaie d'échange, gronda-t-elle. Je refuse d'être une marionnette entre les mains de mon père ou de celles de l'homme qu'il aura choisi pour moi. C'est insupportable de m'interroger constamment sur ce qui plaît tant à mes prétendants dans mon contrat de mariage. Le mariage, ce devrait être une question de confiance, d'honnêteté, de respect et d'amour entre deux personnes qui désirent partager leur existence. Il ne s'agit pas simplement de vivre sous le même toit.

Oui ! Oui ! Cassian eut soudain envie d'exulter et de crier une myriade de « oui » à pleins poumons. N'était-ce pas exactement ce qu'il recherchait chez son âme sœur et qu'il pensait avoir perdu lorsqu'il était arrivé à Londres pour demander la main de la fille de Redruth ? Pen désirait-elle donc la même chose que lui ?

— Je ne pense pas que nous puissions vivre cela, vous et moi, continua-t-elle, anéantissant tout espoir en un instant. Je ne veux pas uniquement parler de tout ce qui s'est passé entre nous mais également de mon père. C'est vous, le vicomte Trevethow, qu'il a choisi parmi toute une sélection de prétendants. Et vous, vous avez choisi la fille de Redruth sans jamais l'avoir rencontrée et n'avez pas hésité une seule seconde à sacrifier Em. Quoi que vous puissiez déclamer au sujet de l'amour, il est clair que vous avez privilégié votre devoir devant tout le reste.

C'était exactement l'argument que Cassian redoutait, celui contre lequel il ne pourrait jamais apporter de réponse appropriée. En venant à Londres pour la saison mondaine, il avait explicitement choisi de s'acquitter de son devoir et avait par ricochet renoncé à l'amour. Et la disparition prématurée d'Em n'y était pour rien. Il se serait comporté de la même manière dans tous les cas de figure. Quel imbroglio ! songea Cassian. Que ressentirait Pen si elle apprenait qu'il convoitait le terrain de son père ? Peut-être n'était-il pas utile de l'en informer s'ils se choisissaient tous deux de leur plein gré. Pourquoi ne tomberait-elle pas amoureuse de lui tout comme Em s'était éprise de Matthew ? C'était sans doute peu glorieux de sa part d'envisager les choses ainsi mais c'était la seule possibilité qui s'offrait à lui s'il voulait à la fois Pen et le terrain.

Il tendit la main vers elle et enleva délicatement une mèche de cheveux qui lui barrait le visage. Il ne voulait pas se disputer avec elle ce jour-là, pas avec le soleil radieux qui brillait de mille feux et ce rare moment de tranquillité et d'intimité qu'ils partageaient tous les deux. Londres leur rendait les choses incroyablement difficiles et ne leur donnait guère l'occasion d'être seuls. Il souleva la couronne de fleurs qu'elle avait déposée au creux de ses genoux et en profita pour changer de sujet.

— Où avez-vous donc appris à confectionner ces magnifiques couronnes de fleurs ? Elles semblent bien difficiles à réaliser.

— Ce n'est pas aussi compliqué qu'il y paraît, vous savez.

Pen cueillit deux pâquerettes et les lui tendit.

— Imitez-moi. Vous devez d'abord raccourcir une tige. Puis, à l'aide de vos ongles, faites une fente au beau milieu de la plus longue tige.

— Avec mes ongles ?

En le voyant froncer les sourcils, elle éclata de rire.

— Ou un couteau si vous en avez un à disposition. Les ladies ont rarement un couteau sur elles, vous savez. Nous devons nous débrouiller avec ce que notre corps met à notre disposition.

Elle lui passa alors la seconde fleur.

— À présent, glissez la tige de cette fleur à travers la fente et répétez cette opération jusqu'à ce que votre couronne soit suffisamment longue.

Notre corps, une fente, glisser, répéter l'opération.

Cassian s'agita un peu sur la couverture. Faire des couronnes de pâquerettes devint tout à coup une activité plutôt sensuelle.

— Qui vous a appris à faire ces couronnes ?

Regarder le visage de Pen alors qu'elle s'exécutait l'intéressait bien plus que de confectionner sa propre couronne. Cette activité semblait l'absorber entièrement.

Elle leva la tête avec un doux sourire.

— C'est ma mère qui me l'a appris. Nous en faisions lorsque nous partions nous promener dans la campagne environnante.

Ah, les falaises ! Le lieu où elle se rendait lorsqu'elle parvenait à s'échapper du château.

— Et, à présent, vous parcourez les falaises toute seule.

Un grand calme régnait autour d'eux, accentuant l'intimité du moment, avec les abeilles qui butinaient dans la lavande toute proche et qui semblaient à présent faire un vacarme épouvantable.

— Je ne suis pas seule. Je me sens proche d'elle sur les falaises. C'est là que je me remémore la plupart des souvenirs que j'ai d'elle.

— Elle vous manque.

C'était une affirmation. Il entendait la nostalgie dans le son de la voix de Pen. Il ne la reconnaissait que trop.

— Que s'est-il passé ?

Leurs doigts se cherchèrent à nouveau sur la couverture. Cassian lui prit doucement la main. Le contact physique aidait parfois les gens à se confier.

Elle se laissa faire.

— Ma mère était en route pour Truro. Elle allait rendre visite à sa sœur. Il s'agissait d'une visite improvisée. Ma mère avait reçu un message plus tôt dans l'après-midi lui annonçant que ma tante, qui attendait un bébé et était sur le point d'accoucher, était souffrante. Mon père était alors très occupé par ses affaires et ne pouvait pas l'accompagner au pied levé. Il lui a demandé d'attendre un peu mais ma mère ne l'a pas écouté. C'était une grossesse difficile, et ma mère s'inquiétait beaucoup pour sa sœur.

Pen leva alors les yeux dans sa direction et le regard lointain qu'elle lui adressa bouleversa Cassian. Elle semblait revivre le passé à travers lui.

— Ce fut l'une des rares occasions où j'entendis mes parents se disputer. Mais, comme mon père n'interdisait jamais rien à ma mère, il l'autorisa finalement à partir. Malheureusement, la dispute avait beaucoup retardé ma mère et elle n'a pas eu d'autre choix que d'effectuer une partie du voyage de nuit. Sa voiture a été attaquée par des bandits de grand chemin.

Sa voix se brisa, et Cassian attendit patiemment qu'elle reprenne ses esprits.

— Vous n'avez pas besoin de m'en dire davantage, vous savez.

Il savait à quel point il était difficile de parler des proches qui avaient disparu. Sans parler des souffrances que cela impliquait de remuer tous ces souvenirs douloureux.

— Mon histoire est presque terminée. Le cocher et les cavaliers qui l'accompagnaient ont tous été tués en essayant de la défendre. Mais l'un d'entre eux a survécu suffisamment longtemps pour pouvoir raconter ce qui s'était passé. Apparemment, ma mère a tiré un coup de pistolet sur le chef de la bande et une balle lui a traversé l'épaule. Ma mère est morte en combattant.

À ces mots, Pen esquissa un sourire ému.

— Je n'en attendais pas moins d'elle. Ma mère n'avait pas

peur du monde dans lequel elle vivait, pas plus que des gens. Elle n'avait peur de rien, à vrai dire. Elle me répétait toujours de vivre ma vie sans me préoccuper de ce que les autres pensaient de moi parce qu'il ne s'agissait pas de leur vie et que cela ne les regardait pas.

Elle poussa alors un profond soupir.

— Voilà un conseil difficile à suivre. Comme j'aimerais que ce soit plus simple !

Cassian perçut le regret inexprimé qui se cachait derrière ses paroles. C'était exactement le contraire qui s'était produit. La vie de Pen était devenue celle que son père choisissait pour elle. Elle n'était pas libre d'explorer le monde. Le monde qui se déployait derrière les murs d'enceinte de Castle Byerd se limitait aux livres et aux atlas que Pen pouvait consulter.

— Sont-ils parvenus à arrêter les bandits de grand chemin ? demanda doucement Cassian.

— Non. Cela fait plus de dix ans à présent. Il n'y a plus aucune chance d'éclaircir cette affaire. Ils se sont peut-être fait tuer par quelqu'un d'autre et la justice aura été rendue de cette manière. Les criminels font rarement de vieux os. C'est tout au moins ce à quoi je me raccroche pour trouver un peu de réconfort et continuer à avancer sans me retrouver paralysée par la peur.

— Comme votre père ? l'interrompit Cassian.

Il commençait à comprendre à quel point la peur avait joué un rôle important toutes ces années. La peur avait gouverné l'existence de Pen que ce fût de sa propre initiative ou non. Tant de choses avaient été décidées pour elle par crainte de ce qui pourrait lui arriver.

— Oui. Mon père regrette de ne pas l'avoir empêchée de partir. Il regrette de ne pas avoir réussi à les rattraper et de ne pas être parti avec elle.

Cassian hocha la tête.

— C'est exactement ce que j'ai ressenti lorsque Collin est mort. J'aurais dû être là pour l'arrêter. Je ne sais pas si ce genre de regrets disparaît un jour.

— Ce regret le ronge. Il nous ronge tous, à vrai dire. Mon

père a transféré ce regret sur moi en faisant en sorte que rien ne puisse m'arriver. En assurant continuellement ma sécurité, il s'amende en quelque sorte de ne pas être parvenu à assurer celle de ma mère. Ce faisant, il m'a littéralement volé mon existence.

Les paroles de la jeune femme étaient pleines de ressentiment. Cassian comprenait enfin d'où venait le cynisme auquel elle avait laissé libre cours lors de leur escapade dans le parc, l'amertume avec laquelle elle lui avait parlé la nuit où ils s'étaient disputés dans la bibliothèque.

— Vous vous échappez donc discrètement du château pour vous remémorer les bons moments passés en compagnie de votre mère. Pour vous évader. Pour vivre.

Il comprenait mieux à quoi il était confronté à présent. Le désir de Pen de choisir l'homme qui vivrait à ses côtés n'était pas un acte de défiance égoïste. C'était sa manière de réclamer la liberté qu'on lui avait refusée toutes ces années. Elle avait vécu enfermée dans un château pendant dix ans, exactement comme une princesse dans un conte de fées. Maintenant qu'elle était en train de se libérer de ses chaînes, elle risquait de se retrouver une nouvelle fois entravée alors qu'elle venait à peine de goûter à la liberté. Sachant cela, il semblait presque cruel de la part de son père de l'avoir emmenée à Londres, de la laisser goûter à la liberté pour l'en arracher presque aussitôt.

Cassian s'approcha d'elle et lui ravit sa bouche pour l'embrasser tendrement.

— Je peux vous emmener explorer le monde, Pen, lui promit-il.

— Je sais, répondit-elle dans un souffle, en l'embrassant à son tour. C'est bien ce qui m'effraie. Comment vais-je faire pour retourner dans ma cage après ce que j'ai entraperçu ?

Ils s'embrassèrent alors fiévreusement, bouches et langues en concurrence avec les mots, inspirant l'air comme ils le pouvaient.

— Vous n'êtes pas obligée d'y retourner, murmura Cassian en la faisant rouler sous lui.

Puis il la regarda avec intensité, observant le moindre signe de capitulation.

— Ne faites pas de promesse que vous ne pourrez pas tenir,

Cassian, l'admonesta-t-elle gentiment. L'existence d'une duchesse a toutes les caractéristiques d'une vie en cage, dorée certes, mais une cage néanmoins.

— Ma duchesse pourra agir à sa guise, murmura-t-il.

Cassian l'embrassa alors dans le cou et sentit les battements du cœur de Pen s'affoler sous sa bouche. Un désir violent s'empara de lui, et il eut soudain terriblement envie de lui promettre tout ce dont elle rêvait.

— Le pourrait-elle vraiment ?

Pen avait prononcé ces quelques mots avec une sensualité non dissimulée. Elle pressa une main contre sa poitrine.

— Pouvons-nous mettre cette théorie à l'épreuve ? Rallongez-vous, monsieur le duc.

— Pen, que faites-vous ? demanda Cassian d'un ton légèrement méfiant.

Mais il s'exécuta sans demander son reste. Elle lui adressa alors un regard malicieux qui en disait long sur ses intentions. Il sentit aussitôt son sexe se durcir. Dieu du ciel, elle n'allait tout de même pas utiliser sa bouche pour... Elle ouvrit pourtant la fermeture de sa culotte d'équitation en un tour de main, les yeux écarquillés devant son érection monumentale.

— Je ne pensais pas que le sexe d'un homme pouvait grossir et durcir autant.

— Cela vous fait-il plaisir ?

Cassian prit alors appui sur ses deux coudes et lui vola un baiser. La nostalgie et la tristesse qui prévalaient quelques minutes plus tôt semblaient loin, à présent.

— À votre avis ? Taisez-vous, maintenant. Je sais de source sûre qu'il est impoli de parler lorsque le spectacle commence.

— Il s'agit donc d'un spectacle ? la taquina-t-il avant de s'abandonner tout entier.

Elle empoigna alors sa verge et en glissa l'extrémité entre ses lèvres charnues. Dieu du Ciel, elle était drôlement douée pour une femme sans expérience, songea Cassian en laissant échapper un petit gémissement. Elle l'explora avec une curiosité avide, de ses mains, de sa langue et de sa bouche. Sans retenue. La frénésie avec laquelle elle lui lécha le sexe lui fit peu à peu perdre la tête. Il planta ses ongles dans la couverture, ferma les paupières et rejeta brusquement la tête en arrière. Il n'était visiblement pas le seul à avoir perdu le contrôle. Pen haletait à présent de manière irrégulière, et son habile jeu de séduction s'était mué en quelque chose de primitif. Terriblement excitée, elle le mordilla alors un peu trop fort, et il émit un petit grognement sourd. Elle leva la tête l'espace d'un instant, le regard brûlant de désir, puis reprit ses mouvements de va-et-vient avec sa langue jusqu'à ce qu'il accède bientôt à l'apogée du plaisir. Comprenant sans doute à sa respiration saccadée ce qui allait se produire, Pen releva la tête, et il se répandit alors sur sa paume.

— Un véritable feu d'artifice, murmura-t-elle en lui empruntant son mouchoir.

— Aimez-vous les feux d'artifice ? demanda Cassian en se rhabillant tranquillement.

Puis il l'attira contre lui et l'invita à poser la tête contre son épaule. Épuisé et comblé, il désirait plus que tout sentir le corps chaud de la jeune femme contre le sien.

— J'aime le vôtre, le taquina-t-elle gentiment.

— Mardi, c'est la soirée d'ouverture à Vauxhall. J'ai une loge à ma disposition pour le dîner. Il y aura des danses et des feux d'artifice et une foule d'autres divertissements. Voulez-vous m'y accompagner ?

Pen releva la tête.

— Mon père pense que Vauxhall est trop dangereux.

— Il peut venir avec nous. Et peut-être qu'en ma compagnie il pensera qu'il n'y a pas grand-chose à craindre.

— Je suis, pour ma part, convaincue que le plus grand danger que j'encours, c'est vous.

Elle ne le pensait pas vraiment. Sinon pourquoi se serait-elle pelotonnée ainsi contre lui, la main confortablement posée contre sa poitrine ? L'espace d'un instant, ils furent à nouveau Em et Matthew, étendus l'un contre l'autre dans la chaumière du garde-chasse. Heureux d'être ensemble. Non, songea alors Cassian dans un demi-sommeil, ils étaient désormais bien plus qu'Em et Matthew. Em et Matthew n'avaient rien à perdre lorsqu'ils se retrouvaient en secret. C'était même un jeu d'enfant de confier des secrets à un inconnu. Cassian et Pen, en revanche, prenaient bien plus de risques. Cela ne les avait pas empêchés pour autant de se confier l'un à l'autre. Un pas significatif venait d'être franchi. Mais parviendrait-il à regagner totalement sa confiance ?

— Je me demande ce que ma mère aurait pensé de vous, dit Pen en traçant un cercle sur sa chemise du bout du doigt.

Cassian regretta aussitôt l'invention des vêtements. Comme cela aurait été merveilleux de sentir le doigt de Pen sur sa peau, d'être étendu au soleil nu avec elle, de sentir les rayons du soleil leur réchauffer le corps. Le doigt de la jeune femme s'immobilisa soudain, et Cassian sentit qu'elle reprenait peu à peu ses esprits.

— Je lui parle souvent, et pas uniquement lorsque je sors pour me promener. Pensez-vous que je sois folle ?

— Non.

Sa main se mit à jouer dans les cheveux de Pen, les soulevant pour les laisser retomber ensuite. Il aimait rester étendu à ses côtés, à l'écouter penser à haute voix. Quel précieux cadeau c'était, un cadeau dont il pensait ne plus jamais profiter.

— Je pense que perdre une personne proche modifie les relations que vous entretenez avec elle. Leur enveloppe charnelle a peut-être disparu mais ces personnes demeurent avec vous, dans votre esprit et dans votre cœur. Cela vous parle-t-il ? Avez-vous perdu quelqu'un de proche, votre frère excepté ?

— Oui. L'année dernière, j'ai perdu un mentor. Le duc de Newlyn, Richard Penlerick.

— J'en ai entendu parler.

Pen se redressa et planta ses yeux dans les siens.

— Étiez-vous proche de lui ?

— Nos familles étaient proches. Mon père était ami de très longue date avec lui et il était comme un oncle pour moi, un mentor. Il m'a encouragé à voyager, à poursuivre mes rêves. Je l'entends parfois dans ma tête, me murmurant d'aller de l'avant et de ne pas abandonner même si je m'y suis très mal pris en cherchant à honorer sa mémoire.

— Racontez-moi vos rêves. De quoi rêvez-vous, Cassian ? J'aimerais que vous me parliez en détail de chacun de vos rêves.

Elle lui sourit, telle Circée auréolée de soleil et drapée dans sa robe de mousseline jaune. La tentation fut grande pour Cassian de déposer tous ses rêves aux pieds de sa Circée, pour voir comment elle réagirait, mais le rêveur pragmatique qui sommeillait en lui le mit aussitôt en garde. Il ne pouvait prendre un tel risque. Pas encore, du moins. L'après-midi s'était déroulée à la perfection. Il ne tenait pas particulièrement à mettre cette perfection à l'épreuve.

Il lui prit la main et la baisa.

— Je vous en parlerai peut-être à Vauxhall lorsque les feux d'artifice éclateront au-dessus de nos têtes.

— Je ne manquerai de vous rappeler votre promesse.

16

Pen ne regretta nullement d'avoir accepté l'invitation de Cassian pour la soirée en l'honneur du roi d'Hawaï. Non seulement les jardins de Gloucester Lodge étaient magnifiquement éclairés mais elle ne se lassait pas d'observer les couples qui flânaient et profitaient des dernières lueurs du jour. La fanfare de la Garde royale devait se produire un peu plus tard dans la soirée mais, pour l'heure, elle se trouvait au royaume des fées et avait l'immense privilège d'en faire partie. Pen jeta un regard circulaire autour d'elle et sourit. Lorsqu'elle pensait à tout ce qui s'était passé depuis son arrivée à Londres, elle devait parfois se pincer pour vérifier qu'elle ne rêvait pas.

— J'ai du mal à croire que tout ceci est réel, murmura-t-elle à l'attention de Cassian alors qu'ils s'engageaient sur le chemin de promenade.

Mais ce qui lui plaisait plus que tout, c'était d'avoir Cassian à ses côtés.

C'était trop beau pour être vrai. Voilà ce qu'une petite voix intérieure ne cessait de lui répéter. Il voulait à tout prix obtenir quelque chose de Redruth et elle en était la clé, bien malgré elle.

— Vous devez y croire, répondit Cassian en riant, visiblement heureux que la soirée lui plaise.

— Je n'ose pas y croire tout à fait, par peur que tout cela ne disparaisse. Je vais bien finir par me réveiller et m'apercevoir qu'il ne s'agit que d'un rêve.

Pen partit alors d'un petit rire de connivence. Elle ne

plaisantait pourtant qu'à moitié. La dernière fois qu'elle lui avait accordé sa confiance, elle l'avait perdu sans recevoir le moindre avertissement.

— Lord Trevethow !

Un homme de grande taille aux longs cheveux bruns tirés vers l'arrière les appela depuis la fontaine près de laquelle il se trouvait en compagnie d'une femme élégante qui faisait pratiquement sa taille.

— J'étais sûr de te trouver ici ce soir, dit-il avec un léger accent étranger.

Cassian hocha la tête en direction de l'homme qui venait de le héler et se dirigea vers lui.

— Prince Baklanov, Princesse Klara, permettez-moi de vous présenter Lady Penrose Prideaux. Lady Penrose, voici le cher prince Nikolay Baklanov et son épouse, Klara Baklanova. Le prince est originaire de Kouban et, autrefois, il était le capitaine de la cavalerie koubanienne. Il dirige à présent l'académie d'équitation à Leicester Square. Son épouse est la fille de l'ambassadeur russe en Grande-Bretagne.

— Je suis honorée de faire votre connaissance, Votre Altesse Royale.

Bouleversée par cette rencontre inattendue, Pen parvint malgré tout à faire la révérence qui s'imposait. Ainsi donc, un prince et une princesse se promenaient nonchalamment au vu et au su de tous ! Cela ajouta encore un peu de magie à la soirée.

— Avez-vous déjà entendu parler de Kouban ? demanda la princesse Klara. Les gens ne savent généralement pas où cela se trouve.

— Kouban se trouve au sud de la Russie. C'est une région sauvage absolument magnifique.

Pen visualisa alors sans peine la région sur une carte, là où l'Orient et l'Occident se rejoignaient, le long de la frontière de l'Empire ottoman. Elle se remémora le port situé à Ekaterinador et le fleuve Koubane qui serpentait jusqu'à la capitale.

— Magnifique. C'est le mot exact pour décrire Kouban, dit Prince Nikolay d'un ton approbateur. La plupart des gens trouvent la région désolée mais ils sont vraiment mal renseignés. Je l'aime bien, Trevethow, ajouta-t-il en désignant Pen du menton.

Cassian posa alors sur elle un regard d'adoration.

— Je l'aime bien également. Comment se porte le prince Shevchenko ? demanda-t-il alors à voix basse. J'ai entendu dire qu'il s'agissait d'une sale affaire. Une histoire abominable à Shoreham, je le crains.

Nikolay hocha la tête d'un air grave.

— Sa jeune épouse et lui sont loin à l'heure qu'il est. Ils ont pris le large au coucher du soleil. Son cou est intact et l'officier à l'origine de cette farce sera jugé en cour martiale.

Pen ne se donna pas la peine de faire semblant de comprendre mais Cassian hocha la tête en signe d'assentiment.

— Shevchenko me manquera. Il avait toujours de la bonne vodka. Je suppose qu'il te manquera aussi. Tu es désormais le seul prince russe en poste qui puisse remplir les devoirs diplomatiques qui se présenteront.

Cassian partit alors d'un petit rire.

— Je suis sûr qu'on a demandé à tous les princes étrangers résidant à Londres d'être présents ce soir, ainsi qu'à tout le corps diplomatique.

— Oui, le ministre des Affaires étrangères a insisté pour qu'il y ait une présence russe ce soir afin que cela ne ressemble pas à une manœuvre en sous-main, répliqua Nikolay.

Depuis quelques jours, les journaux spéculaient à qui mieux mieux pour savoir si le roi d'Hawaï avait l'intention de demander la protection britannique afin de contrer une tentative russe d'établir une colonie dans les îles Hawaï.

Deux autres hommes, Sir Liam O'Casek et Lord Preston Worth, ainsi que leurs épouses, May et Beatrice, vinrent alors dans leur direction. Une fois les présentations faites, Cassian se retira poliment du groupe et murmura à l'oreille de Pen :

— J'aimerais que vous fassiez la connaissance d'autres personnes avant l'arrivée de la famille royale. Mes amis intimes, Inigo Vellanoweth, comte de Tintagel, et son père, puis Vennor Penlerick, nouveau duc de Newlyn, ainsi que mes parents.

Le groupe en question se tenait près des portes majestueuses qui encadraient l'entrée des jardins. De toute évidence, ils tenaient à être les premiers à saluer le roi. En les voyant s'approcher d'eux, Pen se sentit hésitante tout à coup. Cela n'avait rien d'une rencontre fortuite. Faire la connaissance de princes étrangers avait quelque chose de très excitant mais il n'en allait pas de même avec les parents de Cassian. C'était extrêmement intimidant. Pen lissa nerveusement les plis de sa robe en soie bleu pâle. Cassian lui pressa la main.

— Vous êtes ravissante. Ne vous inquiétez pas, ils vont vous adorer. Tout comme moi.

Il y eut à nouveau une salve de présentations. Inigo Vellanoweth était un homme aux cheveux bruns, plutôt cynique et énigmatique, et très vif d'esprit. Vennor Penlerick était quant à lui doté d'une abondante chevelure aux reflets blond doré et lui parut tout à fait charmant. Mais il semblait user de ce charme comme d'un bouclier pour tenir les autres à distance. Sans doute à cause de son immense chagrin. Il n'était pas sans lui rappeler Cassian. C'était d'ailleurs plutôt cocasse de les observer tous les deux. Jusque-là, Pen n'avait jamais imaginé que Cassian puisse chercher à se protéger derrière un bouclier. Il était tellement facile à vivre !

Mais l'aisance dont Cassian faisait preuve en toutes circonstances n'était peut-être qu'un subterfuge. Il n'avait pas son pareil pour épater la galerie et ne lésinait jamais sur les moyens. La loge au théâtre. Cette soirée de réception. Les prochaines places pour Vauxhall. Mais, à bien y réfléchir, il ne parlait de choses personnelles qu'en de rares occasions. Avec Em, il se livrait bien plus facilement. Mais Em n'était qu'une inconnue quiignorait son identité. Il pouvait lui dire tout ce qui lui passait par la tête sans se poser de questions. Pen chérissait d'autant plus les confidences qu'il lui avait faites lors de leur pique-nique quelques jours plus tôt. C'était la première fois que Cassian s'épanchait ainsi, et elle espérait qu'avec le temps il finirait par laisser tomber son armure.

Pen comprit vite d'où venaient l'indéfinissable charme et le contact facile qui caractérisaient Cassian. Ses parents étaient tous deux bruns, de grande taille et extrêmement charismatiques. Cassian tenait sa mâchoire carrée de son père et ses yeux ambre de sa mère. Les Truscott formaient indiscutablement une belle famille. Le groupe était en train d'échanger des plaisanteries lorsqu'un gong annonça l'arrivée imminente de la cour hawaïenne.

— Et maintenant, place à l'exotisme, lui murmura Cassian alors que le roi d'Hawaï, le roi Kamehameha II, et son épouse, la reine Kamamalu, faisaient leur entrée dans le jardin.

En les voyant, Pen écarquilla les yeux. Le couple royal était habillé à l'européenne, ce qui renforçait sensiblement la majesté qu'ils dégageaient. Tous deux avaient une épaisse chevelure d'un magnifique noir de jais, la peau noire et dépassaient largement le mètre quatre-vingts. Pen n'avait encore jamais croisé une femme d'aussi grande taille. Quant au roi, il aurait facilement fait passer Cassian pour un homme de taille moyenne alors que ce dernier impressionnait toujours son entourage par sa haute stature. Dire que certains journaux les présentaient comme des sauvages et en avaient fait leurs choux gras ! Pen n'en perdait pas une miette. Le roi passait de groupe en groupe et saluait avec le plus grand respect les ducs et les diplomates présents. Il s'immobilisa plus longuement lorsqu'on lui présenta Wellington et hocha la tête avec le plus grand sérieux devant le héros qui s'était illustré à Waterloo. De toute évidence, le roi comprenait l'importance de cette bataille historique pour la Grande-Bretagne.

En voyant la cour royale s'approcher de leur groupe, Pen se sentit grisée par l'incroyable scène à laquelle il lui était donné d'assister. Tandis qu'elle leur faisait la révérence, elle vit Cassian faire signe à deux valets de pied qui s'avancèrent alors chacun avec une grande boîte dans les bras.

— Lady Penrose m'a expliqué comment confectionner des couronnes de fleurs et m'a informé des coutumes en vigueur dans les îles, dit Cassian d'une voix assurée.

Il ouvrit ensuite les boîtes dans lesquelles se trouvaient deux couronnes de roses fraîchement cueillies.

— Lady Penrose m'a également indiqué que vous élaborez vos colliers de fleurs avec les espèces locales, alors permettez-moi de vous offrir ces couronnes de roses pour vous souhaiter la bienvenue car cette fleur est le symbole de notre patrie.

Le roi hocha aussitôt la tête en guise de remerciements. La reine parut également touchée par ce témoignage de sympathie mais, étrangement, tout le monde semblait paralysé. Par peur de commettre un impair, sans doute. Pen se souvint alors avoir lu quelque chose à ce sujet. Elle prit une profonde inspiration et pria intérieurement pour ne pas être à l'origine d'un éventuel incident diplomatique. Elle souleva délicatement la première couronne de fleurs et s'avança vers la reine pour lui déposer ce collier de roses autour du cou avant de l'embrasser timidement sur la joue. En voyant la reine la gratifier d'un sourire radieux, Pen sentit son cœur se gonfler de joie. Elle répéta alors la même opération à l'adresse du roi qui pencha doucement la tête dans sa direction pour lui faciliter un peu la tâche.

— Mahalo, dit le roi. C'est ainsi que nous disons merci dans les îles Hawaï.

Une salve d'applaudissements retentit dans l'assistance qui s'était formée autour d'eux mais ce qui réjouit Pen plus que tout, ce fut le regard approbateur que Cassian lui lança.

Le concert donné par la fanfare de la Garde royale allait bientôt commencer, et une foule compacte se dirigea alors vers la salle de spectacle pour prendre place.

— Cela vous ennuierait-il que l'on profite encore un peu des jardins ? demanda Pen alors que Cassian l'invitait à les suivre. J'aimerais pouvoir m'attarder quelques minutes supplémentaires dans cet endroit féerique.

En vérité, elle désirait surtout profiter de sa compagnie. Malgré l'incroyable soirée qu'elle venait de passer, rien ne lui plaisait davantage que de sentir la main de Cassian posée sur son dos et d'entendre les douces paroles qu'il lui murmurait au creux de l'oreille. Sans parler de la fierté qu'elle ressentait en voyant le plaisir qu'il prenait lorsqu'il la présentait à ses amis. Ils se dirigèrent naturellement vers la fontaine où ils avaient rencontré le prince russe et son épouse. Pen s'assit sur le rebord et fit glisser sa main à la surface de l'eau.

— Merci pour cette soirée, Cassian. Vous m'aviez promis de me faire voyager et vous avez tenu vos engagements. Sans même que l'on quitte Londres. Je n'en reviens toujours pas. Dire que j'ai rencontré un prince russe et le roi d'Hawaï !

— Vous avez été très inspirée en leur passant les colliers de fleurs autour du cou. Je vous remercie infiniment pour ce témoignage de sympathie à l'égard de la famille royale d'Hawaï qui a immédiatement mis un terme à un moment de flottement terriblement embarrassant.

Pen lui répondit par un sourire. Les colliers avaient spécialement été confectionnés pour l'occasion. Savoir que Cassian l'écoutait attentivement et lui accordait sa confiance était le plus précieux des cadeaux.

— Nous formons une bonne équipe tous les deux, Pen, vous ne trouvez pas ? dit alors Cassian en partant de son petit rire communicatif.

Elle ne le remercierait jamais assez pour tout ce qu'il avait fait ce soir-là : l'avoir présentée à ses amis, lui avoir donné l'occasion de rencontrer la famille royale d'Hawaï et l'avoir écoutée avec attention. Le regard intense que Cassian lui jeta à cet instant la fit chavirer.

— Est-ce que je fais enfin mes preuves, Pen ? Comprenez-vous que je vaux mieux que les autres hommes qui se pressaient dans votre salon ? demanda-t-il d'une voix basse et intime.

Il prit alors son menton dans le creux de sa main pour l'obliger à le regarder dans les yeux.

— Je vous ai toujours désirée, que vous soyez Em ou Pen. Cela n'a aucune importance pour moi. Vous êtes les deux. Dites-moi que j'ai ma chance. Que nous sommes en train de bâtir quelque chose de fort. La magie dont vous parliez est réelle, Pen. Il faut y croire.

— J'aimerais pouvoir en dire autant, Cassian. Mais cela demeure difficile à envisager.

Pen comprit alors qu'elle avait tellement l'habitude de vivre dans la peur qu'elle avait fini par trouver cela normal. L'inquiétude qui paralysait son père lui avait sans doute été transmise d'une manière insidieuse.

— Les sortilèges sont presque toujours rompus, Cassian. Souvenez-vous des contes de fées de votre enfance. La magie comporte des risques et implique des renoncements. C'est inévitable. J'ai peur des choses auxquelles je devrais renoncer.

Pourtant, malgré les risques qu'il lui faudrait encourir, lorsqu'il la regardait ainsi, elle se disait que le jeu en valait peut-être la chandelle.

— Jamais je ne vous forcerai la main, Pen. Lorsque vous serez prête, j'irai parler à votre père. Ce n'est peut-être pas la demande en mariage la plus romantique qui soit mais j'attendrai le temps qu'il faudra.

En l'entendant prononcer ces mots, Pen en eut le souffle coupé. Cet homme capable de mettre le monde à ses pieds désirait l'épouser et l'aider à réaliser tous ses rêves ! Mais pourquoi ne lui dévoilait-il pas ses secrets ?

Un long silence s'ensuivit, uniquement interrompu par les petites éclaboussures de la fontaine.

— Vous semblez bien pressé. Cela fait à peine quelques semaines que nous nous voyons régulièrement et vous me demandez déjà en mariage.

Sans parler des divertissements extravagants qu'il lui proposait.

— Cela fait presque trois mois que les festivités en l'honneur de la Saint-Piran ont été organisées, précisa Cassian.

— Pensez-vous suffisamment me connaître pour envisager de passer le restant de vos jours à mes côtés ?

Pen avait été incapable de faire taire le doute qui la taraudait malgré les sentiments qu'elle éprouvait envers lui, et les mots avaient jailli malgré elle. On lui apportait une promesse de bonheur sur un plateau mais une petite voix intérieure lui intimait de rester sur ses gardes.

— Oui.

Comme elle enviait la confiance dont Cassian ne semblait jamais se départir !

— Laissez-moi vous montrer à quel point je suis sûr de moi, dit-il alors en l'entraînant un peu à l'écart.

Ils étaient loin des lampadaires, à la barrière qui délimitait le périmètre du jardin. Il l'embrassa, elle sentait le bois dur de la barrière dans son dos, et un désir rapide et intense monta aussitôt en elle. Les baisers qu'il lui prodiguait effaçaient toute trace de raison. Il avait une main dans ses cheveux, l'autre sur son sein, et Pen glissa à son tour une main au niveau de l'entrejambe de Cassian pour sentir son membre dur et son désir.

Malgré les doutes qui l'assaillaient, elle ne pouvait douter du désir qu'il ressentait, et ce désir avait nécessairement un fond de vérité. Il la désirait, et son désir était aussi intense et effréné que celui qu'elle éprouvait. Mais les enjeux étaient bien différents cette fois. Ils ne pouvaient plus être des amants anonymes. Il venait de lui affirmer qu'il ne lui forcerait pas la main et ferait preuve de patience mais, si elle faisait l'amour avec lui maintenant, cela donnerait à Cassian toute la latitude pour lui forcer la main. Ce serait lui donner un accord implicite pour le mariage.

Cassian remonta alors ses jupes et lui dit d'une voix rauque :

— Je ne vais pas vous prendre contre une barrière mais j'ai bien l'intention de vous donner du plaisir ce soir.

— Oui, répondit Pen dans un souffle.

Elle lui mordilla le lobe de l'oreille. Les doigts de Cassian se faufilèrent rapidement entre ses cuisses puis glissèrent entre les boucles de sa toison humide pour aller caresser son petit capuchon du bout du pouce. Elle laissa échapper un petit gémissement lorsqu'une première vague de plaisir l'envahit puis pressa sa bouche contre l'épaule de Cassian pour étouffer les petits cris qui la secouaient.

— Laissez-vous aller, Pen, lui conseilla-t-il d'une voix rauque de désir. Criez aussi fort que vous le désirez, personne ne vous entendra.

Elle s'abandonna alors totalement, la tête renversée en

arrière tandis qu'un orgasme violent la secouait, la laissant anéantie et le souffle court. Lorsqu'elle reprit enfin ses esprits, Pen comprit qu'elle devrait rapidement prendre une décision. À moins que sa décision ne fût déjà prise. Comment pourrait-elle vivre désormais sans connaître à nouveau ces doux délices ? L'existence lui paraîtrait bien morne sans Cassian à ses côtés. Oserait-elle saisir le bonheur qu'il lui proposait ? Fallait-il croire à ce conte de fées ? Vivraient-ils heureux pour toujours ?

17

— Ta mère et moi trouvons cette jeune femme absolument charmante, Cassian. Quand as-tu l'intention de lui dire la vérité ? lui demanda son père alors qu'ils partageaient un verre au White le lendemain après-midi.

Depuis que Cassian avait atteint sa majorité, lorsque la saison mondaine battait son plein, son père et lui avaient l'habitude de se retrouver chaque semaine pour bavarder autour d'un verre et se tenir au courant des dernières nouvelles de leur cercle respectif.

— La vérité ? Me suggères-tu de lui avouer que je suis fou d'elle ? Je ne crois pas me tromper en affirmant qu'elle le sait déjà.

Ils pouvaient parler sans crainte. À cette heure-là, le White était vide. Ce n'était qu'en fin d'après-midi que les clients se pressaient aux portes de l'établissement.

Son père le regarda alors durement, avec l'air de celui qui ne s'en laissait pas conter.

— La vérité au sujet du terrain, Cassian. Vas-tu enfin lui dire que tu en as besoin pour le parc d'attractions que tu veux aménager ?

Le duc afficha une mine désapprobatrice et se mit à tambouriner sur la table du bout des doigts.

— Il faut que tu lui dises. Elle risque de se sentir trahie si elle découvre le pot aux roses après le mariage.

— Je pense au contraire qu'elle risque de se sentir trahie si je l'en informe maintenant. Tout ce qu'elle désire, c'est être aimée pour elle-même. Si elle se met en tête que c'est son terrain qui m'a incité à la demander en mariage, je la perdrai aussitôt.

Et cette éventualité n'était pas envisageable.

Son père le scruta alors de ses yeux noisette.

— Je ne te pensais pas capable d'user de subterfuges pour parvenir à tes fins, Cassian. Tu sais bien que ce ne serait pas très honnête de ta part de l'épouser sans lui révéler la vérité.

— Je n'ai pas le choix, répliqua Cassian, vexé que ses motivations soient remises en question en des termes aussi peu flatteurs.

Il déglutit péniblement et reprit :

— Je dois absolument faire l'acquisition de ce terrain pour le bien commun.

Mais, à mesure que le temps passait, ce raisonnement qui lui semblait autrefois infaillible lui paraissait de plus en plus creux. Son bonheur, le bonheur de Pen et le mariage basé sur l'honnêteté et la confiance dont ils rêvaient tous deux étaient-ils plus importants que le bien commun ? Combien de temps encore devrait-il faire des sacrifices ?

Le duc but une gorgée de cognac puis vint planter ses yeux dans ceux de Cassian.

— Épouserais-tu cette femme si tu ne pouvais pas obtenir le terrain ?

— Si c'était possible. Mais tu vois bien que cette hypothèse n'est pas pertinente. J'ai besoin de ce terrain ! Il faut que je l'épouse pour l'obtenir.

— Et pourquoi ne l'épouserais-tu pas par amour ? Qu'est-ce qui t'en empêche ?

Cassian réprima un profond soupir. Son père aurait fait un bon avocat avec toutes les questions pénétrantes qu'il lui posait.

— Tu sais parfaitement pourquoi je fais tout cela. Je veux créer un parc d'attractions non seulement pour venir en aide à tous ceux qui ont perdu leur emploi lorsque l'entreprise de Collin a fait faillite mais également pour honorer la promesse que j'ai faite à Richard Penlerick. Je me suis engagé auprès de lui à rétablir l'économie de Cornouailles. Ne comprends-tu pas que je cherche simplement à réaliser mon rêve le plus cher ? expliqua-t-il, les dents serrées.

— Mais que feras-tu si ce rêve se transforme en cauchemar ? Au départ, je trouvais ton projet admirable et, dans certaines conditions, peut-être pourrais-je encore l'envisager sous cet angle, mais ce que tu me décris me fait froid dans le dos. Ton rêve te consume littéralement, à présent. Ce n'est certainement pas ce que Richard désirait. Jamais il n'accepterait que tu sacrifies l'amour que tu portes à cette femme, ni ton bonheur personnel, pour honorer ta promesse. Pas plus qu'il ne supporterait de te voir céder le pas à la malhonnêteté. Bien des hommes ont emprunté des chemins de traverse en pensant être irréprochables pour finalement s'apercevoir qu'ils y avaient perdu leur intégrité.

Cassian regarda fixement le fond de son verre. Se faire tancer de cette manière par son père, à trente ans passés, n'était pas chose aisée. Et si son père avait raison ? Quand était-il devenu ce monstrueux coureur de dots sans scrupule qu'il était le premier à dénigrer ?

— Es-tu vraiment en train de me dire que je devrais abandonner mon projet de parc d'attractions ?

Cassian releva doucement la tête et fixa son père du regard pour en avoir le cœur net.

— C'est une éventualité à prendre sérieusement en considération.

— Que fais-tu de Collin ? Et de tous ces gens qui ont été spoliés ?

La mort de Collin avait dévasté ses parents. Rien d'étonnant. Qui supporterait que le cadet de ses quatre enfants s'ôte la vie avant ses vingt-cinq ans ?

Son père secoua vivement la tête.

— Tu n'as pas à te sentir responsable de ce qui est arrivé. Empêcher Collin de commettre l'irréparable était l'affaire de tous. Nous n'avons pas été assez vigilants. C'était totalement inconsidéré et même totalement idiot d'investir dans le projet de Brenley. Des gens ont effectivement perdu leur emploi par la faute de Collin. Mais il n'aurait pas voulu que notre existence soit modelée par les erreurs qu'il a commises. Il les a payées suffisamment cher.

Cassian hocha la tête. Face au chagrin et au regret, son père avait une tout autre attitude que celle de Redruth ou que la sienne. Lorsque Pen lui avait parlé des regrets qui rongeaient son père, quelques jours auparavant, Cassian y avait vu de nombreuses similitudes avec sa propre situation. Comme il aurait aimé pouvoir revenir en arrière et empêcher Collin de ruiner son existence ! Mais son père avait sans doute raison. Personne n'avait le droit de dicter ses choix aux autres. Et c'était exactement ce que Redruth essayait de faire avec Pen. Sous prétexte d'assurer leur protection, cet homme cherchait continuellement à contrôler ses proches. Ne se rendait-il jamais compte à quel point il faisait souffrir les personnes qui lui étaient les plus chères ?

— Je m'inquiète pour vous, les garçons, reprit son père avec douceur.

Les garçons. C'était ainsi qu'il désignait Inigo, Vennor et lui-même.

— Vous faites tous preuve d'un tel investissement. La frontière entre l'ambition et la vengeance est parfois ténue, tu sais. Entre Vennor qui s'échine à rechercher les meurtriers de son père alors qu'il ne dispose que de très peu d'éléments, Inigo qui cherche par tous les moyens à traîner Brenley en justice et toi qui t'évertues à expier les péchés de ton frère aux dépens de ton propre bonheur... Richard n'aurait pas voulu cela. Moi non plus, du reste.

Son père jeta alors un coup d'œil à sa montre et se leva précipitamment, l'air confus.

— J'ai promis à ta mère de la retrouver et je vais finir par être en retard si je n'y prends pas garde. Mais, avant que je ne parte, promets-moi de dire toute la vérité à Lady Penrose.

— Si je suis ton conseil, je risque de la perdre, répliqua Cassian en pinçant les lèvres.

Son père faisait généralement preuve d'une grande sagesse et lui prodiguait toujours des conseils très avisés mais, rien que d'imaginer la scène, Cassian en avait l'estomac noué. Il avait déjà perdu Pen une fois par le passé et ne tenait vraiment pas à réitérer ce genre d'expérience.

— C'est un risque à prendre. Si tu ne lui dis pas la vérité dès à présent, tu la perdras pour de bon. Ce n'est qu'une question de temps. Quel genre de mariage espères-tu conclure si les dés sont pipés dès le départ ? Si vous n'êtes pas honnêtes l'un envers l'autre, vous prenez un bien mauvais départ.

Cassian savait que son père avait raison, ce qui le mettait littéralement hors de lui. Les promesses qu'il faisait à Pen n'étaient pas difficiles à tenir : il lui offrirait avec plaisir l'existence pleine d'aventures et de passion dont elle rêvait. Sauf qu'il ne lui avait toujours pas révélé la raison pour laquelle il voulait à tout prix épouser la fille de Redruth. Si Pen découvrait la vérité, penserait-elle que les promesses qu'il lui avait faites n'étaient que chimères et ne servaient en réalité qu'à obtenir le terrain ? S'imaginerait-elle une nouvelle fois qu'il lui faisait de faux compliments pour parvenir à ses fins alors qu'il pensait chaque mot qui sortait de sa bouche ? Il lui dirait la vérité. Mais quand ? Peut-être valait-il mieux ne rien dire tant que leur relation n'était pas stabilisée et n'était pas capable de supporter la tempête que ne manqueraient pas de provoquer les révélations qu'il ne parvenait pas à lui faire ? Il ne voulait pas risquer de mettre à mal la confiance qu'ils avaient eu tant de mal à rétablir entre eux. Cassian laissa échapper un soupir. Il attendrait un peu avant de se confier totalement à elle, mais peut-être pouvait-il commencer par lui instiller de petites choses ce soir-là pour préparer un peu le terrain. S'il s'y prenait correctement, il parviendrait peut-être à s'en faire une alliée. Si bien que, le moment venu, elle comprendrait pourquoi il avait tant tardé à lui dire la vérité. Ce soir, il lui parlerait du parc d'attractions, décida-t-il. Vauxhall lui offrirait le cadre idéal pour une telle confidence.

En apercevant les lumières de Vauxhall depuis la Tamise alors que leur bateau s'immobilisait devant l'escalier, Pen avait compris qu'elle allait passer une soirée inoubliable. Le concert auquel ils assistèrent ainsi que les mets délicats qu'ils dégustèrent lors du dîner furent un réel enchantement. Pen prit alors conscience qu'elle passait son temps à écarquiller les yeux. Il y avait tant de merveilles à découvrir ! Des peintures, de magnifiques lanternes dans les arbres et des acrobates. Sans oublier les diseurs de bonne aventure.

— C'est encore mieux que les festivités organisées pour commémorer la Saint-Piran, dit-elle à Cassian, à voix basse pour éviter d'être entendue.

La seule chose qui l'ennuyait, c'était la cohorte de gens qui les accompagnaient partout. Son père était présent, en compagnie de Phin et de sa tante. L'ami de Cassian, Inigo, faisait également partie de la troupe ainsi que Vennor Penlerick qui escortait Miss Marianne Trevelen et sa sœur, Ayleth, les filles d'amis proches.

— Désirez-vous faire une petite promenade, Lady Penrose ? lui demanda tout à coup Cassian en lui offrant le bras.

Pen sursauta imperceptiblement et songea qu'il devait lire dans son esprit.

— Nous avons juste le temps de parcourir les nombreuses allées du parc, précisa-t-il, avant qu'ils ne tirent le feu d'artifice et ne déclenchent la grande cascade.

Il adressa alors un signe de tête courtois en direction de son père.

— Nous n'irons pas loin et ne serons pas partis longtemps, Lord Prideaux.

Le message avait le mérite d'être clair. De toute évidence, il souhaitait être seul en sa compagnie.

Une fois à l'air libre, Pen prit une profonde inspiration et se détendit un peu.

— Nous distinguons si bien les étoiles, ce soir. Ce n'est pas courant à Londres. Il ne me reste plus qu'à vous remercier pour cette nouvelle soirée emplie de magie.

— Attendez le clou de la soirée avant de vous prononcer,

répliqua Cassian en l'entraînant dans une allée illuminée par des lanternes colorées.

Ils n'étaient pas les seuls promeneurs mais ils pouvaient parler sans risquer d'être entendus.

— Vous n'avez pas encore tout vu, ajouta-t-il, un sourire énigmatique aux lèvres.

— Jamais je n'aurais imaginé une telle profusion de lanternes, s'exclama Pen. Je crois que c'est ce que je préfère.

— Il y en a plus de vingt mille.

— Vingt mille ! Mais c'est impossible ! Comment s'y prennent-ils pour toutes les allumer ?

— Ils ne les allument pas manuellement, je vous rassure, expliqua Cassian en riant. Elles sont toutes reliées par des fusibles, ce qui permet de toutes les allumer en même temps.

— Comme des couronnes de pâquerettes ? répliqua Pen en affichant un grand sourire. J'ai l'impression d'avoir été plongée dans un conte de fées. Jamais je n'aurais imaginé qu'un lieu aussi merveilleux puisse exister.

À ces mots, son sourire s'estompa.

— Je me demande parfois si j'aimerai encore la Cornouailles en rentrant. Jamais mon père ne pourra rivaliser avec tout cela ! Je crains que mon existence ne me semble morne tout à coup.

Le mois de juin était bien entamé. Il s'était écoulé un peu plus de quatre semaines depuis son arrivée à Londres. Un mois de liberté, et elle commençait déjà à redouter la fin de la saison mondaine. Chaque jour qui passait la rapprochait un peu plus de son retour à Castle Byerd. Elle devrait alors choisir lequel de ses nombreux prétendants deviendrait son mari. Cassian lui avait déjà clairement fait comprendre qu'il n'attendait que sa bénédiction pour la demander en mariage.

Pen l'observa alors à la dérobée. Prendrait-elle une si mauvaise décision en acceptant de l'épouser ? Le plaisir qu'elle éprouvait en sa compagnie suffirait-il à lui faire oublier qu'il s'était rendu à Londres dans l'espoir de conclure une alliance alors qu'il avait déclaré sa flamme à Em quelques semaines plus tôt seulement ? Elle n'avait pas le choix, elle devait épouser l'un des gentlemen qui lui avaient été présentés au cours de la saison mondaine. Alors pourquoi ne choisirait-elle pas Cassian ? Son père en serait ravi. Pen voyait déjà son visage s'illuminer lorsqu'elle lui annoncerait qu'elle acceptait d'épouser le vicomte Trevethow. Cette décision la rendrait sans doute également heureuse, aussi longtemps qu'elle continuerait à se protéger et qu'elle ne lui donnerait pas entièrement son cœur. De cette manière, si elle s'apercevait que la confiance qu'elle avait accordée à Cassian était vaine, elle ne souffrirait pas trop. Ce compromis méritait d'être étudié sérieusement. Sans compter qu'elle ne pourrait probablement pas obtenir mieux.

Ils s'arrêtèrent devant un petit bâtiment pour écouter l'orchestre turc qui jouait à l'intérieur.

— Cela me paraît très exotique, murmura Pen d'une voix pensive.

Le rythme de la musique lui évoqua aussitôt les nuits enfiévrées d'un harem, des images directement inspirées par le conte des Mille et Une Nuits. Elle esquissa alors quelques pas de danse, se déhanchant lascivement puis, reprenant tout à coup ses esprits, elle s'immobilisa. Où avait-elle la tête ? Une lady anglaise ne devait jamais se départir de la décence la plus élémentaire et ne pouvait se permettre de danser ainsi.

— Pourquoi vous êtes-vous arrêtée ? demanda Cassian d'une voix déçue.

— C'est une musique créée à l'attention de femmes revêtues d'une superposition de voiles, non de robes, bredouilla Pen en s'empourprant. J'ai tellement attendu ce moment. Je me suis demandé toute la soirée comment nous allions nous y prendre pour leur fausser compagnie. J'aimerais que nous reprenions la conversation que nous avions commencée lors de notre pique-nique à Hampstead Heath. Vous m'aviez alors promis de me parler de vos rêves.

Malgré la féerie des lieux, elle n'avait pas oublié. Elle avait du reste passé une bonne partie de la soirée à essayer de deviner ce qu'il allait lui dire, passant allègrement d'une théorie à une autre. De quoi pouvait donc rêver Cassian Truscott ? Que pouvait désirer un homme titré qui deviendrait bientôt duc et qui avait parcouru le monde entier ?

En le voyant soudain terriblement mal à l'aise, Pen s'étonna. Jamais elle n'aurait imaginé prendre au dépourvu cet homme plein d'assurance. Alors qu'ils se remettaient en marche, elle posa la main sur son bras avec un naturel et une familiarité qui la déconcertèrent elle-même.

— J'aimerais transférer Vauxhall en Cornouailles.

— Vous voulez implanter un parc d'attractions dans notre région !

Pen inclina la tête et le dévisagea avec curiosité.

— Comment l'imaginez-vous ?

— J'aimerais qu'un parfum d'exotisme règne partout, un peu comme dans le pavillon turc devant lequel nous nous sommes arrêtés quelques instants. Différents orchestres joueraient de la musique, et les visiteurs pourraient déguster des plats en provenance de toute l'Europe afin de s'ouvrir à d'autres cultures. Chaque pavillon pourrait abriter un pays en particulier. Dans le pavillon turc, il y aurait de la musique orientale, des tapis, de la mosaïque et des djellabas. On pourrait y déguster des kebabs et du kofte. Le soir, il y aurait un spectacle de danseurs turcs et de guerriers féroces se battant avec leurs sabres à lame recourbée. Dans le pavillon russe, les cavaliers cosaques feraient de la voltige.

— Où comptez-vous trouver les personnes qui réaliseraient de telles prouesses ?

Un projet d'une telle ampleur exigeait une organisation sans faille. Où Cassian allait-il recruter les employés et se procurer toutes les fournitures nécessaires ? Tout cela était à la fois déconcertant et terriblement excitant.

— Cela ne serait pas si difficile. Ils ont bien réussi à trouver des Turcs pour le pavillon à Vauxhall. Nikolay pourrait sans doute me prêter main-forte pour dénicher des cosaques.

— Ce serait merveilleux. Cela permettrait de divertir et d'éduquer la population de notre région enclavée.

Pen commençait à comprendre la portée de ce projet, de ce rêve un peu fou.

— Des gens qui ne sortent quasiment jamais de chez eux pourraient ainsi s'ouvrir sur le monde, ajouta-t-elle avec enthousiasme.

Quel cadeau extraordinaire ce serait pour ceux qui n'auraient jamais l'occasion de voyager !

— Il y aurait également des attractions, poursuivit Cassian qui parut se détendre tout à coup. J'aimerais installer une montagne russe comme celle créée à Saint-Pétersbourg. Malheureusement, pour l'instant, on ne parvient pas à arrêter les wagons de manière fiable. C'est pour cette raison que j'ai étudié un modèle utilisé en France. Il s'agit des Montagnes russes de Belleville. Une rainure est insérée dans les rails qui guident les petits chariots dans lesquels les visiteurs prennent place et qui peuvent monter des pentes vertigineuses avant de les redescendre tout en prenant des virages à une vitesse extrêmement rapide. Cela provoque des sensations incroyables !

— Simplement en glissant le long d'un rail ?

Pen n'était pas certaine de bien se représenter l'intérêt de cette attraction qui semblait passionner Cassian.

— Nous pourrions recréer des sommets de montagnes connus, comme le mont Cervin, le Mont-Blanc ou les Dolomites. Les gens s'imagineraient alors être en train de dévaler ces montagnes prestigieuses.

Le Mont-Blanc, les Dolomites, le mont Cervin.

Ces mots séduisaient Pen autant que l'homme qui en parlait avec un enthousiasme contagieux. Elle visualisait parfaitement chaque sommet, chaque chaîne de montagnes sur les cartes qu'elle avait étudiées pendant de longues heures. Mais c'était lui qui lui faisait tourner la tête en évoquant ces lieux extraordinaires.

— Nous pourrions créer une rivière de toutes pièces. Nous voguerions sur le Nil et admirerions les pyramides ou le désert égyptien au clair de lune.

Pen poussa un profond soupir et posa la tête sur l'épaule de Cassian.

— Tout cela est parfaitement envisageable, lui murmura-t-il

au creux de l'oreille. Nous offririons mille et une aventures à toux ceux qui le désireraient.

— Quand j'étais jeune, je m'étais mis en tête de prendre le bateau pour me rendre en Chine, avoua Pen en riant doucement dans la pénombre.

— Nous pourrions faire venir la Chine en Cornouailles, lui assura Cassian. Il ne s'agit pas uniquement de divertir la population locale, Pen.

Le timbre de sa voix se modifia instantanément. Il abordait probablement un point plus sérieux.

— Tout cela procurerait également de nombreux emplois. Vous imaginez bien que les parcs d'attractions ne fonctionnent pas tout seuls. Songez à tous les musiciens et tout le personnel que Vauxhall emploie. Sans parler des jardiniers et des paysagistes qui entretiennent les espaces verts. Ou des décorateurs qui peignent les pavillons afin de créer tous ces mondes imaginaires devant lesquels nous nous extasions. Il y aurait également des acrobates. Certains métiers sont tellement spécialisés qu'il faudrait sans doute recruter des employés en dehors des frontières de la Cornouailles, mais cela demeurerait l'exception. Les jardiniers, les hommes à tout faire et les domestiques pourraient tous être embauchés localement. Cela leur permettrait de gagner un salaire décent et de s'occuper de leur famille sans devoir quitter leur foyer pour autant. Et encore, je ne parle que des emplois directs. Les aubergistes et ceux qui nous fourniraient les denrées alimentaires bénéficieraient également de cette implantation.

— On n'aurait plus à leur faire l'aumône, renchérit Pen.

La perspective de fournir des emplois à la population locale l'enchantait littéralement.

— La pénurie d'emplois est un terrible fléau, ajouta-t-elle en soupirant. Les gens ne demandent qu'à travailler mais on ne leur propose quasiment rien.

Les paniers qu'elle préparait chaque semaine en faveur des plus démunis n'étaient qu'une goutte d'eau dans l'océan et cette aide ponctuelle apportée aux familles n'était finalement qu'un cache-misère. Le projet de Cassian pouvait réellement changer la donne.

— Vous devez absolument créer ce parc, Cassian ! Quoi qu'il vous en coûte, murmura-t-elle en s'apercevant soudain qu'ils se trouvaient dans la pénombre. J'ai l'impression que vous m'avez attirée à l'écart des allées fréquentées, ajouta-t-elle alors pour le réprimander gentiment.

— J'ai effectivement une idée en tête, dit-il d'une voix rauque avant de l'embrasser fougueusement.

— Je suppose qu'une soirée à Vauxhall ne peut être réussie sans un petit jeu de séduction à l'abri des regards, le reprit-elle en passant la langue sur ses lèvres d'un air taquin.

Alors qu'elle lui glissait les bras autour du cou, Cassian l'entraîna un peu plus à l'écart. À peine avait-elle compris qu'elle était désormais adossée au tronc d'un arbre qu'il lui prodigua d'autres baisers enfiévrés. Une lady n'aurait pas dû accepter ces manquements au protocole mais, pour l'heure, Pen s'en moquait. Ce soir, elle était Em à nouveau. Une femme qui n'avait rien à perdre.

Lorsque 10 heures sonnèrent, la célèbre cascade artificielle se déversa tout à coup avec une telle vraisemblance que Pen se mit à battre des mains, tout comme les filles Trevelen qui semblaient fascinées par le spectacle. Puis un magnifique feu d'artifice illumina le ciel de mille couleurs tandis qu'une fanfare jouait une sonate de Haendel. Pen sentit alors les mains de Cassian se poser sur sa taille sans que personne puisse s'en apercevoir tant la foule était compacte autour d'eux. Elle l'observa à la dérobée et vit son visage rayonner de plaisir et d'émerveillement. Il pensait sans doute au projet qui lui tenait tant à cœur.

— Je suis impatiente de voir votre parc d'attractions, murmura Pen en lui adressant un large sourire.

C'était sûrement l'homme le mieux placé pour réussir à implanter un tel parc en Cornouailles. C'était également l'homme qu'elle devrait se résoudre à épouser. Aussi longtemps qu'elle ne tombait pas follement amoureuse de lui, tout irait pour le mieux.

— Je lui ai parlé du parc d'attractions, dit Cassian à Inigo alors qu'ils buvaient du café et mangeaient des toasts ensemble le lendemain matin.

Depuis quelque temps, Inigo avait pris l'habitude de se joindre à lui pour le petit déjeuner. Cassian n'y voyait aucun inconvénient. Il appréciait au contraire d'avoir de la compagnie. Cela lui évitait de ressasser les mêmes pensées indéfiniment. Des pensées qui tournaient essentiellement autour de Pen, du reste.

— Comment l'a-t-elle pris ? demanda Inigo tout en beurrant un toast.

— Très bien. L'idée lui plaît beaucoup.

C'était un doux euphémisme. Son projet l'avait totalement impressionnée. De toute évidence, elle avait immédiatement saisi l'énorme potentiel que la création d'un parc d'attractions comportait. En voyant ses yeux s'illuminer, Cassian s'était senti pousser des ailes. Si elle partageait le même rêve, peut-être pouvaient-ils devenir partenaires ? Une seule chose les séparait encore. Cassian laissa retomber bruyamment sa fourchette sur la table sans prêter la moindre attention à ce qu'Inigo lui racontait.

— Au White, le livre de paris ne sait plus où donner de la tête avec toutes les spéculations qui fleurissent. Tout le monde sait que tu l'as emmenée à Vauxhall. La cour assidue que tu fais à la fille de Redruth suscite bien plus d'intérêt que la présence du roi d'Hawaï à Londres.

Inigo leva alors sa tasse de café dans sa direction, comme pour porter un toast.

— Elle est en train de tomber amoureuse de toi, Cass. Tu devrais t'en réjouir. Non seulement tu vas l'épouser mais tu es également parvenu à t'en faire une alliée.

Une alliée ? Enfin… C'était plutôt une alliée involontaire qu'il utiliserait contre son père le moment venu. Le temps que Pen comprenne ce qui se passait, ils seraient mariés et elle n'aurait plus qu'à accepter la situation. Cassian sentit son estomac se nouer. Cette perspective ne l'enchantait guère. Encore moins depuis la nuit précédente. Au départ, lorsqu'il s'était mis en tête de courtiser la fille de Redruth, il n'avait pas prévu de tomber amoureux d'elle et ne s'était pas imaginé une seule seconde que Lady Penrose et Em n'étaient en réalité qu'une seule et même personne. La fille de Redruth ne représentait qu'un moyen pour parvenir à ses fins. Un sacrifice auquel il consentait afin de réaliser son rêve le plus cher. Mais la situation était bien différente à présent. Il aimait la fille de Redruth. Si Pen le rejetait ou se retournait contre lui, il souffrirait sans nul doute de cette situation.

— Je ne lui ai rien dit au sujet du terrain de son père, lâcha-t-il tout à coup.

Voilà, il avait enfin avoué ce qui le dévorait depuis qu'il avait raccompagné tous les invités la nuit précédente.

— Elle ne sait pas que j'ai besoin de ce terrain pour réaliser mon projet, ajouta-t-il à mi-voix.

Cassian avait finalement pris la décision de ne pas divulguer cette information à Pen. Son père n'aurait sans doute pas été fier de lui.

Inigo le considéra d'un air pensif.

— Elle n'y verrait peut-être aucun inconvénient, après tout. Si elle soutient ton projet, elle souhaite sans doute y contribuer. En te procurant le terrain dont tu as besoin, elle se placerait en position de partenaire et n'aurait plus l'impression d'être courtisée à cette seule fin. Si elle te fait confiance, cela ne devrait poser aucun problème.

Lui faire confiance ? C'était bien là que le bât blessait. Cassian n'osait pas aborder le sujet, du reste. Lui faisait-elle réellement confiance ? Était-elle venue à bout des appréhensions qu'elle avait à son encontre ? Se demandait-elle toujours pourquoi il s'était mis en tête de courtiser la fille du comte ? Se montrait-il suffisamment digne d'elle ? Lorsqu'elle apprendrait qu'il désirait acquérir le terrain de son père depuis le début, penserait-elle qu'il ne valait pas mieux que ses autres soupirants ? Peut-être même se sentirait-elle trahie une nouvelle fois.

— Je ne peux pas le lui dire. Pas maintenant, tout au moins. Notre relation n'a pas encore retrouvé suffisamment de stabilité.

Mais Cassian n'avait toujours pas de réponse à apporter à la question qui le taraudait jour et nuit. Quand leur relation serait-elle suffisamment stable pour qu'il lui révèle son secret ?

— N'attends pas trop longtemps, Cass. Des bruits courent sur Wilmington. Apparemment, il est très contrarié et chercherait à te discréditer par tous les moyens. S'il parvenait à collecter des preuves pouvant t'incriminer, ce serait une véritable catastrophe.

— J'ai compris le message, Inigo. Inutile de t'inquiéter à ce sujet. Il est quasiment impossible de découvrir l'identité des dirigeants de la Société d'aménagement du territoire de Porth Karrek. Je ne crains pas Wilmington. Je ne vais pas précipiter les choses pour lui. C'est trop tôt, notre relation est trop récente. J'aimerais essayer d'éblouir Pen encore quelque temps.

Mais, en vérité, c'était lui-même que Cassian cherchait à éblouir. Il désirait prolonger cette douce rêverie et s'imaginer que Pen l'aimait sincèrement avant de se confronter à la réalité.

18

La saison mondaine n'était plus qu'un tourbillon vertigineux dans lequel Pen allait d'émerveillement en émerveillement. Tout cela, elle le devait à Cassian. Ils passèrent une journée en compagnie du roi et de la reine d'Hawaï. Ils allèrent à l'Exeter Exchange puis à la ménagerie royale avant de se rendre dans la loge du roi au théâtre royal de Drury Lane pour assister à la pièce Rob Roy MacGregor. Une autre fois, Cassian l'emmena au British Museum admirer les marbres d'Elgin et débattit avec elle sur le droit de piller le patrimoine grec. Il l'accompagna également à la National Gallery et lui proposa ensuite une promenade en calèche à Hyde Park. Elle eut même la chance d'assister à une course hippique à Epsom. Ils firent de la barque sur le lac Serpentine à Hyde Park, avec Oscar qui jappait comme un beau diable à leurs côtés. Ils furent aussi invités à un spectacle équestre à l'académie d'équitation de Leicester Square dirigée par le prince Baklanov. Sans compter tous les bals et les récitals de musique où Cassian l'escorta.

Pen ne vit pas passer le mois de juin. Cassian lui avait promis de lui faire découvrir le monde et on pouvait dire qu'il avait largement tenu ses engagements. Toutes ces nouvelles expériences la fascinaient. Bien moins que l'homme qui l'accompagnait, toutefois. Car en passant tout ce temps à ses côtés, il lui donnait également un aperçu de l'existence qu'ils pourraient avoir ensemble. Ils feraient d'excellents partenaires. Pen finit par se rendre compte que le rêve de Cassian était devenu le sien.

Ensemble, ils pourraient faire redémarrer l'économie de Cornouailles et procurer des emplois à la population locale, autres que dans le secteur minier. La diversification était sans conteste ce dont la région avait besoin. La Cornouailles ne pouvait se permettre d'être à la merci des aléas d'une industrie maritime ou minière. Non seulement les voies de migration des poissons se modifiaient au cours du temps mais les mines fermaient les unes après les autres. Les projets de Cassian donnaient un véritable sens à la vie de Pen. Tout cela était à la fois effrayant et extrêmement stimulant. Mais il y avait un prérequis. Elle devait d'abord se marier. Il fallait prendre une décision, à présent. Cassian attendait sa réponse. Elle n'allait pas le faire patienter éternellement. Mais le doute finissait toujours par s'insinuer en elle. Que désirait-il vraiment ?

— Vous semblez heureuse, aujourd'hui, lança Margery en fixant un peigne dans ses cheveux. Cela fait d'ailleurs plusieurs semaines que vous rayonnez de bonheur. Depuis que le jeune et beau vicomte vous courtise, si je ne m'abuse.

— Oui, répondit Pen en se regardant dans le miroir. On peut dire qu'il sait s'y prendre pour séduire une débutante.

— Ne pensez-vous pas qu'il va bientôt vous demander en mariage ? s'enquit Margery en lui adressant un sourire espiègle. Les domestiques ne parlent plus que de cela si vous me permettez cette confidence. C'est la chose la plus excitante qui soit arrivée dans cette maison depuis bien longtemps.

Pen n'eut pas le cœur de réprimander Margery ou les autres domestiques pour leur curiosité. Eux aussi avaient vu leur existence chamboulée après le décès de sa mère.

La femme de chambre lui désigna alors un collier du menton pour savoir s'il lui convenait.

— C'est un peu comme si le sortilège qui avait été jeté sur le château ne faisait plus effet et que la vie reprenait enfin ses droits. Nous donnons à nouveau des réceptions. Cook fait des pâtisseries pour accompagner le thé et ne se contente plus de préparer des repas pour vous trois ou de rares invités. Les employées de maison ont désormais une bonne raison de faire briller l'argenterie. Vous portez chaque jour de belles robes. Tout cela est merveilleux !

Margery fronça légèrement les sourcils.

— Je ne sais pas comment nous allons faire, une fois que nous serons rentrés en Cornouailles. Tout va nous sembler tellement ordinaire !

Pen ne partageait-elle pas les mêmes pensées ? Elle avait certes le pouvoir de remédier à ces craintes. Cassian lui avait clairement formulé ce qu'il désirait. Il l'attendait. Cela aurait dû lui rendre les choses moins difficiles. C'était pourtant tout le contraire. Elle ressentait une pression incroyable. Même si elle envisageait fortement cette éventualité, elle n'était pas encore prête à épouser Cassian. Ce qu'ils désiraient bâtir ensemble suffirait-il à les rendre heureux ? Il tenait à elle mais, pour autant, il ne lui avait encore jamais dit qu'il l'aimait. La passion qui les animait suffirait-elle à leur bonheur ? Pen ne doutait nullement du désir que Cassian éprouvait à son égard, mais l'amour et le désir étaient deux choses bien différentes.

Que leur arriverait-il une fois que la passion et le désir s'étioleraient, mis à mal par l'usure du temps ? Que resterait-il alors ? Partager une cause commune serait-il suffisant ? D'une certaine manière, le tourbillon dans lequel Cassian l'avait entraînée pour tenter de l'éblouir ne jouait pas en sa faveur car cela brouillait littéralement les cartes. À quoi ressemblerait leur existence une fois que la saison mondaine et ses multiples divertissements auraient cessé ? Quelle différence y aurait-il alors avec l'existence qu'elle mènerait auprès d'un autre de ses prétendants ? Cassian avait des projets alors que les autres ne lui servaient que des platitudes, voilà ce qui le différenciait des autres, songea Pen. Toutes ces questions tournaient en boucle dans sa tête depuis quelques jours, et elle n'y trouvait pas de réponses. Peut-être n'y parviendrait-elle jamais. Peut-être fallait-il simplement trouver le courage de faire le grand saut.

— Quels sont vos projets pour aujourd'hui ? demanda Margery tout en se dirigeant vers la garde-robe.

Après un instant de réflexion, elle déposa sur le lit un chapeau et un léger châle assortis à la robe en mousseline blanche agrémentée de fleurs roses.

— Lord Trevethow m'emmène manger des glaces chez Gunter's.

Pen adorait manger des glaces, perchée sur le phaéton aux côtés de Cassian. Cela leur donnait l'occasion d'échanger tout en demeurant dans l'espace public. Cela tombait bien. Elle avait tellement envie de lui parler ! C'était précisément la sortie dont elle avait besoin pour s'éclaircir les idées et espérer avoir le cœur plus léger.

La sortie débuta sous de mauvais auspices. Non seulement Cassian n'était pas venu la chercher en phaéton et avait emprunté la voiture d'Inigo mais les filles Trevelen devaient les accompagner. Pen appréciait généralement leur compagnie mais, pour l'heure, elle n'était pas d'humeur à cela. La sortie tirait à sa fin, et elle n'avait pas trouvé la moindre occasion de parler à Cassian en privé. Sans compter qu'elle ne le verrait pas ce soir-là. Son père avait une longue session parlementaire, Phin sortait avec des amis et sa tante avait suggéré qu'il serait bon de se reposer et de passer la soirée à la maison.

Cassian lui jeta un regard interrogateur alors qu'il terminait sa glace au chocolat.

— J'ai besoin de me dégourdir les jambes. Lady Pen, cela vous plairait-il de m'accompagner ?

Quand elle vit le sourire entendu que Marianne et Ayleth échangèrent aussitôt, Pen songea que la proposition de Cassian n'avait trompé personne. Elle accepta la main qu'il lui tendit pour l'aider à descendre de voiture.

— J'ai l'impression que la glace de chez Gunter's vous a déçue, dit Cassian sans le moindre préambule. Vous n'avez pas l'air dans votre assiette aujourd'hui.

— Non, ce n'est pas cela. Je suis désolée si je ne suis pas de très bonne compagnie.

Elle se tourna alors vers lui pour qu'il comprenne dans quel état elle se trouvait.

— Est-il possible de trouver un endroit un peu à l'écart où nous pourrions discuter en privé ? Il faut que je vous parle.

La mine sombre, Cassian hocha la tête.

— Je pense pouvoir arranger cela si vous acceptez de prendre un petit risque.

Pen esquissa un sourire, et ils retournèrent en direction de la voiture.

Une fois que les filles Trevelen eurent été raccompagnées chez elles, Cassian poussa un soupir de soulagement.

— Rendez-vous à l'Albany, je vous prie, lança-t-il en s'adressant au cocher.

Pen déglutit péniblement. Ils allaient chez lui !

— À moins que vous ne préfériez parler ici ? demanda Cassian, rompant le silence qui s'était installé.

— Non. Le sujet que je veux aborder ne peut l'être qu'en privé.

Elle se mordilla la lèvre nerveusement.

— Êtes-vous certain que personne ne nous surprendra ?

L'Albany avait des règles très strictes. Les femmes n'étaient pas autorisées à pénétrer dans cet établissement. Si quelqu'un les apercevait, Pen pourrait dire adieu à sa réputation et n'aurait alors d'autre choix que d'épouser Cassian.

— Je vous promets que personne ne nous surprendra. Je connais tous les passages secrets, dit Cassian en riant doucement pour tenter de la rassurer.

Mais, loin de l'apaiser, ses paroles lui vrillèrent le cœur.

— Cela signifie-t-il que ce n'est pas la première fois que vous enfreignez le règlement ? Avez-vous l'habitude de ramener des filles dans votre suite ?

Les vieilles inquiétudes de Pen resurgirent aussitôt. Évidemment qu'il l'avait déjà fait ! C'était un homme du monde. Un homme qui avait aimé quantité de femmes mais qui n'avait offert son cœur à aucune d'entre elles. N'avait-elle pas entendu tout cela de sa propre bouche ?

— Je ne suis pas vierge, Pen, et vous le savez très bien, la réprimanda-t-il. Mais cela ne signifie pas pour autant que je sois incapable d'être fidèle et d'éprouver des sentiments.

Cassian donna alors pour instructions au cocher de les amener à l'arrière de l'Albany.

— C'est le meilleur moment de la journée. Personne n'est encore rentré et tous les domestiques sont en pause.

Il la guida dans un dédale d'escaliers jusqu'au troisième étage puis la poussa sans ménagement dans une pièce somptueuse aux murs bleu pâle et crème avant de refermer la porte à double tour derrière eux.

— Nous sommes en sécurité, à présent.

En d'autres circonstances, il lui aurait adressé un petit clin d'œil ou aurait lancé une plaisanterie mais, cette fois, il garda son sérieux.

— Vous êtes joliment installé, remarqua Pen, nerveuse tout à coup.

Elle l'avait enfin pour elle toute seule mais, étrangement, elle n'avait pas la moindre idée de la façon dont elle allait aborder le sujet qui la minait. Pourquoi avait-elle pris cette mauvaise habitude de souhaiter des choses dont elle n'avait pas envie ?

— Je ne me plains pas. Je ne suis presque jamais ici.

Cassian se dirigea rapidement vers la console et se versa un cognac.

— Puis-je vous offrir un verre ? Je ne peux pas vous servir de thé mais peut-être qu'un petit cognac vous aiderait à vous détendre un peu ?

Il lui en versa un sans attendre de réponse.

— Vous m'inquiétez, Pen. Vous êtes tendue comme un arc. Venez vous asseoir et racontez-moi ce qui s'est passé.

Elle accepta le verre qu'il lui tendit. Avoir quelque chose dans les mains l'aiderait peut-être à parler plus facilement.

— Le mois de juin est bien entamé, voilà ce qui se passe. La saison mondaine se terminera bientôt, et je ne sais toujours pas ce que vous me voulez. Enfin, ce que vous voulez à la fille de Redruth, pour être plus précise.

Elle fit alors tourner le verre entre ses mains.

— Cela doit être d'une importance capitale au vu des efforts démesurés que vous avez entrepris. Tous ces bals et toutes ces sorties. Les loges au théâtre et à l'opéra. Vauxhall. Sans parler des rencontres royales. Vous avez littéralement mis le monde à mes pieds. Aucun homme ne fait cela sans espérer quelque chose de grandiose en retour.

— J'espère quelque chose de grandiose, Pen. Vous. J'espère qu'un jour vous me direz que vous acceptez ma proposition de mariage. Je vous ai promis de vous laisser tout le temps dont vous avez besoin et j'ai bien l'intention de tenir ma promesse.

Il lui laissait certes du temps mais il faisait tout ce qui était en son pouvoir pour essayer de la convaincre. Doux Jésus, lorsqu'il la regardait ainsi, il était difficile pour Pen de rester sur ses gardes et de ne pas se plier aux exigences de son prétendant préféré.

Cassian but une longue gorgée de cognac.

— J'accepte que ce soit vous qui meniez la danse, Pen. Je sais ce que le mariage signifie pour vous et, de mon côté, je sais ce que je veux.

Elle. C'était elle qu'il voulait. Il ne pouvait pas le dire plus clairement. Elle n'avait jamais été courtisée de manière aussi directe, sans artifice. Non pas qu'elle ait eu quantité de soupirants mais elle s'était habituée aux prétendants de l'acabit de Wadesbridge qui passaient exclusivement par son père et aux jeunes hommes qui lui rendaient visite ou remplissaient son carnet de bal et exprimaient leur affection à coups de métaphores et de clichés. Jamais ils ne s'adressaient directement à elle par peur de heurter sa sensibilité.

Pen s'accorda une gorgée de cognac en espérant que cela l'aiderait.

— Vous êtes l'homme le plus résolu que j'aie jamais rencontré. Pourquoi m'avoir choisie, Cassian ? Pourquoi voulez-vous m'épouser ? Pourquoi voulez-vous épouser la fille de Redruth ?

Le moment de vérité était arrivé. Mais de quelle vérité parlait-on ?

— Je n'ai jamais rencontré quelqu'un comme vous, Pen, avec votre esprit d'aventure, votre passion pour l'existence. Et votre envie de vivre en accord avec vos convictions. Que vous soyez Em ou Lady Penrose, ces choses sont demeurées constantes.

C'était la vérité suprême, celle qui transcendait toutes les autres. Il désirerait l'épouser même si les trente-deux acres qu'il convoitait ne faisaient pas partie de sa dot.

— On peut dire que vous n'avez pas votre pareil pour flatter une femme, lança-t-elle en s'empourprant.

— Cette merveilleuse femme me croit-elle ? lui murmura Cassian au creux de l'oreille avant de l'embrasser dans le cou. J'ai fait de mon mieux pour me montrer digne d'elle. Mais elle fait preuve d'un entêtement peu commun.

Pen pencha légèrement la tête sur le côté pour lui donner libre accès à son cou. Il dégagea alors délicatement sa chevelure pour la couvrir de baisers.

— La femme qui vous intéresse est-elle belle ?

Elle laissa échapper un soupir alors qu'il l'embrassait dans le cou puis sur la gorge où il sentit la respiration de Pen s'accélérer sous ses baisers.

— Vous n'en avez pas fait mention lorsque vous usiez de flatterie.

— Impossible de la résumer à son incroyable beauté ou à la somme de ses traits physiques, répondit Cassian d'une voix rauque de désir.

Il la couvrit à nouveau de baisers. Le jeu de questions-réponses avait glissé vers quelque chose de plus dangereux, quelque chose qui les exposait tous les deux. Ils entraient en eaux profondes...

— L'aimez-vous ?

Cette question n'aurait pas dû le prendre au dépourvu. N'était-ce pas la conclusion naturelle vers laquelle tendait toute cette conversation ?

— Je la veux, corps et âme, murmura Cassian, les lèvres collées à sa peau.

— Ce n'est pas la même chose, remarqua Pen dans un souffle.

— C'est exactement la même chose, répliqua-t-il d'une voix haletante. Cette fille m'aime-t-elle ?

Pen passa alors les bras autour de son cou, et son corps se

pressa naturellement contre le sien, son cœur battant la chamade contre le torse de Cassian, ses yeux verts assombris par le désir.

— Cette fille vous veut, corps et âme.

Elle l'embrassa alors fermement sur la bouche d'un baiser fervent et avide.

— Je ne veux plus poser d'autres questions et ne veux plus entendre la moindre réponse. C'est vous que je veux aujourd'hui. Et peu importe comment tout cela se terminera, dit-elle dans un souffle.

Son désir avait quelque chose de désespéré. Cassian devait en tenir compte. C'était lui l'homme d'expérience, et il savait combien s'abandonner à l'instant présent pouvait comporter des écueils.

— Cela ne peut finir que d'une seule manière, Pen. Nous ne sommes plus dans la chaumière.

— Cela va finir dans votre lit. J'en suis bien consciente.

Elle ondula alors du bassin contre ses hanches, puis contre son sexe gonflé de désir. Tous deux n'allaient pas tarder à perdre complètement la raison. Depuis combien de temps la désirait-il follement ?

— Nous n'allons pas simplement finir au lit, Pen, prévint-il.

S'il la mettait dans son lit, cela signifiait qu'ils se marieraient. Il n'avait pas l'habitude de déflorer de jeunes vierges pour les abandonner ensuite à leur triste sort.

— Cela aurait fini ainsi pour Em, dit Pen en se levant du canapé.

Elle défit les lacets de ses bottines et les envoya valser un peu plus loin. Puis, alors qu'elle posait un pied sur le rebord du canapé, sa robe remonta sur sa jambe et dévoila le haut de sa cuisse.

— Voulez-vous que je le dénoue pour vous ? demanda-t-elle en désignant le petit nœud rose qui retenait son bas de soie.

La gorge sèche tout à coup, Cassian ne répondit pas.

— À moins que vous ne préfériez vous en charger ? ajouta-t-elle d'une voix enjôleuse.

— Je préfère vous regarder, dit-il enfin.

Les vêtements étaient d'un tel érotisme lorsqu'ils étaient sur le point d'être ôtés. Cassian posa son verre et se concentra sur chacun des gestes de la jeune femme. Avait-elle la moindre idée de ce que cet effeuillage lui faisait ?

Une fois ses bas enlevés, elle porta les mains à sa chevelure et ôta ses épingles à cheveux une à une jusqu'à ce que ses cheveux retombent lourdement sur ses épaules. Elle paraissait à la fois innocente et impudique, et cette délicieuse combinaison laissa Cassian sans voix.

— Il va falloir m'aider à enlever le reste, dit-elle en se passant la langue sur les lèvres, ma robe risque de me poser quelques difficultés.

L'invitation était extrêmement tentante. Elle lui suggérait de la déshabiller, de la toucher et de s'allonger sur le lit avec elle. Complètement nus.

Cassian s'exécuta sans demander son reste. Il dénoua les lacets de sa robe avec une infinie douceur et, lorsque celle-ci tomba par terre, il s'empressa de lui ôter ses sous-vêtements pour se délecter de sa peau nue. Placé juste derrière elle, son entrejambe pressé contre ses fesses, il prit ses seins en coupe puis la couvrit de caresses qui lui arrachèrent bientôt un petit gémissement de plaisir.

Sa main glissa alors lentement vers la toison humide de Pen mais elle l'arrêta net.

— Pas avant que vous ne soyez vous aussi entièrement nu, dit-elle en se tournant vers lui pour l'aider à se déshabiller.

Elle commença par lui dénouer son foulard puis l'aida à ôter son manteau.

— Foulard, manteau, gilet, chemise, bottes, pantalon, cela en fait des vêtements à enlever avant de pouvoir toucher l'homme que je désire, murmura-t-elle d'une voix langoureuse.

— Remerciez-moi de ne pas porter de sous-vêtements, plaisanta Cassian, les lèvres posées sur les siennes.

— Vous ne parviendrez pas à me choquer, Cassian, répondit-elle en minaudant un peu. Vous oubliez que je vous ai donné du plaisir en me contentant d'ouvrir légèrement votre pantalon lorsque nous avons pique-niqué.

Dieu du ciel, si elle continuait à l'exciter ainsi, il ne tiendrait pas longtemps, songea Cassian.

— Pen, demanda-t-il d'une voix rauque de désir, pouvez-vous accélérer un peu ?

— L'attente est un délice comme un autre, répondit-elle, taquine, en faisant glisser son pantalon par terre.

— Je ne suis pas d'accord, grogna-t-il en se débarrassant de sa chemise. Nous allons enfin pouvoir rentrer dans le vif du sujet, ajouta-t-il en l'entraînant dans sa chambre à coucher.

Il était temps pour lui de reprendre les rênes.

19

Voir Cassian Truscott entièrement nu pour la première fois laissa Pen bouche bée. Large d'épaules, le torse musclé, la taille marquée, de longues jambes fuselées, il surpassait de loin tous les hommes qu'elle avait croisés jusqu'alors. Il interrompit brusquement sa rêverie admirative en l'invitant à se coucher sur le dos avant de s'allonger sur elle, en appui sur ses mains pour ne pas l'écraser. Elle était prisonnière. Cette perspective provoqua aussitôt de longs frissons dans tout le corps de Pen.

— Quelles pensées polissonnes vous animent ? Votre regard coquin m'interpelle.

Elle ne put que mentir éhontément.

— Je n'avais jamais remarqué à quel point vous aviez les cheveux longs.

— Quelque chose me dit que vous ne pensiez pas uniquement à cela, rétorqua-t-il en l'embrassant dans le cou.

— Je me disais que cela me plairait d'être votre prisonnière, avoua-t-elle dans un souffle.

Cassian s'empara alors de ses poignets qu'il maintint d'une main au-dessus de sa tête en pouffant de rire.

— Cessez vos bavardages, ma belle prisonnière.

Son sexe gonflé de désir contre le pubis enfiévré de Pen, il donna de légers coups de reins jusqu'à ce que les cuisses de Pen s'ouvrent spontanément, comme si c'était la chose la plus naturelle du monde.

— Vous êtes certaine de savoir ce que vous faites, Pen ? demanda-t-il encore une fois.

— Oui, murmura-t-elle.

C'était exactement ce qu'elle désirait. Peu importait ce qui se passerait ensuite. C'était ce qu'ils avaient prévu de faire dans la chaumière, ce qui se serait passé si son père ne l'avait pas emmenée aussi brusquement à Londres. C'était comme si le destin en avait décidé ainsi. L'inévitable avait simplement été reporté.

— Je suis prête, Cassian. Je vous désire, lui chuchota-t-elle au creux de l'oreille, alors qu'il la caressait doucement dans les replis de son intimité chaude et humide.

Elle lui passa les bras autour du cou et il introduisit son sexe dur comme un roc entre ses cuisses.

— Tenez-moi fermement, lui dit-il quand elle laissa échapper un petit cri de douleur.

Il s'immobilisa tandis que le corps de Pen se détendait peu à peu pour l'accueillir. Puis il entama de petits mouvements de va-et-vient jusqu'à ce qu'il soit complètement en elle, qu'il fasse partie d'elle.

Il donna ensuite des coups de reins plus prononcés, et elle ne put réprimer une exclamation d'extase. La douleur avait disparu, laissant place à un plaisir que Pen n'aurait jamais soupçonné. Elle croisa alors le regard noir de désir de Cassian et elle comprit que, quelle que fût leur destination, ils y allaient ensemble. Les jambes croisées autour de sa taille, elle épousa le rythme de plus en plus effréné de ses coups de reins. Puis ils s'abandonnèrent tous deux au sentiment d'urgence qui les agitait tandis qu'ils atteignaient les cimes du plaisir, avant de tomber dans un demi-sommeil extatique.

Pen comprit bien avant d'ouvrir les yeux qu'elle se trouvait en terrain inconnu. Elle n'avait jamais rien vécu de tel et elle ne retrouverait jamais le chemin seule. C'était un voyage qui se faisait à deux, un voyage spécifique n'incluant que Cassian et elle.

Pen ouvrit lentement les paupières, se délectant de la situation inédite dans laquelle elle se trouvait : nue, aux côtés de Cassian, au beau milieu de la journée. Le regarder dormir, le visage incroyablement détendu, était un ravissement sans pareil. Il dormait si paisiblement qu'elle n'eut pas le cœur de le réveiller. Elle s'enroula dans un drap et se leva, l'esprit en ébullition. Il y avait bien trop de choses auxquelles elle devait penser.

Elle sortit de la pièce à pas feutrés. Une fois dans le petit salon, elle parcourut des yeux la collection de livres sur les étagères. On apprenait généralement beaucoup des autres en observant les objets dont ils s'entouraient. Cassian lisait des récits de voyages et des écrits relatifs à des destinations lointaines. Exactement comme elle. Elle possédait des atlas, lui des carnets de route. La similitude la fit sourire. La seule différence, c'était que ces livres faisaient en quelque sorte office de souvenirs pour Cassian et lui permettaient de se remémorer ce qu'il avait vu en personne alors que, de son côté, les atlas étaient tout ce qu'elle connaissait de ces destinations. Dans le coin, adossé au mur, se trouvait un cylindre en cuir, comme ceux qu'on utilise pour stocker des documents roulés tels que des cartes. Elle s'en occuperait plus tard. Elle préférait examiner d'abord les petites machines disséminées dans la pièce et qui avaient aiguisé sa curiosité.

Sur une petite table près de la fenêtre se trouvait une roue verticale qui tournait sur elle-même lorsqu'on actionnait une manivelle, à l'instar de la roue à aubes d'un moulin, sauf que celle-ci transportait des gens dans des seaux. Sur l'appui de fenêtre, Pen aperçut un auvent peint de couleurs vives sous lequel un ensemble circulaire de chevaux en porcelaine pouvait tourner. Elle s'empara de cet objet à la recherche du mécanisme pour le remonter. Une fois qu'elle l'eut trouvé, Pen le reposa sur l'appui de fenêtre et observa les chevaux qui bougeaient sur leur base mais également de bas en haut au son d'une petite musique de grelots. Elle comprit alors ce que représentaient les deux objets qu'elle venait d'observer. Il s'agissait de prototypes des machines que Cassian désirait créer pour les visiteurs de son parc d'attractions, tout comme Vauxhall avait créé la Cascade. Son amant était décidément un homme très ambitieux.

Son amant. Pen aimait bien la manière dont ce mot sonnait dans sa tête. À son réveil, ce matin-là, elle n'avait pas d'amant. À présent, elle en avait un. Dehors, derrière la vitre, il faisait encore jour. Cela lui parut étrange. Davantage de temps aurait dû s'écouler au vu de l'importance de ce qu'elle venait de vivre. Elle avait fait l'amour avec Cassian Truscott et s'était allongée nue sur son lit. Cela signifiait-il quelque chose ? Que désirait-elle que cela signifie, au juste ? Le petit tour qu'elle venait d'effectuer dans son salon lui avait révélé beaucoup de choses. Cassian était à la fois intelligent et créatif.

Le regard de Pen se porta une nouvelle fois sur la bibliothèque et sur le cylindre posé dans le coin de la pièce. Cette fois, la curiosité l'emporta sur le reste. Elle le saisit, ouvrit le couvercle et plissa les yeux pour voir ce qu'il contenait. À l'intérieur se trouvaient des papiers, de longues feuilles de papier épais comme celles sur lesquelles on dessinait des cartes ! Cela ne dérangerait probablement pas Cassian si elle y jetait un petit coup d'œil. Pen posa le cylindre sur la table et en extirpa les papiers soigneusement roulés avec d'infinies précautions. Elle les étala sur la table et posa un poids à chaque extrémité pour les maintenir en place. C'était une carte !

Pen l'étudia, traçant du bout du doigt la belle écriture sous chaque objet dessiné tout en répétant chaque mot à voix basse. Le Pavillon turc, le Pavillon du Kouban, et là, à l'extrémité, surplombant la mer, les montagnes russes. Lorsqu'elle comprit ce qu'elle était en train d'examiner, elle en eut le souffle coupé. C'était le parc d'attractions de Cassian, tracé dans ses moindres détails ! Le voir ainsi sur le papier lui donnait encore plus de réalité. Il désirait réellement que ce projet prenne forme. Il ne s'agissait pas d'un rêve intangible, purement théorique.

Pen sentit alors les yeux de son amant se poser sur elle avant même d'avoir levé la tête. Elle sourit et se tourna vers lui. Cassian l'observait, habillé d'un peignoir en satin à motif cachemire qui masquait à peine sa nudité.

— C'est très beau, dit-elle dans un souffle.

Elle l'avait trouvé ! Pour l'instant, il lui était impossible de savoir ce qu'elle en pensait. Cassian traversa la pièce.

— Vous avez fouiné dans mes affaires, polissonne.

C'était à la fois une plaisanterie et une réprimande. Pen avait mis la main sur ses secrets sans lui demander la permission. Cela ne l'aurait nullement dérangé si ce secret n'avait pas revêtu autant d'importance pour eux. C'était ce secret qui pouvait briser leur relation, et Cassian ne tenait vraiment pas à ce qu'une telle catastrophe se produise. Pas après ce qui venait de se passer entre eux. Pas alors que, dans son esprit, il n'était plus envisageable de retourner en arrière.

Le sourire admiratif de Pen vacilla.

— Cela vous dérange-t-il ? Je ne pensais pas que vous m'en tiendriez rigueur.

Il l'avait rendue hésitante et l'avait fait douter. Elle avait certainement pensé qu'ils étaient assez proches pour qu'elle puisse agir de la sorte. Cassian s'en voulut énormément de l'avoir réprimandée ainsi. Il avait travaillé si dur pour gagner sa confiance, son respect, son admiration, son amour, et en une seule phrase, il avait réussi à écorner tout cela. Peut-être fallait-il y voir le signe que leur relation était encore bien fragile ? Il avait eu raison de dire à Inigo qu'il était encore trop tôt pour lui dire la vérité et qu'il fallait attendre le moment opportun.

Mais si ce n'était toujours pas le moment, quand cela serait-il possible ?

Sa conscience vint se rappeler à lui. Il finirait par être trop tard pour lui avouer la vérité. Attendre trop longtemps serait aussi dévastateur que de lui annoncer trop tôt.

Il la prit dans ses bras et l'attira tout contre lui, le nez dans son cou.

— Cela ne me dérange absolument pas.

Ce n'était qu'un petit mensonge. Que cela pouvait-il bien faire si elle étudiait la carte ? Il lui en avait déjà parlé. Il réagissait de manière excessive.

— Je n'ai pas encore montré mon projet à mes proches, c'est

tout, expliqua-t-il. Je suppose que cela entretient un instinct protecteur de ma part.

C'était elle qu'il désirait protéger, à la vérité. Eux, par extension.

Pen posa la tête contre son torse, sans se douter une seule seconde des tourments qui venaient de l'assaillir. Elle afficha à nouveau un grand sourire.

— Richard Penlerick l'a-t-il vu ?

— Oui, répondit Cassian d'une voix étranglée.

Qu'elle ait pensé à lui poser cette question le troubla comme jamais. Elle l'avait écouté avec la plus grande attention. Elle n'avait pas simplement entendu l'histoire qu'il lui avait racontée mais elle avait perçu à quel point Richard était important à ses yeux.

Elle leva la tête et lui prit le visage entre les mains.

— Alors pourquoi ce parc n'est-il pas encore construit ? Je vois bien qu'il ne s'agit pas de vaines élucubrations. Vous avez parcouru le monde et étudié de près les divertissements proposés dans les pays où vous vous êtes rendu. Vous avez dépensé un temps et une énergie considérables pour mettre ce projet sur pied. Pourquoi ne le mettez-vous donc pas en œuvre ?

Un autre moment de vérité s'imposait à Cassian. Décidément, il les enchaînait !

— Je n'ai pas encore trouvé le terrain, du moins pas celui qui correspond à ce que je cherche, ajouta-t-il lorsqu'il eut l'impression qu'elle allait le corriger.

Le duc de Hayle possédait des terres, bien entendu, mais pas le terrain dont Cassian avait besoin.

— Il me faudrait un terrain bien situé qui permettrait un accès facile aux employés et à l'approvisionnement du parc. J'ai également besoin d'espace autour de ce terrain pour que d'autres affaires puissent se développer. Le cadre doit être suffisamment pittoresque et offrir une vue qui justifie de quitter Londres, quelque chose qui montre la Cornouailles sous son meilleur jour. Sans compter que je refuse de déloger quiconque pour réaliser ce projet. Cela irait à l'encontre de l'objectif visé si nous expropriions des gens, ce qui élimine d'office la plupart des exploitations détenues par ma famille. Je ne voudrais surtout pas spolier les fermiers et les métayers.

— Vous êtes très précis. Avez-vous songé à acquérir du terrain près de Truro ?

— Oui, et j'ai écarté cette idée car la distance est trop importante. Je veux venir en aide à la population locale. Ceux qui habitent dans les environs de Hayle ne bénéficieront nullement de la création d'un parc d'attractions situé à trois heures de chez eux.

Pen resta songeuse quelques instants.

— Je comprends votre dilemme.

Cassian frissonna en la sentant lui enfoncer légèrement les ongles dans le torse. Elle se mit à onduler, ses hanches lui effleurant l'entrejambe de manière suggestive.

— Quand j'ai un problème à résoudre, il m'arrive de penser à autre chose et, alors que je me concentre sur cet autre sujet, la solution m'apparaît d'elle-même. Peut-être devrions-nous nous concentrer sur un autre problème.

Cassian n'avait aucune peine à se représenter plusieurs problèmes qui n'allaient pas tarder à se poser à lui.

— Comme la façon dont je pourrais m'y prendre pour vous extraire du drap dans lequel vous vous êtes enroulée, dit-il d'une voix espiègle. Je pourrais vous faire tourner sur vous-même pour vous l'enlever, je pourrais également vous inviter à vous allonger et...

— À moins que je ne le laisse tout simplement glisser en bas de mes pieds, l'interrompit-elle en mettant son plan à exécution.

Elle se retrouva alors délicieusement nue, telle la Vénus sortant des eaux. Cassian n'avait pas vraiment eu le temps de l'étudier avant, trop absorbé par la perspective de la coucher dans son lit. Mais il avait tout son temps à présent, le temps de prendre ses beaux seins fermes dans ses mains, de lui caresser les hanches et de se laisser hypnotiser par la toison caramel entre ses cuisses. La regarder était un délice sans pareil, seulement détrôné par celui de la coucher dans son lit, surtout avec la fougue et la curiosité dont elle faisait preuve.

— Revenez vous allonger dans mon lit, décida-t-il en la

soulevant dans ses bras, c'est la meilleure façon de résoudre les problèmes.

Il la déposa délicatement sur le lit puis l'invita à se placer au-dessus de lui.

— Désirez-vous prendre les rênes cette fois ?

— Le puis-je vraiment ?

Elle écarquilla les yeux sous le coup de l'excitation.

— Mais très certainement. Je pense que pour un homme les sensations sont encore plus intenses ainsi.

Cassian lui souleva les hanches et l'aida à se positionner. Elle fit glisser son membre en elle puis envoya sa chevelure tomber derrière ses épaules, ce qui lui donna l'air de la plus grande tentatrice de tous les temps. Elle se tortilla alors un peu pour se rendre compte.

— Je ne savais pas que cela était possible.

Alors que Cassian posait les mains sur ses hanches, elle parut intimidée tout à coup.

— Je n'imaginais pas que faire l'amour n'était pas nécessairement un devoir mais un privilège, un festin pour les sens.

Cassian prit appui sur ses coudes en prenant garde de ne pas la déloger.

— Cela peut se passer ainsi et peut-être bien mieux encore. Cela peut se passer comme nous le voulons. Au lit, c'est à nous de définir nos propres règles.

— Voilà des paroles qui me plaisent bien.

Elle posa alors une main contre sa poitrine pour l'inciter à retomber sur l'oreiller.

— Savez-vous ce que j'aime entendre d'autre ? Vous entendre prendre du plaisir et savoir que c'est moi qui vous l'ai procuré.

Elle se mit à onduler, et Cassian se plia à sa volonté avec grand plaisir, heureux d'émettre tous les sons dont elle raffolait.

Il laissa les délices amoureux l'épuiser, lui ôter toute force, éradiquer toutes ses pensées et tous ses soucis. Il ne voulait pas penser au-delà de l'instant présent, ne voulait pas réfléchir à ce qui arriverait ensuite. Cela s'annonçait compliqué. L'instant présent était d'une délicieuse simplicité. L'avenir aurait des conséquences. L'instant présent n'en avait pas.

— Cassian...

La voix assoupie de Pen lui parvint soudain à travers le plaisant brouillard dans lequel il nageait.

— Cassian, j'étais en train de réfléchir.

— Où trouvez-vous la force de réfléchir ? plaisanta-t-il. Je me sens si faible, pas vous ?

Il passa alors doucement les doigts dans ses cheveux et les fit glisser lentement, l'esprit encore délicieusement embué, sans chercher à retrouver la moindre clairvoyance. Il désirait tellement prolonger cet état de béatitude un peu plus longtemps encore.

— Un peu.

Elle souleva légèrement sa tête jusque-là posée au creux de l'épaule de Cassian pour pouvoir le regarder.

— Je possède un terrain qui serait parfait pour votre parc d'attractions. Il fait partie de ma dot. Trente-deux acres sur la côte, non loin de Redruth.

Cassian s'immobilisa, son esprit retrouvant tout à coup ses pleines capacités. Il n'avait nulle envie de parler de ce fichu terrain à présent.

— Est-ce une proposition de mariage, ma jolie ?

Il tenta de tourner cela à la plaisanterie mais Pen était on ne pouvait plus sérieuse.

— Je vous rappelle que vous m'avez déjà demandée en mariage. Vous m'avez expliqué que vous attendiez que je sois prête. C'est exactement ce que je suis en train de vous dire, Cassian. Je suis prête. Faites-moi votre demande. Allez demander ma main à mon père. J'accepterai votre demande. Nous nous marierons, nous pourrons traîner au lit toutes les après-midi de la semaine si cela nous chante et vous aurez le terrain que vous recherchez.

— Et qu'aurez-vous en échange, Pen ? demanda Cassian en prenant appui sur un coude.

Pourquoi avait-il posé cette question ? N'était-ce pas ce qu'il désirait le plus au monde ? Le terrain qu'il convoitait depuis si longtemps était enfin à sa portée ! Et la femme qu'il aimait acceptait de l'épouser. Il n'aurait même pas à lui avouer la vérité au sujet du terrain et de la raison pour laquelle il courtisait la fille de Redruth. Elle le lui donnait volontairement, elle était sa partenaire dans cette aventure. Il n'avait pas eu besoin de la séduire pour obtenir ce qu'il cherchait en fin de compte. Nul besoin d'une ruse quelconque. Les choses n'auraient pas pu mieux se passer. Alors pourquoi se sentait-il aussi sale ?

— Cela veut-il dire que vous ne pensez plus que les choses vont trop vite ?

— J'ai fait mes débuts il y a plus d'un mois et, depuis, nous avons passé pratiquement chaque jour ensemble et, en réalité, cela fait plus longtemps que nous nous connaissons, exactement comme vous me l'avez fait remarquer, dit Pen d'un ton insistant.

— Mais vous disiez que vous aviez des doutes à mon égard, la pressa Cassian.

Il avait besoin d'entendre des certitudes.

— Vous m'avez affirmé que vous étiez venu à Londres pour accomplir votre devoir. Je vous crois.

Pen lui prit alors la main et entrelaça ses doigts aux siens.

— Vous vous êtes montré digne de moi. Vous avez déposé le monde à mes pieds et m'avez montré ce que serait une existence à vos côtés. C'est ce que je désire, Cassian. Vous êtes celui que je veux. Ensemble, nous allons créer tout un nouveau monde.

Lorsqu'elle s'exprimait ainsi, rien ne semblait jamais pouvoir les arrêter.

— Très bien... Penrose Prideaux, me ferez-vous l'honneur de devenir ma femme ?

C'était trop beau pour être vrai. Cassian refusa de penser à la double signification de cette demande. Lorsque Pen lui murmura qu'elle acceptait, les yeux mouillés de larmes, il la fit rouler sous lui pour célébrer la nouvelle. Il était bien plus facile et plus agréable de penser que, contre toute attente, l'amour avait triomphé.

20

Cassian allait l'épouser ! Matthew allait l'épouser ! Pen n'en revenait toujours pas. Quelle chance elle avait que son véritable amour soit également un bon parti !

— Tout est absolument parfait ! J'ai l'impression d'être dans un de ces contes où la jeune femme embrasse une grenouille qui se transforme alors en prince. Sauf que Matthew n'a jamais vraiment été une grenouille, confia Pen avec animation à Margery le lendemain matin.

Elle se sentait à la fois grisée et idiote. Elle peinait à se refréner.

— Il vient demander ma main à mon père aujourd'hui. Père sera si heureux !

Elle prit les mains de Margery dans les siennes et se mit à danser avec elle dans la chambre.

— Vous imaginez ? Père et moi sommes tombés d'accord sur un prétendant ! Jamais je n'aurais pensé cela possible.

Pen se laissa tomber sur le lit en riant.

— Quelle tenue vais-je choisir ? Ma robe primevère ? Elle me fait penser au soleil, et je me sens lumineuse lorsque je la porte.

— J'ai un ruban jaune pour vos cheveux, et vous pouvez également mettre votre petit cœur en verre. C'est le jour idéal pour le porter, une marque de l'affection que Lord Trevethow a pour vous.

Margery s'empara d'une brosse à cheveux quand elles entendirent tout à coup cliqueter le harnais d'un véhicule en contrebas.

— Est-il déjà là ? demanda Pen, étonnée, en se précipitant vers la fenêtre qui surplombait la rue.

Il n'était pas 11 heures. C'était un peu tôt pour une visite mais peut-être Cassian ne pouvait-il attendre. La nuit précédente, elle-même ne s'était finalement endormie qu'une fois rompue de fatigue. Faire l'amour avait beau être un très bon exercice, l'épuisement physique avait eu du mal à l'emporter sur la nervosité et l'excitation que Pen ressentait.

Elle tira légèrement le rideau pour observer ce qui se passait dans la rue. Ce n'était pas le phaéton bleu vif de Cassian qui était garé le long du trottoir. Elle inclina la tête pour observer la silhouette de l'homme qui se tenait devant la porte. Elle reconnut le dos droit et les vêtements sombres de Wilmington. C'était un horaire curieux ainsi qu'une curieuse visite. Son père avait certainement à discuter d'affaires parlementaires avec lui.

— Peut-être que lui aussi veut vous faire une demande en mariage, suggéra Margery.

Pen laissa retomber le rideau avec une confiance désinvolte.

— Il peut bien proposer ce qu'il veut. Je n'accepterai que Cassian.

Une demi-heure plus tard, elles entendirent quelqu'un gratter à la porte. Margery l'ouvrit et échangea quelques mots à voix basse avec un valet de pied.

— Milady, votre père veut vous parler immédiatement dans son bureau. Votre frère est avec lui.

Quelque chose ne tournait pas rond. Pen observa son frère et son père à tour de rôle, cherchant un indice qui la mettrait sur la voie, mais elle dut se contenter de hochements de tête à peine perceptibles de la part de Phin. Son père avait le visage blême et se garda d'exprimer la moindre émotion. Il fallut quelques instants à Pen pour comprendre qu'il était en proie à une immense colère. Elle ne l'avait vu dans cet état qu'une seule fois dans sa vie. Lorsqu'il avait appris le décès de sa mère.

— Père, que s'est-il passé ?

Pen prit place sur l'unique fauteuil vide de la pièce.

— Le vicomte Trevethow a demandé à me voir cet après-midi. J'ai toutes les raisons de croire qu'il va te demander en mariage. Qu'en dis-tu, ma fille ?

Pen esquissa un sourire. Elle avait peut-être mal interprété l'expression qu'arborait son père.

— J'espère de tout cœur que c'est ce qu'il fera. J'accueillerai chaleureusement sa demande.

Le regard dur de son père s'adoucit un instant mais Pen crut y lire une certaine tristesse.

— C'est bien ce que je craignais. Nous avons été roulés dans la farine, toi plus que quiconque, Penrose.

— Que dites-vous ?

Les sourcils froncés, Pen jeta un coup d'œil en direction de son frère afin d'avoir quelques éclaircissements. Mais il demeura muet comme une tombe.

— Le vicomte et moi sommes très amoureux, tenta-t-elle de leur expliquer.

Comment tomber amoureux pouvait-il signifier être roulé dans la farine ?

Son père secoua la tête.

— Trevethow ne t'aime pas. Il t'aurait courtisée quand bien même tu aurais été une vieille mégère. Je sais de source sûre que Trevethow ne s'intéresse qu'à ta dot. C'est Wilmington qui m'a fait cette révélation.

— Cela n'a aucun sens. Cassian est un homme extrêmement fortuné. Il sera duc un jour, contra Pen.

C'était comme s'ils parlaient d'un autre homme.

— Vous ne pouvez pas vous fier aux paroles de Wilmington, ajouta-t-elle. Il méprise le vicomte. Wilmington est prêt à raconter n'importe quoi.

— C'est le terrain, Pen, dit Phin dans un murmure. Il veut le terrain pour y implanter un parc d'attractions.

— Vous avez mal compris, c'est moi qui lui ai parlé du terrain, argua soudain Pen, retrouvant un peu d'espoir.

Tout cela n'était finalement qu'un malentendu.

— Quand ? demanda son père.

— Hier, en rentrant de chez Gunter's.

Ce n'était pas véritablement un mensonge. Ils avaient juste fait un saut à l'Albany...

— Hier ? En es-tu certaine ? s'enquit son père d'une voix pressante.

— Absolument.

Une ébauche de sourire aux lèvres, Pen fixa son père d'un air confiant, certaine d'avoir résolu l'énigme. Alors pourquoi son père affichait-il un air plus stoïque que jamais ?

— Dans ce cas, Wilmington semble avoir raison.

Son père lui tendit deux lettres.

— Trevethow cherche à acquérir ce terrain depuis très longtemps. Cela ne remonte pas à hier.

Pen s'empara des papiers d'une main fébrile et les lut. C'était bien difficile de se concentrer avec le cœur qui battait la chamade et toutes les émotions qui l'assaillaient. Les yeux fixés sur les mots, elle peinait à comprendre ce qu'elle lisait.

— C'est une société d'aménagement du territoire, la Société d'aménagement du territoire de Porth Karrek. Quel rapport cela a-t-il avec moi ?

— Lis ce qu'ils ont l'intention de faire avec le terrain, lui conseilla son père. Et note bien la date.

Pen balaya rapidement l'en-tête de la lettre du regard.

— Cette lettre a été écrite l'automne dernier.

Elle parcourut la lettre des yeux sans s'attarder sur les salutations et autres expressions de politesse. Voilà, elle avait trouvé. Dans le quatrième paragraphe suivant la requête pour acheter le terrain, il y avait la mention du désir de créer un parc d'attractions. Pen lut alors la deuxième page et tandis qu'elle parcourait les arguments cités en faveur du parc, son estomac se contracta douloureusement. Stimuler l'économie, créer des emplois, éduquer la population locale. Toutes les raisons que Cassian lui avait exposées en personne.

— C'est la première lettre, précisa son père en lui remettant un paquet de papiers. Tu peux lire la correspondance qui a suivi si tu veux. Tu verras que le domaine de Redruth a refusé la première offre et la seconde. Tu liras également que la Société d'aménagement du territoire a doublé son offre qui a une nouvelle fois été rejetée. Le dernier refus remonte au premier mars.

Son père soutint son regard, les yeux embués par la colère.

— Je sais que tu penses que ton cœur est pris, Pen, c'est la raison pour laquelle je te montre tout ceci. Tu n'es pas obligée de me croire. Attache-toi aux preuves.

Pen posa les lettres sur ses genoux.

— Qu'est-ce que cela prouve ? Que deux personnes avaient en tête de créer un parc d'attractions ? Quel est le rapport avec le vicomte Trevethow ?

Mais, alors qu'elle prononçait ces mots, elle comprit que la coïncidence était trop grande pour être écartée du revers de la main. Elle ne savait simplement pas comment relier les éléments entre eux.

— Pen, c'est le vicomte Trevethow et son père qui sont à la tête de cette Société d'aménagement du territoire, expliqua Phin.

La pièce se mit à tourner autour d'elle. Alors que les éléments du puzzle commençaient à s'imbriquer les uns dans les autres, le monde se disloqua lentement. Pen fixa son regard sur la date de la dernière lettre. Le refus définitif remontait à mars. Des fragments de conversation tournèrent alors en boucle dans sa tête. « Je veux faire l'acquisition de quelque chose... mais le gentleman qui le possède refuse catégoriquement de me le vendre... j'ai essayé de le convaincre que mon projet sera bénéfique à un grand nombre de personnes... » « Mon père ressemble beaucoup au gentleman qui vous oppose tant de résistance... » Cela n'avait rien d'étonnant puisqu'il s'agissait d'une seule et même personne ! Elle y voyait clair à présent. Lorsque Cassian avait évoqué le problème qui le taraudait, il faisait référence aux difficultés qu'il rencontrait pour acquérir le terrain dont il avait besoin pour son parc d'attractions. Pourquoi n'avait-elle pas compris cela plus tôt ?

La première sortie que Cassian s'était octroyée pendant la saison mondaine avait été son bal de débutante en mai. Le carnet mondain l'avait immédiatement remarqué. Mon Dieu, songea Pen, il s'était littéralement lancé à sa poursuite en se moquant bien de savoir qui elle était, comprenant que le mariage était la seule façon d'obtenir le terrain qu'il convoitait. Pen déglutit péniblement. Elle savait à présent ce que Cassian désirait aussi ardemment. Il briguait uniquement son terrain.

On pouvait dire qu'il avait fait preuve d'acharnement et de ruse. Il ne lui avait pas parlé du parc d'attractions avant de l'avoir dûment impressionnée, avant qu'elle ne s'entiche d'un homme qui avait déposé le monde à ses pieds et avait surmonté la résistance qu'elle lui opposait de façon spectaculaire, ayant pendant tout ce temps en tête ce qu'il désirait en échange des efforts qu'il fournissait : trente-deux acres sur la côte.

Elle lui avait facilité la tâche. Il n'avait même pas eu besoin d'obtenir ses acres par la ruse. Elle les lui avait offerts la veille, dans son lit, pensant qu'elle était parvenue à la solution parfaite, que c'était elle qui en avait eu l'idée. La gorge de Pen se noua. Le cauchemar s'était concrétisé. Les inquiétudes qui l'agitaient depuis le départ avaient toutes les raisons d'exister : Cassian ou Matthew – la distinction entre les deux importait peu – n'était rien d'autre qu'un flirt, qui disait tout ce qu'il fallait pour obtenir ce qu'il désirait. Dans ce cas précis, ce n'était pas elle qu'il convoitait mais son terrain. Il se trouvait simplement que les deux allaient de pair. Non, il ne pouvait en être ainsi, leur relation ne pouvait tout de même pas se résumer à cela. Elle ne pourrait pas accepter que tout n'ait été que mensonge.

— Il m'aime. Il veut m'épouser, murmura-t-elle en sachant au fond d'elle qu'il s'agissait d'un argument médiocre.

— Il veut t'épouser, c'est vrai. Mais pas par amour.

La mine sévère que son père arborait la pétrifia.

— Nous avons heureusement appris quelles étaient ses intentions avant qu'il ne soit trop tard. Les choses auraient été bien pires si tu l'avais épousé.

Pen secoua la tête.

— Il y a de la place pour l'amour et pour le terrain, père.

Il m'aime. Je le sais. Le terrain ne représente qu'un avantage supplémentaire.

Le soleil parut s'éteindre tout à coup, et le bonheur de Pen se recouvrit d'un voile de doute. Cassian avait écarté son histoire avec Em du revers de la main pour courtiser une fille qu'il n'avait jamais rencontrée avec la ferme intention de l'épouser. C'était peu ou prou les reproches qu'elle lui avait adressés le soir du bal où ils s'étaient retrouvés. Il avait nié mais c'était pourtant exactement ce qu'il avait fait. L'avait-il réellement courtisée uniquement pour le terrain ? Ne l'avait-il pas du tout aimée ? N'était-il pas tombé amoureux d'elle ? C'était ce qu'elle pensait la veille encore. Elle lui avait tout donné. Cela n'avait-il rien signifié pour lui ? Cela avait-il simplement été un moyen de parvenir à ses fins ? Cassian avait-il eu l'intention de la compromettre au cas où il ne parviendrait pas à la convaincre de l'épouser légitimement ? Pen eut la nausée tout à coup. Une telle trahison la rendait malade. Mais elle savait que ce n'était pas ainsi qu'il fallait aborder la situation. Elle devait se battre.

— Je ne crois pas aux accusations que vous venez de porter à l'encontre du vicomte et vous ne devriez pas vous y fier davantage. Vous devriez lui parler et entendre ce qu'il a à vous dire.

Pen décida de pousser plus avant encore, bien déterminée à trouver un sens à la tournure que les événements avaient pris.

— Pourquoi cela pose-t-il un tel problème, du reste ? demanda-t-elle d'une voix désespérée. Vous avez choisi Trevethow de votre propre chef. En mai, vous étiez littéralement aux anges à l'idée que je devienne duchesse. Je me suis investie sur un plan émotionnel et, maintenant que j'ai jeté mon dévolu sur un homme que je désire épouser, vous vous en débarrassez du revers de la main.

Pen baissa la voix. Elle ne laisserait pas son père insinuer qu'elle devenait hystérique. Elle avait encore un atout à jouer.

— Vous m'avez dit que je pouvais venir à Londres afin de trouver le prétendant qui me conviendrait. Eh bien, c'est exactement ce que j'ai fait. Je choisis Trevethow.

— Et moi, je refuse de reconnaître cette union.

La réponse de son père fut tranchante, froide et rapide. Il n'avait même pas pris un instant pour réfléchir. Devant ce verdict cinglant, Pen resta quelques instants sans voix. Elle avait joué sa meilleure carte mais son père n'avait pas hésité à jouer atout.

— Père, c'est lui que je choisis, répéta-t-elle bêtement.

— Ma fille n'épousera pas un homme qui cherche à l'induire en erreur en dissimulant ses réelles intentions. Faire alliance en concluant un mariage est une chose, aussi longtemps que les deux parties intéressées sont conscientes de ce dont il s'agit. Mais c'en est entièrement une autre de feindre l'affection et de tromper une jeune fille sans expérience et suffisamment vulnérable pour tomber amoureuse du premier homme qui la couvre d'attentions.

Pen sentit son esprit s'échauffer et se leva.

— Ce n'est pas ainsi que les choses se sont passées. Je ne suis pas une jeune fille pour commencer. J'ai vingt et un ans et je ne suis pas naïve. J'ai peut-être vécu derrière les murs d'un château mais je n'ignore pas pour autant comment le monde fonctionne.

Des larmes lui picotèrent les yeux, et elle ne put les retenir plus longtemps.

— Comment osez-vous penser que je suis assez stupide pour ne pas être capable de faire la différence entre l'amour et de basses flatteries ? Mère m'a donné une meilleure éducation que ce que vous insinuez.

— Laisse ta mère en dehors de cela.

Son père posa alors les mains sur le bureau et se leva à son tour.

— J'ai assumé la tâche difficile d'assurer ta sécurité ces dix dernières années et je n'ai pas l'intention de fléchir maintenant. Ton mariage à un goujat tel que Trevethow déshonorerait la mémoire de ta mère. C'est fini. Nous rentrons à la maison demain. Je viens de donner instruction à Margery de faire tes bagages.

— Non !

C'était mettre fin une nouvelle fois à Em et Matthew. On l'arrachait à Cassian. Penserait-il qu'elle avait changé d'avis ? Penserait-il qu'elle ne l'aimait pas ?

— Je ne m'en irai pas d'ici.

Pas avant d'avoir entendu de sa bouche qu'il ne l'aimait pas, qu'il l'avait utilisée. C'était à cette condition uniquement qu'elle accepterait que tout n'avait été que mensonges.

— Tu vas partir. Nous rentrons à la maison, nous y serons en sécurité. Il y a une épidémie de rougeole à l'hôpital militaire. La famille royale d'Hawaï l'a attrapée, le roi y compris. J'ai de plus entendu parler d'une étrange milice privée qui parcourt les rues la nuit et rend justice comme bon lui semble. Je ne veux pas que tu sois exposée à de tels dangers. Wadesbridge a écrit une nouvelle fois pour réitérer l'intérêt qu'il te porte. Je vais accepter sa proposition de mariage en ton nom. Ainsi, tu seras établie avec un homme bien sous tous rapports, qui vit près de la maison et qui ne te brisera pas le cœur.

Son père sourit alors et dit d'une voix radoucie :

— J'ai bien conscience de la déception que tu dois ressentir au moment où je te parle mais, dans quelques mois, tu comprendras que c'était la meilleure décision à prendre. Nous organiserons un grand mariage à Trescowe cet automne et tu pourras porter la robe de mariage de ta mère. Ce sera la plus grande fête que la Cornouailles ait jamais connue.

Il essayait de la calmer. Cela ne marcherait pas, cette fois.

— Pen, intervint soudain Phin pour tenter d'apaiser les tensions, Trevethow n'est pas un homme respectable.

Pen secoua la tête.

— Je t'en prie, Phin, ne t'en mêle pas. Tu ne peux pas arranger les choses. Pas cette fois.

Elle rassembla ses jupes et quitta la pièce. Elle ne voulait surtout pas qu'ils la voient pleurer. Elle ne laisserait couler les larmes qui lui piquaient les yeux que lorsqu'elle serait à l'abri des regards dans sa chambre, en espérant être capable de s'arrêter un jour. Pen en doutait fort. Elle avait le cœur brisé en mille morceaux. Elle n'avait pas été trahie par un seul homme ce jour-là mais par les trois hommes qui prétendaient l'aimer. S'il s'agissait véritablement d'amour, elle n'en voulait pas.

L'horloge du hall d'entrée du White sonna 3 heures. Redruth était en retard mais cela n'entama nullement la bonne humeur de Cassian, pas plus que ne l'avait fait la requête du comte de le rencontrer au club plutôt que dans sa résidence londonienne. Il allait épouser Pen. Il aurait retrouvé Redruth chez le tailleur si celui-ci l'avait exigé.

— Je te trouve d'humeur bien joyeuse aujourd'hui, dit Inigo en s'asseyant nonchalamment. En quel honneur affiches-tu ce sourire béat ?

— Je vais demander la main de Pen. J'ai rendez-vous avec Redruth.

Cassian avait parlé à voix basse, bien conscient de l'effet qu'une telle nouvelle aurait dans les rubriques mondaines.

— Avez-vous convenu de vous retrouver ici ? s'enquit Inigo, étonné. Ce n'est guère l'endroit rêvé pour une discussion aussi privée.

— C'est lui qui en a fait la requête mais il est en retard.

Pen avait été en retard également une fois par le passé et, finalement, elle n'était jamais arrivée. Cassian commençait à se demander s'il s'agissait d'une caractéristique familiale.

— Dans ce cas, les félicitations ne vont pas tarder à affluer, déclara Inigo en faisant signe à un serveur. En attendant, nous allons boire un verre par anticipation, et je vais en profiter pour te raconter les dernières nouvelles. En dehors de ta cour assidue à la fille de Redruth, tout le monde ne parle que de la rougeole du roi d'Hawaï et du justicier. Apparemment ce n'était pas la première fois qu'il frappait, c'est simplement la première fois que quelqu'un a rassemblé les pièces du puzzle. Très intéressant, ne penses-tu pas ? Un homme qui rend justice lui-même ?

Inigo saisit alors le verre posé sur le plateau apporté par le serveur.

— Santé, mon ami.

— Y vois-tu la moindre différence avec ce que nous faisons de notre côté ? Eaton avec son école, moi avec mon parc d'attractions, toi avec tes prêts et tes investissements, tout cela étant guidé par le principe d'améliorer les conditions de vie en Cornouailles ? Cet homme cherche juste à rendre Londres plus paisible.

Les yeux rivés sur la porte, Cassian devint songeur. Redruth pouvait arriver à tout instant. Un groupe entra et Cassian se détendit un peu avant de sentir la tension le saisir à nouveau. Ce n'était pas Redruth mais Wilmington et ses acolytes. Wilmington lui adressa un signe de tête narquois en passant et lança :

— Nous, nous ne portons pas de masques.

Quelques secondes plus tard, Inigo désigna d'un signe du menton Wilmington et son groupe assis près de la fenêtre.

— Qu'est-ce que cela signifiait ?

— Je ne sais pas. Cela fait des semaines qu'il est fâché contre Pen.

Cassian sourit en regardant par-dessus l'épaule de son ami.

— Je te prie de bien vouloir m'excuser, Inigo. Redruth vient d'arriver.

Ce n'était pas trop tôt. Le comte avait une bonne demi-heure de retard.

Inigo se leva aussitôt et tapota l'épaule de Cassian.

— Bonne chance, dans ce cas. Je vais lire mon journal dans le coin là-bas. Si tu as besoin de moi...

Cassian invita Redruth à s'asseoir et commanda des rafraîchissements.

— Vous prenez du cognac français, il me semble, dit Cassian en serrant la main du comte. Je vous remercie d'être venu. Cela me fait plaisir de vous voir.

Les règles de bienséance auraient voulu que ce soit le comte qui le remercie de le recevoir mais Cassian ne s'offusqua nullement de l'étrange inversion des rôles.

Redruth avait l'air taciturne en s'asseyant et ignora le verre de cognac que Cassian lui proposa.

— Ce ne sera pas long, lâcha-t-il d'une voix sourde.

21

Un petit frisson parcourut l'échine de Cassian. Le comte n'était certes pas réputé pour ses bonnes manières mais cela commençait à faire beaucoup : Redruth avait d'abord insisté pour le rencontrer à l'extérieur, il venait de lui asséner que le rendez-vous serait bref, ne s'était pas excusé de son retard et refusait à présent de boire un verre en sa compagnie.

Mieux valait sans doute se jeter immédiatement à l'eau. Le comte n'était visiblement pas du genre à échanger des banalités et à apprécier l'étalage de sentiments.

— Comme vous le savez, votre fille et moi sommes devenus très proches au cours de ces dernières semaines. Je me suis pris d'affection pour elle et j'ai toutes les raisons de penser que, de son côté, elle éprouve également quelque sentiment pour moi.

Quel doux euphémisme, songea Cassian en se remémorant l'après-midi précédente.

— Cette affection réciproque m'a naturellement encouragé à solliciter cette entrevue afin de vous demander la main de votre fille qui deviendra bientôt, je l'espère, ma duchesse.

Le comte lui lança alors un regard assassin. De toute évidence, il n'avait rien d'un homme accueillant favorablement une proposition de mariage pour sa fille. Cassian avait pourtant aperçu un regard chaleureux quelques semaines plus tôt. Que s'était-il passé depuis ?

— Je sais exactement ce que vous tramez, Trevethow. Votre affection ne se tourne nullement vers ma fille mais vers sa dot !

C'est son terrain et votre abominable parc d'attractions que vous convoitez. Je ne donnerai pas davantage suite à votre demande en mariage que je n'ai donné suite aux propositions que vous m'avez faites par le biais de votre Société d'aménagement du territoire, déclara-t-il en insistant sur les derniers mots qu'il venait de prononcer.

— Je dois reconnaître que j'ai un peu de mal à vous suivre, répondit Cassian d'une voix atone.

Un froid glacial s'insinua en lui. Redruth savait. Comment avait-il découvert le pot aux roses ? Ce n'était pas très important, somme toute. Ce qui préoccupait Cassian plus que tout, c'était la remise en question des sentiments qu'il éprouvait à l'égard de Pen.

— Votre fille m'a parlé du terrain hier. C'est elle qui a proposé d'en faire le site du parc d'attractions.

— Vous oubliez les loges à l'opéra, les soirées au théâtre et ces semaines de cour assidue où vous vous êtes démené pour lui faire tourner la tête. Ma fille n'a pas l'habitude des mondanités, Trevethow. Vous avez profité d'elle. Vous ne lui avez pas dit que vous l'aviez choisie uniquement pour sa dot.

— Elle est bien plus au fait des mondanités que vous ne semblez le penser. Et c'est un compliment de ma part, Lord Prideaux. C'est une belle femme, intelligente, réfléchie et pleine de gentillesse. Vous la sous-estimez.

En apercevant les regards interrogateurs lancés dans leur direction, Cassian s'efforça de parler à voix basse. Il avait bien conscience que tout le monde les observait discrètement depuis l'arrivée de Redruth. C'était l'entrevue que tout le monde attendait depuis le bal que le comte avait donné quelques semaines auparavant. Que celle-ci se tienne dans un lieu public était une aubaine pour tous ceux qui se faisaient un plaisir d'alimenter les commérages. La bonne société en ferait sans doute ses choux gras dès le début de la soirée. C'était difficile à accepter mais, à bien y réfléchir, il se faisait éconduire exactement comme son frère.

— Ma fille n'est pas pour vous, Trevethow. Je ne veux pas que ce terrain tombe entre vos mains. Vous allez corrompre notre région en y introduisant des inconnus, ce qui générera de la violence et quantité de crimes. Vous savez bien que Vauxhall n'est pas un lieu sûr. Des femmes s'y font régulièrement agresser. Sans parler des tire-laine et autres voleurs qui rôdent dans toutes les allées. Pourquoi serait-ce différent dans votre parc ? Cette affaire ne parviendra jamais à produire les résultats escomptés. Et je refuse d'associer ma fille à tout cela. Je vais être très clair avec vous, Trevethow. Votre relation est terminée. Nous ne vous recevrons ni à Byerd House ni au château. Bonne journée.

Redruth se leva alors précipitamment. Cassian fit de même. Il avait bien l'intention de rappeler au comte qu'il était lui aussi pair du royaume et qu'il ne pouvait pas le congédier aussi brutalement.

— Comment avez-vous appris qui se trouvait derrière la Société d'aménagement du territoire ? demanda-t-il, bien en peine de dissimuler les émotions qui l'assaillaient.

— Par un homme plus respectable que vous, répondit le comte en désignant Wilmington d'un signe de tête discret, avant de quitter les lieux.

Cela faisait déjà quelque temps qu'aucune bagarre n'avait éclaté au White, et Cassian avait bien l'intention de mettre un terme à cette trêve. Il allait faire la peau à Wilmington ! Le provoquer en duel, même. Jamais il ne pardonnerait à ce cuistre jaloux d'avoir causé sa perte. Et d'avoir anéanti Pen, par la même occasion. Ce vaurien qui prétendait l'aimer et avoir à cœur de servir ses meilleurs intérêts imaginait-il un seul instant le désespoir qui avait dû étreindre Pen lorsque son père lui avait appris la nouvelle ? Redruth n'avait pas dû épargner sa fille. Il lui avait probablement raconté qu'elle avait été induite en erreur par un homme expérimenté qui n'avait d'yeux que pour son terrain. Pen avait déjà émis de sérieux doutes quant à la sincérité des sentiments que Cassian éprouvait à son égard, alors il se figurait sans peine l'état dans lequel elle se trouvait. Elle pensait sans doute qu'il ne l'aimait pas, qu'il ne l'avait jamais aimée et qu'il l'avait couchée dans son lit uniquement pour parvenir à ses fins.

La merveilleuse après-midi qu'ils avaient passée ensemble

semblait désormais scandaleuse. Non seulement Pen avait le cœur brisé et avait perdu toute confiance en lui mais elle avait offert sa virginité à un homme que son père lui interdisait d'épouser. Cassian regrettait maintenant amèrement de ne pas avoir pris de précautions. Il ne lui restait plus qu'à espérer que Pen ne porterait pas son enfant. Jamais il n'aurait accepté de coucher Pen dans son lit s'il avait eu le moindre doute. Il était si sûr de lui. De leur amour. Il croisa alors le regard de Wilmington qui lui adressa aussitôt un petit sourire narquois. Son sang ne fit qu'un tour. Wilmington allait payer pour ce qu'il lui avait fait. Cassian se leva précipitamment et se dirigea à grands pas vers lui.

Mais Inigo lui barrait déjà la route.

— Ne fais pas ça, Cass, dit-il à mi-voix, une main sur sa poitrine.

— Ne fais pas quoi ? gronda Cassian.

— N'aggrave pas la situation, Cass. Tu ne peux pas te bagarrer ici. N'oublie pas qui tu es. Tu es le fils d'un duc. Et ce minable ne t'arrive pas à la cheville.

— C'est de Pen qu'il s'agit, Inigo. Ce qu'il lui a fait est intolérable.

Il tenta de passer en force mais Inigo tint sa position sans bouger d'un centimètre.

— Cass, tu ne peux pas te bagarrer ici et tu ne provoqueras personne en duel. C'est illégal.

— Personne ne me condamnera si je me fais prendre.

— Réfléchis un peu. Tu pourrais tout aussi bien te faire tuer !

— Par Wilmington ? Laisse-moi rire. Je n'ai pas peur de cet avorton.

— Écoute-moi, Cass. Tu es en colère. Tu n'as pas les idées claires. Allons boire un verre ailleurs et nous pourrons en discuter autant que tu le désires. Tu ne peux pas provoquer un homme en duel sous prétexte qu'il a dit la vérité. Il n'a pas raconté de mensonges à Redruth. Wilmington n'est qu'un symptôme du problème. Ce n'est pas lui le problème. Que résoudrais-tu en te battant en duel avec lui ?

Gagné peu à peu par la raison, Cassian poussa un gros soupir.

— Allons dans mes appartements, suggéra Inigo, nous y serons au calme.

Les appartements d'Inigo, dans Jermyn Street, étaient bien trop calmes pour Cassian. Il s'entendait littéralement penser. Et une seule pensée tournait en boucle dans sa tête. Il avait perdu Pen. Plus il y songeait et plus cette idée avait un effet dévastateur sur lui. Il n'avait pas simplement perdu le terrain qu'il convoitait. Il pensait à peine au terrain, pour tout dire. Il l'avait perdue à jamais. Il avait tout perdu. Sa confiance, son affection, son rire et sa passion pour l'existence.

— Elle m'a accordé une seconde chance et j'ai échoué. Elle va me détester.

Cassian se laissa tomber dans un fauteuil sans toucher à l'excellent cognac qu'Inigo venait de lui servir.

— Mon père avait raison, comme toujours. J'aurais dû lui parler de ce terrain.

Quel idiot ! En choisissant la solution de facilité, il s'était trompé sur toute la ligne.

— Laisse-la se calmer un peu, Cass. Passe la voir demain matin. Si tu l'aimes vraiment, tu ne peux pas laisser Redruth décider de ton avenir avec elle. Qui sait, peut-être même que tu réussiras à convaincre le comte que tu aimes sa fille.

— Il refusera de me laisser entrer. Il me l'a dit textuellement lorsqu'il a pris congé de moi tout à l'heure. Je ne suis plus le bienvenu.

— Envoie un message à Pen, dans ce cas. Elle va se ronger les sangs. Ne laisse pas Redruth vous séparer.

Cassian voyait bien que son ami faisait tout ce qui était en son pouvoir pour alléger sa souffrance, mais ce qu'il proposait n'avait aucune chance d'aboutir si Pen n'avait plus confiance en lui. Pen le prenait sans doute pour un fieffé menteur qui lui avait débité mensonge sur mensonge dans l'espoir d'obtenir son terrain. Cassian esquissa néanmoins un petit sourire pour exprimer sa gratitude à son ami.

— Merci, Inigo.

— De quoi veux-tu me remercier ?

— De m'avoir empêché de flanquer mon poing dans la figure

de Wilmington et de provoquer un terrible scandale. Mon entrevue avec Redruth fera suffisamment de vagues comme cela.

— C'est à cela que servent les amis, Cass. Et si nous allions ensemble voir la comédie musicale que Trevelen organise chaque mois ? Vennor sera également présent et cela t'aidera à chasser tes idées sombres. Ne reste pas seul à broyer du noir. Tu la verras demain.

C'était pourtant précisément ce que Cassian avait envie de faire. Se morfondre dans ses appartements et s'abandonner au désespoir qui le transperçait de part en part. Il n'allait tout de même pas la perdre juste au moment où il était parvenu à la reconquérir ! Il laissa échapper un petit grognement malgré lui.

— Sortir est la dernière chose dont j'ai envie, Inigo.

— C'est pourtant ce que tu as de mieux à faire. Tu vas faire taire les commérages et montrer que tu ne pars pas battu d'avance. Je vais envoyer mon valet de chambre récupérer tes affaires à l'Albany. Tout le monde te pense fini, mais tu vas faire tout ton possible pour rattraper la situation.

Cassian savait au fond de lui qu'il allait se battre pour Pen. Même si cela impliquait de renoncer au terrain. Les propos pleins de sagesse que son père lui avait tenus lui revinrent tout à coup. Il ne devait pas laisser son rêve le consumer et l'aveugler au point de ne plus distinguer l'essentiel de l'accessoire.

Cette fois, tout était terminé, songea Pen en regardant défiler à travers la vitre de la voiture les routes sales et les paysages de campagne qui avaient succédé aux belles avenues londoniennes. La veille au soir, Cassian était sorti prendre du bon temps. Les journaux du matin s'en étaient fait l'écho. Sa tante pensait que la lecture des dernières informations leur ferait passer le temps. Pen aurait sans doute préféré ne rien savoir.

> *Le vicomte T. assistait à une comédie musicale chez Sir J. T. quelques heures seulement après une entrevue tendue avec le comte de R. au White.*

Selon nos sources, le vicomte T. et Lady P. ont officiellement rompu.

Le vicomte s'intéresserait désormais aux nombreuses filles célibataires de Sir J. T.

Pour l'amour du ciel, de quel droit les rubriques mondaines étalaient-elles ainsi les faits et gestes de chacun ?

Elle n'avait qu'à s'en prendre à elle-même, après tout. Comment avait-elle pu se méprendre ainsi sur le compte de Cassian ? Deux fois de suite, qui plus était. Elle ne pouvait se confier à personne. Pas même à Margery qui se trouvait avec les autres domestiques dans la deuxième voiture. Quant à Phin, il faisait le trajet à cheval en compagnie de son père. Pen n'avait nullement l'intention de lui ouvrir son cœur, cela dit. Quel terrible gâchis ! C'était son père qui en était responsable. Ainsi que Wilmington. Les hommes saccageaient une nouvelle fois sa vie en émettant des hypothèses sur ses désirs et ses besoins. Sans oublier Wadesbridge qu'elle devait se préparer à affronter prochainement. Son père semblait plus déterminé que jamais à voir ce mariage se concrétiser. Pen ne voulait pourtant pas épouser Wadesbridge. Elle ne voulait épouser personne.

Son cœur la rappela aussitôt à l'ordre. Elle ne disait pas la vérité. Elle désirait toujours épouser Cassian. Elle jouait d'ailleurs à un jeu très dangereux qui devait prendre fin à l'heure du déjeuner, c'était le délai qu'elle s'était fixé : accepterait-elle de l'épouser, malgré tout ce qu'elle savait, s'il apparaissait tout à coup à côté de la voiture et lui demandait de s'enfuir avec lui ? L'existence à ses côtés en valait-elle la peine ? À moins que son père n'ait raison… Une fois que Cassian obtiendrait le terrain, il l'oublierait et la négligerait sans plus jamais chercher à l'éblouir.

Cela valait-il la peine de défier son père ? C'était un risque énorme à prendre, un risque tout hypothétique par ailleurs. Ils venaient de s'arrêter pour déjeuner, et il n'y avait nulle trace de Cassian. Même si tout rappelait sa présence à Pen. La lande où elle s'était installée ressemblait tant à l'endroit où ils avaient pique-niqué ensemble avec Oscar. Lui aussi lui manquait. Le reverrait-elle un jour ? Les larmes se mirent à couler le long de ses joues. Mieux valait pleurer à l'abri des regards que d'entendre une nouvelle fois que Cassian n'était pas digne de ses larmes.

Elle ne pouvait pas leur raconter ce qu'elle avait vécu à ses côtés, la douce rêverie qu'elle pensait avoir partagée avec lui. Tout lui avait paru tellement réel. Jamais elle ne s'était sentie aussi vivante. Elle lui avait donné son cœur, son corps et toute son âme. Lorsque Cassian se trouvait à ses côtés, elle avait l'impression de tout découvrir pour la première fois. Il la faisait rire, la faisait réfléchir, lui faisait éprouver des émotions inconnues jusque-là. Le monde semblait plus lumineux. N'avait-il pas ressenti la même chose ? C'était pourtant ce qu'il avait prétendu. Il lui avait parlé de son frère, lui avait confié qu'il se sentait coupable de sa mort. Ce n'était pas le genre de choses qu'on partageait avec tout le monde. Comment se convaincre alors que Cassian ne l'aimait pas ? Avait-il partagé toutes ces choses avec elle uniquement dans l'espoir d'obtenir le terrain dont il avait besoin pour créer son parc d'attractions ?

Pen s'assit au milieu de la prairie, cueillit quelques pâquerettes et se mit à jouer à un nouveau jeu, un jeu plus dangereux encore que celui auquel elle avait joué dans la voiture : s'il l'aimait, il ne l'abandonnerait pas et viendrait la chercher. Il se trouvait peut-être à Byerd House à présent et venait à peine de découvrir qu'elle avait quitté la ville. Il saurait alors qu'elle était rentrée chez elle. Tout n'était pas perdu. Les choses étaient moins catastrophiques que lors de son départ de Cornouailles car Cassian ne connaissait pas son identité alors et ne savait pas où orienter ses recherches. Il avait quantité d'informations à sa disposition cette fois. Il viendrait. S'il l'aimait vraiment, il viendrait. Et s'il ne venait pas, elle devrait reconnaître que c'était son père qui avait raison. Il ne l'avait pas aimée. C'était uniquement le terrain qu'elle possédait qui l'intéressait, et il était prêt à tout pour en faire l'acquisition.

Pen se mit à effeuiller une pâquerette. S'il m'aime, il viendra. Elle poursuivit avec un autre pétale. S'il ne m'aime pas… Il ne viendrait pas, dans ce cas. C'était aussi simple que cela.

La première journée du voyage se déroula sans le moindre signe de Cassian. Cela n'avait rien d'étonnant. Il avait besoin de temps pour les rattraper. La deuxième journée se termina de la même façon, et Pen songea qu'il ne pouvait quitter la ville aussi facilement. Il avait des affaires à conclure, des adieux à faire, des projets à annuler. Le même raisonnement prévalut les troisième et quatrième jours et les jours suivants, si bien qu'une semaine de voyage plus tard, Pen était de retour chez elle. Le mois de juillet touchait déjà à sa fin. Une douce chaleur régnait en Cornouailles, et la mer paraissait incroyablement bleue depuis les falaises de ses trente-deux acres arides. Chaque fois qu'elle se tenait là, Pen pensait au parc d'attractions de Cassian, à sa montagne russe lancée à toute vitesse en surplomb. Ce n'était pas uniquement le rêve de Cassian. Ils en avaient tellement parlé tous les deux durant les semaines qu'ils avaient passées ensemble que c'était également devenu son rêve.

Pen cueillit une pâquerette. S'il m'aime, il viendra. S'il ne m'aime pas...

Il allait bien finir par venir.

Le problème avec ce genre de jeux, c'était qu'il leur fallait un délai de prescription pour avoir une quelconque signification. Car, lorsque la saison mondaine prendrait fin, Cassian rentrerait en Cornouailles. Mais cela ne signifierait pas qu'il l'aimait. Cela voudrait simplement dire que l'heure était venue pour lui de rentrer chez lui. Dans ce cas, le test n'aurait aucune valeur.

Pen se débarrassa brusquement de la fleur effeuillée. Elle était devenue un vrai fléau pour les pâquerettes. Peut-être que le jeu auquel elle jouait ne signifiait déjà plus rien. Il lui faudrait bientôt abandonner ce jeu de dupes et affronter la réalité. Wadesbridge la courtisait sérieusement. Il était passé la veille lui déposer un énorme bouquet de roses. Pen commençait vraiment à être à court d'arguments. Pourquoi ne l'épousait-elle pas ? Wadesbridge ne risquait pas de lui briser le cœur, c'était déjà un bon point. Mais ce pauvre organe piétiné n'était pas encore prêt à se rendre. Si elle attendait suffisamment longtemps, Cassian viendrait.

Mais dans quel but reviendrait-il ? Pour lui briser le cœur une nouvelle fois ou pour la demander en mariage et lui prouver que ces semaines de souffrance résultaient des manigances de Wilmington ? Tout ne s'effacerait pas d'un coup de baguette magique. Peut-être devait-elle enfin accepter son triste sort ? Tant que Cassian la laisserait sans nouvelles, elle n'aurait pas de réponses à ces questions vertigineuses.

22

Le roi d'Hawaï et son épouse ayant succombé à la rougeole, Cassian fut dans l'impossibilité de quitter Londres. Leurs dépouilles reposaient au Caledonian Hotel en attendant les funérailles qui devaient se dérouler dans la crypte de St. Martin-in-the-Fields. Cela faisait quasiment une semaine que Cassian s'impatientait. Le roi George IV avait exigé que toute la bonne société londonienne assiste à l'enterrement du couple royal pour honorer leur mémoire. Probablement pour se racheter du piètre accueil qu'il lui avait réservé de son vivant. Car, à force de repousser l'échéance, la rencontre n'avait finalement jamais eu lieu. Il ne s'agissait pas de véritables funérailles – la dépouille du roi d'Hawaï et celle de son épouse seraient en effet rapatriées ultérieurement dans leur archipel –, mais Cassian ne pouvait échapper aux injonctions du roi.

Les funérailles eurent enfin lieu, et Cassian faisait donc partie ce jour-là de la fine fleur londonienne qui accompagnait le roi George IV pour rendre un dernier hommage au couple royal hawaïen.

Alors qu'il écoutait l'office religieux, l'ironie de la situation frappa Cassian en plein cœur. Il assistait à des funérailles dans l'église où, quelques jours plus tôt, il espérait encore célébrer ses noces. Les funérailles s'accordaient parfaitement à son état émotionnel. Il se sentait mort à l'intérieur depuis le matin où il s'était rendu à Byerd House pour découvrir que Pen avait quitté la ville. Ils étaient tous partis. Ne restaient que quelques domestiques chargés de fermer la maison. Pen était partie sans prévenir et ne lui avait laissé aucun message. Il ne la blâmait pas. Elle devait être furieuse contre lui. Sans compter qu'elle n'avait certainement pas eu le choix. C'était son père qui prenait toutes les décisions la concernant, celui-ci le lui avait clairement fait comprendre lors de leur entrevue au White.

Il lui avait écrit, bien entendu, mais ses lettres lui avaient été retournées sans même avoir été lues. Comment savoir si elle en avait été informée ? Qui avait pris la décision de lui retourner ses lettres ? Cette incertitude n'apportait nul réconfort à Cassian. Pen pensait peut-être qu'il était passé à autre chose.

Rien n'aurait pu être plus éloigné de la réalité. Comme il se languissait d'elle ! Il aurait tellement voulu lui parler de Kamehameha. Elle aurait sans doute pleuré sa disparition. Elle s'était sincèrement prise d'affection pour le roi d'Hawaï et son épouse. Il avait également envie de lui raconter les histoires qui circulaient au sujet du justicier qui sévissait à Londres depuis quelque temps. Ou de se promener sur la plage de Karrek Sands avec elle. Ou de la retrouver dans la chaumière pour lui faire l'amour toute l'après-midi. Inigo lui donna soudain un petit coup de coude.

— Quelles que soient les pensées qui t'animent, elles ne me semblent guère appropriées à l'événement, l'admonesta-t-il en plaisantant à moitié. Cela dit, ajouta-t-il dans un murmure, je suis heureux de te voir sourire.

— Je partirai en Cornouailles dès que cet office religieux prendra fin.

— Sans te soucier de la façon dont tu seras reçu ?

— Oui. J'ai besoin de savoir si j'ai la moindre chance de la reconquérir.

— Et que fais-tu du terrain ? demanda Inigo, s'octroyant au passage un regard courroucé de Vennor.

— Sans elle, ce parc n'a aucun sens. Il est temps pour moi d'abandonner ce rêve. Il ne m'a attiré que des problèmes.

Ce projet de parc d'attractions l'avait changé. Et le résultat n'était pas beau à voir. Il s'était laissé enchaîner au passé sans s'en rendre compte. Son rêve avait pris les rênes de son existence mais ne l'avait nullement libéré. Ce rêve l'avait au contraire rendu captif exactement comme Redruth l'était en cherchant à honorer la mémoire de son épouse.

— La seule façon de convaincre Pen et son père que je la courtise uniquement par amour, c'est d'abandonner le terrain.

S'il renonçait à avoir le moindre droit sur ce terrain, il avait peut-être une chance. Il allait repartir en Cornouailles à cheval, se présenter à Castle Byerd et déclarer sa flamme à la femme de sa vie.

— Que fais-tu de ton rêve ? demanda Inigo.

— Il est comme le roi, mort et bientôt enterré. Mon rêve, c'est Pen à présent. Je trouverai un autre moyen d'aider l'économie. J'espère que Richard Penlerick comprend ma décision, où qu'il soit.

— Mon père avait foi en l'amour plus que tout, murmura alors Vennor en lui pressant la main.

Cassian se mit à espérer que Pen croyait elle aussi en l'amour. Mais lui accorderait-elle une troisième chance ? Il avait choisi l'amour. Il se disait qu'il n'était peut-être pas trop tard et que l'amour le choisirait à son tour.

La fin était proche. La patience dont son père avait fait preuve jusqu'alors avait atteint ses limites. Cela signifiait la fin de la liberté pour Pen. Tout espoir s'était envolé. Le jeu qu'elle s'était inventé était bientôt terminé, songea-t-elle alors qu'elle se trouvait sur un banc en pierre dans l'enceinte de Castle Byerd et que le fidèle Wadesbridge venait de se jeter à ses genoux.

Ne pouvait-il lui accorder un jour supplémentaire ? Cela aurait peut-être fait toute la différence. Mais tout cela était vain. Pen en avait bien conscience. Son père lui avait clairement fait comprendre que le moment était venu de passer à autre chose. Elle avait eu tout un mois pour mettre de côté les sentiments qu'elle éprouvait envers Cassian et affronter le double jeu dont il s'était rendu coupable. Son père l'avait également prévenue que Wadesbridge venait ce jour-là. Il avait apporté d'autres roses et était resté enfermé dans le bureau du comte une bonne partie de l'après-midi.

— Ma chère Penrose, commença-t-il, il n'a pas pu échapper à votre attention que je vous tiens en haute estime.

Cela était, en effet, impossible. Pour tout dire, Pen ne voyait pas comment il aurait pu se montrer plus attentionné envers elle. Alors pourquoi ne parvenait-elle pas à éprouver la moindre affection à son égard ? C'était un homme bien. Un homme gentil. Cela dit, personne n'était méchant au fond. Ils avaient tous des désirs différents, voilà tout. Son père voulait qu'elle se marie et vive en sécurité. Wadesbridge voulait l'épouser mais, elle, elle voulait épouser Cassian. Mais que désirait Cassian ? Avait-il seulement désiré le terrain ? Était-ce la raison pour laquelle il n'était pas venu ? Est-ce que quelque chose l'avait retenu ? Pensait-il qu'elle ne voulait plus de lui à présent ?

— Me ferez-vous l'honneur de devenir ma femme ?

Wadesbridge était arrivé au moment critique de sa demande en mariage. Pen comprit alors qu'elle avait atteint le point de non-retour. Elle devait prendre une décision. Il lui pressa alors la main.

— Je n'ai pas la prétention de croire que je suis l'homme que vous désirez. Je suis plus âgé que vous et mène une existence plus calme que vos soupirants à Londres. Je peux néanmoins vous offrir une belle existence. Nous pourrions fonder une famille. Je ne suis pas âgé au point de ne plus désirer cela. Vous ne manquerez de rien, je vous le promets.

Rien, excepté la passion, l'excitation et la liberté, songea Pen. Mais peut-être toutes ces choses étaient-elles largement surestimées. Il suffisait de voir ce qui lui était arrivé lorsqu'elle s'y était adonnée. Qu'avait-elle à montrer à présent ? Un cœur brisé. Elle devait absolument cesser de vivre dans un monde chimérique et pour des chimères. Cassian n'était pas là. Il n'était pas venu. Elle devait passer à autre chose. Elle aurait pu plus mal tomber. Si elle acceptait la demande en mariage de Wadesbridge, la recherche éperdue d'un mari prendrait fin, son père serait ravi et, avec le temps, elle y trouverait peut-être son compte. Peut-être s'en contenterait-elle ? Peut-être finirait-elle par oublier Cassian ? Combien de temps pouvait-elle encore s'accrocher à cet espoir avant que le ridicule ne la rattrape ? Avant de laisser passer sa chance de vivre en compagnie d'un homme gentil au lieu de s'accrocher à cette romance qui n'avait existé que dans son esprit ? Elle devait accepter la demande en mariage d'un de ses soupirants. Pourquoi pas Wadesbridge ?

Elle ouvrit la bouche, et sa voix se mit à trembloter. Il penserait probablement que cela était dû à sa nervosité de jeune fille.

— C'est un grand honneur que vous m'accordez, Sir Wadesbridge. J'accepte votre proposition avec la plus grande gratitude.

Wadesbridge afficha aussitôt un large sourire.

— Dois-je en informer immédiatement votre père ? Que préféreriez-vous pour nos fiançailles ? Une période de deux mois vous conviendrait-elle ? Nous pourrions organiser nos noces en octobre. Cela me laisserait le temps de préparer ma maison et de vous accueillir dans les meilleures conditions. À moins que vous n'ayez envie de vous en charger vous-même ?

Il partit alors d'un petit rire nerveux. Wadesbridge tenait manifestement à lui faire plaisir. Quel dommage qu'elle ne l'aime pas ! songea Pen. Cet homme prendrait soin d'elle.

— Faites comme bon vous semblera, balbutia-t-elle, cela me conviendra parfaitement.

Maintenant qu'elle avait accepté de devenir son épouse, il n'y avait plus aucune raison qu'elle se batte. Elle s'en remettait désormais à son triste sort et accepterait tout ce qu'on lui suggérerait.

La porte vitrée à deux vantaux s'ouvrit brusquement sur le jardin, et son père se dirigea vers eux à grands pas, un large sourire aux lèvres.

— Avez-vous une grande nouvelle à m'annoncer ?

— Effectivement, répondit Wadesbridge en souriant, l'air radieux. Penrose a accepté de devenir ma femme. Je suis le plus heureux des hommes.

Son père serra aussitôt la main de Wadesbridge puis prit Pen dans ses bras avec une joie manifeste.

— Nous allons célébrer cette excellente nouvelle autour d'un dîner. Nous servirons du champagne et peut-être même que Cook pourra nous concocter une petite douceur pour le dessert.

Pen s'efforça d'afficher un sourire de circonstance.

— Si vous voulez bien m'excuser, j'aimerais faire une petite promenade avant le dîner, dit-elle dans un souffle.

Elle avait quelque chose à régler avant de s'engager dans la voie qu'elle venait de choisir à contrecœur.

— Entendu, lui dit son père en jetant un coup d'œil inquiet en direction du ciel, mais reste dans l'enceinte du château. Je crains que le temps ne tourne à la pluie avant le dîner.

— Je ne m'éloignerai pas, promit Pen, les yeux rivés au sol.

Un mensonge éhonté de plus. Elle avait bien l'intention de s'aventurer au-delà du mur d'enceinte du château. Une fois dans sa chambre, elle saisit un châle et fourra son cœur en verre dans un petit sac fermé par un cordon.

La chaumière était en tout point identique aux souvenirs que Pen gardait de cette merveilleuse parenthèse. À peine eut-elle ouvert la porte que tous ses sens se mirent en éveil. Quelques effluves de la lavande qu'elle avait apportée le dernier jour vinrent lui chatouiller les narines. Elle aperçut ensuite les cendres dans l'âtre puis caressa du bout des doigts la fine couverture sur le lit. Chaque recoin de la pièce lui rappelait un souvenir. Elle se remémora ainsi les tourtes à la viande qu'elle partageait avec Cassian devant la cheminée. Comme elle aimait le regarder préparer le feu les jours de pluie ! Sans parler des délicieuses après-midi où ils s'allongeaient l'un contre l'autre sur le lit en se murmurant leurs rêves les plus fous. Près de la fenêtre se trouvait la table recouverte de la nappe défraîchie. Pen aperçut alors le bouquet de lavande fanée dans le vase ébréché. Elle plissa les yeux tout à coup. Un message avait été posé contre le vase.

Pen s'élança vers la table, le cœur battant furieusement contre sa poitrine. Cassian était-il venu ? Était-il rentré en Cornouailles ? Peut-être n'avait-il trouvé d'autre moyen pour communiquer avec elle. Elle déplia aussitôt le message et lut la lettre en diagonale, ses espoirs vite déçus. Le message avait été écrit en avril après son départ. Cassian n'était pas là. Plus maintenant.

Pen s'assit sur une chaise et lut plus lentement.

Ma chère Em,

L'époque où Matthew et Em se retrouvaient en secret lui parut extrêmement lointaine, tout à coup.

Qui que vous soyez, où que vous soyez, sachez que vous portez mon amour.

Je suis parti à Londres faire mon devoir, mais mon cœur demeure ici avec vous dans cette chaumière.

Pen laissa couler les larmes qui lui mouillèrent immédiatement les yeux. Elle avait bien le droit de pleurer une dernière fois. Elle avait tout perdu. Cassian lui avait donc dit la vérité lorsqu'ils s'étaient parlé dans la bibliothèque le soir du bal. Matthew avait aimé Em. C'était déjà une consolation. Dans ce cas, peut-être que Cassian avait aimé Pen... Mais pourquoi n'était-il pas venu la retrouver ? Pourquoi ne lui avait-il pas envoyé de lettres ? Et pourquoi ne lui avait-il pas parlé du terrain qu'il convoitait lorsqu'il avait compris qui elle était le soir du bal ? Tout aurait pu être si différent. Il ne s'était pas battu pour elle, et il était trop tard pour changer le cours des choses à présent. Elle ne saurait sans doute jamais ce qui était arrivé. Pen laissa le message sur la table et déposa son cœur en verre juste à côté. Cette chaumière serait leur sanctuaire. Elle laissait son cœur à côté du sien. C'était certainement mieux ainsi. À quoi bon se torturer en se remémorant tous les bons moments passés avec lui ? Elle devait laisser partir Matthew et Cassian. Elle ne pouvait pas garder l'un sans l'autre.

Sur le seuil de la porte, elle s'immobilisa et murmura :

— Au revoir, Matthew.

Lorsqu'elle se sentirait plus forte et que la souffrance associée à cette période aurait laissé place à la nostalgie, elle reviendrait peut-être dans la chaumière réactiver ses souvenirs. Pour l'heure, elle devait rentrer chez elle et assister à la fête que son père organisait pour célébrer ses fiançailles.

Cassian était presque arrivé chez lui. Par chance, les routes étaient sèches et il avait bénéficié d'un temps clément depuis son départ de Londres. Mais, à en juger par les nuages qui commençaient à s'amonceler au loin, cela n'allait pas durer. Il ne tarderait pas à pleuvoir. Il enfonça son chapeau sur la tête et éperonna son cheval en direction de Castle Byerd. Il allait rendre une petite visite à Redruth. Il n'y avait plus un instant à perdre. Peu importait si le trajet l'avait épuisé et s'il n'était guère présentable. Mais, avant cela, il voulait passer à la chaumière récupérer le message qu'il y avait laissé en avril. C'était l'unique preuve dont il disposait pour justifier que son cœur avait toujours été sincère.

Lorsqu'il aperçut enfin les falaises, il tira doucement sur les rênes de son cheval pour lui indiquer qu'ils quittaient la route et allaient s'engager sur le chemin de terre qui menait à la chaumière. Un éclair fulgurant vint alors zébrer le ciel à l'horizon. L'orage n'allait pas tarder à éclater. Il avait tout juste le temps de faire ce qu'il avait en tête. Une fois qu'il eut franchi le seuil de la porte, il se précipita en direction de la table mais s'immobilisa brusquement en voyant son message déplié et le cœur en verre qu'il avait offert à Pen posé juste à côté. Elle était venue ! Cassian ramassa aussitôt le pendentif et fit glisser son pouce sur sa surface incroyablement lisse, perdu dans ses pensées. Pourquoi l'avait-elle laissé là ? Était-ce en guise d'au revoir ? Essayait-elle de faire table rase du passé ou tentait-elle au contraire de lui envoyer un message ? Une multitude de questions se mirent à tournoyer dans sa tête. Il devait garder espoir. Qu'elle soit venue ici signifiait qu'elle n'avait rien oublié.

L'esprit de Cassian se mit à bouillonner. Et si elle revenait ? Il devait à son tour lui laisser une trace de son passage. Il se précipita à l'extérieur de la chaumière. Une grosse goutte de pluie vint s'écraser sur l'arête de son nez alors qu'il commençait à cueillir un bouquet de fleurs sauvages. Il se dirigea ensuite vers son cheval pour s'emparer du cruchon d'eau fraîche dissimulé sous sa selle. Une fois à l'intérieur, il mit de côté la lavande, versa de l'eau dans le vase ébréché et arrangea les fleurs du mieux qu'il put. Si Pen revenait dans la chaumière, elle comprendrait. Il fourra la note et le pendentif dans la poche intérieure de sa veste et se mit en route pour Castle Byerd. Avec un peu de chance, il pourrait lui rapporter ces deux objets.

Lorsque Cassian arriva au château, il était trempé jusqu'aux os et dégoulinait de la tête aux pieds. Une pluie torrentielle s'était abattue sur lui à mi-chemin. Il confia son cheval à un valet d'écurie et gravit précipitamment les marches qui menaient à la porte d'entrée. Il frappa fort contre la porte pour être entendu malgré la tempête qui sévissait et mit un pied en avant lorsqu'un domestique vint ouvrir.

— Que voulez-vous ?

Le valet de pied lui jeta un regard désapprobateur. Un formidable coup de tonnerre éclata alors à quelque distance. Cassian éleva la voix.

— Je suis Lord Trevethow de Hayle. Je voudrais m'entretenir avec le comte de Redruth.

— Je suis désolé, milord, mais la famille ne reçoit aucune visite ce soir.

Cassian eut juste le temps de coincer son pied dans l'embrasure de la porte avant que celle-ci ne se claque.

— J'ai l'impression que vous ne m'avez pas bien entendu. Je suis le vicomte Trevethow.

— Laissez-le entrer mais il ne restera pas, dit quelqu'un derrière le domestique.

La porte s'ouvrit juste assez pour le laisser entrer et Cassian pénétra dans le château sans se soucier du regard lourd de reproches que lui décocha le domestique en raison de la flaque d'eau qui se formait à ses pieds.

— Bonsoir, Redruth.

Ce dernier ignora ses salutations.

— Je pensais pourtant avoir été clair avec vous. Vous n'êtes pas le bienvenu chez moi, que ce soit ici ou à Londres.

— Où est Pen ? J'ai quelque chose à lui dire. Si elle préfère ne pas me recevoir, je m'en irai aussitôt.

C'était une manœuvre un peu risquée mais, désormais, Cassian n'avait plus rien à perdre. Pen s'était rendue dans la chaumière. Cela signifiait nécessairement quelque chose.

— Elle n'est pas disponible actuellement.

Redruth lui lança alors un regard revanchard.

— Nous célébrons en famille ses fiançailles avec Lord Wadesbridge.

— Je veux la voir.

Cassian se sentit vaciller sous le coup de l'émotion. Pen se fiançait ? Ce n'était pas ainsi qu'il avait imaginé les choses. Il avait fait le trajet aussi vite que possible et elle avait lu son message. Ils étaient censés se réconcilier.

Un large sourire victorieux vint s'afficher sur les lèvres du comte.

— Vous voyez, peu importe ce que vous aviez à lui dire, vous arrivez trop tard.

— Milord, dit une voix derrière le comte.

— Qu'y a-t-il ? demanda-t-il sèchement.

La servante qui se trouvait juste derrière lui se recroquevilla nerveusement.

— Lady Penrose n'est pas dans sa chambre, milord. Nous l'avons cherchée partout. Elle est introuvable.

— Introuvable ? Que voulez-vous dire ? Est-elle revenue de sa promenade ? Elle était dans l'enceinte du château. Quelqu'un est-il allé voir dans le jardin ?

La servante avait toute l'attention de Redruth à présent. Peu importaient ses manières souvent abruptes, visiblement cet homme aimait ses enfants d'un amour inconditionnel.

— Oui, milord. Elle est revenue de sa promenade, mais lorsque sa femme de chambre est montée pour l'aider à s'habiller avant le dîner, elle avait une nouvelle fois disparu.

— Allez me chercher sa femme de chambre, aboya le comte alors qu'un coup de tonnerre retentissait au-dessus de leur tête.

Lorsque cette dernière se présenta, elle récita sa leçon d'une voix essoufflée sans lâcher Cassian des yeux.

— Elle est rentrée de sa promenade, milord, mais elle semblait très triste. Elle m'a demandé de la laisser seule avant de se préparer pour le dîner. Elle m'a dit qu'elle voulait s'allonger un peu. Lorsque je suis revenue une demi-heure plus tard, elle avait disparu.

Un nouveau coup de tonnerre éclata avec fracas, et Cassian commença à s'impatienter. La femme de chambre de Pen ne leur disait manifestement pas toute la vérité.

— Avez-vous remarqué la disparition d'objets personnels ? A-t-elle emporté quelque chose avec elle ? demanda Cassian.

La femme de chambre lui jeta un regard inquiet, tiraillée par un conflit de loyauté. Devait-elle protéger sa maîtresse ou faire son devoir en répondant aux questions pressantes que lui posaient ses supérieurs ?

— Je ne sais pas, bégaya-t-elle. Peut-être.

— Ce n'est pas une réponse ! gronda Cassian. Lady Penrose court de graves dangers si elle est dehors par un temps pareil. Ce n'est pas le moment de faire des cachotteries ! Qu'est-ce qui a disparu dans la chambre ?

La domestique le regarda droit dans les yeux.

— Une cape et une robe qu'elle met lorsqu'elle va se promener dehors. Ses bijoux. Sa brosse à cheveux. Et d'autres petites choses sans importance.

— Je vous remercie, dit Cassian en hochant la tête.

Pen avait disparu sous l'identité d'Em et elle avait emporté quelques objets personnels qui pourraient servir de monnaie d'échange. Elle n'avait pas l'intention de revenir. Cassian n'attendit pas d'instructions supplémentaires. Il était en train d'ouvrir la porte d'entrée lorsqu'un nouveau coup de tonnerre éclata.

— Où pensez-vous aller ainsi ? demanda le comte derrière lui.

— Je pars à la recherche de Pen. Il fait nuit et il pleut des trombes d'eau. Rassemblez autant d'hommes que vous le pouvez.

C'est certainement le pire orage de la saison, et la femme que j'aime se trouve au beau milieu de cette tempête.

Il n'y avait pas de temps à perdre. Cassian demanda son cheval, qui avait à peine eu le temps de s'abreuver.

— Je suis désolé, mon vieux, dit-il en se hissant sur la selle, mais elle est dehors et elle va avoir besoin de nous.

Par un temps pareil, il préférait enfourcher son propre cheval malgré l'évidente fatigue de l'animal. Ajax avait le pied sûr dans la boue de Cornouailles et il était solide. Les éclairs et les coups de tonnerre ne l'effrayaient pas particulièrement et il pouvait porter deux cavaliers.

Cassian éperonna Ajax pour qu'il galope vers l'est, en direction des falaises. C'était probablement là qu'elle s'était réfugiée. Il ne lui restait plus qu'à espérer qu'elle ait trouvé une grotte pour s'abriter. Cela lui vrillait le cœur de penser que Pen était dehors par un temps pareil, trempée jusqu'aux os, sans voir clairement où elle mettait les pieds. Elle risquait de se tordre la cheville ou de trébucher. Peut-être était-elle tombée dans un fossé et ne parvenait-elle pas à se relever avec toute cette boue. Mieux valait l'imaginer dans une grotte, assise devant un bon feu qui la réchaufferait.

Cassian dut rapidement rebrousser chemin. Le véritable déluge qui s'abattait sur les falaises avait provoqué un glissement de terrain qui l'empêchait de progresser dans cette direction. Il devait absolument revoir ses plans. Où Pen avait-elle pu chercher refuge ? Elle ne pouvait pas marcher par un temps pareil. Ni demander l'hospitalité à quiconque si elle ne voulait pas que son père la retrouve facilement. Il était inutile de parcourir les villages environnants, dans ce cas. D'autant que Redruth et Wadesbridge allaient sans doute y concentrer leurs recherches. Peut-être qu'elle n'avait pas eu d'autre choix. Mais, dans le cas contraire, quelle autre direction avait-elle pu prendre ?

La chaumière ! Bien sûr ! Quel meilleur abri aurait-elle pu espérer ? Elle y trouverait du bois pour faire un bon feu, un lit pour se reposer et un toit qui ne fuyait pas. La chaumière avait en outre l'avantage d'être située à l'écart de la route. Cassian éperonna alors doucement Ajax pour l'inviter à galoper en direction de la mer.

Tiens bon, Pen, j'arrive, voilà la litanie qui tournait en boucle dans la tête de Cassian. La chaumière offrait peut-être un abri sûr, mais le trajet à parcourir pour y parvenir était semé d'embûches dans une telle obscurité. Pourvu qu'elle y soit arrivée sans encombre, songea-t-il, le cœur battant.

Pen écarta du revers de la main les mèches de cheveux qui lui barraient le visage tout en prenant garde de ne pas perdre l'équilibre. Était-elle toujours sur la route ? Il fallait absolument qu'elle s'en éloigne si elle ne voulait pas qu'on la retrouve. Dès qu'il aurait rassemblé suffisamment d'hommes pour partir à sa recherche, son père commencerait par fouiller les villages environnants. Mais, si elle quittait la route, elle risquait de se perdre. Elle devait pourtant avancer et essayer de les distancer le plus possible. Lorsqu'elle avait vu, posée sur son lit, la robe qu'elle devait porter pour célébrer ses fiançailles avec Wadesbridge, Pen avait brusquement compris que tout cela était au-dessus de ses forces. Si elle acceptait le chemin que d'autres traçaient pour elle, cela signifiait qu'elle renonçait à prendre ses propres décisions et qu'elle s'en remettait au sort qui lui était promis.

C'était mal la connaître. Elle pouvait encore prendre sa destinée en main. Il lui suffisait de faire disparaître Pen et de redevenir Em une dernière fois. Em pouvait aller où bon lui semblait et pouvait accomplir tout ce qu'elle désirait. Em ne décevrait ni son père ni Wadesbridge. Si tel était son désir, Em pouvait parcourir le monde. Pen avait bien conscience que ce périple lui donnerait du fil à retordre et qu'elle prenait des risques quant à sa sécurité. Elle acceptait le prix qu'il lui faudrait peut-être payer. D'autant qu'elle n'avait nullement préparé sa fuite. Si elle avait pris le temps de réfléchir à cette décision lourde de conséquences, les doutes l'auraient immédiatement assaillie, et elle serait devenue l'épouse de Wadesbridge en moins de temps qu'il ne fallait pour le dire. Elle ne pouvait se résoudre à l'existence morne qui l'attendait en vivant aux côtés de cet homme qu'elle n'aimait pas.

Même sous la pluie torrentielle qui s'abattait sur elle, Pen ne regrettait nullement la décision qu'elle avait prise. Elle aurait certes préféré marcher par temps sec et pouvoir admirer un joli coucher de soleil, mais elle n'avait d'autre choix que d'avancer tant bien que mal dans cette incroyable boue qui tapissait le sol. Elle était trempée jusqu'aux os à présent et aurait bien aimé se sécher un peu. À quoi bon prendre la fuite si elle attrapait une pneumonie la nuit même de son départ ? Elle ne devait plus être très loin de la chaumière du garde forestier. Elle pouvait peut-être s'y réfugier pour la nuit et reprendre la route le lendemain matin.

Pen quitta aussitôt la route principale pour couper à travers les prés. Alors qu'elle pressait le pas, elle s'aperçut trop tard qu'elle posait le pied sur un terrier de lapins. Elle se tordit la cheville et s'affala par terre de tout son long en poussant un cri de douleur.

— Je ne me suis pas cassé la cheville, je ne me suis pas cassé la cheville, murmura-t-elle, comme si répéter ces mots en boucle pouvait la protéger d'une quelconque manière.

Elle extirpa alors son pied du terrier aussi doucement que possible et le fit bouger de gauche à droite pour constater l'étendue des dégâts. Elle ressentit aussitôt une vive douleur mais, par chance, elle parvenait encore à bouger sa cheville. Ce n'était probablement qu'une entorse. Elle devait absolument se remettre en route. Sa blessure allait sans doute considérablement la ralentir mais elle ne pouvait pas passer la nuit dehors.

Lorsqu'elle franchit enfin la porte de la chaumière, Pen était au bord de l'épuisement et trempée jusqu'aux os. Elle devait pourtant satisfaire ses besoins élémentaires. Elle alluma la lampe et se mit à préparer un feu de cheminée. Elle avait souvent observé Cassian, mais la mise en pratique se révéla plus difficile qu'elle ne l'avait imaginé. Transie, blessée et épuisée comme elle l'était, cette corvée lui parut soudain insurmontable.

Quand le feu crépita enfin, Pen se déshabilla en toute hâte et s'enroula dans la couverture initialement posée sur le lit. Elle traîna ensuite deux chaises devant la cheminée pour y faire sécher ses vêtements et s'asseoir afin d'examiner sa cheville. Elle avait sacrément enflé et lui provoquait de tels élancements qu'elle ne put s'empêcher de faire la grimace. Elle était dans de beaux draps ! Non seulement elle n'avait rien qui puisse lui servir de bandage mais elle n'avait pas de seau à sa disposition pour aller chercher de l'eau de pluie bien fraîche afin de soulager sa blessure.

Épuisée, Pen renversa la tête en arrière et ferma les paupières. Elle songea que comme elle était sans médicaments, sans nourriture et sans vêtements de rechange, son aventure risquait de tourner court assez rapidement. L'orage avait mis à mal l'organisation de sa fuite. Au départ, elle pensait se procurer tout ce dont elle avait besoin à Penzance, parce qu'elle se trouverait alors suffisamment loin du château pour que personne ne reconnaisse les bijoux qui lui serviraient de monnaie d'échange. Comment aurait-elle pu prévoir qu'une pluie diluvienne finirait par contrecarrer ses plans à moins de cinq kilomètres de chez elle ?

Lorsqu'elle ouvrit les yeux après s'être quelque peu assoupie, Pen remarqua que la table n'était pas tout à fait comme d'habitude. À moins que les ombres projetées par la lumière diffuse ne lui jouent des tours ? songea-t-elle. Elle se leva alors pour en avoir le cœur net en prenant appui sur la chaise qui lui servit de béquille de fortune et se dirigea vers la table. En s'apercevant que son cœur en verre et le message que Cassian avait laissé à son adresse avaient tous deux disparu, Pen se figea sur place. Comment était-ce possible ? Elle avait quitté la chaumière quelques heures plus tôt seulement. Quelle imprudence ! Comment avait-elle pu penser une seule seconde que ces reliques du passé étaient en sécurité ? Probablement parce qu'elle voyait la chaumière comme un sanctuaire. Elle parcourut alors la pièce du regard, les nerfs à vif. Que cela signifiait-il ? Quelqu'un surveillait-il les allées et venues aux abords de la chaumière ? Dans quel but ?

Pen prit peur tout à coup. Comment se défendrait-elle et

mettrait-elle un éventuel agresseur en fuite avec son entorse à la cheville ? Elle n'avait rien à sa disposition hormis le tisonnier posé près de la cheminée. Elle pouvait sans doute briser le vase en mille morceaux et, faute de couteau, brandir un tesson bien tranchant. Le vase… Ses yeux se tournèrent une nouvelle fois dans cette direction. Elle remarqua aussitôt la lavande desséchée posée sur la table. Mais alors ? Les fleurs qui étaient à présent disposées dans le vase étaient toutes fraîches. Il s'agissait de fleurs sauvages probablement cueillies dans la prairie voisine. De toute évidence, la personne qui avait emporté le pendentif et le message qui lui était destiné avait également composé ce bouquet.

Cassian ! La peur qui oppressait encore Pen quelques instants plus tôt s'envola en un instant et se transforma en un espoir ridicule et irrationnel. Cassian était venu quelques heures plus tôt ! Elle l'avait certainement raté de peu. Une question la tarauda alors. Reviendrait-il ? Si elle tenait vraiment à le découvrir, il lui faudrait sans doute s'armer de patience. Pen se traîna alors vers la cheminée en prenant une nouvelle fois appui sur la chaise qui faisait office de béquille puis s'y assit confortablement. Un étrange sentiment de paix l'étreignit alors. Cassian n'était pas loin. À cette simple pensée, Pen se sentit en sécurité et s'endormit instantanément.

Les coups qui redoublaient contre la porte la réveillèrent en sursaut. Elle avait dû somnoler. Paniquée par cette visite impromptue, Pen se leva d'un bond sans penser un seul instant à son entorse à la cheville. Elle poussa alors un cri de douleur.

— Pen, c'est bien vous ? Êtes-vous à l'intérieur ? demanda une voix enrouée à force de crier. Pouvez-vous ôter le loquet ? Pouvez-vous ouvrir la porte ? Pen, c'est moi. C'est Cassian. Laissez-moi entrer !

Un immense soulagement envahit aussitôt Pen. La personne qui se trouvait de l'autre côté de la porte était exactement celle qu'elle désirait voir. Elle se dirigea clopin-clopant vers la porte en prenant appui sur le dossier de la chaise. Dès qu'elle eut ouvert à Cassian, elle lui tomba dans les bras sans se préoccuper de la pluie qui dégoulinait de ses vêtements et de la couverture qui était tombée à ses pieds.

— Dieu merci, je vous ai retrouvée. J'étais tellement inquiet. Je suis allé en direction des falaises mais il y avait des glissements de terrain, s'exclama-t-il en lui couvrant les cheveux de baisers. Êtes-vous blessée ?

Incapable de rester en équilibre, Pen trébucha alors contre lui.

— Je me suis foulé la cheville.

À peine avait-elle prononcé ces quelques mots qu'il la prit dans ses bras pour la porter sur le lit.

— J'adore être ainsi accueilli par une femme nue, la taquina-t-il en l'installant confortablement avant d'aller ramasser la couverture.

— Vous devriez également vous déshabiller, lui dit Pen alors qu'il l'enroulait dans la couverture.

Cassian haussa les sourcils d'un air étonné.

— Est-ce une invitation ?

Pen sentit ses joues s'empourprer en comprenant ce que ses paroles pouvaient signifier.

— Vous êtes trempé jusqu'aux os. Étendez vos vêtements devant la cheminée. Avec un peu de chance, nous aurons tous les deux des vêtements secs demain matin.

Il se dirigea aussitôt vers l'âtre et ôta ses vêtements avec une nonchalance qui la troubla instantanément. Cassian n'avait nul besoin de faire un numéro de charme pour que la scène ait quelque chose de terriblement excitant. Incapable de le quitter des yeux, Pen le regarda se débarrasser de son manteau gorgé d'eau puis de sa chemise qui lui collait littéralement à la peau. Elle ne pouvait pourtant pas laisser son esprit s'égarer ainsi, pas avant que les choses ne soient éclaircies. S'ils se contentaient de se retrouver au lit, rien ne changerait. Elle ne saurait toujours pas où elle en était. Qu'est-ce qui était réel dans leur relation ? À moins que tout cela ne fût qu'un jeu ?

— Pourquoi n'êtes-vous pas rentré plus tôt en Cornouailles ? demanda-t-elle à brûle-pourpoint.

Pour elle, c'était la première question qui nécessitait une réponse claire de la part de Cassian.

— Nous allons donc jouer au jeu des vingt questions, Pen ?

— Je préférerais jouer au jeu des vingt réponses, Cassian. Je suis fatiguée des doutes que j'ai à votre sujet. À notre sujet, devrais-je dire.

Elle attendait des certitudes. Même si cela devait la faire souffrir.

Cassian se débarrassa alors de son pantalon et vint s'asseoir négligemment au bord du lit, très à l'aise malgré sa nudité. Il tendit les mains vers les siennes, et la tendresse de ce geste troubla Pen. Mais c'était également le genre de gestes qu'on faisait lorsqu'on avait de mauvaises nouvelles à annoncer. Et elle n'était pas certaine de vouloir les entendre.

— Dans ce cas, nous jouerons une dernière fois à ce jeu, Pen, et vous pourrez décider en votre âme et conscience si je suis digne de vous. Laissez-moi d'abord vous expliquer pourquoi il m'était impossible de venir.

Il s'interrompit et l'invita à se redresser un peu pour la suite de son récit.

— Le roi d'Hawaï et son épouse sont morts, Pen. Lorsqu'ils sont tombés malades et que le bruit a couru qu'ils ne se rétabliraient peut-être jamais, quitter la ville est devenu impossible. Le roi George s'est montré inflexible à ce sujet. Si la mort devait emporter le roi d'Hawaï, toute la bonne société londonienne devait être présente à ses funérailles. Sa dépouille repose dans la crypte de St. Martin-in-the-Fields et il a eu droit à des obsèques dignes d'un homme de son rang. Mon père avait déjà quitté la capitale et il était de mon devoir de représenter ma famille. Comme j'avais de surcroît noué des liens d'amitié avec le roi d'Hawaï, le roi George tenait particulièrement à ce que je sois présent.

Cassian poussa alors un soupir.

— En vous racontant tout cela, j'ai l'impression que cela ne justifie en rien mon absence à vos côtés.

— Je comprends, assura Pen en hochant la tête.

Elle lui caressa la main du bout du pouce. C'était tellement bon de pouvoir le toucher à nouveau. D'autant qu'elle avait abandonné tout espoir de pouvoir le refaire un jour. Cela aurait été si facile de s'abandonner, de laisser son corps la persuader que tout allait pour le mieux entre eux. Mais l'explication qu'il venait de lui donner ne répondait nullement à toutes les questions qu'elle se posait.

— Vous deviez accomplir votre devoir et, de notre côté, nous avons dû quitter Londres précipitamment, dit-elle dans un souffle.

Si seulement ils avaient retardé leur départ de quelques heures ! Son père aurait alors également dû rester en ville pour assister aux funérailles du roi d'Hawaï. Et elle aurait pu affronter Cassian.

— Je suis heureuse que vous soyez resté. C'était une belle personne, un homme qui s'intéressait au monde. Quel dommage que la maladie l'ait emporté !

— Son épouse est décédée la première. Je crois qu'il a alors perdu la volonté de se battre.

Pen sentit les mains de Cassian presser davantage les siennes. Visiblement, la mort du roi l'avait affecté.

— Mon ami Eaton a eu la rougeole lorsqu'il était enfant. Nous avons failli le perdre également. C'est une maladie redoutable.

— Mais vous êtes là, à présent. Pour quelle raison ?

— Ne le devinez-vous pas ? Je suis ici pour vous. J'ai quitté Londres une demi-heure après les funérailles et ai voyagé aussi vite que possible. Je me suis rendu directement à Castle Byerd. Je voulais entendre de vos lèvres que vous en aviez terminé avec moi. Votre père s'est empressé de m'apprendre que vous étiez fiancée à Wadesbridge, mais il me semble qu'il est bien difficile de se fiancer quand l'une des deux parties a disparu.

Cassian prit alors une profonde inspiration qui lui souleva la poitrine.

— Pen, en avez-vous vraiment terminé avec moi ? Me

laisserez-vous une chance de vous donner des explications ? À moins que vous n'ayez décidé d'épouser Wadesbridge pour de bon ?

Comme il était difficile pour Pen de réfléchir à tête reposée, allongée à côté de ce corps magnifique qui mettait tous ses sens en éveil. Elle devait pourtant à tout prix garder la tête froide. Il ne s'agissait pas de prendre du bon temps avec un homme qui lui plaisait. C'était son avenir qui était en jeu. Pouvait-elle accorder sa confiance à l'homme qui lui avait demandé sa main quelques semaines plus tôt ?

— Dites-moi la vérité, Cassian. Ne vous intéressiez-vous qu'à mon terrain depuis le début ? Est-ce la raison pour laquelle vous êtes ici ?

C'était la seule question qui lui importait et, tandis qu'elle la posait, son cœur se serra si fort qu'elle en eut la respiration bloquée.

— Vous savez fort bien qu'il ne s'agissait pas simplement de votre terrain. Et ce, dès l'instant où je vous ai vue à Londres et me suis rendu compte que vous étiez Em.

Il se leva tout à coup, traversa la pièce à grandes enjambées et alla récupérer son manteau en train de sécher devant la cheminée.

— Vous avez manifestement lu le message que je vous avais laissé.

Cassian sortit de la poche intérieure de son manteau la lettre qui avait maintenant les coins détrempés, et la lui tendit.

— Vous savez que je vous aimais avant de vous rencontrer à Londres. En vous voyant ce soir-là à Byerd House et en comprenant que vous étiez mon Em bien-aimée, j'ai cru qu'un miracle était en train de se produire. À cet instant-là, tout était absolument parfait.

Il lui frôla alors la joue du revers de la main.

— J'aurais dû vous parler du terrain plus tôt. Mais je craignais tellement de vous perdre ! Vous aviez déjà tant de doutes à mon sujet que j'ai préféré attendre un peu. Ensuite, lorsque vous avez découvert les dessins que j'ai réalisés pour le parc d'attractions, j'aurais également dû vous en parler mais, comme vous m'avez offert le terrain de votre propre gré, j'ai choisi la solution de facilité et ne vous ai rien dit à ce sujet. La sentence a été immédiate. Je vous ai perdue. Je me demanderai toute ma vie comment les choses se seraient passées si je vous en avais parlé plus tôt. Cela aurait-il changé quelque chose ? M'auriez-vous repoussé de la même manière ? Aurais-je perdu toutes mes chances ? Vous n'étiez pas d'humeur à vouloir m'écouter ce soir-là à Londres.

Il l'aimait. Ce n'était pas un mensonge. Les sentiments que Cassian éprouvait envers elle étaient flagrants. C'était perceptible dans les regrets qu'il exprimait, dans la souffrance que sa conduite avait engendrée, dans ses yeux et dans le désir qui subsistait malgré tout. Ils avaient dû franchir bien des obstacles tous les deux. Ils s'étaient perdus pour mieux se retrouver puis les doutes qu'elle éprouvait à son égard les avaient une nouvelle fois séparés. Cassian s'était donné beaucoup de mal pour les surmonter. Il y était pratiquement parvenu. Les révélations de Wilmington avaient bien failli mettre un terme définitif à leur histoire. Mais Pen n'avait nullement l'intention de voir son histoire d'amour contrariée par le mauvais tour que leur avait joué un homme jaloux.

Elle chercha à capter le regard de Cassian.

— Qu'est-ce qui vous fait croire que vous m'avez perdue ? demanda-t-elle dans un murmure. Vous m'avez manqué chaque jour qui s'est écoulé depuis mon départ de Londres. Je me demandais pourquoi vous ne veniez pas. Était-ce parce que vous ne m'aimiez pas ? Mon père avait-il raison ? Si j'ai accepté la demande en mariage de Wadesbridge, c'était uniquement parce que j'avais perdu tout espoir de vous revoir un jour.

— Tant qu'il y a de l'amour, Pen, il y a toujours de l'espoir. Voulez-vous espérer avec moi ? lui murmura-t-il au creux de l'oreille tout en l'invitant à s'allonger sur le lit.

— Il reste à affronter mon père. C'est lui le gentleman têtu dont vous me parliez, n'est-ce pas ? Je l'ai compris lorsque mon père m'a montré les lettres de la Société d'aménagement du territoire, dit-elle en riant doucement.

Cassian resta de marbre.

— Je suis désolé. Je n'ai jamais voulu que vous appreniez les choses de cette manière. Lorsque je songeais à la peine que je vous ai infligée, à ce que vous pensiez probablement de moi, mon cœur se brisait un peu plus à chaque fois. Jamais je ne choisirais délibérément de vous causer la moindre souffrance, Pen.

— Tout cela est derrière nous, à présent. Tout a été expliqué et pardonné.

Alors qu'elle lui caressait doucement le front, Pen sentit un désir fou monter en elle.

— Mais il faut néanmoins tenir compte de mon père. La résistance qu'il vous oppose n'a pas changé. Il ne donnera jamais son aval à ce mariage. Il reste également la question du terrain et du parc d'attractions que vous voulez créer.

Cassian s'approcha d'elle et lui frôla les lèvres.

— Cette question n'est plus d'actualité. Votre père a juste besoin de savoir à quel point je vous aime, de savoir que je ferais n'importe quoi pour passer le reste de mon existence à vos côtés. Ce terrain n'a aucune importance. Je le lui dirai demain lorsque je vous ramènerai chez vous. Je renoncerai à ce terrain. Pour vous.

Cette annonce laissa Pen bouche bée.

— Cassian, je ne peux pas vous laisser faire cela. Vous finirez par me haïr si vous renoncez à vos rêves à cause de moi.

— C'est vous mon rêve, aujourd'hui. Nous trouverons bien un moyen de créer ce parc ailleurs.

Il lui caressa alors les cheveux tout en lui déposant un doux baiser sur la bouche.

— Je craignais de ne plus jamais avoir l'occasion de partager un tel moment avec vous, Pen.

Il pressa doucement son corps contre le sien, et Pen sentit son membre érigé contre sa cuisse.

— J'ai eu trois longues journées à cheval pour réfléchir à ce que je désirais vraiment, et ce que je désire, c'est vous, bien plus que je ne désire créer un parc d'attractions.

— Et moi, je vous désire, Cassian. Plus que tout au monde.

Pour lui, elle était prête à risquer le mariage, prête à risquer la colère de son père.

— Vous m'aurez.

Il se positionna alors rapidement au-dessus d'elle, et ils ne firent plus qu'un. Ils étaient ensemble à présent, les doutes qui les séparaient mis de côté. Aussi longtemps qu'ils restaient unis, ce que son père pensait n'avait pas la moindre importance. Cassian et elle trouveraient un moyen de vaincre l'adversité.

23

Pen rayonnait de bonheur après cette nuit d'orage passée à faire l'amour avec l'homme qu'elle aimait. Si seulement les choses pouvaient rester ainsi, songea-t-elle alors qu'ils s'approchaient de Castle Byerd. Elle ne devait pourtant pas oublier que son père s'était rongé les sangs des heures durant et avait passé la nuit dehors à sa recherche. Il devait être mort d'inquiétude et traversait sans doute une nouvelle fois les affres qu'il avait connues lors de la disparition de sa mère.

Le sentiment de culpabilité qui la submergea tout à coup vint gâcher le ravissement qui s'était emparé d'elle depuis ses retrouvailles avec Cassian. Elle n'avait pas voulu faire preuve de cruauté envers son père. Elle désirait simplement vivre sa propre existence comme elle l'entendait. Mais, à présent, elle entrevoyait clairement les souffrances que son choix n'aurait pas manqué d'occasionner.

— Mon père sera sans doute en colère, dit-elle en se tournant vers Cassian.

— Il a toutes les raisons de l'être mais les explications que nous allons lui donner devraient le faire réfléchir, répondit Cassian d'une voix rassurante.

Pen aurait aimé se sentir aussi confiante. Cassian n'avait encore jamais vu son père s'emporter comme un beau diable.

Lorsqu'ils pénétrèrent dans la cour de l'écurie, les domestiques présents s'agitèrent dans tous les sens.

— Que quelqu'un aille immédiatement chercher le comte ! hurla un valet d'écurie. Que quelqu'un s'occupe du cheval !

Des mains se tendirent aussitôt vers Pen pour l'aider à descendre. Cassian mit à son tour pied à terre et ordonna aux domestiques de ménager sa cheville qui refusait de la porter depuis son réveil.

— Milady, venez par ici, suggéra un domestique, mais Pen refusa et tendit les mains en direction de Cassian.

Non seulement elle refusait qu'on la sépare de lui mais elle ne voulait surtout pas être écartée des décisions qui allaient être prises. Des décisions qui la concernaient en premier lieu. Elle devait absolument prendre part aux discussions houleuses qui allaient suivre et se battre pour obtenir ce qu'elle désirait.

Son père apparut alors dans la cour de l'écurie, les traits tirés et le teint pâle après la nuit blanche qu'il venait de passer, Phin et Wadesbridge à ses côtés. Phin se précipita aussitôt vers Pen et la prit dans ses bras.

— Je suis heureux que tu sois revenue.

Il se tourna alors vers Cassian et lui demanda :

— Où l'avez-vous retrouvée ?

— En sécurité et en assez bonne santé dans la chaumière du garde-chasse entre Hayle et Redruth, répondit Cassian. Elle s'est fait une entorse à la cheville, rien de plus.

— Rien de plus ? éructa Redruth en se dirigeant vers eux à grands pas, peinant à contenir sa colère.

Pen rentra les épaules et sentit Cassian lui presser doucement la main alors que le courroux de son père s'abattait sur eux.

— Vous avez passé toute la nuit dehors avec ma fille et vous osez dire « rien de plus » ? Écarte-toi de lui, Pen. Cette canaille ne pense qu'à te compromettre.

Cassian avança d'un demi-pas, suffisamment pour protéger Pen mais sans la dissimuler pour autant. Elle ne l'aurait pas supporté. Il commençait à la connaître. Elle voulait simplement qu'il la soutienne.

— Je l'ai retrouvée. Lady Penrose n'était pas en état de voyager et, vu le terrible orage qui sévissait, j'ai estimé qu'il était bien plus dangereux de voyager que de rester sur place. Rentrer à Castle Byerd nous aurait fait prendre des risques inutiles. Sans parler de mon cheval qui était à la limite de l'épuisement. Je suis bien conscient que vous avez passé la nuit à vous inquiéter pour votre fille, mais elle est rentrée à présent.

— Elle est déshonorée, vous voulez dire ! Une nuit entière passée avec un homme ! fulmina Redruth.

— Si c'est cela qui vous inquiète, j'ai la ferme intention de l'épouser et de renouveler la demande en mariage que je vous ai faite à Londres.

Il jeta alors un coup d'œil en direction de Wadesbridge et s'excusa d'un signe de tête compatissant.

— Je crois que ma demande l'emporte sur toutes les autres propositions puisque je suis le premier à m'être déclaré.

Redruth partit aussitôt d'un rire moqueur.

— Dois-je vous rappeler que j'ai refusé la demande que vous m'avez faite à Londres ? Vous pensez sans doute que je n'ai pas le choix maintenant que vous l'avez compromise.

Cassian secoua la tête d'un air navré.

— Je ne pense pas que ce soit à vous de choisir, Lord Prideaux, mais à votre fille. Ce n'est pas vous que je demande en mariage.

Cette remarque provoqua quelques rires étouffés dans le rang des garçons d'écurie mais ils furent rapidement réduits au silence.

— Pouvons-nous poursuivre cette discussion à l'intérieur ? Peut-être serait-il préférable d'avoir un peu d'intimité ? suggéra alors Cassian en voyant les joues cramoisies de Pen.

Il ne tenait pas à lui rendre les choses plus difficiles que nécessaire.

Redruth acquiesça et les invita sans cérémonie à entrer. Wadesbridge déclina poliment la suggestion qui lui avait été faite de se joindre à eux en prétextant qu'il s'agissait d'une affaire familiale. Ce n'était pas un accord en bonne et due forme mais c'était déjà un début. S'ils pouvaient s'entendre sur ce point, peut-être pourraient-ils trouver un accord sur d'autres points.

Phin proposa des rafraîchissements tandis que Cassian prenait place à côté de Pen.

— Lord Prideaux, nous désirons tous les deux le meilleur pour Pen, dit-il en espérant que Redruth finirait par lui concéder cette avancée.

— Parce que vous pensez peut-être que vous représentez le meilleur parti que ma fille puisse espérer, répondit Redruth d'une voix glaciale en prenant le verre que Phin lui tendait.

— Je ne pense pas qu'il m'appartienne de décider ce genre de choses, reconnut Cassian. Pas plus que cela ne vous revient. C'est à Pen de décider ce qui est le mieux pour elle.

— Elle a besoin d'être guidée par ceux qui tiennent le plus à elle pour prendre de telles décisions, répliqua Redruth sans céder une once de terrain.

— C'est exactement ce qui s'est produit, intervint Pen en prenant la main de Cassian. Maman m'a appris à embrasser la vie, pas à la craindre. Je n'ai pas envie de passer mon existence derrière des murs d'enceinte. La nuit dernière, lorsque j'étais dehors au beau milieu de l'orage, j'avais peur, j'étais trempée jusqu'aux os, j'étais blessée et ne pouvais compter que sur moi-même. J'aurais pu choisir la facilité et faire demi-tour. Mais, alors que j'étais effrayée par la terrible tempête qui s'était abattue sur moi, j'étais bien plus épouvantée encore par ce qui m'attendait si je rentrais et m'engageais dans un mariage que je ne souhaite nullement. Wadesbridge mérite mieux. Je mérite mieux. Maman et vous me l'avez montré. Vous vous êtes aimés chaque jour de votre existence. Je suis partie parce que je ne pouvais me résigner à un mariage sans amour, pas plus que je n'aurais supporté la déception que je vous aurais infligée en refusant la demande en mariage de Wadesbridge.

— Pen, tu ne m'as jamais déçu. Mis au défi, oui peut-être, mais je t'aime. Tu ne peux pas me décevoir. Nous te trouverons un autre époux que Wadesbridge.

Cassian n'avait encore jamais vu Redruth s'adoucir à ce point. Il pressa la main de Pen, bien conscient du moment difficile qu'elle était en train de vivre. Elle avait fait sa part, c'était son tour à présent.

— Je veux être cet autre époux. Je crois que Pen m'aime et je l'aime. Je serais venu vous demander sa main quand bien même mon honneur ne l'exigeait pas après à ce qui s'est passé la nuit dernière. Vous savez que je dis la vérité. Vous savez que je me suis présenté ici hier soir pour renouveler ma proposition.

Cassian ne lâcha pas le comte du regard.

— C'est lui que je veux, père. C'est lui que j'ai choisi, ajouta Pen pour appuyer sa demande.

Redruth secoua la tête.

— Tous les hommes que tu voudras, excepté celui-ci, Pen. Tout ce qu'il veut, c'est ton terrain. Cela n'a pas changé. Il s'emparera de ce terrain et le corrompra avec ses projets. Je ne peux pas donner ma fille à un homme qui ne cherche qu'à l'utiliser. Il t'a courtisée avec l'intention de me tromper sur le terrain que je lui avais catégoriquement refusé.

— Je renonce au terrain dans ce cas. Ainsi qu'à la totalité de la dot de Penrose. C'est elle et uniquement elle que je veux.

L'espace d'un instant, Redruth parut sonné.

— Si vous bluffez, Trevethow, vous perdrez.

— Je ne bluffe pas. Nous préférerions obtenir votre bénédiction mais, si vous refusez de nous l'accorder, cela ne nous empêchera pas de nous marier. Parce que l'amour que je porte à votre fille est plus fort que tout.

Cassian éprouva une certaine satisfaction en voyant Redruth muet de stupéfaction. Il saisit aussitôt l'occasion qui se présentait pour plaider une nouvelle fois sa cause.

— La question du terrain étant réglée, il n'y a plus la moindre raison de rejeter ma demande en mariage. Je suis pair du royaume et hériterai du duché de Hayle en temps voulu. Mon domaine n'est pas loin du vôtre, vous aurez donc l'occasion de rendre visite à votre fille et à vos futurs petits-enfants aussi souvent que vous le désirerez.

Son dernier argument réfuté, Redruth tourna la tête en

direction de sa fille. Il n'avait plus aucune raison de lui opposer de résistance, exactement comme Cassian l'avait prévu.

— Pen, es-tu certaine que tu veux l'épouser ?

— Oui.

L'unique mot que Pen prononça résonna dans la pièce, et Cassian sentit son cœur se gonfler d'une joie immense en l'entendant.

— Dans ce cas, je suppose que je ne peux pas vous refuser ma bénédiction.

Ce n'était pas une approbation franche et massive mais Cassian s'en contenterait. Il comprenait que le comte ait sa fierté et ses limites.

— J'aimerais que nous nous mariions aussi vite que possible.

Cassian savait qu'il tirait un peu sur la corde. Il venait à peine d'obtenir la permission de Redruth qu'il lui demandait déjà autre chose. Mais il n'oubliait pas que le temps était compté. Comment savoir si le petit-fils ou la petite-fille de Redruth n'était pas déjà en train de s'implanter dans le ventre de Pen ?

— Nous célébrerons nos noces dès que la cheville de Pen lui permettra de remonter l'allée de l'église et que ma famille sera rentrée dans la région.

Deux semaines plus tard, Cassian attendait avec une certaine impatience que sa nouvelle existence auprès de sa bien-aimée commence enfin. Même au beau milieu du mois d'août, il faisait frais dans la chapelle en pierre de Castle Byerd. Un magnifique bouquet de fleurs champêtres posé sur une nappe en lin d'un blanc immaculé ornait l'autel en toute simplicité. Pen et lui avaient poliment décliné les suggestions de décoration fastueuse qui leur avaient été faites et avaient choisi de célébrer leurs noces dans l'intimité familiale. Au premier rang, Cassian aperçut ses parents puis Phin et la tante de Pen, de l'autre côté de l'allée centrale. Derrière ses parents se tenaient Inigo et son père, le duc de Boscastle, suivis d'Eaton et de sa famille – son épouse Eliza, sa fille Sophie, ainsi que ses deux parents. Derrière eux se trouvaient Sir Jock Trevelen et son épouse ainsi que leur fille aînée, Rosenwyn, son mari Cador Kitto et leur fils âgé de quelques mois à peine. Tous les amis et mentors de Cassian étaient également là, à l'exception notable de Vennor. Cassian ne lui en tenait nullement rigueur. Ven avait besoin de temps avant de retrouver pleinement goût à l'existence.

Légèrement en retrait de l'autel, les archets positionnés sur leur violon ou leur violoncelle, les cinq filles Trevelen attendaient l'accord du pasteur pour commencer à jouer. Dès que celui-ci leur adressa un petit signe de tête, elles entamèrent un morceau de Vivaldi qu'elles exécutèrent à la perfection. Cassian espérait que Pen saisirait l'allusion à la nuit où ils s'étaient rencontrés lors des festivités de la Saint-Piran.

Lorsque les lourdes portes en chêne de la chapelle s'ouvrirent tout à coup, le cœur de Cassian se mit à battre furieusement contre sa poitrine. Sa future épouse allait enfin le rejoindre. En la voyant tout auréolée de lumière, il crut voir apparaître un ange. Ou une madone. Sa madone ! Un moment de grâce d'une perfection absolue qu'il aurait voulu prolonger un peu. Au bras de son père, Pen remonta alors lentement l'allée centrale, le regard fixé sur lui. Elle portait la robe de mariée bleu pâle que sa mère avait revêtue le jour de ses noces ainsi que son collier de perles et son voile en dentelle qui lui recouvrait les cheveux. Mais le regard de Cassian se fixa avant tout sur le cœur en verre qu'il lui avait offert le jour de leur première rencontre et qu'elle avait attaché à son poignet à l'aide d'un ruban bleu assorti à sa magnifique robe. Le bleu ne symbolisait-il pas la loyauté ? Conformément à la promesse qu'elle lui avait faite, Pen ne portait pas de gants. Elle tenait particulièrement à sentir sa main lorsqu'il la joindrait à la sienne. En prélude à leur nuit de noces, avait-elle ajouté avec ce sourire malicieux qui lui faisait à chaque fois chavirer le cœur.

À peine s'était-elle immobilisée devant l'autel que le père de Pen plaça sa main dans celle de Cassian qui se contenta de hocher la tête en guise de remerciements. Il savait ce qu'il en coûtait à Redruth. Le comte perdait sa fille en quelque sorte. Ce n'était plus à lui de la protéger désormais.

— Je prendrai bien soin d'elle, Lord Prideaux, dit Cassian dans un murmure alors que Redruth s'écartait déjà.

Eaton s'était trompé. Son ami l'avait prévenu qu'il n'aurait que de vagues souvenirs de la cérémonie. Cassian grava au contraire chaque instant dans sa mémoire. Le regard que Pen lui lança lorsque leurs doigts s'entrelacèrent, les larmes qui brillèrent dans ses yeux lorsqu'il prononça ses vœux, promettant de la vénérer corps et âme. Sans oublier le sourire tremblant qui illumina son visage lorsqu'il glissa l'alliance à son annulaire gauche et la douce chaleur de ses lèvres lorsqu'il l'embrassa. Il se souviendrait de tout. Il se remémorerait à jamais l'espoir qui brillait dans les yeux de Pen lorsqu'elle le regardait. Ensemble, ils feraient de nouveaux rêves, visiteraient de nouveaux lieux et bâtiraient un nouveau monde. Ils allaient passer leur nuit de noces dans la chaumière du garde-chasse puis, dès le lendemain, ils entameraient leur formidable lune de miel. Un voyage d'une année entière ! Il l'emmènerait d'abord en Italie, puis ils traverseraient la Méditerranée en yacht pour aller voir le grand bazar d'Istanbul et les temples grecs.

— C'est le plus beau jour de ma vie, lui murmura-t-il à l'oreille alors qu'ils descendaient l'allée centrale pour retrouver leurs proches qui les acclamèrent joyeusement à la sortie.

— Demain sera encore plus beau, répondit-elle en se moquant gentiment de lui.

Cassian l'attira alors contre lui et l'embrassa fiévreusement, oubliant un instant les invités. Ils allaient vivre des choses merveilleuses ensemble. Il attendait avec impatience le jour où elle lui apprendrait qu'elle attendait leur premier enfant, celui où elle le mettrait au monde. Et il serait encore plus heureux le jour où elle lui dirait qu'elle portait leur deuxième enfant, leur troisième puis leur quatrième. Quel bonheur ce serait de se réveiller chaque matin à ses côtés et de partager chaque nuit. Ils ne se quitteraient plus jamais.

Cassian se souvint alors des paroles qu'elle avait prononcées la première fois où ils s'étaient retrouvés dans la chaumière. « Vous êtes mon aventure, Matthew, la meilleure dont je puisse rêver. » Il ferait tout ce qui était en son pouvoir pour réaliser cette prédiction.

Épilogue

Fin de l'été 1825

Une main sur le bastingage, un bras passé autour de la taille de son épouse, Cassian gardait les yeux rivés sur le quai de Truro qui était désormais bien en vue. Ils rentraient chez eux. Dans quelques minutes, ils fouleraient le sol de Cornouailles après une année de voyage, une année enchanteresse pendant laquelle sa femme n'avait cessé de s'extasier devant les merveilles du monde. Une année intense qui lui avait permis de découvrir ce qu'était l'amour. Un amour qui lui permettait de tout oublier, d'être enfin en paix avec le souvenir de son défunt frère et d'abandonner les rêves qui avaient tant pesé sur lui. Rien ne l'obligeait à créer le parc d'attractions pour lequel il avait dépensé une telle énergie autrefois. Cassian le comprenait à présent. Ce rêve ne le définissait nullement. Il trouverait d'autres moyens de participer au redressement de l'économie locale.

Pen tourna alors la tête vers lui.

— Es-tu heureux d'être rentré à la maison ?

Cassian afficha un large sourire.

— Je suis chez moi partout. Ma maison est là où tu te trouves.

— Ce sera tout de même très agréable de dormir dans le même lit pendant quelque temps, remarqua Pen en riant.

Ils firent alors de grands mouvements de bras en direction des silhouettes rassemblées sur le quai, qui se rapprochaient de plus en plus. Il y avait Inigo en compagnie de sa jeune épouse.

Cassian avait appris la nouvelle de son mariage quelques mois plus tôt dans un port où ils avaient fait escale. Mais il n'en savait guère plus.

— Je me demande qui est l'heureuse élue, dit-il à mi-voix. Je ne sais pas pourquoi Inigo fait tant de mystère autour de son identité.

En dépit de ce qu'il venait de dire, Cassian était heureux de rentrer en Cornouailles. Il ne pouvait éternellement se dégager de ses responsabilités et compter sur ses régisseurs. Mais la route lui manquerait et il aurait sans doute du mal à ne plus se consacrer exclusivement au bien-être de son épouse.

— Nous avons vécu une aventure extraordinaire, tous les deux, déclara-t-il en embrassant Pen dans le cou. Nous prolongerons un peu ce voyage avec tous les souvenirs que nous allons déballer ces prochaines semaines.

Ils ne s'étaient pas privés. La cale du bateau débordait de tapis, de soieries et de cadeaux pour leurs proches.

Pen pivota alors sur ses talons pour lui faire face, un sourire faussement effarouché aux coins des lèvres.

— Certains souvenirs demanderont peut-être un peu plus de temps. Neuf mois peut-être...

Il fallut un bon moment à Cassian pour saisir le sens de cette phrase mais, lorsqu'il comprit enfin ce qu'elle voulait dire, un large sourire illumina son visage.

— Tu es enceinte ! Tu en es sûre ?

— J'en suis certaine, affirma Pen d'un ton joyeux. De trois mois. Es-tu heureux ? Cela n'arrive pas trop tôt ? Nous n'irons plus voyager de sitôt.

— Ce n'est pas trop tôt, lui assura-t-il. Inigo ne sera pas le seul à avoir de grandes nouvelles à annoncer, on dirait.

Il fit le décompte dans sa tête. Trois mois plus tôt, ils se trouvaient à Venise. Ils y avaient passé le printemps dans un palace qui surplombait le grand canal.

— Je pense que c'était la nuit où nous avons fait le tour en gondole, dit-elle en riant.

— Cela ne circonscrit pas totalement la période, ma chérie.

J'ai de très beaux souvenirs de plusieurs tours en gondole. Quel dommage que l'Angleterre n'ait pas davantage de canaux !

Éperdu d'amour, Cassian l'embrassa longuement alors que les matelots jetaient l'ancre. Pen lui avait déjà tant donné. Son amour. Sa confiance. Sans parler de la sérénité qu'elle l'avait aidé à retrouver. Et elle allait à présent lui donner un enfant. Que pouvait-il désirer de plus ?

— J'ai quelque chose d'autre pour toi, dit Pen en glissant une main dans la poche de sa jupe de voyage avant d'en extraire une enveloppe.

— De quoi s'agit-il ?

— Je ne veux pas que tu t'ennuies ici alors j'ai pensé que cela pourrait t'occuper un peu.

Cassian lança un regard soupçonneux en direction de son épouse tout en dépliant la feuille de papier. Il lut lentement, attentivement, sans oser croire ce que ses yeux lisaient. Tout semblait pourtant parfaitement légal.

— C'est le titre de propriété du terrain que mon père t'avait refusé, expliqua Pen. Qu'en dis-tu ? demanda-t-elle d'une voix hésitante. Je pensais que c'était exactement ce que tu désirais.

— Cela me touche énormément.

Cassian replia alors le titre de propriété, le replaça dans l'enveloppe puis le mit de côté avec une certaine déférence, sous le coup de l'émotion. Elle avait trouvé un moyen. Il allait créer son parc d'attractions. Non, ils allaient construire leur parc d'attractions. Il avait renoncé à son rêve de son plein gré et celui-ci se mettait à nouveau sur son chemin.

— Ne te méprends pas, Pen. C'est toi que je veux, plus que tout. Mais je ne vais pas rester de marbre devant le titre de propriété d'un terrain de trente-deux acres idéalement situé entre Redruth et Hayle. Pour autant, rien ne pourra jamais égaler le bonheur de vivre à tes côtés et de savoir que tu portes notre enfant.

Il lui prit alors délicatement le visage dans ses mains.

— Comment t'y es-tu prise pour convaincre ton père de me laisser accéder à ce terrain ?

— L'amour fait parfois des miracles, répondit Pen en lui passant les bras autour de la taille. Je lui ai dit que tu en étais digne.

— Et il t'a cru ?

— Oui, mais je crois qu'au fond c'est toi qu'il a cru. Il a bien dû reconnaître que tu n'avais pas hésité à renoncer à tes rêves par amour. Tes actes ont parlé pour toi. Tu lui as montré que l'amour valait la peine de se battre.

— Je suis entièrement d'accord.

Il l'attira aussitôt contre lui pour un dernier baiser avant l'accostage. Il était rentré chez lui et tous ses rêves étaient désormais à portée de main. Tout cela, il le devait à la femme extraordinaire qu'il tenait dans ses bras.

Contre toute attente, l'amour avait triomphé.

Vous avez aimé ces romans ?
Découvrez la suite de votre saga
« Seigneurs de Cornouailles » dès le mois de mai !